DETTE D'HONNEUR

2.

TOM CLANCY

DETTE D'HONNEUR

2.

roman

Traduit de l'américain
par Jean Bonnefoy

Albin Michel

Ceci est une œuvre de fiction. Les personnages et les situations décrits dans ce livre sont purement imaginaires. Toute ressemblance avec des personnages ou des événements existant ou ayant existé ne serait que pure coïncidence.

Édition originale américaine :
DEBT OF HONOR
© Jack Ryan Limited Partnership, 1994
G.P. Putnam's Sons, New York

Traduction française :
© Éditions Albin Michel S.A., 1995
22, rue Huyghens, 75014 Paris

ISBN 2-226-07908-4

Pour mon père et ma mère.

Le destin d'un homme est dans son caractère.

Héraclite

24

Mise en place

S'IL y avait une sensation pire que celle-ci, Clark ignorait laquelle. Leur mission au Japon aurait dû, normalement, ne pas soulever de difficulté : évacuer une ressortissante américaine qui se trouvait en situation critique, puis évaluer la possibilité de réactiver un ancien réseau de renseignements passablement poussiéreux.

Bon, c'était l'idée de départ, se dit l'agent en regagnant leur chambre. Chavez était en train de garer la voiture. Ils avaient décidé d'en louer une autre et, cette fois encore, l'employé au guichet avait changé d'expression en découvrant que leur carte de crédit était imprimée en caractères romains et cyrilliques. C'était une expérience si neuve pour eux qu'elle était absolument sans précédent. Même au plus fort (ou au plus profond) de la guerre froide, les Russes avaient toujours traité les citoyens américains avec plus de déférence que leurs propres compatriotes, et que ce fût dû ou non à la curiosité, le privilège d'être un Américain avait toujours été un avantage déterminant lorsqu'on se retrouvait isolé en pays hostile. Jamais Clark ne s'était senti terrifié à ce point, et c'était une mince consolation que Ding Chavez n'ait pas assez d'expérience pour se rendre compte du caractère incongru et malsain de leur situation.

Ce fut par conséquent un soulagement de découvrir le bout de scotch fixé sous le bouton de porte. Peut-être Nomuri pourrait-il leur fournir d'utiles renseignements. Clark entra dans la chambre, juste le temps de filer aux toilettes et d'en ressortir aussitôt. Il avisa Chavez dans le hall, lui adressa le signe convenu : *Bouge*

9

pas. Il nota avec un sourire que son jeune collègue s'était arrêté à un kiosque pour acheter un journal russe, qu'il exhibait ostensiblement, comme une sorte de mesure défensive. Deux minutes plus tard, Clark se retrouvait devant la vitrine de la boutique photo-vidéo. Il n'y avait pas grand monde dans la rue. Alors qu'il était en train de contempler la dernière merveille automatique de chez Nikon, il sentit quelqu'un le bousculer.

« Regardez où vous allez », dit une voix bourrue, en anglais, puis l'homme poursuivit son chemin. Clark attendit quelques secondes avant de partir dans la direction opposée, tourner à l'angle et s'enfoncer dans une ruelle. Une minute plus tard, ayant trouvé un coin sombre, il attendit. Nomuri le rejoignit rapidement.

« C'est dangereux, petit.

— A votre avis, pourquoi vous ai-je adressé le signal ? » La voix de Nomuri était basse et tremblante.

On eût dit une scène de mauvaise série télévisée, à peu près aussi réaliste que l'évocation de deux ados fumant une clope en douce dans les chiottes du lycée. Le plus bizarre était que, si important que puisse être le message de Nomuri, il ne prit qu'une minute. Tout le reste du temps avait été consacré à des questions de procédure.

« Parfait, en premier lieu, aucun contact avec tes informateurs habituels. Même s'ils ont le droit de circuler librement, tu ne les connais pas. Tu ne les approches pas. Tes points de contact ont disparu, petit, pigé ? »

Clark réfléchissait à la vitesse de la lumière, sans objectif précis pour le moment, mais la priorité la plus immédiate était leur survie. Il fallait être en vie pour accomplir quoi que ce soit, et Nomuri, tout comme Chavez et lui, était un « clandestin » : ils ne devaient pas espérer bénéficier de la moindre clémence en cas d'arrestation, ou du moindre soutien de la part de leur hiérarchie.

Chet Nomuri hocha la tête. « Ne resterait donc que vous.

— Exact, et si tu nous perds, tu reprends ta couverture et tu ne fais rien. Pigé ? Rien du tout. Tu es un citoyen japonais loyal, et tu restes planqué dans ton trou.

— Mais...

— Mais rien, petit. Tu es sous mes ordres, dorénavant, et si tu les enfreins, c'est à moi que tu en rendras compte ! » Le ton de Clark se radoucit. « Ta priorité essentielle est toujours la survie. Chez nous, pas de comprimés de cyanure ou autres conneries de cinéma. Un agent mort est un agent idiot. » Bigre, se dit Clark, si la mission s'était déroulée autrement depuis le début, ils auraient pu instaurer une routine — des boîtes aux lettres, toute une série de signaux, d'échappatoires — mais ils n'avaient plus le temps, et tandis qu'ils discutaient dans l'ombre, ils couraient à tout instant le risque de voir un habitant du quartier ouvrir pour laisser sortir son chat, remarquer un Japonais en conversation avec un *gaijin* et les dénoncer. La courbe de paranoïa était montée en flèche ces derniers temps, et ça ne ferait qu'empirer.

« D'accord, si vous le dites.

— Et tâche de pas l'oublier. Cantonne-toi à suivre ta routine habituelle. N'y change strictement rien, sinon pour être encore plus discret. Fonds-toi dans le moule. Agis comme tout le monde. Le clou qui dépasse, on tape dessus. Et les coups de marteau, ça fait mal, petit. Bon, alors voilà ce que je veux que tu fasses. » Clark passa une minute à s'expliquer. « Pigé ?

— Oui, monsieur.

— File. » Clark se dirigea vers le bout de la ruelle et réintégra son hôtel par la porte de service, par chance non gardée à cette heure tardive. Il remercia le ciel que Tokyo ait un taux de criminalité aussi faible. L'équivalent américain aurait été verrouillé, avec alarme ou vigile armé en patrouille. Même en guerre, Tokyo restait un endroit plus sûr que la capitale des États-Unis.

« Ce serait pas plus simple d'acheter une bouteille au lieu de descendre boire, camarade ? lança Chekov, et pas pour la première fois, à son entrée dans la chambre.

— C'est peut-être ce que je devrais faire. » Réponse qui amena le jeune agent à quitter brusquement des yeux son journal et ses exercices de russe. Clark indiqua la télé, l'alluma et trouva CNN Headline News, en anglais.

A présent, bonjour l'astuce. Comment je me débrouille, moi, pour faire passer l'info ? Il n'osait pas recourir au télécopieur avec l'Amérique. Même le bureau d'Interfax à Washington était trop risqué, celui de Moscou n'avait pas le matériel de cryptage nécessaire, et il ne pouvait pas non plus passer par le canal de la CIA à l'ambassade. Les règles, lorsqu'on opérait en pays ami, ne s'appliquaient pas en territoire ennemi, et personne n'avait imaginé que les règles à l'origine de ces règles puissent changer sans avertissement. Clark était un espion expérimenté, et le fait que lui et ses collègues de la CIA auraient dû être les premiers à signaler l'imminence du risque le mettait d'autant plus en rogne. Les débats au Congrès à l'issue de cette affaire promettaient d'être distrayants — s'il arrivait à survivre pour en profiter. La seule bonne nouvelle était qu'il tenait le nom d'un suspect pour le meurtre de Kimberly Norton. Voilà qui lui donnait au moins une raison de fantasmer, et son esprit n'avait guère d'autre tâche utile à accomplir pour le moment. A la demie, il apparut manifeste que même CNN n'était pas au courant de ce qui se passait, et si CNN ne l'était pas, alors personne ne l'était. N'était-ce pas farce, se dit Clark ? C'était comme la légende de Cassandre, la fille de Priam, roi de Troie, qui savait toujours ce qui se passait et dont on ignorait toujours les avertissements. Seulement, Clark n'avait aucun moyen de faire passer le message... à moins que ?

Je me demande, si... ? Non. Il secoua la tête. C'était trop délirant.

« En avant toute, dit le CO, l'officier commandant de l'*Eisenhower*.

— En avant toute, compris », répéta le maître de manœuvre en poussant à fond la commande du transmetteur d'ordres. Un instant après, la flèche intérieure du cadran vint se positionner au même endroit. « Commandant, les machines confirment en avant toute.

— Très bien. » Le commandant se tourna vers l'amiral Dubro.

« Vous voulez évaluer nos chances, amiral ? »

Leur meilleure information, assez bizarrement, provenait du sonar. Deux des bâtiments d'escorte du groupe de combat avaient déployé leurs sonars de traîne, et leurs données, combinées avec celles des deux sous-marins nucléaires situés à tribord, indiquaient que la formation indienne était nettement plus au sud. C'était un de ces curieux exemples, plus fréquents qu'on ne pourrait l'imaginer, où le sonar surpassait de loin les performances du radar, dont les ondes électroniques étaient limitées par la

12

courbure de la Terre, alors que les ondes acoustiques se propageaient sans obstacle dans les profondeurs. La flotte indienne était à plus de cent cinquante nautiques — deux cent quatre-vingts kilomètres — et même si ce n'était qu'un jet de pierre pour un chasseur à réaction, les Indiens surveillaient leur sud, pas le nord, et par ailleurs, il était manifeste que l'amiral Chandraskatta appréciait peu les opérations aériennes de nuit et les risques qu'elles induisaient pour son nombre limité de Harrier. Certes, estimaient les deux hommes, apponter de nuit n'était jamais une partie de rigolade.

« Mieux que cinquante-cinquante, estima l'amiral Dubro après quelques secondes d'analyse.

— Je pense que vous avez raison. »

La formation évoluait en silence radio, disposition qui n'avait rien d'inhabituel pour des bâtiments de guerre : tous les radars étaient coupés et les seules transmissions radio s'opéraient en visibilité directe et par salves, limitées à quelques centièmes de seconde. Car même les faisceaux de liaison satellite généraient des lobes secondaires susceptibles de trahir leur position, et il était essentiel que leur passage au sud du Sri Lanka demeurât caché.

« C'était comme ça pendant la guerre », poursuivit le CO, donnant libre cours à sa nervosité. Ils étaient désormais à la merci des seuls sens humains. On avait posté des vigies supplémentaires, équipées à la fois de jumelles classiques et d'« yeux électroniques » de vision nocturne, pour balayer l'horizon à la recherche de silhouettes et de mâtures, tandis que sur les ponts inférieurs, d'autres hommes de quart recherchaient plus spécifiquement le sillage caractéristique trahissant un périscope de submersible. Les Indiens avaient déployé deux sous-marins sur la position desquels Dubro n'avait aucune donnée, même approximative. Ils devaient sans doute patrouiller plus au sud, mais si Chandraskatta était vraiment aussi malin qu'il le redoutait, il en aurait gardé un dans les parages, au cas où. Peut-être... La supercherie de Dubro avait été habilement organisée.

« Amiral ? » Il tourna la tête. C'était un radio. « Trafic FLASH du CINCPAC. » Le premier maître lui tendit la planchette en braquant dessus sa torche masquée d'un écran rouge pour permettre au commandant du groupe de combat de lire la dépêche.

« Avez-vous accusé réception ? demanda l'amiral avant de commencer sa lecture.

— Non, monsieur, vous nous aviez ordonné le silence radio.

— Parfait, matelot. » Dubro examina la dépêche. Au bout d'une seconde, il agrippait à la fois la planchette et la torche. « Bordel de merde ! »

L'agent spécial Robberton se chargea de raccompagner Cathy à la maison : Ryan avait cessé d'être un humain normal, avec femme et enfants, pour se retrouver fonctionnaire gouvernemental. Il n'y avait que quelques pas à faire pour rejoindre Marine One, dont le rotor tournait déjà. Le Président et madame — SAUTEUR et JASMIN — avaient servi à la presse télévisée les sourires de circonstance, prétextant la longueur du vol pour décliner toutes les questions. Ryan les suivait, tel un écuyer de l'ancien temps.

« Prenez une heure pour vous faire mettre au courant, dit Durling, alors que l'hélicoptère se posait sur la pelouse sud de la Maison Blanche. Quand a-t-on fixé la visite de l'ambassadeur ?

— A onze heures trente, répondit Brett Hanson.

— Je vous veux avec moi, Arnie, ainsi que Jack, pour cette entrevue.

— Bien, monsieur le président », dit le ministre des Affaires étrangères.

La troupe habituelle de photographes était là, mais les journalistes accrédités à la Maison Blanche, ceux qui énervaient tout le monde avec leurs questions, étaient pour la plupart encore à Andrews, attendant de récupérer leurs bagages. Dans le hall du rez-de-chaussée, le contingent du Service secret était plus important que d'habitude. Ryan prit le couloir ouest ; deux minutes après, il était dans son bureau, quittait son pardessus et s'asseyait devant un plan de travail déjà recouvert de messages. Il les ignora momentanément, décrochant d'abord son téléphone pour appeler la CIA.

« Le DAO à l'appareil, bienvenue au bercail, Jack », dit Mary Pat Foley. Ryan ne chercha pas à savoir comment elle avait deviné que c'était lui. Ils n'étaient pas si nombreux à avoir son numéro personnel au bureau.

« C'est grave ?

— Notre personnel diplomatique est sain et sauf. Jusqu'ici, personne n'a pénétré dans l'ambassade, et nous détruisons tous les documents. » Le poste à Tokyo, comme tous ceux de la CIA ces dix dernières années, avait été intégralement informatisé. Détruire les fichiers n'était qu'une question de secondes et ne laissait aucune fumée compromettante. « Ce devrait être fini à l'heure qu'il est. » La procédure était radicale. Toutes les disquettes d'ordinateur étaient effacées, reformatées, effacées de nouveau, puis soumises à un champ magnétique puissant. L'ennui, c'est qu'une partie de ces données étaient irremplaçables, quoique pas autant que ceux qui les avaient collationnées. Il y avait désormais trois agents « clandestins » à Tokyo, qui représentaient l'ensemble des effectifs de contre-espionnage américain dans ce qui était sans doute, désormais, un pays ennemi.

« Quoi d'autre ?

— Ils laissent nos ressortissants circuler librement entre leur domicile et leur travail, mais sous escorte. A vrai dire, ils se montrent relativement décontractés, dit Mme Foley, sans montrer sa surprise. Toujours est-il que ce n'est pas comme Téhéran en 79. Pour les communications, ils nous laissent jusqu'ici utiliser les liaisons par satellite, mais elles sont sous surveillance électronique. L'ambassade a encore un STU-6 en service. Les autres ont été désactivés. Le dispositif CLAQUETTE reste toutefois opérationnel », acheva-t-elle, évoquant le système de cryptage à clé publique désormais utilisé par toutes les ambassades pour leurs communications avec l'Agence pour la sécurité nationale.

« D'autres éléments ? » jargonna Ryan. Même s'il espérait que le cryptage de sa propre ligne n'avait pas été percé, mieux valait malgré tout ne pas courir de risque.

« Sans couverture légale, ils sont quasiment isolés. » L'inquiétude dans sa voix était manifeste, et semblait s'accompagner d'une pointe de remords. Il restait encore un certain nombre de pays où l'Agence menait encore des opérations qui n'exigeaient pas franchement la participation du personnel diplomatique. Mais le Japon n'était pas du nombre, et même Mary Pat ne pouvait faire agir ses pressentiments de manière rétroactive.

« Sont-ils au moins au courant de ce qui se passe ? » La question était astucieuse, jugea le directeur adjoint des opérations, sentant une nouvelle pique dans sa chair.

15

« Aucune idée, dut admettre Mme Foley. Ils n'ont pas encore donné signe de vie. Soit ils ne savent rien, soit ils ont été compromis. » Ce qui était un euphémisme pour dire *arrêtés*.

« Autres stations ?

— Jack, on s'est fait prendre le pantalon baissé, et on ne peut plus rien y faire. » Ryan se rendait bien compte que, quoi qu'elle pût en penser, elle se contentait de rapporter les faits, froidement, comme un chirurgien en salle d'op. Et dire que le Congrès la coulerait impitoyablement pour ce faux pas.

« J'ai des gens qui sont en train de battre la campagne à Séoul et à Pékin, mais je ne compte pas en obtenir des retombées avant plusieurs heures. »

Ryan fourragea parmi les feuillets roses étalés sur son bureau. « J'ai justement là un message, datant d'une heure, émanant de Golovko...

— Merde, rappelez-moi ce salaud, dit aussitôt Mary Pat. Et faites-moi savoir ce qu'il a à nous raconter.

— Sans problème. » Jack hocha la tête, en se souvenant du sujet de leur dernière conversation. « Descendez ici en vitesse. Et amenez Ed avec vous. Je veux avoir son opinion instinctive sur un truc, mais pas au téléphone.

— Je suis là dans une demi-heure » répondit Mme Foley. Jack étala plusieurs télécopies sur son bureau et les parcourut rapidement. Les gars des opérations du Pentagone avaient été plus rapides que leurs collègues des autres agences, mais la DIA pointait le bout de son nez, suivie de près par les Affaires étrangères. Le gouvernement s'était enfin réveillé — pour ça, rien de tel qu'une fusillade, songea Jack, désabusé — mais les données étaient surtout répétitives : différentes agences apprenaient la même chose à des instants différents et elles s'empressaient d'en rendre compte comme si c'était une information inédite. Il parcourut de nouveau les divers messages d'appels : manifestement, la plupart racontaient plus ou moins la même chose. Ses yeux revinrent à celui du directeur du contre-espionnage russe. Jack décrocha le téléphone et composa le numéro, en se demandant lequel des appareils posés sur le bureau de Golovko allait sonner. Il prit un calepin, nota l'heure. Le service des transmissions la consignerait également, tout comme il enregistrerait la communication, mais il désirait avoir ses notes personnelles.

16

« Allô, Jack.

— Votre ligne privée, Sergueï Nikolaïtch ?

— Pour un vieil ami, pourquoi pas ? » Le Russe marqua un temps, puis reprit, recouvrant son sérieux : « Je présume que vous êtes au courant.

— Oh, ouais. » Ryan réfléchit quelques instants avant de poursuivre. « On s'est fait prendre par surprise », admit-il. Il entendit au bout du fil un grognement compatissant, très russe.

« Et nous, donc ! Dans les grandes largeurs. Est-ce que vous savez ce que mijotent ces cinglés ? demanda le directeur du Renseignement russe, d'une voix où se mêlaient l'inquiétude et la colère.

— Non, je ne vois absolument aucune explication logique pour le moment. » Et c'était peut-être bien cela le plus préoccupant.

« Quels sont vos plans ?

— Dans l'immédiat ? Aucun. On doit recevoir leur ambassadeur dans moins d'une heure.

— Splendidement minuté de leur part, commenta le Russe. Ils vous ont déjà joué le même coup, si vous vous souvenez bien.

— Et à vous aussi », observa Ryan qui se rappelait comment avait débuté la guerre russo-japonaise. *Pas à dire, ils y tiennent, à leurs surprises.*

« Oui, Ryan, à nous aussi. » Et Jack le savait, c'était bien pour ça que Sergueï avait passé le coup de fil et que sa voix trahissait une réelle inquiétude. La peur de l'inconnu n'était pas cantonnée aux enfants, après tout, n'est-ce pas ? « Pouvez-vous me dire le genre d'éléments dont vous disposez pour gérer la crise ?

— Je n'ai pas de certitude pour l'instant, Sergueï, mentit Ryan. Si votre *rezidentura* de Washington fait bien son boulot, vous devez savoir que je viens d'arriver. J'ai besoin d'un peu de temps pour me mettre à jour. Mary Pat s'apprête à descendre me rejoindre dans mon bureau.

— Ah », entendit Jack à l'autre bout du fil. Bon, il avait proféré un mensonge manifeste et Sergueï était un vieux pro à qui on ne la faisait pas. « Vous avez été bien imprudents de ne pas réactiver CHARDON plus tôt, mon ami.

— Cette ligne n'est pas protégée, Sergueï Nikolaïtch. » Ce qui était partiellement vrai. La communication était routée via l'ambassade des États-Unis à Moscou par un circuit spécial, mais de là, elle empruntait sans aucun doute une ligne commerciale classique, ce qui rendait une interception toujours possible.

« Inutile de vous tracasser outre mesure, Ivan Emmetovitch. Vous rappelez-vous notre conversation dans mon bureau ? »

Oh, que oui. Peut-être que les Russes manipulaient bel et bien le chef du contre-espionnage japonais. Si oui, il devait être en mesure de savoir si leur ligne téléphonique était sûre ou pas. Et surtout, cela lui donnait d'assez jolis atouts à jouer. Lui lançait-il une ouverture ?

Réfléchis vite, Jack, se commanda Ryan. *D'accord, les Russes ont un autre réseau en activité...*

« Sergueï, c'est important : vous n'avez reçu aucun avertissement ?

— Jack, sur mon honneur d'espion (Ryan entendit presque le sourire en coin qui devait accompagner sa réponse) j'ai dû tout à l'heure avouer à mon président que je m'étais fait surprendre la braguette ouverte, et mon embarras est sans doute encore plus grand que... »

Jack ne se fatigua pas à écouter la suite. *D'accord.* Les Russes avaient donc bien un autre réseau d'espionnage en activité au Japon, mais eux non plus n'avaient sans doute pas reçu d'avertissement. Non, les risques d'un tel double jeu étaient trop grands. Autre fait concret : leur second réseau devait être au cœur même du gouvernement japonais ; forcément, s'ils avaient infiltré leurs services de renseignements. Mais CHARDON restait pour l'essentiel un réseau d'espionnage *commercial* — il l'avait toujours été ; or, Sergueï venait de lui annoncer que l'Amérique avait eu l'insouciance de ne pas l'activer plus tôt. Ce fait nouveau masquait des implications plus subtiles, liées à l'aveu de son erreur par Moscou.

« Sergueï Nikolaïtch, je n'ai pas trop de temps... Vous mijotez quelque chose. C'est quoi ?

— Je vous propose une coopération. J'ai le feu vert du président Grouchavoï. » Jack nota qu'il n'avait pas dit *pleine* coopération, mais l'offre n'en était pas moins surprenante.

Jamais, au grand jamais, sinon dans les mauvais films, le KGB et la CIA n'avaient réellement coopéré sur quoi que ce soit d'important. Certes, le monde avait radicalement changé, mais même sous sa nouvelle incarnation, le KGB continuait à travailler à infiltrer les institutions américaines, et il n'avait toujours pas perdu la main. C'était la raison pour laquelle on ne les laissait pas entrer. Pourtant, il avait quand même fait la proposition. Alors, pourquoi ?

Les Russes ont la trouille. Mais de quoi ?

« Je transmettrai à mon président, une fois que j'aurai consulté Mary Pat. » Ryan ne savait pas trop encore comment il allait présenter la chose. Golovko, toutefois, savait fort bien la valeur de ce qu'il venait d'étaler sur le bureau de l'Américain. Il ne fallait pas être grand clerc pour imaginer la réponse probable.

A nouveau, Ryan devina le sourire. « Je serais fort surpris que Foleïeva ne soit pas d'accord. Je vais encore rester quelques heures à mon bureau.

— Moi de même. Merci, Sergueï.

— Bonne journée, Dr Ryan.

— Ma foi, tout cela m'avait l'air fort intéressant, dit Robby Jackson, la tête passée dans l'embrasure de la porte. On dirait que, pour toi aussi, la nuit a été longue.

— Et en avion, en plus. Un café ? » demanda Jack.

L'amiral secoua la tête. « Encore une tasse et je crois que je me désintègre. » Il entra et s'assit.

« Mauvaises nouvelles ?

— Et ça ne fait qu'empirer. Nous essayons encore de comptabiliser combien nous avons d'hommes en uniforme au Japon en ce moment — un certain nombre étaient en transit. Il y a une heure, un C-141 s'est posé à Yakota et on a aussitôt perdu tout contact avec eux. Ce coup-là, c'était gros comme une maison. Enfin, ils ont peut-être eu une panne de radio. Plus probablement, ils n'avaient plus assez de kérosène pour poursuivre leur route, dit Robby. Un équipage de quatre bonshommes, peut-être cinq — j'ai oublié. Les Affaires étrangères essaient de recenser combien d'hommes d'affaires on a là-bas. Ça devrait nous donner un ordre de grandeur, mais il faut également prendre en considération les touristes.

— Des otages. » Ryan fronça les sourcils.

L'amiral acquiesça. « Mettons dix mille, estimation plancher.

— Les deux subs ? »

Jackson secoua la tête. « Perdus, aucun survivant. Le *Stennis* a récupéré son avion et mis le cap sur Pearl. Il fait route à douze nœuds environ. L'*Enterprise* tente d'avancer sur une seule hélice ; il est en remorque et ne doit pas pouvoir filer plus de six nœuds. Si même il arrive à avancer, vu l'étendue des dégâts mécaniques annoncés par le commandant. On leur a envoyé un remorqueur de haute mer pour leur filer un coup de main. Nous avons fait décoller plusieurs P-3 en direction de Midway pour effectuer des patrouilles anti-sous-marines. Si j'étais dans l'autre camp, j'essaierais de leur porter le coup de grâce. Le *Johnnie Reb* devrait pouvoir s'en tirer, mais le *Big-E* fait une putain de cible immobile. Ça inquiète le CINCPAC. Terminés, les rêves de puissance, Jack.

— Guam ?

— L'ensemble des Mariannes est devenu inaccessible, à une exception près. » Et Jackson d'expliquer l'épisode Oreza. « Tout ce qu'il peut nous dire, c'est à quel point la situation est grave.

— Recommandations ?

— J'ai des équipes qui explorent un certain nombre d'idées, mais avant tout, on aurait besoin de savoir si le Président en a la volonté politique. A ton avis ? demanda Robby.

— Leur ambassadeur sera ici sous peu.

— Fort aimable de sa part. Mais vous n'avez pas répondu à ma question, Dr Ryan.

— Je n'en sais encore rien.

— Eh bien voilà qui est rassurant. »

Pour le capitaine de vaisseau Bud Sanchez, l'expérience était unique. Ce n'était pas tout à fait un miracle s'il avait pu récupérer le S-3 Viking sans incident. Le « Hoover » était un appareil docile à l'appontage, et les vingt nœuds de vent balayant le pont avaient bien aidé. Désormais, l'ensemble de son groupe aérien était de retour au bercail, et le porte-avions s'enfuyait.

Oui, il s'enfuyait. Plus question de foncer au cœur du danger, credo de la marine des États-Unis, mais de rentrer à Pearl, clopin-clopant. Les cinq escadrilles de chasseurs et d'avions d'attaque étaient alignées comme à la parade sur le pont du *John Stennis*, prêtes aux opérations de combat, mais sauf urgence extrême, incapables de décoller. C'était une question de vent et de poids. Les porte-avions viraient au vent pour catapulter et récupérer les avions, et il leur fallait des moteurs d'une puissance phénoménale pour créer, par leur vitesse, le maximum de vent relatif. La masse d'air en mouvement s'ajoutait à l'impulsion donnée par les catapultes à vapeur pour renforcer la portance de l'appareil propulsé dans les airs. Leur capacité à décoller dépendait directement de ce flux d'air et, de manière plus significative, d'un point de vue tactique, l'intensité de ce vent relatif déterminait la capacité d'emport des appareils — et donc leur quantité d'armes et de carburant. Dans l'état actuel des choses, il pouvait faire décoller les avions, mais sans le kérosène nécessaire pour rester en vol un temps significatif ou sillonner l'océan à la recherche de cibles, et sans les armes nécessaires.pour engager le combat avec celles-ci. Il estimait avoir la possibilité d'utiliser les chasseurs pour défendre sa flottille contre une menace aérienne dans un rayon de peut-être cent milles. Mais il n'y avait pas de menace aérienne, et même s'ils connaissaient la position de la formation japonaise en cours de repli, il était hors d'état de l'atteindre avec ses zincs d'attaque. Mais d'un autre côté, il n'avait pas non plus reçu d'ordres l'y autorisant.

La nuit en mer est censée être un spectacle splendide, mais ce n'était pas le cas cette fois-ci. Les étoiles et la lune gibbeuse se reflétaient sur le calme miroir de l'océan, rendant tout le monde nerveux. Il y avait bien assez de lumière pour repérer les navires, black-out ou pas. Les seuls appareils réellement actifs de son groupe aérien étaient les hélicos de lutte anti-sous-marine dont les feux clignotants anticollision étincelaient à l'avant des deux porte-avions. Ils avaient reçu le renfort de ceux d'une partie des navires d'escorte du *Johnnie Reb*. Le seul avantage de leur faible vitesse d'évolution était d'offrir aux destroyers et aux frégates de meilleures conditions de travail pour leurs sonars dont le réseau d'émetteurs à large ouverture se déployait dans leur sillage. Mais il n'en avait pas de trop. La majeure partie de ses navires d'escorte étaient restés derrière pour attendre l'*Enterprise*, tournant autour du porte-avions sur deux rangées, comme les gardes du corps d'un chef d'État, tandis qu'une des grosses unités, un croiseur Aegis, tentait de l'aider en le prenant en remorque, ce qui lui avait permis de porter sa vitesse à un bon six nœuds et demi. Sans une tempête pour balayer son pont d'envol, l'*Enterprise* serait totalement incapable de mener des opérations aériennes.

Des sous-marins — de tout temps la menace la plus redoutable pour des porte-avions — pouvaient fort bien rôder dans les parages. Pearl Harbor disait n'avoir pour l'instant décelé aucun contact dans les parages immédiats de l'escadre à présent divisée, mais c'était toujours facile à dire depuis une base à terre. Les opérateurs sonar, pressés de ne rien laisser échapper par des supérieurs nerveux, repéraient au contraire des menaces inexistantes : des courants dans l'eau, les échos de conversations de poissons, n'importe quoi. L'état de nervosité du convoi était traduit de manière éloquente par la manœuvre d'une frégate, qui vira brutalement à bâbord, son sonar ayant indubitablement accroché quelque chose, sans doute rien de plus que le fruit de l'imagination excitée d'un opérateur stagiaire ayant entendu un pet de baleine. Voire deux, estima Sanchez. L'un de ses Seahawk était à présent en vol stationnaire au ras de la surface, trempant au bout d'un filin le dôme de son sonar pour renifler lui aussi la trace. *Encore mille trois cents nautiques d'ici jusqu'à Pearl Harbor.* A douze nœuds. Cela faisait quatre jours et demi. Et chaque mille parcouru, sous la menace d'une attaque sous-marine.

L'autre question était : quel génie avait pu croire que se retirer du Pacifique occidental était une bonne idée ? Les États-Unis étaient une puissance planétaire, oui ou non ? Projeter sa puissance sur l'ensemble de la planète, c'était important, non ? Sans aucun doute *dans le temps*, songea Sanchez en se rappelant ses cours à l'École de guerre. Newport avait été son dernier « tour » avant son affectation de commandant d'escadre aérienne. La marine américaine avait été l'instrument de l'équilibre des forces dans le monde entier pendant deux générations ; capable d'intimider par sa seule présence, voire par de simples photos dans la dernière édition mise à jour du *Jane's Fighting Ships*[1]. On ne pouvait jamais savoir où se trouvaient ses unités. On ne pouvait que compter les cales vides dans les grandes bases navales, et se poser des questions. Eh bien, il n'y en aurait plus guère à se poser, maintenant. Les deux plus grandes cales sèches de Pearl Harbor seraient occupées pendant un certain temps dans les mois à venir, et si les nouvelles en provenance des Mariannes se confirmaient, l'Amérique était désormais dépourvue de la puissance de

---

1. Annuaire illustré des forces militaires terrestres, navales et aériennes des différents pays publié par un éditeur américain *(NdT)*.

feu mobile pour les reprendre, même si Mike Dubro décidait de jouer au 7ᵉ de cavalerie et de faire sonner la charge.

« Bonjour, Chris, merci d'être venu. »

L'ambassadeur serait reçu à la Maison Blanche d'ici quelques minutes. L'horaire était incongru, mais celui qui décidait à Tokyo ne se préoccupait guère du confort de Nagumo, le jeune diplomate en était conscient. Il y avait un autre trait déroutant : Washington était une cité où, en temps normal, on ne prêtait guère attention aux étrangers, mais cela n'allait pas tarder à changer, et aujourd'hui, pour la première fois, Nagumo était un *gaijin*.

« Seiji, enfin, qu'est-ce qui s'est passé là-bas ? » demanda Cook.

Les deux hommes étaient membres du Club de l'université, un établissement cossu qui jouxtait l'ambassade de Russie et se vantait d'avoir un des meilleurs gymnases de la capitale, l'endroit idéal pour une bonne séance d'exercice suivie d'un repas sur le pouce. Un homme d'affaires japonais y louait une suite à l'année, et même s'il risquait de ne plus pouvoir l'utiliser à l'avenir pour ses rendez-vous, pour le moment elle lui garantissait l'anonymat.

« Que vous ont-ils dit, Chris ?

— Qu'un de vos bâtiments de guerre avait eu un petit accident. Bon Dieu, Seiji, les choses ne sont-elles pas bien assez compliquées sans y rajouter ce genre de bourde ? Ça ne suffisait pas avec vos putains de réservoir d'essence ? »

Nagumo prit une seconde avant de répondre. Dans un sens, c'était une bonne nouvelle. Les événements principaux restaient plus ou moins secrets, comme il l'avait prédit, et comme l'avait espéré l'ambassadeur. Il était nerveux, maintenant, même si son attitude n'en laissait rien paraître.

« Chris, ce n'était pas un accident.

— Que voulez-vous dire ?

— Je veux dire que c'était une sorte de bataille navale. Je veux dire que mon pays se sentait extrêmement menacé, et que nous avons dû prendre un certain nombre de mesures défensives pour nous protéger. »

Chris n'arrivait tout bonnement pas à saisir. Bien qu'un des spécialistes du Japon aux Affaires étrangères, il n'avait pas encore été convoqué pour un briefing complet : tout ce qu'il savait, il l'avait appris par son autoradio, et c'était bien mince. Nagumo voyait bien que ça dépassait son entendement que son pays puisse faire l'objet d'une attaque. Après tout, l'Union soviétique avait disparu, non ? C'était réconfortant pour Seiji Nagumo. Bien que terrifié par les risques que le Japon était en train de courir, et bien qu'ignorant leur raison, il restait un patriote. Il aimait son pays, tout autant que n'importe qui. Il était également intégré à sa culture. Il avait des ordres et des instructions. En son for intérieur, il pouvait bien pester contre celles-ci, il avait néanmoins décidé d'agir en bon petit soldat, point final. Et le vrai *gaijin*, c'était Cook, pas lui. C'est ce qu'il ne cessait de se répéter.

« Chris, nos deux pays sont en guerre, si l'on veut. Vous nous avez poussés trop loin. Pardonnez-moi, ça ne me ravit pas, vous devez bien le comprendre.

— Attendez une minute. » Chris Cook secoua la tête en affichant une intense perplexité. « Vous avez dit la guerre ? Une vraie guerre ? »

Nagumo acquiesça lentement puis s'exprima sur un ton raisonnable et désolé. « Nous avons occupé les Mariannes. Par chance, cela s'est réalisé sans pertes humaines. Le bref contact entre nos deux marines a peut-être été un peu plus sérieux, mais pas tant que cela. L'un et l'autre camps sont actuellement en train de se replier, ce qui est une bonne chose.

— Vous avez tué nos compatriotes ?

— Oui, je suis au regret de le dire, il est possible qu'il y ait eu des pertes de part et d'autre. » Nagumo marqua une pause et baissa les yeux, incapable de croiser le regard de son ami. Il y avait déjà lu l'émotion à laquelle il s'attendait. « Je vous en prie, ne m'en veuillez pas, Chris, poursuivit-il avec un calme qui était manifestement le fruit de gros efforts. Mais ces événements se sont produits. Je n'y suis pour rien. Personne ne m'a demandé mon opinion. Vous savez ce que j'aurais dit. Vous savez ce que j'aurais conseillé. » Chaque mot était sincère et Cook le savait.

« Bon Dieu, Seiji, que pouvons-nous faire ? » La question traduisait son amitié et son soutien, et comme telle, elle était fort prévisible. Et, bien entendu, elle offrit à Nagumo l'ouverture qu'il attendait et dont il avait besoin.

« Nous devons trouver le moyen de rester maîtres de la situation. Je n'ai pas envie de voir mon pays encore une fois détruit. Nous devons arrêter ça, et vite. » Ce qui était l'objectif de sa patrie, et donc le sien. « Il n'y a pas place dans le monde pour ce... pour cette abomination. Il y a chez moi des gens plus raisonnables que Goto. C'est un imbécile. Voilà... » Nagumo leva les mains en l'air. « Ça y est, je l'ai dit. Un imbécile. Allons-nous laisser nos deux pays s'infliger mutuellement des dommages irréparables par la faute d'imbéciles ? Parlons-en... avec votre Congrès, et ce cinglé de Trent avec sa loi sur la *réforme* du commerce extérieur. Regardez où nous ont menés ses prétendues *réformes*! » Nagumo était vraiment remonté. Capable, en bon diplomate, de masquer ses sentiments personnels, il se découvrait à présent des talents d'acteur d'autant plus efficaces qu'il croyait vraiment à ce qu'il disait. Il regarda son ami, les larmes aux yeux. « Chris, si les gens comme nous ne reprennent pas en main la situation, mon Dieu, alors qu'est-ce qui va se passer ? L'œuvre de plusieurs générations... détruite. Votre pays et le mien, cruellement touchés, des morts de part et d'autre, un trait tiré sur le progrès. Et tout cela pourquoi ? Parce que des imbéciles, dans mon pays et le vôtre, n'ont pas réussi à surmonter des difficultés *commerciales*? Christopher, vous devez m'aider à stopper cette folie. Il le faut ! » Mercenaire et traître ou pas, Christopher Cook était un diplomate, et le credo de sa profession était d'éliminer la guerre. Il devait réagir, et c'est ce qu'il fit.

« Mais qu'est-ce que vous pouvez faire, concrètement ?

— Chris, vous savez que ma position est bien plus importante que le laisserait entendre mon titre officiel, fit remarquer Nagumo. Comment, sinon, aurais-je pu faire pour vous tout ce qui a permis à notre amitié d'être ce qu'elle est aujourd'hui ? »

Cook opina. Il l'avait senti venir.

« J'ai des amis, de l'influence à Tokyo. Il me faut du temps. Une marge de manœuvre pour négocier. Cela fait, je serai en mesure d'infléchir notre position, d'offrir du concret aux adversaires politiques de Goto. Nous devons renvoyer ce type à l'asile d'où il n'aurait jamais dû sortir — ou alors, chargez-vous de le descendre. Ce cinglé risque de détruire mon pays, Chris ! Pour l'amour du ciel, il faut m'aider à l'arrêter. » Cette dernière phrase avait jailli comme un cri du cœur.

« Bon Dieu, mais qu'est-ce que je peux faire, Seiji ? Je ne suis jamais que sous-chef de cabinet aux Affaires étrangères, ne l'oubliez pas. Un petit papoose, et il y a des flopées de grands sachems...

— Vous êtes un des rares à votre ministère qui sache nous comprendre. Ils viendront vous demander conseil. » Un peu de flatterie ne nuisait pas. Cook acquiesça.

« Sans doute. S'ils sont malins, ajouta-t-il. Scott Adler me connaît. On se parle.

— Si vous pouvez me dire ce que veulent vos diplomates, je pourrai répercuter cette information à Tokyo. Avec un peu de chance, je pourrai demander à mes amis au ministère des Affaires étrangères de l'examiner aussitôt. Si déjà nous pouvons réussir ça, vos idées auront alors l'air d'être les nôtres, et nous pourrons plus aisément accéder à vos souhaits. » On appelait ça le *judo*, la « voie de la souplesse », un art qui se résumait à exploiter la force et les mouvements de l'adversaire pour les retourner contre lui. Nagumo était convaincu d'en user avec un art consommé. Il convenait de faire appel à la vanité de Cook, le convaincre qu'avec son talent, il pouvait à lui seul influer sur la politique étrangère de son pays. Nagumo n'était pas mécontent d'avoir ourdi un aussi beau coup.

Cook grimaça de nouveau, incrédule. « Bon Dieu, mais si nous sommes en guerre, comment compte-t-il...

— Goto n'est pas complètement cinglé. Nous laisserons ouvertes nos ambassades pour maintenir une ligne de communication. Nous vous proposerons une restitution des Mariannes. Je doute que l'offre soit parfaitement sincère, mais elle sera mise sur la table en signe de bonne foi. Et voilà, conclut Seiji. Je viens de trahir mon pays. » *Comme prévu.*

« Quelle option votre gouvernement serait-il prêt à accepter pour mettre fin à la partie ?

— Selon moi ? L'indépendance totale des Mariannes du Nord ; la fin de leur statut de *commonwealth*. Pour des raisons géographiques et économiques, elles retomberont de toute manière dans notre sphère d'influence. Je crois que c'est un compromis équitable. Au surplus, nous y possédons la majorité des terres, rappela Nagumo à son hôte. Ce n'est qu'une hypothèse personnelle, mais je la crois bonne.

— Et Guam ?

— Pourvu que l'île soit démilitarisée, elle reste territoire américain. Encore une hypothèse, mais jouable également. Il faudra du temps pour résoudre l'ensemble du contentieux, mais je crois que nous pouvons arrêter cette guerre avant qu'elle ne dégénère.

— Et si nous ne tombons pas d'accord ?

— Alors, beaucoup de gens vont mourir. Nous sommes diplomates, Chris. Notre mission vitale est de l'empêcher. » Il insista : « Si vous pouvez m'aider, rien qu'en nous faisant part de ce que vous voulez de nous, pour que je puisse amener mon camp à évoluer dans cette direction, alors vous et moi pourrons arrêter une guerre, Chris. Je vous en prie, pouvez-vous m'aider ?

— Je ne demanderai pas d'argent pour ça, Seiji », fut tout ce qu'il trouva à répondre.

Incroyable. Le bonhomme avait des principes, en fin de compte. Encore heureux qu'il n'ait pas autant de jugeote.

L'ambassadeur du Japon se présenta, conformément aux instructions, à l'entrée de l'aile est. Un huissier de la Maison Blanche ouvrit la portière de la limousine Lexus, et le Marine à la porte salua, n'ayant pas reçu de contrordre. Le diplomate entra seul, sans garde du corps, et passa sans encombre sous le portique détecteur de métaux, puis il tourna vers l'ouest, empruntant un long couloir qui desservait, entre autres, la salle de cinéma privée du Président. Le corridor était décoré de portraits d'autres présidents américains, de sculptures de Frederic Remington et d'autres souvenirs datant de la conquête de l'Ouest. Le parcours était censé faire sentir au visiteur la dimension du pays devant lequel il représentait le sien. Un trio d'agents du Service secret l'escorta jusqu'à l'étage des Affaires étrangères, un endroit qu'il connaissait bien, puis ils s'enfoncèrent un peu plus vers l'ouest du bâtiment, jusqu'à l'aile d'où les États-Unis étaient gouvernés. Il nota que les regards n'étaient pas inamicaux, simplement corrects, mais bien loin de la cordialité qu'il rencontrait d'habitude en ces murs. Comme pour mieux enfoncer le clou, la rencontre avait lieu dans le salon Roosevelt. Celui-ci abritait le prix Nobel décerné à Theodore pour avoir négocié la fin de la guerre russo-japonaise.

Si tout ce décorum avait été conçu pour l'impressionner, alors cette dernière touche allait à l'encontre de l'effet escompté. Les Américains, comme tant d'autres, avaient toujours eu ce penchant ridicule pour le mélodrame. La salle du traité indien, sise dans l'ancien bâtiment de l'exécutif, tout à côté, avait été conçue jadis pour épater les sauvages. Ce salon-ci lui rappelait le premier grand conflit qu'avait connu son pays, et qui avait haussé le Japon au rang des grandes nations après sa victoire contre un autre membre du club, la Russie tsariste, un pays bien moins grand qu'il n'en donnait l'apparence, pourri de l'intérieur, déchiré par les dissensions, mais enclin à poser et fanfaronner. Tout à fait comme l'Amérique, en définitive, s'avisa l'ambassadeur. C'était ce genre de réflexion qui l'aidait à empêcher ses genoux de trembler.

Le Président Durling s'était levé pour l'accueillir, et lui tendre la main.

« Monsieur l'ambassadeur, vous connaissez tout le monde ici. Je vous en prie, asseyez-vous.

— Merci, monsieur le président, et merci d'avoir accepté de me recevoir aussi vite. »

Il parcourut du regard la table de conférence, tandis que Durling allait s'installer à l'autre bout, et salua de la tête chacun des participants. Il y avait là Brett Hanson, ministre des Affaires étrangères ; Arnold van Damm, secrétaire de la Maison Blanche ; John Ryan, chef du Conseil national de sécurité. Le ministre de la Défense était également dans les murs, il le savait, mais pas ici. Révélateur. L'ambassadeur avait servi de nombreuses années à Washington et il connaissait bien les Américains. Il lisait de la colère sur les visages des hommes assis ; même si le Président dominait admirablement ses émotions, tout comme les agents de la Sécurité postés aux portes, son regard était celui d'un soldat. Chez Hanson, la colère était scandalisée. Il n'arrivait pas à croire qu'on puisse être stupide au point de menacer son pays d'une manière quelconque ; l'homme évoquait un enfant gâté fâché d'avoir été mal noté par un examinateur juste et scrupuleux. Van Damm : un politicien qui le considérait comme un *gaijin* — un drôle de petit bonhomme, en vérité. C'était encore Ryan qui

28

semblait se dominer le plus, même si la colère était bien là, trahie plus par la main crispée sur le stylo que par le regard impavide de ses yeux bleus de chat. L'ambassadeur n'avait encore jamais eu l'occasion de rencontrer Ryan, en dehors de rares circonstances officielles. La même chose était vraie de la majorité des personnels d'ambassade, et même si le passé de cet homme n'était pas un secret pour les gens bien informés de la capitale, Ryan avait une réputation de spécialiste de l'Europe, par conséquent peu au fait des mœurs japonaises. C'était parfait, estima l'ambassadeur. Mieux informé, il aurait pu constituer un dangereux ennemi.

« Monsieur l'ambassadeur, c'est vous qui avez sollicité cette entrevue, dit Hanson. Nous vous laissons la parole. »

Ryan dut supporter la déclaration liminaire. Elle était interminable, préparée et prévisible : ce qu'aurait pu dire n'importe quel pays en de telles circonstances, épicé d'un grain d'orgueil national. Ce n'était pas de leur faute ; on les avait poussés à bout, traités comme des vassaux indignes, en dépit de longues années d'amitié fidèle et fructueuse. Eux aussi, ils regrettaient la situation. Et ainsi de suite. Ce n'était que du blabla diplomatique, et Jack laissa ses yeux faire le boulot tandis que ses oreilles filtraient le bruit ambiant.

Plus intéressante était l'attitude de l'orateur : quand l'atmosphère est détendue, les diplomates ont tendance à être lyriques, lorsqu'elle est hostile, ils marmonnent, comme gênés de débiter leur discours. Pas cette fois. L'ambassadeur du Japon manifestait une superbe révélant la fierté pour sa patrie et pour ses actes. Sans défi, mais sans embarras non plus. Même l'ambassadeur d'Allemagne qui avait annoncé l'invasion à Molotov avait exprimé des regrets, se souvint Jack.

Pour sa part, le Président écoutait, impassible, laissant Arnie manifester la colère, et Hanson, la surprise, nota Jack. Un bon point pour lui.

« Monsieur l'ambassadeur, une guerre avec les États-Unis d'Amérique n'est pas une bagatelle », commença le ministre des Affaires étrangères, à l'issue de la déclaration liminaire.

L'ambassadeur ne broncha pas. « Ce ne sera une guerre que si vous le voulez bien. Nous n'avons nul désir de détruire votre pays, mais nous devons veiller à nos intérêts de sécurité. » Il poursuivit en énonçant la position de son pays sur les Mariannes.

Elles avaient naguère fait partie du territoire nippon et lui revenaient à nouveau. Son pays était en droit d'avoir son propre périmètre défensif. Et voilà, expliqua-t-il, il ne fallait pas chercher plus loin.

« Vous êtes bien conscient, dit Hanson, que nous avons la capacité de détruire votre pays ?

— Certes. » Il hocha la tête. « Je le sais. Nous n'avons certainement pas oublié votre recours aux armes nucléaires contre notre territoire national. »

La réponse fit tiquer Jack. Il nota sur son calepin : *Engins nucléaires ?*

« Vous avez autre chose à nous dire, observa Durling, en intervenant dans la conversation.

— Monsieur le président... mon pays dispose également d'armes nucléaires.

— Et vous les expédiez comment ? » ricana Arnie. Ryan le remercia en silence pour cette question. Il y avait des moments où les cons avaient leur place.

« Mon pays possède un certain nombre de missiles intercontinentaux munis de têtes nucléaires. Vos compatriotes ont pu visiter l'usine d'intégration. Vous pourrez vérifier auprès de la NASA, si vous voulez. » D'une voix neutre, l'ambassadeur cita des noms, des dates, et remarqua que Ryan les notait scrupuleusement, en bon fonctionnaire. Le silence était devenu tel qu'il pouvait entendre gratter la pointe du stylo. Mais le plus intéressant, c'était les regards qu'il lisait chez les autres.

« Nous menacez-vous ? » demanda calmement Durling.

De l'autre bout de la table, l'ambassadeur le fixa droit dans les yeux. « Non, monsieur le président, absolument pas. J'énonce juste un fait. Je le répète : ce ne sera une guerre que si tel est votre désir. Oui, nous savons que vous pouvez nous détruire si vous le voulez, et nous ne pouvons pas vous détruire, même si nous pouvons vous infliger de graves dégâts. Et pour quoi, monsieur le président ? Quelques îles qui, de toute façon, nous reviennent historiquement ? Depuis déjà plusieurs années, elles n'ont plus d'américain que le nom.

— Et les gens que vous avez tués ? intervint van Damm.

— Je le regrette sincèrement. Nous proposerons bien sûr de dédommager les familles. Nous avons l'espoir d'aboutir à un arrangement. Nous n'inquiéterons pas votre ambassade ou son personnel, et nous espérons que vous manifesterez la même courtoisie à notre égard, afin de maintenir le contact entre nos deux gouvernements. Est-il si difficile, poursuivit-il, de nous considérer comme des égaux ? Pourquoi éprouvez-vous le besoin de nous nuire ? Dois-je vous rappeler qu'un banal accident d'avion, imputable à une erreur de vos ingénieurs de chez Boeing, a fait naguère plus de victimes parmi mes concitoyens que vous n'avez perdu de marins dans le Pacifique. Avons-nous alors manifesté notre colère ? Avons-nous menacé votre sécurité économique, la survie même de votre nation ? Non. Rien de tel. L'heure est venue pour mon pays de trouver sa place dans le concert des nations. Nous nous sommes retirés du Pacifique occidental. Nous devons désormais veiller à assurer notre propre défense. Et pour cela, il n'y a pas de demi-mesures. Comment, alors que vous avez déjà économiquement mutilé notre pays, pourrions-nous avoir l'assurance que vous n'allez pas chercher par la suite à nous détruire physiquement ?

— Jamais nous ne ferions une chose pareille ! objecta Hanson.

— Facile à dire, monsieur le ministre. Vous l'avez bien déjà fait une fois et, comme vous l'avez vous-même remarqué il y a un instant, vous en avez toujours la capacité.

— Ce n'est pas nous qui avons commencé cette guerre, souligna van Damm.

— Non ? demanda l'ambassadeur. En nous privant de pétrole et de débouchés commerciaux, vous nous avez acculés à la ruine, et une guerre en a résulté. Pas plus tard que le mois dernier, vous avez plongé notre économie dans le chaos en espérant que nous ne réagirions pas — parce que nous n'avions pas la capacité de nous défendre. Eh bien, nous l'avons. Peut-être que nous allons maintenant pouvoir traiter en égaux.

« Pour ce qui concerne mon gouvernement, le conflit est terminé. Nous n'effectuerons aucune autre action contre les Américains. Vos compatriotes sont les bienvenus dans mon pays. Nous modifierons nos pratiques commerciales pour nous conformer à vos lois. Toute cette crise pourrait être présentée à votre public comme un malheureux accident, et nous pourrions aboutir à un accord sur les Mariannes. Nous sommes prêts à négocier un règlement conforme aux exigences de votre pays et du mien. Telle est la position de mon gouvernement. » Sur quoi, l'ambassadeur ouvrit sa serviette et en sortit la « note » qu'exigeaient les règles de la diplomatie internationale. Il se leva et la donna au ministre des Affaires étrangères.

« Si vous avez besoin de ma présence, je reste à votre service. Messieurs, je vous salue. » Il regagna la porte, passa devant le chef du Conseil national de sécurité, qui ne le suivit pas des yeux comme tous les autres. Ryan n'avait pas ouvert la bouche. De la part d'un Japonais, cela aurait pu être troublant, mais pas chez un Américain. Il n'avait simplement rien à dire. Enfin, c'était un spécialiste de l'Europe, après tout, non ?

La porte se referma et Ryan attendit encore quelques secondes avant de parler.

« Eh bien, c'était intéressant, observa-t-il en consultant sa page de notes. Il ne nous a donné qu'une information vraiment importante.

— Que voulez-vous dire ? demanda Hanson.

— Les armes nucléaires et leurs vecteurs. Le reste n'était que du baratin, destiné en fait à un tout autre auditoire. Nous ne savons toujours pas ce qu'ils manigancent au juste. »

25

Tous les chevaux du roi

LES médias ne le savaient pas encore, mais ça n'allait pas durer. Le FBI était déjà à la recherche de Chuck Searls. Ils savaient que ce ne serait pas facile, et le fond du problème, c'est que compte tenu des éléments à leur disposition, ils devraient se contenter de l'interroger. Les six programmeurs qui avaient à divers titres contribué à la conception d'ELECTRA-CLERK 2.4.0 avaient tous été interrogés, et tous avaient nié avoir eu connaissance de ce qu'ils appelaient l'Œuf de Pâques, en exprimant à chaque fois un mélange d'indignation pour les résultats, et d'admiration pour la méthode employée : rien que trois malheureuses lignes de code disséminées dans le programme, qu'il leur avait fallu vingt-sept heures à eux six pour dénicher. Et c'est là qu'était apparu le plus grave : outre Searls, ces six hommes avaient eu accès au code-source du programme. Ils étaient, après tout, les principaux programmeurs de la boîte et, bénéficiant tous du même niveau d'autorisation, ils pouvaient tous y accéder chaque fois qu'ils le désiraient, jusqu'au moment où le programme finalisé quittait le bureau, chargé sur le disque dur amovible. Au surplus, alors qu'il n'y avait aucun enregistrement des accès, chacun d'eux avait la possibilité de bidouiller la programmation du serveur, afin soit d'effacer les journaux consignant les temps de connexion, soit de les cumuler avec d'autres. De sorte que l'Œuf de Pâques pouvait avoir résidé là durant les plusieurs mois nécessaires à le peaufiner, tant il paraissait soigneusement conçu. En définitive, admit sans trop se faire prier l'un des informaticiens, n'importe lequel aurait pu le faire. Il n'y avait pas d'empreintes digitales sur les logiciels. Et plus important encore pour le moment, il n'y avait aucun moyen de défaire ce qu'ELECTRA-CLERK 2.4.0 avait fait.

Et ce qu'il avait fait était suffisamment terrifiant pour que les agents du FBI chargés de l'enquête se permettent de l'humour noir en remarquant que l'installation de fenêtres blindées isolantes dans les immeubles de Wall Street avait sans doute sauvé plusieurs milliers de vies humaines. La dernière transaction identifiable avait été enregistrée à 12:00:00 et à partir de 12:00:01, tous les enregistrements étaient du charabia. Des milliards, en fait des centaines de milliards de dollars de transactions avaient disparu, perdus dans les enregistrements sur bandes informatiques de la DTC, la Compagnie fiduciaire de dépôt.

La nouvelle n'avait pas encore été ébruitée. L'événement était encore tenu secret, une tactique suggérée à l'origine par les dirigeants de la DTC, et jusqu'ici approuvée par les responsables tant de la Commission des opérations de Bourse que par ceux de la Bourse de New York. Ils avaient dû s'en expliquer au FBI. En plus des sommes perdues dans le krach survenu ce vendredi, il fallait compter l'argent gagné sur ce que les professionnels américains appellent des « puts », les options de vente, une technique à laquelle avaient recours de nombreux agents de change afin de se garantir, et qui était un moyen de faire des profits sur un marché en baisse. En outre, chaque société de Bourse tenait ses propres archives des transactions : il était donc en théorie tout à fait possible, avec du temps, de reconstituer l'ensemble des données effacées par l'Œuf de Pâques. Mais si jamais la nouvelle du désastre à la DTC devenait publique, le risque existait que certains courtiers indélicats, ou simplement poussés par le désespoir, soient tentés de trafiquer leurs propres archives. C'était improbable dans le cas des charges importantes, mais à peu près inévitable avec les plus petites, et ce genre de malversation était quasiment impossible à prouver — le classique dilemme de la parole d'un individu contre celle d'un autre, l'hypothèse la pire en matière d'enquête criminelle. Même dans les plus grandes et les plus honorables des sociétés de Bourse, il y avait toujours des scélérats, réels ou potentiels. Les sommes en jeu étaient tout simplement trop colossales, une situation compliquée encore par l'éthique professionnelle des courtiers qui était de sauvegarder en toutes circonstances l'argent de leurs clients.

34

Pour cette raison, c'était plus de deux cents agents fédéraux qui s'étaient rendus au bureau et au domicile personnel des dirigeants de toutes les sociétés de Bourse et d'investissement dans un rayon de cent cinquante kilomètres autour de New York. La tâche s'avéra bien plus aisée que d'aucuns auraient pu le craindre, car la majorité de ces cadres profitaient du week-end pour mettre les bouchées doubles et dans la plupart des cas, ils acceptèrent de coopérer en fournissant leurs fichiers informatiques. On estima que quatre-vingt pour cent des transactions intervenues après midi le vendredi étaient désormais en possession des autorités fédérales. C'était le plus facile. Le plus délicat, apprirent bientôt les agents du FBI, ce serait d'analyser ces données, d'associer chaque transaction effectuée par telle maison avec son pendant dans toutes les autres. Ironie de la situation, un programmeur de chez Searls avait, sans y être invité, défini la configuration minimale pour s'acquitter de la tâche : une station de travail haut de gamme par répertoire de fichiers pour chaque compagnie, toutes ces machines étant connectées en réseau, géré par un serveur au moins aussi puissant qu'un super-ordinateur Cray Y-MP (il y en avait un à la CIA et trois autres à la NSA, leur apprit-il), et piloté par un programme spécifique passablement complexe. Car il y avait des milliers de courtiers et d'institutions, et certaines avaient effectué des millions de transactions. Les permutations, expliqua-t-il aux deux agents encore capables de suivre son discours débité à toute vitesse, étaient sans doute de l'ordre de dix puissance seize... voire dix-huit. Ce dernier nombre, dut-il leur préciser, représentait mille millions de milliards. Bref, un très très gros chiffre. Oh, et encore une chose : ils avaient intérêt à être parfaitement certains de détenir toutes les archives de toutes les firmes et toutes les charges, ou sinon tout le bel édifice risquait de s'effondrer. Le temps nécessaire pour effectuer cette péréquation ? Il préférait ne pas s'avancer, ce qui ne ravit pas spécialement les policiers obligés de retourner au siège de l'agence fédérale pour expliquer tout ça à leur patron, un homme qui ne voulait même pas entendre parler d'utiliser son ordinateur de bureau pour taper le courrier. Le titre *Mission : Impossible* leur vint à l'esprit sur le chemin du retour.

Et pourtant, il faudrait bien en passer par là. Il ne s'agissait pas simplement d'une affaire de cotation boursière, après tout.

Chaque transaction représentait également une valeur monétaire, de l'argent bien concret qui avait changé de main en passant d'un compte à l'autre ; et même s'ils étaient électroniques, ces mouvements monétaires complexes devaient être comptabilisés. Et jusqu'à ce que toutes les transactions soient réglées, le montant des sommes disponibles sur les comptes de toutes les sociétés de Bourse, de toutes les banques, et en définitive de tous les particuliers en Amérique — même ceux qui n'avaient pas de portefeuille — ce montant restait impossible à chiffrer. Non seulement Wall Street était paralysé, mais tout le système bancaire américain était désormais figé sur place, une conclusion à laquelle on avait abouti à peu près au moment où les roues du train d'Air Force One touchaient la piste de la base aérienne d'Andrews.

« Et merde », commenta le sous-directeur de la division opérations de New York du FBI. Pour ça, il était plus loquace que ces collègues des autres agences fédérales qui avaient réquisitionné son bureau à l'angle nord-ouest du bâtiment pour en faire une salle de conférence. Les autres se contentèrent de baisser le nez vers la moquette bon marché et de se racler la gorge.

La situation risquait d'empirer, et ça ne rata pas. L'un des employés de la DTC raconta la chose à un voisin, qui était avocat, qui le répéta à un autre, qui était journaliste, qui passa deux ou trois coups de fil et prépara un papier pour le *New York Times*. La rédaction appela le ministre des Finances qui, à peine rentré de Moscou et pas encore informé de la gravité de la situation, se refusa à tout commentaire mais omit de demander au quotidien d'y aller avec des pincettes. Avant qu'il ait pu rectifier son erreur, l'article était prêt à rouler.

Le ministre des Finances Bosley Fiedler parcourut quasiment au pas de course le tunnel reliant son ministère à la Maison Blanche. Guère habitué à l'exercice physique, c'est soufflant comme un phoque qu'il entra dans le salon Roosevelt, ratant de peu le départ de l'ambassadeur nippon.

« Qu'est-ce qui se passe, Buzz ? » demanda le Président Durling.

Fiedler prit sa respiration et donna en cinq minutes un résumé de ce qu'il venait d'apprendre via téléconférence avec New York.

« Nous ne pouvons pas laisser les marchés ouvrir, conclut-il. Je veux dire, c'est matériellement impossible. Personne ne peut négocier. Personne ne sait de combien d'argent il dispose. Personne ne sait qui détient quoi. Quant aux banques... monsieur le président, nous avons là un gros problème. On n'a jamais rien connu même de vaguement approchant dans le passé.

— Buzz, ce n'est jamais qu'une question d'argent, non ? intervint Arnie van Damm, qui se demandait pour quelle raison il fallait que tout ça se produise en un seul jour, après une période de plusieurs mois somme toute agréable.

— Non, ce n'est pas qu'une question d'argent. » Toutes les têtes se tournèrent, car c'était Ryan qui avait répondu à la question. « C'est une question de confiance. Notre ami Buzz a écrit un livre là-dessus, au temps où je travaillais pour Merrill Lynch. » Peut-être qu'une référence amicale l'aiderait à retrouver son calme.

« Merci, Jack. » Fiedler s'assit et but une gorgée d'eau. « Prenez le krach de 1929, par exemple. En réalité, quelle fut l'étendue des pertes ? En termes monétaires, elle a été nulle. Bon nombre d'investisseurs y ont perdu leur chemise, et la couverture des options a encore aggravé les choses, mais ce que les gens ont souvent du mal à saisir est que cet argent qu'ils ont perdu était de l'argent déjà donné à d'autres.

— Je ne saisis pas. » C'était Arnie van Damm.

« A vrai dire, tu n'es pas le seul. Cela fait partie de ces trucs qui sont trop simples. Pour la majorité des gens, le marché monétaire est synonyme de complexité, mais ils oublient que la forêt est composée d'arbres. Chaque investisseur qui a perdu de l'argent l'avait auparavant *donné* à un courtier, en échange de quoi il avait reçu un certificat d'action. Il a donc troqué son argent contre quelque chose de valeur, mais la valeur de ce quelque chose a chuté, et le krach, ce n'est rien d'autre. En revanche, le premier type, celui qui a donné le titre et récupéré l'argent *avant* le krach, celui-là, fondamentalement, a fait la bonne opération, et il n'a rien perdu, d'accord ? Par conséquent, la quantité d'argent circulant dans l'économie en 1929 n'a strictement pas changé.

— L'argent ne s'évapore pas comme ça, Arnie, expliqua Ryan. Il va d'un endroit à un autre. Il ne disparaît pas. La Banque fédérale de réserve y veille. » Il était toutefois manifeste que van Damm ne comprenait toujours pas.

« Mais alors, bon Dieu, pourquoi la Grande Dépression s'est-elle produite ?

— La confiance, répondit Fiedler. Une grand nombre de gens se sont fait réellement étendre en 29 par le jeu de la couverture des options. Ils se sont portés acquéreurs d'actions avec un apport d'un montant inférieur à la valeur de la transaction réelle. Aujourd'hui, on pratique plutôt la réactualisation des couvertures. Et par la suite, ils se sont trouvés incapables d'honorer leurs engagements quand ils ont dû revendre. Les banques et les autres institutions ont pris une sévère raclée parce qu'elles étaient obligées de couvrir les marges. On s'est retrouvé avec d'un côté une quantité de petits porteurs qui n'avaient plus que des dettes qu'ils étaient dans l'impossibilité de commencer à rembourser, et de l'autre, des banques à court de liquidités. Dans ce genre de circonstances, les gens ne font plus rien. Ils ont peur de risquer le peu qui leur reste. Ceux qui se sont retirés à temps et qui ont donc encore de l'argent — en fait, ceux qui n'ont pas vraiment souffert —, ceux-là voient dans quel état se trouve le reste de l'économie et ils ne font rien non plus, ils préfèrent attendre, tant ce qui se passe leur flanque la trouille. Voilà quel est le problème, Arnie.

« Voyez-vous, ce qui bâtit une économie, ce n'est pas la richesse, mais l'usage qu'on en fait, toutes les transactions qui se produisent chaque jour, du gamin qui tond votre pelouse pour un dollar au rachat d'une grande entreprise. Si ça s'arrête, tout s'arrête. »

Ryan regarda Fiedler en marquant son approbation. C'était un superbe abrégé de cours magistral.

« Je ne suis toujours pas certain d'avoir saisi, dit le secrétaire de la Maison Blanche. » Le Président écoutait toujours, sans un mot.

A mon tour. Ryan secoua la tête. « Il n'y pas tant de monde qui comprenne. Comme vient de le dire Buzz, c'est trop simple. On considère l'activité économique, pas l'inactivité, pour mesurer une tendance, mais c'est l'inactivité qui est le véritable danger dans le cas présent. Si j'opte pour une position attentiste, mon argent ne circule pas. Je n'achète pas de biens et les gens qui fabriquent les objets que j'aurais pu acheter se retrouvent sans travail. Perspective terrible pour eux et leurs voisins. Les voisins ont tellement peur qu'ils s'accrochent à leur argent — pourquoi le dépenser, alors qu'ils pourraient en avoir besoin, si jamais ils se retrouvaient au chômage eux aussi. Et ainsi de suite. Non, nous avons vraiment un gros problème sur les bras, messieurs, conclut Jack. Lundi matin, les banquiers vont s'apercevoir à leur tour qu'ils ne savent plus ce qu'ils possèdent. La crise bancaire n'avait vraiment commencé qu'en 1932, bien après la reprise du marché boursier. Ce ne sera pas le cas ce coup-ci.

— C'est si grave ? » La question venait du Président.

« Je n'en sais rien, répondit Fiedler. Ça ne s'est encore jamais produit.

— "Je n'en sais rien", ça ne résout pas le problème, Buzz, observa Durling.

— Vous préféreriez un mensonge ? rétorqua le ministre des Finances. Il faudrait qu'on ait avec nous le gouverneur de la Réserve fédérale. Nous sommes confrontés à quantité de problèmes. Le plus gros étant une crise de liquidités d'une ampleur sans précédent.

— Sans oublier un conflit armé, rappela Ryan, à l'intention de ceux qui auraient oublié.

— Des deux crises, quelle est la plus sérieuse ? » demanda le Président Durling.

Ryan réfléchit une seconde. « En termes de dégâts concrets pour notre pays ? Nous avons eu deux sous-marins coulés, mettons dans les deux cent cinquante marins perdus. Deux porte-avions endommagés. Ils sont réparables. Les Mariannes ont changé de souveraineté. Ce sont certes de mauvaises nouvelles, conclut Jack, sur un ton mesuré, réfléchissant tout en parlant. Mais elles n'affectent pas en profondeur notre sécurité nationale parce qu'elles ne touchent pas à la vraie force de notre pays. L'Amérique, c'est une idée partagée. Nous sommes un peuple qui pense d'une certaine manière, qui croit pouvoir réaliser ce qu'il a envie de faire. Tout le reste en découle. Cela s'appelle la confiance, l'optimisme : tout ce que les autres pays trouvent si bizarre chez nous. Supprimez ça, et nous ne sommes plus différents de n'importe qui. Pour répondre en deux mots à votre question, monsieur le président, le problème économique est bien plus dangereux que les revers que viennent de nous infliger les Japonais.

— Vous me surprenez, Jack.

— Monsieur, pour paraphraser Buzz, vous préférez que je vous mente ? »

« Bon Dieu, quel est le problème ? » demanda Ron Jones. Le soleil était déjà levé, et l'USS *Pasadena* était visible, encore amarré à quai, le pavillon national pendant, inerte, dans l'air calme. Un bâtiment de guerre de la marine des États-Unis restait là sans rien faire, alors que le fils de son mentor venait de mourir, tué par l'ennemi. Pourquoi est-ce que personne ne réagissait ?

« Il n'a pas reçu d'instructions, expliqua Mancuso, parce que je n'ai pas reçu d'instructions, parce que le CINCPAC n'a pas reçu d'instructions, parce que l'Autorité nationale de commandement n'a émis aucune instruction.

— Ils sont réveillés, là-haut ?

— Paraît que le ministre de la Défense serait en ce moment à la Maison Blanche. Le Président aura dû être informé, à l'heure qu'il est, estima le ComSubPac.

— Mais il n'arrive pas à se décider, observa Jones.

— C'est le Président, Ron. On fera ce qu'il dira.

— Ouais, comme avec Johnson qui a expédié mon vieux chez les Viets. » Il se tourna vers la carte murale. D'ici la fin de la journée, les bâtiments de surface japonais seraient hors de portée des porte-avions, qui étaient de toute façon incapables de lancer des frappes. L'USS *Gary* avait interrompu sa recherche de survivants, surtout par peur de tomber sur un des sous-marins japonais en patrouille, mais la frégate donnait surtout l'impression d'avoir été chassée de la zone par une vedette garde-côtes. Les renseignements dont ils disposaient étaient fondés sur des données satellitaires parce qu'il n'avait pas été jugé prudent d'envoyer ne fût-ce qu'un P-3C surveiller les bâtiments de surface — sans parler d'aller traquer les contacts sous-marins. « Toujours les premiers à se tirer du danger, hein ? »

Mancuso décida cette fois de ne pas relever. Il était officier général et payé pour penser en officier général. « Chaque chose en son temps. Nos principales forces en danger pour l'instant

40

sont ces deux porte-avions. Nous devons les rapatrier, et ensuite les faire réparer. Wally est en train de planifier les opérations. Nous devons recueillir des renseignements, les analyser, réfléchir, et ensuite, décider de ce qu'on pourra faire.

— Et ensuite encore, voir s'il sera d'accord ? »

Mancuso acquiesça. « C'est ainsi que marche le système.

— Super. »

L'aube était bien agréable. Installé au pont supérieur du 747, Yamata avait choisi un siège près d'un hublot à gauche, et il regardait dehors, ignorant le murmure des conversations autour de lui. Il avait à peine dormi ces trois derniers jours, et la nervosité et le soulagement inondaient encore ses veines. Ce vol était le dernier des vols prévus. Emportant pour l'essentiel du personnel administratif, ainsi que quelques ingénieurs et civils pour commencer à mettre en place le nouveau gouvernement. Les bureaucrates chargés de cette tâche étaient plutôt des malins dans leur genre. Bien entendu, tous les gens de Saipan auraient le droit de vote, et les élections seraient soumises à un contrôle international, c'était une nécessité politique. Il y avait environ vingt-neuf mille résidents sur l'île, mais c'était sans compter les Japonais, dont bon nombre y possédaient désormais des terres, des maisons et des entreprises commerciales. C'était également sans compter les soldats et les clients des hôtels. Les hôtels — les plus grands appartenaient à des Japonais, bien sûr — seraient considérés comme des résidences d'habitation, et tous leurs clients, comme des locataires domiciliés sur place. En tant que citoyens japonais, ils avaient le droit de vote. Les soldats étaient également des citoyens, avec les mêmes droits, et comme leur statut de garnison restait indéterminé, ils étaient également domiciliés sur place. Entre les soldats et les civils, cela faisait plus de trente et un mille Japonais sur l'île et, le jour du scrutin, ses concitoyens mettraient sans aucun doute un point d'honneur à exercer leurs droits civiques. *Le contrôle international*, songea-t-il, le regard perdu vers le levant, *mon cul !*

C'était particulièrement plaisant d'observer depuis une altitude de trente-sept mille pieds l'apparition des premières lueurs pâles à l'horizon, draperies décoratives pour un bouquet d'étoiles encore visibles. La lueur grandit, s'éclaircit, d'abord du pourpre au rouge profond, puis au rose, à l'orangé, pour enfin laisser place au premier éclat de disque solaire, pas encore visible sur la mer plongée dans le noir en dessous, et c'était comme s'il avait l'aube pour lui tout seul, songea Yamata, bien avant que le bas peuple ait l'occasion de la goûter et la savourer. L'appareil vira légèrement sur la droite pour entamer son approche. La descente dans l'air matinal était parfaitement synchronisée, comme pour maintenir tout du long le soleil immobile, rien que ce mince arc jaune-blanc, prolongeant l'instant magique plusieurs minutes encore. La pure splendeur de la scène l'émut presque aux larmes. Il se souvenait encore des visages de ses parents, de leur modeste demeure à Saipan. Son père tenait un petit commerce guère prospère, se contentant de vendre des babioles et des articles de mercerie aux soldats en garnison sur l'île. Il avait toujours été très poli avec eux, se souvenait Yamata, souriant, s'inclinant, acceptant leurs blagues brutales sur sa jambe estropiée par la polio. Le garçon qui assistait à cela croyait qu'il était normal d'être respectueux envers des hommes armés et revêtus de l'uniforme de son pays. Il avait appris depuis à réviser son jugement, bien sûr. Ils n'étaient que des serviteurs. Qu'ils soient ou non les héritiers de la tradition samouraï — ce mot même de *samouraï* était dérivé du verbe « servir », se rappela-t-il, ce qui impliquait à l'évidence un maître, non ? —, c'était eux qui devaient surveiller et protéger leurs supérieurs, et c'étaient leurs supérieurs qui les engageaient, les payaient et leur donnaient les ordres. Il était nécessaire de les traiter avec plus de respect qu'ils n'en méritaient en fait, mais le plus étrange, toutefois, restait que plus ils avaient un grade élevé, plus ils étaient conscients de leur vraie place.

« Nous atterrissons dans cinq minutes, lui dit un colonel.

— *Dozo.* » Un simple signe de tête, parce qu'il était assis, mais même cette inclinaison de la tête était mesurée : c'était précisément le signe qu'on adresse à un subordonné, manifestant à la fois politesse et supériorité dans le même geste courtois. En son temps, si ce colonel était un élément de valeur et gagnait ses galons de général, le signe de tête changerait imperceptiblement, et s'il allait encore plus loin, alors un jour, s'il avait de la chance, Yamata-san pourrait même l'appeler amicalement par son prénom, le gratifier d'un sourire et d'une plaisanterie, l'inviter à boire un verre et, à mesure qu'il progresserait vers les échelons du haut commandement, lui apprendre qui était vraiment le maître. Le colonel visait sans doute cet objectif. Yamata boucla sa ceinture et lissa ses cheveux.

Le capitaine Sato était vidé. Il était resté trop longtemps en vol, ne se contentant pas d'enfreindre mais de piétiner les règlements de sécurité des personnels navigants, mais lui non plus, il ne pouvait esquiver son devoir. Il jeta un coup d'œil à gauche et vit dans le ciel matinal les feux clignotants de deux chasseurs, sans doute des F-15 — l'un deux peut-être piloté par son fils — qui survolaient l'île pour protéger le sol de ce qui était redevenu sa patrie. *Doucement,* se dit-il. Il avait la responsabilité de soldats de son pays, et ils méritaient les meilleurs égards. Une main sur les gaz, l'autre sur le volant de manche, il guida le Boeing le long d'un rail descendant invisible, en direction d'un point que ses yeux avaient déjà choisi. A son signal, le copilote sortit entièrement les aérofreins. Sato tira légèrement le manche en arrière, redressant le nez et cabrant l'appareil pour venir mourir en douceur, jusqu'à ce que seul le crissement des pneus leur indique qu'ils avaient touché le sol.

« Vous êtes un poète », dit le copilote, une fois encore impressionné par les talents du bonhomme.

Sato se permit un sourire, tandis qu'il inversait la poussée. « Vous nous le garez. » Puis il pressa la touche de l'interphone de cabine.

« Bienvenue au Japon », dit-il à ses passagers.

Si Yamata ne poussa pas un cri de joie, c'est uniquement parce que la remarque du commandant le surprit lui aussi. Il n'attendit pas l'arrêt de l'avion pour détacher sa ceinture. La porte de cabine était devant lui, et il fallait qu'il dise quelque chose.

« Commandant.

— Oui, Yamata-san ?

— Vous comprenez, n'est-ce pas ? »

Le hochement de tête du pilote était celui d'un pro rempli d'orgueil et, en cet instant, fort proche du *zaibatsu.* « *Hai.* » Sa récompense fut un autre signe de tête, de la plus exquise sincérité, et cette marque de respect lui réchauffa le cœur.

L'homme d'affaires n'était pas pressé. Plus maintenant. Les bureaucrates civils et militaires descendirent de l'avion pour gagner les autobus qui les conduiraient à l'hôtel Nikko Saipan, vaste établissement moderne situé au milieu de la côte ouest de l'île, qui servirait de siège administratif provisoire à l'occup... — au nouveau gouvernement, se corrigea-t-il. Il ne leur fallut que cinq minutes pour tous débarquer, après quoi il se dirigea de son côté vers un autre Toyota Land Cruiser dont le chauffeur était, cette fois, l'un de ses employés, un homme qui savait quoi faire sans qu'on ait à lui dire, et qui savait surtout que, pour son patron, ce moment était de ceux qu'on aime savourer en silence.

Yamata remarqua à peine l'activité alentour. Même s'il en était l'instigateur, le plus important avait été l'attente de ces instants. Oh, peut-être un bref sourire en découvrant les véhicules militaires, mais son épuisement était bien réel, ses paupières si lourdes, malgré une volonté de fer pour leur ordonner de rester grandes ouvertes. Son chauffeur avait établi l'itinéraire avec soin, et il réussit à éviter la majorité des embouteillages. Bientôt, ils repassaient devant le country-club des Mariannes, et bien que le soleil fût levé, aucun golfeur n'était visible. Aucune présence militaire non plus, hormis deux camions-relais satellite à l'entrée du parking, repeints en gris après avoir été réquisitionnés par la NHK. Non, pas question de toucher au terrain de golf, devenu sans nul doute le bien immobilier le plus précieux de toute l'île.

Ce devait être à peu près ici, estima Yamata en retrouvant le contour des collines. La modeste échoppe de son père était située près de l'aérodrome nord, et il se souvenait des chasseurs A6M3 Zéro, des aviateurs qui se pavanaient, et des soldats bien souvent arrogants. De l'autre côté, c'était la sucrerie de Nanyo Kohatsu Kaisha qui se dressait, et il se souvenait encore des petits bouts de canne qu'il volait pour les mastiquer. Et comme la brise matinale était douce, en ce temps-là... Bientôt, ils arrivaient sur son terrain. Yamata se força à nettoyer son esprit de toutes ces toiles d'araignée, et il descendit de voiture pour continuer, à pied, vers le nord.

C'est sans doute ainsi que son père, sa mère et son frère s'étaient approchés, et il s'imaginait voir son père, claudiquant sur sa jambe invalide, luttant pour retrouver la dignité qui lui avait toujours été refusée par les séquelles de sa maladie. Avait-il bien servi les soldats, en ces derniers jours, pour leur fournir tous les articles utiles dont il disposait ? Et en ces derniers jours, les

44

soldats avaient-ils mis de côté leurs insultes grossières pour le remercier avec la sincérité d'hommes pour qui l'approche de la mort était désormais une perspective bien concrète ? Yamata choisit de le croire. Ainsi avaient-ils dû descendre à la rencontre de la mort, protégés dans leur retraite par l'ultime action d'arrière-garde de soldats vivant leur ultime instant de perfection.

L'endroit avait été baptisé falaise Banzaï par les autochtones, falaise des Suicidés pour les moins racistes. Yamata nota de demander à ses spécialistes des relations publiques de trouver pour le site un nom plus respectueux. Le 9 juillet 1944, le jour où s'était achevée la résistance organisée. Le jour où les Américains avaient déclaré que l'île de Saipan était désormais « sûre ».

Il y avait en réalité deux falaises, incurvées et refermées comme un amphithéâtre ; la plus haute dominait de deux cent quarante mètres la surface attirante de l'océan. L'endroit était marqué par des colonnes de marbre, édifiées des années plus tôt par des étudiants. Elles étaient taillées pour représenter des enfants en prière, agenouillés. Et c'est là qu'ils avaient dû s'approcher du bord, en se tenant par la main. Il se rappelait encore la poigne vigoureuse de son père. Son frère et sa sœur avaient-ils eu peur ? Sans doute étaient-ils plus désorientés que terrifiés, après vingt et un jour de fracas, d'horreur et d'incompréhension. Sa mère avait regardé son père. Une petite femme boulotte et chaleureuse, dont il entendait à nouveau le rire enjoué et musical résonner à ses oreilles. Les soldats avaient été parfois brusques avec son père, mais jamais avec elle. Et jamais avec les enfants. Et l'ultime service qu'ils avaient rendu à ses parents avait été de tenir éloignés les Américains en ces derniers instants, quand ils avaient sauté de la falaise. Main dans la main, voulut-il croire, chacun tenant un enfant en une ultime étreinte affectueuse, refusant avec orgueil d'être soumis à la captivité par des barbares, et faisant un orphelin de leur autre fils. Yamata n'avait qu'à fermer les yeux pour tout revoir, et pour la première fois, le souvenir réel et la vision imaginée le faisaient trembler d'émotion. Il ne s'était jamais permis d'autre sentiment que la rage, chaque fois qu'il était revenu ici, tout au long de ces années, mais aujourd'hui, il pouvait enfin se permettre d'épancher ses sentiments et de pleurer sans honte, car il avait payé sa dette d'honneur envers ceux qui lui avaient donné le jour, et sa dette d'honneur envers ceux qui leur avaient donné la mort. Intégralement.

45

Cent mètres en retrait, le chauffeur observait la scène. Sans en connaître les détails, il comprenait, car il connaissait l'histoire de ces lieux, et lui aussi se sentait ému aux larmes, tandis que ce sexagénaire tremblant claquait les mains pour attirer l'attention de ses aïeux endormis. Il nota ses épaules secouées de sanglots, et bientôt il vit Yamata s'allonger sur le flanc, dans son costume trois pièces, et s'endormir. Peut-être allait-il rêver d'eux. Peut-être que ces esprits, où qu'ils soient, viendraient le visiter dans son sommeil et lui dire ce qu'il avait besoin d'entendre. Mais le plus surprenant, songea le chauffeur, c'était que ce vieux salaud ait finalement une âme. Peut-être avait-il méjugé de son patron.

« On peut pas dire qu'ils sont pas organisés », remarqua Oreza qui observait aux jumelles, avec le modèle bon marché qu'il gardait toujours à la maison.

La fenêtre du séjour permettait de surveiller les deux aérodromes, celle de la cuisine donnait sur le port. L'*Orchid Ace* avait appareillé depuis longtemps, et un autre car-ferry avait mouillé à sa place. Il s'agissait du *Century Highway n° 5,* qui était en train de décharger des jeeps et des camions. Portagee était complètement vanné, car il s'était forcé à veiller toute la nuit. Il en était maintenant à trente-sept heures sans sommeil, dont une partie passée à se battre sur les eaux à l'ouest de l'île. Il était trop vieux pour ce genre d'activité. Burroughs, pourtant plus jeune et plus en forme, ronflait comme un bienheureux, roulé en boule sur le tapis du salon.

Pour la première fois depuis des années, Oreza avait envie d'une cigarette. Ça aidait à se tenir éveillé. L'idéal en ce moment. La cigarette était l'amie du guerrier — en tout cas, c'est ce que proclamaient tous les films sur la Seconde Guerre mondiale. Mais ce n'était pas la Seconde Guerre mondiale, et il n'était pas un guerrier. Malgré trente années passées sous l'uniforme des gardes-côtes des États-Unis, il n'avait jamais tiré un seul coup de feu sous l'empire de la colère, même durant son séjour au Viêtnam. C'était toujours un autre qui s'était trouvé derrière le viseur. Il ne savait même pas se battre.

« Pas couché de la nuit ? » demanda Isabel, qui était prête à partir au boulot. On était lundi, de ce côté de la ligne de changement de date, et c'était un jour de travail. Baissant les yeux, elle remarqua que le carnet qui servait d'habitude à noter les messages au téléphone était noirci de chiffres et d'annotations. « Ça sert à quelque chose ?

— Je n'en sais rien, Izz.

— Je prépare le petit déjeuner ?

— Ça peut pas faire de mal, dit en s'étirant Pete Burroughs, qui venait d'entrer dans la cuisine. J'ai dû décrocher sur le coup de trois heures du mat. » Il réfléchit un instant. « Je me sens comme... enfin, pas terrible, conclut-il, par respect pour la dame qui était dans la pièce.

— Bon, moi, il faut que je sois au bureau d'ici une heure », observa Mme Oreza, en ouvrant la porte du réfrigérateur. Burroughs nota que chez les Oreza, le petit déjeuner consistait en un assortiment de céréales avec du lait écrémé, accompagné de tranches de pain grillé. Un verre de jus de fruits en plus, et il aurait pu se croire de retour à San Jose. Il sentait déjà la bonne odeur du café. Il prit une tasse et se servit.

« Il y a quelqu'un ici qui sait le préparer.

— C'est Manni », dit Isabel.

Oreza sourit, pour la première fois depuis des heures. « Je l'ai appris de mon premier bosco. Le bon mélange, les bonnes proportions, et une pincée de sel. »

Et sans doute à la nouvelle lune et après avoir sacrifié un bouc, songea Burroughs. Si oui, le bouc était mort pour une noble cause. Il but une longue gorgée, puis s'approcha pour examiner le décompte effectué par Oreza.

« Tant que ça ?

— Minimum. Le Japon est à deux heures de vol d'ici. Soit quatre heures par tournée. Soyons généreux et mettons quatre-vingt-dix minutes d'escale à chaque bout. Quatre plus trois : un cycle de sept heures. Trois rotations et demie par avion et par jour. A chaque vol, trois cents à trois cent cinquante soldats. Cela veut dire que chaque avion amène mille hommes. Quinze appareils en opération sur une journée : une division entière. Vous pensez que les Japs ont plus de quinze 747 ? demanda Portagee. Comme j'ai dit, c'est un minimum. A présent, il ne leur reste plus qu'à transborder leur équipement mobile.

— Combien de bâtiments pour ça ? »

Oreza plissa le front. « Je ne suis pas sûr. Durant la guerre du Golfe — j'étais là-bas, à l'époque, pour assurer la sécurité portuaire... Bigre, ça dépend du genre de bâtiment utilisé et de la façon de les charger. Là encore, estimation pessimiste : disons vingt gros cargos rien que pour transporter le matériel. Des camions, des jeeps, tout un tas de trucs dont vous n'auriez même pas idée. Ça équivaut à déménager toute une petite ville. Ils ont besoin de stocks de carburant. Et il n'y pas assez de cultures sur ce caillou : le ravitaillement aussi doit arriver par bateau, et la population locale vient d'être multipliée par deux. Il risque d'y avoir également des problèmes d'approvisionnement en eau potable. » Oreza consigna le fait sur son calepin. « Quoi qu'il en soit, ils sont là pour y rester. Ça, c'est sûr », conclut-il en se dirigeant vers la table du petit déjeuner et la boîte de Special K, en regrettant les trois œufs au bacon, le pain de mie grillé et beurré, les croissants et tout le cholestérol qui allait avec. *Putain, dure la cinquantaine !*

« Et moi, dans tout ça ? demanda l'ingénieur. Je vous ai vu vous faire passer pour un autochtone. Avec moi, ça risque pas.

— Pete, vous êtes mon passager, et je suis le capitaine, d'accord ? Je suis responsable de votre sécurité. C'est la loi de la mer, monsieur.

— Oui, mais nous ne sommes plus en mer. »

La vérité de cette observation perturba Oreza. « L'avocate, c'est ma fille. J'essaie de garder les choses simples. Avalez votre petit déjeuner. J'ai besoin de dormir un peu et vous allez devoir prendre le quart pour la matinée.

— Et moi, alors ? demanda Mme Oreza.

— Si jamais tu ne te pointes pas au travail...

— ... quelqu'un se posera des questions.

— Ce serait sympa de savoir s'ils ont dit la vérité au sujet des flics qui se sont fait tirer dessus, poursuivit son mari. J'ai veillé toute la nuit, Izz. Je n'ai pas entendu un seul coup de feu. Il y a apparemment des hommes à chaque carrefour, mais ils se gardent de faire quoi que ce soit. » Il marqua un temps. « Moi non plus, tout ça ne me plaît pas. Mais l'un dans l'autre, faut bien faire avec. »

« Tu l'as fait, oui ou non, Ed ? » demanda Durling, sans ambages, rivant ses yeux dans ceux de son Vice-président. Il maudissait cet homme de le forcer à affronter un autre problème, en plus de toutes les crises qui menaçaient désormais sa fonction. Mais l'article du *Post* ne lui laissait guère le choix.

« Pourquoi me mets-tu ainsi en première ligne ? Tu aurais pu au moins m'avertir, non ? »

Le Président embrassa du geste le Bureau Ovale. « On peut faire ici quantité de choses, mais quand même pas tout. Par exemple, s'ingérer dans une enquête criminelle.

— A d'autres ! Ce ne serait pas la première fois que...

— Oui, et tous l'ont chèrement payé. » *C'est pas à moi de sauver ma peau*, s'abstint d'ajouter Durling. *Et je ne vais pas risquer la mienne pour toi.* « Tu n'as pas répondu à ma question.

— Écoute, Roger ! » aboya Kealty.

Le Président le fit taire d'un geste de la main, expliquant d'une voix calme : « Ed, j'ai une économie qui part à vau-l'eau. J'ai des marins qui viennent de mourir dans le Pacifique. Je ne peux pas consacrer mon énergie à cette histoire. Je ne peux pas dilapider mon capital politique. Dilapider mon temps. Réponds à ma question. »

Le Vice-président rougit, tourna brutalement la tête sur le côté avant de parler. « D'accord, j'aime les femmes. Je ne l'ai jamais caché. Ma femme et moi, nous avons un arrangement. » Il redressa la tête. « Mais je n'ai jamais, tu entends, *jamais* molesté, agressé, violé ou assailli qui que ce soit dans toute ma putain de vie. Jamais. Je n'ai pas besoin, en fait.

— Lisa Beringer ? insista Durling, en consultant ses notes.

— Une fille sympa, très intelligente, très sincère et c'est elle qui m'a supplié de... enfin, tu peux imaginer. Je lui ai expliqué que je ne pouvais pas. Je devais préparer ma réélection cette année, et en plus, elle était trop jeune. Elle méritait d'épouser quelqu'un de son âge, qui lui donne des enfants et une existence décente. Elle l'a mal pris, elle s'est mise à boire — et peut-être pire, mais je ne pense pas. Quoi qu'il en soit, un soir, elle a pris le périphérique et elle s'est envoyée en l'air avec sa bagnole, Roger. J'étais là aux obsèques. Je vois encore ses parents... Enfin, reprit Kealty, pas ces temps derniers, j'avoue.

— Elle a laissé un billet, une lettre.

— Pas qu'une. » Kealty glissa la main dans sa poche de pardessus et lui tendit deux enveloppes. « Je suis surpris que personne n'ait relevé la date de la lettre détenue par le FBI. Dix jours avant sa mort. Celle-ci date d'une semaine après, et celle-là du jour même où elle s'est tuée. Mes collaborateurs ont mis la main dessus. Je suppose que Barbara Linders aura retrouvé l'autre. Aucune n'avait été postée. Je pense que tu découvriras un certain nombre de différences de l'une à l'autre, en fait.

— Cette Barbara Linders affirme que tu l'as...

— Droguée ? » Kealty secoua la tête. « Tu connais mon problème avec la boisson, tu le connaissais déjà quand tu m'as demandé de te rejoindre. Ouais, je suis un alcoolique, mais je n'ai plus touché un verre depuis deux ans. » Il eut un sourire torve. « Et ma vie sexuelle est encore plus stricte... Mais revenons à Barbara. Elle était patraque, ce jour-là, grippée. Elle était allée à la pharmacie pour avoir des médicaments et...

— Comment sais-tu tout cela ?

— Peut-être que je tiens un journal. Peut-être que j'ai simplement bonne mémoire. En tous les cas, je sais à quelle date cela c'est produit. Peut-être qu'un de mes collaborateurs a vérifié les registres de la pharmacie, peut-être que le flacon de cachets portait une mention déconseillant l'absorption d'alcool pendant la durée du traitement. Je n'en sais rien, Roger. Quand j'ai la grippe — enfin, dans le temps en tout cas, je me soignais au cognac. Merde, reconnut Kealty, je recourais à la gnôle sous tout un tas de prétextes. Alors, je lui en ai donné un peu, et elle s'est montrée soudain très coopérative. Un peu trop même, je suppose, mais j'étais à moitié parti moi aussi, et sur le coup, j'ai mis ça sur le compte de mon charme bien connu.

— Dis donc, t'es en train de me raconter quoi, là ? Que tu n'es pas coupable ?

— Tu veux quoi, au juste ? Que je te dise que je suis un chaud lapin ? Que je me laisse mener par la queue ? Ouais, je suppose que c'est vrai. J'ai consulté des prêtres, des médecins, je me suis même fait hospitaliser — pour le planquer, ça n'a pas été de la tarte. Au bout du compte, je suis allé voir le patron du service neurologique de la faculté de médecine de Harvard. Ils pensent qu'on a dans le cerveau une zone qui régule nos pulsions, ce n'est qu'une théorie, mais elle est sérieuse. C'est lié à l'hyperactivité. J'étais un gosse hyperactif. Aujourd'hui encore, je ne dors pas plus de six heures par nuit. Roger, je suis tout ce que tu voudras, mais je ne suis pas un violeur. »

Et voilà, pensa Durling. Sans être lui-même avocat, il en avait engagé, consulté et entendu en nombre suffisant pour reconnaître ce qu'il venait d'entendre. Kealty pouvait adopter deux lignes de défense : soit les preuves réunies contre lui étaient plus douteuses que ne l'avaient imaginé les enquêteurs, soit il n'était pas réellement responsable. Le Président se demanda laquelle était la bonne. Aucune ? Une seule ? Les deux ?

« Bon, alors qu'est-ce que tu comptes faire ? » demanda-t-il au Vice-président, en adoptant presque le même ton que quelques heures plus tôt avec l'ambassadeur du Japon. Malgré lui, il éprouvait une sympathie grandissante pour l'homme assis en face de lui. Et si ce gars était vraiment sincère ? Comment pouvait-il savoir... Après tout, c'était au jury d'en décider, si l'affaire devait aller jusque-là, et si un jury était de cet avis, à quoi ressembleraient alors les auditions ? Kealty avait encore pas mal de liens sur la Colline.

« J'ai comme dans l'idée que l'été prochain, personne ne va imprimer des autocollants de pare-chocs avec DURLING/KEALTY. Je me trompe ? » La question s'accompagnait plus ou moins d'un sourire.

« Pas si j'ai mon mot à dire, en effet », confirma le Président, retrouvant sa froideur. L'heure n'était pas à l'humour.

« Je ne veux pas te nuire, Roger. Je te l'ai dit avant-hier. Si tu m'avais prévenu, je t'aurais révélé tout ça beaucoup plus tôt, et ça nous aurait à tous épargné bien du temps et bien des tracas. Y compris à Barbara. J'ai perdu sa trace. Elle est excellente en matière de droits civiques, elle a de la cervelle, et un cœur gros comme ça. Il n'y a eu que cette seule fois, tu sais. Et elle est restée à mon service ensuite, fit remarquer Kealty.

— On a couvert ce scandale, Ed. Dis-moi ce que tu veux exactement.

— Je m'en irai. Je démissionnerai. Je ne veux pas être poursuivi.

— Ce n'est pas suffisant, fit Durling, sur un ton neutre.

— Oh, je reconnaîtrai mes faiblesses. Je te présenterai mes excuses, à toi l'honorable serviteur de l'État, pour tout le mal que j'aurais pu te faire durant ta présidence. Mes avocats rencontreront les tiens, et nous négocierons un dédommagement. Je quitterai la vie publique.

— Et si ce n'est pas encore suffisant ?

— Il faudra bien, rétorqua Kealty, sûr de lui. Je ne peux pas être jugé avant l'achèvement de la procédure constitutionnelle. Il y en a pour des mois, Roger. Ce qui nous amène sans doute à l'été prochain, voire à la date de la convention. Tu ne peux pas te permettre ça. J'imagine que le pire scénario pour toi, ce serait que la commission judiciaire propose ma destitution à la Chambre des représentants, mais que celle-ci vote contre, ou bien l'accepte, mais de justesse, et qu'ensuite la procédure sénatoriale ne parvienne pas à aboutir, faute de majorité dans le jury. As-tu une idée du nombre de services que j'ai pu rendre à la Chambre ou au Sénat ? » Kealty secoua la tête. « Non, politiquement, pour toi, ça ne vaut pas le risque, et en plus, ça vous distrait, le Congrès et toi, des tâches gouvernementales. Tu as besoin de tout ton temps. Merde, et même encore plus. »

Kealty se leva et se dirigea vers la porte située sur la droite du Président, celle qui s'intégrait si parfaitement à la courbure des murs blanc cassé à moulures dorées. Il termina, sans se retourner : « De toute façon, c'est à toi de décider. »

Cela mit en rogne le Président Durling qu'au bout du compte, le meilleur moyen de s'en tirer soit justement de se tirer — mais personne n'en saurait jamais rien. Tout ce qu'ils sauraient, c'est que sa dernière mesure politique avait été expéditive, en un moment où l'histoire exigeait des mesures expéditives. Une économie potentiellement en ruine, une guerre qui venait de commencer — il n'avait pas de temps à perdre avec ça. Une jeune femme était morte. D'autres prétendaient avoir subi des sévices. Oui, mais si la victime était morte pour d'autres raisons que celles invoquées, et si... *Bordel de merde*, jura-t-il mentalement. C'était à un jury d'en décider. Mais il fallait en passer par trois procédures légales distinctes avant qu'un jury ait à se prononcer, et à ce moment, n'importe quel avocat doté d'un minimum de jugeote pourrait toujours soutenir qu'un procès équitable était impossible alors que C-SPAN aurait fait de son mieux pour étaler publiquement toutes les preuves, donner un éclairage partial à l'ensemble de l'affaire, bref, refuser à Kealty son droit constitutionnel à bénéficier d'une justice équitable et sereine devant un jury non influencé. C'était à peu près couru d'avance devant une cour de district fédéral, et plus encore en appel — et les victimes n'auraient rien à y gagner. Oui, mais si le salaud était réellement, juridiquement parlant, innocent de tout crime ? Une braguette ouverte, après tout, si dégoûtant que ce soit, ça ne constituait pas un crime.

Et ni son pays ni lui n'avaient besoin de ce genre de distraction. Roger Durling sonna sa secrétaire.

« Oui, monsieur le président ?

— Appelez-moi le garde des Sceaux. »

Il s'était trompé, se ravisa-t-il. Bien sûr, qu'il pouvait s'immiscer dans une affaire criminelle. Il y était forcé. Et c'était si facile. Bigre.

26

Jonction

« **I**L a vraiment dit ça ? » Ed Foley se pencha en avant. C'était plus facile à saisir pour Mary Pat que pour son mari.

« Bien sûr, et c'est tout à son honneur en tant qu'espion, confirma Jack, en citant les paroles du Russe.

— J'ai toujours apprécié son sens de l'humour, nota la DAO, ce qui lui valut son premier rire de la journée, et sans doute le dernier. Il nous a étudiés avec un tel zèle qu'il est maintenant plus américain que russe. »

Oh, se dit Jack, c'est donc ça. Cela expliquait Ed. La réciproque était tout aussi vraie dans son cas. Spécialiste de l'Union soviétique quasiment depuis le début de sa carrière, il était plus russe qu'américain. Cela le fit sourire.

« Vos réflexions ? demanda le chef du Conseil national de sécurité.

— Jack, cela leur livre l'identité des trois seuls éléments qu'il nous reste sur le terrain là-bas. Mauvais calcul, mon vieux.

— C'est à prendre en considération, approuva son épouse. Mais il y a un autre élément. Ces trois agents sont isolés. A moins que nous puissions communiquer avec eux, ils pourraient aussi bien ne pas exister. Jack, quelle est la gravité de la situation ?

— Pratiquement, nous sommes en guerre, MP. » Jack leur avait déjà rapporté l'essentiel de l'entrevue avec l'ambassadeur, y compris son ultime remarque.

Mary Pat hocha la tête. « D'accord, donc ils nous proposent la guerre. Est-ce qu'on les suit ?

— Je n'en sais rien, admit Ryan. Nous avons eu des morts. Nous avons un territoire américain sur lequel en ce moment même flotte un drapeau étranger. Mais notre capacité de riposte efficace a été sévèrement compromise — sans parler du petit problème que nous avons ici. Demain matin, les marchés et le système bancaire vont devoir affronter un certain nombre de réalités désagréables.

— Coïncidence intéressante », nota Ed. Il avait trop d'expérience dans le domaine du Renseignement pour croire encore aux coïncidences. « Qu'est-ce que va donner cette histoire, Jack ? Vous en connaissez un rayon.

— Je n'ai pas la moindre idée. Ça va être grave, mais jusqu'à quel point, et de quelle façon, personne n'a encore connu ça. Je suppose que l'avantage, c'est qu'on ne peut pas tomber plus bas. L'inconvénient, c'est que l'état d'esprit qu'entraîne la situation est celui d'un individu coincé dans un immeuble en flammes : on est peut-être en sécurité là où on est, mais on ne peut pas non plus en sortir.

— Quelles agences bossent sur la question ? demanda Ed Foley.

— .Quasiment toutes. Le Bureau chapeaute l'ensemble. C'est eux qui ont le plus d'enquêteurs disponibles. En fait, c'est un boulot pour la COB, mais ils n'ont pas assez d'effectifs pour un truc de cette ampleur.

— Jack, dans un laps de temps de moins de vingt-quatre heures, quelqu'un a organisé la fuite sur le Vice-président » — qui se trouvait en cet instant au Bureau Ovale, ils le savaient —, « le marché est parti à vau-l'eau, on a attaqué notre flotte du Pacifique, et vous venez nous dire que le plus grand danger pour notre pays est cette crise boursière. A votre place, mon ami...

— J'admets votre argument », dit Ryan, coupant Ed avant qu'il puisse lui livrer sa vision complète des événements. Il prit quelques notes, en se demandant comment diable il allait pouvoir leur démontrer quoi que ce soit, vu la complexité de la situation boursière. « Quelqu'un serait-il futé à ce point ?

— Les petits futés, c'est pas ce qui manque, Jack. Tous n'ont pas nos scrupules. » On aurait vraiment cru entendre Sergueï Nikolaïtch, jugea Ryan ; et comme Golovko, Ed Foley était un vrai pro, pour qui la paranoïa était en permanence un mode de vie et bien souvent une réalité tangible. « Mais nous avons d'abord un souci immédiat...

— Ce sont trois bons éléments, intervint Mary Pat, saisissant la balle au bond. Nomuri a fait un beau boulot pour se fondre dans leur société : il a pris son temps, établi un solide réseau de contacts. Clark et Chavez constituent le meilleur couple d'agents dont nous disposions. Ils ont une excellente couverture et devraient être relativement en sûreté.

— A un détail près, nota Jack.

— Lequel ? demanda Ed Foley, coupant la parole à son épouse.

— La DESP sait qu'ils travaillent.

— Golovko ? » demanda Mary Pat. Jack acquiesça sobrement. Elle poursuivit : « Ce fils de pute. Vous savez, ce sont toujours eux les meilleurs. » Ce qui était un autre aveu pas franchement agréable pour madame le directeur adjoint des opérations de la CIA.

« Ne me dis qu'ils ont pris le contrôle de la tête du contre-espionnage japonais ? demanda délicatement son mari.

— Pourquoi pas, chéri ? Ils font ça à tout le monde. » Ce qui était la stricte vérité. « Tu sais, des fois je me dis qu'on devrait engager certains de leurs gars, rien que pour nous donner des cours. » Elle marqua un temps. « Nous n'avons pas le choix.

— Sergueï n'est pas venu me le dire comme ça, mais franchement, je ne vois pas par quel autre moyen il aurait pu le savoir. Non, admit Jack avec la DAO, nous n'avons pas vraiment le choix. »

Même Ed le voyait à présent, ce qui ne voulait pas dire qu'il appréciait la chose. « Et qu'est-ce qu'ils nous demandent, ce coup-ci ?

— Ils veulent tout ce que nous fournira CHARDON. La situation les inquiète un tantinet. Ils ont été pris par surprise, eux aussi, à ce que m'a avoué Sergueï.

— Mais ils ont déjà un autre réseau en activité sur place. Il vous l'a également révélé, observa MP. Et il faut que ce soit un bon.

— Leur refiler notre *butin* avec CHARDON contre la seule garantie qu'on nous fichera la paix, c'est quand même pas rien, reprit Ed. Non, ça nous entraîne trop loin. Avez-vous songé à toutes les implications, Jack ? Cela revient à admettre que ce sont eux qui dirigent nos gars à notre place. » Et ça, Ed n'appréciait pas du tout, mais après quelques secondes de réflexion supplémentaire, il apparut évident qu'il ne voyait pas d'autre choix.

« Les circonstances sont intéressantes, mais Sergueï avoue s'être fait piéger, lui aussi. Ça se tient. » Ryan haussa les épaules, en se demandant une fois encore comment il était possible que trois des meilleurs pros du Renseignement de son pays ne soient pas capables de saisir ce qui se passait.

« Il aurait menti ? s'interrogea Ed. Franchement, ça ne tient pas vraiment debout.

— Mentir non plus, observa Mary Pat. Oh, j'adore ces énigmes en poupées russes. Bon, au moins on sait déjà qu'il y a des points qu'ils ignorent encore. Cela veut dire qu'il nous reste un tas de trucs à découvrir, et le plus tôt sera le mieux. Si on laisse le Renseignement russe diriger nos gars... c'est risqué, Jack, mais... et merde, je ne crois pas que nous ayons le choix.

— Alors, je lui dis oui ? » demanda Jack. Il devrait également obtenir l'accord du Président, mais ce serait plus facile que d'avoir eu le leur.

Les Foley échangèrent un regard et firent oui de la tête.

Un hélicoptère parvint à localiser un remorqueur de haute mer à cinquante nautiques du groupe de l'*Enterprise* et, grâce à cet heureux concours de circonstances, la frégate *Gary* prit en charge la barge et dépêcha le remorqueur vers le porte-avions, où il put relayer le croiseur Aegis et, au passage, accroître la vitesse du *Big-E* à neuf nœuds. Le patron du remorqueur calculait déjà le montant de la prime qu'il allait se ramasser aux termes du contrat de la Lloyd's sur le sauvetage des navires en détresse, contrat que le CO du bâtiment de guerre avait signé avant de le lui restituer par l'hélico. Le montant admis par la jurisprudence était de dix à quinze pour cent de la valeur du bien sauvé. Un porte-avions, un groupe aérien et six mille hommes, estimait-on à bord du remorqueur. Dix pour cent de trois milliards de dollars, ça faisait combien ? Peut-être qu'ils se montreraient bons princes et transigeraient à cinq.

C'était à la fois très simple et très compliqué, comme toujours.

Midway leur avait envoyé en renfort des P-3C Orion qui patrouillaient autour du convoi en retraite. Il avait fallu une journée entière pour remettre en service les installations de l'atoll perdu au milieu de l'océan, et encore, cela n'avait été possible que parce que s'y trouvait une équipe d'ornithologues étudiant les albatros. Les Orion étaient à leur tour soutenus par des C-130 de la garde nationale aérienne de Hawaï. Toujours est-il que l'amiral dont le pavillon personnel flottait toujours sur le porte-avions désemparé pouvait enfin contempler sur son image radar quatre appareils de lutte anti-sous-marine déployés autour de sa flotte, et commencer à se sentir un peu plus soulagé. Sa couronne extérieure de navires d'escorte scrutait les fonds avec ses sonars et, après une période initiale de quasi-panique, n'avait plus rien décelé d'inquiétant. Il aurait rallié Pearl Harbor d'ici vendredi soir et peut-être qu'avec un poil de vent, il parviendrait à faire décoller ses avions et renforcer ainsi leur sécurité.

L'équipage avait maintenant le sourire, nota l'amiral Sato en parcourant la coursive. L'avant-veille encore, ils se montraient gênés et honteux de l'« erreur » commise par leur unité. Mais plus maintenant. Il avait pris l'hélicoptère pour aller en personne donner les instructions aux quatre Kongo. A deux jours de navigation des Mariannes, ils connaissaient désormais la teneur de leur exploit. Ou, du moins, en partie. La nouvelle des incidents avec les sous-marins n'était pas encore diffusée. Pour l'heure, tout ce qu'ils savaient, c'est qu'ils avaient vengé un grand tort commis contre leur pays, qu'ils l'avaient fait avec beaucoup d'habileté, en permettant au Japon de récupérer des terres qui lui revenaient de droit — et, croyaient-ils, sans effusion de sang. La réaction première avait été la stupéfaction. Entrer en guerre contre l'Amérique ? L'amiral leur avait expliqué que non, ce n'était pas réellement une guerre, sauf si les Américains décidaient d'en découdre, ce qu'il estimait improbable, mais qui restait une éventualité, les prévint-il, à laquelle ils devaient se préparer. La formation était maintenant déployée, trois mille mètres d'écart entre les bâtiments qui fonçaient vers l'ouest de toute la vitesse de leurs machines. Leur consommation de mazout était dangereusement élevée, mais il y aurait un pétrolier à Guam pour les ravitailler, et Sato voulait être au plus tôt sous son propre parapluie de matériel ASW. Une fois à Guam, il pourrait envisager la suite des opérations. La première s'était déroulée avec succès. Avec de la chance, il n'y aurait même pas besoin d'une seconde, mais si c'était le cas, il avait quantité de détails à envisager.

« Contacts ? demanda l'amiral, en entrant au PC de combat.

— Que du trafic civil sur les ondes, répondit l'officier de veille aérienne.

— Tous les appareils militaires sont équipés de transpondeurs, lui rappela Sato. Et tous fonctionnent de manière identique.

— Aucun contact en approche. »

La formation suivait un itinéraire délibérément écarté des couloirs aériens réservés normalement aux vols commerciaux, et un coup d'œil sur le graphique permit à l'amiral de constater que tout le trafic y était cantonné. Certes, un avion de surveillance militaire pourrait toujours les détecter depuis l'un de ces corridors civils, mais les Américains avaient des satellites qui étaient presque aussi bons pour ça. Ses estimations s'étaient jusqu'ici révélées exactes. La seule menace qui le préoccupait vraiment venait des sous-marins, et celle-ci était gérable. Les missiles Harpoon et Tomahawk lancés de sous-marins constituaient un danger qu'il était prêt à affronter. Chaque destroyer avait allumé son radar SPY-1D et scrutait la surface. Tous les directeurs de tir étaient à leur poste. Tout missile de croisière lancé sur eux serait immédiatement détecté et engagé, d'abord par ses missiles SM-2MR de fabrication américaine (mais améliorés au Japon), puis relayé par les canons Gatling de ses systèmes de défense rapprochée. Ils pourraient arrêter la majorité des « vampires » — c'était le terme générique employé pour désigner les missiles de croisière. Certes, un sous-marin pouvait s'approcher et lancer des torpilles, et une seule charge, pour les plus grosses, pouvait couler n'importe quel bâtiment de sa formation. Mais ils l'entendraient arriver et ses hélicoptères de lutte anti-sous-marine feraient leur possible pour harceler le submersible attaquant, l'empêcher de poursuivre l'engagement, voire simplement le couler. Les Américains n'avaient pas une telle quantité de sous-marins et, par conséquent, leurs commandants feraient montre de prudence, surtout si de son côté il réussissait à en ajouter un troisième à leur tableau de chasse.

59

Que feraient les Américains ? Eh bien, que pouvaient-ils faire, en vérité, maintenant ? se demanda-t-il. Ils avaient par trop réduit leurs forces. Ils comptaient sur leur capacité de dissuasion, oubliant que celle-ci s'articulait sur la crédibilité de leur capacité à agir en cas d'échec de la dissuasion : toujours la même vieille équation du « je veux pas *mais* je pourrais ». Malheureusement pour eux, les Américains avaient un peu trop compté sur le premier terme en négligeant le second et, selon toutes les règles connues de Sato, le temps qu'ils puissent de nouveau, leur adversaire serait en mesure de les stopper. Le plan stratégique d'ensemble qu'il avait contribué à exécuter n'avait rien d'inédit — il avait simplement été mieux exécuté que la première fois, estima-t-il, en contemplant le triptyque d'affichage sur lequel les symboles radar des appareils civils progressaient le long de leurs itinéraires définis, preuve tangible que le monde reprenait son visage normal, sans même une ride.

Le plus dur semblait toujours intervenir une fois les décisions prises, Ryan le savait. Le plus éprouvant en effet était moins de les prendre que d'avoir ensuite à vivre avec. Avait-il fait ce qu'il fallait ? Il n'y avait aucun critère de jugement, sinon la vision rétrospective, qui venait certes trop tard. Pis, celle-ci était toujours négative car il était rare qu'on réexamine après coup ce qui s'était bien passé. A un certain niveau, les événements cessaient d'avoir des contours définis. On soupesait les options, on soupesait les facteurs, mais bien souvent, on s'apercevait que quelle que soit la solution adoptée, quelqu'un allait en souffrir. Dans ces cas-là, l'idée était de provoquer le moins de dégâts possibles aux biens et aux personnes, mais même ainsi, des personnes en chair et en os allaient souffrir, qui sinon n'auraient pas souffert, et c'était en définitive vous qui choisissiez ceux qui seraient blessés — ou perdus —, tel quelque dieu indifférent de la mythologie. C'était encore pire si vous connaissiez certains des acteurs, parce que vous pouviez alors imaginer leur visage, entendre leur voix. La capacité à prendre de telles décisions était baptisée courage moral par ceux qui n'avaient pas à l'exercer, et stress par ceux qui y étaient contraints.

Et pourtant, il devait en prendre. Il avait accepté cette fonction en sachant pertinemment qu'il connaîtrait de tels moments. Il avait déjà mis Clark et Chavez en situation périlleuse dans le désert d'Afrique orientale, et il se souvenait confusément de son inquiétude à l'époque, mais la mission s'était bien déroulée, et par la suite, cela ne lui avait paru qu'un simple jeu, digne des tours pendables joués par les enfants pour *Halloween*, un habile petit chantage exercé par une nation contre une autre. Et même si un être humain bien réel, en la personne de Mohammed Abdul Corp, y avait perdu la vie... eh bien, il était toujours facile de dire, a posteriori, qu'il avait mérité son sort. Ryan s'était permis de classer ce souvenir dans quelque tiroir caché, quitte à l'exhumer dans les années futures, le jour où il succomberait au besoin d'écrire ses Mémoires. Mais pour l'heure, le souvenir était revenu, tiré des archives par la nécessité de risquer à nouveau des vies humaines. Jack mit sous clé ses dossiers confidentiels avant de se rendre au Bureau Ovale.

« Je file voir le patron », dit-il à l'agent du Service secret posté dans le couloir nord-sud.

« FINE LAME vers SAUTEUR », annonça-t-il dans son micro, car pour ceux qui étaient chargés de protéger tout le monde dans ce qu'ils appelaient entre eux la « maison », ils étaient moins des hommes que des symboles, des désignations, en fait, correspondant à leur fonction.

Mais je ne suis pas un symbole, avait envie de lui dire Jack. *Je suis un* homme, *un homme avec ses doutes*. En chemin, il passa devant quatre autres agents et déchiffra leurs regards ; il y vit confiance et respect, vit qu'ils comptaient sur lui pour savoir quoi faire, quoi dire au patron, comme s'il leur était, quelque part, supérieur, alors que lui seul savait qu'il n'en était rien. Il avait simplement commis l'erreur d'accepter un boulot dont les responsabilités dépassaient les leurs, dépassaient ce qu'il avait pu désirer.

« Pas marrant, hein ? fit Durling quand Jack entra dans le bureau.

— Non, pas trop. » Il s'assit.

Le Président lut simultanément sur le visage et dans les pensées de son conseiller et il sourit. « Voyons voir. Je suis censé vous conseiller de vous détendre, et vous êtes censé me conseiller la même chose, c'est ça ?

— Difficile de prendre une décision correcte quand on est surstressé, reconnut Ryan.

— Ouais, à une exception. Si vous n'êtes pas stressé, votre décision n'a plus grand intérêt, et elle sera prise à un niveau inférieur. Les décisions graves, c'est d'ici qu'elles émanent. Quantité de gens ont commenté ce fait », nota le Président. C'était une observation remarquablement généreuse, se dit Jack, car elle ôtait délibérément une partie du fardeau de ses épaules pour lui rappeler qu'au bout du compte, il ne faisait que *conseiller* le Président. Il y avait de la grandeur chez cet homme assis derrière le vieux bureau de chêne. Jack se demanda si ce fardeau était lourd à supporter, et si sa découverte avait été pour lui une surprise — ou bien s'il n'y avait vu qu'une nécessité de plus à laquelle il devait s'atteler.

« D'accord, que voulez-vous ?

— J'ai besoin de votre autorisation pour une chose. » Ryan expliqua les offres de Golovko — la première faite à Moscou, la seconde à peine quelques heures plus tôt — et leurs implications.

« Est-ce que cela peut élargir notre perspective ?

— Possible, mais on n'en sait pas encore suffisamment pour juger.

— Et ?

— Ce genre de décision remonte toujours à votre niveau, observa Ryan.

— Pourquoi dois-je...

— Monsieur, elle révèle à la fois l'identité de nos agents et leurs méthodes d'action. Je suppose que, techniquement, votre décision ne s'impose pas, mais il fallait tout de même vous en informer.

— Vous recommandez l'approbation. La question ne se posait pas.

— Oui, monsieur.

— On peut faire confiance aux Russes ?

— Je n'ai pas parlé de *confiance*, monsieur le président. Ce que nous avons là est une convergence de besoins et de capacités, avec éventuellement une petite possibilité de chantage.

— Allez-y », dit le Président, sans trop y réfléchir. C'était peut-être moins une façon de lui marquer sa confiance que de redonner le fardeau des responsabilités à son visiteur. Durling marqua un temps de quelques secondes avant de poser la question suivante. « Qu'est-ce qu'ils mijotent, Jack ?

— Les Japonais ? En fait, objectivement, ça ne tient pas debout. Les questions que je n'arrête pas de me poser, c'est pourquoi avoir coulé les sous-marins ? Pourquoi avoir délibérément choisi de tuer ? Franchement, je ne vois pas l'intérêt d'une telle escalade.

— Et surtout, pourquoi infliger ça à son principal partenaire économique ? ajouta Durling, énonçant l'évidence. On ne risquait certainement pas d'être préparés à un coup pareil. »

Ryan hocha la tête. « Effectivement, tout nous est tombé dessus d'un seul coup. Et encore, on ne sait même pas ce qu'on ne sait pas. »

Le Président Durling inclina légèrement la tête. « Quoi ? »

Jack esquissa un sourire. « C'est un truc que ma femme dit toujours, à propos de la médecine : toujours savoir ce que l'on ne sait pas. On doit d'abord discerner quelles sont les questions avant de pouvoir se mettre à chercher des réponses.

— Et comment faites-vous ça ?

— Mary Pat envoie les gars poser les questions. On épluche toutes les informations dont on dispose. On essaie alors de déduire à partir de ce qu'on sait, d'établir des connexions. Ce que tente de faire l'adversaire, sa façon de procéder peuvent être fort révélatrices. Ma question primordiale, pour l'instant, c'est pourquoi ont-ils coulé les deux sous-marins ? » Le regard de Ryan se perdit, au-delà du Président, vers la fenêtre et le Monument à Washington, ce grand obélisque de marbre blanc. « Ils l'ont fait d'une manière qui, pensent-ils, nous offre une issue honorable. Nous pourrions toujours prétendre qu'il y a eu une collision ou un accident quelconque...

— Est-ce qu'ils pensent réellement nous voir accepter sans broncher les morts et...

— Ils nous ont tendu cette perche. Peut-être qu'ils ne pensent pas nous voir la saisir, mais ça reste une possibilité. » Ryan demeura silencieux une trentaine de secondes. « Non. Non, ils ne pourraient pas se tromper à ce point sur notre compte.

— Continuez de réfléchir tout haut, commanda Durling.

— Nous avons par trop réduit notre flotte...

— Je n'ai pas besoin qu'on me le rappelle », lui répondit-on avec une pointe d'agacement.

Ryan hocha la tête en élevant la main. « De toute façon, il est trop tard pour se lamenter sur le *pourquoi* ou le *comment*, je le sais. Mais l'important, c'est qu'ils le savent eux aussi. Tout le monde sait de quoi nous disposons et de quoi nous ne disposons plus ; et, avec les connaissances et la formation adéquates, on peut en déduire de quoi nous sommes capables. Ne reste plus dès lors qu'à organiser vos opérations en combinant ce dont vous êtes capable, et ce dont l'adversaire est capable pour vous en empêcher.

— Ça paraît logique. D'accord, continuez.

— Avec la disparition de la menace russe, la flotte de sous-marins n'a pratiquement plus de raison d'être. C'est parce qu'un sous-marin n'est bon qu'à deux choses, en fait. Tactiquement, c'est l'arme idéale pour couler d'autres sous-marins. Mais stratégiquement, ils sont limités. Ils ne peuvent contrôler la mer avec la même efficacité que les bâtiments de surface. Ils ne peuvent pas déployer leur puissance. Ils ne peuvent pas transporter de troupes ou de matériel d'un endroit à un autre, or c'est précisément ce que signifie la maîtrise des mers. » Jack fit claquer ses doigts. « En revanche, ils peuvent interdire la mer aux autres, et le Japon est une nation insulaire. Donc, ils redoutent l'interdiction des mers. » Ou, ajouta mentalement Jack, ils ont simplement fait ce dont ils étaient capables. Ils ont endommagé les porte-avions parce qu'ils ne pouvaient guère faire plus. Ou le pouvaient-ils ? Bigre, c'était encore trop compliqué.

« Donc, on pourrait les étrangler avec nos sous-marins ? demanda Durling.

— Peut-être. On l'a déjà fait. Le problème, c'est qu'on n'en a plus beaucoup, ce qui leur facilite bougrement la tâche. Mais leur atout ultime contre une telle manœuvre de notre part est leur capacité nucléaire. Ils répondent à une menace stratégique dirigée contre eux par une menace stratégique dirigée contre nous, une dimension dont ils ne disposaient pas en 1941. Il y a un élément qui nous échappe, monsieur. » Ryan hocha la tête, fixant toujours le monument derrière les vitres épaisses à l'épreuve des balles. « Il y a un truc énorme qui nous échappe.

— Le *pourquoi* ?

— Ce pourrait être le *pourquoi*. Mais d'abord, je veux savoir le *quoi*. Ils veulent quoi, au juste ? Quel est leur objectif final ?

— Et vous ne vous demandez pas pourquoi ils font ça ? »

Ryan tourna la tête, croisa le regard du Président. « Monsieur, la décision de déclencher une guerre n'est presque jamais rationnelle. La Première Guerre mondiale : conséquence de l'assassinat d'un imbécile par un autre imbécile, un événement qui fut adroitement manipulé par Leopold je ne sais plus qui, "Poli", comme ils disaient, le ministre des Affaires étrangères autrichien. Un manipulateur habile, mais qui avait oublié de tenir compte d'un simple facteur : que son pays n'avait pas les moyens de parvenir à ses fins. L'Allemagne et l'Autriche-Hongrie ont déclenché la guerre. Elles l'ont perdue toutes deux. La Seconde Guerre mondiale : Allemagne et Japon affrontent le monde entier, sans s'imaginer un seul instant que le reste du monde pourrait être plus fort qu'eux. » Ryan poursuivit. « C'est particulièrement vrai du Japon : ils n'ont jamais réellement eu de plan pour nous défaire. Réfléchissez bien. La guerre de Sécession, déclenchée par les sudistes. Les sudistes ont perdu. La guerre franco-prussienne de 1870, déclenchée par la France. La France a perdu. Presque tous les conflits, depuis le début de la révolution industrielle, ont été déclenchés par le camp qui s'est retrouvé finalement vaincu. CQFD : faire la guerre n'est pas un acte rationnel. Par conséquent, l'idée sous-jacente, c'est que le *pourquoi* n'a pas forcément d'importance, puisque, de toute façon, ces raisons seront probablement fallacieuses.

— Je n'y avais jamais songé, Jack. »

Ryan haussa les épaules. « Certains trucs sont trop évidents, comme l'a fait remarquer ce matin Buzz Fiedler.

— Mais si le *pourquoi* n'a pas d'importance, le *quoi* n'en a pas non plus...

— Si, au contraire, parce qu'il permet de discerner l'objectif : si l'on peut cerner ce qu'ils veulent, alors on peut leur en interdire l'accès. C'est ainsi qu'on commence à vaincre un ennemi. Et puis, vous savez, l'autre finit par s'intéresser tellement à ce qu'il veut, à se polariser tellement sur l'importance de son objectif, qu'il finit par oublier qu'un autre pourrait tenter de l'empêcher d'y parvenir.

— Comme un malfrat qui ne pense qu'à attaquer un marchand de liqueurs ? demanda Durling, à la fois amusé et impressionné par l'exposé de Ryan.

— La guerre est le parangon de l'acte criminel suprême, c'est du vol à main armée sur une grande échelle. Et qui se ramène toujours à une histoire de convoitise. Il s'agit toujours d'une nation voulant s'approprier le bien d'une autre. Pour la vaincre, il suffit de discerner ce qu'elle veut et de lui en interdire l'accès. Les germes de sa défaite se trouvent généralement dans ceux de son désir.

— Le Japon ? La Seconde Guerre mondiale ?

— Ils voulaient un véritable empire. En gros, ils voulaient précisément ce qu'avaient les Britanniques. Ils s'y sont pris simplement un siècle trop tard. Ils n'avaient jamais prévu de nous battre, tout au plus de... » Il se tut soudain, une idée se formait. « Tout au plus de parvenir à leurs fins en nous contraignant à l'accepter. Bon Dieu, fit Ryan dans un souffle. C'est ça ! C'est la même histoire qui recommence. La même méthode. Le même objectif ? » s'interrogea-t-il, tout haut. *C'est là*, se dit le chef du Conseil national de sécurité. *Là, tout près. Si tu peux le découvrir. Le découvrir entièrement.*

« Mais nous avons un premier objectif de notre côté, remarqua le Président.

— Je sais. »

George Winston se disait qu'il était comme un vieux cheval tirant une pompe à incendie : il fallait qu'il réponde dès que sonnaient les cloches. Sa femme et ses enfants étaient restés dans le Colorado, et lui se retrouvait au-dessus de l'Ohio, assis à l'arrière de son Gulfstream, contemplant en dessous de lui le rond de lumières d'une ville. Cincinnati, sans doute, même s'il n'avait pas demandé aux pilotes leur plan de vol pour rallier Newark.

Sa motivation était en partie intéressée. Sa fortune personnelle avait durement souffert des événements du vendredi précédent : cela se chiffrait par centaines de millions. La nature de l'incident, son choix de répartir ses investissements sur plusieurs institutions avaient entraîné des pertes considérables, car cela l'avait rendu vulnérable à toutes les variantes de programmes boursiers informatisés. Mais ce n'était pas qu'une question d'argent. *D'accord*, se disait-il, *bon, j'ai perdu deux cents bâtons. Il m'en reste encore pas mal quand même...* Le plus grave, c'étaient les dégâts occasionnés au système entier, et tout particulièrement au Groupe Columbus. Son bébé avait encaissé le choc de plein fouet, et tel un père retournant auprès de sa fille mariée en période de crise conjugale, il se rendait compte que son enfant lui appartiendrait toujours. *J'aurais dû être là*, se reprocha-t-il. *J'aurais pu le voir et l'arrêter. Dans le pire des cas, protéger mes investisseurs.* La totalité des effets ne s'était pas encore fait sentir, mais ils étaient si graves qu'ils dépassaient presque l'entendement. Winston devait faire quelque chose, il devait proposer son expérience, ses conseils. Il se sentait toujours responsable de ses investisseurs.

Le vol jusqu'à Newark se déroula sans encombre. Le Gulfstream se posa en douceur et roula jusqu'au terminal d'aviation générale, où une voiture l'attendait, conduite par un de ses anciens collaborateurs. L'homme ne portait pas de cravate, ce qui était inhabituel pour un ancien de Wharton.

Mark Gant n'avait pas dormi depuis cinquante heures et il s'appuyait contre la carrosserie car il avait l'impression que le sol se dérobait sous ses pieds, au rythme d'une migraine qui pouvait se mesurer sur l'échelle de Richter. Malgré tout, il était content d'être ici. Si quelqu'un était capable de les tirer de ce pétrin, c'était bien son ancien patron. Sitôt qu'il vit son jet privé s'immobiliser, il se précipita pour l'accueillir au bas de l'échelle.

« Grave ? » fut le premier mot de George Winston. Il y avait de la chaleur entre les deux hommes, mais les affaires passaient d'abord.

« On ne sait pas encore, dit Gant en le conduisant à la voiture.

— Vous ne savez pas ? » L'explication devrait attendre qu'ils soient à l'intérieur. Sans un mot, Gant lui tendit le premier cahier du *Times*.

« C'est pour de bon ? » Lecteur rapide, Winston parcourut rapidement les deux colonnes de présentation, et fila à la page vingt et un lire la fin du papier encadré par des publicités pour de la lingerie féminine.

La seconde révélation de Gant fut que le nouveau directeur installé par Raizo Yamata avait disparu. « Il a repris un avion pour le Japon vendredi soir. Il disait que c'était pour presser Yamata-san de venir à New York aider à redresser la situation. A moins qu'il ne veuille se faire hara-kiri devant son patron. Merde, qui peut le dire ?

« — Bon Dieu, Mark, qui est responsable, ici ?

— Personne. Et c'est pareil pour tout le reste.

— Bordel de merde, Mark, il faut bien quelqu'un pour donner des ordres !

— Nous n'avons pas les moindres instructions, répondit le cadre dirigeant. J'ai appelé le mec. Il n'est pas au bureau — et pourtant, j'ai laissé des messages, j'ai essayé de le contacter chez lui, chez Yamata, merde, j'ai essayé de les avoir tous, que ce soit à leur bureau, à leur domicile. Nada, George. Tout le monde a filé se planquer. Bon Dieu, pour autant que je sache, l'enculé a aussi bien pu se jeter par la fenêtre.

— Bon, tu me files un bureau et toutes les données dont tu disposes, dit Winston.

— Les données, quelles données ? On a peau de balle. Tout le système s'est crashé, je te signale.

— T'as quand même les enregistrements de nos transactions, non ?

— Ma foi, ouais, j'ai nos bandes — enfin, une copie, en tout cas, se reprit Gant. Le FBI a embarqué les originaux. »

Technicien brillant, il avait toujours gardé un faible pour les mathématiques. Vous lui donniez les instructions idoines et il vous manipulait le marché comme un habile tricheur de cartes. Mais à l'instar de la plupart de ses collègues de Wall Street, il avait besoin d'un autre pour l'aider à décider. Enfin, tout homme avait ses limites, et il fallait lui rendre cette justice qu'il était intelligent, honnête, et surtout, conscient de ses limites. Il savait quand il devait réclamer un coup de main. Cette dernière qualité le plaçait dans la tranche supérieure des trois ou quatre pour cent.

Donc, il a dû se rabattre sur Yamata et son second pour leur demander conseil...

« Au moment du plongeon, quelles instructions avais-tu ?

— Des instructions ? » Gant massa son visage mal rasé et secoua la tête. « Merde, on s'est cassé le cul pour tâcher d'éviter le plus gros du choc. Si la DTC arrive à recoller les morceaux, on devrait s'en tirer avec un minimum de pertes. J'ai posé une méga-option sur la General Motors et fait une vrai razzia sur les placements en or, et...

— Ce n'est pas ce que je veux dire.

— Il a dit de saisir la balle au bond. Il nous avait fait dégager des valeurs bancaires en quatrième vitesse, Dieu merci. A croire qu'il l'avait senti venir. On était plutôt bien placés avant que tout s'effondre. S'il n'y avait pas eu cette débandade générale — je veux dire, merde, George, ça a fini par arriver, tu sais... Les coups de téléphone paniqués... Merde, si seulement les gens avaient pu garder la tête froide. » Un soupir. « Mais non, et maintenant, avec ce bordel à la DTC... George, je ne sais pas ce que ça va donner à l'ouverture, demain matin. Si c'est vrai, s'ils arrivent à tout reconstituer d'ici là, hé, mec, non, j'en sais rien, franchement, j'en sais rien », conclut Gant, alors qu'ils entraient dans le tunnel de Lincoln.

Toute l'histoire de Wall Street résumée en un paragraphe, se dit Winston, en contemplant le carrelage brillant qui recouvrait les parois. C'était comme ce tunnel, en fait : on pouvait voir devant, on pouvait voir derrière, mais on ne voyait rien sur les côtés. Impossible de voir au-delà d'une perspective limitée.

Et pourtant, il fallait.

« Mark, je siège toujours au conseil de la boîte.

— Ouais, et alors ?

— Et toi aussi, souligna Winston.

— Je sais bien, mais...

— A nous deux, on peut demander la convocation d'un conseil d'administration. Commence à passer les coups de fil, ordonna George Winston. Dès qu'on sera sortis de ce foutu trou à rats.

— Pour quand ?

— Pour tout de suite, bordel de merde ! jura Winston. Ceux qui ne sont pas en ville, j'enverrai mon avion les chercher.

— La plupart sont au bureau. » C'était à peu près la seule bonne nouvelle qu'il avait entendue depuis vendredi après-midi, nota George, et il fit signe à son ancien employé de poursuivre. « Je suppose que la plupart des autres boîtes sont fermées. »

Ils ressortirent du tunnel à cet instant. Winston décrocha le téléphone cellulaire et le tendit à son collaborateur.

« Vas-y, commence. » Winston se demanda si Gant savait ce qu'il allait indiquer comme ordre du jour. Sans doute pas. Le gars était valable dans les tunnels, mais il n'avait jamais su outre-passer ses limites.

Bon Dieu, quelle mouche m'a piqué de filer ? se demanda Winston. Ça ne donnait rien de bon de laisser l'économie américaine aux mains d'individus qui ne savaient même pas comment elle fonctionnait.

« Eh bien, ça a marché », dit l'amiral Dubro. La vitesse de la flotte redescendit à vingt nœuds. Ils étaient à présent à deux cents milles plein est du cap de Dondra. Il leur fallait plus de place pour évoluer, mais parvenir jusqu'ici était déjà un beau succès. Les deux porte-avions s'écartèrent, leurs groupes respectifs se divisant pour former un anneau protecteur autour des bâtiments amiraux de la flotte, l'*Abraham Lincoln* et le *Dwight D. Eisenhower*. D'ici une heure, les deux formations auraient perdu le contact visuel, ce qui était parfait, mais cette course à grande vitesse avait vidé les cuves, et c'était fort ennuyeux. Rançon du progrès, les porte-avions nucléaires se retrouvaient paradoxalement à jouer les pétroliers. Ils transportaient dans leurs soutes des tonnes de mazout pour leurs navires d'escorte à propulsion classique, ce qui leur permettait de les ravitailler quand le besoin s'en faisait sentir. Ce qui n'allait pas tarder. Les pétroliers de la flotte, le *Yukon* et le *Rappahannock*, étaient partis de Diego Garcia avec quatre-vingt mille tonnes de mazout à eux deux, mais la partie devenait de plus en plus serrée. L'éventualité d'une confrontation obligeait Dubro à garder en permanence ses soutes pleines à ras bord. Confrontation signifiait possibilité de bataille navale, et toute bataille exigeait de la vitesse, pour se jeter dedans, mais surtout pour dégager au plus vite par la suite.

« Toujours pas de nouvelles de Washington ? » demanda-t-il au capitaine de frégate Harrison.

Ce dernier secoua la tête. « Non, amiral.

— Bien », répondit le commandant du groupe de combat, avec un calme dangereux. Puis il se dirigea vers la salle des transmissions. Pour le moment, il avait déjà réussi à résoudre un problème opérationnel majeur, il pouvait à présent se défouler en allant engueuler quelqu'un.

27

Accumulation

PARTOUT, les retards s'accumulaient, se multipliaient en cascade par vagues successives : on n'allait nulle part, mais on y allait à la vitesse grand V. Ville d'ordinaire habituée à gérer et canaliser les fuites, Washington, avec ses cohortes de fonctionnaires, était trop débordée par ces quatre crises simultanées pour répondre efficacement à l'une ou l'autre. Rien de tout cela n'était inhabituel — constat qui aurait pu paraître déprimant pour les acteurs du drame, mais bien sûr, ils n'avaient guère de temps à perdre en digressions de ce genre. La seule bonne nouvelle, estima Ryan, c'est que l'affaire la plus grave ne s'était pas encore ébruitée. Pas encore.

« Scott, quels sont tes meilleurs spécialistes du Japon ? » Adler fumait toujours et il avait pris avec lui ses réserves. Ryan dut faire appel à tout ce qui lui restait de volonté pour ne pas lui réclamer une cigarette, mais il ne pouvait pas non plus demander à ses hôtes de s'abstenir de fumer. Il fallait bien qu'ils gèrent leur stress comme ils pouvaient. Le fait que Scott emploie la même méthode que lui naguère n'était qu'un désagrément supplémentaire dans un week-end devenu infernal encore plus vite qu'il ne l'aurait cru possible.

« Je peux réunir un groupe de travail. Qui le dirige ?

— Toi, dit Jack.

— Que va dire Brett ?

— Il dira "Bien, monsieur", quand le Président le lui annoncera, répondit Ryan, trop crevé pour être poli.

— Ils nous tiennent par la peau des couilles, Jack.

— Combien d'otages potentiels ? » Il ne s'agissait pas seulement des quelques derniers soldats en garnison. Il devait y avoir des milliers de touristes, d'hommes d'affaires, de journalistes, d'étudiants...

« Nous n'avons aucun moyen de l'établir, Jack. Aucun, admit Adler. Un bon point, c'est qu'on n'a aucune indication de mauvais traitements. On n'est plus en 1941, enfin, je ne crois pas.

— Si jamais ça recommence... » La plupart des Américains avaient oublié les traitements infligés aux prisonniers étrangers. Pas Ryan. « Cette fois, on se fâchera vraiment. Il faut qu'ils le sachent.

— Ils nous connaissent bien mieux qu'ils ne nous connaissaient à l'époque. Nos échanges se sont tellement multipliés. En outre, nous aussi, on a pas mal de leurs ressortissants chez nous.

— N'oublie pas, Scott, que leur culture est fondamentalement différente de la nôtre. Leur religion est différente. Leur vision de la place de l'homme dans la nature est différente. La valeur qu'ils attribuent à la vie humaine est différente, remarqua sombrement le chef du Conseil national de sécurité.

— Il ne s'agit pas de tomber dans le racisme, Jack, observa Adler, pincé.

— Ce sont simplement des faits. Je n'ai pas dit qu'ils nous étaient inférieurs. J'ai dit que nous n'allions pas commettre l'erreur d'imaginer que leurs motivations sont identiques aux nôtres — d'accord ?

— Ce n'est pas faux, je suppose, concéda le secrétaire d'État aux Affaires étrangères.

— Par conséquent, je veux avoir sous la main des gens qui comprennent réellement leur culture afin de me conseiller. Je veux des gens qui pensent comme eux. » Le plus dur, ce sera de leur trouver de la place, mais il y a des bureaux en dessous dont on pourra vider les occupants, même s'ils doivent râler en invoquant le protocole et leur poids politique.

— Je peux t'en dénicher quelques-uns, promit Adler.

— Qu'est-ce que ça donne, du côté des ambassades ?

— Personne ne sait grand-chose jusqu'à présent. Il y a toutefois un développement intéressant en Corée.

— Quoi donc ?

— Notre attaché militaire à Séoul est allé rendre visite à des amis pour demander que certaines bases soient mises en état d'alerte. Ils ont poliment refusé. C'est la première fois que les Coréens nous disent non. Je suppose que leur gouvernement essaie encore de trouver le fin mot de l'histoire.

— De toute façon, c'est un peu tôt pour se lancer là-dedans.

— Est-ce qu'on va se décider à agir ? »

Ryan secoua la tête. « Je n'en sais encore rien. » Puis le téléphone sonna.

« Le NMCC sur le STU, Dr Ryan.

— Ryan, dit Jack en allant décrocher le téléphone crypté. Oui, passez-le-moi. Merde..., fit-il si doucement qu'Adler l'entendit à peine. Amiral, je vous recontacte un peu plus tard dans la journée.

— Allons bon, quoi encore ?

— Les Indiens », lui dit Ryan.

« Je déclare la séance ouverte », dit Mark Gant en tapant sur la table avec son stylo. Seuls la moitié des sièges plus deux étaient occupés, mais le quorum était atteint. « George, tu as la parole. »

Ce que lisait George Winston dans leurs regards le troublait. D'abord, tous ces hommes et femmes qui décidaient de la politique du Groupe Columbus étaient physiquement épuisés. Ensuite, ils étaient paniqués. Mais surtout, ce qui lui faisait le plus de peine, c'était l'espoir qu'ils montraient en sa présence, comme s'il était Jésus venu chasser les marchands du Temple. Ce n'était pas sain. Nul homme n'était censé détenir un tel pouvoir. L'économie américaine était trop vaste. Trop de gens en dépendaient. Et, par-dessus tout, elle était trop complexe pour être embrassée par un seul homme, voire dix ou vingt. C'était là le problème des modèles sur lesquels tout le monde s'appuyait. Tôt ou tard, on finissait par vouloir évaluer, mesurer et réguler ce qui simplement existait, marchait, fonctionnait. Les gens le réclamaient, mais personne ne pouvait réellement fournir une explication. Les marxistes avaient cru la détenir, et cette illusion avait été leur erreur fondamentale. Les Soviétiques avaient passé trois générations à vouloir orienter de force l'économie, au lieu de la laisser livrée à elle-même, et ils avaient fini à l'état de mendiants dans le pays le plus riche du monde. Et ce n'était guère différent ici. Au lieu de chercher à contrôler l'économie, on essayait d'en tirer profit, mais dans l'un et l'autre cas, il fallait laisser croire qu'on en saisissait les mécanismes. Et personne n'en était capable, sinon dans les grandes lignes.

Fondamentalement, tout se résumait à des besoins et à du temps. Les hommes ont des besoins, le vivre et le couvert étant les deux premiers. Certains doivent donc se charger de cultiver et de bâtir. Ces deux activités réclament également du temps, et puisque le temps est pour l'homme son bien le plus précieux, il faut le dédommager de son utilisation. Prenons l'exemple d'une voiture — on a également besoin d'être transporté. Quand on achète une voiture, on paie pour le temps passé à son montage, pour le temps passé à en fabriquer toutes les pièces ; au bout du compte, on paie les mineurs pour le temps passé à extraire du sol le minerai de fer et la bauxite. Jusque-là, tout est relativement simple. La difficulté surgit avec les options potentielles. On peut conduire plus d'un modèle de voiture. Chaque fournisseur de biens et de services impliqué dans le processus a le choix entre diverses sources d'approvisionnement, et puisque le temps est précieux, celui qui l'utilise le plus efficacement prend un avantage supplémentaire. Ça s'appelle la compétition, et la compétition est une course sans fin de chacun contre tout le monde. Fondamentalement, chaque entreprise et, en un sens, chaque individu contribuant à l'économie américaine entrent en compétition avec tous les autres. Tout le monde est producteur. Tout le monde est également consommateur. Chacun a quelque chose à fournir aux autres. Chacun choisit produits et services dans le vaste menu que propose l'économie. C'est l'idée de base.

La véritable complexité provenait de toutes les possibilités d'interactions. Qui achète quoi à qui. Qui gagne en efficacité, sachant le mieux gérer son temps, au profit des consommateurs et au sien propre. Avec tous ces participants, on est comme devant une foule immense où tout le monde parlerait en même temps. Il devient tout bonnement impossible de suivre toutes les conversations.

Et pourtant, Wall Street entretenait l'illusion d'en être capable, d'avoir des modèles informatiques en mesure de prédire dans les grandes lignes ce qui se passait, jour après jour. Or, c'était impossible. On pouvait analyser les entreprises une à une, jauger plus ou moins de la qualité de leur gestion. Dans une mesure limitée, l'une ou l'autre de ces analyses permettait de discerner des tendances et d'en tirer parti. Mais le recours à l'ordinateur et aux techniques de modélisation était allé trop loin : les extrapolations s'étaient de plus en plus éloignées de la réalité concrète, et si la méthode avait apparemment fonctionné pendant des années, elle n'avait fait qu'amplifier l'illusion. Avec l'effondrement du vendredi précédent, cette illusion s'était brisée, et aujourd'hui, ils n'avaient plus rien à quoi se raccrocher. *Rien, sinon moi*, songea George Winston, en déchiffrant leurs visages.

L'ancien président du Groupe Columbus était conscient de ses limites. Il savait jusqu'à quel point il comprenait le système, et savait en gros où s'arrêtait cette compréhension. Il savait que personne ne pouvait réellement faire marcher tout le bazar, et pour l'heure, il n'avait pas besoin d'en savoir plus en cette sombre nuit new-yorkaise.

« Vous m'avez l'air de ne plus avoir de chef, ici. Qu'est-ce qui nous attend demain, selon vous ? » demanda-t-il, et tous les « astro-scientifiques » détournèrent les yeux, fixant la table ou échangeant un regard avec leur vis-à-vis. Trois jours plus tôt à peine, quelqu'un aurait pris la parole, émis son avis avec plus ou moins de confiance. Mais pas maintenant, parce que personne ne savait. Personne n'avait la moindre idée. Et personne n'ouvrit la bouche.

« Vous avez un président. Est-ce qu'il vous a dit quelque chose ? » insista Winston. Signes de dénégation.

Comme il l'avait prévu, ce fut évidemment Mark Gant qui souleva la question : « Mesdames et messieurs, c'est le conseil d'administration qui choisit notre président et notre directeur général, n'est-ce pas ? Eh bien, nous avons besoin d'un dirigeant, maintenant.

— George, intervint un autre homme. Est-ce que vous êtes avec nous ?

— Apparemment, ou alors je suis le maître incontesté du déplacement astral. » La blague n'était pas terrible, mais elle réussit néanmoins à susciter quelques sourires, à leur redonner un début d'entrain.

« Dans ce cas, je soumets la motion que l'on considère comme vacants les postes de président et de directeur général.

— Motion soutenue !

— Une motion est mise aux voix, annonça Mark Gant sur un ton un peu plus assuré. Qui est d'accord ? »

Il y eut un chœur de « pour ».

« Des voix contre ? »

Silence.

« Motion adoptée. La présidence du Groupe Columbus est désormais vacante. Y a-t-il une autre motion à soumettre ?

— Je propose George Winston aux postes de directeur général et de président, dit une autre voix.

— Motion soutenue.

— Qui est pour ? » demanda Gant. Le vote fut identique, sinon encore plus enthousiaste.

« George, bienvenue parmi nous. » Il y eut des applaudissements discrets.

« D'accord. » Winston se leva. Il avait repris les rênes. Puis il nota, mine de rien : « Il faudrait peut-être que quelqu'un prévienne Yamata. » Il se mit à arpenter la salle.

« Bon, première chose : je veux voir tout ce que nous avons sur les transactions de vendredi. Avant de commencer à réfléchir au meilleur moyen de réparer ce putain de truc, il faut d'abord savoir comment il a lâché. La semaine va être longue, les gars, mais on a tous ceux qui nous ont fait confiance à protéger. »

Cette première tâche serait particulièrement difficile, Winston en était conscient. Il ignorait si quelqu'un serait en mesure de réparer le système, mais il leur fallait commencer par examiner ce qui avait bien pu clocher. Il sentait qu'il touchait du doigt quelque chose. Il éprouvait cette sensation irritante qui accompagne toujours les renseignements fragmentaires sur un problème particulier. C'était en partie son instinct, il s'appuyait dessus, mais dans le même temps s'en méfiait, jusqu'à ce qu'il parvienne à effacer ce doute avec des faits concrets. Il y avait toutefois autre chose, mais il ignorait quoi. Sa seule certitude était qu'il devait absolument le trouver.

Même les bonnes nouvelles pouvaient être lourdes de menaces. Le général Arima passait une bonne partie de son temps devant les caméras de télé, et il finissait par y prendre goût. Sa dernière annonce était que tout citoyen désireux de quitter Saipan se verrait accorder un billet gratuit de retour aux États-Unis via Tokyo. Mais en gros, ce qu'il disait, c'est que rien de fondamental n'avait changé.

« Mon cul, oui, grommela Pete Burroughs à l'adresse du visage souriant sur le tube cathodique.

— Vous savez, j'arrive toujours pas à y croire, dit Oreza, à nouveau debout après cinq heures de sommeil.

— Moi, si. Jetez donc un œil sur la colline, au sud-est d'ici. »

Portagee caressa sa joue mal rasée et obéit. A huit cents mètres de là, sur une éminence récemment déblayée pour la construction d'un nouveau complexe hôtelier (il n'y avait plus de plages disponibles sur l'île), une petite centaine d'hommes étaient en train de déployer une batterie de missiles Patriot. Les radars à antenne plate étaient déjà dressés, et alors qu'il regardait, les hommes mettaient en place le premier des quatre conteneurs parallélépipédiques.

« Bon, alors qu'est-ce qu'on fait, maintenant ? demanda l'ingénieur.

— Eh, je pilote des bateaux, moi, vous vous souvenez ?

— Mais vous portiez l'uniforme, dans le temps, non ?

— De garde-côtes, précisa Oreza. J'ai jamais tué personne. Quant à ce truc... (il indiqua le site de missiles), merde, vous devez vous y connaître plus que moi.

— Ils sont fabriqués dans le Massachusetts. Chez Raytheon, je crois. Ma boîte leur fournit des puces. » C'était en gros tout ce qu'il savait. « Ils ont l'intention de rester, n'est-ce pas ?

— Ouais. » Oreza saisit ses jumelles et reprit son observation à la fenêtre. Il pouvait distinguer six carrefours. Chacun était surveillé par une dizaine d'hommes — une escouade ; il connaissait le terme — avec jeeps ou Land Cruiser. Même si bon nombre d'entre eux avaient le pistolet à la ceinture, aucune arme automatique n'était visible, comme s'ils ne voulaient pas évoquer une junte sud-américaine de la bonne époque. Tous les véhicules qui passaient — apparemment, ils n'en arrêtaient aucun — avaient même droit à un salut amical. *Les relations publiques,* songea Oreza. *Pas à dire, ils ont chiadé leur coup.*

« Un putain de numéro de séduction », commenta l'ex-major. Et ça n'aurait pas été possible s'ils n'avaient pas été super-confiants. Même les servants des missiles sur la colline voisine.

Aucune précipitation : ils faisaient leur boulot tranquilles, bien peinards, en vrais pros. Sauf que, lorsqu'on comptait utiliser ce genre de matériel, on était un peu plus nerveux. On avait beau dire que l'entraînement était censé gommer les différences, il y avait une marge entre l'activité en temps de paix et celle en temps de guerre. Oreza reporta son attention sur les carrefours proches. Là non plus, les soldats n'étaient pas le moins du monde crispés. Ils ressemblaient à des soldats, agissaient comme des soldats, mais on ne les voyait pas tourner la tête pour scruter les alentours comme il était de mise en terrain hostile.

Cela aurait pu être rassurant. Pas d'arrestations de masse et de détentions arbitraires, lot habituel des invasions. Pas de déploiement de force outrancier, hormis une simple présence. On les aurait à peine remarqués, et pourtant ils étaient là et bien là, se dit Portagee. Avec la ferme intention **de rester**. Et ils paraissaient convaincus que personne n'allait leur disputer ce fait. Et ce n'était certainement pas lui qui serait en position de les faire changer d'avis.

« D'accord, donc, voilà les premiers rapports préliminaires, dit Jackson. On n'a pas trop de temps pour tout voir en détail, mais...

— Mais on va le faire quand même, acheva Ryan. J'ai toujours ma carte d'officier de renseignements gouvernemental, tu te souviens ? Je suis capable d'analyser les données brutes.

— J'ai le feu vert pour être mis au courant ? s'enquit Adler.

— Vous l'avez maintenant. » Ryan alluma la lampe du bureau et Robby composa la combinaison sur le verrou de sa mallette. « Quand doit se produire le prochain passage sur le Japon ?

— A peu près en ce moment, mais presque toutes les îles sont sous les nuages.

— On traque la bombinette ? » demanda Adler. L'amiral Jackson lui tendit la réponse.

« Vous l'avez dit, monsieur. » Il étala la première photo de Saipan. On distinguait deux barges porte-autos à quai. Le parc de stationnement voisin était rempli de rangées régulières de véhicules militaires, en majorité des camions.

« Meilleure estimation ? demanda Ryan.

« — Une grosse division. » Son crayon effleura un groupe de véhicules. « Ça, c'est une batterie de Patriot. Là, de l'artillerie tractée. Et là, apparemment, un gros radar de défense aérienne qu'on a démonté pour le transport. Le point culminant de ce caillou est une colline de quatre cents mètres, de quoi lui donner une portée intéressante : de là-haut, l'horizon visuel est bien à quatre-vingts kilomètres. » Une autre photo. « Les aéroports. Ce sont cinq chasseurs F-15 et, si vous regardez bien, on a réussi à saisir deux de leurs F-3 en vol, en approche finale.

— Des F-3 ? demanda Adler.

— La version de production du FS-X, expliqua Jackson. De bonnes capacités, en fait, un F-16 retravaillé. Les Eagle, c'est pour la défense aérienne. Ce petit zinc est un bon appareil d'attaque.

— Il nous faut d'autres passes », dit Ryan, d'une voix soudain devenue grave. Quelque part, la crise était devenue réelle. Réellement réelle, comme il se plaisait à le dire. Métaphysiquement réelle. Ce n'étaient plus des résultats d'analyses ou de comptes rendus oraux. Désormais, il avait des preuves photographiques. Son pays était en guerre, plus aucun doute.

Jackson acquiesça. « Ce qu'il nous faut surtout, c'est des pros pour analyser ces photos aériennes, mais ouais, on aura quatre passages par jour, si le temps le permet, et il faudra qu'on examine chaque centimètre carré de ce rocher, mais aussi Tinian, Rota, Guam et tous les îlots.

— Bon Dieu, Robby, est-ce qu'on en est capables ? » demanda Jack. Bien que posée dans les termes les plus simples, la question avait des implications que même lui n'était pas encore en mesure d'apprécier. L'amiral Jackson mit du temps à quitter des yeux les photos satellitaires, et sa voix perdit soudain sa rage, laissant place au jugement professionnel de l'officier de marine.

« Je n'en sais encore rien. » Il marqua un temps, puis posa à son tour une question. « Est-ce qu'on va tenter le coup ?

— Ça non plus, je n'en sais rien, lui dit le chef du Conseil national de sécurité. Robby ?

— Ouais, Jack ?

— Avant qu'on décide de se lancer, il faut qu'on sache si on en est capables. »

L'amiral Jackson acquiesça. « A vos ordres, chef. »

Il avait passé une bonne partie de la nuit à entendre ronfler son partenaire. Ce gars était incroyable, se dit Chavez, à moitié dans les vapes. Merde, comment arrivait-il à dormir ? Le soleil était déjà levé, la frénésie matinale de Tokyo traversait portes et fenêtres avec son vacarme assourdissant, et monsieur roupillait toujours ! Eh bien, se dit son cadet, c'était un vieux, et il lui fallait peut-être son compte de sommeil. C'est alors que se produisit l'événement le plus incroyable depuis le début de leur séjour : le téléphone sonna. John ouvrit aussitôt les yeux, mais Ding avait été le premier à réagir.

« *Tovarichtchii*, dit une voix. Alors comme ça, depuis le temps qu'on est dans le pays, on ne pense même pas à m'appeler ?

— Qui est à l'appareil ? » demanda Chavez. Il avait beau avoir studieusement travaillé son russe, l'entendre parler ici et maintenant au téléphone lui faisait l'effet d'entendre un martien. Il n'avait pas eu de mal à feindre le sommeil. Mais il n'eut soudain nul besoin de feindre la surprise.

Un rire jovial qui devait partir du cœur avait retenti à l'autre bout de la ligne. « Voyons, Evgueni Pavlovitch, qui donc, à votre avis ? Allez, rasez-vous la barbe et retrouvez-moi pour le petit déjeuner. J'attends en bas. »

Domingo Chavez sentit son cœur s'arrêter. Pas seulement manquer un battement : il aurait juré qu'il s'était réellement arrêté, jusqu'à ce qu'il lui commande de redémarrer, et quand il redémarra, ce fut avec un coefficient de distorsion trois. « Euh... laissez-nous quelques minutes...

— Ivan Sergueïevitch a encore trop bu, *da* ? demanda la voix dans un nouveau rire. Dites-lui qu'il est devenu trop vieux pour ce genre de bêtise. Fort bien, je vais commander du thé et attendre. »

Durant tout cet échange, Clark avait gardé les yeux rivés sur Chavez, du moins les premières secondes. Puis il se mit à scruter la chambre, guettant d'éventuelles menaces, tant le visage de son partenaire avait pâli. Domingo n'était pas du genre à se laisser facilement effrayer, John le savait, mais quoi qu'il ait pu entendre au téléphone, ça l'avait paniqué.

Allons bon. John se leva et mit la télé. S'il y avait un danger quelconque derrière la porte, il était trop tard. La fenêtre n'offrait aucune issue. Le couloir pouvait très bien être bourré de policiers en armes, sa première réaction fut de se rendre à la salle de bains. Clark s'examina dans la glace après avoir tiré la chasse d'eau. Chavez était derrière lui avant que le levier soit remonté.

« Je ne sais pas qui c'était, mais il m'a appelé "Evgueni". Il a dit qu'il attendait en bas.

— Son origine, à ton avis ?

— Russe : le bon accent, la bonne syntaxe. » L'eau finit de couler et ils se retrouvèrent à nouveau dans l'impossibilité de parler librement.

Merde, pensa Clark en cherchant une réponse dans la glace, mais pour n'y trouver que deux visages bien perplexes. *Bon.* L'agent de renseignements entreprit de se débarbouiller tout en envisageant les possibilités. *Réfléchis.* S'il s'était agi de la police japonaise, auraient-ils pris la peine de... ? Non. Peu probable. Tout le monde considérait les espions comme des personnages dangereux, méprisables, un préjugé curieux hérité des films de James Bond. On avait à peu près autant de chances de voir des agents de renseignements déclencher une fusillade que de leur voir pousser des ailes et s'envoler. Leurs principales qualités physiques étaient de savoir courir et se planquer, mais personne n'avait l'air d'avoir bien saisi ce fait, et si les flics locaux en avaient eu après eux, eh bien... eh bien, il se serait réveillé avec un pistolet sous le nez. Et ce n'avait pas été le cas, n'est-ce pas ? *Bien.* Donc, pas de danger immédiat. Probablement.

Chavez ne fut pas peu surpris de voir Clark prendre son temps pour se laver les mains et la figure, se raser avec soin, et se brosser les dents avant de quitter la salle de bains. Il souriait même quand il eut terminé, parce que l'expression devait accompagner le ton de sa voix.

« Evgueni Pavlovitch, nous devons apparaître *kulturnii* aux yeux de notre ami, pas vrai ? Cela fait tant de mois. » Cinq minutes plus tard, ils avaient quitté la chambre.

Les dons de comédien ne sont pas moins importants chez les espions que chez les vrais acteurs de théâtre, car dans le monde du Renseignement comme sur les planches, on a rarement l'occasion de faire une nouvelle prise. Le commandant Boris Ilitch Cherenko était le *rezident* adjoint de l'antenne du RVS à Tokyo. Quatre heures auparavant, il avait été réveillé par un appel, apparemment anodin, de son ambassade. Sous la couverture d'attaché culturel, il avait été récemment chargé de mettre la dernière main à l'organisation d'une tournée au Japon du Ballet de Saint-Pétersbourg. Quinze ans durant officier à la Première division extérieure du KGB, il remplissait désormais les mêmes fonctions au sein du même organisme, de moindre envergure, qui lui avait succédé. Son boulot n'en était que plus important aujourd'hui, estimait Cherenko. Puisque sa nation était bien moins armée pour affronter les menaces extérieures, elle avait plus que jamais besoin d'obtenir des renseignements de valeur. Peut-être était-ce la raison de ce plan délirant. A moins que les responsables à Moscou soient devenus complètement cinglés. Difficile à dire. En tout cas, le thé était bon.

A l'ambassade l'avait attendu un message chiffré du central de Moscou — de ce côté, rien n'avait changé — avec des noms et des descriptions détaillées. Cela rendait l'identification facile. Plus facile que de comprendre les ordres qu'on lui avait donnés.

« Vania ! » Cherenko bascula presque pour saisir la main de l'aîné des deux hommes et la lui serrer chaleureusement, mais en lui épargnant le fameux baiser à la Russe. C'était en partie pour éviter de froisser la sensibilité nippone et en partie parce que l'Américain risquait de lui loger un pruneau tellement ces gens étaient froids. En tout cas, folie ou pas, c'était un moment à savourer. Il avait devant lui deux agents de la CIA, et les voir tirer un nez long comme ça en public... la situation n'était pas dénuée d'humour. « Cela fait si longtemps ! »

Cherenko nota que le plus jeune faisait de son mieux pour dissimuler ses sentiments, mais sans trop de succès. Le KGB/RVS ne savait rien de lui. Son agence connaissait en revanche le nom de John Clark. Ce n'était qu'un nom et un bref signalement qui aurait pu convenir à un individu à peau blanche et de sexe masculin de n'importe quelle nationalité. Un mètre quatre-vingt-cinq à quatre-vingt-dix. Quatre-vingt-dix kilos. Cheveux bruns. Bonne forme physique. A quoi Cherenko pouvait ajouter : yeux bleus, poigne ferme. Des nerfs solides. Très solides, même, estima le commandant.

« Eh oui... Et comment va la famille, mon ami ? »

Et parlant un russe excellent, avec ça, releva Cherenko, en notant l'accent de Saint-Pétersbourg. Alors qu'il faisait l'inventaire des caractéristiques physiques de l'Américain, il réalisa que deux paires d'yeux, une bleue, une noire, lui rendaient la pareille.

« Natalia s'ennuie de vous. Venez ! J'ai faim ! A table ! » Il ramena les deux autres vers sa table à l'angle de la salle.

CLARK JOHN (pas de deuxième prénom ?), tel était l'en-tête du mince dossier à Moscou. Un nom si anonyme qu'on ne lui connaissait pas d'autres identités d'emprunt et qu'on ne lui en avait peut-être jamais attribué. *Agent de terrain, formation paramilitaire, aurait accompli des missions secrètes spéciales.* Une brève affectation comme agent de sécurité et de protection rapprochée, période durant laquelle personne n'avait jugé utile de le photographier. Typique, songea Cherenko. Il contemplait à présent l'individu installé en face de lui et vit un homme détendu, relaxé, en compagnie du vieil ami qu'il avait rencontré pour la première fois deux minutes plus tôt, au grand maximum. Eh bien, il avait toujours su que la CIA employait des éléments de valeur.

« Ici, nous pouvons parler librement, dit Cherenko, plus doucement, toujours en russe.

— Est-il vrai que... ?

— Cherenko, Boris Ilitch, commandant, *rezident* adjoint », dit-il enfin pour se présenter. Puis il salua de la tête chacun de ses hôtes. « Vous êtes John Clark... et Domingo Chavez.

— Et on est dans la putain de Quatrième Dimension, grommela Ding.

— "Les fleurs du prunier s'épanouissent, et les femmes de plaisir achètent des foulards neufs dans une chambre de bordel." Pas précisément du Pouchkine, n'est-ce pas ? Pas même du Pasternak. Les petits barbares arrogants. » Il était au Japon depuis trois ans. Arrivé avec l'idée de découvrir un endroit agréable, intéressant pour travailler, il avait fini par détester de nombreux aspects de la culture nippone, et en particulier la supériorité professée par les autochtones vis-à-vis de tout le reste du monde, attitude particulièrement vexante pour un Russe qui éprouvait exactement le même sentiment.

« Auriez-vous l'amabilité de nous dire de quoi il retourne, camarade commandant ? » demanda Clark.

Cherenko reprit, plus calme. L'humour de la situation était désormais derrière eux, même si les Américains ne l'avaient pas vraiment goûté. « Votre Maria Patricia Foleïeva a téléphoné à notre Sergueï Nikolaïevitch Golovko, pour requérir notre assistance. Je sais que vous dirigez un autre agent ici même à Tokyo, mais j'ignore son nom. J'ai également reçu instruction de vous dire, camarade Klerk, que votre femme et vos filles vont bien. Votre cadette est cette année encore parmi les meilleures étudiantes de sa promotion, et elle a de bonnes chances d'entrer en fac de médecine. S'il vous faut encore des preuves de ma bonne foi, j'ai bien peur de ne pas pouvoir vous aider. » Le commandant nota la discrète marque de plaisir sur les traits du plus jeune des deux Américains et s'interrogea sur ses raisons.

Eh bien, voilà qui résout la question, se dit John. *Enfin, presque.* « Ma foi, Boris, vous vous y entendez comme un chef pour captiver l'attention. Alors, maintenant, s'agirait de nous expliquer ce qui se passe.

— On ne l'a pas vu venir, nous non plus », commença Cherenko, et il en vint à l'essentiel. Clark nota que ses informations étaient légèrement meilleures que celles fournies par Chet Nomuri, mais qu'il ne savait pas non plus tout. Le Renseignement, c'est comme ça. On n'a jamais un tableau complet, et les éléments qui manquent sont toujours importants.

« Comment savez-vous que nous pouvons opérer sans risque ?

— Vous savez bien que je ne peux pas...

— Boris Ilitch, ma vie est entre vos mains. Vous savez que j'ai une femme et deux filles. Je tiens à la vie, pour moi, mais aussi pour elles », expliqua John sur un ton raisonnable, renforçant encore son image aux yeux du pro assis en face de lui. Ce n'était pas qu'une question de trouille. John se savait un agent de terrain capable, et Cherenko lui faisait la même impression. La "confiance" était un concept à la fois essentiel et étranger aux opérations de renseignements. Vous deviez faire confiance à vos hommes et, dans le même temps, vous ne pouviez jamais leur faire entièrement confiance dans un métier où le dédoublement était un mode de vie.

« Votre couverture est plus efficace que vous ne l'imaginez. Les Japonais vous prennent pour des Russes. Cela étant, ils ne vous tracasseront pas. Nous sommes là pour y veiller, lui dit avec confiance le *rezident* adjoint.

— Pour combien de temps ? demanda Clark — non sans une certaine malice, estima Cherenko.

— Certes, la question se pose toujours, n'est-ce pas ?

— Comment fait-on pour communiquer ?

84

— Je crois savoir que vous avez besoin d'une ligne téléphonique de haute qualité. » Cherenko lui glissa une carte sous la table. « Tout le réseau téléphonique de Tokyo est désormais en fibres optiques. Nous avons plusieurs lignes similaires à Moscou. Votre matériel de communication spécial y est en cours d'acheminement, au moment où nous parlons. Je me suis laissé dire qu'il était excellent. J'aimerais bien le voir, ajouta Boris, haussant le sourcil.

— Ce n'est jamais qu'une puce-mémoire, mon vieux, lui dit Chavez. Je saurais même pas vous dire laquelle c'est.

— Habile, commenta Cherenko.

— Quelle est la gravité de leur menace ? reprit Chavez.

— Ils semblent avoir transporté un total de trois divisions sur les Mariannes. Leur marine a attaqué la vôtre. » Cherenko leur fournit tous les détails en sa possession. « Je dois vous dire que, selon nos estimations, vous risquez de connaître de sérieuses difficultés pour récupérer vos îles.

— Sérieuses comment ? » demanda Clark.

Le Russe haussa les épaules, non sans une certaine sympathie. « Moscou juge l'éventualité improbable. Vos capacités sont devenues presque aussi ridicules que les nôtres. »

Et c'est bien pour ça qu'on en est arrivé là, décida aussitôt Clark. Et pour ça qu'il se retrouvait avec un nouvel ami dans un pays étranger. Il l'avait dit à Chavez, quasiment à leur première rencontre, citant Henry Kissinger : « Même les paranoïaques ont des ennemis. » Il se demandait parfois pourquoi les Russes ne frappaient pas cette devise sur leur monnaie, à l'instar du *E pluribus unum* des Américains. Et le comble, c'est qu'ils avaient leur histoire entière pour le démontrer. Idem d'ailleurs pour les Américains.

« Continuez.

— Nous avons complètement infiltré leurs services de renseignements, y compris ceux de l'armée, mais CHARDON est un réseau commercial, et j'ai cru comprendre que vous aviez obtenu de meilleures informations que moi. Je ne suis pas sûr de ce que cela signifie. » Ce qui n'était pas strictement exact, mais Cherenko faisait le distinguo entre ses renseignements et ses opinions ; et en bon espion, il n'exprimait que les premiers.

« Donc, en résumé, on a tous les deux du pain sur la planche. »

Cherenko acquiesça. « N'hésitez pas à passer à la chancellerie.

— Prévenez-moi quand le matériel de communications sera parvenu à Moscou. » Clark aurait pu poursuivre, mais il se retint. Il ne serait vraiment sûr de son coup que lorsqu'il aurait reçu le visa électronique adéquat. C'était si étrange qu'il en ait besoin, mais si Cherenko disait vrai sur le degré d'infiltration du gouvernement japonais, alors il pouvait fort bien avoir été « retourné » lui aussi. Dans ce milieu, les vieilles habitudes avaient toujours la vie dure. Le seul fait réconfortant était que son interlocuteur était conscient de ses hésitations et ne semblait pas, pour l'heure, s'en formaliser.

« Entendu. »

Il ne fallait pas grand monde pour encombrer le Bureau Ovale. Le centre névralgique de ce que Ryan espérait toujours être la nation la plus puissante de la planète était en fait plus petit que le bureau qu'il avait occupé durant sa période de retour au monde de la finance — plus petit même que son actuel bureau d'angle dans l'aile ouest, s'aperçut-il pour la première fois.

Ils étaient tous crevés. Brett Hanson était particulièrement hagard. Seul Arnie van Damm avait l'air à peu près normal, mais d'un autre côté, Arnie donnait toujours l'impression de relever d'une cuite. Buzz Fiedler semblait au bord du désespoir. Malgré tout, c'était le ministre de la Défense qui paraissait le plus abattu. C'était lui qui avait supervisé la réduction des armements de son pays, lui qui, presque chaque semaine, avait répété au Congrès que nos capacités surpassaient de loin nos besoins. Ryan se souvenait des interventions télévisées, des rapports internes remontant à plusieurs années, des objections désespérées des chefs d'état-major qu'on avait scrupuleusement omis d'ébruiter dans les médias. Il n'était pas difficile de deviner les sentiments du ministre de la Défense. Ce brillant bureaucrate, si confiant dans sa vision et son jugement, venait de percuter ce mur rigide et impitoyable qui s'appelait la réalité.

« Le problème économique, lança le Président Durling, au grand soulagement de son ministre de la Défense.

— Le plus délicat, c'est les banques. Elles vont rester planquées, mortes de trouille, tant qu'on n'aura pas rectifié la situation de la DTC. Elles sont tellement nombreuses de nos jours à s'être lancées dans l'investissement sur le marché boursier qu'elles ne savent même plus le montant de leurs réserves. Les clients vont vouloir récupérer l'argent de leurs fonds communs de placement gérés par ces banques. Le gouverneur de la Réserve fédérale a déjà commencé à leur remonter le moral.

— En leur disant quoi ? demanda Jack.

— En leur disant qu'elles avaient une ligne de crédit illimitée. Que les réserves en liquidités suffiraient à couvrir leurs besoins. Qu'ils pouvaient emprunter tout l'argent qu'ils voulaient.

— Politique inflationniste, observa van Damm. Très dangereux.

— Pas vraiment, objecta Ryan. A court terme, l'inflation est comme un mauvais rhume, qu'on soigne avec deux aspirines et un bouillon Kub. Ce qui s'est passé vendredi est l'équivalent d'un infarctus. Il faut le traiter d'urgence. Si les banques n'ouvrent pas à l'heure habituelle... La confiance, voilà le maître mot, Buzz a raison. »

Une fois encore, Roger Durling remercia le ciel que son départ du gouvernement ait amené Ryan à réintégrer les milieux financiers.

« Et les marchés ? demanda le Président à son ministre des Finances.

— Fermés. J'ai discuté avec toutes les places. Tant que les archives de la DTC ne seront pas reconstituées, aucune transaction n'aura lieu.

— Ce qui veut dire ? » intervint Hanson. Ryan nota que le ministre de la Défense restait muet. D'habitude, le gars était pétant de confiance, lui aussi, toujours prêt à fournir son opinion sur tout. En d'autres circonstances, il aurait jugé fort bienvenue cette réticence inédite.

« Vous n'êtes plus obligé de négocier les actions au parquet de Wall Street, expliqua Fiedler. Vous pouvez très bien le faire dans les toilettes du country-club si ça vous chante.

— Et les gens ne s'en priveront pas, ajouta Ryan. Pas des masses, mais il y en aura.

— Est-ce que cela va jouer ? Et les places étrangères ? demanda Durling. Nos valeurs se négocient dans le monde entier.

— Pas assez de liquidités à l'étranger, répondit Fiedler. Oh, il y en a bien quelques-unes, mais ce sont les Bourses de New York qui déterminent la cote que tout le monde utilise, et sans elles, personne ne peut estimer la valeur réelle des titres.

— Ils ont bien des enregistrements des transactions, non ? intervint van Damm.

— Bien sûr, mais les enregistrements sont altérés et on ne joue pas des millions sur une information douteuse. D'accord, ce n'est pas une si mauvaise chose qu'il y ait eu des fuites. Ça nous donne une couverture qui pourra toujours nous servir un jour ou deux. Les gens peuvent encore admettre qu'une défaillance du système ait tout flanqué par terre. Cela les empêchera pour un temps de céder entièrement à la panique. Mais combien de temps faudra-t-il pour récupérer les archives ?

— Ils n'en savent toujours rien, admit Fiedler. Ils essaient encore de reconstituer les fichiers.

— Dans ce cas, nous en avons sans doute jusqu'à mercredi. » Ryan se massa les paupières. Il avait envie de se lever et d'arpenter la pièce, juste pour faire circuler le sang, mais, dans le Bureau Ovale, c'était un privilège exclusivement réservé au Président.

« J'ai fait convoquer une conférence avec tous les dirigeants des Bourses. Ils ont demandé à tout leur personnel de venir travailler, comme pour une journée normale. Ils feront de la paperasse, histoire d'avoir l'air affairés devant les caméras de télévision.

— Excellente idée, Buzz », réussit à dire le Président. Ryan regarda le ministre des Finances et leva le pouce.

« Il faut qu'on trouve au plus vite une solution quelconque, poursuivit Fiedler. Jack a probablement raison. D'ici mercredi soir, ce sera la panique complète, et je ne peux pas dire ce qui arrivera », termina-t-il, sobrement. Mais les nouvelles n'étaient pas mauvaises pour ce soir. Ils avaient une légère marge de manœuvre, et ils auraient le temps de souffler.

« Point suivant, dit van Damm, prenant le relais de son patron. Ed Kealty ne va pas faire de remous. Il est en train de négocier un arrangement avec la justice. A priori, cela nous fait une casserole en moins à traîner. Bien entendu » (et le secrétaire général de la Maison Blanche se tourna vers le Président), il nous faudra bientôt lui trouver un remplaçant.

— Ça peut attendre, dit Durling. Brett... L'Inde ?

— Williams, notre ambassadeur, a entendu un certain nombre de rumeurs inquiétantes. Les analyses de la marine sont probablement exactes. Il semblerait que les Indiens envisageraient sérieusement un débarquement au Sri Lanka.

— Ils ont bien choisi leur moment, entendit Ryan, qui baissa les yeux avant de reprendre la parole.

— La Marine voudrait des instructions opérationnelles. Nous avons deux porte-avions avec leurs groupes de combat en manœuvre dans le secteur. S'il faut en venir à l'épreuve de force, nos hommes doivent savoir jusqu'où ils peuvent aller. » Il avait dû le dire à cause de sa promesse à Robby Jackson, mais il connaissait fort bien la réponse. Ce problème-là n'était pas encore sur le feu.

« On a déjà du pain sur la planche. On verra cela plus tard, dit le Président. Brett, dites à Dave Williams de rencontrer leur Premier ministre et de bien lui faire comprendre que les États-Unis voient d'un très mauvais œil les actes d'agression, où qu'ils se produisent dans le monde. Pas de fanfaronnade. Juste une déclaration claire et nette, et qu'il attende sa réponse.

— Cela fait un bail qu'on ne leur a plus adressé la parole, avertit Hanson.

— L'heure est venue de le faire, Brett, indiqua tranquillement Durling.

— Oui, monsieur le président. »

Et maintenant, pensa Ryan, *celui que l'on attend tous*. Les yeux se tournèrent vers le ministre de la Défense. Il parla d'une voix mécanique, quasiment sans lever les yeux de ses notes.

« Les deux porte-avions seront de retour à Pearl Harbor pour vendredi. Il y a deux cales sèches pour les réparations, mais les rendre à nouveau opérationnels va exiger des mois. Les deux sous-marins sont perdus, vous le savez. La flotte japonaise se retire vers les Mariannes. Il n'y a pas eu d'autres contacts hostiles entre unités des deux flottes.

« Nous estimons qu'environ trois divisions ont été transportées par air aux Mariannes. L'une est à Saipan, l'essentiel des deux autres sur Guam. Ils bénéficient des installations aériennes que nous y avons construites et entretenues... » Il poursuivit d'une voix ronronnante, fournissant des détails déjà connus de Ryan, et s'avançant vers une conclusion qu'il redoutait à l'avance.

Tout était trop étriqué. La marine américaine avait été réduite de moitié par rapport à ce qu'elle était dix ans auparavant. Elle n'était plus capable que de transporter une seule division armée, dans l'hypothèse d'un débarquement. Et encore, il faudrait pour cela rapatrier l'ensemble de la flotte de l'Atlantique par le canal de Panama, et rappeler d'autres bâtiments répartis sur tous les océans du monde. Débarquer de tels effectifs exigeait un soutien tactique, mais la frégate standard de la marine américaine n'était équipée que d'un canon de 75. Destroyers et croiseurs n'avaient que deux canons de 125 chacun ; on était loin de la puissance de feu de l'ensemble de la flotte de combat qu'il avait fallu rassembler pour récupérer les Mariannes en 1944. Quant aux porte-avions, aucun n'était immédiatement disponible, les deux plus proches se trouvaient dans l'océan Indien, et même réunis, ils ne pouvaient pas rivaliser avec les forces aériennes dont disposait aujourd'hui le Japon à Saipan et à Guam. Pour la première fois, Ryan sentit la colère le gagner. Il lui avait fallu du temps pour surmonter son incrédulité, se dit-il.

« Je ne crois pas que nous pourrons y arriver », conclut le ministre de la Défense, et c'était un jugement que personne ne se sentait prêt à discuter. Ils étaient las des récriminations. Le Président Durling remercia chacun de son avis et remonta dans sa chambre, espérant pouvoir dormir un peu avant de devoir affronter les médias dans la matinée.

Il prit l'escalier au lieu de l'ascenseur, et réfléchit en gravissant les marches, sous le regard vigilant des agents du Service secret, postés au sommet et au bas de celles-ci. Quelle honte d'achever son mandat dans ces conditions. Même s'il ne l'avait jamais vraiment désiré, il avait essayé de le remplir de son mieux, et jusqu'à ces derniers jours, il n'y avait pas trop mal réussi.

28

Transmissions

L E 747-400 d'United se posa à l'aéroport Cheremetievo de Moscou avec trente minutes d'avance. Les courants-jets sur l'Atlantique soufflaient toujours avec force. Le premier à débarquer fut un courrier diplomatique, précédé par un steward. A l'entrée du terminal, il présenta son passeport diplomatique au fonctionnaire des douanes qui l'orienta vers un représentant de l'ambassade américaine. Celui-ci lui serra la main et l'invita à le suivre.

« Venez. Nous avons même droit à une escorte pour nous conduire en ville. » L'homme sourit : ça devenait dément.

« Je ne vous connais pas », dit le courrier, méfiant, et il ralentit le pas. D'ordinaire, sa personne comme sa valise diplomatique étaient inviolables, mais tout dans ce voyage avait été inhabituel, et sa curiosité était totalement éveillée.

« Il y a dans votre sacoche un ordinateur portatif. Ceint par un ruban jaune. C'est le seul objet que vous transportez, dit le chef de poste de la CIA à Moscou, ce qui était la raison pour laquelle le courrier ne le connaissait pas. Le nom de code de votre voyage est ROULEAU À VAPEUR.

— Rien à dire. » Le courrier hocha la tête, tandis qu'ils se dirigeaient vers la sortie du terminal. Une voiture à plaque diplomatique les attendait — c'était une limousine Lincoln, apparemment le véhicule personnel de l'ambassadeur. Puis arriva une voiture d'escorte qui, sitôt quittées les emprises de l'aéroport, leur ouvrit la voie, gyrophare allumé, afin de leur permettre de gagner plus vite le centre-ville. Dans l'ensemble, le courrier jugeait la procédure peu habile. Mieux aurait valu utiliser un véhicule russe. Ce qui soulevait deux autres questions plus importantes. Pourquoi diable l'avait-on tiré de chez lui sans préavis, pour aller trimbaler à Moscou un putain d'ordinateur portatif ? Si tout était si bougrement secret, pourquoi les Russes étaient-ils dans le coup ? Et si c'était si bougrement important, pourquoi attendre un vol commercial ? Employé de longue date aux Affaires étrangères, il savait qu'il était stupide de mettre en question la logique des opérations officielles. C'est juste qu'il restait quelque part un rien idéaliste.

Le reste du trajet se déroula à peu près normalement, jusqu'à l'ambassade, installée en plein cœur de Moscou, près de la rivière. Une fois à l'intérieur, les deux hommes se rendirent à la salle des transmissions, où le courrier ouvrit sa sacoche, livra son contenu, puis ressortit, pour aller prendre une douche et retrouver un lit, certain de ne jamais avoir de réponses à ses questions.

Le reste du travail avait été accompli par les Russes à une vitesse remarquable. La ligne téléphonique avec l'agence Interfax rejoignait ensuite le RVS, puis gagnait Vladivostok par une liaison militaire en fibres optiques, et de là, une autre liaison similaire établie par la *Nippon Telephone & Telegraph* conduisait à l'île de Honshu. Le portatif était équipé d'une carte-modem, qui fut branchée sur cette nouvelle ligne téléphonique, puis configurée et connectée. Ensuite, et comme toujours, il ne resta plus qu'à attendre, même si tout le reste avait été réalisé avec la célérité maximale.

Il était une heure et demie du matin quand Ryan rentra chez lui, à Peregrine Cliff. Il avait donné congé à son chauffeur officiel, préférant se faire conduire par l'agent spécial Robberton, auquel il indiqua une des chambres d'amis avant de se diriger vers son propre lit. Il ne fut pas surpris de voir Cathy encore éveillée.

« Jack, qu'est-ce qui se passe ?

— Tu n'as donc pas du boulot, demain ? » demanda-t-il, tentant sa première esquive. Retourner à la maison avait sans doute été une erreur, même si elle était nécessaire. D'abord, il avait besoin de se changer. Une crise, c'était déjà pénible. Mais pour des hauts fonctionnaires de l'État, avoir l'air fripé et complètement décalqué, c'était encore pire, et la presse ne manquerait pas de le relever. Pis que tout, ça se voyait comme le nez au milieu de la figure. Le blaireau moyen découvrant le reportage au journal télévisé le remarquerait tout de suite, et des généraux inquiets faisaient des troufions inquiets, c'était le B-A BA des cours enseignés à l'académie de Quantico, se souvenait Ryan. Raison pour laquelle il devait se taper ces deux heures de voiture qu'il lui aurait été plus profitable de passer allongé sur le divan de son bureau.

Cathy se massa les paupières dans le noir. « Rien au programme demain matin. Juste une conférence dans l'après-midi, pour présenter le fonctionnement du nouveau système laser à des visiteurs étrangers.

— D'où viennent-ils ?

— Du Japon et de Taiwan. Nous vendons la licence du système de calibrage que nous avons mis au point et... qu'est-ce qui ne va pas ? » demanda-t-elle quand son mari tourna brusquement la tête.

Ce n'est que de la paranoïa, se dit Ryan. *Rien qu'une coïncidence idiote, sans plus. Ça ne peut pas être autre chose.* Mais il quitta la chambre sans un mot. Robberton était en train de se déshabiller quand il entra dans la chambre d'amis. L'étui de son pistolet était pendu au montant du lit. L'explication ne dura que quelques secondes, et Robberton prit un téléphone et composa le numéro du centre opérationnel du Service secret, situé à deux rues de la Maison Blanche. Ryan n'avait même pas su que sa femme avait un nom de code.

« Chirurgien (somme toute, c'était évident, non ?) aura besoin d'une amie pour demain... à Johns Hopkins... Oh, ouais, elle sera parfaite. Allez, salut. » Robberton raccrocha. « Un bon élément, cette Andrea Price. Célibataire, mince, cheveux bruns, elle vient d'entrer dans la division, après huit ans à travailler en extérieur. J'ai bossé avec son vieux quand je débutais. Merci de m'avoir prévenu.

— Je vous retrouve aux alentours de six heures et demie, Paul.

— D'accord. » Robberton s'allongea aussitôt, apparemment, il était du genre à s'endormir sur commande. Un talent bien utile, songea Ryan.

93

« Bon sang, mais qu'est-ce que c'est que toute cette histoire ? » demanda Caroline Ryan quand son mari revint dans la chambre. Jack s'assit sur le lit pour lui expliquer.

« Cathy, euh... demain à Hopkins, tu vas avoir quelqu'un avec toi. Elle s'appelle Andrea Price. Elle travaille avec le Service secret. Et elle te suivra partout.

— Pourquoi ?

— Cathy, nous avons plusieurs problèmes en ce moment. Les Japonais ont attaqué notre marine et ils occupent deux de nos îles. A présent, tu ne peux pas...

— Ils ont fait *quoi* ?

— Tu ne peux en parler à personne, poursuivit son mari. Est-ce que tu comprends ? Tu ne peux en parler à personne, mais comme tu vas te retrouver demain avec des Japonais, et compte tenu du poste que j'occupe, les gens du Service secret préfèrent que tu sois accompagnée, juste pour être absolument certains que tout baigne. » Ce ne serait pas aussi simple, bien sûr. Le Service avait des effectifs limités et répugnait, pour le moins, à demander de l'aide aux forces de police locale. La police municipale de Baltimore, qui était toujours très présente à Johns Hopkins en toutes circonstances — le complexe hospitalier n'était pas situé dans le meilleur des quartiers —, allait sans aucun doute charger à son tour un de ses inspecteurs de couvrir la môme Price.

« Jack, y a-t-il un danger ? » demanda Cathy, se rappelant une époque et des terreurs lointaines, alors qu'elle était enceinte de petit Jack, quand l'Armée de libération irlandaise avait envahi sa demeure[1]. Elle se remémora sa satisfaction, mêlée de honte, quand le dernier d'entre eux avait été exécuté pour meurtres multiples — mettant fin, croyait-elle, au plus pénible, au plus terrifiant épisode de son existence.

Pour sa part, Jack réalisa que c'était encore un élément auquel ils n'avaient pas songé. Si l'Amérique était en guerre, il était le chef du Conseil national de sécurité et, à ce titre, il devenait effectivement une cible de choix. Lui mais aussi sa femme. Et leurs trois enfants. Irrationnel ? Mais avec les guerres, qu'est-ce qui ne l'était pas ?

---

1. Voir *Jeux de guerre*, Albin Michel, 1989 *(NdT)*.

« Je ne pense pas, répondit-il après quelques secondes de réflexion, mais enfin, il se pourrait qu'on ait... eh bien, qu'on ait à loger quelques hôtes supplémentaires. Je ne sais pas. Il faudra que je demande.

— Tu as dit qu'ils avaient attaqué notre marine ?

— Oui, chérie, mais tu ne peux pas...

— Ça veut dire la guerre, n'est-ce pas ?

— Je n'en sais rien, chérie. » Il était tellement vanné qu'il dormait quelques secondes à peine après que sa tête eut touché l'oreiller, et sa dernière pensée consciente fut pour reconnaître qu'il en savait bien trop peu pour répondre aux questions de son épouse, comme d'ailleurs aux siennes.

Personne ne dormait dans le bas de Manhattan, en tout cas personne parmi ceux qui comptaient. Plus d'un courtier au bord de l'épuisement se fit la réflexion que, pour le coup, tous étaient en train de mériter vraiment leur salaire, mais il fallait bien avouer qu'ils n'aboutissaient pas à grand-chose. Tous très fiers de leurs prérogatives, ils balayaient du regard la salle de transactions bourrée d'ordinateurs dont la valeur cumulée n'était connue que du service comptable, et dont la valeur actuelle était approximativement égale à zéro. Les marchés européens n'allaient pas tarder à ouvrir. Pour faire quoi ? C'était la question que chacun se posait. Il y avait d'habitude une équipe de nuit dont le boulot était de négocier les titres européens, de surveiller les marchés de l'eurodollar, des obligations et des métaux précieux, bref de suivre l'ensemble de l'activité économique sur chaque rive de l'Atlantique. La plupart du temps, cela ressemblait au prologue d'un livre — un avant-goût de l'action véritable, certes intéressant mais pas d'un intérêt vital, sauf peut-être pour le piment, parce que les affaires réelles se traitaient ici même, à New York.

Mais rien de tout cela n'était vrai aujourd'hui. Il était impossible de savoir ce qui allait se passer. Aujourd'hui, l'Europe était seule maîtresse d'un jeu dont les règles avaient été bouleversées. Les responsables des ordinateurs durant ce poste nocturne étaient souvent considérés comme des sous-fifres par ceux qui venaient les relayer à huit heures du matin, ce qui était à la fois injuste et faux, mais dans tout groupe il faut bien qu'il y ait une compétition interne.

Cette fois, quand ils se pointèrent à cette heure indue qui était leur lot quotidien, ils relevèrent la présence des dirigeants de la boîte et en conçurent un mélange d'inquiétude et de soulagement. C'était l'occasion de se mettre en valeur. Et de foutre le bordel, en direct et en couleurs.

Tout commença, pile, à quatre heures du matin, fuseau de la côte Est.

« Les bons ! » L'exclamation avait jailli simultanément dans vingt firmes, lorsque les banques européennes, encore largement pourvues en bons du Trésor américains pour se protéger des fluctuations de leurs monnaies et de leur économie vacillante, marquèrent leur intention de s'en dessaisir. D'aucuns auraient pu s'étonner que la nouvelle ait mis tout ce temps à parvenir aux cousins d'Europe le vendredi, mais il en allait en vérité toujours ainsi, et chacun jugea, à New York, que les mouvements à l'ouverture étaient en fait relativement prudents. On comprit bien vite pourquoi. Il y avait beaucoup d'offres mais guère de demande. Les gens cherchaient à vendre leurs bons du Trésor, mais l'intérêt pour en acheter était bien moins enthousiaste. Conséquence immédiate : des prix qui dégringolaient presque aussi vite que la confiance européenne dans le dollar.

« Il y a déjà une affaire à saisir, à trois trente-deuxièmes sous la cote. Qu'est-ce qu'on fait ? » Cette question, elle aussi, fut posée en plus d'une place et reçut chaque fois une réponse identique : « Rien. » Chaque fois le mot avait été craché avec dégoût. Et le plus souvent accompagné d'une variante sur le thème de *putains d'Européens*, au gré des spécificités linguistiques de chacun de ces cadres dirigeants. C'était donc reparti : encore une attaque sur le dollar. Et la meilleure arme de rétorsion des Américains était désormais hors service, par la faute d'un programme informatique auquel tout le monde s'était fié. Dans plusieurs salles de transactions, on avait décidé d'ignorer les panonceaux *Défense de fumer*. Après tout, peu importait si on foutait des cendres sur le matériel, pas vrai ? Leurs putains d'ordinateurs leur seraient inutiles, aujourd'hui. Comme le confia, narquois, un cadre à un collègue, c'était le moment pour faire de l'entretien sur les systèmes. Par chance, tout le monde ne pensait pas comme lui.

« Bon, donc c'est parti de là, c'est ça ? » demanda George Winston. Mark Gant fit courir son doigt jusqu'au bas de l'écran.

« La Banque de Chine, la Banque de Hongkong, l'Imperial Cathay Bank. Elles ont acheté ces stocks de bons il y a environ quatre mois, pour se garantir contre le yen, et avec un succès manifeste, apparemment. Or, vendredi, ils ont tout balancé sur le marché pour racheter à la place des monceaux de bons du Trésor japonais. Avec les fluctuations qu'on vient de connaître, cela donne un bénéfice net de vingt-deux pour cent. »

Ils étaient les premiers, constata Winston, et ayant anticipé la tendance, ils avaient ramassé gros. Ce genre de coup était d'une envergure propre à susciter plus d'un dîner de luxe à Hongkong, ville propice à de tels excès.

« Ça te paraît innocent ? » demanda-t-il à Gant en étouffant un bâillement.

Le cadre haussa les épaules. Il était fatigué, mais voir le patron remis en selle redonnait de l'énergie à tout le monde. « Innocent, mon œil ! Le mouvement est brillant. Ils ont senti venir un truc, j'imagine, ou alors, ils ont eu un sacré coup de bol. »

La chance, se dit Winston, *encore et toujours*. La chance était une donnée bien réelle, n'importe quel ancien dans le métier l'admettra en buvant avec vous, en général après deux ou trois verres, de quoi dépasser le stade habituel du baratin « brillant ». Parfois, on sentait venir le bon coup, alors on se lançait, point final. Si on avait du bol, ça marchait, sinon on tâchait de limiter les dégâts.

« Continue, ordonna-t-il.

— Eh bien, les autres banques ont commencé à faire pareil. » Le Groupe Columbus disposait d'un système informatique parmi les plus perfectionnés de Wall Street, capable de sélectionner n'importe quel titre par nom ou par catégorie, dans une période de temps déterminée, et Gant était un as de l'informatique. Bientôt, ils visualisèrent une nouvelle braderie de bons du Trésor par d'autres banques asiatiques. Détail intéressant, les banques nippones étaient plus lentes à réagir qu'il ne l'aurait escompté. Cela n'avait rien de déshonorant d'être un tantinet à la remorque de Hongkong. Les Chinois étaient plutôt doués de ce côté-là, en particulier ceux formés par les Britanniques, qui étaient pratiquement les inventeurs du système bancaire centralisé moderne et qui en demeuraient les spécialistes. Mais les Japonais avaient été plus rapides que les Thaïlandais, estima Winston, en tout cas, ils auraient dû...

C'était de nouveau l'instinct, la réaction viscérale du gars qui savait se débrouiller à Wall Street. « Regarde voir les titres du marché monétaire japonais, Mark. »

Gant tapa une commande : l'envolée du yen était manifeste — à tel point qu'ils avaient à peine besoin de l'ordinateur pour la suivre. « C'est ce que vous voulez ? »

Winston se pencha vers l'écran. « Montre-moi ce qu'a fait la Banque de Chine quand ils ont vendu.

— Eh bien, ils se sont dégagés sur le marché de l'eurodollar pour racheter du yen. J'imagine que c'est le choix évident...

— Oui, mais regarde plutôt à qui ils l'ont acheté, suggéra Winston.

— Et avec quoi ils l'ont payé... » Gant tourna la tête et regarda son patron.

« Tu sais pourquoi j'ai toujours joué franc-jeu, ici, Mark ? Tu sais pourquoi je n'ai jamais traficoté, pas une seule fois, pas une, même quand j'avais des tuyaux absolument increvables ? » demanda George. Il y avait plus d'une raison, bien sûr, mais pourquoi compliquer le raisonnement ? Il appuya le bout de son doigt sur l'écran, laissant même une empreinte sur le verre. Le symbole le fit presque rire. « Voilà pourquoi.

— En fait, ça ne veut rien dire. Les Japonais savaient qu'ils pourraient faire monter les enchères et... » Gant n'avait toujours pas entièrement saisi, Winston le voyait bien. Il fallait qu'il entende l'explication de sa propre bouche.

« Cherche la tendance, Mark. Cherche la tendance, elle est là... » *Et, putain de merde*, se dit-il en se dirigeant vers les toilettes, *la tendance est mon amie.* Puis une autre pensée le traversa : *Venir tripatouiller* mon *marché financier, non mais !*

Ce n'était guère une consolation. Winston réalisa qu'il avait cédé son affaire à un prédateur, et le mal était déjà fait. Ses investisseurs lui avaient accordé leur confiance, et il l'avait trahie. Tout en se lavant les mains, il se contempla dans la glace du lavabo et vit les yeux d'un type qui avait déserté son poste, abandonné ses hommes.

Mais tu es de retour, bon Dieu, avec une tonne de boulot devant toi !

Le *Pasadena* avait finalement appareillé, plus par embarras que pour toute autre raison, estima Jones. Il avait écouté la conversation téléphonique de Bart Mancuso avait le CINCPAC : il avait expliqué que le sous-marin était armé et tellement rempli de vivres que les coursives étaient encombrées de cartons de boîtes de conserve, largement de quoi tenir soixante jours en mer. Mauvais signe, estima Jones qui se rappelait le pas si bon vieux temps des déploiements prolongés.

Et c'est ainsi que l'USS *Pasadena,* bâtiment de guerre de la marine américaine, avait pris la mer, cap à l'ouest à environ vingt nœuds, sans doute propulsé par une hélice silencieuse et non par une hélice de vitesse. Sinon, il aurait risqué de constituer une cible. Le submersible venait de passer à moins de quinze milles nautiques d'une balise SOSUS, l'un des nouveaux modèles capables de déceler le battement de cœur d'un fœtus de baleine blanche dans le ventre de sa mère. Le *Pasadena* n'avait pas encore reçu d'ordres de mission, mais il s'était trouvé au bon endroit au bon moment, avec son équipage soumis à un entraînement constant, pour être le plus vite possible en condition opérationnelle. C'était déjà ça.

Quelque part, il aurait bien voulu se retrouver là-bas, mais cela faisait désormais partie de son passé.

« Je ne vois rien, monsieur. » Jones cligna les yeux et reporta son attention sur la page qu'il avait sélectionnée sur la liasse-accordéon.

« Eh bien, vous n'avez plus qu'à chercher ailleurs », répondit Jones. Il ne ressortirait du SOSUS que sous la menace d'un pistolet. Il l'avait bien fait comprendre à l'amiral Mancuso qui n'avait pas manqué d'en informer ses collègues. Il y avait eu une brève discussion pour savoir s'il fallait attribuer à Jones une promotion particulière, peut-être au grade de capitaine de frégate, mais Ron avait lui-même décliné cette idée. Il avait quitté la Navy avec le simple grade d'opérateur sonar première classe et ça lui suffisait amplement. En outre, ce serait mal passé auprès des officiers mariniers qui étaient ici les vrais maîtres des lieux et qui avaient déjà daigné l'accepter parmi eux.

Jones s'était vu affecter un aide, en la personne de Mike Boomer, technicien océanographe deuxième classe. Le gamin avait l'étoffe d'un bon étudiant, même s'il avait dû renoncer à l'affectation à bord des P-3 pour cause de mal de l'air chronique.

« Tous ces gars utilisent des systèmes Prairie-Masker quand ils remontent en immersion périscopique. Vous savez, le truc qui imite un crépitement de pluie en surface ? La pluie en surface est dans la gamme des mille hertz. Donc, il suffit de chercher de la pluie... (Jones fit glisser sur la table une photo météo), là où il n'y en a pas. Ensuite, on cherche des impacts à soixante hertz, espacés, faibles et brefs, le genre de signaux qu'on néglige en temps normal, et qui se trouveraient superposés à la pluie. Ils utilisent des générateurs et des moteurs électriques à soixante hertz, d'accord ? Puis on essaie de relever des transitoires, de simples pics, comme du bruit de fond, et qui seraient également corrélées à la présence de pluie. Tenez... » Il marqua la feuille au crayon rouge, puis regarda le major commandant la station, qui était penché de l'autre côté de la table, tel un dieu curieux.

« J'avais entendu parler de vous quand je bossais au service d'accréditation du ministère de la Défense... je pensais que c'était encore des histoires de marins.

— Z'avez une clope ? » demanda le seul civil dans la salle. Le major lui en tendit une. Les écriteaux *Défense de fumer* avaient disparu et les cendriers étaient de sortie. Le SOSUS était en guerre, et peut-être que le reste de la flotte du Pacifique n'allait pas tarder à suivre le mouvement. *Bon Dieu, me voilà de nouveau dans le bain*, se dit Jones. « Ma foi, vous connaissez la différence entre une histoire de marins et un conte de fées.

— C'est quoi, monsieur ? demanda Boomer.

— Un conte de fées, ça commence par "Il était une fois", dit Jones avec un sourire, tout en cochant un autre signal à soixante hertz.

— Alors qu'une histoire de marins, ça commence par "Sans déconner" », conclut le major. Sauf que, sans déconner, ce mec était à la hauteur de sa réputation. « Je crois que vous avez suffisamment de données pour tracer une route, Dr Jones.

— Je crois bien que nous avons repéré un SSK, major.

— Dommage qu'on puisse pas le poursuivre. »

Ron acquiesça lentement. « Ouais, c'est bien mon avis, moi aussi, mais à présent, on sait au moins qu'on peut les atteindre. Ça restera toujours la merde pour arriver à les localiser avec les P-3. Ce sont de bons bateaux, pas à chier. » Il ne s'agissait pas de se laisser emporter. Tout ce que faisait le SOSUS, c'était de tracer des lignes de relèvement. Si plus d'un hydrophone détectait la même source sonore, on pouvait rapidement délimiter celle-ci par triangulation, mais la zone repérée était un cercle, pas un point, et ces cercles pouvaient faire jusqu'à vingt milles nautiques de diamètre. C'était une simple question de lois physiques, qui n'étaient ni pour ni contre vous. Les sons qui se transmettaient le plus loin étaient les sons à basse fréquence et, quel que soit le type d'onde, plus haute était la fréquence, meilleure était la résolution.

« Nous savons également où chercher la prochaine fois qu'il montera respirer. En tout cas, vos pouvez toujours appeler le PC de la flotte et les avertir qu'il n'y a personne à proximité des porte-avions. Là, là et là, ce sont des groupes de surface. » Il fit des marques sur le papier. « Eux aussi font route à bonne vitesse, et sans vraiment chercher à se cacher. Tous les relèvements de cible apparaissent peu à peu. C'est un désengagement complet. Ils ne semblent plus vouloir nous chercher des crosses.

— Ça vaut peut-être mieux. »

Jones écrasa sa cigarette. « Ouais, major, peut-être bien, si le commandement sait se tenir. »

Le plus drôle, c'est que la situation s'était bel et bien calmée. Le reportage sur le krach de Wall Street au journal télévisé du matin était d'une précision clinique, l'analyse scrupuleuse, meilleure sans doute que celle dont bénéficiaient ses compatriotes aux États-Unis, estima Clark, avec tous ces professeurs d'économie appelés à décortiquer l'événement, plus un gros ponte de la finance pour la couleur locale. Peut-être, envisageait un éditorialiste de la presse écrite, l'Amérique allait-elle réviser son attitude vis-à-vis du Japon. N'était-il pas clair en effet que les deux pays avaient réellement besoin l'un de l'autre, en particulier maintenant, et qu'un Japon fort servait les intérêts américains en même temps que les intérêts régionaux ? Le Premier ministre Goto était cité en termes conciliants — même si ce n'était pas devant les caméras : ses propos, franchement inhabituels chez le personnage, étaient abondamment repris dans la presse pour cette raison.

« Putain de Quatrième Dimension », observa Chavez, à la faveur d'un moment de silence, enfreignant la couverture de la langue parce qu'il ne pouvait pas se retenir. Et puis merde, ils étaient désormais sous le contrôle opérationnel des Russes, après tout. A quoi bon s'encombrer de règles de conduite ? Et d'abord, lesquelles ?

« *Po russkiy*, remarqua son supérieur, tolérant.

— *Da, tovarichtch*, lui grommela-t-on pour toute réponse. Vous avez une idée de ce qui se passe ? C'est la guerre ou c'est pas la guerre ?

— Sûr que les règles sont bizarres », reconnut Clark, en anglais lui aussi, se rendit-il compte. *Ça devient contagieux.*

Il y avait d'autres *gaijins* dans les rues, des Américains, pour la plupart, semblait-il, et les regards qu'on leur adressait retrouvaient peu à peu la curiosité et la méfiance habituelles : le niveau d'hostilité ambiant était en gros revenu à celui de la semaine précédente.

« Bon, alors, qu'est-ce qu'on fait ?

— On essaie le numéro d'Interfax que nous a donné notre ami. » Clark avait déjà entièrement tapé son rapport. C'était la seule chose qu'il savait pouvoir faire, hormis maintenir actifs ses contacts et pêcher de l'information. Sûr qu'à Washington ils devaient déjà savoir ce qu'il avait à leur dire, se dit-il en regagnant son hôtel. Le réceptionniste leur sourit et s'inclina, un peu plus poliment ce coup-ci, tandis qu'ils se dirigeaient vers l'ascenseur. Deux minutes plus tard, ils étaient dans la chambre. Clark sortit le portatif de sa housse, inséra le connecteur téléphonique à l'arrière et alluma l'ordinateur. Une minute encore, et le modem interne composait le numéro qu'on lui avait donné au petit déjeuner, le reliant, par une ligne traversant la mer du Japon puis la Sibérie, sans doute à Moscou, supposait-il. Il entendit le trille électronique d'un téléphone qui sonnait et attendit que la connexion s'établisse.

Le chef de poste avait réussi à surmonter son irritation à la présence d'un agent russe dans la salle de transmissions de l'ambassade, mais il n'avait pas encore réussi à s'affranchir de ce sentiment d'irréalité. Le bruit de l'ordinateur le fit sursauter.

« Technique fort habile, nota le visiteur.

— On fait ce qu'on peut. »

Quiconque avait déjà utilisé un modem aurait reconnu le bruit, ce friselis d'eau qui coule ou, si l'on veut, ce crépitement de cireuse électrique —, en réalité, le simple chuintement numérique de deux appareils électroniques cherchant à se synchroniser avant de pouvoir échanger des données. Parfois, cela ne prenait que quelques secondes, parfois jusqu'à une dizaine. En fait, la connexion ne mettait qu'une seconde ou deux à s'établir avec ces machines : le reste du bruit correspondait au crépitement pseudo-aléatoire de dix-neuf mille deux cents caractères d'information transitant dans la fibre optique chaque seconde, d'abord dans un sens puis dans l'autre. Une fois transmis le message proprement dit, la connexion officielle s'établit, et le type à l'autre bout de la ligne envoya ses trois mille signes de papier quotidien. Par simple mesure de sécurité, les Russes prendraient soin de faire parvenir l'article à deux journaux différents pour publication dans l'édition du lendemain, mais seulement en page trois. Inutile non plus d'en faire trop.

Puis vint la partie délicate pour le chef de poste de la CIA. Conformément aux instructions, il imprima deux exemplaires du même rapport, dont l'un était destiné à l'officier de renseignements russe. Mary Pat était frappée par le retour d'âge ou quoi ?

« Son russe est très littéraire, presque classique. Qui le lui a enseigné ?

— Franchement, je n'en sais rien », mentit le chef de poste, avec succès, en fait. Le comble, c'est que le Russe avait raison. D'où, froncement de sourcils.

« Vous voulez un coup de main pour la traduction ? »

Merde. L'Américain sourit. « Sûr. Pourquoi pas ? »

« Ryan. » Cinq bonnes heures de sommeil, grommela Jack, en décrochant le téléphone de voiture à ligne protégée. Il n'était pas au volant, c'était déjà ça.

« Mary Pat. On a quelque chose. Vous le trouverez sur votre bureau à votre arrivée.

— C'est bon ?

— C'est un début », dit la DAO. Elle était toujours très laconique. Personne ne se fiait trop aux téléphones de voiture, cryptés ou pas.

« Bonjour, Dr Ryan. Je suis Andrea Price. » L'agent avait déjà passé une blouse de laboratoire. Elle souleva le badge d'identité pincé au revers. « Mon oncle est toubib ; il est médecin généraliste dans le Wisconsin. Je crois que ça lui plairait de voir ça. » Elle sourit.

« Ai-je des raisons de m'inquiéter ?

— Je ne crois pas vraiment », dit l'agent Price, sans se départir de son sourire. Les gens protégés préféraient ne pas lire d'inquiétude chez les personnels de sécurité, elle le savait.

« Et mes enfants ?

— Il y a deux agents à la sortie de leur école, et un troisième est posté dans la maison en face de la crèche, pour le petit dernier, expliqua l'agent. Je vous en prie, pas d'inquiétude. On nous paie pour être paranoïaques, et on se trompe presque tout le temps, mais c'est comme dans votre boulot. Vous aimez mieux jouer la prudence, pas vrai ?

— Et mes visiteurs ? demanda Cathy.

— Puis-je émettre une suggestion ?

— Faites.

— Offrez-leur à tous des blouses de l'hôpital, en guise de souvenir, disons. Je les surveillerai pendant qu'ils se changeront. » C'était habile, estima Cathy Ryan.

« Vous portez une arme ?

— Toujours, confirma Andrea Price. Mais je n'ai jamais eu à m'en servir ou simplement à la sortir, même pas pour une arrestation. Faites comme si je n'étais qu'une mouche sur le mur », conclut-elle.

Plutôt un faucon, songea le professeur Ryan. Enfin, apprivoisé, c'était déjà ça.

« Et comment est-on censé faire ça, John ? » demanda Chavez en anglais. La douche coulait. Ding s'était assis par terre et John, sur la cuvette des W-C.

« Ma foi, on les a déjà vus, n'est-ce pas ? fit remarquer son supérieur.

— Ouais, dans leur putain d'usine !

— Eh bien, on n'a qu'à trouver où ils les ont emmenés. » Tout bien pesé, c'était assez raisonnable. Il leur suffisait de déterminer combien, où, et (incidemment) s'ils étaient ou non équipés de têtes nucléaires. Une paille. Et tout ce qu'ils savaient, c'est qu'il s'agissait de lanceurs de type SS-19, dans leur nouvelle version améliorée, qui avaient quitté l'usine de montage par le rail. Bien sûr, le pays avait plus de vingt-huit mille kilomètres de voies ferrées. Il faudrait attendre. Les espions avaient souvent des horaires d'employés de banque, et c'était le cas pour eux. Clark décida de passer sous la douche avant d'aller se coucher. Il ne savait pas encore quoi faire, ou comment procéder, mais ce n'était pas en se mettant martel en tête qu'il améliorerait ses chances : il avait depuis longtemps appris qu'il était plus efficace après avoir eu ses huit heures de sommeil, et qu'à l'occasion une bonne douche lui éclaircissait les idées. Tous ces trucs, Ding finirait par les apprendre tôt ou tard, se dit-il en voyant l'expression du gamin.

« Salut, Betsy, lança Jack à la femme qui attendait dans l'anti-chambre de son bureau. Vous êtes bien matinale... Et vous, qui êtes-vous ?

— Chris Scott. Betsy et moi, on bosse ensemble. »

Jack leur fit signe d'entrer, puis alla tout de suite vérifier sur son fax si Mary Pat avait transmis les informations émanant de Clark et Chavez, et constatant que c'était le cas, il décida que ça pourrait attendre. Il avait connu Betsy Fleming quand il était à la CIA. C'était une experte autodidacte dans le domaine des armes stratégiques. Il supposa que Chris Scott était un de ces jeunes, recrutés à l'université avec un diplôme dans la matière que Betsy avait apprise sur le tas. Enfin, le gamin avait eu au moins la délicatesse de dire qu'il travaillait *avec* Betsy. Comme Ryan, jadis, des années auparavant, lorsqu'il s'occupait des négociations sur la limitation des armements stratégiques.

« D'accord, qu'est-ce qu'on a ?

— Voici ce qu'ils appellent le lanceur spatial H-11. » Scott ouvrit sa serviette et en sortit des photos. De bonne qualité, nota aussitôt Ryan, prises de près, avec une vraie émulsion argentique, pas ces espèces de clichés électroniques pris à la sauvette par un trou au fond d'une poche. Il n'était pas difficile de faire la diffé-rence, et Ryan reconnut aussitôt un vieil ami que, moins d'une semaine auparavant, il avait cru mort et enterré.

« Pas de doute, c'est bien le SS-19. Quoique, bien plus joli comme ça. » Une autre photo en révélait tout un alignement dans l'atelier de montage. Jack les compta et fit la grimace. « Quoi d'autre ?

— Tenez, dit Betsy. Regardez attentivement la coiffe du lanceur.

— M'a l'air normale, observa Ryan.

— C'est bien ça, le problème. L'assemblage de la tête est effectivement normal, souligna Scott. Normal pour l'emport d'une charge explosive, mais en aucun cas pour un satellite de communications. On l'avait déjà signalé il y a quelque temps, mais personne n'y a prêté attention, ajouta l'analyste. Le reste du lanceur a été intégralement reconditionné. Nous avons estimé l'amélioration des performances.

— En bref ?

— En bref, six ou sept MIRV par engin, et une portée dépassant légèrement les dix mille kilomètres, répondit Mad. Fleming. La pire hypothèse, mais réaliste.

— Ça fait beaucoup. Le missile a-t-il été certifié, testé ? Sait-on s'ils ont procédé à des essais de ce collier d'amarrage ?

— Aucun élément. Nous avons des données fragmentaires sur des essais en vol du lanceur par notre réseau de surveillance dans le Pacifique, des signaux interceptés par BOULE D'AMBRE, mais ils restent équivoques sur un certain nombre de paramètres, lui dit Scott.

— Combien d'engins modifiés au total ?

— Vingt-cinq, à notre connaissance. Bien sûr, trois ont déjà été utilisés pour des essais en vol, et deux autres sont à leur base de lancement, accouplés à une charge utile orbitale. Restent vingt.

— C'est quoi, ces charges utiles ? demanda Ryan, presque sur un coup de tête.

— Les mecs de la NASA pensent que ce sont des satellites d'observation. Avec des capacités de transmission photographique en temps réel. Ils ont sans doute raison, dit Betsy, sombrement.

— Et par conséquent, ils ont sans doute décidé de se lancer à leur tour dans l'espionnage par satellite. Ma foi, ça se tient, non ? » Ryan prit quelques notes. « OK, donc, dans l'hypothèse pessimiste, la menace est de vingt lanceurs, armés chacun d'une tête multiple à sept ogives, soit un total de cent quarante bombes ?

— Correct, Dr Ryan. » L'un comme l'autre étaient suffisamment professionnels pour ne pas éprouver le besoin d'épiloguer sur la gravité de la menace. Le Japon avait la capacité théorique d'anéantir cent quarante cités américaines. L'Amérique pouvait de son côté rapidement reconstituer sa capacité à réduire en cendres l'archipel nippon, mais ça leur ferait une belle jambe. Quarante années de doctrine MAD, quarante années d'équilibre de la terreur qu'on avait cru voir s'achever huit jours plus tôt, et voilà qu'elle revenait sur le devant de la scène. N'était-ce pas formidable ?

« Savez-vous qui a pris ces photos ?

— Jack, dit Betsy, prenant sa voix de maîtresse d'école, vous savez bien que je ne demande jamais. Mais quel qu'en soit l'auteur, elles ont été prises librement. C'est manifeste. Ces clichés n'ont pas été pris avec un Minox. Quelqu'un qui s'est fait passer pour un journaliste, je parie. Ne vous tracassez pas, je ne dirai rien. » Sourire espiègle. Elle était dans le coup depuis trop longtemps pour ne pas connaître tous les trucs.

« Il s'agit manifestement de photos de haute qualité », poursuivit Chris Scott qui se demandait comment Betsy pouvait avoir le culot d'appeler cet homme par son prénom. « Émulsion lente, à grain fin, du type employé par les reporters-photographes. Ils ont également autorisé la visite aux gars de la NASA. Ils voulaient qu'on sache.

— Aucun doute. » Mad. Fleming hocha vigoureusement la tête.

Et les Russes aussi, se souvint Ryan. *Pourquoi eux ?* « Autre chose ?

— Ouais, ceci. » Scott lui tendit deux autres photos. Elles montraient deux wagons plates-formes modifiés. Le premier, équipé d'une grue. Le second révélait les ancrages prévus pour en installer une autre. « A l'évidence, ils transportent les missiles par le rail plutôt que par la route. J'ai fait examiner le wagon par un spécialiste. Apparemment, il est à voie normale.

— C'est-à-dire [1] ?

---

1. Jack Ryan s'y surtout connaît en avions et en sous-marins, mais les chemins de fer ne sont manifestement pas sa spécialité... On l'excusera, cet homme est débordé *(NdT)*.

— L'écartement des rails. La voie normale est celle qu'on utilise chez nous et dans la plupart des autres pays. La majeure partie du réseau ferroviaire japonais est à voie métrique. Marrant qu'ils n'aient pas piqué aux Russes les berceaux de transport autotractés qu'ils avaient conçus exprès pour la bête, observa Scott. Peut-être que leurs routes sont trop étroites ou qu'ils préfèrent cette méthode. » Il indiqua la carte. « Il y a une ligne à voie normale d'ici à Yoshinobu. C'est le système d'arrimage qui m'a mis la puce à l'oreille. Les berceaux de fixation installés sur le wagon surbaissé correspondaient à un poil près aux dimensions extérieures du cocon conçu par les Russes pour transporter l'engin. Donc, ils ont tout copié sauf le véhicule de transport. C'est tout ce dont nous disposons, monsieur.

— Qui devez-vous voir, ensuite ?

— On file sur l'autre rive voir les gars du labo de recherche de la marine, répondit Chris Scott.

— Bien », dit Ryan. Il brandit le doigt. « Et dites-leur bien que c'est du sérieux. Je veux qu'on me trouve tout ça, et avanthier sans faute.

— Vous savez qu'ils feront leur possible, Jack. Et il se pourrait bien que les autres nous aient rendu service en trimbalant ces engins par rail », nota Betsy Fleming en se levant.

Jack reclassa les photos et en demanda un autre jeu complet à ses visiteurs avant de les congédier. Puis il consulta sa montre et appela Moscou. Il se doutait bien que Sergueï devait lui aussi faire des heures supplémentaires.

« Pourquoi bon Dieu leur avez-vous fourgué les plans du SS-19 ? » commença-t-il.

La réponse fut sèche. Peut-être que Golovko manquait également de sommeil. « Pour l'argent, tiens. La même raison qui vous a conduits à leur vendre le système Aegis, les F-15 et le reste... »

Ryan grimaça, piqué par la justesse de la réplique. « Merci, vieux, j'imagine que je l'ai bien mérité. Nous estimons qu'ils en ont vingt opérationnels.

— Ça devrait être à peu près le chiffre, mais nous n'avons pas encore pu visiter leur usine.

— Nous, si. Vous voulez des photos ?

— Bien sûr, Ivan Emmetovitch.

— Elles seront sur votre bureau dès demain, promit Jack. J'ai sous les yeux notre estimation. J'aimerais savoir ce qu'en pensent vos spécialistes. » Il marqua un temps avant de poursuivre. « Nous envisageons au pire sept véhicules de rentrée par missile, soit un total de cent quarante.

— Largement assez pour nous deux, observa Golovko. Vous vous souvenez de notre première rencontre, pour négocier le retrait de ces saloperies ? » Il entendit Ryan ricaner au téléphone. Il n'entendit pas ce que pensait son collègue.

La première fois, j'en étais tout près, à bord de votre sous-marin lance-missiles, Octobre Rouge, *ouais, je m'en souviens. Je me souviens d'avoir senti ma peau se hérisser, comme si j'étais en présence de Lucifer en personne.* Il n'avait jamais éprouvé le moindre début d'affection pour les armes balistiques. Oh, bien sûr, peut-être avaient-elles préservé la paix durant quatre décennies, peut-être que la seule idée de leur existence avait détourné leurs détenteurs de ces pensées incontrôlées qui avaient rongé les chefs d'État tout au long de l'histoire de l'humanité. Mais il se pouvait aussi bien que l'humanité ait eu simplement de la chance, pour une fois.

« Jack, l'affaire devient sérieuse, dit Golovko. A propos, notre agent a rencontré les vôtres. Ils semblent l'avoir favorablement impressionné — et merci, au fait, pour votre copie de leur rapport. Elle comprenait des informations que nous n'avions pas. Pas d'une importance vitale, mais intéressantes malgré tout. Alors, dites-moi, savent-ils où aller chercher ces fusées ?

— L'ordre a été transmis, lui assura Ryan.

— A mes hommes également, Ivan Emmetovitch. Nous les trouverons, n'ayez crainte », crut-il bon d'ajouter. Il avait dû penser la même chose que lui : que la seule raison qui avait, par le passé, empêché d'utiliser les missiles était que les deux camps les détenaient, car c'était comme de vouloir menacer un miroir. Or, ce n'était plus le cas, bien sûr. D'où la question immédiate de Ryan : « Et maintenant ? demanda-t-il sombrement. Qu'est-ce qu'on fait ?

— Ne dites-vous pas dans votre langue "Chaque chose en son temps" ? »

N'est-ce pas le comble ? Voilà que c'est un satané Russkof *qui essaie de me redonner le moral !*

« Merci, Serguei Nikolaïtch. Peut-être que j'en avais également besoin. »

« Alors, pourquoi avons-nous vendu Citibank ? demanda George Winston.

— Eh bien, il nous a dit de chercher des établissements bancaires vulnérables aux fluctuations monétaires, répondit Gant. Il avait raison. On s'est retirés juste à temps. Tenez, jugez vous-même. » Le contrepartiste tapa une autre instruction sur le clavier de son terminal et obtint l'affichage graphique de l'évolution du titre de la First National City Bank le vendredi précédent : aucun doute, il avait chuté à pic, et en grande partie à cause de Columbus qui en avait acheté de grandes quantités au cours des cinq semaines précédentes, puis après un temps d'attente, avait revendu, ébranlant sérieusement la confiance dans le titre. « Quoi qu'il en soit, cela a déclenché un signal d'alarme dans notre programme...

— Mark, Citibank est l'un des titres témoins du modèle, n'est-ce pas ? » demanda calmement Winston. Il n'avait rien à gagner à harceler ce garçon.

« Oh. » Les yeux de ce dernier s'agrandirent légèrement. « Ma foi oui, bien sûr. »

C'est à cet instant précis qu'une lampe éblouissante s'alluma dans l'esprit de Winston. On savait mal comment les « systèmes-experts » enregistraient l'évolution du marché. Ils fonctionnaient selon plusieurs protocoles interactifs, en surveillant à la fois le marché dans son ensemble, mais également en modélisant plus finement l'évolution de valeurs témoins, considérées comme de bons indicateurs de la tendance. Il s'agissait de titres qui, statistiquement, avaient toujours le mieux reflété son évolution, avec une tendance marquée à la stabilité : des titres qui montaient ou descendaient plus lentement que les valeurs plus spéculatives, bref des « valeurs de père de famille ». Il y avait deux raisons à cela, et une erreur flagrante. Les raisons étaient que si le marché fluctuait d'un jour à l'autre, même dans les circonstances les plus favorables, il s'agissait non seulement d'empocher le gain maximum sur des titres-phares, mais également de préserver ses investissements avec des valeurs sûres — même si aucune ne l'était réellement, comme l'avait prouvé l'exemple de vendredi — lorsque s'instaurait une instabilité maximale. En l'occurrence, les bases de calcul de la cote étaient celles qui, au cours du temps, s'étaient avérées des valeurs-refuges. L'erreur, quant à elle, était commune : les dés n'ont pas de mémoire. Ces valeurs témoins l'étaient uniquement parce que les entreprises qu'elles représentaient avaient toujours été bien gérées. Mais la gestion pouvait changer avec le temps. Par conséquent, ce n'étaient pas les titres en eux-mêmes qui étaient stables. C'était leur gestion, et ce n'était qu'une vérité historique, dont la pertinence devait être périodiquement vérifiée — malgré tout, ces titres continuaient à servir d'indicateurs de tendance. Et une tendance n'était une tendance que *parce que les gens en étaient convaincus*, et par là même lui donnaient réalité. Winston avait toujours considéré les valeurs de la cote comme de simples indices prédictifs de ce que les *acteurs* du marché allaient faire ; pour lui, les tendances étaient toujours psychologiques, indicatrices de la propension des gens à suivre un modèle artificiel, et non pas des performances du modèle proprement dit. Gant, comprit-il, ne voyait pas tout à fait les choses ainsi, comme d'ailleurs la majorité de ses collègues techniciens.

Or, en vendant ses parts de Citibank, Columbus avait activé une alarme dans son propre système de gestion de portefeuille informatisé. Et même un type aussi brillant que Mark avait oublié que Citibank faisait partie du putain de modèle !

« Montre-moi d'autres titres bancaires, ordonna Winston.

— Eh bien, Chemical a été le suivant, lui dit Gant, poursuivant également sur cette voie. Ensuite, il y a eu Manny-Hanny, puis d'autres encore. Quoi qu'il en soit, on l'avait vu venir, et l'on s'est rué sur l'or et les métaux précieux. Vous savez, quand tout ça se sera tassé, on verra qu'on s'en est pas trop mal tirés. Sans faire de prouesses, mais sans trop de dégâts non plus », conclut Gant en affichant son programme de gestion d'ensemble des transactions, histoire de lui montrer qu'il avait quand même réussi un truc. « J'ai immédiatement récupéré l'argent d'une vente sur Silicon Alchemy pour prendre cette option sur GM, et ensuite... »

Winston lui tapota l'épaule. « Garde ça pour plus tard, Mark. Je peux voir que c'était bien joué.

— En tout cas, on a anticipé la tendance de bout en bout. Bon, d'accord, on a légèrement morflé au moment de l'expira-

111

tion, quand il a fallu bazarder un stock de valeurs sûres, mais enfin, c'est des choses qui arrivent à tout le monde...

— T'as toujours pas vu, n'est-ce pas ?

— Vu quoi, George ?

— La tendance, *c'était nous.* »

Mark Gant plissa les paupières, et Winston s'en rendit bien compte.

Non, il ne l'avait pas vu.

29

Traces écrites

L A présentation se déroula fort bien et, à son issue, Cathy Ryan se vit offrir un cadeau, des mains du professeur de chirurgie ophtalmique de l'université de Chiba, qui dirigeait la délégation japonaise. Elle ouvrit le carton exquisément emballé et découvrit un foulard de soie bleu, brodé de fils d'or. Il semblait avoir plus d'un siècle.

« Le bleu va si bien avec vos yeux, professeur Ryan, dit son collègue avec un sourire d'admiration sincère. J'ai peur que ce ne soit pas un cadeau de valeur suffisante pour ce que nous avons appris de vous aujourd'hui. J'ai des centaines de patients diabétiques dans mon hôpital. Avec cette technique, nous pouvons espérer rendre la vue à la majorité d'entre eux. Une percée magnifique, professeur. » Il s'inclina cérémonieusement, avec un respect évident.

« Ma foi, les lasers viennent de votre pays », répondit Cathy. Elle ne savait pas trop quelle émotion il convenait de manifester. Le cadeau était incroyable. L'homme était indubitablement sincère, et leurs deux pays étaient peut-être en guerre l'un contre l'autre. Mais dans ce cas, pourquoi n'en parlait-on pas aux infos ? S'ils étaient en guerre, pourquoi cet étranger n'était-il pas en état d'arrestation ? Devait-elle se montrer aimable avec ce distingué collègue, ou bien hostile envers cet ennemi ? Qu'est-ce qui se passait, bon sang ? Elle se tourna vers Andrea Price, qui la regardait, tranquillement appuyée au mur, souriant, les bras croisés.

« Mais vous nous avez appris à les utiliser plus efficacement. Un formidable exemple de recherche appliquée. » Le professeur japonais se tourna vers ses collègues et leva les mains. Toute l'assemblée applaudit, et une Caroline Ryan rougissante se mit à songer qu'elle pourrait bien après tout décrocher cette statuette Lasker pour son dessus de cheminée. Tous les invités vinrent lui serrer la main avant d'embarquer dans le car qui attendait pour les ramener à l'hôtel Stouffer, sur Pratt Street.

« Puis-je le voir ? demanda l'agent spécial Price, dès qu'elles furent de nouveau seules, à l'abri de la porte close. Magnifique. Vous allez devoir acheter une nouvelle robe assortie.

— Vous voyez, il n'y avait donc pas de quoi s'inquiéter », observa le Dr Ryan. De toute façon, au bout de quinze secondes d'exposé, elle avait de toute manière totalement oublié la menace. Intéressant, non ?

« Non, je vous l'avais dit. Je n'escomptais aucun incident. » Price lui rendit le foulard, non sans quelque réticence. Le petit professeur avait raison : il était parfaitement assorti à ses yeux. « La femme de Jack Ryan », c'est tout ce qu'elle avait appris d'elle, jusqu'ici. « Depuis combien de temps faites-vous ça ?

— La chirurgie rétinienne ? » Cathy referma ses notes. « J'ai débuté par des interventions sur la cornée, jusqu'au moment de la naissance de Jack Junior. Puis j'ai eu ma petite idée sur la fixation naturelle de la rétine au fond de l'œil et sur la manière de la recoller quand elle se décolle. Ensuite, on a commencé à travailler sur le moyen de réparer les vaisseaux sanguins. Bernie m'a laissé carte blanche, puis j'ai obtenu une subvention de recherches de l'Institut national de la santé, et une chose en entraînant une autre...

— Et aujourd'hui, vous êtes la meilleure au monde dans ce domaine, conclut pour elle l'agent Price.

— Jusqu'au jour où quelqu'un de plus habile de ses mains apprendra à faire pareil, oui. » Cathy sourit. « Je suppose que c'est vrai, enfin pour quelques mois encore, en tout cas.

— Eh bien, comment va notre champion ? » demanda Bernie Katz, entrant dans la pièce et découvrant Price. Le badge sur sa blouse l'emplit de perplexité. « Est-ce que je vous connais ?

— Andrea Price. » L'agent procéda à une rapide inspection visuelle de son interlocuteur avant de lui serrer la main. Il se crut flatté jusqu'au moment où elle ajouta : « Du Service secret.

— Où étaient les flics dans votre genre quand j'étais gosse ? demanda galamment le chirurgien.

114

— Bernie a été un de mes premiers mentors ici. Il est aujour-d'hui directeur du service, expliqua Cathy.

— Et en passe, pour le prestige, d'être détrôné par ma collè-gue. Je viens avec de bonnes nouvelles. J'ai un espion au comité Lasker. Tu es dans la sélection finale, Cathy.

— Qu'est-ce qu'un Lasker ? demanda Price.

— Il y a un échelon au-dessus du prix Lasker, expliqua Bernie Katz. Il faut aller le chercher à Stockholm.

— Bernie, celui-là, je ne l'aurai jamais. Un Lasker, c'est déjà bien assez difficile !

— Eh bien, continue tes recherches, fillette ! » Katz l'étreignit amicalement puis s'en alla.

Je le veux, je le veux, je le veux ! se répéta silencieusement Cathy. Elle n'avait pas besoin de le dire à voix haute. C'était clair comme le nez au milieu de la figure pour l'agent spécial Price. Bigre, est-ce que ce n'était pas un boulot encore mieux que de protéger des hommes politiques ?

« Pourrai-je assister à une de vos opérations ?

— Si vous voulez. En attendant, venez... » Cathy la ramena à son bureau, plus du tout gênée par sa présence, désormais. En chemin, elles traversèrent la clinique, puis l'un des labos. Au beau milieu d'un couloir, Le Dr Ryan s'arrêta pile, glissa la main dans sa poche, en sortit un petit calepin.

« Quelque chose m'aurait échappé ? » demanda Price. Elle était consciente de parler trop, mais il fallait du temps pour apprendre les manies de la personne dont on avait la charge. Elle avait également classé Cathy Ryan parmi celles qui n'aimaient pas se sentir protégées, et il convenait donc de la mettre à l'aise.

« Vous allez devoir vous y faire, sourit le professeur Ryan, en griffonnant ses notes. Chaque fois qu'il me vient une idée, je la note illico.

— Vous ne vous fiez pas à votre mémoire ?

— Jamais. On ne se fie pas à sa mémoire pour des choses qui touchent à la vie de ses patients. C'est l'une des premières leçons qu'on vous enseigne en fac de médecine. » Cathy hocha la tête quand elle eut fini d'écrire. « Pas question, dans ce métier. Trop d'occasions de se planter. Si vous ne l'avez pas écrit, alors ça n'a jamais existé. »

Ça paraissait une bonne leçon, se dit Andrea Price, en lui

emboîtant le pas. Son nom de code, CHIRURGIEN, lui allait à merveille. Précise, intelligente, directe. Elle aurait pu faire un bon agent, hormis son malaise manifeste devant les armes.

C'était devenu une routine régulière, et par bien des côtés, elle n'était pas neuve. Depuis une génération, la force aérienne d'autodéfense japonaise avait répondu à l'activité des chasseurs russes basés à Dolinsk Sokol — d'abord en coopération avec l'armée de l'air américaine — et la fréquentation de l'une des routes empruntées par l'armée de l'air soviétique lui avait valu le nom de « Tokyo Express », référence sans doute involontaire à un terme inventé en 1942 par les Marines américains à Guadalcanal.

Pour des raisons de sécurité, les E-767 étaient basés avec la 6ᵉ escadre aérienne à Komatsu, près de Tokyo, mais les deux F-15J qui opéraient sous le contrôle des E-767, volant en cercles en ce moment au-dessus de la ville de Nemuro, à l'extrémité nord-est de l'île d'Hokkaido, étaient en fait basés sur l'île principale de l'archipel, à Chitose. Ils se trouvaient à cent milles au large, et chacun emportait huit missiles, quatre à guidage infrarouge, quatre à guidage radar. Tous étaient désormais armés et n'attendaient plus qu'une cible.

Il était minuit passé, heure locale. Reposés, alertes, confortablement harnachés dans leur siège éjectable, les pilotes scrutaient l'obscurité de leurs yeux aiguisés tandis que leurs doigts effectuaient de délicates corrections de trajectoire sur le manche. Leurs propres radars de guidage étaient coupés, et même si leurs feux anti-collision clignotaient toujours, on pouvait les éteindre aisément si nécessaire, rendant les appareils virtuellement invisibles.

« Eagle un-cinq, annonça la radio numérique au leader de la formation, calez-vous sur un trafic commercial, à cinquante kilomètres au zéro-trois-cinq de votre position, route au deux-un-cinq, angle trois-six.

— Roger, Kami », répondit le pilote en enclenchant sa radio. *Kami*, indicatif de l'avion de surveillance, était un mot qui avait de multiples significations, la plupart en rapport avec le surnaturel, comme « âme » ou « esprit ». Et c'est ainsi que ces appareils

116

étaient bien vite devenus les symboles modernes des esprits veillant sur leur pays, tandis que les F-15 étaient les bras vigoureux qui armaient leur volonté. Au signal du leader, les deux chasseurs virèrent à droite et grimpèrent avec une faible incidence, pour économiser le carburant ; au bout de cinq minutes, ils avaient atteint leur altitude de croisière de trente-sept mille pieds — un peu plus de onze mille mètres — et s'éloignaient de leur pays à cinq cents nœuds. Leur radar était toujours coupé mais son écran était à présent directement alimenté par un signal numérique en provenance du Kami, encore une de ces innovations dont ne disposaient pas les Américains. Le regard du leader de la formation ne cessait de monter et descendre. Dommage que les données ainsi transmises ne soient pas intégrées à son affichage tête haute. Peut-être que la prochaine évolution inclurait cette caractéristique.

« Là, dit-il dans sa radio à courte portée.

— Je l'ai », confirma son ailier.

Les deux chasseurs firent un virage à gauche pour descendre avec lenteur se placer derrière ce qui était apparemment un 767-ER d'Air Canada. Oui, la dérive éclairée révélait le sigle à feuille d'érable de la compagnie canadienne. Sans doute le vol transpolaire régulier de Toronto International à Narita. L'horaire correspondait à peu près. Ils approchèrent presque exactement par l'arrière — pas tout à fait dans l'axe pour éviter, avec leur vitesse, les risques de collision — et les fortes turbulences leur confirmèrent qu'ils étaient dans le sillage d'un avion gros porteur. Le leader s'approcha jusqu'à ce que qu'il distingue les hublots éclairés, les deux gros réacteurs sous les ailes, et le nez trapu caractéristique des Boeing. Il ralluma sa radio. « Kami pour Eagle un-cinq.

— Eagle.

— Identification positive, Air Canada sept-six-sept Echo Romeo, suivant cap et vitesse indiqués. » Détail à noter, l'entraînement au BARCAP — *Barrier Combat Air Patrol*, la Patrouille aérienne d'interception — exigeait le recours à l'anglais. C'était la langue internationale de l'aviation. Tous leurs pilotes le parlaient et c'était plus pratique pour les communications importantes.

« Roger. » Et au top, les deux appareils rompirent pour rejoindre leur zone de patrouille assignée. Le pilote de l'avion de ligne canadien ne saurait jamais que deux chasseurs à réaction armés s'étaient approchés à moins de trois cents mètres de son appareil — mais il n'avait aucune raison non plus d'imaginer une telle éventualité : après tout, le monde était en paix, du moins cette région-ci.

Pour leur part, les pilotes de chasse acceptaient leur nouvelle mission avec flegme, en même temps que le bouleversement de leur train-train quotidien. Jusqu'à nouvel ordre, il y aurait en permanence au moins deux chasseurs pour effectuer cette patrouille, et deux autres à Chitose, en alerte à cinq minutes, et quatre encore, en alerte à trente minutes. Leur lieutenant-colonel insistait pour avoir l'autorisation d'accroître encore le degré d'alerte, car malgré ce que disait Tokyo, leur nation était bel et bien en guerre, et c'était ce qu'il avait dit à ses hommes. Les Américains étaient des adversaires formidables, avait-il dit lors de son premier briefing avec ses pilotes et son personnel au sol. Adroits, vicieux, et dangereusement agressifs. Pis encore, au meilleur de leur forme, ils étaient parfaitement imprévisibles, tout l'inverse des Japonais, qui, avait-il poursuivi, tendaient à l'être un peu trop. Peut-être était-ce la raison pour laquelle on lui avait attribué ce commandement, se disaient les pilotes. Si la situation s'aggravait, le premier contact avec des forces américaines hostiles se produirait ici. Il voulait être prêt à cette éventualité, malgré le coût en argent, en carburant et en fatigue nerveuse que cela impliquait. Les pilotes l'approuvaient à cent pour cent. La guerre était une affaire sérieuse, et même s'ils faisaient leurs premières armes, ils étaient prêts à en assumer les responsabilités.

Ryan se dit que le facteur temps n'allait pas tarder à constituer sa principale frustration. Tokyo avait quatorze heures d'avance sur Washington. Il faisait déjà nuit là-bas, c'était le lendemain, et quelles que soient les bonnes idées qui pourraient lui venir, il lui faudrait attendre des heures pour les voir mettre en application. La même chose était vraie dans l'océan Indien, mais au moins avait-il une liaison directe avec les bâtiments de guerre de l'amiral Dubro. Communiquer avec Clark et Chavez signifiait transiter par Moscou, et soit confier le message à l'agent russe en poste à Tokyo — mieux valait ne pas le faire trop souvent —, soit le coder sur le signal d'accusé de réception du modem, chaque fois que Clark allumait son ordinateur pour transmettre une dépêche à l'agence Interfax. Quelle que soit la méthode choisie, cela impliquerait obligatoirement un délai, qui pouvait être synonyme de mort d'homme.

Tout se ramenait à une question d'information. Il en avait toujours été, et il en serait toujours ainsi. Le truc essentiel, c'était de découvrir ce qui se passait. Que faisait l'autre camp ? Que pensaient-ils ?

Où veulent-ils en venir ? se demanda-t-il.

La guerre avait toujours une cause économique, l'une des rares choses que Marx avait bien senties. Elle se réduisait au bout du compte à une manifestation de cupidité, avait-il dit au Président, du banditisme à grande échelle. Au niveau de l'État-nation, on formalisait cela en termes de *destin national*, de *Lebensraum* ou autres slogans politiques destinés à captiver l'attention et mobiliser les masses, mais cela se ramenait en définitive à : *Ils en ont. On en veut. Prenons-le.*

Et pourtant, les Mariannes ne valaient pas ça. Elles ne valaient tout simplement pas le coût économique et politique d'une guerre. Cette affaire allait *ipso facto* coûter au Japon la perte de son partenaire commercial le plus lucratif. Les positions sur le marché si soigneusement établies et exploitées depuis les années soixante allaient être balayées par ce qu'en termes polis on appelait le ressentiment de l'opinion mais en fait était beaucoup plus profond. Pour quelle raison un pays à ce point lié à l'idée de commerce pouvait-il tourner le dos à des considérations pratiques ?

Mais la guerre n'a jamais été rationnelle, Jack. Tu l'as dit toi-même au Président.

« Alors dites-moi un peu, qu'est-ce qu'ils peuvent bien avoir dans la tête, nom de Dieu ? » demanda-t-il, regrettant aussitôt son juron.

Ils étaient dans la salle de conférence au sous-sol. Pour cette première réunion du groupe de travail, Scott Adler était absent, en déplacement avec le ministre Hanson. Étaient présents deux NIO, des agents de la sécurité nationale, ainsi que quatre responsables des Affaires étrangères, et tous avaient l'air aussi intrigués et ébahis que lui, nota Ryan. Un comble. Durant plusieurs secondes, rien ne se passa. Guère étonnant. C'était toujours pour lui un sujet de curiosité presque clinique quand il demandait leur opinion sincère à un groupe de bureaucrates : qui allait dire quoi ?

« Ils sont en rogne et terrifiés. » C'était Chris Cook, l'un des spécialistes du commerce aux Affaires étrangères. il avait effectué deux séjours à l'ambassade de Tokyo, parlait relativement bien la langue, et avait eu l'occasion de marquer des points au cours de plusieurs rounds des négociations commerciales — toujours en retrait des principaux négociateurs, même si c'était en général lui qui faisait le vrai boulot. C'était l'usage, et Jack se souvenait encore de son ressentiment en voyant parfois les autres retirer crédit à ses idées. Il hocha la tête, vit que le reste de l'assistance l'imitait et fut reconnaissant qu'un autre que lui ait pris l'initiative.

« Je sais pourquoi ils sont en rogne. Expliquez-moi pourquoi ils sont terrifiés.

— Eh bien, merde, ils ont toujours les Russes à leurs portes, plus les Chinois, et ce sont deux grandes puissances, alors que nous nous sommes retirés du Pacifique occidental, d'accord ? Dans leur esprit, ils se sentent isolés et vulnérables — et voilà qu'en plus, ils ont l'impression qu'on leur a tourné le dos. Cela fait de nous également des ennemis potentiels, n'est-ce pas ? Où cela les mène-t-il ? Quels alliés réels leur reste-t-il ?

— Mais pourquoi s'emparer des Mariannes ? » demanda Jack, en se rappelant qu'aucun des pays susnommés n'avait attaqué le Japon au cours de l'histoire récente, mais qu'en revanche il les avait attaqués tous. Cook avait peut-être involontairement soulevé un lièvre de taille. Comment le Japon réagissait-il aux menaces extérieures ? *En attaquant le premier.*

« Cela leur donne de la profondeur défensive, des bases en dehors de leur archipel. »

D'accord, ça se tient, se dit Jack. Des photos satellite datant de moins d'une heure étaient accrochées au mur. On y voyait désormais des chasseurs sur les pistes de Saipan et de Guam, en compagnie des E-2C Hawkeye d'alerte aérienne avancée — les mêmes que ceux qui opéraient au départ des porte-avions américains. Cela créait une barrière défensive qui s'étendait jusqu'à dix-huit cents kilomètres presque plein sud de Tokyo. On pou-

120

vait y voir un formidable barrage contre des attaques américaines, en fait une version réduite de la grande stratégie nippone de la Seconde Guerre mondiale. Là encore, Cook avait fait une observation pertinente.

« Mais sommes-nous vraiment une menace pour eux ? demanda-t-il.

— Aujourd'hui, certainement, oui, répondit Cook.

— Parce qu'ils nous y ont forcés », ricana un des NIO, entrant dans la discussion. Cook se pencha vers lui par-dessus la table.

« Pourquoi les peuples déclenchent-ils les guerres ? Parce que quelque chose leur fait peur ! Bon Dieu, au cours des cinq dernières années, ils ont connu plus de gouvernements que les Italiens ! Le pays a de réels problèmes d'instabilité politique. Jusqu'à tout récemment, leur monnaie était fragile. Leur marché boursier a plongé à cause de notre législation commerciale, nous les avons confrontés à la ruine financière, et vous me demandez pour quelle raison ils sont devenus légèrement paranos ? S'il nous arrivait la même chose, merde, que ferait-on, à votre avis ? » s'emporta le sous-chef de cabinet aux Affaires étrangères, réussissant à clore le bec d'un officier de la sécurité nationale, nota Ryan.

A la bonne heure. Une discussion animée était en général fructueuse, de même que plus le feu était vif, meilleur était l'acier.

« Ma sympathie pour le camp adverse est tempérée par le fait qu'ils ont envahi un territoire américain et violé les droits de l'homme de nos concitoyens. » Il lui sembla déceler une touche de malice dans cette réponse à la tirade de Cook. La réaction était celle d'un chien de chasse sur la piste d'un renard blessé, capable pour une fois de jouer avec le gibier. Un renversement de situation toujours agréable.

« Et nous avons déjà mis au chômage deux bonnes centaines de milliers de leurs concitoyens. Que fait-on de leurs droits ?

— Leurs droits, mon cul ! Dans quel camp êtes-vous, Cook ? »

Le sous-chef de cabinet se cala tranquillement dans son fauteuil et sourit en retournant le couteau dans la plaie. « Je croyais être censé expliquer à tout le monde ce qu'ils pensent. N'est-ce pas le but de notre réunion ? Ce qu'ils pensent, c'est qu'on les a menés en bateau, qu'on les a malmenés, rabaissés, bref, qu'on leur a fait comprendre qu'on les tolérait plus par pitié que par respect, et cela, depuis le jour de ma naissance. Nous ne les avons jamais traités en égaux, ils estiment mériter mieux de notre part, et ça ne leur plaît pas du tout. Et vous savez quoi ? poursuivit Cook. Je serais le dernier à le leur reprocher. Bon, d'accord, ils ont fini par se rebiffer. C'est regrettable, et je le déplore, mais il nous faut reconnaître qu'ils ont essayé de le faire de la manière la moins meurtrière possible, conformément à leur objectifs stratégiques. C'est un point qui mérite considération, non ?

— Leur ambassadeur dit que son pays est prêt à en rester là », leur dit Ryan, qui nota le regard de Cook. Il était clair que l'homme avait réfléchi à la situation, et c'était tant mieux. « Sont-ils sérieux ? »

Il avait encore une fois posé une question difficile, du genre de celles que n'appréciaient pas trop les gens réunis autour de la table. Les questions difficiles requéraient des réponses définitives, et il arrivait souvent que ces réponses soient erronées. Mais c'est pour les NIO, les agents de la sécurité nationale que c'était le plus délicat. Les NIO prenaient le pas sur leurs homologues des autres agences fédérales de renseignements, la CIA, la DIA, voire la NSA. Il y en avait toujours un aux côtés du Président pour lui fournir une opinion en cas de crise à évolution rapide. Ils étaient censés être des experts dans leur domaine, et ils l'étaient, au même titre d'ailleurs que Ryan, qui avait lui-même été l'un d'eux. Mais il y avait un problème avec ces fonctionnaires : un NIO était en général un homme — ou une femme — obstiné et sérieux. Ils ne craignaient pas la mort, mais en revanche, ils craignaient plus que tout de se tromper en cas de crise grave. Pour cette raison, même leur plaquer un pistolet sur la tempe ne vous garantissait pas d'obtenir une réponse catégorique à une question difficile. Jack scruta tour à tour chaque visage, vit que Cook faisait de même, et il lut sur ses traits du mépris.

« Oui, monsieur, je pense que c'est tout à fait probable. Il est également probable qu'ils nous feront une proposition en échange. Ils savent en plus qu'ils doivent nous laisser un moyen de sauver la face. Nous pouvons compter là-dessus, et cela jouera en notre faveur si nous choisissons de négocier avec eux.

— Le recommanderiez-vous ? »

Un sourire accompagné d'un signe de tête. « Cela n'a jamais

fait de mal à personne de discuter ensemble, quelle que soit la situation, n'est-ce pas ? Mais moi, je ne suis qu'un blanc-bec des Affaires étrangères, ne l'oubliez pas ! Je dois recommander cette option. J'ignore l'aspect militaire de la question. J'ignore si nous avons les moyens de leur apporter la contradiction. Je présume que oui, et qu'ils nous en savent capables, qu'ils sont également conscients de faire un pari, et qu'ils sont encore plus terrifiés que nous. Ça aussi, nous pouvons le faire jouer en notre faveur.

— Que pouvons-nous exiger ? demanda Ryan en mâchonnant son stylo.

— Le *statu quo ante*, répondit Cook sans hésiter. Un retrait total des Mariannes, le retour des îles et de leur population sous la législation américaine, des réparations aux familles des victimes, le châtiment des responsables de leur mort. » Même les NIO approuvaient de la tête, nota Ryan. Ce Cook commençait à bien lui plaire. Il disait ce qu'il pensait, et ce qu'il disait avait sa logique.

« Et qu'obtiendrons-nous ? » Là encore, la réponse était simple et directe.

« Moins. » *Où diable Scott Adler avait-il planqué ce gars-là ?* se demanda Ryan. *On parle le même langage.* « Ils devront nous donner quelque chose, mais ils ne nous rendront pas tout.

— Et si l'on insiste ?

— Si nous voulons tout récupérer, alors il faudra peut-être envisager de nous battre pour ça, répondit Cook. Et si vous voulez mon avis, c'est dangereux. » Ryan excusa la conclusion facile. Après tout, c'était un blanc-bec des Affaires étrangères, et c'était le style maison.

« L'ambassadeur aura-t-il assez de poids pour négocier ?

— Je crois que oui, répondit Cook après quelques instants de réflexion. Il a une bonne équipe, et c'est un diplomate de grande expérience. Il connaît bien Washington et il sait jouer dans la cour des grands. C'est pour cela qu'ils l'ont nommé ici. »

Le laïus vaut toujours mieux que les canons. Jack se souvenait des paroles de Winston Churchill. Et c'était vrai, si le premier n'excluait pas entièrement la menace des seconds.

« OK, dit Ryan. J'ai encore deux ou trois points à régler. Vous, vous restez là. Je veux un rapport écrit. Je veux des propositions. Je veux un catalogue d'ouvertures pour les deux côtés. Je veux des scénarios de fin de partie. Je veux des réponses probables de leur part aux actions militaires *théoriques* de notre part. Et par-dessus tout, dit-il en s'adressant directement aux agents de renseignements gouvernementaux, je veux une estimation de leur capacité nucléaire, et des conditions dans lesquelles ils pourraient se sentir amenés à en faire usage.

— Quel délai d'alerte aurons-nous ? » Surprise, la question venait de Cook. La réponse, autre surprise, vint de l'autre agent gouvernemental qui éprouvait le besoin, à présent, de révéler une partie de ce qu'il savait.

« Le radar Cobra Dane de Shemya fonctionne encore. De même que les satellites du réseau DSCS. Nous serons avertis du lancement et aurons une prédiction d'impact si on en arrive là. Dr Ryan, avons-nous fait quoi que ce soit...

— L'Air Force a des stocks de missiles de croisière lancés par avions. Ils seraient transportés par des bombardiers B-1. Nous avons également l'option de réarmer des missiles de croisière Tomahawk avec des têtes W-80, pour lancement aussi bien par sous-marins que par navires de surface. Les Russes savent que nous pouvons recourir à cette solution, et ils ne soulèveront pas d'objection tant que nous n'irons pas le clamer sur les toits...

— C'est de l'escalade, avertit Cook. Nous devons nous montrer prudents.

— Et leurs SS-19, alors ? s'enquit poliment le second NIO.

— Ils estiment en avoir besoin. On aura du mal à les convaincre de s'en passer. » Cook parcourut du regard l'assistance. « Nous avons atomisé leur pays, rappelez-vous. C'est un sujet extrêmement sensible, et nous sommes en face d'individus en proie à la paranoïa. Je préconise la plus extrême prudence en cette affaire.

— Noté, dit Ryan en se levant. Messieurs, vous savez ce que je veux. Au travail. » C'était assez réconfortant de pouvoir enfin donner un tel ordre, mais ça l'était moins d'avoir à l'exécuter, surtout quand il prévoyait les réponses qu'il obtiendrait à ses questions. Mais il fallait bien commencer par un bout.

« Encore une rude journée ? demanda Nomuri.

— Je pensais qu'une fois Yamata parti, les choses seraient plus faciles », dit Kazuo. Il hocha la tête, appuyé contre le mince rebord de bois du bassin. « J'avais tort. »

Les autres approuvèrent d'un bref hochement de tête la remarque de leur compagnon ; tous à présent regrettaient les histoires salaces de Taoka. Ils avaient besoin de distraction, mais seul Nomuri savait pourquoi elles avaient cessé.

« Enfin, qu'est-ce qui se passe ? Voilà que Goto dit qu'on a besoin de l'Amérique. Pas plus tard que la semaine dernière, c'étaient nos ennemis, et maintenant, c'est de nouveau la grande amitié ? Tout cela est bien déroutant pour un être simple comme moi », dit Chet, tout en se massant les paupières. Il se demandait si l'appât allait prendre. Développer ses relations avec ces hommes n'avait pas été chose facile, tant il y avait de différence entre eux, et il fallait s'attendre à ce qu'il envie leur position, et eux la sienne. C'était un entrepreneur, pensaient-ils, qui gérait sa propre affaire, tandis qu'ils étaient des cadres supérieurs, salariés de grosses boîtes. Ils avaient la sécurité. Il avait l'indépendance. Ils étaient, comme de juste, surmenés. Il marchait à son rythme. Ils avaient plus d'argent. Il avait moins de stress. Et maintenant, ils avaient des renseignements, et pas lui.

« Nous avons eu une confrontation avec l'Amérique, dit l'un d'eux.

— C'est ce que j'ai cru comprendre. N'est-ce pas hautement dangereux ?

— A court terme, oui, dit Taoka, laissant l'eau bouillante apaiser ses muscles noués par le stress. Quoique j'aie dans l'idée que nous avons déjà gagné.

— Mais *gagné* quoi, mon ami ? J'ai comme l'impression d'avoir pris une énigme policière en cours de route, et tout ce que j'en sais, c'est qu'une mystérieuse jolie passagère est montée dans le train d'Osaka. » Il faisait allusion à une convention dramatique au Japon : les intrigues basées sur la proverbiale ponctualité des chemins de fer nationaux.

« Eh bien, comme dit mon patron, décida d'expliquer un autre cadre dirigeant, cela signifie que notre pays aura enfin vraiment obtenu son indépendance.

— Ne l'avons-nous pas déjà ? s'étonna Nomuri, franchement intrigué. Il ne reste plus guère de soldats américains pour nous ennuyer aujourd'hui.

— Et ces derniers sont sous bonne garde, observa Taoka. Tu ne comprends pas. L'indépendance, cela ne veut pas seulement dire l'indépendance politique. Cela veut dire aussi l'indépendance économique. Cela veut dire ne plus avoir à dépendre des autres pour notre survie.

— L'indépendance, cela signifie la Zone de ressources septentrionale, Kazuo, ajouta un autre, allant cette fois trop loin, comme il s'en rendit compte aussitôt en voyant deux paires d'yeux s'ouvrir pour lui lancer un signal d'avertissement.

— J'aimerais surtout que ça signifie des journées plus courtes, qu'on puisse rentrer plus tôt chez soi, pour changer, au lieu d'avoir à dormir dans une de ces fichues chambres-cercueils deux ou trois nuits par semaine », indiqua un des plus alertes, histoire de détourner la conversation.

Taoka grommela. « Oui, comment veut-on y faire entrer une fille ? » Les rires qui accompagnèrent la remarque étaient forcés, estima Nomuri.

« Ah, vous les cadres d'entreprise et vos secrets ! Ha ! cracha l'agent de la CIA. J'espère pour vous que vous vous y prenez mieux avec vos femmes. » Il marqua un temps. « Est-ce que tous ces événements vont affecter mon affaire ? » Pas une mauvaise idée, en définitive, de poser ce genre de question.

« Favorablement, d'après moi », répondit Kazuo. Approbation générale.

« Mais nous devons tous être patients. Il y aura une période difficile avant le retour des beaux jours.

— Mais ils finiront bien par revenir, suggéra un autre, avec confiance. Le plus dur est derrière nous. »

Pas si je peux l'empêcher, s'abstint de leur dire Nomuri. Mais que diable voulait dire « Zone de ressources septentrionale » ? C'était si typique du métier d'espion : déceler qu'on a entendu quelque chose d'important, sans réellement savoir de quoi il retourne. Puis il lui fallut se couvrir avec un récit alambiqué sur ses nouvelles relations avec son hôtesse, pour être sûr, une fois encore, qu'ils se souviendraient de cette dernière anecdote, et pas de ses questions.

C'était vraiment pas de veine d'arriver de nuit, mais c'était le hasard. La moitié de la flotte avait été déroutée sur Guam, qui

126

disposait d'un port naturel bien meilleur, parce que tous les habitants de ces îles devaient voir la marine japonaise — l'amiral Sato en avait marre de ce terme de « force d'autodéfense ». Il était officier de *la Navale*, à présent, il commandait une flotte composée de bâtiments de guerre et de combattants qui avaient eu un avant-goût de la bataille, en quelque sorte, et si plus tard des historiens pinaillaient et disaient que leur bataille n'avait pas été une bataille authentique, équitable, que diable, ne soulignait-on pas dans les manuels de guerre la valeur de l'effet de surprise dans les opérations offensives ? Comme s'il ne le savait pas, se dit l'amiral, en découvrant dans ses jumelles l'ombre du mont Takpochao. Un puissant radar était déjà installé au sommet. Monté et pleinement opérationnel, lui avaient annoncé ses techniciens électroniciens une heure auparavant. Encore un élément important dans la défense contre les adversaires de sa terre natale.

Il était seul sur l'aile tribord de la passerelle, dans la pénombre d'avant l'aube. Mais cette pénombre n'avait rien de mélancolique. Non. Il en émanait une paix merveilleuse, surtout quand vous étiez seul pour en profiter, l'esprit libre d'évacuer toute distraction. Il percevait au-dessus de lui le faible grésillement de matériel électronique, telle une ruche d'abeilles somnolentes, mais ce bruit s'effaça bientôt. Il y avait également le bourdonnement lointain des systèmes de bord, les moteurs pour l'essentiel, ainsi que la soufflerie de la climatisation, nota-t-il avant de les évacuer à leur tour. Il n'y avait pas le moindre son d'origine humaine pour le distraire. Le commandant du *Mutsu* tenait à une stricte discipline à bord. Les matelots ne parlaient que s'ils avaient une raison de le faire, pour mieux se concentrer sur leur tâche, comme il était de mise. Un par un, l'amiral Sato élimina tous les bruits extérieurs. Ne restait plus que celui de la mer, le superbe chuintement de la coque d'acier fendant les vagues. Il baissa les yeux pour admirer ce coin d'écume d'une blancheur à la fois éclatante et soyeuse, tandis qu'à l'arrière s'élargissait le sillage d'un joli vert fluorescent dû au brassage du phytoplancton, ces minuscules créatures qui la nuit remontaient à la surface, pour des raisons que Sato n'avait jamais pris la peine de chercher à élucider. Peut-être pour goûter le spectacle de la lune et des étoiles, se dit-il en souriant dans l'obscurité. Droit devant, c'était l'île de Saipan, rien qu'un espace à l'horizon plus noir que les ténèbres elles-mêmes ; c'était parce que sa masse occultait les étoiles à l'horizon ouest, et tout marin savait qu'une absence d'étoiles par une nuit claire signifiait la présence de la terre. Les vigies en poste au sommet de la superstructure avant l'avaient vue depuis longtemps, mais cela ne diminuait en rien le plaisir de sa propre découverte : comme pour tous les marins de toutes les générations, l'accostage revêtait toujours une intensité particulière, parce que chaque voyage s'achevait par une découverte quelconque. Et celui-ci ne faisait pas exception.

Il perçut d'autres sons. D'abord, le ronronnement saccadé des moteurs électriques de rotation des radars, puis un bruit nouveau. Il se rendit compte qu'il avait mis du temps à remarquer ce dernier : assez loin à tribord, un grondement sourd, comme un crissement d'étoffe qui se déchire, et qui montait rapidement ; bientôt, le doute ne fut plus permis : c'était le grondement d'un avion qui approchait. Il abaissa ses jumelles et scruta l'horizon sur sa droite, sans rien distinguer, jusqu'à ce que ses yeux détectent enfin un mouvement, tout proche, et que deux traits sombres zèbrent le ciel au-dessus de lui. Le *Mutsu* vibra dans leur sillage, donnant à l'amiral Sato un frisson bientôt suivi d'une bouffée de colère. Il rouvrit brutalement la porte de la timonerie.

« Bon Dieu, qu'est-ce que c'était ?

— Deux F-3 effectuant un exercice d'attaque, répondit l'officier de pont. Le CIC les avait accrochés depuis plusieurs minutes. Nous avons réussi à les illuminer avec nos guidages de missiles.

— Est-ce que quelqu'un va dire à ces Aigles Sauvages qu'à faire du rase-mottes au-dessus d'un bateau dans le noir, ils risquent déjà de nous endommager et qu'eux, ils risquent la mort.

— Mais, amiral..., essaya de dire l'ODP.

— *Mais* nous sommes une unité précieuse et je n'ai pas envie qu'un de mes navires passe un mois en radoub à faire remplacer son mât parce qu'un foutu crétin d'aviateur n'aura pas réussi à nous voir dans le noir !

— *Hai*, je les préviens tout de suite. »

Me gâcher ainsi la matinée, fulmina Sato, qui ressortit s'asseoir dans son fauteuil de cuir pour finir sa nuit.

Était-il le premier à s'en être rendu compte ? s'étonna Winston. Puis il se demanda pourquoi ça aurait dû le surprendre. Le

128

FBI et les autres agences essayaient à l'évidence de recoller les morceaux, et tous leurs efforts visaient essentiellement à traquer la fraude. Pis, ils étaient en train d'éplucher tous les enregistrements, pas uniquement ceux du Groupe Columbus. Cela devait représenter un véritable océan virtuel de données, et ils ne devaient pas être familiers de ce domaine, mais le moment était particulièrement mal choisi pour une formation sur le tas.

La télé l'avait bien expliqué. Le gouverneur de la Banque fédérale de réserve avait participé à toutes les émissions matinales (ce qui avait dû donner pas mal de boulot à son chauffeur), avant de faire une déclaration officielle pleine de fermeté, dans la salle de presse de la Maison Blanche, suivie d'un long entretien sur CNN. Ça avait l'air de marcher, plus ou moins, et la télévision l'avait montré également. Quantité de clients s'étaient présentés à leur banque avant l'heure du déjeuner, pour y découvrir avec surprise des masses d'argent liquide, transféré la nuit précédente pour ce qu'en termes militaires on appelait une démonstration de force. Bien que le gouverneur de la Réserve fédérale ait manifestement remonté les bretelles de tous les dirigeants des grandes banques du pays, c'était l'attitude inverse pour les caissiers chargés d'accueillir les déposants aux guichets : *Oh, vous voulez du liquide ? Mais bien sûr, nous avons tout ce qu'il faut.* Dans un nombre non négligeable de cas, à peine étaient-ils rentrés chez eux que tous ces clients furent en proie à une nouvelle forme de paranoïa — *quoi ? garder tout cet argent à la maison ?* — et dès l'après-midi, certains même étaient venus redéposer leur argent.

Ça, ce devait être encore un coup de Buzz Fiedler, et Winston jugea que ce type avait de l'étoffe, pour un universitaire. Le ministre des Finances ne faisait que gagner du temps contre de l'argent, mais la tactique était bonne, suffisamment en tout cas pour confondre le public et l'amener à croire que la situation n'était pas aussi grave qu'il y paraissait.

Les investisseurs sérieux n'étaient pas dupes. La situation était grave, très grave, et la manœuvre avec les banques n'était au mieux qu'une mesure de rafistolage. La Réserve injectait du liquide dans le système. Même si c'était une bonne idée pour un jour ou deux, le résultat net à la fin de la semaine serait d'affaiblir un peu plus le dollar ; or les bons du Trésor américain étaient déjà, sur le marché financier international, aussi populaires que

129

des rats porteurs de la peste. Pis encore, même si Fiedler avait provisoirement empêché une panique bancaire, on ne pouvait l'éviter que pour un temps limité, et tant qu'on ne serait pas parvenu à restaurer la confiance, plus on recourait aux méthodes de rafistolage, et plus la panique serait grave si jamais ces mesures échouaient, car il n'y aurait dès lors plus aucun garde-fou. C'était bien ce à quoi Winston s'attendait.

Parce que le nœud gordien serré qui étranglait le système d'investissement n'allait pas tarder à être tranché.

Winston avait l'impression d'avoir décodé la cause probable de l'événement, mais il avait découvert en cours de route qu'il risquait de ne pas y avoir de solution. Le sabotage de la DTC avait été un coup de maître. En gros, absolument plus personne ne savait ce qu'il détenait, ce qu'il avait payé et à quel moment, ou ce qui lui restait comme liquidités ; et cette absence de données s'était développée comme une métastase : les investisseurs privés n'en savaient rien. Les institutionnels n'en savaient rien ; les maisons de Bourse n'en savaient rien. Personne n'en savait rien.

Comment la véritable panique allait-elle se déclencher ? Pour faire court, les fonds de retraite auraient à rédiger leurs chèques de versements mensuels — mais les banques allaient-elles les honorer ? La Réserve les encouragerait à le faire, mais quelque part en cours de route, il y aurait bien une banque qui ne suivrait pas, pour cause de problèmes propres — rien qu'une seule, ce genre d'incidents en cascade avaient toujours un seul point de départ, après tout — et ce serait reparti pour un tour : la Réserve devrait encore une fois intervenir en injectant des liquidités dans le circuit, et c'est cela qui risquait de déclencher un cycle d'hyperinflation. Le cauchemar ultime. Winston se souvenait parfaitement des effets de l'inflation sur le marché et l'économie du pays à la fin des années soixante-dix, du « malaise » qui avait été bien réel, de cette perte de la confiance nationale qui avait donné des cinglés filant se réfugier dans des cabanes de trappeur au fin fond des montagnes du Nord-Ouest, ou de mauvais films sur la survie après l'apocalypse. Et pourtant, même à cette époque, l'inflation était montée jusqu'à combien ? Treize ou quatorze pour cent. Un crédit à vingt pour cent. Un pays qui s'étouffait, simplement à cause de la méfiance engendrée par les queues aux pompes à essence et par un Président au pouvoir hésitant. Or, il se pouvait bien qu'on repense à cette époque avec nostalgie.

Car cette crise allait être bien pire, sans aucun rapport avec celles qu'avait déjà connues l'Amérique. Ce serait plutôt un cauchemar digne de la république de Weimar, de l'Argentine des mauvais jours, ou du Brésil sous la dictature militaire. Et elle n'allait pas s'arrêter à l'Amérique, évidemment. Tout comme en 1929, l'onde de choc allait s'étendre très loin, ruiner les économies sur tout le globe, bien au-delà des capacités de prédiction de Winston. Lui-même ne serait pas trop durement affecté, il le savait. Même une diminution de quatre-vingt-dix pour cent de sa fortune personnelle le laisserait encore à la tête d'une somme plus que confortable — il se garantissait toujours en réinvestissant une partie de ses gains sur des titres en rapport avec des matières concrètes : l'or, le pétrole ; et il avait ses propres réserves de métal jaune, de solides lingots dans un coffre — comme un avare du temps jadis. Et comme les graves dépressions étaient fondamentalement *déflationnistes*, la valeur relative de ces divers biens s'accroîtrait en fait avec le temps. Il savait que lui et sa famille allaient survivre et même prospérer, mais pour les moins fortunés que lui, le coût de cette crise allait être le chaos économique et social. Et il n'était pas dans les affaires pour lui tout seul, n'est-ce pas ? Avec les années, il en était venu à songer longuement, la nuit, à tous ces petites gens qui avaient vu ses spots publicitaires à la télé et lui avaient confié leurs économies. La confiance, mot magique. Qui voulait dire que vous étiez redevable devant ces gens qui l'avaient placée en vous ; qui voulait dire qu'ils croyaient en votre image, et que vous deviez l'assumer, pas simplement pour eux, mais également pour vous. Parce que, en cas d'échec, c'étaient autant de maisons qu'on n'achèterait pas, de gosses qu'on n'éduquerait pas, de rêves de gens bien réels et pas si différents de vous qui seraient mort-nés. La crise serait déjà dramatique rien qu'en Amérique, songea Winston, mais elle risquait presque à coup sûr de toucher le monde entier.

Et il fallait qu'il sache ce que l'autre avait fait. Ce n'était pas un accident. Mais un plan mûrement réfléchi, exécuté avec style. *Yamata... Il était malin, le fils de pute.* Peut-être le premier investisseur nippon qui ait jamais mérité son respect. Le premier à avoir réellement compris les règles du jeu, tant tactiques que stratégiques. Oui, pas de doute. L'expression de son visage, le regard de ces yeux noirs derrière la flûte de champagne. *Pourquoi n'as-tu pas été capable de le voir à ce moment-là ?* C'était donc ça, son jeu, en fin de compte ?

Mais non. Il ne pouvait se réduire à cela. En partie, peut-être, une tactique de diversion visant à masquer autre chose. Mais quoi ? Qu'est-ce qui pouvait être si important pour justifier que Raizo Yamata soit prêt à renoncer à sa fortune personnelle et, dans le même temps, à détruire le marché international sur lequel reposaient ses propres entreprises et l'économie de son propre pays ? Ce n'était pas le genre d'idée qui venait spontanément à l'esprit d'un homme d'affaires, et encore moins une idée propre à réconforter l'âme d'un aigle de Wall Street.

C'était bizarre d'être parvenu à tout démonter mais sans pour autant comprendre le sens de la machination. Winston regarda par la fenêtre le crépuscule s'étendre au-dessus du port de New York. Il fallait qu'il s'en ouvre à quelqu'un, et ce quelqu'un devrait être capable de comprendre de quoi il retournait. Fiedler ? Peut-être. Mieux valait un homme qui connaissait la Bourse... et d'autres choses, aussi. Mais qui ?

« Sont-ils des nôtres ? » Les quatre bâtiments étaient mouillés dans la baie de Laolao. L'un d'eux était bord à bord avec un pétrolier, sans doute pour ravitailler.

Oreza fit non de la tête. « La peinture ne correspond pas. La Navy peint ses bateaux plus clair, ce gris-là est plus bleu.

— En tout, cas, ils ont l'air imposant. » Burroughs lui rendit les jumelles.

« Radars à synthèse d'ouverture, coffrages de lancement vertical pour missiles, hélicoptères anti-sous-marins. Ce sont des Aegis, comme nos classe Burke. Sérieux, pas de doute. La terreur des avions. » Alors que Portagee regardait, un hélicoptère décolla de l'un des bâtiments et mit le cap vers la côte.

« On le signale ?

— Bonne idée. »

Burroughs entra dans le séjour et remit les piles dans le téléphone. L'idée de supprimer entièrement son alimentation était sans doute une précaution inutile, mais c'était plus prudent, et aucun des deux hommes n'était curieux de savoir comment les Japonais traitaient les espions, car c'était bien ce qu'ils étaient. Ça faisait également bizarre de passer l'antenne par le trou au fond du saladier, puis de caler le tout contre son oreille, mais cela donnait un pointe d'humour à l'exercice, et ils avaient besoin d'un motif de sourire.

« NMCC, amiral Jackson.

— Vous avez repris du service, amiral ?

— Ma foi, major, je suppose que c'est le cas pour nous deux. Qu'avez-vous à signaler ?

— Quatre destroyers Aegis au large, côte orientale de l'île. L'un est en train de ravitailler auprès d'un des petits pétroliers de la flotte. Ils se sont pointés juste après l'aube. Deux nouveaux porte-véhicules à quai, un autre en partance, à l'horizon. Nous avons compté vingt chasseurs à réaction, un peu plus tôt. Près de la moitié sont des F-15, avec leur double dérive. L'autre moitié des appareils sont à simple dérive, mais j'ignore le type. A part ça, rien de nouveau. »

Jackson contemplait une photo satellite prise à peine une heure plus tôt qui montrait quatre bateaux en convoi, et des chasseurs dispersés sur les deux aérodromes. Il inscrivit une note et hocha la tête.

« Quel est le climat, là-bas ? demanda Robby. Je veux dire, est-ce qu'ils brutalisent les gens, opèrent des arrestations, ce genre de choses ? » Il entendit renifler à l'autre bout de la ligne.

« Négatif, monsieur. Tout le monde est gentil comme tout. Merde, ils sont en permanence à la télé, sur la chaîne câblée d'infos locale, pour nous parler des masses d'argent qu'ils comptent investir ici et de tous les trucs qu'ils vont faire pour nous. » Jackson décela le dégoût dans la voix de son correspondant.

« Très bien. Il se peut que je ne sois pas tout le temps ici. Il faut bien que je dorme un peu, mais cette ligne est désormais réservée à votre usage exclusif, d'accord ?

— Bien compris, amiral.

— Et restez prudent, major. Pas de conneries héroïques, d'accord ?

— C'est un jeu d'enfants, monsieur. Je suis pas idiot, lui assura Oreza.

« — Alors raccrochez, Oreza. Bon boulot. » Jackson entendit le déclic avant même d'avoir reposé le téléphone. « Meilleur de ton côté que du mien, en tout cas », ajouta-t-il pour lui-même. Puis il se tourna vers la console voisine.

« J'ai tout sur bande, lui dit un officier de renseignements de l'armée de l'air. Ça confirme nos données satellite. J'ai tendance à croire qu'il n'a toujours rien à craindre.

— Eh bien, n'y changeons rien. J'interdis à quiconque de les rappeler sans mon aval, ordonna Jackson.

— Bien compris, amiral. » *Je crois pas qu'on puisse, de toute façon,* s'abstint-il d'ajouter.

« Rude journée ? demanda Paul Robberton.

— J'ai connu pire », répondit Ryan. Mais cette crise était trop inédite pour autoriser une telle assurance. « Ça ne dérange pas votre femme que... ?

— Elle est habituée à mes absences, et nous aurons pris notre train-train d'ici un jour ou deux. » L'agent secret marqua une pause. « Comment s'en tire le patron ?

— Comme d'habitude, c'est lui qui se tape le plus dur. Faut dire qu'on se décharge sur lui, pas vrai ? » admit Jack, en regardant par la vitre alors qu'ils quittaient la nationale 50. « C'est un type bien, Paul.

— Comme vous, doc. On est tous vachement contents de vous avoir de nouveau... C'est vraiment grave ? » Le Service secret avait l'heureux privilège d'avoir à s'informer sur tout et n'importe quoi, ce qui était aussi bien, puisque de toute façon, ils avaient des oreilles qui traînaient partout.

« Ils vous l'ont pas encore dit ? Les Japonais ont fabriqué des bombes atomiques. Et ils ont des missiles intercontinentaux pour les livrer. »

Les mains de Paul se crispèrent sur le volant. « Charmant. Mais ils peuvent pas être à ce point cinglés.

— Au soir du 7 décembre 1941, l'USS *Enterprise* a mouillé à Pearl Harbor pour ravitailler en combustible et en munitions. L'amiral Bill Halsey était sur la passerelle, comme d'habitude, et constatant les dégâts de l'attaque survenue le matin, il lança : "Quand cette guerre sera terminée, on n'entendra plus parler japonais qu'en enfer." » Ryan s'était toujours demandé pourquoi il avait pu dire une chose pareille.

« C'est dans votre bouquin. Ça devait être pour faire un bon mot devant ses hommes.

— Je suppose... Mais si jamais ils utilisent leurs bombes, c'est ce qui leur pend au nez. Ouais, et ils doivent le savoir, dit Ryan, qui était en train de se laisser vaincre par l'épuisement.

— Vous auriez besoin de huit bonnes heures de sommeil, Dr Ryan, remarqua Robberton avec à-propos. C'est pour vous comme pour nous. La fatigue finit par vous embrouiller les facultés intellectuelles. Le patron a besoin de vous avoir au top niveau, doc, OK ?

— Pas d'objection. Je vais peut-être même me prendre un verre, ce soir », ajouta-t-il, pensant tout haut.

Il y avait une autre voiture dans l'allée, et un nouveau visage qui regarda par la fenêtre quand la voiture officielle se gara sur le parking.

« C'est Andrea. Je lui ai déjà parlé. A propos, la conférence de votre femme, cet après-midi, s'est très bien passée.

— Une veine qu'on ait deux chambres d'amis. » Jack étouffa un rire en se dirigeant vers sa maison. A l'intérieur, l'ambiance paraissait assez détendue, Cathy et l'agent Price semblaient bien s'entendre. Les deux officiers discutèrent tandis que Ryan prenait un dîner léger.

« Chéri, qu'est-ce qui se passe ? demanda Cathy.

— On est embringués dans une crise grave avec le Japon, en plus de l'histoire de Wall Street.

— Mais comment se fait-il...

— Tout ce qui s'est passé jusqu'ici a eu lieu en mer. Ça n'a pas encore été annoncé, mais ça va l'être.

— C'est la guerre ? »

Jack leva la tête, opina. « Peut-être.

— Mais les gens à Wilmer, aujourd'hui, ils étaient toujours aussi charmants... tu veux dire qu'ils ne sont pas au courant, eux non plus ? »

Signe d'acquiescement. « Exact.

— Mais ça ne tient pas debout !

— Non, chérie, tu as tout à fait raison. » Le téléphone sonna à cet instant précis — la ligne normale de la maison. Étant le plus près, Jack décrocha. « Allô ?

— Je suis bien chez le Dr John Ryan ?

— Ouais. Qui est à l'appareil ?

— George Winston. Je ne sais pas si vous vous rappelez, mais nous nous sommes rencontrés l'an dernier au club de Harvard. Je faisais un petit speech sur les dérivées. Vous étiez à la table voisine. Au fait, excellent boulot sur l'OPA de Silicon Alchemy.

— Ça me paraît remonter à un siècle, répondit Ryan. Écoutez, je suis pas mal débordé en ce moment, et...

— Je veux vous rencontrer. C'est important.

— A quel sujet ?

— J'ai besoin de dix minutes, un quart d'heure pour l'expliquer. J'ai mon G parqué à Newark. Je peux descendre chez vous quand vous voulez. » Il y eut une pause. « Dr Ryan, je ne vous le demanderais pas si je ne le jugeais pas important. »

Jack ne réfléchit qu'une seconde. George Winston était un acteur sérieux. Sa réputation dans le milieu boursier était enviable : un type dur en affaires, rusé, honnête. Et, se rappela Ryan, il avait fourgué le contrôle de sa flotte à un Japonais, un certain Yamata... un nom qui ne lui était pas inconnu.

« D'accord. Je tâche de vous coincer quelque part. Appelez mon bureau demain vers huit heures pour prendre rendez-vous.

— Eh bien, entendu, à demain. Merci de m'avoir écouté. » On raccrocha. Quand Jack se retourna pour regarder sa femme, elle s'était remise au boulot, transcrivant les notes de son calepin sur son ordinateur portatif, un Apple Powerbook 800.

« Je croyais que t'avais une secrétaire pour ça, observa-t-il avec un sourire tolérant.

— Elle ne peut pas réfléchir à ce qu'elle écrit en même temps qu'elle reporte mes notes. Moi, si. » Cathy redoutait de relater l'information de Bernie au sujet du prix Lasker. Plusieurs mauvaises habitudes de son époux avaient déteint sur elle. L'une d'elles était cette croyance de paysan irlandais en sa bonne fortune, et au risque de la gâcher si on en parlait. « Il m'est venu une idée intéressante aujourd'hui, juste après la conférence.

— Et tu l'as couchée sur le papier », remarqua son mari. Cathy leva la tête et lui adressa son sourire espiègle habituel.

« Jack, si tu ne le couches pas sur le papier...

— Alors, ce n'est jamais arrivé. »

30

Pourquoi pas ?

L'AUBE surgissait comme l'orage dans cette partie du monde, s'il fallait du moins en croire le poète. En tout cas, le soleil était bougrement chaud, se dit l'amiral Dubro. Presque aussi torride que son humeur. Il était d'habitude d'un commerce agréable, mais il macérait depuis trop longtemps dans la chaleur tropicale et l'indifférence bureaucratique. Il supposait que les mauviettes du gouvernement, les mauviettes de l'État-major et les mauviettes de la diplomatie avaient la même vue sur la situation : que lui et son groupe de combat pouvaient tournicoter indéfiniment sans se faire détecter, jouer leur numéro de « SOS Fantômes » et réussir à intimider les Indiens sans avoir besoin d'aller au contact. Un jeu subtil, sans aucun doute, mais qui ne pourrait pas se poursuivre indéfiniment. L'idée était d'approcher assez près sans se faire détecter, et ensuite de *frapper* l'ennemi sans prévenir. C'était la mission idéale pour un porte-avions nucléaire. On pouvait jouer à ce petit jeu une fois, deux fois, éventuellement trois si le commandant de la flotte avait le cran pour ça, mais on ne pouvait pas le faire éternellement, parce que l'adversaire avait une cervelle, lui aussi, et que tôt ou tard surviendrait un imprévu.

En l'occurrence, ce n'étaient pas les acteurs principaux qui s'étaient plantés. Mais un simple porteur d'eau, et encore, cela n'avait pas été franchement une erreur. Comme avaient pu le reconstituer ses responsables des opérations, un unique Sea Harrier indien, parvenu au terme de son circuit de patrouille, avait allumé son radar à balayage vers le bas et accroché l'un des pétroliers de Dubro ; ceux-ci étaient en train de foncer cap au nord-est pour ravitailler ses bâtiments d'escorte dont les soutes étaient presque aux deux tiers vides après leur marche forcée au sud du Sri Lanka. Une heure plus tard, un autre Sea Harrier, sans doute désarmé et n'emportant guère plus que des réservoirs supplémentaires, était passé assez près pour avoir un visu. Le commandant du groupe de ravitaillement avait aussitôt changé de cap, mais les dégâts étaient faits. La disposition des deux pétroliers avec leurs deux frégates d'escorte ne pouvait signifier qu'une chose : que Dubro était désormais au sud-est du cap de Dondra. La flotte indienne avait aussitôt viré de bord, indiquaient les photos satellite, pour se séparer en deux groupes et filer également vers le nord-est. Dubro n'avait guère d'autre choix que de laisser ses pétroliers poursuivre leur route prédéfinie. Discrétion ou pas, ses escorteurs étaient dangereusement proches de la panne sèche, et c'était un risque qu'il ne pouvait pas se permettre. Dubro but son café du réveil tandis que ses yeux flamboyaient de colère. Assis de l'autre côté du bureau de l'amiral, le capitaine de frégate Harrison avait le bon sens de rester coi tant que son supérieur ne se décidait pas à parler.

« Et quelle est la bonne nouvelle, Ed ?

— Nous avons toujours la supériorité tactique, amiral, répondit le responsable des opérations militaires. Peut-être qu'on pourrait en faire la démonstration. »

Supériorité tactique ? Certes, c'était vrai, nota Dubro, mais seuls les deux tiers de ses avions étaient pleinement opérationnels à l'heure actuelle. Ils se retrouveraient trop loin de leur base. Ils commençaient à être à court de pièces détachées indispensables à leur maintenance. Dans le hangar de service, des avions étaient garés, trappe de visite ouverte, dans l'attente de pièces désormais indisponibles. Il dépendait des navires ravitailleurs pour les obtenir, et de leur livraison par avion à Diego Garcia depuis la métropole. Trois jours après celle-ci, il serait de nouveau en batterie, si l'on pouvait dire, mais ses hommes étaient vannés. La veille, deux d'entre eux avaient été blessés sur le pont d'envol. Pas par stupidité. Pas par manque d'expérience. Mais parce qu'ils bossaient depuis bougrement trop longtemps et que l'épuisement était encore plus dangereux pour l'esprit que pour le corps, surtout au milieu de la frénésie régnant sur le pont d'envol d'un porte-avions. La même chose valait pour tout le reste de ses équipages, du simple matelot jusqu'à... jusqu'à lui. La tension due à l'exercice continuel des responsabilités commençait à se faire sentir. Et tout ce qu'il pouvait y faire, c'était de passer au déca.

« Comment sont les pilotes ?

— Monsieur, ils feront ce que vous leur ordonnerez.

— Parfait, patrouilles allégées aujourd'hui. Je veux avoir deux Tom dans les airs en permanence, au moins quatre de plus en alerte à plus cinq, entièrement armés pour un engagement air-air. Le cap de la flotte est au un-huit-zéro, vitesse vingt-cinq nœuds. On rejoint le groupe de ravitaillement et tout le monde fait le plein. Sinon, repos. Je veux que tous les hommes récupèrent dans la mesure du possible. Nos amis vont entamer la chasse dès demain, et la partie risque d'être intéressante.

— On se prépare à l'affrontement ?

— Ouais », confirma Dubro. Il consulta sa montre. C'était la nuit à Washington. Tous ceux qui avaient un minimum de jugeote devaient s'apprêter à se coucher. Il allait bientôt redemander des ordres, et il voulait que les plus malins fassent passer le message, si possible en insistant sur l'urgence de sa situation. Le temps du chantage était largement passé, et tout ce dont il pouvait être sûr maintenant, c'est que le dénouement allait survenir à l'improviste — et ensuite, quoi ? Le Japon ? Harrison et ses hommes passaient déjà la moitié de leur temps à évaluer cette hypothèse.

L'ambiance, de nouveau, était du style mauvais feuilleton télé, et la seule consolation était que les Russes pouvaient bien avoir raison. Peut-être Cherenko leur avait-il dit la vérité. Peut-être n'avaient-ils rien de sérieux à craindre de la DESP. L'hypothèse semblait bien risquée pour Clark, dont toute l'éducation l'avait encouragé à faire confiance aux Russes pour jouer de sales tours aux Américains.

« Les dés pourraient bien être pipés », se murmura-t-il — en anglais, merde ! En tous les cas, ce qu'ils avaient fait était d'une simplicité biblique. Nomuri avait garé sa voiture au parking de l'agence que l'hôtel réservait à ses clients, et comme il avait maintenant une clé de voiture louée par Clark, il avait déposé une disquette sur le pare-soleil gauche. Clark la récupéra et la tendit à Chavez qui la glissa dans le lecteur de leur portatif. Un carillon électronique annonça la mise en route de la machine, tandis que Clark sortait du garage et s'insérait dans la circulation. Ding recopia le fichier sur le disque dur puis effaça la disquette, qu'il jetterait par la suite. Le rapport était prolixe. Chavez le lut en silence avant d'allumer l'autoradio et d'en résumer les points essentiels à voix basse au milieu du bruit ambiant.

« La Zone de ressources septentrionale ? demanda John.

— *Da*. Curieuse expression », admit Ding, pensif. Il se rendit compte que sa diction était meilleure en russe qu'en anglais, peut-être parce qu'il avait appris l'anglais dans la rue, et le russe dans une école convenable, et avec des gens qui avaient un réel amour de cette langue. Le jeune agent de renseignements chassa cette idée avec irritation.

La Zone de ressources septentrionale... Pourquoi l'expression lui semblait-elle familière ? Mais ils avaient d'autres soucis en tête, et la situation était passablement tendue. Ding découvrit que, s'il aimait le côté paramilitaire du travail de renseignement, toutes ces histoires d'espion n'étaient pas franchement sa tasse de thé. Trop effrayant, trop paranoïaque.

Isamu Kimura était au point de rendez-vous convenu. Par chance, son boulot lui permettait de circuler beaucoup et de côtoyer des étrangers de manière habituelle. Un avantage était qu'il savait repérer les coins sûrs. Celui-ci était situé aux docks, quartier heureusement assez calme à cette heure de la journée, mais en même temps propice à ce genre de rencontres. En outre, l'endroit n'était guère favorable aux écoutes. Il y avait toujours les bruits du port pour couvrir une conversation à voix basse.

Clark se sentait encore plus mal à l'aise, si c'était possible. Chaque fois qu'on opérait un recrutement secret, il y avait toujours une période où les contacts à découvert étaient sûrs, mais cette sûreté diminuait de manière linéaire avec le temps, suivant un taux inconnu, mais rapide, et il y avait d'autres points à prendre en considération. Kimura était motivé par — par quoi ? Clark ne savait pas pourquoi Oleg Lyaline avait eu la possibilité de le recruter. Ce n'était pas une question d'argent. Les Russes ne lui avaient pas donné un sou. Ce n'était pas pour l'idéologie. Politiquement, Kimura n'était pas un communiste. Était-ce une question d'ego ? Estimait-il mériter un poste meilleur qu'un autre lui aurait soufflé ? Ou — hypothèse la plus dangereuse de toutes — était-il un patriote, le genre d'excentrique qui jugeait lui-même de ce qui était bon pour son pays ? Ou, comme aurait pu l'observer Ding, s'était-il fait simplement entuber ? L'expression n'était peut-être pas élégante mais, Clark le savait par expérience, la chose n'avait rien d'exceptionnel. Non, l'explication la plus simple était que Clark n'en savait rien ; pis encore, n'importe quelle bonne raison de trahir justifiait qu'on trahisse son pays au profit d'un autre, et il y avait quelque chose en lui qui lui interdisait de se sentir à l'aise en compagnie de tels individus. Peut-être que les flics n'aimaient pas non plus fréquenter leurs indics, se dit John. Maigre consolation, en vérité.

« Qu'y a-t-il de si important ? » demanda Kimura, qui les attendait à mi-distance d'un quai désert. Les navires privés de fret qui encombraient la baie de Tokyo étaient nettement visibles, et il se demanda si le lieu de rendez-vous n'avait pas été choisi exprès pour cette raison.

« Votre pays a des armes nucléaires, lui dit simplement Clark.

— Quoi ? » D'abord, la tête de son interlocuteur pivota, puis ses pieds s'immobilisèrent, et Clark vit une grande pâleur envahir les traits du Japonais.

« C'est ce que votre ambassadeur à Washington vient d'annoncer samedi à notre Président. Les Américains sont paniqués. En tout cas, c'est ce que nous a dit Moscou. » Clark sourit, très russe. « Je dois avouer que vous avez droit à toute mon admiration professionnelle pour avoir opéré aussi ouvertement, en particulier en achetant nos propres fusées pour en faire les vecteurs de lancement. Je dois également ajouter que mon gouvernement voit d'un très mauvais œil un tel développement.

— Les fusées pourraient aisément être braquées sur nous, ajouta sèchement Chavez. Cela rend les gens nerveux.

— Je n'avais aucune idée... Vous êtes sûr ? » Kimura se remit à marcher, juste pour faire circuler le sang.

« Nous avons une source fort bien placée au sein du gouvernement américain. Ce n'est pas une erreur. » La voix de Clarke, nota Ding, était froide et méthodique : *Ah, votre voiture a un gnon sur le pare-chocs ? Je connais un bon garagiste qui pourra vous arranger ça.*

« Donc, c'est pour cette raison qu'ils croient pouvoir s'en tirer ainsi. » Kimura n'avait rien à ajouter : à l'évidence, une nouvelle pièce du puzzle venait de se mettre en place dans son esprit. Il prit deux ou trois grandes inspirations avant de reprendre : « C'est de la folie. »

Et c'étaient là les mots les plus agréables que John ait entendus depuis ce jour où il avait appelé chez lui de Berlin pour apprendre que sa femme venait d'accoucher sans problème de leur second enfant. Le moment était venu d'engager sérieusement la partie. Il parla sans sourire, tout imbu de son rôle d'officier de renseignements russe, entraîné par le KGB à être l'un des meilleurs au monde : « Oui, mon ami. Chaque fois que vous terrorisez une grande puissance, vous commettez une erreur monumentale. J'ignore quels sont ceux qui jouent à ce petit jeu, mais j'espère qu'ils sont conscients du danger. Je vous en conjure, écoutez-moi, *Gospodine* Komura. Mon pays est gravement préoccupé. M'entendez-vous ? *Gravement* préoccupé. Vous nous avez ridiculisés devant l'Amérique et le monde entier. Vous avez des armes qui peuvent menacer mon pays tout aussi aisément qu'elles menacent l'Amérique. Vous avez pris l'initiative d'agresser les États-Unis, et nous n'y voyons aucune raison valable. Cela vous rend imprévisibles à nos yeux, et un pays doté de missiles à têtes nucléaires et en proie à l'instabilité politique n'a rien d'une perspective agréable. Cette crise est appelée à s'étendre, à moins que des gens sensés ne prennent les mesures qui s'imposent. Votre différend commercial avec les Américains ne nous concerne pas ; mais quand l'éventualité d'une guerre est bien réelle, alors nous nous sentons concernés. »

Kimura était encore tout pâle à cette perspective.

« Quel est votre grade, Klerk-san ?

— Je suis colonel à la 7e division, service Plans et ressources, Premier directorat principal du Comité pour la sécurité de l'État.

— Je croyais que...

— Oui, le nouveau nom, la nouvelle désignation... foutaises, observa Clark, avec un reniflement de mépris. Kimura-san, je suis officier de renseignements. Mon boulot est de protéger mon pays. J'avais cru que ce poste serait simple, agréable, et voilà que je me retrouve... Vous ai-je entretenu de notre projet RYAN ?

— Vous en avez parlé une fois, mais...

— A la suite de l'élection du Président américain Reagan — j'étais capitaine à l'époque, comme notre ami Chekov — nos maîtres politiques examinèrent les croyances idéologiques de l'homme, et redoutèrent qu'il puisse effectivement envisager la possibilité d'une frappe nucléaire contre notre pays. Nous avons aussitôt mis en œuvre tous les moyens pour évaluer ces risques. Nous avons abouti à la conclusion que c'était une erreur, que ce Reagan, même s'il haïssait l'Union soviétique, n'était pas un imbécile.

« Mais aujourd'hui, poursuivit le colonel Klerk, que voit mon pays ? Une nation qui, en secret, met au point des armes nucléaires. Une nation qui, sans raison valable, choisit d'attaquer un pays qui est plus un partenaire commercial qu'un ennemi. Une nation qui a, plus d'une fois dans son histoire, attaqué la Russie. Et donc, les ordres que j'ai reçus ressemblent fort au projet RYAN. Est-ce que vous me comprenez, à présent ?

— Que voulez-vous ? demanda Kimura, connaissant déjà la réponse.

— Je veux savoir où sont installés ces lanceurs. Ils ont quitté l'usine par rail. Je veux savoir où ils se trouvent en ce moment.

— Mais comment voulez-vous que j'arrive... » Clark le fit taire d'un regard.

« Comment ? C'est votre problème, mon ami. Je vous ai dit ce qu'il me faut avoir. » Il marqua un temps pour ménager son effet. « Réfléchissez-y, Isamu : les événements de cet ordre acquièrent leur vie propre. Ils en viennent rapidement à dépasser ceux qui les ont déclenchés. Avec l'entrée d'armes nucléaires dans l'équation, les conséquences possibles... par certains côtés, vous les connaissez, et par d'autres, vous en ignorez tout. Moi, je sais, poursuivit le colonel Klerk. J'ai vu des analyses de ce que les Américains étaient en mesure de nous faire subir à une époque, et nous, de leur faire subir réciproquement. Cela faisait partie du projet RYAN, voyez-vous. Terroriser une grande puissance est un acte grave et stupide.

— Mais si vous savez où ils sont, que faites-vous ?

— Ça, je n'en sais rien. Ce que je sais, c'est que mon pays se sentira bien plus en sûreté s'il le sait que s'il l'ignore. Tels sont mes ordres. Puis-je vous forcer à nous aider ? Non. Mais si vous ne nous aidez pas, alors vous contribuez à mettre en danger votre pays. Songez-y », ajouta-t-il avec la froideur d'un officier de police judiciaire. Sur quoi, Clark lui serra la main avec une cordialité délibérée, avant de s'éloigner.

« Cinq-sept, cinq-six, cinq-huit pour le juge est-allemand..., commenta Ding, dans un souffle, dès qu'ils furent à distance suffisante. Bon Dieu, John, mais vous êtes un vrai Russe.

— Un peu, mon neveu. » Il réussit à sourire.

Kimura resta quelques minutes encore sur le dock, à contempler la baie et les navires désœuvrés. Certains étaient des ferries, d'autres de simples porte-conteneurs, aux lignes plus effilées pour mieux fendre les vagues lorsqu'ils parcouraient les mers, lestés de leur cargaison. Cet aspect apparemment banal de la civilisation était presque une religion personnelle pour Kimura. Le commerce unissait les nations par intérêt, et cet intérêt réciproque leur donnait en définitive une bonne raison de préserver la paix, quels que soient leurs différends par ailleurs. Mais il avait suffisamment de connaissances en histoire pour savoir qu'il n'en allait pas toujours forcément ainsi.

Tu es en train d'enfreindre la loi. De couvrir de honte ton nom et ta famille. De déshonorer tes amis et collègues. De trahir ton pays.

Mais bon Dieu, *quel* pays en fait ? Le *peuple* élisait les membres de la Diète, et ces élus choisissaient à leur tour le Premier ministre — mais le peuple n'avait pas vraiment son mot à dire. Pas plus d'ailleurs que le ministre ou la Diète : ils n'étaient que simples spectateurs. On leur mentait. Son pays était en guerre, et les gens ne le savaient même pas ! Son pays avait pris la peine de fabriquer des armes nucléaires, et personne n'en savait rien ! Qui avait donné l'ordre ? Le gouvernement ? Le gouvernement venait de changer — encore une fois — et la coïncidence devait certainement signifier quelque chose... mais quoi ?

Kimura l'ignorait. Il savait que le Russe avait raison, jusqu'à un certain point en tout cas. Les risques encourus étaient difficilement prévisibles. Jamais de sa vie il n'avait vu son pays courir un tel danger. Sa patrie était en train de sombrer dans la folie, il n'y avait aucun médecin pour diagnostiquer le problème, et sa seule certitude, c'était que tout ça le dépassait tellement qu'il ne savait ni où ni de quelle manière commencer.

144

Mais il fallait pourtant que quelqu'un agisse. A quel stade, se demanda Kimura, un traître devient-il un patriote, et un patriote un traître ?

Il aurait dû être amer, se dit Cook en allant enfin se coucher. Mais non. Tout bien considéré, la journée s'était passée exceptionnellement bien. Les autres priaient pour qu'il s'emmêle les pinceaux. C'était flagrant, surtout de la part des deux NIO. Ils étaient si bougrement futés — croyaient-ils, songea Cook, fixant le plafond avec un grand sourire. Mais ils ne savaient rien de rien. Savaient-ils même qu'ils ne savaient rien ? Sans doute pas. Ils prenaient toujours des airs supérieurs, mais quand arrivait l'instant critique et qu'on leur balançait une question —, eh bien, c'était toujours *d'un côté*, monsieur, suivi de *mais de l'autre*. Merde, comment voulait-on faire de la politique sur de telles bases ?

D'un autre côté, Cook savait, lui, et cela, ajouté au fait que Ryan s'en était vite rendu compte, l'avait instantanément propulsé de facto à la tête du groupe de travail, ce qui n'avait pas manqué d'engendrer un mélange de jalousie et de soulagement chez ses partenaires autour de la table. *Très bien*, devaient-ils se dire à présent, *puisqu'il y tient, qu'il prenne les risques, lui*. Dans l'ensemble, il s'était plutôt bien débrouillé. Les autres allaient à la fois le soutenir et garder leurs distances, faisant valoir leur opinion afin de se couvrir si jamais les choses tournaient mal (comme ils l'espéraient en secret), tout en se conformant à la position générale du groupe pour profiter de l'éclat du succès dans l'hypothèse inverse. Qu'ils espéraient également, mais pas autant, en bons bureaucrates qu'ils étaient.

Donc, les préliminaires étaient réglés. Les positions d'ouverture établies. Adler dirigerait le groupe de négociation. Cook le seconderait. L'ambassadeur nippon serait leur vis-à-vis, secondé par Seiji Nagumo. Les négociations se dérouleraient selon un plan aussi structuré et stylisé que le théâtre kabuki. Les deux camps réunis autour de la table prendraient des poses, et le travail véritable se passerait durant les pauses thé ou café, quand chaque délégué discuterait tranquillement avec son vis-à-vis. Cela permettrait à Chris et Seiji d'échanger des informations, et peut-être, qui sait, d'empêcher cette situation complètement délirante de s'aggraver encore.

Ils vont te donner de l'argent en échange d'informations, persistait la petite voix intérieure. Certes, mais Seiji allait lui en fournir, lui aussi, et tout l'intérêt de la chose était de désamorcer la crise et de *sauver des vies* ! rétorqua-t-il mentalement. Le but ultime de la diplomatie était le maintien de la paix, cela voulait dire sauver des vies dans le contexte global, comme des médecins, mais avec plus d'efficacité encore, et les médecins étaient bien payés, non ? Personne ne leur reprochait l'argent qu'ils gagnaient. Cette noble profession en blouse blanche, opposée aux godelureaux de la politique. Qu'est-ce qu'ils avaient de si particulier ?

Merde, il s'agit de rétablir la paix, rien que ça ! Le fric n'a rien à y voir. C'était une considération annexe. Et puisque c'était une considération annexe, il le méritait, ce fric, non ? Bien sûr qu'il le méritait, décida Cook, fermant enfin les yeux.

Les ingénieurs bossaient dur, nota Sanchez qui avait retrouvé son fauteuil. Ils avaient refourbi et réaligné deux des roulements de l'arbre d'hélice, retenu en chœur leur respiration, puis donné un peu plus de gaz sur le numéro un. Onze nœuds, presque douze, de quoi catapulter un avion vers Pearl Harbor et en ramener toute une flopée d'ingénieurs pour aider son chef mécanicien à évaluer la situation. Étant l'un des officiers généraux, Sanchez aurait droit à leur compte rendu pendant le déjeuner. Il aurait pu gagner terre avec le premier groupe de chasse mais sa place était à bord. L'*Enterprise* était à présent loin derrière, protégé par des P-3 opérant depuis Midway, et le Renseignement de la flotte affirmait, avec de plus en plus d'assurance, qu'il n'y avait aucune menace hostile à proximité, à tel point que Sanchez commençait à les croire. Du reste, les avions anti-sous-marins avaient largué assez de sonobouées pour constituer une entrave à la navigation.

Les hommes d'équipage étaient debout, encore un brin perplexes et toujours en rogne. Ils étaient debout parce qu'ils savaient qu'ils arriveraient bientôt à Pearl Harbor et ils étaient sans aucun doute soulagés de voir s'éloigner un éventuel danger. Ils étaient perplexes car ils ne comprenaient pas ce qui se passait. Et ils étaient en rogne parce que leur bateau avait été touché, et à l'heure qu'il était, ils devaient savoir que deux sous-marins avaient été perdus, car même si les hauts responsables avaient fait de leur mieux pour dissimuler la nature des pertes, les secrets se gardaient mal à bord d'un navire. Les radios avaient capté les messages, les enseignes les avaient transmis, et les stewards écoutaient les conversations des officiers. Il y avait pas loin de six mille hommes à bord du *Johnnie Reb*, et les faits réels avaient beau se diluer plus ou moins dans les rumeurs, tôt ou tard la vérité allait se faire jour. Et le résultat serait prévisible : la rage. Elle était inhérente au métier des armes. Les marins des porte-avions avaient beau décrier leurs collègues postés à terre, ils avaient beau être rivaux, c'étaient également des frères (et des sœurs maintenant), des camarades à qui l'on devait fidélité.

Mais comment ? Quels seraient les ordres ? Les demandes réitérées adressées au CINCPAC étaient restées sans réponse. Le 3ᵉ groupe de porte-avions de Mike Dubro n'avait toujours pas reçu l'ordre de regagner au plus vite le Pacifique Ouest, et cela ne tenait pas debout. Était-on en guerre, oui ou non ? se demanda Sanchez en fixant le soleil couchant.

« Eh bien, d'où tenez-vous cela ? » demanda Mogataru Koga. Détail inhabituel, l'ancien Premier ministre était vêtu du kimono traditionnel, à présent qu'il était déchargé de toute fonction, pour la première fois depuis trente ans. Mais il avait répondu au coup de fil de son interlocuteur, il l'avait invité sans tarder, et c'est dans le plus grand silence qu'il l'avait écouté pendant dix minutes.

Kimura baissa les yeux. « J'ai de nombreux contacts, Koga-san. A mon poste, c'est obligatoire.

— Moi de même. Pourquoi ne m'en a-t-on rien dit ?

— Même au sein du gouvernement, le secret a été bien gardé.

— Vous ne me dites pas tout. » Kimura se demanda comment Koga en était si sûr, sans se rendre compte qu'il lui aurait suffi de se regarder dans la glace. Tout l'après-midi durant, à son bureau, il avait fait semblant de travailler, regardant sans les voir les papiers étalés devant lui, et à présent, il était incapable de se souvenir d'un seul de ces documents. Uniquement des questions : que faire ? A qui à en parler ? Auprès de qui demander conseil ?

147

« J'ai des sources d'information que je ne puis pas révéler, Koga-san. » Pour l'heure, son hôte accepta la réponse avec un signe de tête.

« Ainsi, vous êtes en train de me dire que nous avons attaqué l'Amérique et que nous avons fabriqué des armes nucléaires ? »

Hochement de tête affirmatif. « *Hai.*

— Je savais que Goto était un imbécile, mais je ne le croyais pas fou. » Koga soupesa quelques instants sa remarque. « Non, il n'a pas assez d'imagination pour être fou. Il a toujours été le pantin de Yamata, n'est-ce pas ?

— Raizo Yamata a toujours été son... son...

— Patron ? lança Koga, caustique. C'est le terme poli pour la chose. » Puis il renifla et détourna les yeux ; sa colère avait désormais une cible. *Exactement ce que t'avais essayé d'empêcher. Mais sans y réussir, bien entendu.*

Koga eut un sourire ironique et resservit du thé à son hôte. « Vous pourriez dire la même chose de moi, Kimura-san. Mais vous n'avez toujours pas répondu à l'une de mes questions. J'ai gardé, moi aussi, certains contacts. J'ai été mis au courant des mesures prises contre la marine américaine la semaine dernière... après coup. Mais on ne m'a pas encore parlé des armes nucléaires. » Le simple énoncé de ces deux mots donnait le frisson aux deux hommes, et Kimura s'étonna que l'homme politique puisse poursuivre d'une voix égale.

« Notre ambassadeur à Washington l'a dit aux Américains, et un ami au ministère des Affaires étrangères...

— J'ai moi aussi des amis aux Affaires étrangères, l'interrompit Koga en buvant une gorgée de thé.

— Je ne puis en dire plus. »

La question fut prononcée avec une douceur surprenante : « Avez-vous parlé à des Américains ? »

Kimura secoua la tête. « Non. »

La journée débutait normalement à six heures, mais ce n'était pas plus facile pour autant, songea Jack. Paul Robberton était allé chercher les journaux et il avait mis en route le café. Andrea Price était apparue également, pour aider Cathy à s'occuper des gosses. Ryan s'en étonna, jusqu'à ce qu'il avise une autre voiture

148

garée dans l'allée. Donc, le Service secret estimait qu'on était en guerre. Sa première tâche fut d'appeler le bureau et, une minute plus tard, sa STU-6 se mit à imprimer les fax du matin. Le premier élément était non confidentiel mais sans importance : les Européens essayaient de se débarrasser de leurs bons du Trésor américains, et ils n'arrivaient toujours pas à trouver preneur. Une seule journée de cet ordre pouvait être considérée comme une aberration. Ce n'en était plus une si elle se reproduisait. Buzz Fiedler et le gouverneur de la Réserve allaient encore avoir du pain sur la planche, et le boursier qui dormait en Ryan s'inquiétait. C'était comme l'histoire du petit Hollandais avec son doigt dans le trou de la digue. Que se passait-il quand il avisait une nouvelle fuite ? Et même s'il pouvait l'atteindre, *quid* d'une troisième ?

Les nouvelles en provenance du Pacifique restaient inchangées, mais elles prenaient de la consistance. Le *John Stennis* devrait rallier Pearl Harbor avec de l'avance, mais l'*Enterprise* arriverait plus tard que prévu. Pas trace de poursuite par les Japonais. Parfait. La chasse aux bombes était en cours, toujours sans résultat, ce qui n'avait rien de surprenant. Ryan n'était jamais allé au Japon, un point faible regrettable. Ses connaissances actuelles provenaient de photos aériennes. Au cours des mois d'hiver, profitant d'un ciel d'une clarté exceptionnelle, le NRO — le Service national de reconnaissance aérienne — s'était en fait servi du Japon pour étalonner ses caméras en orbite, et il gardait le souvenir de l'élégance des jardins traditionnels. Le reste de ce qu'il savait du pays venait des archives historiques. Mais quelle pouvait être aujourd'hui la validité de telles connaissances ? L'histoire et l'économie formaient un couple parfois bien étrange.

Après les bises habituelles, Cathy et les enfants s'en allèrent et, bientôt, Jack se retrouvait dans sa voiture de fonction, destination Washington. Sa seule consolation était que le trajet était plus court que celui pour Langley.

« Vous devriez quand même vous reposer », observa Robberton. Il n'avait jamais osé parler autant avec un personnage officiel, mais quelque part, il se sentait bien plus détendu avec ce bonhomme. Il n'y avait rien de pompeux chez Ryan.

« Je suppose. Mais les problèmes sont toujours là.

— Wall Street a toujours la priorité numéro un ?

— Ouais. » Ryan contempla le paysage après avoir mis en sûreté les documents confidentiels. « Je suis juste en train de réaliser que cette histoire pourrait ruiner la planète entière. Les Européens essayent toujours de vendre leurs valeurs du Trésor. Sans trouver acheteur. La panique boursière pourrait bien partir d'ici aujourd'hui. Nos liquidités sont bloquées, et une bonne partie des leurs sont placées dans nos bons du Trésor.

— Liquidités, ça veut dire l'argent liquide ? » Robberton déboîta et appuya sur l'accélérateur. Sa plaque d'immatriculation indiquait à la police de la route de le laisser tranquille.

« C'est ça. Bien pratique, l'argent liquide. Bien pratique quand on devient nerveux... et ne plus pouvoir en disposer, c'est justement ce qui rend les gens nerveux.

— Vous voulez dire, comme en 1929, Dr Ryan ? Je veux dire... aussi grave ? »

Jack considéra son chauffeur-garde du corps. « Bien possible. A moins qu'ils n'arrivent à débrouiller les archives à New York — c'est comme si vous aviez les mains ligotées pendant une bagarre, comme si vous vous retrouviez à une table de jeu sans argent : faute de pouvoir jouer, vous restez planté là. Merde... » Ryan secoua la tête. « Ça n'est encore jamais arrivé, et les boursiers n'apprécient pas trop non plus.

— Comment des gens si intelligents peuvent-ils paniquer à ce point ?

— Que voulez-vous dire ?

— Est-ce que quelqu'un a piqué quoi que ce soit ? Personne n'a fait sauter la monnaie nationale (il renifla), ça aurait été notre boulot, autrement ! »

Ryan réussit à sourire. « Vous voulez un cours détaillé ? »

Les mains de Paul s'écartèrent du volant. « J'ai une licence de psycho, pas d'économie. » La réponse le surprit.

« Parfait. Ça va simplifier. »

Le même souci occupait l'Europe. Juste avant midi, la réunion d'une conférence des banques centrales d'Allemagne, d'Angleterre et de France n'aboutit qu'à une confusion multilingue sur les mesures à prendre. Les dernières années de reconstruction des pays d'Europe de l'Est avaient mis à rude épreuve les économies

150

des puissances d'Europe occidentale, qui, en gros, devaient régler la note de quarante ans de chaos économique. Pour se prémunir contre les faiblesses consécutives de leurs monnaies, elles avaient acheté du dollar et des bons du Trésor américains. Les événements incroyables survenus aux États-Unis avaient provoqué une journée de légère activité, entièrement orientée à la baisse, mais rien de bien terrible. Tout avait changé, toutefois, après que le dernier acheteur eut ramassé le dernier lot de bons du Trésor bradés — pour certains, l'occasion était vraiment trop bonne — avec l'argent tiré de la liquidation des actions cotées en Bourse. Cet acheteur était d'ailleurs déjà en train de se dire qu'il avait finalement commis une erreur, et il se maudissait d'avoir suivi la tendance au lieu de la précéder. A dix heures trente du matin, heure locale, à l'ouverture, Paris entama une chute précipitée et, en moins d'une heure, les chroniqueurs économiques européens parlaient d'un effet domino, car la même chose était en train d'affecter tous les marchés de toutes les places financières. On notait également que toutes les banques centrales tentaient la même manœuvre que la Réserve fédérale américaine la veille. En soi, l'idée n'aurait pas été mauvaise. Le seul problème était que ce genre d'initiative ne marchait qu'une seule fois et que les investisseurs européens n'achetaient plus. Au contraire, ils se dégageaient. Ce fut presque un soulagement général quand certains se mirent à rafler des titres à des prix ridiculement bas et, mieux encore, en les payant en yen, qui venait de se raffermir, seule petite lueur d'espoir sur la scène financière internationale.

« Vous voulez dire que c'est à ce point la merde ? s'étonna Robberton en ouvrant la porte du sous-sol de l'aile ouest.

— Paul, vous vous estimez malin ? » demanda Jack. La question prit l'agent du Service secret légèrement au dépourvu.

« Ouais, enfin, je pense. Pourquoi ?

— Eh bien, pourquoi supposez-vous que les autres seraient plus malins que vous ? Ils ne le sont pas, poursuivit Ryan. Leur boulot est différent du vôtre, mais ce n'est pas une question de cerveau. C'est une question d'éducation et d'expérience. Ces gens-là ne seraient pas foutus de mener une enquête criminelle. Moi non plus. Chaque boulot délicat exige de la cervelle, Paul.

Mais vous ne pouvez pas tout savoir. A fond, en tout cas. D'accord ? Eh bien, ils ne sont pas plus malins que vous, et même peut-être pas autant. C'est simplement que leur boulot à eux est de gérer les marchés financiers, et que le vôtre est différent.

— Seigneur », souffla Robberton en abandonnant Ryan à la porte de son bureau. Sa secrétaire lui tendit une poignée de messages téléphoniques. L'un d'eux était marqué *urgent* et Ryan rappela le numéro.

« C'est vous, Ryan ?

— Exact, monsieur Winston. Vous désirez me voir. Quand ? demanda Jack, ouvrant sa mallette pour en sortir les documents confidentiels.

— Quand vous voulez, laissez-moi seulement quatre-vingt-dix minutes. J'ai une voiture qui attend en bas, un Gulfstream aux moteurs qui tournent, et une autre voiture à D.C. National. » Son ton était éloquent. C'était urgent, et bougrement sérieux. Et, par-dessus tout, il y avait la réputation de Winston.

« Je présume que c'est au sujet de vendredi dernier.

— Correct.

— Pourquoi moi et pas le ministre Fiedler ?

— Vous y avez travaillé. Pas lui. Si vous voulez qu'il passe la nuit dessus, parfait. Il finira bien par piger. Je pense que vous y arriverez plus vite. Avez-vous suivi les infos financières ce matin ?

— Il semblerait que l'Europe nous emboîte le pas.

— Et ça va être encore pire », dit Winston. Sans doute avait-il raison, estima Jack.

« Vous savez comment arranger ça ? » C'est tout juste si Ryan n'entendit pas son correspondant hocher la tête, de colère et de dégoût.

« Je voudrais bien. Mais peut-être que je pourrai vous expliquer ce qui s'est réellement produit.

— Je vais voir ça. Venez ici, aussi vite que possible, lui dit Jack. Dites au chauffeur de prendre l'allée ouest. Les gardes vous attendront à la grille.

— Merci de m'avoir écouté, Dr Ryan. » La ligne fut coupée et Jack se demanda depuis combien de temps George Winston n'avait plus dit cela à quelqu'un. Puis il s'attela au travail de la journée.

Le seul point positif était que les wagons utilisés pour transporter les lanceurs H-11 de l'usine de montage au site de lancement, où qu'il se trouve, étaient à écartement normal. Les voies normales ne représentaient que huit pour cent du réseau ferré nippon et, qui plus est, elles étaient parfaitement discernables sur les photos satellite. La mission de la CIA était d'engranger de l'information, en majeure partie sans aucun intérêt pratique, et cette information, contrairement aux assertions de quantité de livres et de films, provenait pour l'essentiel de sources dans le domaine public. En l'occurrence, il s'agissait simplement de trouver une carte ferroviaire du Japon pour voir où se situaient toutes les lignes à écartement normal, et de partir de là ; mais il y en avait aujourd'hui près de quatre mille kilomètres, le ciel sur l'archipel nippon n'était pas toujours dégagé, et les satellites ne passaient pas toujours pile à la verticale des innombrables vallées sillonnant un pays formé en majorité de chaînes volcaniques, pour permettre de voir jusqu'au fond de celles-ci.

C'était toutefois une tâche que connaissait bien l'Agence. Les Russes, avec leur génie et leur manie de tout dissimuler, avaient mis à rude école les analystes de la CIA : toujours rechercher en premier lieu les sites les plus improbables. Une plaine dégagée, par exemple, était un site probable, facile d'accès, facile à aménager, facile à entretenir, et facile à protéger. Les Américains avaient fait ce choix dans les années soixante, tablant à tort sur l'espoir que les missiles ne seraient jamais assez précis pour toucher des cibles aussi réduites, aussi pointues. Le Japon avait dû tirer la leçon de cette erreur. Par conséquent, les analystes devaient chercher les endroits difficiles. Bois, vallées, collines, et l'aspect hautement sélectif de la tâche garantissait qu'elle allait prendre du temps. Deux satellites photographiques KH-11 améliorés étaient en orbite, plus un KH-12 d'imagerie radar. Les premiers étaient capables de résoudre un objet de la taille d'un paquet de cigarettes. Le dernier produisait des images monochromatiques d'une résolution bien moindre, mais il pouvait voir à travers les nuages et, si les circonstances étaient favorables, il était même capable de pénétrer le sol, jusqu'à une profondeur de dix mètres. En fait, on l'avait mis au point pour localiser des silos de missiles soviétiques et d'autres installations camouflées, qui autrement seraient demeurées invisibles.

Voilà pour le point positif. Le point négatif était que chaque image devait être examinée par une équipe d'experts une par une ; que chaque irrégularité, chaque curiosité devait être réexaminée et évaluée ; que le temps exigé malgré — ou plutôt à cause de — l'urgence de la tâche était immense. Des analystes de la CIA, du NRO et de l'I-TAC, l'*Intelligence and Threat Analysis Center*, le Centre d'analyse renseignements/menaces, s'étaient regroupés pour la tâche : rechercher vingt trous dans le sol, sans autre indication que leur diamètre, pas moins de cinq mètres. Il pouvait s'agir soit d'un groupe de vingt, soit de vingt trous individuels et largement espacés. Tous s'accordaient à penser que la première tâche était de recueillir des images actualisées de l'ensemble du réseau ferré à voie normale. La météo et l'angle de prise de vue des caméras entravaient en partie la mission, et au troisième jour de la traque, il restait encore vingt pour cent de la cartographie à réaliser. On avait déjà identifié trente sites potentiels, à examiner plus en détail lors de nouveaux passages, avec des angles et des éclairages différents, ce qui permettrait de composer des couples stéréoscopiques et d'améliorer les images par traitement informatique. Certains, dans l'équipe d'analyse, évoquaient déjà la chasse aux Scud de 1991. Ce n'était pas pour eux un souvenir agréable. Bien qu'ils aient appris quantité de leçons, la principale restait celle-ci : il n'était pas bien dur de dissimuler un, dix, vingt, ou même cent objets de taille relativement réduite dans les limites des frontières d'un État, même au relief très plat et très dégagé. Et le Japon n'était rien de tout cela. En l'occurrence, les trouver tous s'avérait une tâche quasiment impossible. Mais ils devaient néanmoins la tenter.

Il était onze heures du soir, et il avait pour l'instant rempli ses obligations vis-à-vis de ses ancêtres. Il ne pourrait jamais totalement s'en acquitter, mais les promesses aux esprits qu'il avait faites tant d'années plus tôt étaient dorénavant réalisées. Ce qui avait été sol japonais au temps de sa naissance était de nouveau retourné dans le giron de la patrie. Ce qui avait été la terre de ses ancêtres l'était redevenu aujourd'hui. La nation qui avait humilié sa nation et assassiné sa famille avait à son tour enfin connu l'humiliation, et cette humiliation se prolongerait encore un long, long moment. Suffisamment long pour garantir enfin la place de son pays parmi le concert des autres grandes nations.

En fait, l'humiliation était plus grande encore qu'il ne l'avait prévu. Il lui suffisait, pour s'en persuader, de consulter les comptes rendus financiers qui arrivaient par télécopie à sa suite d'hôtel. La panique financière qu'il avait organisée était en train de traverser l'Atlantique. Incroyable qu'il ne l'ait pas anticipée. A la suite de ces manœuvres financières complexes, banques et entreprises nippones s'étaient soudain retrouvées à la tête de masses de liquidités colossales, et ses collègues *zaibatsus* avaient sauté sur l'occasion pour acheter des actions européennes, à titre personnel ou pour leurs compagnies. Ils accroissaient la richesse nationale, renforçaient leur position dans les diverses économies nationales en Europe et, aux yeux du public, donnaient l'impression de se précipiter au secours des autres. Yamata jugeait que le Japon consentirait à un minimum d'efforts pour aider l'Europe à sortir de ce mauvais pas. Son pays avait besoin de marchés, après tout, et avec le soudain accroissement des parts japonaises dans le capital de leurs entreprises privées, peut-être que les hommes politiques européens daigneraient enfin prêter à leurs suggestions une oreille un peu plus attentive. Pas certain, mais possible. S'il était un discours qu'ils savaient en tout cas entendre, c'était celui de la force. Le Japon était en train de terrasser l'Amérique. Une Amérique totalement incapable d'affronter son pays, pas avec une économie chamboulée, une armée privée de ses griffes et un président politiquement estropié. Et c'était une année électorale, en plus. La stratégie la plus subtile, songeait Yamata, était de semer la discorde sous le toit de votre ennemi. C'est ce qu'il avait fait, en prenant la seule initiative qui n'était pas venue à l'esprit de ces militaires obtus qui avaient mené son pays à la ruine en 1941.

« Eh bien, dit-il à son hôte. En quoi puis-je vous être utile ?

— Yamata-san, comme vous le savez, nous allons organiser des élections pour le choix d'un gouverneur local. » Le bureaucrate se versa une bonne rasade d'excellent whisky écossais. « Vous êtes propriétaire terrien, depuis déjà plusieurs mois. Vous avez des intérêts commerciaux ici. Je suggère que vous pourriez être l'homme idéal pour remplir cette tâche. »

Pour la première fois depuis des années, Raizo Yamata était ébahi.

Dans une autre chambre du même hôtel, un amiral, un commandant de l'armée de l'air et un commandant de bord de la Japan Air Lines tenaient une réunion de famille.

« Eh bien, Yusuo, que va-t-il se passer maintenant ? demanda Torajiro.

— A mon avis, ce qui va se passer, c'est que tu vas retrouver tes horaires de vol normaux entre ici et l'Amérique, dit l'amiral en finissant son troisième verre. S'ils sont aussi intelligents que je le crois, alors ils se rendront bien compte que la guerre est déjà terminée.

— Depuis combien de temps travaillez-vous là-dessus, mon oncle ? » s'enquit Shiro avec une profonde déférence. Ayant maintenant appris ce qu'avait accompli son parent, l'audace de cet homme suscitait chez lui une crainte respectueuse.

« Depuis l'époque où, encore *nisa*, je supervisais la construction de mon premier futur commandement, dans les chantiers de Yamata-san... Disons, une bonne dizaine d'années. Il est venu me voir, nous avons dîné ensemble et il m'a posé quelques questions théoriques. Yamata apprend vite, pour un civil, opina l'amiral. Et je vais vous dire une chose, je pense qu'il s'en passe plus qu'on ne l'imagine.

— Comment cela ? » demanda Torajiro.

Yusuo se servit une autre rasade. Sa flotte était en sûreté, et il estimait avoir bien le droit de se détendre un peu, en particulier avec son frère et son neveu, maintenant que le stress était passé. « Nous évoquions de plus en plus souvent le passé, ces dernières années, mais surtout, juste avant qu'il rachète cette société financière américaine. Or, que voyons-nous ? Voilà que ma petite opération se déroule le jour même où s'effondre leur marché boursier... ! Coïncidence intéressante, non ? » Ses yeux pétillaient. « L'une des premières leçons que je lui ai donnée, il y a bien longtemps. En 1941, nous avons attaqué l'Amérique à sa périphérie. Nous avons attaqué les bras, mais pas la tête ou le cœur. Une nation peut faire repousser de nouveaux bras, mais un cœur ou une tête, c'est bien plus difficile. Je suppose qu'il a écouté la leçon.

— J'ai survolé leur tête bien souvent », nota le commandant Torajiro Sato. L'un de ses deux vols réguliers atterrissait à Dulles International, l'aéroport de Washington. « Une ville sordide.

« — Et tu vas recommencer. Si Yamata a fait ce que je pense, alors ils auront de nouveau besoin de nous, et bientôt », dit l'amiral Sato, avec confiance.

« Allez-y, laissez-le passer, dit Ryan au téléphone.

— Mais...

— Mais si ça peut vous rassurer, ouvrez-le et regardez, mais s'il vous dit : "pas de rayons X", vous l'écoutez, vu ?

— Mais on nous avait annoncé un seul individu et ils sont deux...

— Pas de problème », dit Jack au chef des gardes en uniforme de l'entrée ouest. Le problème avec le renforcement des dispositifs de sécurité en période de crise, c'est qu'il vous empêchait surtout d'accomplir le travail nécessaire pour résoudre celle-ci. « Faites-les monter tous les deux. » Cela prit quatre minutes encore, montre en main. Sans doute avaient-ils ouvert l'arrière de l'ordinateur portatif du gars pour s'assurer qu'il n'y avait pas planqué une bombe. Jack quitta son bureau pour aller accueillir ses hôtes à la porte de l'antichambre.

« Désolé pour ces contretemps... Vous vous rappelez cette vieille scie de Broadway : "Le Service secret me rend nerveux" ? » Ryan leur indiqua son bureau. Il supposa que l'aîné des deux hommes devait être George Winston. Il gardait un vague souvenir de l'allocution au Club de Harvard, mais pas du visage de celui qui l'avait prononcée.

« Je vous présente Mark Gant. C'est mon meilleur technicien, et il tenait à venir avec son ordinateur.

— C'est plus facile ainsi, expliqua Gant.

— Je comprends. Je m'en sers également. Asseyez-vous, je vous en prie. » Jack leur indiqua des sièges. Sa secrétaire apporta un plateau avec du café. Quand ils furent servis, il reprit. « J'ai demandé à un de mes gars de suivre le marché européen. Pas terrible...

— C'est un euphémisme, Dr Ryan. Nous pourrions assister au début d'une panique générale, commença Winston. Je ne sais pas si on a touché le fond.

— Jusqu'ici, Buzz ne se débrouille pas trop mal », observa Jack, prudemment. Winston leva les yeux de sa tasse.

« Ryan, si c'est pour me débiter des craques, j'ai frappé à la mauvaise porte. Je pensais que vous connaissiez la Bourse. L'OPA que vous avez lancée sur Silicon Alchemy était pourtant bien goupillée... alors, c'était vous ou vous avez juste servi de prête-nom ?

— Il n'y a que deux personnes qui me parlent sur ce ton. La première, je suis marié avec. La seconde a un bureau à trente mètres d'ici. » Jack indiqua la direction. Puis il sourit. « Votre réputation vous précède, monsieur Winston. Silicon Alchemy, c'était intégralement mon boulot. J'ai dix pour cent des actions dans mon portefeuille personnel. C'est vous dire l'opinion que j'avais de l'opération. Si vous vous renseignez sur ma réputation, vous verrez que je ne suis pas du genre à raconter des histoires.

— Alors, vous savez que c'est pour aujourd'hui », dit Winston, qui cherchait toujours à prendre la mesure de son interlocuteur.

Jack se mordit la lèvre, puis hocha la tête. « Ouais. J'ai dit la même chose à Buzz, dimanche. Je ne sais pas à quel point en sont les enquêteurs dans leur reconstitution des fichiers. Je travaillais sur autre chose.

— D'accord. » Winston se demanda sur quoi d'autre pouvait travailler Ryan, mais il écarta cette idée incongrue. « Je ne peux pas vous dire comment arranger ça, en revanche je peux vous montrer comment la catastrophe s'est produite. »

Ryan se tourna une seconde pour regarder son téléviseur. CNN venait d'entamer sa boucle de trente minutes avec un direct du plancher de la Bourse de New York. Le son était complètement baissé, mais le commentateur parlait vite et il n'avait pas l'air souriant. Quand Jack se retourna, Gant avait ouvert son ordinateur portatif et pianotait pour charger des fichiers.

« De combien de temps disposons-nous ? demanda Winston.

— Ça, c'est mon problème », répondit Jack.

31

Le *pourquoi* et le *comment*

L E ministre des Finances Bosley Fiedler ne s'était pas accordé
trois heures de sommeil d'affilée depuis son retour de Moscou, et le trajet à pied par le tunnel reliant l'immeuble des
Finances à la Maison Blanche était si contourné que ses gardes
du corps se demandaient s'il ne lui faudrait pas bientôt un fauteuil roulant. Le gouverneur de la Réserve fédérale n'était guère
en meilleur état. Ils étaient encore une fois en conférence tous
les deux, dans le bureau du ministre, quand était arrivé le coup
de fil — *Amenez-vous, toutes affaires cessantes.* Le ton était péremptoire, même venant d'un homme comme Ryan, habitué à
court-circuiter les instances hiérarchiques. Fiedler avait déjà commencé à parler avant même d'avoir franchi la porte ouverte du
bureau.

« Jack, dans vingt minutes, nous avons une téléconférence avec
les gouverneurs des banques centrales de cinq pays europ... qui
est-ce ? demanda le ministre, en s'arrêtant au bout de trois pas.

— Permettez-moi de me présenter, je suis George Winston.
président et directeur général de...

— Plus. Vous avez vendu vos parts, objecta Fiedler.

— J'ai repris le collier depuis le dernier conseil d'administration. Et voici Mark Gant, un autre de mes directeurs.

— Je crois qu'ils ont des choses intéressantes à nous dire,
indiqua Ryan aux deux nouveaux arrivants. Monsieur Gant, je
vous en prie, reprenez votre numéro de sorcier sioux...

— Bon Dieu, Jack, je n'ai que vingt minutes... même pas »,
dit Fiedler en consultant sa montre.

Winston retint un sourire narquois pour s'adresser au ministre comme si c'était un collègue boursier. « Fiedler, pour faire court, voici : les marchés ont été délibérément torpillés par une attaque systématique d'une formidable habileté, et je crois être en mesure de le prouver à votre plus grande satisfaction. Intéressé ? »

Le ministre des Finances écarquilla les yeux. « Ma foi... oui.

— Mais comment... ? » commença le gouverneur de la Réserve fédérale.

« Asseyez-vous et je vais vous montrer », dit Gant. Ryan fit de la place aux deux hauts fonctionnaires qui s'installèrent de chaque côté de l'informaticien derrière son écran. « Tout est parti de Hongkong... »

Ryan gagna son bureau, composa le numéro de poste du ministre et prévint sa secrétaire de basculer la téléconférence sur son propre bureau dans l'aile ouest. En parfaite secrétaire de direction, elle gérait les imprévus mieux qu'aurait pu le faire son patron. Gant, nota Jack, était un technicien superbe, et son deuxième laïus explicatif était encore plus efficace que le premier. Le ministre et le gouverneur étaient également de bons auditeurs qui connaissaient le jargon. Les questions n'étaient pas nécessaires.

« Je ne pensais pas qu'une telle chose fût possible », dit le gouverneur, au bout de huit minutes d'exposé. Winston se chargea de répondre.

« Tous les garde-fous intégrés au système sont conçus pour éviter les accidents et coincer les escrocs. Personne n'aurait imaginé que quelqu'un monterait un coup pareil. Qui voudrait délibérément perdre une telle masse d'argent ?

— Quelqu'un qui aurait un plus gros poisson à pêcher, lui dit Ryan.

— Qu'est-ce qui pourrait être plus gros que... »

Jack le coupa. « Quantité de choses, monsieur Winston. Nous y viendrons plus tard. » Il tourna la tête. « Buzz ?

— Je veux confirmer tout ceci avec mes propres données, mais ça m'a l'air assez solide. » Le ministre se tourna vers le banquier.

« Vous savez, je ne sais même pas si c'est légalement répréhensible.

— Laissez tomber, déclara Winston. Le vrai problème est toujours là. Aujourd'hui, c'est le moment critique. Si l'Europe poursuit sa dégringolade, alors nous sommes bons pour une panique mondiale. Le dollar est en chute libre, les marchés américains ne peuvent pas opérer, la majeure partie de la masse globale de liquidités est paralysée, et tous les petits porteurs qui sont aux aguets vont réagir tout de suite, sitôt que les médias auront enfin saisi de quoi il retourne. Notre seule chance a été que les journalistes financiers n'entravent que dalle au domaine qu'ils couvrent.

— Sinon, ils travailleraient pour nous, dit Gant en se joignant à la conversation. Dieu merci, leurs sources ont gardé le silence jusqu'ici, mais je suis étonné que l'affaire n'ait pas encore éclaté au grand jour. » C'était peut-être simplement que les médias ne voulaient pas non plus déclencher la panique.

Le téléphone de Ryan sonna alors qu'il s'apprêtait à répondre. « Buzz, c'est votre conférence. » L'état de fatigue du ministre des Finances apparut manifeste quand il se leva : il vacilla et dut saisir le dossier de sa chaise pour garder son équilibre. Le gouverneur n'était qu'à peine plus agile, pourtant les deux hommes étaient encore plus ébranlés par ce qu'ils venaient d'apprendre. Réparer ce qui venait d'être brisé était déjà une tâche délicate. Mais réparer ce qu'on avait détruit de manière délibérée et avec des intentions malveillantes ne risquait pas d'être plus facile. Et il fallait réparer, et vite, sinon tous les pays d'Europe et d'Amérique du Nord allaient plonger ensemble vers le tréfonds d'un canyon obscur. En ressortir allait coûter des années et bien des souffrances, et encore, dans un contexte politique favorable — les répercussions politiques à long terme d'une dislocation économique d'une telle ampleur étaient difficiles à appréhender à ce stade de la crise, même si Ryan en redoutait déjà les perspectives épouvantables.

Winston dévisagea le chef du Conseil national de sécurité et n'eut pas de mal à déchiffrer ses pensées. Son soulagement personnel après la découverte de la machination s'était dissipé maintenant qu'il avait transmis l'information aux autres. Il aurait dû avoir autre chose à leur dire : par exemple, comment arranger tout ça. Mais, en définitive, il avait épuisé toute son énergie intellectuelle à instruire son affaire pour la partie civile. Il n'avait pas eu l'occasion d'approfondir son analyse.

Ryan le vit et hocha la tête avec un sourire empreint de respect. « Bon boulot.

— C'est de ma faute, dit Winston, doucement, pour ne pas déranger la téléconférence qui se déroulait à quelques pas de là. J'aurais dû rester.

— Moi aussi, j'ai décidé un jour de retirer mes billes, rappelez-vous. » Ryan alla se rasseoir. « On a tous besoin de changer d'air, de temps en temps. Vous n'aviez pas vu venir la crise. C'est fréquent. Surtout ici. »

Winston eut un geste de colère. « Je suppose. Je suis en mesure à présent d'identifier le violeur, mais comment fait-on, bordel, pour vous dévioler ? Quand le mal est fait, il est fait. Seulement, ce sont mes investisseurs qu'il a baisés. Ces gens-là s'étaient confiés *à moi*. Ils m'avaient accordé leur *confiance.* » Ryan admira le raccourci. C'était ainsi que, dans la finance, on vous demandait de penser.

« En d'autres termes, que fait-on ? »

Gant et Winston échangèrent un regard. « Ça, on n'en sait encore rien.

— Enfin, jusqu'ici, vous avez déjà fait mieux que le FBI et la COB. Vous savez, je n'ai même pas pris la peine de vérifier comment s'en était sorti mon portefeuille.

— Vos dix pour cent de Silicon Alchemy ne devraient pas vous faire de mal. A long terme, expliqua Winston, les nouveaux gadgets de communication finissent toujours par percer, et je sais qu'ils ont deux ou trois petits bijoux en réserve.

— Parfait, pour l'instant c'est arrangé, lança Fiedler en rejoignant leur groupe. Tous les marchés européens sont fermés, comme chez nous, jusqu'à ce qu'on ait trouvé le moyen de remettre de l'ordre. »

Winston leva la tête. « En bref, ça veut dire qu'on a une putain d'inondation, et que tout ce que vous avez trouvé à faire, c'est de bâtir une digue de plus en plus haute. Et si vous vous retrouvez à court de sacs de sable avant que le fleuve ne soit à court de liquide, les dégâts alors seront encore pires quand vous perdrez le contrôle de la situation.

— Nous sommes ouverts à toutes les suggestions, monsieur Winston », observa Fiedler d'une voix douce. George lui répondit sur le même ton. « Monsieur, si cela peut vous consoler, je pense que vous avez agi comme il fallait, jusqu'à présent... Je ne vois simplement pas d'issue.

162

— Nous non plus », observa le gouverneur de la Réserve fédérale.

Ryan se leva. « Pour l'heure, messieurs, je pense que nous devons en informer le Président. »

« Quelle idée intéressante », dit Yamata. Il savait qu'il avait trop bu. Il savait qu'il jouissait de la pure satisfaction d'avoir réussi ce qui devait être le gambit financier le plus ambitieux de l'histoire. Il savait que son ego était en train de se gonfler comme jamais depuis — depuis quand d'ailleurs ? Même l'accession au poste de P-DG de son groupe ne lui avait pas procuré une telle satisfaction. Il avait écrabouillé une nation entière, il avait altéré le cours de l'histoire de son pays, et tout cela, sans jamais envisager une seule seconde d'accepter des responsabilités publiques. Et pourquoi pas ? se demanda-t-il. Parce que ça avait toujours été une place pour les sous-fifres.

« Provisoirement, Yamata-san, Saipan aura un gouverneur local. Nous organiserons des élections sous contrôle international. Nous avons besoin d'un candidat, poursuivit le représentant du ministère des Affaires étrangères. Ce doit être quelqu'un d'envergure. Il serait avantageux que ce soit un homme connu et lié à Goto-san, et un homme qui ait des intérêts sur place. Je vous demande simplement d'étudier la proposition.

— C'est ce que je vais faire. » Yamata se leva et se dirigea vers la porte.

Allons bon. Il se demanda ce que son père en aurait pensé. Cela voulait dire renoncer à la direction de son entreprise... mais — mais quoi ? Quels empires commerciaux lui restait-il à conquérir ? N'était-il pas temps d'évoluer ? De prendre une retraite honorable, en entrant au service de la nation. Une fois éclairci le problème du gouvernement local... eh bien, quoi ? Entrer à la Diète, couvert de prestige, parce que les initiés seraient au courant, forcément. *Hai*, ils sauraient sans aucun doute qui avait réellement servi les intérêts du pays, qui, plus que l'Empereur Meiji en personne, avait porté le Japon au premier rang des nations. Depuis quand sa patrie n'avait-elle pas eu — si elle l'avait jamais eu — un chef politique digne de son rang et de son peuple ? Pourquoi devrait-il refuser l'honneur qui lui était

163

fait ? Cela exigerait quelques années en tout, mais ces années, il les avait. Mieux encore, il avait une vision, et le courage de la concrétiser. Aujourd'hui, seuls ses pairs en affaires étaient conscients de sa grandeur, mais cela changerait, et le nom de sa famille serait enfin attaché à autre chose qu'à la construction de bateaux, de téléviseurs et de tout un tas de babioles. Pas une marque : un nom, un héritage. N'y avait-il pas de quoi rendre fier son père ?

« Yamata ? demanda Roger Durling. Un magnat de l'industrie, dirigeant d'une grosse boîte, c'est ça ? J'ai dû le croiser lors d'une quelconque réception quand j'étais vice-président.

— Eh bien, c'est lui, confirma Winston.

— Et qu'a-t-il fait, dites-vous ? »

Mark Gant installa son ordinateur sur le bureau présidentiel, et aussitôt un agent du Service secret vint se poster derrière lui pour observer ses moindres mouvements ; cette fois, il procéda lentement parce que Roger Durling, au contraire de Ryan, de Fiedler et du gouverneur de la Réserve fédérale, ne comprenait pas vraiment les tenants et les aboutissants de l'affaire. Il se montra toutefois un auditeur attentif, interrompant l'exposé pour poser des questions, prenant des notes, et demandant à trois reprises qu'on lui répète un fragment de la présentation. Finalement, il leva les yeux vers son ministre des Finances.

« Buzz ?

— Je veux que nos fonctionnaires vérifient cette information de leur côté...

— Ça ne devrait pas être bien sorcier, leur dit Winston. Tous les dirigeants des grandes sociétés de Bourse auront des archives à peu près identiques à celles-ci. Mes collaborateurs peuvent vous aider à organiser ça.

— Si c'est vrai, Buzz ?

— Alors, monsieur le président, la situation relève plus de la responsabilité du Dr Ryan que de la mienne », répondit le ministre des Finances sur un ton égal. Son soulagement était tempéré par sa colère devant l'ampleur du forfait accompli. Les deux étrangers dans le Bureau Ovale ne l'avaient pas encore saisi.

Ryan réfléchissait à toute allure. Il avait ignoré la répétition de l'exposé de Gant sur le *comment* de l'histoire. Même si la présentation au Président avait été encore plus claire et détaillée que les deux premières fois — ce type aurait fait un bon enseignant dans une école de commerce —, les parties essentielles étaient déjà arrêtées dans l'esprit du chef du Conseil national de sécurité. Il tenait maintenant le *comment,* et le *comment* lui révélait bien des choses. Ce plan avait été minutieusement ourdi et exécuté. La synchronisation de la chute de Wall Street et de l'attaque contre les bâtiments de la Navy n'était pas un accident. Tout cela faisait partie d'un plan mûrement réfléchi. Malgré tout, c'était également un plan que le réseau d'espionnage russe n'avait pas réussi à démasquer, et c'était ce dernier élément qu'il ne cessait de tourner et retourner dans sa tête.

Leur réseau actuel a infiltré le gouvernement *japonais. Probablement concentré sur l'appareil de sécurité. Or, ce réseau n'a pas réussi à leur fournir d'alerte stratégique sur l'aspect militaire de l'opération, et Sergueï Nikolaïevitch n'a pas encore fait le rapprochement entre Wall Street et l'action militaire de leur marine.*

Brise le modèle, Jack. Brise le paradigme. C'est à ce moment que tout s'éclaircit.

« C'est pour ça qu'ils n'ont pas saisi », dit Ryan, comme s'il était tout seul. Il avait l'impression de conduire au milieu de nappes de brouillard, quand alternent passages dégagés et purée de pois. « La machination n'émanait pas du tout de leur gouvernement, en fait. Mais bien de Yamata et de ses sbires. C'est pour cela qu'ils veulent réactiver CHARDON. » Personne dans la pièce ne savait de quoi il voulait parler.

« Qu'est-ce que c'est que cette histoire ? » demanda le Président. Jack jeta un coup d'œil vers Winston et Gant. Son signe de tête était éloquent. Durling acquiesça mais poursuivit. « Donc, toute cette affaire se rapporte à un seul et même plan d'ensemble ?

— Oui, monsieur, mais nous ne savons pas encore tout.

— Que voulez-vous dire ? demanda Winston. Ils nous paralysent, déclenchent une panique mondiale, et vous dites que ce n'est pas tout ?

— George, combien de fois vous êtes-vous rendu là-bas ? » demanda Ryan ; c'était surtout le moyen de fournir le renseignement aux autres.

165

« Ces cinq dernières années ? Je suppose que ça doit tourner autour d'une fois par mois, en moyenne. Ce seront sans doute mes petits-enfants qui épuiseront mes derniers coupons kilométriques.

— Combien de fois avez-vous rencontré là-bas des représentants officiels du gouvernement ? »

Winston haussa les épaules. « Il y en a toujours partout. Mais ils n'ont pas grande importance.

— Pourquoi ? demanda le Président.

— Monsieur, il faut voir les choses ainsi : il y a peut-être vingt ou trente individus qui dirigent réellement les affaires du pays. Yamata est le plus gros poisson dans cette mare. Le ministre du Commerce extérieur et de l'Industrie est l'interface entre les gros bonnets de l'industrie et le gouvernement, sans parler des pots-de-vin pour se mettre des élus dans la poche, et c'est une institution là-bas. C'est l'un des trucs dont Yamata aimait se vanter quand nous étions en négociations pour la reprise de mon groupe. Lors d'une soirée, il y avait deux ministres et une flopée de parlementaires, et vous auriez dû les voir lécher les bottes. » Winston se fit la remarque qu'à l'époque, il avait pensé que c'était une conduite normale pour un élu. A présent, il n'en était plus si sûr.

« Est-ce que je peux m'exprimer librement ? demanda Ryan. Je pense que nous pourrions avoir besoin de leurs lumières. »

Durling se chargea de régler la question : « Monsieur Winston, savez-vous garder un secret ? »

L'investisseur rigola un bon coup. « Aussi longtemps que vous ne parlerez pas de délit d'initié. D'accord ? Je n'ai jamais eu d'ennuis avec la COB et je n'ai pas envie que ça commence.

— Toute cette affaire sera couverte par la loi sur l'espionnage. Nous sommes en guerre avec le Japon. Ils ont coulé deux de nos sous-marins et endommagé deux porte-avions, dit Ryan et l'ambiance dans la pièce changea du tout au tout.

— Êtes-vous sérieux ? demanda Winston.

— Aussi sérieux que deux cent cinquante sous-mariniers tués, les équipages de l'USS *Charlotte* et de l'USS *Asheville*. Ils se sont également emparés des Mariannes. Nous ne savons pas encore si nous sommes en mesure de reprendre ces îles. Nous avons peut-être dix mille citoyens américains au Japon qui sont des otages potentiels, plus la population des îles, plus le personnel militaire placé sous bonne garde.

— Mais les médias...

— N'ont pas encore réagi, détail assez remarquable, expliqua Ryan. Peut-être que c'est trop fou.

— Oh... » Winston saisit au bout d'une autre seconde de réflexion. « Ils ruinent notre économie, et nous n'avons pas la volonté politique de... Quelqu'un a-t-il déjà tenté un coup pareil auparavant ? »

Le chef du Conseil national de sécurité secoua la tête. « Pas que je sache.

— Mais le vrai danger pour nous — c'est ce problème, ici. Ce fils de pute..., observa Winston.

— Comment peut-on le régler, monsieur Winston ? demanda le Président Durling.

— Je n'en sais rien. L'action de la DTC a été brillante. L'attaque était fort habile, mais monsieur le ministre aurait pu se tirer de ce mauvais pas sans notre aide, ajouta Winston. En revanche, sans archives, tout est paralysé. J'ai un frère toubib, et un jour il m'a expliqué... »

La remarque provoqua chez Ryan un déclic si intense qu'il noya le reste de la phrase. *Pourquoi était-ce si important ?*

« L'estimation du délai est arrivée la nuit dernière, était en train d'expliquer le gouverneur de la Réserve fédérale. Ils ont besoin d'une semaine. Mais nous ne disposons pas vraiment d'une semaine. Cet après-midi, nous devons rencontrer tous les dirigeants des grandes maisons de Bourse. Nous allons essayer de... »

Le problème est qu'il n'y a pas d'archives, réfléchit Jack. *Tout est figé en place parce qu'il n'y a pas d'archives pour dire aux gens ce qu'ils possèdent, combien d'argent ils détien...*

« ... L'Europe est paralysée également... » Fiedler était parti, maintenant, tandis que Ryan continuait à fixer la moquette. Puis il leva les yeux.

« Si ce n'est pas couché sur le papier, alors ça n'a jamais existé. » Le silence se fit dans la pièce, et Jack se rendit compte qu'il aurait aussi bien pu dire : *Le pastel est violet.*

« Quoi ? demanda le gouverneur.

— C'est ce que ma femme dit toujours : "Si ce n'est pas

couché sur le papier, alors ça n'a jamais existé." » Il regarda autour de lui. Ils ne pigeaient toujours pas. Ce qui ne le surprenait pas outre mesure, tandis qu'il approfondissait sa réflexion. « Elle est toubib elle aussi, George, à Johns Hopkins, et elle a toujours sur elle ce fichu petit calepin ; elle s'arrête à tout bout de champ pour le sortir et griffonner une note parce qu'elle ne se fie qu'à sa mémoire.

— Mon frère est pareil. Lui, il utilise un de ces trucs électroniques », intervint Winston. Puis son regard se perdit dans le vague. « Continuez...

— Il n'existe aucun enregistrement, aucun document réellement officiel pour consigner les transactions effectuées, c'est bien ça ? » poursuivit Jack. C'est Fiedler qui répondit.

« Non. La Fiduciaire de dépôt s'est plantée pour de bon. Et comme j'ai dit, il faudrait au moins...

— Laissez tomber. On n'a pas le temps, de toute manière, n'est-ce pas ? »

Nouveau coup de déprime du ministre des Finances. « Non, on ne peut rien y faire.

— Bien sûr que si. » Ryan regarda Winston. « Pas vrai ? »

Le Président Durling avait suivi cet échange comme le spectateur d'un match de tennis, et le stress de la situation l'avait mis de fort méchante humeur. « Bon Dieu, qu'est-ce que vous êtes en train de raconter ? »

Ryan tenait presque la solution. Il se tourna vers son président. « Monsieur, c'est tout simple. Nous allons dire que ça n'a jamais existé. Nous allons dire que passé midi, vendredi dernier, les échanges ont simplement cessé de fonctionner. Et maintenant, est-ce qu'on peut s'en sortir avec ça ? demanda Jack, sans toutefois laisser à quiconque une chance de répondre. Pourquoi pas ? Pourquoi ne pourrait-on pas s'en sortir ? Il n'y a aucun enregistrement pour nous contredire. Absolument personne ne peut faire la preuve d'une seule transaction à partir de midi, n'est-ce pas ?

— Avec les masses d'argent que tout le monde a perdues, dit Winston, qui avait vite fait le point, l'idée sera loin de paraître déplaisante. Vous dites qu'on repartirait... mettons, vendredi, vendredi à midi... en effaçant purement et simplement la semaine écoulée depuis, c'est ça ?

168

« — Mais personne ne marchera, observa le gouverneur de la Réserve fédérale.

— Faux. » Winston secoua la tête. « Ryan tient une idée. D'abord, ils seront bien obligés de marcher. Vous ne pouvez pas opérer de transaction — je veux dire, l'exécuter sans enregistrement écrit. Donc, nul ne peut prouver quoi que ce soit sans attendre la reconstitution des archives de la Fiduciaire de dépôt. En second lieu, la majorité des gens se sont retrouvés nettoyés — institutions, banques, particuliers — et tous voudront avoir une seconde chance. Oh, mais si, ils marcheront, vous verrez. Mark ?

— Monter dans la machine à remonter le temps et revivre vendredi depuis le début ? » Le rire de Gant était surtout désabusé. Puis il changea de ton. « Où est-ce qu'on signe ?

— On ne peut pas le faire pour tout, l'appliquer à toutes les transactions, objecta le gouverneur de la Réserve.

— Non, certes, reconnut Winston. Les transactions internationales sur les bons du Trésor échappent à notre contrôle. En revanche, monsieur, on peut toujours conférer avec les banques centrales européennes, leur montrer ce qui s'est passé, et en collaboration avec elles... »

Fiedler reprit la balle au bond : « Mais oui ! Ils fourguent leur yen et rachètent du dollar. Notre monnaie retrouve sa position et la leur chute. Les autres banques asiatiques envisageront alors de renverser leur position. A mon avis, les banques centrales européennes joueront le jeu.

— Vous allez devoir maintenir un taux de base élevé, observa Winston. Ça va en défriser plus d'un, mais des deux choix possibles, c'est de loin le meilleur. Vous gardez un taux d'escompte élevé pour que les gens cessent de bazarder leurs bons du Trésor. Ce qu'il faut, c'est provoquer un mouvement général de retrait par rapport au yen, exactement comme ce qu'ils nous ont fait. Ça plaira aux Européens parce que ça limitera la capacité des Japs à razzier leurs marchés boursiers comme ils ont commencé à le faire hier. » Winston quitta son siège et se mit à arpenter la pièce, comme c'était sa manie, ignorant qu'il enfreignait ainsi le protocole de la Maison Blanche, mais le Président lui-même ne voulut pas interrompre le boursier, même si les deux agents du Service secret ne le quittaient pas des yeux. A l'évidence, il était en train de rejouer mentalement le scénario, d'y chercher les trous, d'en traquer les failles. Cela lui prit peut-être deux minutes, et chacun attendit le résultat de son évaluation. Puis il releva la tête. « Dr Ryan, si jamais vous décidez de retourner dans le privé, il faudra qu'on parle. Messieurs, ce plan va marcher. C'est sacrément gonflé, mais c'est peut-être justement ça qui va jouer en notre faveur.

— Donc, que se passera-t-il, vendredi ? » demanda Jack.

Ce fut Gant qui prit la parole : « Le marché va chuter comme une pierre.

— Qu'y a-t-il de si merveilleux là-dedans ? s'étonna le Président.

— Eh bien, monsieur, c'est parce qu'il va rebondir aux alentours de deux cents points de chute, et se ressaisir pour clore sur une baisse... oh, disons de cent points, peut-être même pas... Le lundi suivant, tout le monde retient son souffle. Certains recherchent le bon coup. La plupart des acteurs sont encore nerveux. Le marché reprend sa chute et finit en gros par stagner, cinquante points plus bas au maximum. Le reste de la semaine, les choses vont se tasser. Vous pouvez tabler, vendredi prochain, sur un marché de nouveau stabilisé, aux alentours de cent, cent cinquante points sous son niveau de vendredi dernier à midi. La chute est inévitable à cause de la position que doit prendre la Réserve fédérale sur le taux d'escompte, mais cela, on y est habitué, à Wall Street. » Seul Winston goûtait entièrement l'ironie du fait que Gant avait presque entièrement raison. Lui-même aurait difficilement pu faire mieux. « En résumé, c'est un énorme hoquet, mais rien de plus.

— L'Europe ? demanda Ryan.

— Ce sera plus dur chez eux, parce qu'ils ne sont pas aussi bien organisés ; en revanche, leurs banques centrales ont un peu plus de pouvoir, expliqua Gant. En outre, leurs gouvernements sont plus à même d'intervenir sur le marché boursier. C'est à la fois un avantage et un inconvénient. Mais le résultat final sera en gros identique. C'est obligé, si nous ne voulons pas tous signer le même pacte suicidaire. Et ça ne se fait pas, dans le métier. »

C'était au tour de Fiedler d'intervenir : « Comment allonsnous leur vendre l'idée ?

— On réunit dès que possible les dirigeants des grandes institutions financières, répondit Winston. Je peux vous donner un coup de main, si vous voulez. Ensuite, ils m'écouteront.

— Jack ? demanda le Président en se tournant vers son conseiller.

— Je suis d'accord, monsieur. Et on le fait tout de suite. »

Roger Durling ne s'accorda que quelques secondes de réflexion avant de se tourner vers l'homme du Service secret posté près de son bureau. « Dites aux Marines de faire venir mon hélico. Dites à l'aviation de tenir à New York un appareil prêt à décoller.

— Monsieur le président, j'ai le mien », objecta Winston.

Ryan intervint : « George, les gars de l'Air Force sont meilleurs. Faites-moi confiance. »

Durling se leva, serra les mains à la ronde, avant que les agents du Service secret ne reconduisent tout le monde au rez-de-chaussée, puis sur la pelouse sud pour y attendre l'hélicoptère qui les ramènerait à Andrews. Ryan resta auprès du Président.

Celui-ci reprit : « Est-ce que ça va vraiment marcher ? Peut-on vraiment tout réparer aussi facilement ? » L'homme politique en lui se méfiait des solutions miracles. Ryan vit ses doutes et en tint compte dans sa réponse.

« Ça doit marcher. Ils ont besoin de quelque chose à quoi se raccrocher, et ils voudront sûrement que ça marche. Le point crucial, c'est de les informer que le krach était un acte délibéré. Dès lors, cela en fait un incident artificiel, et s'ils croient qu'il est artificiel, il leur sera toujours plus facile d'accepter une mesure irrégulière pour sa rectification.

— On verra bien, j'imagine. » Durling marqua un temps. « Bien, et qu'est-ce que tout ceci nous révèle sur le Japon ?

— Cela nous révèle que leur gouvernement n'est pas le principal instigateur de cette crise. Il y a à la fois du bon et du moins bon. Le bon, c'est que l'effort de guerre sera mal coordonné, que le peuple japonais est déconnecté de cet effort, et qu'il pourrait y avoir au sein du gouvernement des éléments que toute cette entreprise met fort mal à l'aise.

— Le mauvais ?

— Nous ignorons toujours quel est leur objectif ultime. Le gouvernement fait à l'évidence ce qu'on lui dicte. Il détient une solide position stratégique dans le Pacifique Ouest, et nous ne savons toujours pas quoi faire à ce sujet. Mais le plus important reste...

— Les bombes, le coupa Durling en hochant la tête. C'est leur atout. Nous n'avons jamais été en guerre contre un adversaire doté d'armes nucléaires, n'est-ce pas ?

— Non, monsieur le président. Ça aussi, c'est de l'inédit. »

La transmission suivante de Clark et Chavez eut lieu juste après minuit, heure de Tokyo. Cette fois, c'était à Ding de s'y coller. John était à court d'idées intéressantes sur le Japon. Chavez, étant plus jeune, rédigea un article plus léger, sur la jeunesse et ses tendances. Ce n'était qu'une couverture, mais il fallait toujours la soigner, et il s'avéra que Ding, tout compte fait, avait appris à écrire de manière cohérente à l'université George Mason.

« *Zone de ressources septentrionale* ? » demanda John, en tapant la question sur l'écran de l'ordinateur. Puis il fit pivoter la machine sur la table basse.

J'aurais dû le voir plus tôt. C'est dans un des bouquins qu'on a laissés à Séoul, mano. L'Indonésie, au temps où elle était encore possession hollandaise, formait la Zone de ressources méridionale, à l'époque où ils ont déclenché la Grosse Erreur numéro deux. Une idée maintenant de ce que pourrait être la Zone septentrionale ?

Clark n'eut qu'à jeter un coup d'œil à l'écran avant de le retourner vers son binôme. « Evgueni Pavlovitch, vas-y, expédie-le. » Ding effaça le dialogue à l'écran, établit la connexion par modem. La dépêche partait une seconde après. Puis les deux officiers échangèrent un regard. La journée avait été fructueuse, en définitive.

L'horaire, pour une fois, n'aurait pas pu tomber mieux : 00:08 à Tokyo correspondait à 18:08 à Moscou et 10:08, tant à Langley qu'à la Maison Blanche, et Jack venait de réintégrer son bureau, de retour de sa réunion dans l'angle opposé de l'aile ouest quand son téléphone STU-6 se mit à sonner.

« Ouais ?

— On a des nouvelles importantes de nos gars infiltrés. Le fax vient d'arriver. Une copie en est également adressée à Serguéï.

— D'accord, j'attends. » Ryan bascula la touche idoine et entendit le télécopieur commencer à imprimer son exemplaire.

Winston n'était pas un homme facile à impressionner. Il nota que la version C-20 du jet d'affaires Gulfstream-III était aussi confortablement aménagée que son avion personnel — les sièges et la moquette n'étaient pas aussi épais, mais l'équipement de communications était fabuleux... en tout cas suffisant, estima-t-il, pour faire le bonheur d'un fondu de technologie comme Mark. Leurs deux aînés profitèrent de l'occasion pour rattraper quelques heures de sommeil tandis qu'il observait l'équipage de l'armée de l'air en train d'effectuer sa préparation pré-vol. La procédure n'était pas foncièrement différente de celle qu'effectuaient ses pilotes personnels, pourtant Ryan avait raison. Cela faisait une certaine différence de voir des insignes militaires sur leurs épaules. Trois minutes plus tard, l'avion d'affaires avait décollé et mis le cap sur l'aéroport La Guardia de New York, avec l'avantage supplémentaire qu'on leur avait déjà réservé une approche prioritaire, ce qui leur ferait gagner quinze minutes sur la fin du parcours. Alors qu'il prêtait l'oreille, le sergent installé devant la baie de communications était en train de demander à une voiture du FBI de les retrouver au terminal d'aviation générale ; manifestement, le Bureau était en train de battre le rappel de tous les personnages influents sur le marché pour une réunion à son quartier général de New York. Comme il était remarquable de voir le gouvernement agir aussi efficacement. Quel dommage qu'il n'en soit pas toujours ainsi.

Mark Gant ne prêtait guère attention à tous ces détails. Penché sur son ordinateur, il était en train de préparer ce qu'il appelait son réquisitoire. Il lui faudrait une vingtaine de minutes pour tirer ses graphiques sur transparent — le FBI avait dû préparer un rétroprojecteur, espéraient-ils l'un et l'autre. A partir de là... qui allait se charger de l'explication ? *Sans doute moi*, se dit Winston. Il laisserait Fiedler et le gouverneur de la Réserve proposer la solution, ce qui n'était que justice. Après tout, c'était un type du gouvernement qui avait trouvé l'idée.

Brillante, se dit George Winston en étouffant un petit rire admiratif. *Pourquoi n'y ai-je donc pas pensé ? Quoi d'autre encore... ?*

« Mark, note ça. Amener ici par avion les p'tits gars des banques centrales européennes pour leur faire ce topo. Je ne crois pas qu'une téléconférence puisse suffire à les convaincre. »

Gant consulta sa montre. « Il faudra qu'on appelle juste après notre arrivée, George, mais si on calcule bien notre coup, ça devrait marcher impec. Les vols du soir pour New York — ouais, ça les fera débarquer dans la matinée, et on pourrait sans doute coordonner l'ensemble pour un redémarrage vendredi. »

Coup d'œil de Winston derrière lui. « On les préviendra à l'arrivée. Pour l'instant, je crois qu'ils ont surtout besoin d'en écraser. »

Gant acquiesça. « Ça va marcher, George. Il est loin d'être con, ce Ryan, non ? »

Il convenait à présent d'agir avec prudence, se dit Jack. Il était presque surpris que son téléphone n'ait pas encore sonné, mais réflexion faite, il réalisa que Golovko lisait le même rapport que lui, qu'il consultait la même carte murale, et qu'il devait lui aussi considérer l'affaire avec le même luxe de précautions, du moins autant que le permettaient les circonstances.

Le tableau commençait à devenir cohérent. Enfin, presque. La « Zone de ressources septentrionale » devait désigner la Sibérie orientale. Le terme « Zone de ressources méridionale », comme l'avait noté Chavez dans son rapport, avait été celui employé par le gouvernement nippon en 1941 pour identifier les Indes hollandaises, quand leur principal objectif stratégique était le pétrole ; à l'époque, ressource essentielle pour approvisionner une marine de guerre, il restait, aujourd'hui encore, une ressource indispensable à toute nation industrielle pour alimenter son économie. Le Japon était le plus gros importateur mondial de pétrole, malgré de sérieux efforts pour passer à l'électronucléaire. Et le Japon devait importer quantité d'autres matières premières ; il n'y avait que le charbon dont il disposait en abondance. Les superpétroliers étaient pour l'essentiel une invention japonaise : c'était le moyen le plus efficace de transporter le brut des champs du golfe Persique aux raffineries nippones. Mais le Japon n'avait pas besoin que de pétrole, et étant une nation insulaire, tous ces produits devaient arriver par mer. Or la marine japonaise était

174

trop réduite, bien trop réduite pour protéger les routes maritimes du pays.

D'un autre côté, la Sibérie orientale était le plus vaste territoire encore inexploité de la planète, et c'était le Japon qui était en train d'en assurer la prospection, quant aux routes maritimes entre le continent eurasiatique et les îles... *Bon Dieu, et pourquoi pas adopter la solution de facilité et creuser simplement un tunnel ferroviaire ?* se demanda Ryan.

· A un détail près. Le Japon déployait des efforts considérables pour réaliser ce qu'il avait déjà réussi, même si c'était contre une Amérique aux forces militaires gravement diminuées avec, au surplus, le tampon de huit mille kilomètres d'océan entre le continent américain et ses îles. La capacité militaire russe était encore plus réduite que celle des Américains, mais une invasion représentait plus qu'un acte politique. C'était un acte contre un peuple, et les Russes n'avaient pas perdu leur fierté. Ils se battraient, et leur pays restait considérablement plus vaste que le Japon. Les Japonais avaient des armes nucléaires montées sur des missiles balistiques, alors que les Russes, comme les Américains, n'en avaient plus — en revanche, les Russes avaient toujours des bombardiers stratégiques, des chasseurs-bombardiers, des missiles de croisière — tous avec capacité nucléaire —, ils avaient des bases proches du Japon, et la volonté politique d'en faire usage si nécessaire. Non, il devait y avoir un autre élément. Jack se cala dans son fauteuil, contempla sa carte murale. Puis il décrocha son téléphone et pressa la touche mémoire d'une ligne directe.

« L'amiral Jackson.

— Robby ? C'est Jack. J'ai une question.

— Cause.

— Tu disais qu'un de nos attachés d'ambassade à Séoul avait eu une petite conversation avec...

— Ouais. Ils lui ont dit d'attendre sans broncher, rapporta Jackson.

— Qu'ont dit *précisément* les Coréens ?

— Ils ont dit... attends une minute. Ça ne prend qu'une demi-page, mais je l'ai ici. Quitte pas. » Jack entendit s'ouvrir un tiroir, sans doute muni d'une serrure. « D'accord... je te résume, ce genre de décision est politique et pas militaire, de nombreux éléments doivent entrer en considération... crainte de voir les Japonais fermer leurs ports au commerce, crainte d'une invasion, d'être isolés de nous, bref, ils tergiversent. Nous ne les avons pas encore recontactés, conclut Robby.

— OrBat pour leurs militaires ? » demanda Jack. Il voulait dire « ordre de bataille » — en gros, un état des effectifs.

« J'en ai une copie sous la main...

— Tu me la fais courte, ordonna Ryan.

— Forces un peu supérieures à celles du Japon. Ils les ont réduites depuis la réunification, mais ce qui leur reste est top-niveau. En gros, matériel et doctrine US. Leur aviation est excellente. J'ai manœuvré avec eux et...

— Si tu étais un général coréen, comment évaluerais-tu la menace japonaise ?

— Je serais prudent, répondit l'amiral Jackson. Pas inquiet, mais prudent. Ils ne s'aiment pas trop, n'oublie pas.

— Je sais. Envoie-moi des copies de ce rapport de l'attaché d'ambassade et de ton OrBat des Coréens.

— Bien, chef. » Jackson raccrocha. Ryan appela ensuite la CIA. Mary Pat n'était toujours pas libre et c'est son mari qui prit la communication. Ryan ne s'embarrassa pas de préliminaires.

« Ed, a-t-on des infos de notre poste à Séoul ?

— Les Coréens semblent très nerveux. Pas trop coopératifs. On a pas mal d'amis à la KCIA, mais ils la bouclent, faute de ligne politique pour l'instant.

— Ils ont relevé un changement de climat sur place ?

— Ma foi, oui, répondit Ed Foley. On note une certaine activité de leur aviation. Tu sais qu'ils ont instauré un vaste champ de manœuvres dans le nord du pays, et il ne fait pas de doute qu'ils sont en train d'effectuer des manœuvres combinées imprévues. Nous en avons quelques vues aériennes.

— Pékin, maintenant ? demanda Ryan.

— On s'y agite beaucoup pour pas grand-chose. La Chine veut rester en dehors de cette affaire. Ils disent qu'ils n'y ont aucun intérêt et que cela ne les concerne pas.

— Réfléchis un peu à ça, ordonna Jack.

— Bon d'accord, ça les concerne effectivement... oh... »

La manœuvre était injuste et Ryan en était conscient. Il disposait désormais de davantage d'informations que quiconque, et d'une bonne avance sur l'analyse de la situation.

176

« Nous venons de développer un certain nombre d'informations. Je te les fais parvenir sitôt que le rapport est tapé. Je veux te voir ici à quatorze heures trente pour une session de remue-méninges.

— On y sera », promit le presque sous-directeur des opérations.

Et toutes les données étaient là, visibles sur la carte. Il suffisait de disposer de l'information pertinente, et d'un minimum de temps.

La Corée n'était pas du genre à se laisser intimider par le Japon. Ce dernier pays avait dominé la Corée durant près de cinquante années au début de ce siècle et les Coréens n'avaient pas gardé un excellent souvenir de cette occupation. Ils avaient été ravalés au rang de serfs par leurs occupants et, aujourd'hui encore, traiter de Jap un citoyen coréen était une injure mortelle. L'antipathie entre les deux peuples était réelle et, avec l'expansion économique de la Corée, qui en faisait désormais un rival du Japon, le ressentiment était devenu bilatéral. Le point essentiel demeurait toutefois l'élément racial. Bien que Coréens et Japonais soient issus de la même souche génétique, ces derniers voyaient les premiers à peu près comme Hitler voyait jadis les Polonais. Les Coréens avaient en outre leur propre tradition guerrière. Ils avaient envoyé deux divisions armées au Viêt-nam et avaient bâti un formidable arsenal pour se défendre contre les fous de l'ex-Nord, aujourd'hui disparus. Autrefois colonie vaincue du Japon, ils étaient aujourd'hui forts, tenaces et d'un orgueil extrêmement chatouilleux. Alors, qu'est-ce qui aurait pu les empêcher d'honorer leurs engagements avec l'Amérique ?

Sûrement pas le Japon. La Corée craignait peu une attaque directe, et les Japonais pouvaient difficilement recourir contre eux à l'arme nucléaire. La circulation des vents dans la région risquait de ramener les éventuelles retombées radioactives directement à l'expéditeur.

En revanche, immédiatement au nord de la Corée se trouvait le pays le plus peuplé de la planète, avec la plus grande armée du monde, et ces données suffisaient amplement à effrayer la république de Corée, comme elles auraient effrayé n'importe qui.

Pour le Japon, un accès direct aux ressources naturelles était indispensable et constituait sans aucun doute un objectif prioritaire. Le pays disposait de bases économiques solides et parfaitement développées, d'une main-d'œuvre hautement qualifiée et de toutes sortes d'atouts technologiques. Mais il avait également une population relativement réduite, compte tenu de sa puissance économique.

La Chine, au contraire, avait une vaste population, mais pas aussi bien formée, et une économie en croissance rapide, mais avec encore quelques faiblesses en technologies de pointe. Et comme le Japon, la Chine avait besoin d'un meilleur accès aux ressources.

Or, juste au nord à la fois de la Chine et du Japon se trouvait le dernier grenier au trésor encore inexploité de la planète.

S'emparer des Mariannes empêcherait, ou du moins retarderait, que le bras stratégique essentiel de l'Amérique, à savoir sa marine, n'approche de trop près cette zone d'intérêts. Le seul autre moyen d'accès à la Sibérie était par l'ouest, à travers toute la Russie. Ce qui voulait dire concrètement que la région était désormais coupée de toute aide extérieure. La Chine avait sa propre force de dissuasion contre la Russie, et une armée de terre supérieure en nombre pour défendre sa conquête. C'était assurément un pari formidable, mais avec l'Europe et l'Amérique confrontées au désordre économique et incapables d'aider la Russie, oui, le choix stratégique s'avérait cohérent. Lancer une guerre mondiale à crédit...

En outre, l'aspect opérationnel n'avait rien de neuf, loin de là. D'abord paralyser l'adversaire le plus fort, puis engloutir le plus faible. Exactement comme ce qu'ils avaient tenté en 1941-1942. Le concept stratégique des Japonais n'avait jamais été de conquérir les États-Unis, mais de les paralyser au point de les contraindre à accepter leurs conquêtes au sud par nécessité politique. C'était tout bête, en vérité, se dit Ryan. Il suffisait de briser le code. C'est à cet instant que le téléphone sonna. C'était sur sa ligne numéro quatre.

« Allô Sergueï, dit Ryan.

— Comment avez-vous deviné ? » demanda Golovko.

Jack aurait pu lui répondre que la ligne était séparée pour permettre une communication directe avec le Russe, mais il s'en abstint. « Parce que vous venez de lire la même chose que moi.

— Dites-moi ce que vous en pensez ?

— J'en pense que vous êtes leur objectif, Sergueï Nikolaïtch. Sans doute d'ici l'an prochain. » Ryan parlait d'un ton léger, encore sous le coup de la découverte, ce qui était toujours agréable, nonobstant la nature de celle-ci.

« Plus tôt, même. A l'automne, je dirais. La météo sera plus en leur faveur. » Puis il y eut une brève pause. « Pouvez-vous nous aider, Ivan Emmetovitch ? Non, mauvaise question. Allez-vous nous aider ?

— Les alliances, comme l'amitié, sont toujours bilatérales, remarqua Jack. Vous avez un président à informer. Moi aussi. »

32

Édition spéciale

E N officier qui avait naguère espéré commander un navire tel que celui-ci, le capitaine de vaisseau Sanchez était heureux d'avoir choisi de rester à bord au lieu de s'envoler avec son chasseur pour rejoindre la base aéronavale de Barbers Point. Ce n'étaient pas moins de six gros remorqueurs gris qui avaient fait rentrer l'USS *John Stennis* en cale de radoub.

Il y avait à présent plus d'une centaine d'ingénieurs à bord, dont cinquante nouveaux arrivants des chantiers navals de Newport News, qui tous étaient descendus au pont inférieur examiner les machines. Une longue file de camions était garée sur le périmètre de la cale de réparation, et avec eux plusieurs centaines de marins et d'ouvriers du chantier naval, comme autant de médecins légistes, imaginait Bud, prêts à autopsier et désosser.

Sous les yeux du capitaine Sanchez, une grue était en train de hisser les premiers éléments d'échafaudage de transbordement, tandis qu'une seconde se mettait à pivoter pour hisser ce qui ressemblait à une caravane de chantier, sans doute pour la déposer sur le pont d'envol. Il nota qu'on n'avait même pas encore refermé les grilles du chantier. Manifestement, quelqu'un devait être très pressé.

« Commandant Sanchez ? »

Bud se retourna et découvrit un caporal des Marines. Après l'avoir salué, celui-ci lui tendit un message. « On vous demande au PC opérationnel du CincPacFlt, commandant. »

« C'est complètement fou », dit le président de la Bourse de New York à Wall Street, réussissant à prendre le premier la parole.

La grande salle de conférence du siège new-yorkais du FBI ressemblait à un prétoire, avec des sièges pour accueillir plus d'une centaine de personnes. Ils étaient pour l'heure à moitié occupés, et la majorité de l'assistance était composée de fonctionnaires de divers services gouvernementaux, à commencer par les policiers du FBI et les agents de la SEC, l'équivalent de la COB, la Commission des opérations de Bourse, qui collaboraient depuis le vendredi soir sur l'affaire de démolition du système boursier. Mais le premier rang était entièrement occupé par les dirigeants des principales sociétés de Bourse, les gouverneurs des banques et institutions financières.

George venait de leur exposer sa version des faits de la semaine écoulée ; il s'était servi d'un rétroprojecteur pour leur présenter graphiques et tendances et avait procédé lentement, conscient de la fatigue qui devait affecter le jugement de tous ceux qui essayaient de comprendre ce qu'il racontait. Le gouverneur de la Réserve fédérale venait d'entrer dans la salle, après avoir passé ses coups de fil en Europe. Il regarda Winston et Fiedler en levant le pouce, puis s'assit provisoirement au fond de la salle.

« Ça paraît peut-être dingue, mais c'est ce qui est arrivé. »

Le patron de Wall Street réfléchit quelques instants. « Tout cela est bel et bon », observa-t-il au bout de quelques secondes, et tout le monde comprit que ce n'était ni l'un ni l'autre. « Mais on se retrouve coincés au milieu d'un marécage, et les alligators commencent à se rapprocher. Je doute qu'on arrive à les contenir bien longtemps. » Approbation générale. Tous les invités du premier rang furent surpris de voir sourire leur ancien collègue.

Winston se tourna vers le ministre des Finances. « Buzz, et si vous nous donniez la bonne nouvelle ?

— Mesdames et messieurs, il existe une issue », dit avec confiance le ministre. Les soixante secondes que dura son intervention furent accueillies par un silence incrédule. Les intermédiaires boursiers n'eurent même pas la présence d'esprit de s'entre-regarder. Mais s'ils ne hochèrent pas la tête en signe d'approbation, aucun toutefois ne souleva d'objection, même après ce qui parut un interminable délai de réflexion.

Le premier à prendre la parole était, comme on pouvait le prévoir, le directeur général de Cummings, Carter & Cantor. La CC & C était morte aux alentours de quinze heures quinze le vendredi précédent, prise à contre-pied, vidée de ses réserves de liquidités, et après un refus d'aide de Merrill Lynch, ce qu'en toute bonne foi le directeur général ne pouvait leur reprocher.

« Est-ce légal ? demanda-t-il.

— Ni le ministère de la Justice, ni la Commission des opérations de Bourse ne considéreront en aucun cas votre collaboration comme une infraction. J'ajouterai même, indiqua Fiedler, que toute tentative d'exploiter la situation sera traitée avec la sévérité qui s'impose — mais si nous collaborons tous, loi antitrust et dispositions analogues seront mises de côté dans l'intérêt de la sécurité nationale. La procédure est irrégulière, mais elle est désormais officiellement consignée et vous avez tous été témoins de mes paroles. Mesdames et messieurs, c'est là l'intention et la voix du gouvernement des États-Unis. »

Eh bien, bigre, se dirent les auditeurs. En particulier, les représentants de la loi.

« Bon, vous savez tous ce qui nous est arrivé à la Triple-C », reprit le directeur ; il regarda autour de lui et son scepticisme naturel fut tempéré par un début de réel soulagement. « Je n'ai pas le choix, cette fois-ci. Je suis bien obligé de marcher dans la combine.

— J'aurai quelque chose à ajouter. » Ce fut au tour du gouverneur de la Réserve fédérale de gagner le devant de la salle. « Je viens d'avoir au téléphone les gouverneurs des banques centrales d'Angleterre, de France, d'Allemagne, de Suisse, de Belgique et des Pays-Bas. Tous viennent par l'avion du soir. Nous nous réunirons ici même dès demain matin pour mettre sur pied un système leur permettant de collaborer également à cet effort. Nous allons réussir à stabiliser le dollar. Réussir à redresser le marché des bons du Trésor. Il n'est pas question de laisser s'effondrer le système bancaire américain. Je m'en vais proposer à la Commission du marché libre que toute personne qui conservera ses titres du Trésor — disons, pour une durée de trois à six mois renouvelables — obtiendra un bonus de cinquante points sur le taux de base, à titre de dédommagement du gouvernement américain pour nous avoir aidé à traverser cette crise. Nous accorderons également une prime identique à toute personne qui achètera des bons du Trésor dans les dix jours suivant la réouverture des marchés. »

Habile, songea Winston. *Très habile.* Cela attirerait les devises étrangères en Amérique, les détournerait du Japon et contribuerait grandement à raffermir le dollar — tout en attaquant le yen. Les banques asiatiques qui avaient bazardé le dollar en seraient pour leurs frais. *Mine de rien, on pouvait jouer à deux, non ?*

« Vous aurez besoin d'une législation pour ça, objecta un expert boursier.

— Nous l'aurons, écrite noir sur blanc d'ici vendredi en huit. Pour l'heure, c'est la politique de la Réserve fédérale, approuvée et soutenue par le président des États-Unis, ajouta le gouverneur.

— Messieurs, ils sont en train de nous ressusciter, lança Winston, qui s'était remis à arpenter la salle devant la balustrade de bois. Nous avons été attaqués, oui, attaqués, par des gens qui voulaient nous abattre. Ils voulaient nous arracher le cœur. Eh bien, il semblerait que nous ayons d'excellents médecins. Nous allons être patraques un petit moment, mais d'ici la fin de la semaine prochaine, tout le monde sera de nouveau sur pied.

— Vendredi midi ? demanda Wall Street.

— Correct », répondit Fiedler, fixant le directeur de la place boursière new-yorkaise et attendant sa réponse. Ce dernier s'accorda encore quelques secondes de réflexion, puis il se leva.

« Vous aurez la coopération pleine et entière de la Bourse de New York. » Et le prestige du NYSE suffisait à balayer les derniers doutes. Une coopération totale était inévitable, mais la vitesse du processus de décision était primordiale : dix secondes encore, et tous les professionnels du marché étaient debout, souriants, et envisageaient déjà le moyen de rouvrir leurs boutiques.

« Il n'y aura aucune transaction informatisée jusqu'à nouvel ordre, indiqua Fiedler. Ces "systèmes-experts" ont failli nous tuer. La journée de vendredi s'annonce agitée dans le meilleur des cas. Nous voulons que les gens utilisent leur cervelle, pas leur console Nintendo.

— Entièrement d'accord dit le représentant du NASDAQ, parlant pour tous les autres.

— Il faudra de toute façon repenser tout ce système, remarqua, songeur, Merrill Lynch.

— La coordination sera assurée par l'entremise de ce bureau. Réfléchissez bien, reprit le gouverneur de la Réserve fédérale. Si vous avez des idées sur la meilleure façon de faciliter la transition, faites-le-nous savoir. Nous nous réunirons de nouveau à six heures. Mesdames et messieurs, nous sommes ensemble dans cette affaire. Pendant les huit ou dix prochains jours, nous ne sommes plus des concurrents. Nous sommes des coéquipiers.

— J'ai près d'un million de petits porteurs qui ont fait confiance à ma maison, leur rappela Winston. Certains parmi vous en ont encore plus. Tâchons de ne pas l'oublier. » Il n'y avait rien de tel qu'un appel à l'honneur. L'honneur était une vertu reconnue par tous, même de ceux qui en étaient dépourvus. Foncièrement, l'honneur était une dette, un code de bonne conduite, une promesse, une qualité intérieure qui vous rendait redevable vis-à-vis de ceux qui le reconnaissaient en vous. Chacun des participants désirait qu'en le regardant, ses collègues voient en lui un individu digne de respect, de confiance et d'honneur. Un concept dans l'ensemble bien utile, songea Winston, tout spécialement en période de crise.

Et maintenant, passons aux choses sérieuses..., se dit Ryan. Apparemment, quand on arrivait à ce niveau, il fallait s'occuper d'abord des problèmes mineurs et garder pour la fin les affaires vraiment sérieuses.

La mission désormais était plus de prévenir une guerre que de la faire, mais ce dernier choix était inclus dans le premier.

Le contrôle de la Sibérie orientale par la Chine et le Japon aurait pour effet de créer, sinon un nouvel *axe*, du moins un nouveau pôle économique mondial, rival des États-Unis dans tous les domaines. Il allait donner à ces deux pays un énorme avantage en termes de compétition économique.

L'ambition, en soi, n'était pas malveillante. Mais la méthode, si. Le monde avait jadis fonctionné selon des règles aussi simples que la loi de la jungle. Si vous étiez le premier à mettre la main sur une chose, elle était à vous — mais uniquement si vous étiez assez fort pour la garder. Pas terriblement élégant, surtout selon les critères contemporains, mais les règles devaient être acceptées parce que les nations les plus fortes offraient en général à leurs citoyens la stabilité politique en échange de leur loyauté, et que cela constituait usuellement la première étape dans la croissance d'une nation. Au bout d'un moment, toutefois, le besoin humain de paix et de sécurité avait donné naissance à une autre politique — un désir de participer au gouvernement de son pays. De l'an 1789, année où l'Amérique avait ratifié sa Constitution, à l'an 1989, année où l'Europe de l'Est s'était effondrée, deux siècles à peine, un concept nouveau s'était fait jour dans l'inconscient collectif de l'humanité. On le connaissait sous bien des noms — démocratie, droits de l'homme, autodétermination — mais c'était foncièrement la reconnaissance que la volonté humaine avait sa propre force, pour l'essentiel orientée vers le bien.

Le plan japonais cherchait à réfuter cette force. Mais le temps des règles d'antan était passé, se dit Jack. Les hommes présents dans cette pièce auraient à y veiller.

« En résumé, dit-il pour conclure, telle est la situation générale dans le Pacifique. »

La salle du conseil était pleine ; le seul absent était le ministre des Finances dont le siège était occupé par son principal collaborateur. Autour de la table en forme de losange étaient réunis les chefs des diverses branches de l'exécutif. Présidents de commissions du Congrès et chefs d'état-major militaires avaient des sièges disposés le long des murs.

Le ministre de la Défense devait prendre la parole ensuite. Au lieu de se lever et gagner le pupitre, tandis que Ryan retournait s'asseoir, il resta à sa place, ouvrit simplement le dossier posé devant lui et commença sa lecture, levant à peine la tête.

« J'ignore si nous sommes en mesure de le faire », commença le ministre, et en entendant ces mots, hommes et femmes du cabinet gouvernemental se trémoussèrent, gênés, sur leur siège.

« Le problème est avant tout technique. Nous ne sommes pas en état de déployer suffisamment nos forces pour...

— Attendez une minute, l'interrompit Ryan. Je veux d'abord qu'un certain nombre de points soient bien clairs pour tout le monde, d'accord ? » Nul ne souleva d'objection. Même le ministre de la Défense parut soulagé de ne pas avoir à parler.

« Guam est un territoire américain, il l'est depuis près d'un siècle. Ces gens sont nos concitoyens. Le Japon nous a pris l'île en 1941 et, en 1944, nous l'avons récupérée. Des Américains sont morts pour ça.

— Nous pensons pouvoir récupérer Guam par la négociation, intervint le ministre Hanson.

— Ravi de l'apprendre, rétorqua Ryan. Et pour le reste des Mariannes ?

— Mes collaborateurs estiment improbable qu'on puisse les récupérer par les voies diplomatiques. Nous y travaillons, bien sûr, mais...

— Mais quoi ? » insista Jack. Il n'y eut pas de réponse immédiate. « Très bien, mettons autre chose au clair. Les Mariannes du Nord n'ont *jamais* été une possession légale du Japon, malgré les dires de leur ambassadeur. La Société des Nations leur avait accordé un mandat en 1919, de sorte qu'on ne pouvait en aucun cas les considérer comme un butin de guerre lorsque nous les avons prises en 1944, avec Guam. En 1947, elles sont devenues un territoire placé sous la tutelle des États-Unis. En 1952, le Japon a officiellement renoncé à toute revendication de souveraineté sur les îles[1]. En 1975, ce sont les citoyens des Mariannes du Nord qui ont choisi, par référendum, de devenir un Commonwealth associé aux États-Unis : en 1978, un gouvernement autonome leur est accordé et ils élisent leur premier gouverneur — nous y avons mis le temps, mais nous l'avons fait. En 1986, les Nations unies jugent que nous avons fidèlement rempli nos obligations vis-à-vis des résidents de l'île, et la même année, ceux-ci obtiennent la citoyenneté américaine. Enfin, en 1990, le Conseil de sécurité des Nations unies met un terme définitif au statut d'administration.

« Est-ce une chose bien entendue ? Les citoyens de ces îles sont des citoyens *américains*, porteurs d'un passeport *américain* — non pas parce que nous les y avons forcés, mais parce qu'ils ont librement choisi de l'être. Cela s'appelle l'autodétermination.

---

1. L'année précédente, elles étaient passées du contrôle (militaire) par la marine des États-Unis à une administration civile sous l'égide du ministère américain de l'Intérieur (*NdT*).

Nous avons apporté l'idée sur ces rochers, et les gens de là-bas ont dû estimer que nous parlions sérieusement.

— On ne peut pas agir quand on n'en a pas les moyens, objecta Hanson. Nous pouvons négocier...

— Négocier, mon cul ! aboya Jack. Qui a dit qu'on n'en avait pas les moyens ? »

Le ministre de la Défense leva les yeux de ses notes. « Jack, cela risque de prendre des années pour rebâtir... tout ce que nous avons désactivé. Si vous voulez en rejeter la responsabilité sur quelqu'un, eh bien, rejetez-la sur moi.

— Si on n'y arrive pas... quel va en être le coût pour le pays ? s'inquiéta le ministre de la Santé et de l'Action sociale. « Ce n'est pas la tâche qui manque, ici !

— Alors, on va laisser une puissance étrangère dépouiller de leurs droits des citoyens américains, sous prétexte que c'est trop difficile de les défendre ? demanda Ryan, un peu plus calmement. Et ensuite ? Que fera-t-on la prochaine fois que ça arrive ? Dites-moi, quand avons-nous cessé d'être les États-Unis d'Amérique ? C'est une question de volonté politique, uniquement, poursuivit le chef du Conseil national de sécurité. L'avons-nous ?

— Dr Ryan, nous vivons dans le monde concret, fit remarquer le ministre de l'Intérieur. Pouvons-nous mettre en danger la vie de tous les habitants de ces îles ?

— Nous avions coutume de dire que la liberté avait plus de prix que la vie. Nous avions coutume de dire la même chose de nos principes politiques, rétorqua Ryan. Et le résultat, c'est un monde bâti sur ces principes. Toutes ces valeurs que l'on nomme des droits ne nous sont pas tombées du ciel... Non. Il a fallu se battre pour les obtenir. Certains sont morts pour ça. Les habitants de ces îles sont des citoyens américains. N'avons-nous pas des devoirs envers eux ? »

Ce genre de raisonnement mettait mal à l'aise le ministre Hanson. Ses collègues aussi, même s'ils n'étaient pas mécontents de se décharger sur lui. « Nous pouvons négocier à partir d'une position de force — mais il faut y aller avec précaution.

— Quel genre de précaution ? s'enquit Ryan, d'une voix douce.

— Bon Dieu, Ryan, on ne peut quand même pas risquer une attaque nucléaire pour quelques milliers...

— Monsieur le ministre, quel est le chiffre magique, selon vous ? Un million ? Notre place dans le monde s'articule sur quelques idées fort simples... et des tas de gens sont morts pour ces idées.

— Là, vous faites de la philosophie, rétorqua Hanson. En attendant, j'ai réuni mon équipe de négociateurs. On va récupérer Guam.

— Non, monsieur, on va récupérer toutes les îles. Et je vais vous dire pourquoi. » Légèrement penché, Ryan parcourut du regard toute la table. « Sinon, nous serons incapables d'empêcher une guerre entre la Russie d'un côté, le Japon et la Chine de l'autre. Je crois connaître les Russes. Ils se battront pour défendre la Sibérie. Forcément. Ses ressources minières constituent leur meilleure chance de faire le saut dans le prochain siècle. Cette guerre pourrait bien devenir nucléaire. Le Japon et la Chine ne croient sans doute pas que ça ira aussi loin, mais moi je peux vous dire que si... Et vous savez pourquoi ?

« Si nous sommes incapables de traiter efficacement cette crise, qui d'autre pourra le faire ? Les Russes se croiront seuls. Notre influence sur eux sera nulle, ils se retrouveront le dos au mur et, dans ces conditions, ils n'auront qu'une seule riposte possible. Ce sera une boucherie comme le monde n'en a jamais connu et je n'ai pas envie de connaître un nouvel âge de pierre.

« Donc, nous n'avons pas vraiment le choix. Vous pourrez imaginer toutes les raisons possibles, mais elles se ramènent en définitive à la même chose : nous avons une dette d'honneur envers les habitants de ces îles qui ont décidé qu'ils voulaient être des Américains. Si nous ne défendons pas ce principe, nous ne défendons plus rien. Et plus personne ne nous fera confiance, plus personne ne nous respectera, pas même nous. Si nous leur tournons le dos, alors nous ne sommes pas ce que nous nous vantons d'être, et tout ce que nous avons pu réaliser n'est que mensonge. »

Durant toute cette tirade, le Président Durling était resté assis sans rien dire, scrutant les visages, en particulier ceux de son ministre de la Défense, et derrière lui, le dos au mur, du chef de l'État-major interarmes, l'homme choisi par le ministre en personne pour l'aider à démanteler la puissance militaire des États-Unis. Les deux responsables baissaient les yeux et il était manifeste que l'un comme l'autre n'étaient pas à la hauteur de la situation. Comme il était manifeste que leur pays ne pouvait se le permettre.

« Comment faire, Jack ? demanda Roger Durling.

— Monsieur le président, je n'en sais encore rien. Avant d'essayer, il faut d'abord décider si on y va ou pas, et ça, monsieur, c'est de votre ressort. »

Durling pesa les paroles de Ryan, pesa l'intérêt de mettre aux voix l'opinion de son cabinet, mais les visages de ses ministres ne lui disaient rien qui vaille. Il se souvenait du temps où, soldat au Viêt-nam, il avait affirmé à ses hommes que tout cela était important, tout en sachant que c'était un mensonge. Il n'avait jamais oublié leurs regards, et même si ce n'était pas de notoriété publique, tous les mois ou presque, désormais, au cœur de la nuit, il descendait au Mémorial du Viêt-nam. Il connaissait la place exacte des noms de tous les hommes morts sous ses ordres, et il parcourait ces noms un par un, pour leur dire que, oui, cela avait eu son importance, que dans le cours des choses, leur mort n'avait pas été vaine, que le monde avait changé en mieux, trop tard pour eux, certes, mais pas trop tard pour leurs concitoyens. Le Président Durling s'avisa d'un dernier élément : jamais personne encore n'avait conquis de territoire américain. Peut-être que c'était cela l'essentiel.

« Brett, nous allons entamer des négociations immédiates. Faites bien comprendre que la situation actuelle dans le Pacifique Ouest n'est en aucun cas acceptable pour le gouvernement des États-Unis. Nous n'accepterons rien de moins qu'un retour intégral des îles Mariannes à leur statut *ante bellum*. Rien de moins, répéta Durling.

— Oui, monsieur le président.

— Je veux des plans et des propositions pour le retrait des forces japonaises de ces îles, dans l'hypothèse où les négociations échoueraient », ajouta SAUTEUR pour son ministre de la Défense. Ce dernier approuva de la tête mais son visage était éloquent. Le ministre de la Défense ne croyait pas la chose possible.

L'amiral Chandraskatta jugeait que cela avait assez duré, mais il était patient et savait qu'il pouvait se le permettre. Il se demandait ce qui allait se passer maintenant.

Tout aurait pu aller bien plus vite. Il avait mis du temps pour élaborer ses méthodes et fomenter ses plans, car il voulait apprendre les schémas de pensée de son adversaire, le contre-amiral Michael Dubro. C'était un adversaire habile, fin manœuvrier, et à cause de cette habileté, il avait bien vite eu tendance à croire que l'homme était stupide. Durant une semaine, il était apparu manifeste que la formation américaine restait tapie au sud-ouest et, en se portant vers le sud, l'amiral indien avait poussé Dubro à faire route au nord, puis à l'est. Même si sa supposition avait été erronée, la flotte américaine aurait dû malgré tout faire route vers le même point, à l'est du cap de Dondra, et forcer les pétroliers ravitailleurs à couper au plus court. Tôt ou tard, ils seraient obligés de passer sous le nez des patrouilleurs aériens et, en définitive, c'est ce qui s'était passé. Ils n'avaient désormais plus qu'une chose à faire, les suivre, et Dubro n'avait d'autre choix que de les repousser vers l'est. Or, cela voudrait dire aussi dérouter toute sa flotte dans cette direction, l'éloigner du Sri Lanka, laissant la voie libre à la formation amphibie de Chandraskatta pour embarquer soldats et blindés. La seule autre possibilité offerte aux Américains était la confrontation et l'engagement avec sa flotte.

Mais ils ne s'y résoudraient jamais — quand même pas ? Non. La seule solution sensée pour les Américains était de rappeler Dubro et ses deux porte-avions à Pearl Harbor, pour y attendre la décision politique d'affronter ou non le Japon. Ils avaient divisé leur flotte, violant la maxime d'Alfred Thayer Mahan, que Chandraskatta avait apprise à l'École navale de Newport, Rhode Island, avec son camarade de promotion, Yusuo Sato. Cela ne remontait pas à si loin, et il se rappelait leurs discussions quand ils déambulaient sur le front de mer en contemplant les voiliers et en se demandant comment de petites marines pouvaient défaire les grandes.

Arrivé à Pearl Harbor, Dubro conférerait avec les responsables des opérations et des renseignements au sein de son état-major de la flotte du Pacifique ; ils feraient leurs additions et se rendraient sans doute compte que la tâche était irréalisable. L'amiral indien s'imaginait leur colère et leur frustration.

Mais avant tout, il allait leur donner une leçon. A présent, c'était lui le chasseur. Nonobstant leur vitesse et leur astuce, ils étaient bloqués en un point précis et, dans ces conditions, tôt ou tard la marge de manœuvre se rétrécissait. Il pouvait bien sûr les débusquer, et ainsi offrir à son pays son premier pas dans sa marche impériale. Un petit pas, certes, presque imperceptible dans l'ensemble de la partie, mais une ouverture digne d'intérêt malgré tout, car elle forcerait les Américains à se retirer et permettrait à son pays de prendre l'initiative, comme venait de le faire le Japon. Le temps pour l'Amérique de reconstituer ses forces, il serait trop tard pour changer les choses. Tout se ramenait à vrai dire à une question d'espace et de temps. L'un et l'autre œuvraient contre un pays affaibli par ses difficultés intérieures et dès lors privé de dessein. C'est ce que le Japon avait eu l'intelligence de discerner.

« Cela s'est passé mieux que je l'aurais escompté », dit Durling. Il avait raccompagné Ryan à son bureau pour bavarder avec lui, une première pour les deux hommes.

« Vous le croyez vraiment ? demanda Jack, surpris.

— Souvenez-vous, j'ai hérité l'essentiel de mon cabinet de Bob. » Le Président s'assit. « Ils ne voient que l'aspect politique intérieure. C'est bien mon problème depuis le début.

— Il vous faut un nouveau ministre de la Défense et un nouveau chef d'état-major, observa froidement le chef du Conseil national de sécurité.

— Je le sais, mais le moment est mal venu. » Durling sourit. « Vous, vous avez une marge de manœuvre un peu plus large, Jack. Mais j'ai d'abord une question à vous poser.

— Je ne sais pas si nous pouvons faire l'impasse sur ce problème, remarqua Ryan en griffonnant sur son calepin.

— Nous devons d'abord éliminer ces missiles.

— Oui, monsieur, je le sais. Nous les trouverons. En tout cas, je l'espère, d'une manière ou de l'autre. Les autres jokers sont les otages et notre capacité à frapper les îles. Cette guerre, si c'en est bien une, obéit à des règles nouvelles. Je ne suis pas encore sûr de bien les cerner. » Ryan continuait à réfléchir au problème de l'impact sur l'opinion publique. Comment réagirait le peuple américain ? Et le peuple japonais ?

« Vous voulez un bon tuyau de votre commandant en chef ? » demanda Durling.

Cela suffit à susciter chez Ryan un nouveau sourire. « Un peu, oui...

— J'ai combattu dans une guerre où les règles étaient édictées par le camp adverse, observa alors Durling. Ça n'a pas donné des résultats fameux.

— Ce qui m'amène à une question...

— Posez-la.

— Jusqu'où pouvons-nous aller ? »

Le Président réfléchit. « Précisez votre pensée.

— D'habitude, le commandement ennemi constitue une cible légitime, mais jusqu'ici, ces gens-là portaient l'uniforme.

— Vous voulez dire qu'on devrait s'en prendre au *zaibatsu* ?

— Oui, monsieur. Il semblerait a priori que ce sont eux qui donnent les ordres. Mais ce sont des civils, et s'en prendre directement à eux aurait toutes les apparences d'un assassinat.

— Nous aurons peut-être à sauter le pas s'il faut en venir là, Jack. » Le Président se leva pour prendre congé, ayant dit ce qu'il avait à dire.

« Fort juste. » *Une marge de manœuvre un peu plus large,* songea Ryan. Cela pouvait signifier bien des choses. En gros, qu'il avait tout le loisir de coller à l'action, mais seul, sans protection aucune. *Eh bien,* songea Jack, *ce n'est pas nouveau pour toi.*

« Qu'avons-nous fait ? demanda Koga. Que les avons-nous laissé faire ?

— Simplement suivre leur pente naturelle », répondit un conseiller politique de longue date. Il n'avait pas besoin de préciser à qui il faisait allusion. « Nous ne sommes pas capables d'établir seuls notre pouvoir ; jouant sur nos divisions, il leur est facile de nous mener dans la direction qu'ils veulent, et avec le temps... » L'homme haussa les épaules.

« Avec le temps, on en est venu à ce que la politique de notre pays soit décidée par vingt ou trente individus élus simplement par leur conseil d'administration. Mais qu'on en arrive à ce point. *A ce point...*

— Nous sommes ce que nous sommes. Vaudrait-il mieux se boucher les yeux ?

« — Mais qui protège le peuple, désormais ? » demanda l'ex-Premier ministre — un titre qui lui paraissait bien dérisoire, conscient qu'il était de n'avoir plus aucune prise sur la situation.

« Mais Goto, bien sûr.

— On ne peut pas laisser faire ça. Vous savez ce qui le mène... » Le conseiller de Koga acquiesça et il aurait souri, n'eût été la gravité du moment. « Dites-moi, reprit Mogataru Koga. Qu'est-ce que l'honneur ? Que nous dicte-t-il, aujourd'hui ?

— Notre devoir, monsieur le ministre, est envers le peuple », répondit cet homme dont l'amitié pour le dirigeant politique datait de leurs années à l'université de Tokyo. Puis lui revint une citation d'un Occidental — Cicéron, lui semblait-il. « Le bien du peuple est la loi suprême. »

Et cela résumait tout, pensa Koga. Il se demanda si la trahison débutait toujours ainsi. La nuit portait conseil, même s'il savait qu'il ne fermerait pas l'œil ce soir. *Ce matin*, rectifia-t-il en grommelant, après un coup d'œil à sa montre.

« Il est absolument certain qu'il s'agit d'une voie normale ?

— Vous pouvez rééplucher les photos vous-mêmes », lui dit Betsy Fleming. Ils étaient revenus au QG du service de reconnaissance aérienne du Pentagone. « Le wagon plate-forme qu'ont vu nos gars est à écartement normal.

— De l'intox, peut-être ? suggéra l'analyste.

— Le SS-19 a un diamètre de deux mètres quatre-vingts, répondit Chris Scott en lui tendant un fax venu de Russie. Ajoutez-y deux cent soixante-dix millimètres pour le conteneur de transport. J'ai fait le calcul moi-même. Le gabarit de ces lignes à voie métrique est trop limité pour un objet de cette dimension. C'est possible, mais improbable.

— Vous devez bien comprendre, insista Betsy, qu'ils ne veulent pas courir trop de risques. Du reste, les Russes avaient également envisagé un transport ferroviaire pour leur modèle 4 du lanceur, ils l'avaient même modifié en ce sens, or l'écartement des voies en Russie...

— Ouais, j'avais oublié. Elles sont plus larges que les nôtres, n'est-ce pas [1] ? » Acquiescement de l'analyste. « Parfait. Voilà qui nous facilite la tâche. » Il se retourna vers son ordinateur et lança une séquence d'instructions qu'il avait élaborées quelques heures auparavant. A chaque passe au-dessus du Japon, les caméras à haute résolution et champ étroit se braqueraient vers des coordonnées précises. Détail intéressant, c'était l'AMTRAK qui disposait des informations les plus à jour sur les chemins de fer nippons, et à cette heure encore, on était en train d'informer leurs cadres sur la réglementation afférente à l'imagerie aérienne. Réglementation qui n'avait rien de bien sorcier, à vrai dire : *racontez à qui que ce soit ce que vous avez vu, et vous pouvez prévoir des vacances prolongées au pénitencier de Marion, Illinois.*

La séquence d'instructions programmée fut transmise à Sunnyvale, Californie, d'où elle monta vers un satellite militaire de communications, puis vers les deux KH-11 de surveillance, dont l'un allait survoler le Japon dans cinquante minutes, et le second dix minutes après. Les trois techniciens présents dans la salle s'interrogeaient sur les capacités des Japonais en matière de camouflage. Le pire c'est qu'ils pouvaient fort bien ne jamais avoir la réponse. En fait, leur seul choix était d'attendre. Ils examineraient les images en temps réel, mais à moins de tomber sur des signes manifestes de ce qu'ils recherchaient, le véritable boulot allait exiger des heures, sinon des jours. S'ils avaient de la chance...

Le *Kurushio* était en surface, et ça ne faisait jamais la joie d'un commandant de sous-marin. Il n'y resterait pas longtemps toutefois. Le carburant arrivait à bord par deux conduites de gros diamètre, tandis que le reste du ravitaillement, des vivres surtout, était descendu par grue aux hommes d'équipage attendant sur le pont. Sa marine ne possédait pas de navires avitailleurs dévolus spécifiquement aux submersibles, le capitaine de frégate Ugaki le savait. Ils devaient en général recourir à des pétroliers, mais ceux-ci étaient pris ailleurs, occupés à d'autres tâches, et il avait hérité d'un cargo dont l'équipage était peu familiarisé avec la tâche, même s'il s'en acquittait avec enthousiasme.

---

1. 1,435 m d'écartement intérieur pour la voie normale utilisée en Europe et aux États-Unis, 1,524 m pour le réseau de l'ex-URSS *(NdT)*.

Son bateau était le dernier encore mouillé dans le port d'Agana, car c'était celui qui se trouvait le plus éloigné des Mariannes au début de l'occupation. Il n'avait tiré qu'une seule torpille et avait eu le plaisir de constater l'efficacité de la type 89. C'était parfait. Certes, il ne fallait pas compter sur la marine marchande pour le réarmer mais il avait encore de quoi faire : quinze autres torpilles, plus quatre missiles Harpoon, et si les Américains lui offraient autant de cibles, eh bien tant mieux.

Les matelots qui n'étaient pas affectés à la manutention du ravitaillement sur le pont arrière s'étaient regroupés à l'avant et prenaient le soleil, comme le font souvent les sous-mariniers — et d'ailleurs aussi leur capitaine : torse nu sur le kiosque, il buvait du thé en adressant de grands sourires à tout le monde. Sa prochaine mission était de patrouiller le secteur à l'ouest de l'archipel des Bonin [1] afin d'y intercepter tout bâtiment américain — sans doute un submersible — qui tenterait de s'approcher des îles métropolitaines. Cela promettait d'être une mission de routine, estima Ugaki : morne, mais exigeante. Il faudrait qu'il en explique l'importance à son équipage.

« Alors, où se trouve la ligne de patrouille à l'heure qu'il est ? demanda Jones en repoussant encore une fois l'enveloppe.

— Le long du 165e est, pour le moment, répondit l'amiral Mancuso en indiquant la carte. Nous jouons serré, Jonesy. Avant de les engager au combat, je veux qu'ils se fassent à cette idée. Je veux que les officiers préparent leurs hommes à fond. On n'est jamais assez prêt, Ron. Jamais.

— Exact », concéda le civil. Il était arrivé avec ses listings sous le bras pour démontrer que tous les contacts de sous-marins relevés avaient disparu des écrans. Deux batteries d'hydrophones opérant depuis l'île de Guam n'étaient désormais plus accessibles. Bien que reliées par câble sous-marin au reste du réseau, on les avait

---

1. Situé près du tropique du Cancer, au sud du Japon, ce minuscule archipel volcanique d'à peine plus de 2000 habitants, dont les îles principales sont Chichi, Haha, Ototo, Muko, et Yome avait été annexé par l'empire nippon 1876 et rattaché à la préfecture de Tokyo. Placé sous mandat américain après la défaite d'août 1945, il a été restitué au Japon en juin 1968. (NdT).

manifestement coupées depuis le central de surveillance de Guam, et personne à Pearl n'avait encore réussi à trouver le moyen de les remettre en service. Consolation : le réseau de secours opérant depuis Samar aux Philippines était encore opérationnel, mais il était incapable de détecter les SSK nippons que les images satellite montraient en cours de ravitaillement au large d'Agana. Ils avaient même réussi à en avoir un décompte précis. Il faut dire, songea Mancuso, que les Japonais continuaient à peindre le numéro de leurs unités sur les coques, et ceux-ci étaient parfaitement lisibles par les caméras des satellites. A moins qu'à l'instar des Russes — et maintenant des Américains — les Japs n'aient appris à piéger les services de reconnaissance en s'amusant à modifier les numéros — voire à les effacer purement et simplement.

« Ce serait sympa d'avoir quelques sous-marins d'attaque de rab, pas vrai ? observa Jones après avoir contemplé la carte pendant une minute.

— Sans aucun doute. Peut-être que si on parvient à avoir des instructions de Washington... » Il laissa sa phrase en suspens et Mancuso poursuivit sa réflexion. La position de l'ensemble des submersibles placés sous sa responsabilité était repérée par une étiquette noire, même ceux qui étaient en réparation. Ces derniers portaient une marque blanche, sur laquelle était inscrite leur date de disponibilité, ce qui lui faisait une belle jambe. Mais il y en avait quand même cinq indiqués à Bremerton, non ?

Le même bandeau *Bulletin spécial* apparut sur tous les grands réseaux télévisés. Chaque fois, la voix assourdie d'un présentateur annonça que le programme en cours allait être interrompu pour laisser place à une allocation du Président sur la crise économique à laquelle était confronté son gouvernement depuis le week-end précédent. Puis apparut sur l'écran le sceau présidentiel. Ceux qui avaient suivi l'actualité depuis le début durent être surpris de voir le Président sourire.

« Bonsoir... Mes chers compatriotes, la semaine dernière, nous avons vu se produire un grave événement au sein du système financier de notre pays. Je veux tout d'abord vous assurer que l'économie américaine est forte. Certes (il sourit), cela peut vous paraître une affirmation bien étrange après tout ce que vous avez pu entendre dans les médias ou ailleurs. Mais laissez-moi vous expliquer pourquoi il en est ainsi. Je commencerai par une question.

« Qu'y a-t-il de changé ? Des ouvriers américains continuent de fabriquer des voitures à Detroit et dans les autres villes. Des ouvriers américains continuent de couler de l'acier. Les fermiers du Kansas ont rentré leur blé d'hiver et préparent les nouveaux labours. On continue de produire des ordinateurs dans la Silicon Valley. De fabriquer des pneus à Akron. Boeing n'a pas arrêté de construire des avions. On extrait toujours autant de pétrole du sous-sol au Texas et en Alaska. On extrait toujours du charbon en Virginie occidentale. Toutes ces activités que vous remplissiez la semaine dernière, vous continuez de les accomplir. Alors, qu'est-ce qui a donc changé ?

« Ce qui a changé, c'est ceci : quelques paquets d'électrons ont voyagé sur des fils de cuivre, des fils téléphoniques comme celui-ci (le Président saisit un cordon téléphonique, puis le jeta négligemment sur son bureau, avant de poursuivre, de cette bonne voix du voisin serviable qui vient vous donner un conseil avisé), et voilà tout. Pas un individu n'a perdu la vie. Pas une entreprise n'a perdu un bâtiment. La richesse du pays n'a pas été entamée. Rien n'a disparu. Et pourtant, mes chers compatriotes, nous avons failli céder à la panique... Pour quelle raison ?

« Ces quatre derniers jours, nous avons acquis la conviction qu'on avait délibérément tenté de toucher aux marchés financiers des États-Unis. Le ministre de la Justice, aidé par un certain nombre d'honnêtes citoyens travaillant sur ces marchés, est, à l'heure où je vous parle, en train d'instruire une enquête criminelle contre les responsables de ces malversations. Je ne puis vous en dire plus pour le moment, car même votre Président n'a pas le droit d'interférer avec le droit de toute personne à bénéficier d'une justice sereine et impartiale. Mais nous savons désormais avec certitude ce qui s'est produit, et nous savons avec certitude que ce qui s'est produit était entièrement artificiel.

« Et maintenant, qu'allons-nous décider ? demanda Roger Durling. Les marchés financiers ont été fermés toute cette semaine. Ils rouvriront vendredi à midi et... »

33

Points de rebroussement

« JAMAIS ça ne marchera, dit Kozo Matsuda, couvrant la voix de la traduction simultanée. Le plan de Raizo était parfait — mieux que parfait », poursuivit-il, autant pour lui que pour le combiné téléphonique. Avant le krach, il avait travaillé en collaboration avec un associé banquier pour saisir l'occasion et tirer profit des transactions sur les bons du Trésor, ce qui n'avait pas été du luxe pour recapitaliser son conglomérat en fâcheuse posture. Cela avait également lesté en yen son compte bancaire, face au marché international. Mais ce n'était pas vraiment un problème. Pas avec la bonne santé retrouvée de la devise nationale et la faiblesse concomitante du dollar américain. Il pourrait même s'avérer intéressant, en fin de compte, de racheter des titres américains en passant par des intermédiaires — une habile manœuvre stratégique, dès que le marché des valeurs de New York aurait repris sa chute libre.

« Quand les marchés européens ouvrent-ils ? » Avec toute cette excitation, il avait fini par oublier.

« Londres a neuf heures de décalage avec nous. L'Allemagne et les Pays-Bas, huit. A quatre heures cet après-midi, lui indiqua son correspondant. Nos hommes ont leurs instructions. » Et celles-ci étaient claires : profiter de la vigueur retrouvée du yen pour acheter au plus vite le maximum possible de titres européens : ainsi, lorsque la panique financière serait retombée — d'ici deux ou trois ans —, le Japon se retrouverait si étroitement intégré à cette économie multinationale qu'il en serait indissociable ; devenu tellement indispensable à leur survie que toute séparation raviverait le spectre d'une déroute financière. Et ils ne voudraient pas prendre un tel risque, pas après s'être remis de la pire crise économique depuis trois générations, et certainement pas après avoir vu le Japon tenir un rôle aussi important, et si désintéressé, dans la restauration de la prospérité pour trois cents millions d'Européens. C'était déroutant que les Américains puissent suspecter que tous ces événements soient dus à un acte de malveillance, toutefois Yamata-san leur avait assuré qu'ils ne disposaient d'aucun moyen de récupérer les données perdues — n'était-ce pas là le coup de maître : la suppression de toutes les archives et leur remplacement par un total chaos ? Le monde des affaires ne pouvait fonctionner sans une comptabilité précise de toutes les transactions effectuées et, en leur absence, toutes les affaires s'interrompaient, purement et simplement. Reconstituer ces archives allait exiger des semaines, pour ne pas dire des mois, Matsuda en était sûr, durant lesquels la paralysie permettrait au Japon — plus précisément à ses collègues du *zaibatsu* — de faire des profits, en sus des brillantes manœuvres stratégiques exécutées par Yamata par l'entremise de leurs agences gouvernementales. C'était la nature intégrée de ce plan qui avait convaincu ses compagnons de le suivre.

« Ça n'a franchement aucune importance, Kozo. Nous avons également terrassé l'Europe, et les seules liquidités qui restent disponibles sur le marché international sont les nôtres. »

« Bien parlé, patron, dit Ryan, appuyé contre l'encadrement de la porte.

— On a encore du pain sur la planche », observa Durling, qui quitta son fauteuil et sortit du Bureau Ovale avant de poursuivre. Le Président et le chef du Conseil national de sécurité réintégrèrent la Maison Blanche proprement dite, passant devant les techniciens qui seuls avaient été admis à l'intérieur. L'heure n'était pas encore venue d'affronter la presse.

« Étonnant comme cette histoire peut être morale, observa Jack alors qu'ils entraient dans l'ascenseur pour gagner les appartements privés.

— On fait de la métaphysique, hein ? Vous êtes allé à l'école chez les Jésuites, n'est-ce pas ?

— J'en ai même fait trois. Qu'est-ce que le réel ? » La question était toute rhétorique. « Le réel, pour eux, c'est des électrons et des écrans d'ordinateur, et si j'ai pu apprendre une chose à Wall Street, c'est qu'ils ne pigent que dalle aux investissements. Excepté Yamata, je suppose...

— Ma foi, il s'est plutôt bien débrouillé, non ?

— Il n'aurait pas dû toucher aux archives. S'il nous avait laissés dégringoler sans intervenir... (Ryan haussa les épaules), la chute libre aurait fort bien pu continuer. Il ne lui est simplement pas venu à l'esprit qu'on pouvait jouer selon d'autres règles que lui. » Et c'est cela, estimait Jack, qui serait la clé de tout. L'allocution présidentielle avait su habilement mêler le dit et le non-dit, et sa cible avait été parfaitement définie. Il s'agissait en fait de la première action psychologique d'une guerre.

« La presse ne peut pas rester éternellement muette.

— Je sais. » Ryan savait même d'où partirait la fuite, que seule l'action du FBI avait pu l'empêcher jusqu'ici. « Mais il faut arriver à garder le secret encore un tout petit moment. »

Cela démarra en douceur, pas vraiment comme le lancement d'un plan opérationnel, tout au plus comme ses prémices. Quatre bombardiers B-1B Lancer décollèrent de la base aérienne d'Elmendorf en Alaska, suivis de deux ravitailleurs KC-10. La latitude élevée combinée à la période de l'année garantissait une obscurité totale. Les soutes des bombardiers étaient garnies de réservoirs supplémentaires au lieu d'armes. Chaque appareil avait un équipage de quatre hommes, un pilote, un copilote et deux opérateurs électroniciens.

Le Lancer était un avion agile, un bombardier équipé d'un mini-manche à balai de chasseur à la place de commandes plus traditionnelles, et tous ceux qui avaient pu piloter l'un et l'autre appareil affirmaient que le B-1B offrait des sensations analogues à celles d'un F-4 Phantom, en un peu plus lourd, sa masse et ses dimensions lui procurant une plus grande stabilité et — jusqu'ici du moins — un confort supérieur. Pour l'heure, les six appareils volaient en formation échelonnée sur la route internationale R-220, en maintenant l'espacement latéral requis pour un trafic aérien commercial.

Après dix-huit cents kilomètres et deux heures de vol, alors que l'escadrille avait doublé Shemya et venait de sortir de la couverture radar au sol, les six avions obliquèrent momentanément vers le nord. Les ravitailleurs maintinrent leur cap tandis que les bombardiers passaient successivement derrière eux pour s'approvisionner en kérosène, manœuvre qui prit une vingtaine de minutes pour chaque appareil. Cela fait, les bombardiers poursuivirent leur route au sud-ouest tandis que les ravitailleurs viraient pour se poser à Shemya, où ils referaient le plein à leur tour.

Les quatre bombardiers descendirent jusqu'à vingt-cinq mille pieds : à sept mille cinq cents mètres d'altitude, ils se retrouvaient sous le flot du trafic commercial régulier, ce qui leur donnait une plus grande marge de manœuvre. Ils continuèrent à suivre de près la R-220, la route aérienne commerciale située le plus à l'ouest, en rasant la péninsule du Kamtchatka.

A l'arrière, on activa les systèmes de détection. Bien que conçu à l'origine comme un bombardier de pénétration, le B-1B remplissait de nombreux rôles, dont le renseignement électronique. La cellule de n'importe quel appareil militaire est toujours hérissée de toutes sortes de petites excroissances qui évoquent tout à fait des nageoires de poisson. Ces objets sont immanquablement diverses sortes d'antennes, et leur profilage élégant n'a d'autre but que d'en réduire la traînée aérodynamique. Le Lancer en était pourvu en abondance, conçues pour recueillir les diverses fréquences radio et radar et les transmettre à l'équipement électronique chargé de les analyser. Une partie du travail était effectuée en temps réel par l'équipage. Le principe était que le bombardier repère tout radar hostile, pour mieux éviter une éventuelle détection et ainsi pouvoir larguer ses bombes.

Au dernier point de contact, à environ trois cents milles des limites de la Zone d'identification de la défense aérienne nippone, les bombardiers rompirent pour adopter une formation de patrouille, à cinquante nautiques d'écart, et descendirent à l'altitude de dix mille pieds. Les hommes se frottèrent les mains, resserrèrent d'un cran leur harnais et commencèrent à se concentrer. Les conversations dans l'habitacle se réduisirent au niveau requis pour la mission, et l'on mit en route les enregistreurs à bandes. Les satellites qui les survolaient leur indiquaient que l'aviation japonaise avait placé ses avions d'alerte avancée, des E-767, quasiment en veille continue, et c'étaient ces éléments défensifs que redoutaient le plus les équipages des bombardiers. Volant à haute altitude, les E-767 étaient capables de voir loin. Mobiles, ils pouvaient se porter au-devant des menaces afin de les traiter avec le maximum d'efficacité. Le plus grave était qu'ils opéraient en conjonction avec des chasseurs, et les chasseurs étaient dotés d'yeux, et derrière ces yeux il y avait des cerveaux, et de toutes les armes, les plus redoutables étaient celles qui étaient servies par des cerveaux.

« Parfait, voilà le premier », annonça l'un des opérateurs. Ce n'était pas réellement le cas. Pour s'entraîner, ils avaient calibré leur équipement sur les radars de défense aérienne russes, mais pour la première fois dans la mémoire collective de ces seize aviateurs, ce n'étaient pas des radars et des chasseurs russes qui les préoccupaient. « Basse fréquence, fixe, position relevée. »

Ils recevaient ce que souvent les opérateurs appelaient du « fuzz » — un signal flou, brumeux, révélateur d'un radar situé sous l'horizon et trop éloigné pour détecter leur appareil à demi furtif. De même qu'on aperçoit la lueur d'une lampe torche bien avant que son éclat ne révèle la présence de celui qui la porte, de même le radar était trahi par son faisceau. Le puissant transmet-teur servait aussi bien de balise d'alarme pour les hôtes indésira-bles que de vigie pour ses propriétaires. La position, la fréquence, le taux de répétition des pulses, et la puissance estimée du radar furent notés et consignés. Au pupitre de l'officier de guerre élec-tronique, un écran indiquait la couverture de ce radar. L'image était répétée sur la console du pilote, la zone dangereuse marquée en rouge. Il comptait bien passer au large de celle-ci.

« Suivant, dit l'officier d'alerte avancée. Waouh ! Tu parles d'une puissance... celui-ci est embarqué. Ça doit encore être un de leurs nouveaux. Déplacement sud-nord manifeste, gisement deux-zéro-deux.

— Bien copié », répondit le pilote d'une voix calme, sans ces-ser de scruter les ténèbres alentour. Le Lancer volait en fait en pilotage automatique, mais sa main droite n'était qu'à quelques centimètres du manche, prête à faire basculer le bombardier sur la gauche, en piqué avec la post-combustion. Il y avait des chas-seurs quelque part sur sa droite, deux F-15 sans doute, mais ils devaient sans doute rester à proximité des E-767.

« Encore un, au un-neuf-cinq, vient d'apparaître... fréquence différente et — un instant, dit l'officier électronicien. Bon, changement de fréquence radical. Il est sans doute passé à présent en mode supra-horizon.

— Est-ce qu'il pourrait nous accrocher ? » demanda le pilote, en jetant un nouveau coup d'œil à son écran de contrôle. A l'extérieur de la zone rouge interdite, il y avait un secteur orangé que le pilote considérait comme « peut-être » à risque. Ils n'étaient qu'à quelques minutes de l'entrée dans cette zone et ce « peut-être » semblait une notion passablement préoccupante dans les circonstances actuelles, à près de cinq mille kilomètres de la base aérienne d'Elmendorf.

« Pas sûr. Mais possible. Recommande approche par la gauche », conseilla judicieusement l'officier. Aussitôt, il sentit l'appareil s'incliner de cinq degrés. Pas question de courir de risque. La mission était de recueillir des renseignements, tout comme un joueur professionnel observe une table avant de s'asseoir et de placer ses jetons.

« Je crois qu'il y a quelqu'un dans le secteur, annonça l'un des opérateurs du E-767. Zéro-un-cinq, se dirigeant au sud-ouest. Difficile à garder. »

Le radôme tournant au sommet du E-767 avait peu d'équivalents dans le monde, et tous les autres exemplaires étaient japonais. Trois d'entre eux opéraient sur la façade orientale de leur pays. Capables de rayonner chacun jusqu'à trois mégawatts d'énergie électrique, ils avaient quatre fois la puissance de leurs homologues embarqués sur les avions américains, mais la véritable complexité du système résidait moins dans sa puissance que dans son mode d'émission. Il s'agissait en gros d'une version réduite du radar SPY embarqué sur les destroyers de la classe Kongo : composé d'une batterie de milliers de diodes électroniques capables d'assurer un balayage à la fois électronique et mécanique, avec la possibilité de changer de gamme de fréquences à la demande. Pour la détection lointaine, le mieux était une fréquence relativement basse. Toutefois, les ondes s'incurvaient toujours légèrement autour de l'horizon visible, au détriment de la résolution. L'opérateur n'accrochait son contact qu'une fois tous les trois passages du faisceau environ. Le logiciel d'analyse n'avait pas encore appris à distinguer le bruit de fond de l'activité délibérée d'un esprit humain, du moins pas dans tous les cas, et malheureusement pas dans cette gamme de fréquences...

« Vous êtes sûr ? » demanda le chef contrôleur à l'interphone. Il venait de basculer l'affichage sur son écran et n'avait encore rien noté de particulier.

« Ici. » Le premier homme déplaça son curseur et marqua le contact lorsqu'il réapparut. Ah, s'il avait pu améliorer ce programme. « Attendez ! Regardez ici ! » Il sélectionna un autre bip qu'il marqua également. Ce dernier disparut presque aussitôt mais revint au bout de quinze secondes. « Vous voyez, cap au sud... vitesse cinq cents nœuds.

— Excellent. » Le chef-contrôleur activa le micro et informa par radio sa station au sol que les défenses aériennes nippones étaient pour la première fois mises à l'épreuve. La seule surprise, en fait, était qu'il leur ait fallu si longtemps. *C'est là que ça commence à devenir intéressant*, songea-t-il en se demandant ce qui allait suivre, maintenant que la partie avait commencé pour de bon.

« Pas d'autres E ? demanda le pilote.

— Non, rien que ces deux-ci. J'ai cru déceler un peu de fuzz il y a une minute, répondit le radariste, mais le brouillage a disparu. » Il n'avait pas besoin d'expliquer qu'avec la sensibilité de ses instruments, il devait sans doute capter les émissions des télécommandes de portails électriques... Peu après, il repéra un autre radar au sol. La patrouille aérienne rebroussa chemin vers l'ouest, recoupant la zone de couverture des deux E-767, qui continuaient pour leur part de suivre un axe nord-est/sud-ouest, et ils se trouvaient désormais à mi-distance de la principale île métropolitaine, Honshu, encore à plus de trois cents nautiques sur leur droite. A bord de chacun des quatre appareils américains, les copilotes ne regardaient dorénavant plus que vers l'ouest, tandis que leur commandant scrutait l'apparition d'un éventuel trafic aérien dans leur axe de vol. L'ambiance à bord était tendue, mais c'était la routine, un peu comme lorsqu'on traverse en voiture un quartier où on n'aimerait pas habiter : tant que vous avez les feux verts, vous ne vous faites pas trop de souci — même si vous n'appréciez pas trop les regards que suscite votre véhicule.

L'équipage du troisième E-767 était inquiet — et ses chasseurs d'escorte plus encore. Une formation d'appareils ennemis était en train de lorgner leur côte, et même s'ils en étaient encore distants de six cents kilomètres, ils n'avaient rien à faire dans le secteur. Mais ils mirent tous leurs systèmes radar en alerte. Sans doute des EC-135 — des avions de surveillance — préparant l'ordre de bataille électronique pour leur pays. Et si la mission américaine était de recueillir des renseignements, alors le mieux à faire était de les en empêcher. Et c'était enfantin — en tout cas, c'est ce que se dirent les opérateurs radar japonais.

On s'approchera un peu plus la prochaine fois, se dit le chef de mission. Pour commencer, il faudrait que les experts en électronique épluchent les données recueillies pour tenter de déterminer ce qui était sûr ou ne l'était pas, mettant en jeu la vie de leurs collègues aviateurs avec leurs conclusions. C'était une pensée réconfortante. L'équipage se relaxa, bâilla et se remit à bavarder, avant tout de la mission et de ce qu'elle leur avait appris. Quatre heures et demie de vol pour retourner à Elmendorf, puis une bonne douche et un repos bien mérité.

Les contrôleurs japonais n'avaient toujours pas l'assurance formelle d'avoir obtenu des contacts, mais l'examen des bandes embarquées lèverait les doutes. Leur mission de patrouille reprit sa surveillance normale du trafic aérien commercial ; certains s'étonnèrent que celui-ci se poursuive toujours. Les réponses étaient en général des haussements d'épaules ou de sourcils, d'où une incertitude plus grande encore qu'au moment où ils avaient cru repérer des contacts hostiles. Cela devait tenir à l'observation continue d'un écran radar plusieurs heures d'affilée. Tôt ou tard, l'imagination reprenait le dessus, et plus on cherchait à se raisonner, plus cela empirait. Mais cela, ils le savaient, valait aussi pour le camp adverse.

Les dirigeants des banques centrales étaient habitués à être traités comme des personnages officiels. Tous leurs vols étaient arrivés à l'aéroport international John F. Kennedy en l'espace d'une heure. Chacun d'eux fut reçu par un haut diplomate de la délégation de son pays à l'ONU, qui le dispensa des formalités de douane et le ramena en ville dans une voiture à plaque diplomatique. Leur destination commune fut une surprise pour tous mais le gouverneur de la Réserve fédérale leur expliqua que, pour des raisons pratiques, le siège new-yorkais du FBI permettait de mieux coordonner l'action que la branche locale de la Réserve fédérale, d'autant plus que le bâtiment était assez vaste pour accueillir tous les directeurs des principales maisons de Bourse — puisque la réglementation anti-trust était provisoirement suspendue dans l'intérêt de la sécurité nationale du pays. L'annonce ébahit les visiteurs européens. Ainsi donc, pensèrent-ils tous, l'Amérique avait fini par saisir les implications entre la finance et la sûreté de l'État. Il leur avait fallu le temps.

George Winston et Mark Gant entamèrent leur compte rendu final des événements de la semaine écoulée, après une introduction par le gouverneur et le ministre Fiedler pour mettre tout le monde dans le bain.

« Sacrément habile, confia le chef de la banque d'Angleterre à son homologue allemand.

— *Jawohl*, murmura ce dernier.

— Comment comptez-vous prévenir la répétition d'un tel événement ? demanda tout haut l'un des invités.

— Pour commencer, en améliorant les systèmes d'archivage des transactions, répondit Fiedler, d'un ton alerte, après avoir enfin presque connu une nuit de sommeil décente. En dehors de cela... ? Eh bien, c'est une question qui mérite encore examen. L'essentiel, pour l'heure, ce sont les mesures à envisager pour remédier à la situation présente.

— Le yen devrait en souffrir, observa aussitôt le gouverneur de la Banque de France. Et nous devons vous aider à protéger le dollar dans l'intérêt de nos propres devises.

— Oui, acquiesça aussitôt le gouverneur de la Réserve. Jean-Jacques, je suis ravi de constater que vous partagez notre point de vue.

— Et pour sauver votre marché boursier, que comptez-vous faire ? s'enquit le chef de la Bundesbank.

« — Cela va peut-être vous paraître complètement fou, mais nous pensons que ça devrait marcher », commença le ministre des Finances, avant de leur résumer les dispositions que le Président Durling s'était bien abstenu de révéler dans son discours, et dont l'exécution dépendait dans une large mesure de la coopération de leurs partenaires européens. Les visiteurs échangèrent un même regard, d'incrédulité d'abord, puis d'assentiment.

Fiedler sourit. « Puis-je suggérer que nous coordonnions nos efforts vendredi ? »

Neuf heures du matin était considéré comme une heure indue pour entamer des négociations diplomatiques, ce qui leur rendait bien service. La délégation américaine se rendit à l'ambassade du Japon sise sur Massachusetts Avenue, Nord-Ouest, à bord de voitures banalisées, pour mieux dissimuler la situation.

Les consignes avaient été scrupuleusement respectées. La salle de conférence était vaste, et dotée d'une table en proportion. Les Américains prirent place d'un côté, les Japonais de l'autre. On échangea des poignées de main parce que ces hommes étaient des diplomates et que c'était la tradition. Il y avait du thé et du café, mais la plupart se contentèrent d'eau glacée servie dans des verres de cristal. Au grand désagrément des Américains, certains des Japonais fumaient. Scott Adler se demanda si ce n'était pas uniquement pour les déstabiliser ; aussi, désireux de rompre la glace, demanda-t-il lui aussi une cigarette au premier secrétaire d'ambassade qui la lui offrit volontiers.

« Merci de bien vouloir nous accueillir, commença-t-il d'une voix mesurée.

— Bienvenue une fois encore en nos murs, lui répondit l'ambassadeur nippon, avec un signe de tête amical quoique las.

— Voulez-vous que nous commencions ?

— Je vous en prie. » L'ambassadeur se cala dans son siège en adoptant une pose détendue pour montrer qu'il était à l'aise et prêt à écouter poliment le discours qui s'annonçait.

« Les États-Unis sont gravement préoccupés par l'évolution de la situation dans le Pacifique Ouest », commença Scott Adler. *Gravement préoccupé* était l'expression adéquate. Quand des nations se montraient gravement préoccupées, cela voulait dire en général qu'elles envisageaient une action violente. « Comme vous le savez, les habitants des Mariannes ont la citoyenneté américaine, et cela, de leur propre volonté ainsi qu'ils l'ont librement exprimé lors d'un suffrage il y a près de vingt ans. Pour cette raison, les États-Unis d'Amérique ne toléreront en aucune circonstance une occupation japonaise de ces îles, et nous récla... non, se reprit Adler, nous *exigeons* sur-le-champ le retour de ces îles sous souveraineté américaine, et le retrait immédiat et total des forces armées japonaises des territoires en question. Nous exigeons également la libération immédiate de tous les ressortissants américains qui pourraient être détenus par votre gouvernement. Tout refus d'obtempérer à ces exigences ne pourra qu'entraîner les conséquences les plus graves. »

Chacun dans l'assistance estima que la déclaration liminaire était sans équivoque. Au plus pouvait-on la juger un peu trop ferme, estimèrent les diplomates nippons, même ceux qui jugeaient que l'initiative de leur pays était de la folie.

« Je regrette personnellement le ton de votre déclaration, répondit l'ambassadeur, ce qui était une gifle diplomatique pour Adler. Sur les points concrets, nous prêterons une oreille attentive à votre position et confronterons ses mérites avec les intérêts de notre sécurité. » C'était une façon diplomatique d'indiquer à Adler de s'abstenir de réitérer son point de vue — en l'accentuant. On lui réclamait implicitement une autre ouverture, celle-ci avec des concessions, en échange de quoi on sous-entendait la promesse éventuelle de concessions réciproques de la part de son gouvernement.

« Peut-être ne me suis-je pas fait suffisamment comprendre, reprit Adler après avoir bu une gorgée d'eau. Votre pays a commis un acte de guerre contre les États-Unis d'Amérique. Les conséquences de tels actes sont des plus graves. Nous offrons à votre pays la possibilité de réparer ces actes sans nouvelles effusions de sang. »

Les autres Américains assis à la table des négociations communiquaient sans regards ni paroles : *Ça ne rigole pas.* La délégation américaine n'avait guère eu le temps de mettre au point ses réflexions et sa tactique, et Adler était allé plus loin qu'ils n'avaient envisagé.

« Une fois encore, répondit l'ambassadeur après un bref ins-

208

tant de réflexion, je juge personnellement votre ton regrettable. Comme vous le savez, mon pays a des intérêts de sécurité légitimes, et s'est trouvé être la victime d'agissements légaux malencontreux qui ont eu pour tout effet de nuire gravement à notre économie et notre sécurité physique. Par son article 51, la charte des Nations unies reconnaît expressément le droit de tout État souverain à des mesures d'autodéfense. Nous n'avons rien fait de plus. » C'était une parade habile, même les Américains durent l'admettre, et cette insistance à réclamer plus de civilité devait être prise comme une ouverture au dialogue.

Les échanges préliminaires se poursuivirent encore durant quatre-vingt-dix minutes, sans qu'aucun des camps ne cède d'un pouce : chacun se contentait de se répéter, presque mot pour mot. Puis vint le moment d'une pause. Les personnels de sécurité ouvrirent les portes-fenêtres donnant sur l'élégant jardin de l'ambassade, et tout le monde sortit, prétendument pour prendre l'air, en vérité pour poursuivre les travaux : les jardins étaient trop vastes pour des micros espions, sans parler du bruissement du vent dans les arbres.

« Eh bien, Chris, c'est déjà un début », commença Seiji Nagumo entre deux gorgées de café — c'était sa façon d'indiquer qu'il comprenait la position américaine ; pour la même raison, Christopher Cook avait choisi du thé.

« Qu'attendiez-vous de notre part ? demanda le sous-chef de cabinet aux Affaires étrangères.

— Votre position d'ouverture n'a rien de surprenant », concéda Nagumo.

Cook détourna les yeux et fixa le mur d'enceinte du jardin. Il parla d'une voix calme. « Qu'êtes-vous prêts à céder ?

— Guam, sans aucun doute, mais l'île devra être démilitarisée, répondit Nagumo sur le même ton. Et vous ?

— Pour l'instant, rien.

— Vous devez me donner quelque chose à nous mettre sous la dent, Chris, observa Nagumo.

— Nous n'avons *rien* à offrir, hormis peut-être une cessation des hostilités — avant qu'elles ne débutent pour de bon.

— Et ce serait prévu pour quand ?

— Pas dans l'immédiat, Dieu merci. Cela nous laisse du temps pour agir. Sachons le mettre à profit, ajouta Cook.

« — Je transmettrai. Merci. » Nagumo rejoignit d'un pas nonchalant le reste de sa délégation. Cook en fit de même, pour se retrouver trois minutes plus tard avec Scott Adler.

« Guam démilitarisée. Ça, c'est sûr. Peut-être plus. Ça, c'est moins sûr.

— Intéressant. Donc, vous aviez raison de suggérer qu'ils nous laisseraient une chance de sauver la face. Bien joué, Chris.

— Que leur offrirons-nous en retour ?

— *Gornisch* » — des clopinettes, répondit froidement, en yiddish, le secrétaire d'État aux Affaires étrangères. Il songeait à son père, au tatouage sur son avant-bras, aux circonstances dans lesquelles il avait appris qu'un 9 était un 6 retourné, au fait que la liberté de son père lui avait été confisquée par un pays qui avait été jadis l'allié des propriétaires de cette ambassade au jardin délicieux quoique froid. C'était une réaction assez peu professionnelle, et Adler en était conscient. Durant ces années noires, le Japon avait offert un havre de sécurité à quelques juifs européens chanceux, dont l'un était entré au cabinet de Jimmy Carter. Peut-être que si son père avait eu la chance d'être du nombre, l'attitude de Scott aurait été différente, mais ça n'avait pas été le cas, d'où sa réaction. « On va commencer par rester fermes avec eux, et voir ce qui se passe.

— Je pense que c'est une erreur, dit Cook après quelques instants.

— Peut-être, concéda Adler. Mais ce sont eux qui l'ont commise en premier. »

Les militaires n'appréciaient pas du tout. Ça embêtait les civils, qui avaient installé le site à peu près cinq fois plus vite que n'auraient pu le faire ces crétins en uniforme, sans parler du fait que l'opération avait été menée dans le plus grand secret et à moindre coût.

« L'idée ne vous est jamais venue de dissimuler le site ? demanda le général nippon.

— Comment pourrait-on retrouver un endroit pareil ? rétorqua l'ingénieur en chef du tac au tac.

— Ils ont des caméras en orbite qui sont capables de discerner un paquet de cigarettes sur une pelouse.

— Et un pays entier à arpenter. » L'ingénieur haussa les épaules. « En plus, nous sommes au fond d'une vallée aux parois si escarpées qu'aucun missile balistique ne pourrait l'atteindre sans heurter d'abord ces crêtes. » L'homme indiqua les sommets alentour, avant d'ajouter : « Et aujourd'hui, ils n'ont même plus les missiles nécessaires pour le faire. »

Le général avait ordre d'être patient, et il l'était, malgré son éclat initial. Ce site était désormais placé sous son commandement. « Le principe premier est d'interdire toute information au camp adverse.

— Donc, on le cache, c'est ça ? demanda poliment l'ingénieur.

— Oui.

— Un filet de camouflage sur des poteaux de caténaires ? » C'est ce qu'ils avaient déjà fait durant la phase de construction.

« Si vous en avez, ce sera un bon début. Par la suite, on pourra envisager des mesures plus permanentes. »

« Par rail, hein ? » nota le fonctionnaire de l'AMTRAK, à l'issue du briefing. « J'ai débuté dans le métier en bossant au Great Northern. A l'époque, l'armée de l'air est venue nous voir une demi-douzaine de fois pour nous demander le moyen de transporter des missiles par voie ferrée. En définitive, ça s'est conclu par des livraisons de tonnes de béton.

— Donc, vous avez eu l'occasion de réfléchir plus d'une fois à la question ? intervint Betsy Fleming.

— Ça, oui. » Le fonctionnaire marqua un temps. « Puis-je voir les photos, à présent ? » Leur satané briefing de sécurité avait pris des heures, des heures de menaces inutiles, après quoi on l'avait renvoyé à son hôtel éplucher les formulaires — pour laisser sans doute le temps au FBI d'effectuer une brève enquête de routine, il en était sûr.

Chris Scott mit en route le projecteur de diapositives. Fleming et lui n'avaient pas attendu pour procéder à leur propre analyse, mais tout l'intérêt du recours à un consultant extérieur était d'obtenir un avis neuf et indépendant. Le premier cliché était celui du missile, histoire de lui donner un aperçu des dimensions de l'engin. Puis ils passèrent à celui du wagon.

« D'accord, sûr que ça ressemble à un wagon surbaissé, un peu plus long que la normale, sans doute fabriqué exprès. Châssis en acier. Les Japonais sont de bons ingénieurs ferroviaires. Je vois une grue de levage. Quel est le poids de ces monstres ?

— Dans les cent tonnes pour le missile proprement dit, répondit Betsy. Rajoutez-en une vingtaine pour le conteneur de transport.

— C'est relativement lourd pour un objet unique mais ce n'est pas la mer à boire. En tout cas, tout à fait dans les tolérances pour le matériel roulant et l'assise de la voie. » Il réfléchit quelques instants. « Je ne vois aucune connexion électronique particulière, juste la ligne de train normale et les raccords de conduite de freinage. Vous pensez que le lancement s'effectue depuis le wagon ?

— Sans doute pas. A votre avis ? ajouta Chris Scott.

— Je vous dirai ce que j'ai déjà dit aux gars de l'Air Force il y a une vingtaine d'années à propos du MX. Ouais, vous pourrez les faire circuler tant que vous voudrez, ça ne les rendra pas plus difficiles à détecter, à moins de vous résoudre à fabriquer une flopée de wagons porteurs tous identiques — et même, ce serait comme avec la ligne principale du Northern, vous auriez une jolie cible toute tracée. Une belle ligne droite, longue et fine... et vous savez quoi ? Rien que notre ligne principale de Minneapolis à Seattle était encore plus longue que toutes leurs lignes à voie normale mises bout à bout.

— Donc ? demanda Fleming.

— Donc, ce n'est pas une plate-forme de lancement. C'est un banal wagon de transport. Vous aviez pas besoin de moi pour vous le dire. »

Non, mais ça fait du bien de l'entendre de quelqu'un d'autre, songea Betsy.

« Autre chose ?

— Les gars de l'armée de l'air n'arrêtaient pas de me bassiner avec la fragilité de ces satanés trucs. Ils n'apprécient pas les secousses. Aux vitesses normales de circulation, vous encaissez dans les trois g d'accélération latérale et un demi-g d'accélération verticale. Pas bon du tout pour le missile. L'autre problème est l'encombrement. Ce wagon fait près de trente mètres de long, et la longueur moyenne d'un wagon plat sur leur réseau ferré est de vingt mètres maxi. Leur réseau est pour l'essentiel à voie métrique[1]. Vous savez pourquoi ?

— Je supposais simplement qu'ils avaient choisi...

— Simple question de génie civil, expliqua l'ingénieur de l'AMTRAK. Une ligne à voie métrique vous offre la possibilité de vous faufiler dans des passages plus exigus, de réduire le rayon des courbes, bref, de tout faire en plus petit. Mais ils sont passés à l'écartement normal pour leur Shinkansen, c'était nécessaire pour accroître vitesse et stabilité. La longueur du chargement et celle, concomitante, du wagon de transport font que, dans les courbes, la charge *engage le gabarit* ou, si vous préférez, mord sur le volume réservé à la voie parallèle : pour éviter tout risque de collision, vous êtes obligé d'interrompre le trafic venant en sens inverse chaque fois que vous avez à déplacer ces engins. C'est la raison pour laquelle le missile se trouve sur une voie légèrement à l'écart de celle du Shinkansen. Obligé. Autre point, le transport de la charge utile. Là, ça aurait foutu un merdier général...

— Poursuivez, dit Betsy Fleming.

— Vu la fragilité de ces missiles, on aurait été contraints de les transporter à vitesse réduite — et de bouleverser nos horaires et notre régulation. C'était exclu. Les dédommagements qu'on nous proposait étaient généreux, mais ça nous aurait sans doute porté tort à long terme. Ce doit être pareil chez eux, j'imagine. Et même pire. La ligne du Shinkansen est une ligne à grande vitesse. Ils doivent respecter des horaires draconiens, et je doute qu'ils apprécient des trucs qui foutent le bordel. » Il marqua un temps. « Vous voulez mon avis ? Ils se sont servis de ces wagons pour transporter ces engins de l'atelier de montage à un autre endroit, point final. Et je suis prêt à parier qu'ils ont fait tout ça de nuit, en plus. A votre place, j'essaierais de traquer ces wagons, avec de bonnes chances de les retrouver abandonnés quelque part sur un faisceau de voies de garage. Ensuite, je me mettrais à la recherche d'un embranchement sur la ligne principale qui n'aboutirait nulle part. »

Scott changea de vue. « Vous connaissez bien leurs chemins de fer ?

---

1. 1,067 m très précisément pour l'essentiel du réseau nippon *(NdT)*.

— J'ai fait pas mal de voyages là-bas. C'est même pour ça qu'on a dû vous suggérer de venir me chercher.

— Eh bien, vous allez me dire ce que vous pensez de ça... » Scott indiqua l'écran.

« Sacré putain de radar », observa un technicien. La semi-remorque avait été transportée par avion à Elmendorf en soutien à la mission des B-1. Les équipages des bombardiers dormaient à présent, et les experts en radar, officiers et soldats, étaient en train d'éplucher les bandes recueillies durant le vol espion.

« Un radar à synthèse d'ouverture embarqué ? demanda un commandant.

— Ça m'en a tout l'air. Et ce truc n'a plus grand-chose à voir avec l'APY-1 qu'on leur a vendu il y a dix ans. Avec cette puissance qui dépasse les deux mégawatts et ces sautes de puissance du signal. Vous savez ce qu'on a là ? Un dôme rotatif, sans doute avec une antenne plate unique en dessous, indiqua le sergent-chef. Certes, elle tourne, mais en plus, ils peuvent l'orienter électroniquement.

— A la fois balayage et suivi[1] ?

— Pourquoi pas ? Il est multifréquence. Merde, j'aimerais bien qu'on ait le même, mon commandant. » Le sergent saisit un cliché de l'appareil. « Ce truc va nous poser un problème. Une telle puissance... Il y a de quoi se demander s'ils auraient pu nous accrocher. S'ils n'auraient pas suivi nos B-1.

— De si loin ? » Le B-1B n'était pas à proprement parler un avion furtif. Certes, de face, il avait une signature radar réduite. Mais latéralement, celle-ci était bien plus large, quoique notablement plus faible que celle d'un appareil classique de dimensions équivalentes.

« Oui, mon commandant. Il faut que je retravaille sur ces bandes.

— Pour y chercher quoi ?

1. Les radars travaillent selon deux modes principaux : le balayage avec un faisceau large et tournant (c'est le mode de détection traditionnel, par exemple des radars d'aéroport) et le suivi sur une cible précédemment acquise (c'est par exemple le mode des radars de conduite de tir) *(NdT)*.

— Le radôme doit tourner aux alentours de six tours-minute. Les pulses que nous avons enregistrés devraient avoir cet espacement. Dans le cas contraire, c'est qu'ils auront braqué leur faisceau sur nous.

— Bien vu, sergent. Repassez la bande. »

34

Tout le monde sur le pont

YAMAHA était embêté de se retrouver à Tokyo. En trente ans
de métier dans les affaires, sa méthode avait toujours été de
fournir les grandes orientations, puis de laisser une équipe de
subordonnés régler le détail des opérations, tandis qu'il se consa-
crait à de nouveaux problèmes stratégiques. Et en l'occurrence,
il avait espéré voir la situation se clarifier plutôt que l'inverse.
Après tout, les vingt plus importants *zaibatsus* se retrouvaient
désormais intégrés à son équipe. Même si, personnellement, ils
ne voyaient pas la chose ainsi. Yamata-san sourit tout seul.
C'était une pensée enivrante. Mener le gouvernement à la
baguette avait été un jeu d'enfants. Embarquer ces hommes dans
son aventure avait exigé des années de cajolerie. Mais ils avaient
fini par danser en mesure, et il suffisait que le maître de musique
repasse de temps en temps pour leur redonner le ton. C'est pourquoi il rentrait au pays dans cet avion presque vide afin d'apaiser
leurs craintes.

« Ce n'est pas possible, leur dit-il.

— Mais il a bien dit...

— Kozo, le Président Durling peut dire ce qu'il veut. Moi,
ce que je vous dis, c'est qu'il leur est impossible de reconstituer
leurs archives avant au moins plusieurs semaines. S'ils tentent de
rouvrir leurs marchés aujourd'hui, le seul résultat sera le chaos.
Et le chaos, leur rappela-t-il, travaille pour nous.

— Et les Européens ? demanda Tanzan Itagake.

— Ils vont se réveiller à la fin de la semaine prochaine et
découvrir que nous avons racheté leur continent. D'ici cinq ans,

216

l'Amérique sera notre épicier et l'Europe notre boutique. Dans l'intervalle, le yen sera devenu la devise la plus forte de la planète. Dans l'intervalle, nous aurons une économie nationale parfaitement intégrée et un puissant allié sur le continent. A nous deux, nous serons autosuffisants pour toutes les matières premières. Nos femmes n'auront plus besoin de recourir à l'avortement pour éviter la surpopulation de nos îles métropolitaines. Et, ajouta Yamata, nous aurons un pouvoir politique enfin digne de notre grandeur nationale. Ceci, mes amis, constitue notre prochaine étape. »

Vraiment, songea Binichi Murakami, le visage impassible. Il se souvenait d'avoir accepté ce marché en partie à la suite de l'agression par ce mendiant ivre dans les rues de Washington. Comment se pouvait-il qu'un homme intelligent comme lui se laisse influencer par un accès de colère mesquine ? Et pourtant, c'était bien ce qui s'était produit, et il se retrouvait à présent coincé avec le reste de la bande. L'industriel sirota son saké sans broncher, tandis que Yamata-san continuait à délirer sur l'avenir de leur pays. C'était de son avenir personnel qu'il parlait, bien sûr, et Murakami se demanda combien ils étaient autour de cette table à vraiment s'en rendre compte. Les imbéciles. Mais ce n'était que justice, n'est-ce pas ? Après tout, il faisait partie du lot.

Le commandant Boris Cherenko n'avait pas moins de onze agents placés à des postes élevés au sein du gouvernement japonais ; l'un d'eux était même directeur adjoint de la DESP, un homme qu'il avait compromis quelques années plus tôt alors à l'occasion d'une virée à Taiwan pour jouer et voir des filles. C'était l'élément idéal à avoir sous son contrôle — il avait de bonnes chances de parvenir un jour à la tête de l'agence, ce qui permettrait à la *rezidentura* de Tokyo de chapeauter et d'orienter les activités de contre-espionnage dans tout le pays. Ce qui rendait perplexe l'agent de renseignements russe, c'était qu'aucun de ses hommes jusqu'ici ne lui avait été d'un grand secours.

Puis il y avait ce problème de la collaboration avec les Américains. Compte tenu de sa formation professionnelle et de son expérience, c'était comme s'il se retrouvait à la tête du comité d'accueil d'une mission diplomatique venue de la planète Mars. La dépêche de Moscou avait aidé à faire avaler la pilule. Plus ou moins. Il semblait que les Japonais se préparaient à priver son pays de ses plus précieuses réserves minières, conjointement avec la Chine, ce qui leur permettrait de devenir la première puissance du globe. Et le plus incroyable était que, pour Cherenko, ce plan n'avait rien d'insensé. Puis était arrivé l'ordre de mission.

Vingt missiles. Voilà bien un domaine dont il ne s'était jamais préoccupé. Après tout, c'était Moscou qui leur avait fourgué les engins. Ils avaient bien dû envisager l'éventualité que ces missiles soient utilisés pour... Mais non, bien sûr que non, jamais ils n'auraient envisagé une chose pareille. Cherenko se promit d'en discuter avec ce Clark, un homme d'expérience. Une fois rompue la glace après quelques verres, il faudrait qu'il lui demande, avec tact, si la direction politique américaine était aussi obtuse que celle dont il recevait les ordres, indépendamment des hommes qui composaient le gouvernement. Peut-être que l'Américain aurait des révélations intéressantes à lui faire. Après tout, eux, ils changeaient d'équipe tous les quatre ou huit ans. Peut-être qu'ils en avaient l'habitude.

Vingt missiles, se répéta-t-il. Vingt. Avec *six têtes nucléaires chacun.* A une époque, il avait paru normal d'envisager des missiles déployés par milliers, et l'un et l'autre camps avaient été assez insensés pour juger que ça allait de soi. Mais aujourd'hui, cette possibilité de dix ou vingt engins seulement... Sur qui étaient-ils braqués en réalité ? Les Américains seraient-ils prêts à soutenir leurs nouveaux... Que fallait-il dire ? Amis ? Alliés ? Associés ? Ou n'étaient-ils que d'anciens ennemis dont le nouveau statut n'avait pas encore été fixé dans les hautes sphères de Washington ? Aideraient-ils son pays face à cette renaissance d'un danger ancien ? Sans cesse lui revenait comme une rengaine ce *vingt missiles multipliés par six têtes nucléaires.* Leurs cibles devaient être également réparties, sans nul doute pour détruire son pays. Et si c'était le cas, il leur en restait certainement assez pour dissuader les Américains d'intervenir.

Eh bien, Moscou a donc raison, jugea Cherenko. Une coopération totale était désormais le seul moyen d'éviter la crise. L'Amérique voulait une localisation précise des missiles, sans doute dans l'intention de les détruire. *Et s'ils ne le font pas, c'est nous qui le ferons.*

Le commandant était personnellement responsable de trois des agents. Ses subordonnés s'occupaient des autres et, sous ses ordres, on prépara des messages à distribuer dans les diverses planques de la capitale. *Que savez-vous au sujet de...* Combien répondraient à sa demande de renseignements ? Le risque n'était pas que les hommes qu'il contrôlait ne détiennent pas l'information, mais que l'un ou l'autre en profite pour s'en ouvrir à son gouvernement. En leur demandant un renseignement de cette importance, il courait le risque de fournir à ses agents un prétexte de se racheter en virant patriotes, de révéler les ordres qu'ils avaient reçus et de s'absoudre ainsi de toute culpabilité. Mais cela faisait partie des risques à courir. Passé minuit, il sortit faire un tour, choisissant les zones fréquentées pour déposer ses messages, accompagnés des signaux d'alerte adéquats pour prévenir ses hommes. Il espérait que la moitié de la DESP qu'il contrôlait était celle qui couvrait ce secteur. Il le pensait, mais on ne pouvait jamais être sûr de rien, n'est-ce pas ?

Kimura savait qu'il courait des risques, mais c'était devenu le cadet de ses soucis. Son seul espoir désormais était qu'on considère qu'il avait agi en patriote et, que d'une façon ou de l'autre, les gens le comprendraient et rendraient honneur à ce fait après qu'on l'aurait exécuté pour haute trahison. Son autre consolation était qu'il ne mourrait pas seul.

« Je peux organiser une rencontre avec l'ancien Premier ministre Koga », dit-il simplement.

Oh merde, se dit aussitôt Clark. *Je suis un espion, bordel*, avait-il envie de lui répondre, *pas un de ces putains de fonctionnaires des Affaires étrangères.* Le seul point positif pour l'instant était que Chavez s'était abstenu de toute réaction. Son cœur avait sans doute cessé de battre, se dit John. *Comme le tien à l'instant.*

« Dans quel but ?

— La situation est grave, n'est-ce pas ? Or, Koga-san n'y est pour rien. Et c'est un homme qui jouit encore d'un crédit politique considérable. Son point de vue devrait intéresser votre gouvernement. »

Ouais, ça tu peux le dire. Mais Koga était également un politicien mis sur la touche, et peut-être désireux de troquer la vie de quelques étrangers contre sa réintégration dans le gouvernement ; ou simplement un homme qui plaçait la patrie au-dessus des avantages personnels — dernière éventualité qui pouvait ouvrir bien des portes, imagina Clark.

« Avant de pouvoir m'engager plus avant, j'ai besoin d'en référer à mon gouvernement », dit John. Il était rare qu'il temporise, mais cette fois-ci, cela dépassait de loin ses compétences.

« Alors, je vous suggérerais de le faire, et vite, ajouta Kimura en se levant pour partir.

— Je m'étais toujours demandé si ma maîtrise en relations internationales me servirait un jour, observa Chavez, en lorgnant son verre à moitié vide. Évidemment, il faudrait que je vive assez longtemps pour décrocher ma peau d'âne. » *Ça serait sympa de se marier, de s'installer, d'avoir des gosses, et peut-être de connaître même une existence normale un jour*, s'abstint-il d'ajouter.

« Ça fait toujours plaisir de voir que tu n'as pas perdu ton sens de l'humour, Evgueni Pavlovitch.

— Ils vont nous dire d'y aller, vous le savez.

— *Da*. » Clark acquiesça, sans se départir de sa couverture, et cherchant même à présent à se mettre dans la peau d'un Russe. Y avait-il un chapitre envisageant cette situation dans le manuel du KGB ? En tout cas, dans celui de la CIA, sûrement pas.

Comme toujours, les données livrées par les bandes étaient encore plus incontestables que l'analyse en temps réel des opérateurs. C'étaient trois, voire quatre appareils qui sondaient le dispositif de défense aérienne nippon ; plus probablement quatre, vu le schéma opérationnel adopté par les Américains, admit l'officier de renseignements ; avec une certitude, en tout cas : ce n'étaient pas des EC-135. Ceux-ci étaient extrapolés de modèles datant de près d'un demi-siècle, ils étaient hérissés de suffisamment d'antennes pour espionner tous les signaux TV de l'hémisphère, et ils auraient engendré un écho bien plus intense. D'ailleurs, les Américains ne devaient même plus en avoir encore quatre en service. Donc, il s'agissait d'un autre appareil, sans doute leur B-1B, estimèrent les spécialistes du Renseignement. Et le B-1B était un *bombardier*, dont la mission était bien plus sinistre que la collecte de signaux électroniques. Ainsi les Américains considéraient-ils le Japon comme un ennemi dont il fallait pénétrer les défenses pour accomplir leur œuvre de mort, une notion qui n'avait rien d'inédit pour aucun des deux camps engagés dans cette guerre — s'il s'agissait bien d'une guerre, s'empressaient d'ajouter ceux qui gardaient la tête froide. Mais de quoi pouvait-il s'agir d'autre ? insista la majorité des analystes, donnant le ton des prochaines missions nocturnes.

Trois E-767 avaient repris l'air pour opérer de nouveau, une fois encore avec deux appareils en service et le troisième en veille, embusqué. Cette fois, les radars travaillaient au maximum de leur puissance, et l'on avait modifié les paramètres du programme de traitement des signaux pour permettre d'affiner la détection d'une cible furtive à grande distance. Ils étaient tributaires de contraintes physiques. La taille de l'antenne, combinée avec la puissance du signal et la fréquence des micro-ondes émises, permettait de détecter quasiment n'importe quel objet. C'était à la fois un avantage et un inconvénient, estimaient les opérateurs, qui recevaient à présent toutes sortes de signaux. Il y avait néanmoins un changement. Dès qu'ils estimaient avoir détecté l'écho faible d'un objet en mouvement à grande distance, ils orientaient leurs chasseurs dans cette direction. Les Eagle ne s'approchèrent jamais à moins de cent milles. Les échos semblaient toujours se dissiper quand le E-767 changeait de fréquence pour passer de l'acquisition à longue distance au suivi en ondes courtes, et cela ne présageait rien de bon des résultats en bande Ku, nécessaires pour l'acquisition de la cible. Cela leur révélait en tout cas que les Américains continuaient à les sonder et qu'ils s'étaient peut-être rendu compte qu'on les avait accrochés. Les techniciens conclurent que, faute de mieux, cela ferait toujours un bon exercice pour les chasseurs. S'il s'agissait réellement d'une guerre, se disaient tous les acteurs, alors elle devenait d'heure en heure plus réelle.

« A d'autres ! s'exclama le colonel.

— Mon colonel, d'après moi, ils vous avaient repéré. Leur faisceau vous balayait à une fréquence double de celle que pourrait justifier la rotation de leur dôme. Leur radar est entièrement électronique. Ils sont capables d'en diriger le faisceau et c'est bel et bien ce qu'ils faisaient. » Le ton du sergent était respectueux et mesuré, même si l'officier qui avait commandé la première incursion se montrait un peu trop orgueilleux et guère enclin à écouter. Il avait vaguement prêté l'oreille à ce qu'on venait de lui dire, mais à présent, il préférait nier l'évidence.

« D'accord, ils nous ont peut-être accrochés deux ou trois fois. Nous leur présentions notre flanc, avec notre signature la plus défavorable. La prochaine fois, on se déploiera de plus loin pour effectuer une pénétration directe. Cela devrait passablement réduire notre signature radar. Il faudra qu'on les titille un peu, histoire de voir comment ils réagissent. »

J'aimerais pas être à ta place, vieux, pensa le sergent. Il regarda par la fenêtre. Située en Alaska, la base aérienne d'Elmendorf était soumise en hiver à des conditions météo épouvantables — le pire ennemi de tout engin mécanique. C'est pourquoi les B-1 étaient rangés dans les hangars, à l'abri des regards du satellite-espion que les Japonais avaient peut-être mis en œuvre. Même si l'on n'avait aucune certitude à ce sujet.

« Mon colonel, je ne suis qu'un petit sergent qui tripote ses oscillos, mais à votre place je serais prudent. Je ne connais pas assez ce radar pour vous préciser avec certitude ses caractéristiques. Mais mon instinct me dit qu'il doit être sacrément bon.

— On sera prudents, promit le colonel. Demain soir, on vous rapportera de meilleures bandes.

— Bien compris, mon colonel. » *Non, j'aimerais pas être à ta place, vieux*, se répéta le sous-officier.

L'USS *Pasadena* avait atteint l'extrémité nord de sa ligne de patrouille, à l'ouest de Midway. Les sous-marins avaient la possibilité de communiquer par radio satellite sans révéler leur position, hormis au commandement intégré de la flotte du Pacifique.

« Pas terrible, cette ligne », observa Jones en examinant la carte. Il venait d'arriver pour discuter des relevés du SOSUS sur les mouvements des bâtiments nippons, restés jusqu'ici discrets. La meilleure nouvelle pour l'instant restait que, même avec son logiciel de détection amélioré, le SOSUS ne décelait toujours rien du côté de l'*Olympia*, de l'*Helena*, de l'*Honolulu*, du *Chicago* et du *Pasadena*. « Dans le temps, on en avait un peu plus, rien que pour boucher ces trous.

— C'est tout ce qu'il nous reste comme sous-marins nucléaires, Ron, répondit Chambers. Et c'est vrai, ça ne fait pas grand-chose. Mais s'ils s'avisent de déployer leurs diesels, ils auraient intérêt à faire gaffe. » C'était tout ce que Washington leur avait donné comme instructions. Aucun mouvement vers l'est des bâtiments de guerre nippons ne saurait être toléré, et l'élimination de l'un de leurs submersibles serait sans doute approuvée en haut lieu. Le seul problème était que l'unité ayant établi le contact devrait d'abord appeler pour obtenir le feu vert des politiques. Ça, Mancuso et Chambers s'étaient abstenus de le dire à Jones. Inutile de le mettre encore en rogne.

« On a quand même un paquet de SSN en réserve...

— Dix-sept sur la côte Ouest, pour être précis, dit Chambers. Et six mois minimum pour les réactiver, sans compter l'entraînement des équipages. »

Mancuso leva les yeux. « Minute... Et mes 726, alors ? »

Jones leva les yeux. « Je croyais qu'on les avait désactivés. »

Le SubPac hocha la tête. « Les écolos ne m'ont pas laissé faire. Ils sont arrivés à placer des équipes de surveillance à bord.

— Les cinq unités, ajouta tranquillement Chambers. Le *Nevada,* le *Tennessee,* le *West Virginia,* le *Pennsylvania* et le *Maryland.* Ça vaudrait le coup d'appeler Washington.

— Mais oui », renchérit Jones. Les sous-marins classe 726, plus connus sous le nom générique du premier de la série, l'*Ohio,* aujourd'hui débité en lames de rasoir de haute qualité, étaient bien plus lents, bien moins manœuvrables que les sous-marins d'attaque de la classe 688, plus petits. Mais s'ils naviguaient dix nœuds moins vite, ils étaient également silencieux. Mieux, même, ils servaient d'étalon en matière de silence.

« Wally, vous pensez qu'on pourrait leur réquisitionner des équipages ?

— Je ne vois pas ce qui l'empêcherait, amiral. On pourrait les mettre en état d'appareiller d'ici une semaine... dix jours maxi, si — *si* — on arrive à trouver les hommes qui conviennent.

— Ça, c'est peut-être dans mes cordes. » Mancuso décrocha son téléphone pour appeler Washington.

La journée boursière s'ouvrait en Europe continentale à dix heures, heure locale, soit neuf heures à Londres et quatre heures du matin à New York. Cela correspondait à dix-huit heures à Tokyo, pour clore une semaine d'abord passionnante, puis bien morne, ce qui avait laissé le temps aux acteurs du massacre de goûter leur exploit.

Les cambistes de la capitale nippone furent surpris de voir la journée débuter tout à fait normalement. Les marchés avaient ouvert dans un climat évoquant celui d'un grand magasin le jour des soldes. On avait clamé partout qu'il en serait ainsi. Le seul problème était que personne ici n'y avait vraiment cru. Comme un seul homme, les cambistes se ruèrent sur leurs téléphones pour demander des instructions à leurs supérieurs, qui apprirent avec surprise ces nouvelles en provenance de Berlin et des autres places européennes.

Au siège new-yorkais du FBI, les ordinateurs reliés au réseau international de transactions boursières affichaient la même chose que toutes les autres machines sur la planète. Le gouverneur de la Réserve fédérale et le ministre des Finances fixaient l'écran. Les deux hommes étaient au téléphone, raccordés par ligne cryptée pour une téléconférence avec leurs homologues européens.

L'initiative vint de la Bundesbank qui troqua cinq cents milliards de yen contre leur équivalent en dollar à la Banque de Hongkong, transaction fort prudente, pour tâter le terrain. Hongkong suivit sans broncher, voyant même un profit marginal dans cette erreur des Allemands. La Bundesbank était assez stupide pour croire que la réouverture du marché boursier de New York allait donner un coup de fouet au dollar. La transaction se passa sans problème, nota Fiedler. Il se tourna vers le gouverneur et lui adressa un clin d'œil. Le mouvement suivant vint des Suisses et, cette fois, ce fut un *trillion* de yen qu'ils jetèrent sur le marché en échange des dernières valeurs du Trésor américain encore détenues par Hongkong. Là aussi, la transaction s'effectua en moins d'une minute. La suivante fut plus directe. La Banque commerciale de Berne racheta à une banque nippone des francs suisses contre des yen, encore un mouvement douteux suscité par un coup de fil du gouvernement helvétique.

L'ouverture des marchés boursiers européens vit s'effectuer

d'autres transactions. Les banques et autres institutions monétaires qui avaient effectué une manœuvre stratégique en achetant des titres nippons pour contrebalancer les acquisitions japonaises sur les marchés européens se mettaient à présent à les revendre et convertissaient aussitôt leurs yen en d'autres devises. C'est à cet instant qu'un signal d'alarme se déclencha à Tokyo. Les opérations européennes auraient pu passer pour de simples prises de bénéfice, mais les conversions de devises étaient révélatrices d'une spéculation sur une chute du yen, et une chute rapide ; or on était vendredi soir à Tokyo, et les marchés étaient fermés, hormis pour les cambistes opérant sur les devises ou les agents en relation avec les places européennes.

« Ils devraient commencer à être nerveux, observa Fiedler.

— Je le serais, à leur place », reconnut Jean-Jacques à Paris. Ce que personne n'osait vraiment encore dire, c'est que la première guerre économique mondiale venait tout simplement de commencer. La situation avait quelque chose d'excitant, même si elle allait à l'encontre de tout ce que leur dictaient leur instinct et leur expérience.

« Vous savez, je n'ai aucun modèle prédictif qui s'applique ici », nota Gant, assis à quelques mètres des deux représentants du gouvernement. Les initiatives des Européens, si utiles soient-elles, confondaient tous les préjugés et tous les modèles informatiques.

« Ma foi, bonhomme, c'est bien pour ça qu'on a une cervelle et des tripes, répondit George Winston, pince-sans-rire.

— Mais comment vont réagir nos marchés ? »

Sourire de Winston. « Sûr qu'on finira par le savoir, oh, d'ici sept heures et demie. Et gratis, en plus. Alors, on aurait perdu le goût de l'aventure ?

— Je suis content de voir que ça fait plaisir à quelqu'un. »

Le marché monétaire obéissait à des règles internationales. Les transactions étaient suspendues dès qu'une devise avait chuté d'un certain pourcentage, mais ce ne fut pas le cas cette fois-ci. Tous les gouvernements européens ouvrirent la trappe sous les pieds du yen, les transactions se poursuivirent et la devise japonaise poursuivit sa dégringolade.

« Ils peuvent pas faire une chose pareille ! » s'exclama quelqu'un à Tokyo. Et pourtant si, et l'homme saisit un téléphone, sachant déjà quelles seraient les instructions. On attaquait le yen. Ils devaient le défendre, et le seul moyen était de vendre leurs stocks de devises étrangères pour rapatrier leurs avoirs en yen afin de les mettre à l'abri de la spéculation internationale. Mais le pire était que ces mouvements étaient totalement injustifiés : le yen était solide, en particulier vis-à-vis du dollar. Il n'allait pas tarder à le remplacer comme devise-étalon internationale, surtout si les financiers américains faisaient la bêtise de rouvrir un peu plus tard dans la journée. Les Européens faisaient un pari d'une stupidité qui dépassait l'entendement, et puisque la manœuvre ne tenait pas debout, la seule issue pour les agents japonais était d'appliquer leur expérience à la situation et d'agir en conséquence. L'ironie de la chose aurait été délicieuse, s'ils avaient été en mesure de l'apprécier. Leur réaction fut quasiment automatique : on déboursa donc en vastes quantités francs français et francs suisses, livres britanniques, deutsche Mark, florins néerlandais et couronnes danoises pour racheter du yen dont la valeur relative, tout le monde à Tokyo en était persuadé, ne pouvait que remonter, surtout si les Européens troquaient leurs devises contre des dollars.

Il y avait une certaine nervosité dans l'air, mais ils se conformèrent aux instructions de leurs supérieurs, qui à cet instant même quittaient leur domicile pour prendre leur voiture ou leur train et gagner les divers immeubles de bureaux où se traitait le commerce international. On négociait également des titres boursiers en Europe, en convertissant en yen les devises locales. Là encore, chacun tablait sur le fait que dès la reprise de la chute du dollar, les monnaies européennes suivraient le même chemin, entraînant avec elles les actions cotées en Bourse. Le Japon pourrait alors racheter en encore plus vastes quantités des titres de sociétés européennes. Les manœuvres des Européens étaient un regrettable exemple de loyauté mal placée — ou de confiance, les spécialistes japonais n'auraient su dire ; mais regrettable ou pas, il jouait en leur faveur. Et c'était absolument parfait. Dès midi, heure de Londres, un mouvement général s'était déclenché. Voyant ce qui s'était produit, petits porteurs et institutions modestes avaient emboîté le pas — stupidement, constatèrent avec plaisir les Japonais. Midi à Londres correspondait à sept heures du matin sur la côte Est des États-Unis.

« Mes chers compatriotes », commença le Président Durling sur toutes les chaînes de télévision. Il était exactement sept heures cinq du matin. « Mercredi soir, je vous avais annoncé pour aujourd'hui la réouverture des marchés financiers... »

« Et c'est parti, dit Kozo Matsuda, qui venait de rentrer dans son bureau et avait mis CNN. Il va leur annoncer qu'il ne peut pas, et l'Europe va être prise de panique. Splendide... », dit-il à ses collaborateurs avant de se retourner vers la télé. Le président américain souriait, l'air confiant. Ma foi, un politicien devait savoir jouer la comédie, pour mieux mentir à ses concitoyens.

« Le problème qu'a connu le marché la semaine dernière provenait d'une agression délibérée contre l'économie américaine. Rien de tel ne s'était produit jusqu'ici, et je m'en vais vous décrire ce qui s'est réellement produit, de quelle manière on a procédé, et pour quelle raison. Nous avons consacré une semaine entière à recueillir ces informations, et à l'heure où je vous parle, le ministre des Finances et le gouverneur de la Réserve fédérale se trouvent à New York et travaillent avec les responsables des plus grandes institutions financières pour redresser la situation.
« J'ai également le plaisir de vous annoncer que nous avons eu le temps de consulter nos amis européens, et que nos alliés historiques ont choisi, en ces moments difficiles, de nous épauler avec la même fidélité que celle qu'ils ont déjà manifestée en d'autres occasions.
« Mais que s'est-il donc passé vendredi dernier ? » demanda Roger Durling.
Matsuda reposa son verre sur le bureau lorsqu'il vit le premier graphique apparaître à l'écran.

Jack le regarda développer son argumentation. L'astuce, comme toujours, était de simplifier une histoire complexe, et la tâche avait mobilisé deux professeurs d'économie, la moitié des collaborateurs personnels de Fiedler et l'un des gouverneurs de la Commission des opérations de Bourse, qui tous avaient tra-

227

vaillé en coordination avec les meilleurs rédacteurs des discours présidentiels. Malgré tout, il fallut quand même vingt-cinq minutes, six tableaux graphiques, sans parler de l'équipe de porte-parole gouvernementaux qui étaient en ce moment même en train de fournir des éclaircissements à la presse qu'on avait convoquée dès six heures trente.

« Je vous avais dit mercredi soir que rien, j'insiste, *rien* de grave ne nous était arrivé. Pas le moindre bien n'avait été affecté. Pas un fermier n'avait perdu quoi que ce soit. Chacun de vous était resté le même que la semaine précédente, avec les mêmes capacités, le même logis, le même emploi, la même famille, les mêmes amis. L'attaque lancée vendredi dernier ne visait pas à ruiner notre pays mais à saper la confiance de la nation. Mais notre confiance est une cible plus dure et plus résistante que d'aucuns l'imaginent, et c'est ce que nous allons leur démontrer aujourd'hui. »

Les professionnels de la finance étaient, en majorité, sur le chemin de leur bureau et ils manquèrent le discours, mais leurs employés l'avaient tous enregistré, sans oublier les copies papier déposés sur tous les bureaux et près de tous les terminaux d'ordinateurs. En outre, la journée boursière n'allait pas commencer avant midi, et partout on avait prévu des réunions stratégiques, même si personne ne savait trop quoi faire. La réponse la plus évidente l'était en fait tellement que personne n'osait vraiment se lancer.

« Ils vont nous faire ça, dit Matsuda, les yeux fixés sur ses écrans. Qu'est-ce qu'on peut faire pour les arrêter ?

— Tout dépendra de la réaction de leur marché boursier », rétorqua son principal collaborateur, sans trop savoir quoi dire, et sans non plus trop savoir à quoi s'attendre.

« Croyez-vous que ça va marcher, Jack ? » demanda Durling. Il avait deux discours, rangés dans des chemises sur son bureau, et ne savait pas encore lequel il allait prononcer ce soir.

Le chef du Conseil national de sécurité haussa les épaules. « Je n'en sais rien. Ça leur offre une porte de sortie. Savoir s'ils l'utiliseront ou non... ça...

— Donc, en résumé, on n'a plus qu'à attendre ?

— En gros, oui, monsieur le président. »

La seconde session se tint au Département d'État. Le ministre Hanson reçut en privé Scott Adler qui rencontra ensuite en petit comité l'équipe de négociateurs, puis tout le monde attendit. La délégation japonaise arriva à neuf heures quarante-cinq.

« Bonjour, dit Adler, aimablement.

— Ravi de vous revoir », répondit l'ambassadeur en lui serrant la main, mais pas avec autant d'assurance que la veille. Évidemment, il n'avait pas eu le temps de recevoir d'instructions détaillées de Tokyo. Adler s'était plus ou moins attendu à un report de la session mais non, cela eût été un signe de faiblesse trop manifeste, de sorte que l'ambassadeur, homme habile et rempli d'expérience, se retrouva dans la situation la plus précaire que puisse connaître un diplomate : obligé de représenter son gouvernement sans autre position de repli que les éléments en sa possession et sa jugeote. Adler l'invita à s'asseoir avant de regagner sa place à l'autre bout de la table. Puisque c'était l'Amérique qui recevait aujourd'hui, c'était au Japon d'ouvrir les débats. Adler avait fait un pari avec son ministre sur la teneur de la déclaration liminaire de l'ambassadeur japonais.

« Avant toute chose, je tiens à dire ici que mon gouvernement proteste avec la plus extrême vigueur contre l'attaque ourdie contre notre monnaie par les États-Unis... »

Ça fera dix sacs pour moi, monsieur le Ministre, songea Adler sans se départir de son masque impassible.

« Monsieur l'ambassadeur, répondit-il, nous pourrions vous dire exactement la même chose. En fait, voici l'ensemble des éléments que nous avons recueillis concernant les événements de la semaine écoulée. » Des classeurs apparurent sur la table et furent aussitôt glissés à la délégation japonaise. « Je dois d'abord vous dire que nous sommes en train de diligenter une enquête, qui pourrait fort bien mener à l'inculpation de Raizo Yamata pour délit d'initié et fraude informatique. »

C'était un coup hardi pour quantité de raisons. Il révélait tout ce que les Américains savaient au sujet de l'attaque sur Wall Street tout en dévoilant les éléments encore dans l'ombre. A ce titre, il pouvait avoir pour seul effet de réduire à néant toute action judiciaire contre Yamata et ses alliés, si jamais il fallait en arriver là. Mais c'était une question secondaire. Adler avait une guerre à arrêter, et vite. Le reste, ce serait aux petits gars de la Justice de s'en occuper.

« Bien sûr, il vaudrait mieux que ce soit votre pays qui se charge de cet homme et de ses agissements », proposa ensuite Adler, laissant ainsi, bon prince, une marge de manœuvre à l'ambassadeur et à son gouvernement. « Il semblerait en définitive que tout ce qu'il y aura gagné, comme on pourra sans doute le constater aujourd'hui, aura été d'engendrer de plus grandes difficultés pour votre pays que pour le nôtre. Cela dit, si vous n'y voyez pas d'inconvénient, j'aimerais que nous revenions à la question des îles Mariannes. »

Ce double uppercut avait bien évidemment ébranlé la délégation nippone. Comme souvent, presque tout restait inexprimé : *Nous savons ce que vous avez fait. Nous savons comment vous l'avez fait. Et nous sommes prêts à régler la question.* La méthode, brutale et directe, était destinée à dissimuler le véritable problème des Américains : leur incapacité à mettre en œuvre une riposte militaire immédiate — mais elle fournissait en outre au gouvernement nippon la possibilité de se désolidariser des agissements de certains de ses ressortissants. Et cela, avaient décidé Ryan et Adler la nuit précédente, était encore le meilleur moyen de régler la crise vite et bien. Mais pour cela, il fallait leur offrir un appât alléchant.

« Les États-Unis réclament plus qu'un simple retour aux relations normales. L'évacuation immédiate des Mariannes nous permettra d'envisager un assouplissement à l'application de la loi sur la réforme du commerce extérieur. Et ceci constitue un élément que nous désirons mettre sur la table des négociations. » C'était sans doute une erreur de lui balancer cela tout de go, estima Adler, mais l'alternative était un nouveau bain de sang. A l'issue de ce premier round de négociations officielles, un fait remarquable était intervenu toutefois : aucun des deux camps n'avait répété sa position. Au contraire, on avait assisté à ce qu'en termes diplomatiques, on appelle un échange de points de vue librement exprimés — et dont bien peu avaient été mûrement réfléchis.

« Chris, murmura Adler en se levant. Tâchez de me découvrir le fond de leur pensée.

— Vu », répondit Cook. Il alla se chercher une tasse de café et se dirigea vers la terrasse au bout de laquelle Nagumo s'était accoudé pour contempler le Mémorial de Lincoln.

« C'est une issue élégante, Seiji, hasarda Cook.

— Vous nous poussez à bout, répondit Nagumo sans se retourner.

— Si vous voulez avoir une chance de mettre fin à cette crise sans de nouvelles effusions de sang, c'est sans doute la meilleure.

— Pour vous peut-être. Et nos intérêts, là-dedans ?

— Nous trouverons un accord sur le commerce. » Cook n'y pigeait rien. Inculte en matière financière, il n'était toujours pas au courant de ce qui se déroulait sur ce front. Pour lui, la santé recouvrée du dollar et la protection de l'économie nationale étaient des actes isolés. Nagumo n'était pas dupe. L'attaque lancée par son pays ne pouvait que susciter une contre-attaque. Et son effet ne serait pas une restauration du *statu quo ante*, mais bien plutôt de sérieux dégâts à l'économie de son propre pays, pour couronner ceux déjà infligés par la loi sur la réforme du commerce extérieur. En cela, Nagumo savait une chose qu'ignorait encore Cook : à moins que l'Amérique n'accède aux exigences nippones de gain territorial, la guerre était bel et bien engagée.

« Il faut nous laisser du temps, Christopher.

— Seiji, on n'a *plus* le temps. Écoutez, les médias n'ont pas encore saisi l'ampleur de la crise. Cela peut changer du jour au lendemain. Si le public a vent de l'affaire, la note risque d'être salée. » Parce que Cook avait raison : il avait offert à Nagumo une ouverture.

« Oui, c'est bien possible, Chris. Mais moi, je suis protégé par mon immunité diplomatique, et pas vous. Il n'avait pas besoin d'en dire plus.

— Bon, attendez voir une minute, Seiji...

— Mon pays a besoin de plus que ce que vous nous offrez, poursuivit Nagumo, glacial.

— Nous vous offrons une porte de sortie.

— Il nous faut plus. » Il n'y avait plus moyen de faire machine arrière, désormais, n'est-ce pas ? Nagumo se demanda si l'ambassadeur s'en était rendu compte. Sans doute pas, à en juger par le regard que lui adressait son supérieur. Tout devenait soudain limpide. Yamata et ses alliés avaient engagé son pays dans une voie sans retour, et il n'aurait su dire s'ils en avaient ou non été conscients dès le début. Mais peu importait à présent. « Il nous faut quelque chose, insista-t-il, en réponse à nos initiatives. »

C'est à peu près à ce moment que Cook réalisa sa lenteur à saisir. Regardant Nagumo au fond des yeux, il comprenait enfin tout : il y lisait moins de la cruauté que de la résolution. Le sous-chef de cabinet aux Affaires étrangères songea à l'argent déposé sur un compte numéroté, aux questions qu'on ne manquerait pas de lui poser, et aux explications qu'il aurait sans doute à fournir.

On aurait cru entendre sonner la cloche d'une école d'autre-fois quand la pendule à affichage numérique passa de 11:59:59 à 12:00:00.

« Merci, H.G. Wells », murmura un cambiste, sur le parquet de bois de la Bourse de Wall Street. La machine à remonter le temps était en route. Pour la première fois à sa souvenance à cette heure de la journée, le parquet était impeccable. Pas un seul bout de papier par terre. En regardant autour d'eux, tous les négociants postés à leur kiosque ne découvraient que des signes révélateurs de normalité. L'affichage défilant de l'indicateur de tendance fonctionnait depuis déjà une demi-heure, montrant les mêmes chiffres que la semaine précédente à la même heure : un bon moyen de se resynchroniser mentalement avec cette nouvelle journée. Tout le monde s'en servait comme d'une pierre de tou-che, d'un contact personnel avec une réalité à la fois présente et fugace.

C'était un sacré putain de discours qu'avait prononcé le Prési-dent cinq heures plus tôt. Tous ceux qui étaient là l'avaient vu au moins une fois déjà, la plupart dans cette salle même ; l'allocu-tion avait été suivie par un speech du patron de la Bourse de Wall Street qui aurait sans aucun doute fait la fierté d'un Knute Rockne[1]. Ils avaient une mission à remplir aujourd'hui, une mis-sion qui était plus importante que leur bien-être individuel, et

---

1. Knute Kenneth Rockne : célèbre joueur de football américain du début du siècle, qui développa la stratégie d'attaque de la passe avant. Devenu entraîneur, il mena de succès en succès son équipe (celle de l'université Notre-Dame), de 1918 jusqu'à sa mort en 1931 dans un accident d'avion (NdT).

qui, une fois accomplie, contribuerait à leur sécurité à long terme comme à celle de l'ensemble du pays. Ils avaient passé la journée à reconstituer leurs activités du vendredi précédent, au point que chaque intermédiaire boursier connaissait maintenant avec précision la quantité d'actions qu'il ou elle détenait, ainsi que la position de chacun. Certains se rappelaient même les mouvements qu'ils s'apprêtaient à réaliser, mais la plupart avaient été à la *hausse* plutôt qu'à la baisse, et leur mémoire collective leur interdirait de les suivre jusqu'au bout.

En contrepartie, tous se souvenaient parfaitement de la panique née en cet après-midi de la semaine précédente et, sachant désormais qu'elle avait été artificielle et préméditée, nul n'avait le désir de la déclencher à nouveau. Par ailleurs, l'Europe avait manifesté sa confiance dans le dollar en termes non équivoques. Les marchés obligataires étaient solides comme le roc et la tendance à l'ouverture avait été aux achats de valeurs du Trésor américain, pour tirer parti des conditions époustouflantes proposées par le gouverneur de la Réserve fédérale. Et c'était là le meilleur indicateur de confiance qu'ils aient jamais constaté.

Durant plus de quatre-vingt-dix secondes, montre en main, il ne se passa *strictement* rien au parquet de la Bourse des valeurs. L'indicateur de tendance n'indiquait rien du tout. Le phénomène provoqua des ricanements incrédules chez des hommes dont l'esprit tournait à toute vitesse pour saisir ce qui se passait. Pendant ce temps, sans s'être donné le mot, les petits porteurs s'étaient précipités sur leur téléphone pour s'entendre répondre par leur agent de change de rester calmes et de voir venir. Et, en majorité, c'est ce qu'ils firent. Ceux qui confirmèrent malgré tout leurs ordres de vente virent ceux-ci traités en interne par leur société de Bourse à partir du volant de titres disponibles qui leur restait de la semaine écoulée. Mais les grosses firmes ne bougeaient pas, elles non plus. Chacune attendait que la voisine se décide. Cette inactivité d'une minute et demie parut une éternité pour tous ces traders habitués à une activité frénétique, et quand intervint enfin le premier mouvement d'envergure, ce fut comme une délivrance.

Le premier mouvement d'importance de la journée émana, comme c'était prévisible, du Groupe Columbus. C'était un achat massif de titres Citibank. Quelques secondes plus tard, Merrill

Lynch pressait le bouton pour effectuer le même genre d'acquisition sur Chemical Bank.

« Ouais », lancèrent quelques voix au parquet. C'était logique, non ? Citibank était vulnérable en cas de chute du dollar, mais les Européens avaient veillé à ce que la devise américaine se redresse, et cela faisait de la First National City Bank une bonne valeur spéculative. Conséquence immédiate, la première tendance de l'indice moyen Dow Jones des valeurs industrielles était à la hausse, démentant toutes les simulations informatiques.

« Ouais, on peut le faire, observa un autre contrepartiste. Je prends cent Manny-Hanny à six », annonça-t-il. Ce serait la seconde banque à bénéficier de cette tendance au raffermissement du dollar, et il voulait un stock de titres qu'il pourrait écouler à six un quart. Les valeurs qui avaient entraîné la dégringolade la semaine précédente étaient désormais en tête de la hausse, et pour les mêmes raisons. Aussi fou que cela puisse paraître, c'était parfaitement logique, se rendirent-ils tous compte. Et dès que le reste du marché l'aurait compris, ils pourraient tous en tirer parti.

Le journal mural lumineux s'était remis à défiler et offrait une sélection des principales dépêches d'agence. On annonçait que General Motors réembauchait vingt mille ouvriers pour ses usines de la région de Detroit en prévision d'une reprise des ventes automobiles. La dépêche oubliait de signaler que l'opération allait s'étaler sur neuf mois et qu'elle était la conséquence de coups de fil du ministre du Travail et de son collègue du Commerce, mais cela suffit à susciter l'intérêt pour les valeurs de l'industrie automobile, et par voie de conséquence pour celles des machines-outils. Quand la pendule afficha 12:05:30, le Dow Jones avait grimpé de cinq points. A peine un hoquet après le vertigineux plongeon de cinq cents points de la semaine précédente, mais vu du parquet de la Bourse de Wall Street, ça ressemblait à l'Everest par un jour de beau temps.

« J'y crois pas, observa Mark Gant, à quelques rues de là, dans l'immeuble fédéral Javits.

234

« — Merde, où est-il écrit que les ordinateurs ont toujours raison ? » remarqua George Winston avec un nouveau sourire forcé. Il avait eu sa part de soucis. Acheter du Citibank n'était pas sans risques, mais il put constater que son initiative avait eu l'effet voulu sur le titre. Dès qu'il fut monté de trois points, il le remit en douceur sur le marché afin d'encaisser son bénéfice, maintenant que d'autres gérants de portefeuilles lui avaient emboîté le pas pour suivre la tendance. Ma foi, c'était prévisible, non ? Le troupeau avait besoin d'un guide, voilà tout. Montrez-leur une tendance et attendez qu'ils la suivent, et si elle va à contre-courant, c'est encore mieux.

« A première vue, ça marche », annonça le gouverneur de la Réserve fédérale à ses collègues européens. Toutes les théories le proclamaient, mais les théories semblaient bien fragiles en des moments pareils. Fiedler et lui regardaient Winston, bien calé dans son fauteuil, mâchonnant un crayon et parlant tranquillement au téléphone. Ils entendaient parfaitement ce qu'il disait. En fait, la voix seule était calme, car tout son corps était tendu, comme celui d'un lutteur au moment du combat. Mais en moins de cinq minutes, ils le virent se détendre, sourire, se tourner pour dire quelque chose à Gant, qui hocha simplement la tête, incrédule devant ce qu'était en train de lui afficher son écran d'ordinateur.

« Eh bien, qu'en dites-vous ? fit Ryan.

— C'est bon signe ? demanda le Président Durling.

— Présentons les choses ainsi : si j'étais à votre place, j'offrirais une douzaine de roses à la rédactrice de mes discours, en lui proposant de rempiler pour quatre ans.

— Il est encore trop tôt pour ça, Jack », maugréa le Président.

Ryan hocha la tête. « Oui, monsieur, je sais. Ce que je voulais vous dire, c'est que vous avez réussi. Bon, il se peut que le marché... disons, fluctue encore jusqu'à la fin de la journée, mais il n'y aura pas de chute à pic comme on aurait pu l'envisager. C'est une question de confiance, chef. Vous l'avez restaurée, c'est indéniable.

— Et pour le reste ?

— On leur offre une chance de repli. On saura d'ici ce soir s'ils la saisissent.

— Et sinon ? »

Le chef du Conseil national de sécurité réfléchit à la question. « Alors, il nous faudra trouver un moyen de les combattre sans trop les amocher. Il faut absolument localiser leurs têtes nucléaires et régler ce problème avant qu'il nous échappe complètement.

— Est-ce possible ? »

Ryan indiqua l'écran. « Ça non plus, on ne l'aurait pas cru possible. »

35

Conséquences

CELA se produisit dans l'Idaho, dans une commune proche de la base aérienne de Mountain Home. On avait envoyé un sergent à la BA d'Andersen, sur l'île de Guam, pour y travailler sur les radars de contrôle d'approche. Sa femme avait accouché une semaine après son départ, et le soir même, alors qu'elle essayait de l'appeler pour lui annoncer la naissance de sa fille, elle s'entendit répondre que les lignes étaient coupées pour cause de tempête. Âgée de vingt ans et sans grande instruction, la jeune femme avait accepté la nouvelle, dépitée. Les liaisons téléphoniques militaires étaient surchargées, lui avait dit un officier, sur un ton si convaincant qu'elle était rentrée chez elle, sans insister, les larmes aux yeux. Le lendemain, elle s'en était ouverte à sa mère qui avait ainsi découvert, ébahie, que son gendre n'était pas encore au courant de la naissance de sa fille. Même en temps de guerre, se dit la mère, ce genre de nouvelle arrivait toujours à passer — et quelle tempête pouvait être pire qu'une guerre ?

Elle appela donc la station de télé locale en demandant le spécialiste météo, un quinquagénaire sagace qui excellait à prédire les tornades qui ravageaient la région chaque printemps, et qui, de l'avis général, sauvait une dizaine de vies chaque année, par la précision de son analyse du cheminement de ces tourbillons destructeurs.

Le spécialiste météo, qui appréciait les démonstrations amicales d'admirateurs lorsqu'il faisait ses courses au supermarché, vit dans cette demande un nouvel hommage à son professionnalisme ; par ailleurs, il n'avait jamais eu l'occasion d'étudier l'océan Pacifique. Mais ce n'était pas un problème. Il se connecta au réseau satellite du NOAA et pianota sur son ordinateur pour balayer à rebours les cartes météo de ces derniers jours et voir quel genre de tempête avait frappé ces îles récemment. Il savait qu'à cette époque de l'année, il n'y avait aucun risque de typhon, mais l'archipel était en plein océan et les tempêtes y étaient constantes.

Mais pas cette année, et pas en ce moment. Les photos satellite révélaient quelques nuages moutonnants, mais à part ça, le temps était calme. Durant quelques minutes, il se demanda si l'océan Pacifique ne pourrait pas être, comme l'Arkansas, sujet à des vents en rafale par temps clair, mais non, c'était peu probable, car ce genre de tempête adiabatique était essentiellement dû aux écarts de température et d'altitude, alors qu'un océan était plat avec des écarts de température modérés. Il consulta un collègue, ancien météorologue de la marine, qui lui confirma le fait, et se retrouva donc avec un mystère sur les bras. S'avisant alors que l'information qu'on lui avait donnée pouvait être erronée, il compulsa son annuaire et composa le 011-671-555-1212, numéro des renseignements gratuit. Il tomba sur un message enregistré qui lui apprit qu'il y avait eu une tempête. Sauf qu'il n'y avait *jamais* eu de tempête. Était-il le premier à s'en apercevoir ?

Il décida alors de se rendre au service infos. En l'espace de quelques minutes, une demande de renseignements était lancée sur le service d'une agence de presse.

« Ryan.

— Bob Holtzman, Jack. J'ai une question pour vous.

— J'espère que ce n'est pas sur Wall Street, répondit Jack en prenant un ton le plus détaché possible.

— Non. Sur Guam. Pourquoi les liaisons téléphoniques avec l'île sont-elles interrompues ?

— Bob, vous vous êtes renseigné auprès de la compagnie du téléphone ? hasarda Ryan.

— Ouais. Et ils m'ont répondu qu'une tempête a coupé un paquet de lignes. Sauf qu'il y a deux ou trois détails qui clochent. Un, il n'y a jamais eu de tempête. Deux, il y a un câble sous-marin, plus une liaison satellite. Trois, une semaine, ça fait long. Qu'est-ce qui se passe ? demanda le journaliste.

— Combien de gens se posent la question ?

— Pour l'instant, il n'y a que moi et une station de télé locale, à Little Rock, qui a envoyé une demande via Associated Press. D'ici une demi-heure, il va y en avoir un morceau. Qu'est-ce qui se passe ? C'est encore ces manœuv...

— Bob, qu'est-ce que vous diriez de passer me voir ? » suggéra Ryan. *Bon, ce n'est pas comme si t'avais cru que ça durerait toujours.* Puis il appela le bureau de Scott Adler. *Mais ça aurait quand même pu attendre vingt-quatre heures de plus, non ?*

Le *Yukon* était en train de ravitailler la seconde partie de la flotte. L'urgence de la situation obligeait le pétrolier à servir deux escorteurs à la fois, un de chaque côté, tandis que son hélico faisait des navettes entre les divers bâtiments pour livrer le reste de l'approvisionnement — dont plus de la moitié consistait en pièces détachées pour remettre en état de combat les avions de l'*Ike*. Le soleil allait se coucher d'ici une demi-heure et les opérations de ravitaillement se poursuivraient de nuit. La force de combat de Dubro avait filé vers l'est à toute vapeur, pour s'éloigner le plus possible de la formation indienne, et s'était remise en statut EMCON, tous les radars coupés et les avions de surveillance disposés pour tromper l'ennemi. Mais ils avaient perdu la trace des deux porte-avions indiens, et Dubro commençait à se faire du souci, tandis que les Hawkeye continuaient de scruter la zone avec précaution.

« Vigies signalent appareil non identifié en approche au deux-un-cinq », annonça le haut-parleur.

L'amiral jura en silence, saisit ses jumelles, se tourna vers le sud-ouest. Là-bas. Deux Sea Harrier. Prudents, eux aussi. Ils volaient à cinq mille pieds à peu près, en formation de combat tactique ou de démonstration aérienne, de front et à la même altitude, en prenant garde à ne survoler aucun bateau. Avant même qu'ils n'aient dépassé le premier rideau d'escorteurs, deux Tomcat étaient venus se placer derrière eux, un peu au-dessus, prêts à les abattre en l'affaire de quelques secondes s'ils manifestaient la moindre intention hostile. Mais manifester une intention hostile signifiait perdre une arme, et en cette ère de progrès, perdre une arme signifiait presque inévitablement un coup au but, nonobstant le sort ultérieur de l'avion qui l'aurait lancée. Les Harrier ne firent qu'un passage. Ils semblaient être équipés de réservoirs supplémentaires, voire d'une nacelle de détection, mais n'étaient pas armés — pas cette fois-ci. L'amiral Chandraskatta n'était pas un imbécile, mais Dubro n'avait jamais imaginé qu'il l'était. Son adversaire avait joué patiemment, attaché à remplir sa mission en prenant tout son temps pour apprendre tous les trucs montrés par les Américains. Ce n'était pas ça qui allait consoler le commandant américain.

« On les raccompagne ? » demanda le capitaine de frégate Harrison, sans émotion.

Mike Dubro hocha la tête. « Rapprochez un des Hummer, qu'il les suive au radar. »

Mais quand bon Dieu Washington se rendrait-il compte de l'imminence d'une confrontation ?

« Monsieur l'ambassadeur, dit Scott Adler en repliant le billet que venait de lui transmettre un collaborateur. Il est probable que d'ici vingt-quatre heures, votre occupation des Mariannes sera de notoriété publique. Dès lors, la situation nous échappera totalement. Vous avez tous pouvoirs pour résoudre cette affaire avant que... »

Mais il ne les avait pas, comme Adler commençait à le soupçonner, malgré les dénégations de son interlocuteur. Comme il s'avisa qu'il l'avait sans doute poussé à bout un peu trop vivement. Même s'il n'avait guère le choix en l'occurrence. Toute cette affaire avait débuté depuis une semaine à peine. Selon les usages diplomatiques habituels, c'était à peu près le temps qu'il fallait pour choisir le genre de chaises sur lesquelles s'installeraient les négociateurs. De ce côté, tout s'était mal goupillé depuis le début, mais Adler était un diplomate de métier qui ne voulait jamais perdre espoir. Même maintenant, alors qu'il concluait sa déclaration finale, il cherchait au fond des yeux de son interlocuteur la trace d'une lueur dont il pourrait rendre compte à la Maison Blanche.

« Tout au long de nos discussions, nous avons entendu citer

240

les exigences de l'Amérique, mais nous n'avons pas entendu un seul mot concernant les légitimes intérêts de sécurité de mon pays. Aujourd'hui encore, vous avez mené une attaque systématique contre les fondements mêmes de notre système économique et financier, et... »

Adler se pencha en avant. « Monsieur l'ambassadeur ! Il y a une semaine, votre pays nous a fait subir la même chose, comme le démontrent les éléments placés devant vous. Il y a une semaine, votre pays a lancé une attaque contre la marine des États-Unis. En toute équité, monsieur, vous êtes bien mal placé pour critiquer nos efforts pour restaurer notre stabilité économique. » Il marqua un temps d'arrêt, se reprochant son langage qui était tout sauf diplomatique, mais vu la gravité des événements, les bonnes manières étaient superflues — ou elles le seraient bientôt. « Nous vous avions offert l'occasion de renégocier de bonne foi une interprétation de la loi de réforme du commerce extérieur qui serait acceptable pour les deux parties. Nous sommes prêts à accepter des excuses et des réparations pour les pertes subies par notre marine. Nous *exigeons* d'autre part l'évacuation immédiate des îles Mariannes par les forces armées japonaises. »

Mais les choses étaient allées désormais trop loin, chacun autour de la table en était conscient. Ils étaient pris de court. Adler sentait peser le terrible fardeau de l'inéluctable. Tous ses talents étaient désormais inutiles. D'autres événements, d'autres acteurs avaient pris sa place — comme ils avaient pris celle de l'ambassadeur. L'expression qu'il lut sur les traits de l'homme était sans doute le reflet de la sienne.

Quand celui-ci s'exprima, ce fut d'une voix mécanique. « Avant de pouvoir vous répondre, je dois en référer à mon gouvernement. Je vous propose d'ajourner la conférence, afin de pouvoir procéder à ces consultations. »

Adler acquiesça, moins fâché qu'attristé. « Comme vous voudrez, monsieur l'ambassadeur. Si vous avez besoin de nous, nous restons à votre disposition. »

« Mon Dieu, vous avez réussi à taire un truc pareil ? Mais enfin comment ? insista Holtzman, abasourdi.

— Parce que vous étiez tous occupés à regarder de l'autre

241

côté, répondit Jack, sans ménagements. De toute façon, vous avez toujours trop compté sur nous pour obtenir des informations. » Il regretta aussitôt ses paroles. Elles avaient par trop un accent de défi. *Le stress, Jack.*

« Mais vous nous avez menti au sujet des porte-avions, et pour les sous-marins, vous avez gardé un silence complet !

— Nous faisons notre possible pour arrêter cette spirale avant que la situation n'empire, intervint le Président Durling. En ce moment même, nous sommes en pourparlers avec eux au Département d'État...

— Vous avez eu une sacrée semaine, reconnut le journaliste. Kealty est hors jeu ? »

Le Président acquiesça. « Il est en train de discuter avec les représentants du ministère de la Justice et avec les victimes.

— Le plus important était de remettre en ordre les marchés, dit Ryan. C'était le véritable...

— Qu'est-ce que vous racontez ? Ils ont quand même tué des gens ! objecta Holtzman.

— Bob, pourquoi n'avez-vous pas cessé de marteler cette histoire de Wall Street tout au long de la semaine ? Merde, ce qu'il y avait de plus terrifiant dans cette attaque menée contre nous, c'était leur habileté à ruiner les marchés financiers et démolir le dollar. C'est cela qu'il fallait régler au plus vite. »

Bob Holtzman concéda le point. « Merde, mais comment avez-vous réussi à nous sortir de là ? »

« Bon Dieu, qui aurait pu penser une chose pareille ? » demanda Mark Gant. La cloche venait de retentir pour annoncer la clôture de la journée boursière écourtée. Le Dow était descendu de quatre points un quart, avec quatre cents millions de titres échangés. Le S&P 500 des valeurs industrielles était même monté d'une fraction de point, de même que le NASDAQ, parce que les *blue chips*, les trente valeurs-phares servant au calcul du Dow Jones, avaient plus souffert de la tempête que le menu fretin. Mais c'était le marché des titres du Trésor qui avait le mieux résisté, et le dollar était ferme. En revanche, le yen avait pris une terrible raclée face aux devises occidentales.

« La confiance retrouvée sur le marché obligataire entraînera une nouvelle chute des actions d'ici la semaine prochaine », dit Winston en se massant le visage, remerciant le ciel de sa bonne fortune. Les derniers soubresauts du marché encourageraient les investisseurs à rechercher des placements plus sûrs, même si la solidité du dollar devrait rapidement freiner la baisse.

« D'ici la fin de la semaine ? s'étonna Gant. Peut-être. Je n'en suis pas aussi sûr. Il y a encore un bon paquet de titres qui restent sous-évalués.

— Votre mouvement sur Citibank était brillant, commenta le gouverneur de la Réserve fédérale en venant s'asseoir à côté des deux financiers.

— Ils ne méritaient pas la dégelée qu'ils se sont prise vendredi dernier et tout le monde le savait très bien. J'ai simplement été le premier à acheter, répondit tranquillement Winston. D'ailleurs, on s'est retirés avant les autres. » Il essayait de ne pas avoir le triomphe trop facile. A vrai dire, cela n'avait jamais été qu'un nouvel exercice de psychologie ; il avait agi de manière à la fois logique et inattendue, pour déclencher une tendance momentanée, avant de prendre son bénéfice en vitesse. Le bizness, comme d'habitude.

« Une idée des résultats de Columbus aujourd'hui ? s'enquit le ministre Fiedler.

— Environ dix de mieux », répondit aussitôt Gant — soit dix millions de dollars, une assez bonne journée, compte tenu des circonstances. « On fera mieux la semaine prochaine. »

Un agent du FBI arriva. « Un coup de fil de la Fiduciaire de dépôt. D'après eux, toutes les opérations se sont déroulées normalement. Cette partie du système semble avoir retrouvé un fonctionnement normal.

— Du nouveau du côté de Chuck Searls ? demanda Winston.

— Eh bien, on a complètement retourné son appartement. Vous savez quoi ? On a retrouvé chez lui deux dépliants sur la Nouvelle-Calédonie... C'est un territoire qui appartient à la France, et on a demandé aux Français de le rechercher.

— Vous voulez un bon conseil ?

— Monsieur Winston, nous sommes toujours demandeurs de conseils », répondit l'agent avec un sourire. L'ambiance qui régnait dans la pièce était contagieuse.

« Regardez également dans d'autres directions.

— On contrôle tout. »

« Ouais, Buzz », dit le Président en décrochant son téléphone. Ryan, Holtzman et deux agents du Service secret virent SAUTEUR fermer les yeux et pousser un long soupir. Il avait reçu tout l'après-midi des rapports de Wall Street mais pour lui, la nouvelle ne fut officielle que lorsqu'il l'eut entendue de la bouche de son ministre des Finances. « Merci, mon ami. S'il vous plaît, faites savoir à tout le monde que je... bien, merci. A ce soir. » Il raccrocha. « Jack, vous êtes un homme précieux dans la tempête.

— Il en reste encore une.

— Donc, la question est réglée ? » demanda Holtzman, sans vraiment comprendre de quoi venait de parler Durling. Ryan se chargea de répondre.

« Nous n'en savons rien encore.

— Mais..

— Mais on pourra faire passer l'incident avec les deux porte-avions pour une fausse manœuvre, un malencontreux accident, et nous ne pourrons savoir ce qui est arrivé aux sous-marins tant qu'on n'aura pas examiné les épaves. Or, elles gisent par cinq mille mètres de fond », expliqua Jack, en se reprochant de devoir lui parler de la sorte. Mais c'était la guerre, et la guerre, on faisait tout pour l'éviter. *Si possible.* « Il reste aux uns et aux autres une chance de faire machine arrière, de faire passer ça pour un malentendu, pour l'initiative de quelques individus échappant à toute autorité ; si on parvenait à les mettre hors d'état de nuire, on n'aurait plus d'autres morts à déplorer.

— Et vous me racontez tout ça ?

— Ça vous en bouche un coin, pas vrai ? fit Jack. Si les pour-parlers au Département d'État débouchent, alors vous avez le choix, Bob : soit, vous nous aidez à calmer le jeu, soit vous pouvez vous retrouver avec un règlement de comptes armé sur la conscience. Bienvenue au club, monsieur Holtzman.

— Écoutez, Ryan, vous ne pouvez pas me...

— Bien sûr que si. Ce ne sera pas la première fois. » Jack nota que le Président restait assis dans son coin à les écouter sans rien dire. A la fois pour prendre ses distances vis-à-vis des manœuvres de Ryan, mais aussi, peut-être, pour goûter le spectacle. Et Holtzman jouait le jeu.

244

« Alors, enfin, qu'est-ce que tout cela veut dire ? demanda Goto.

— Cela veut dire qu'ils vont fanfaronner », lui dit Yamata. *Ça veut dire que notre pays a besoin d'un chef*, mais ça, il ne pouvait pas l'avouer. « Ils sont incapables de récupérer les îles. Ils n'ont pas les moyens matériels de nous attaquer. Ils ont peut-être réussi à colmater provisoirement les brèches dans leurs marchés financiers, mais l'Europe et l'Amérique ne pourront pas survivre indéfiniment sans nous, et d'ici qu'ils s'en rendent compte, nous n'aurons plus autant besoin d'eux que maintenant. Vous ne voyez donc pas ? Notre problème a toujours été de gagner notre *indépendance* ! Quand nous y serons parvenus, tout changera.

— Et d'ici là ?

— Aucun changement. Les nouvelles lois commerciales américaines équivaudraient à un déclenchement des hostilités. Au moins, nous y gagnons au change, avec une chance d'être enfin maîtres chez nous. »

C'était bien là le fond du problème, le seul élément que personne à part lui n'avait vraiment réussi à discerner. Le Japon pouvait fabriquer des produits et les vendre, mais tant qu'il aurait besoin de marchés plus que les marchés n'avaient besoin de lui, les lois commerciales pourraient le paralyser sans le moindre recours. Les Américains, encore et toujours. Eux qui avaient poussé à une fin prématurée de la guerre entre Russes et Japonais, nié leurs ambitions impériales, les autorisant juste à rebâtir leur économie, avant de leur couper l'herbe sous le pied. Trois fois déjà, ils l'avaient fait, ceux-là mêmes qui avaient tué toute sa famille. Étaient-ils donc aveugles ? Aujourd'hui, le Japon avait enfin riposté, mais la timidité aveuglait ses concitoyens. Yamata devait prendre sur lui pour maîtriser sa colère contre cet imbécile sans envergure. Il avait toutefois besoin de Goto, même si le Premier ministre était trop stupide pour se rendre compte qu'il n'y avait plus moyen de faire machine arrière.

— Vous êtes sûr qu'ils ne peuvent pas... répliquer à nos actions ? demanda Goto après une petite minute de réflexion.

— Hiroshi, je me tue à vous le répéter depuis des mois. Nous ne pouvons pas manquer de gagner — sauf à refuser d'essayer. »

« Bigre, j'aimerais bien pouvoir utiliser ces joujoux pour faire nos relevés. » La vraie magie de l'imagerie par satellite résidait moins dans les photographies individuelles que dans les couples photogrammétriques, pris en général à quelques secondes d'intervalle par le même appareil, puis transmis aux stations au sol de Sunnyvale et de Fort Belvoir. L'imagerie en temps réel, c'était parfait pour exciter l'imagination des parlementaires initiés à ces domaines, ou pour comptabiliser rapidement des données. Mais pour un travail sérieux, on recourait aux clichés imprimés, assortis par paires et visionnés à l'aide d'un stéréoscope, plus efficace que l'œil humain pour donner aux photos un véritable relief tridimensionnel. C'était presque aussi bien que de survoler le terrain en hélicoptère. *Peut-être même mieux*, estima le fonctionnaire de l'AMTRAK, *parce qu'on peut aller en arrière comme en avant.*

« Les satellites, ça coûte un paquet, observa Betsy Fleming.

— Ouais, l'équivalent de notre budget de fonctionnement annuel. Ah, celle-ci est intéressante... » Une équipe de spécialistes de la photo-interprétation avait analysé les clichés un par un, bien sûr, mais il fallait bien avouer que la CIA et le NRO avaient depuis plusieurs dizaines d'années cessé de s'intéresser aux aspects techniques du tracé et de la construction des voies ferrées. Repérer des trains transportant des chars ou des missiles était une chose. Mais là, c'était une autre paire de manches.

« Comment cela ?

— La ligne du Shinkansen est une ligne commerciale. Cet embranchement ne va pas leur rapporter grand-chose. Ils pourraient éventuellement creuser un tunnel par ici, poursuivit-il en manipulant les photos. Peut-être qu'ils envisagent de desservir cette ville — mais à leur place, j'aurais pris par l'autre côté pour économiser sur le génie civil. Évidemment, ça pourrait être une simple bretelle de service pour l'entretien de la ligne.

— Hein ? »

Il répondit sans lever les yeux du stéréoscope. « Une voie de garage pour entreposer du matériel d'entretien : wagons-ateliers,

246

chasse-neige, et ainsi de suite. L'endroit est bien situé. Le seul hic est qu'on n'y voit pas un seul wagon. »

La résolution des clichés était proprement fantastique. Ils avaient été pris aux alentours de midi, heure locale, et l'on voyait nettement les reflets du soleil sur les rails de la ligne principale, comme de l'embranchement. Il estima que l'écartement de la voie devait correspondre à peu près à la résolution maximale de l'objectif, un détail intéressant mais qu'il ne pouvait transmettre à personne. Les traverses étaient en béton, comme sur l'ensemble du réseau à grande vitesse japonais, et la qualité de construction et de pose de la voie était... eh bien, il l'avait toujours enviée. L'ingénieur des chemins de fer leva les yeux à regret.

« C'est tout sauf une ligne commerciale. Les courbes sont trop serrées. Pas question de circuler sur cette voie à plus de cinquante à l'heure, alors que les trains qui empruntent ce tronçon de la ligne principale foncent à plus de cent soixante. Ce qui est marrant, c'est qu'elle disparaît tout d'un coup...

— Oh ? fit Betsy.

— Voyez vous-même. » L'ingénieur se leva pour s'étirer, cédant sa place à Mad. Fleming devant la visionneuse. Il s'empara d'une carte à grande échelle de la vallée pour avoir un aperçu de la topographie des lieux. « Vous savez, quand Hill et Stevens ont construit la ligne du Great Northern... »

Betsy n'était pas intéressée. « Chris, regardez plutôt ça... »

Leur visiteur quitta des yeux sa carte. « Oh. Le wagon ? Je ne sais pas de quelle couleur ils peignent leur matériel roul...

— Pas en vert. »

Le temps jouait en général en faveur de la diplomatie, mais pas dans le cas présent, songea Adler en pénétrant dans la Maison Blanche. Il connaissait le chemin, et il avait droit à un agent du Service secret pour le guider au cas où il se perdrait. Le secrétaire d'État aux Affaires étrangères fut surpris de découvrir un journaliste lorsqu'il entra dans le Bureau Ovale, et plus surpris encore de constater qu'on l'autorisait à rester.

« Vous pouvez parler », l'informa Ryan. Scott Adler inspira un grand coup et entama son compte rendu.

« Ils ne cèdent sur rien. La situation met l'ambassadeur mal à l'aise et ça se voit. Je ne crois pas qu'il ait reçu d'instructions particulières de Tokyo, et c'est ce qui m'inquiète. Chris Cook pense qu'ils sont prêts à nous restituer Guam à condition de la démilitariser, mais ils veulent garder le reste des îles. Je leur ai brandi sous le nez la LRCE, mais sans obtenir de réponse substantielle. » Il marqua un temps d'arrêt. « Ça ne marchera jamais. On pourra s'acharner une semaine ou un mois, on n'aboutira jamais à rien. Fondamentalement, ils ne savent pas dans quoi ils se sont embringués. Pour eux il y a continuité entre crise économique et crise militaire. Ils ne voient pas la limite tracée entre les deux. Ne se rendant pas compte qu'ils l'ont franchie, ils n'éprouvent pas le besoin de la repasser dans l'autre sens.

— Vous êtes en train de nous dire qu'on est en guerre », observa Holtzman, pour mettre les choses au clair. Il se faisait l'effet d'être un imbécile à poser une telle question. Il n'avait pas noté que le même climat d'irréalité baignait tous les participants à la réunion.

Adler acquiesça. « J'en ai bien peur.

— Alors, qu'est-ce qu'on compte faire ?

— A votre avis ? » demanda le Président Durling.

Le capitaine de frégate Dutch Claggett n'aurait jamais imaginé se retrouver dans une telle situation. L'homme avait connu une carrière fulgurante depuis sa sortie de l'École navale, vingt-trois ans plus tôt, qui avait connu un arrêt brutal à bord de l'USS *Maine*, quand, au titre d'officier de commandement, il avait assumé la responsabilité du seul sous-marin lanceur d'engins perdu par la flotte américaine. L'ironie était qu'il avait toujours eu l'ambition de commander un sous-marin nucléaire ; or commander le *Tennessee* ne signifiait absolument plus rien aujourd'hui. Ce n'était plus qu'une ligne sur son curriculum quand il se recyclerait dans le civil. Ce bateau avait été conçu pour emporter des missiles balistiques Trident-II, mais les missiles avaient disparu et si on l'avait maintenu en service, c'était uniquement parce que le mouvement écologique de la région avait protesté contre son désarmement devant le tribunal d'instance et que le juge, membre de longue date du Sierra Club[1], avait admis les arguments — l'affaire était à présent aux mains de la cour d'appel fédérale. Claggett commandait le *Tennessee* depuis neuf mois maintenant, mais la seule fois où il avait appareillé, ça avait été pour changer de quai. Pas franchement ce qu'il avait rêvé pour sa carrière. *Ce pourrait être pire*, se dit-il dans l'intimité de sa cabine. Il aurait pu être mort, avec tant d'autres de ses compagnons de l'USS *Maine*.

Mais il avait le *Tennessee* pour lui tout seul — il n'en partageait même pas le commandement avec un second — et, techniquement parlant, il restait toujours un officier commandant un bâtiment de guerre : son équipage réduit à quatre-vingt-cinq hommes continuait à s'entraîner tous les jours parce que telle était la vie en mer, même quand on restait à quai. On allumait le réacteur de propulsion nucléaire, que ses mécaniciens avaient baptisé la « Compagnie électrique du Tennessee », au moins une fois par semaine. Les opérateurs sonar s'exerçaient à la détection et à l'acquisition de cibles avec des bandes audio, et les autres techniciens manœuvraient tous les systèmes embarqués, allant jusqu'à bidouiller leur unique torpille Mark 48. Il fallait bien. Le reste de l'équipage n'était pas en voie de démobilisation, après tout, et son devoir était d'entretenir leur niveau de qualification, en prévision du transfert, qu'ils attendaient tous, à bord d'une unité qui appareillerait vraiment.

« Message du SubPac, commandant », dit un matelot, en lui tendant une planchette porte-papiers. Claggett la prit et signa d'abord le reçu. *Signalez quel est votre délai minimal pour appareiller.*

« Bon sang ! » s'exclama le capitaine Claggett, en fixant la paroi de sa cabine. Puis il réalisa que le message aurait au moins dû transiter d'abord par le groupe, et non lui parvenir directement de Pearl. Il décrocha son téléphone et composa de mémoire le numéro du commandement de la flotte sous-marine du Pacifique. « L'amiral Mancuso, je vous prie. De la part du *Tennessee*.

— Dutch ? Quelle est votre condition matérielle ? demanda Bart sans préambule.

— Tous les systèmes sont opérationnels, amiral. On a même

---

1. Le Sierra Club est une organisation de protection de la nature fondée en 1982 en Californie par l'explorateur et naturaliste John Muir. Le club finance randonnées didactiques, conférences, films, expositions et manifestations diverses ; il publie aussi livres, albums illustrés et divers périodiques. *(NdT)*.

subi notre ISR il y a quinze jours, et on a décroché la note maximale. » Claggett faisait référence à l'Inspection de sécurité du réacteur, qui demeurait le Saint Graal de la marine nucléaire, même pour les équipages les mieux affûtés.

« Je sais. Quel délai ? » demanda Mancuso. La sécheresse de la question était comme un rappel du bon vieux temps.

« Il faut que je m'approvisionne en vivres et en torpilles, et il me faut trente hommes.

— Vos points faibles ? »

Claggett réfléchit quelques instants. Ses officiers étaient un peu jeunes, mais ça ne le dérangeait pas, d'autant qu'il avait un solide encadrement d'officiers mariniers. « Aucun, à vrai dire. Je les fais bosser dur.

— Bien, parfait. Dutch, je compte sur vous pour être prêt à appareiller ASAP. Le groupe est en train de se mettre en branle. Je veux vous voir en mer le plus vite possible. Les ordres de mission sont déjà partis. Soyez prêts pour une mission de quatre-vingt-dix jours.

— A vos ordres, amiral. » Claggett entendit raccrocher. Un instant après, il redécrocha son téléphone pour demander à tous ses techniciens et officiers mariniers de le retrouver au carré. La réunion n'avait pas encore débuté que le téléphone sonnait de nouveau. C'était un coup de fil du groupe demandant à Claggett ses exigences précises en effectifs.

« Votre maison dispose d'une jolie vue. Elle est à vendre ? »

Signe de dénégation d'Oreza. « Non. Absolument pas, dit-il à l'homme sur le seuil.

— Vous y réfléchirez peut-être. Vous êtes pêcheur, n'est-ce pas ?

— Oui monsieur, tout à fait. Je loue un bateau...

— Oui, je sais. » L'homme regarda autour de lui, admirant à l'évidence la taille et l'emplacement de ce qui n'était pourtant en fait qu'un banal pavillon de lotissement selon les critères américains. Manuel et Isabel Oreza l'avaient acheté cinq ans plus tôt, devançant de peu le boom immobilier à Saipan. « Je serais prêt à vous payer une grosse somme.

— Mais où irais-je vivre, moi ? demanda Portagee.

— Plus d'un million de dollars américains », persista l'homme.

Assez bizarrement, l'offre suscita chez Oreza un éclair de colère. Il avait encore son emprunt logement à finir de rembourser ; il réglait les traites tous les mois — enfin, c'était sa femme, mais là n'était pas la question. Le rituel typiquement américain de détacher la quittance du carnet à souche, de remplir le chèque, de fourrer les deux dans l'enveloppe pré-imprimée et de glisser celle-ci dans la boîte le premier du mois — tout ce rituel était pour eux la preuve tangible qu'ils étaient enfin propriétaires de leur maison après trente-cinq ans et plus à avoir bourlingué au service de l'État.

« Monsieur, cette maison m'appartient, vu ? Je vis ici. Je m'y plais. »

L'homme était un parangon de courtoisie, en sus d'être collant comme une teigne. Il tendit une carte de visite. « Je sais. Je vous prie d'excuser mon intrusion. J'aimerais avoir de vos nouvelles, une fois que vous aurez pris le temps de réexaminer mon offre. » Sur quoi, il prit congé pour se diriger vers la maison suivante du lotissement.

« C'est quoi, cette histoire ? grommela Portagee en refermant la porte.

— Qu'est-ce qu'il voulait ? demanda Pete Burroughs.

— Me filer un million de dollars pour la maison.

— Elle est bien située, observa Burroughs. Sur la côte californienne, vous en tireriez un bon prix. Mais quand même pas autant. C'est incroyable, le niveau qu'atteint le prix de l'immobilier au Japon.

— Mais un million ? » *Et ce n'était que son offre de départ.* L'homme avait garé son Toyota Land Cruiser au fond de l'impasse, et il faisait manifestement toutes les maisons une par une, pour voir qui était intéressé.

« Oh, il pourrait la revendre pour bien plus, et même, s'il est malin, se contenter de la louer.

— Mais nous alors, où est-ce qu'on irait vivre ?

— Nulle part, répondit Burroughs. Combien êtes-vous prêt à parier qu'ils vous offriront en prime un billet de première, direction la métropole. Réfléchissez-y », suggéra l'ingénieur.

« Ma foi, c'est intéressant, estima Robby Jackson. A part ça, du nouveau ?

— Les pétroliers qu'on avait vus précédemment sont repartis. La situation est en train... merde, on peut dire que la situation est redevenue normale, hormis tous ces soldats.

— Des difficultés ?

— Non, amiral, aucune. Les mêmes bateaux arrivent toujours, avec l'approvisionnement, le carburant, tout le reste. Le trafic aérien a considérablement diminué. Les soldats se sont plus ou moins retranchés, mais ils l'ont fait avec discrétion. On ne voit plus grand-chose. Il reste encore pas mal de coins sauvages dans l'île. Je suppose qu'ils sont tous allés se planquer là-bas. J'y suis pas allé voir, vous savez ! l'entendit dire Jackson.

— C'est très bien, major, gardez votre calme. Excellent rapport. Donnez-moi le temps de digérer tout ça.

— D'accord, amiral. »

Jackson prit ses notes. Il aurait dû en fait transmettre tout ce dossier à quelqu'un d'autre, mais le major Oreza avait envie d'entendre une voix familière à l'autre bout du fil et, de toute façon, toutes leurs conversations étaient enregistrées par les gars du Renseignement.

Mais il avait d'autres soucis en tête. L'aviation devait sonder une nouvelle fois ce soir les défenses aériennes japonaises. La ligne de patrouille des SSN progresserait encore de cent milles vers l'ouest, et les techniciens recueilleraient encore quantité d'informations, en grande partie grâce aux satellites. L'*Enterprise* devait avoir rallié Pearl Harbor dans la journée. Il y aurait deux escadrilles complètes à la base aéronavale de Barbers Point, mais aucun porte-avions pour les accueillir. La 25ᵉ division d'infanterie légère était toujours basée au camp de Schofield, à quelques kilomètres de là, mais il n'y avait pas non plus de navires pour l'embarquer. Il en allait de même pour la 1ʳᵉ division d'Infanterie de marine de Camp Pendleton, Californie. La dernière fois que les Américains avaient débarqué aux Mariannes, le 15 juin 1944, avec l'opération FORAGER — il avait pris la peine de faire les recherches —, on avait utilisé 535 bateaux et 127 571 hommes. Même en ajoutant à la marine de guerre des États-Unis l'ensemble des navires marchands battant pavillon américain, on n'approchait pas, et de loin, le premier chiffre ; l'armée de terre et le corps des Marines réunis auraient eu du mal à recruter un nombre de fantassins comparable au second. La VIᵉ flotte de l'amiral Ray Spruance — aujourd'hui démantelée — était formée de pas moins de *quinze* porte-avions rapides. La flotte du Pacifique en avait aujourd'hui zéro. On avait assigné cinq divisions à la reconquête des îles, avec le soutien de plus de mille avions tactiques et de plus de cinq cents bâtiments de guerre, porte-avions, croiseurs et destroyers...

Et tu es l'heureux fils de pute chargé de pondre un plan stratégique pour récupérer les Mariannes. Et avec quoi ?

On n'était pas en mesure de les affronter sur un pied d'égalité. Ils tenaient les îles, et leur armement, pour l'essentiel de conception américaine, était formidable. Mais la pire difficulté restait le nombre de civils. Les « autochtones », presque tous citoyens américains, étaient près de cinquante mille, la majorité vivaient sur Saipan et tout plan d'attaque qui prélèverait un trop lourd tribut sur ces vies humaines au nom de la libération serait un poids que sa conscience n'était pas prête à assumer. Il s'agissait là d'une guerre d'un genre complètement inédit, avec des règles entièrement nouvelles, dont une bonne partie lui échappaient encore. Mais les enjeux principaux restaient les mêmes. *L'ennemi s'est approprié notre bien et nous devons le reprendre, ou alors l'Amérique n'est plus une grande puissance.* Jackson n'avait pas passé toute sa vie sous l'uniforme pour être le témoin et l'acteur d'une telle page d'histoire. En outre, que dirait-il au major Oreza ?

Pas question de les affronter sur un pied d'égalité. L'Amérique n'était plus en mesure d'opérer des mouvements de troupes de grande ampleur, sinon pour les transférer d'une base à une autre. Il n'y avait à vrai dire aucune troupe digne de ce nom à déplacer, et aucune marine digne de ce nom pour effectuer le transport. Ils n'avaient aucune base avancée pour soutenir une invasion. A moins que... ? L'Amérique détenait encore la majeure partie des îles du Pacifique Ouest, et toutes étaient équipées d'une piste ou d'un aérodrome. Les avions avaient une autonomie plus grande aujourd'hui, et ils pouvaient ravitailler en vol. Les navires pouvaient rester en mer presque indéfiniment, une technique inventée par la marine américaine quatre-vingts ans plus tôt et facilitée encore par l'avènement de la propulsion nucléaire. Plus important, la technologie des armements s'était améliorée. On était

253

passé du gourdin à la rapière. Et à l'imagerie par satellite. *Saipan.* C'était là que se déciderait l'issue du combat. Saipan était la clé de l'archipel. Jackson décrocha son téléphone.

« Ryan.

— Robby. Jack, quelle est notre marge de manœuvre, au juste ?

— Pas d'hécatombe. On n'est plus en 1945. Et ils ont des missiles nucléaires.

— Ouais. Bon, on les cherche toujours, enfin, c'est ce qu'on me dit, et je sais que ce sera notre première cible si on arrive à les trouver. Et si on n'y arrive pas ?

— Il le faudra », répondit Ryan. *Vraiment ?* D'après les meilleurs renseignements dont il disposait, le commandement et le contrôle de ces missiles étaient aux mains de Hiroshi Goto, un homme à l'intelligence limitée qui nourrissait une franche antipathie à l'égard des États-Unis. Un problème plus critique pour Ryan était qu'il n'avait aucune confiance dans la capacité de son pays à prédire les actes de cet individu. Ce qui pouvait lui sembler irrationnel pouvait être parfaitement raisonnable pour Goto — et pour tous les hommes auprès de qui il prenait conseil, en tête desquels se trouvait Raizo Yamata, qui était à l'origine de toute cette affaire et dont les motivations personnelles demeuraient mystérieuses. « Robby, il faut qu'on les mette hors jeu, et pour y parvenir... c'est d'accord, tu as carte blanche. Je réglerai ça avec la NCA. » A savoir l'Autorité nationale de commandement — en jargon du Pentagone : le Président.

« Jusqu'au nucléaire ? » demanda Jackson. Sa fonction exigeait qu'il pose la question, Ryan le savait, si horribles que soient le terme et ses implications.

« Rob, on ne veut pas en arriver là, sauf si on n'a plus le choix, mais tu es autorisé à envisager l'éventualité et à la préparer.

— Je viens d'avoir un coup de fil de notre ami à Saipan. Il semble que quelqu'un serait prêt à lui racheter sa maison contre un bon paquet de dollars.

— On pense qu'ils pourraient songer à organiser des élections — un référendum sur la souveraineté de l'île. S'ils réussissent à en faire déguerpir les habitants actuels, c'est toujours ça de gagné pour eux, non ?

254

— Et il n'est pas question de les laisser faire, c'est ça ?

— Non, il n'en est pas question. J'ai besoin d'un plan, Rob.

— On va t'en trouver un », promit le J-3 adjoint.

Durling fit une nouvelle apparition télévisée à vingt et une heures ce soir-là, heure de la côte Est. Les présentateurs avaient entrelardé leur récit des récents développements à Wall Street, d'allusions confuses à l'accident de porte-avions de la semaine précédente et à l'existence de négociations précipitées entre les États-Unis et le Japon concernant les Mariannes où, notaient-ils par ailleurs, les communications étaient rompues à la suite d'une tempête qui pouvait bien n'avoir jamais eu lieu. Il leur était toujours désagréable d'être contraints d'avouer leur ignorance. Tous les correspondants de presse à Washington s'étaient mis aussitôt à échanger leurs informations et leurs sources, abasourdis d'avoir raté un événement de cette ampleur. Cet ahurissement se mua bientôt en rage contre un gouvernement qui leur avait dissimulé une situation d'une telle gravité. Les points de presse qui avaient débuté dès vingt heures avaient contribué à apaiser la grogne générale. Oui, Wall Street était la nouvelle la plus importante. Oui, c'était autrement vital pour le bien-être de l'Amérique tout entière que des îles perdues qu'ils n'auraient pas été fichus de situer sur une carte. Mais non, bon sang, le gouvernement n'avait absolument pas le droit de cacher aux médias ce qui se passait. Certains, malgré tout, s'avisèrent que le premier amendement leur garantissait la liberté de découvrir eux-mêmes les informations, pas celle d'exiger qu'on la leur livre. D'autres se rendirent compte que le gouvernement essayait de régler l'affaire sans effusion de sang, ce qui les calma un peu. Mais pas entièrement.

« Mes chers compatriotes », commença Durling, pour la deuxième fois de la journée, et il devint aussitôt manifeste que, pour satisfaisants qu'aient été les événements de l'après-midi, les nouvelles de ce soir seraient mauvaises. Et elles le furent.

La nature humaine se révolte toujours devant l'inéluctable. L'homme se nourrit d'espoir et d'invention, qui l'un et l'autre démentent cette idée que rien ne peut jamais changer. Mais l'homme est également enclin à l'erreur, et parfois, cela rend inévitable ce qu'il cherche si souvent à éviter.

Les quatre bombardiers Lancer B-1B étaient maintenant à cinq cent milles nautiques de la côte, déployés sur une ligne dont l'axe passait à l'est de Tokyo. Cette fois, ils virèrent franchement au cap deux cent soixante-dix et descendirent pour effectuer une pénétration à basse altitude. A bord de chaque appareil, les spécialistes de la guerre électronique en savaient plus que l'avant-veille au soir. A présent, ils étaient en mesure de poser les bonnes questions. Les satellites avaient fourni des compléments d'information permettant de situer tous les sites de défense aérienne radar du pays et ils savaient qu'ils pouvaient les déjouer. La phase importante de cette mission nocturne était de tester les capacités des E-767, et cela exigeait plus de circonspection.

Le B-1B avait été plusieurs fois modifié depuis le début des années soixante-dix. En fait, il était même devenu plus lent, mais également plus furtif. Tout particulièrement de face, où il avait la surface équivalente radar — la SER — d'un gros volatile, à comparer au B-2A qui, lui, avait la SER d'un moineau se faisant tout petit pour échapper à un faucon. Il était également agile à basse altitude, ce qui valait toujours mieux pour éviter l'engagement en cas d'attaque, ce que les équipages préféraient toujours. La mission de ce soir était de « titiller » les avions d'alerte avancée japonais, d'attendre qu'ils réagissent électroniquement, puis de faire demi-tour et regagner fissa Elmendorf, en possession de données meilleures que celles déjà recueillies et analysées, et à partir desquelles on pourrait formuler un véritable plan d'attaque. Les équipages n'avaient oublié qu'un détail. La température de l'air était de -0,5 °C d'un côté du fuselage, et de +1,5 °C de l'autre.

Le Kami-Deux volait à cent milles à l'est de Kochi, en suivant rigoureusement une trajectoire nord-sud à la vitesse de quatre cents nœuds. Tous les quarts d'heure l'appareil faisait demi-tour. Il était en patrouille depuis sept heures, et devait être relevé à l'aube. L'équipage était fatigué mais toujours alerte, pas encore victime de la routine ronronnante de sa mission.

Le vrai problème était technique et il affectait sérieusement les opérateurs. Leur radar avait beau être sophistiqué, il ne leur faisait aucun cadeau. Conçu pour détecter les avions les plus furtifs, il était parvenu à son objectif, sans doute — ils n'en avaient pas encore la certitude — grâce à toute une série d'améliorations successives de ses performances. Le radar lui-même était extrêmement puissant, et son électronique entièrement intégrée le rendait à la fois fiable et précis. Les améliorations internes incluaient un équipement de réception refroidi à l'azote liquide pour accroître la sensibilité d'un facteur quatre, et un logiciel de traitement des signaux qui ne laissait quasiment rien passer. Et c'était bien là le problème. Les écrans d'affichage étaient des tubes cathodiques qui présentaient une image calculée par ordinateur sous la forme d'une grille orthogonale, remplaçant l'affichage analogique circulaire en usage depuis l'invention du radar dans les années trente. Le logiciel était calibré pour détecter tout ce qui générait un écho, et avec sa puissance d'émission et sa sensibilité de détection, il affichait des objets qui n'étaient pas vraiment là. Des oiseaux migrateurs, par exemple. Les ingénieurs informaticiens avaient programmé un seuil de vitesse minimal afin d'ignorer tout ce qui évoluait à moins de cent trente kilomètres-heure, sinon ils auraient détecté les voitures roulant sur les autoroutes à l'ouest de leur trajectoire, mais le logiciel traitait tous les échos reçus avant de décider de les afficher ou non à l'opérateur, et si jamais deux objets se trouvaient franchir les bornes de détection dans une fourchette de quelques secondes, ils étaient automatiquement définis comme le signal possible d'un appareil en mouvement. C'est ainsi que deux albatros séparés de quelques milliers de mètres devenaient un avion aux yeux de l'ordinateur embarqué. De quoi rendre dingues les opérateurs, et avec eux les pilotes des deux chasseurs Eagle qui les escortaient à trente kilomètres de distance. Ce problème logiciel provoquait une irritation qui altérait déjà leurs facultés de jugement. De surcroît, l'ensemble du système était d'une telle sensibilité que le flot toujours actif des vols commerciaux évoquait en tous points une succession d'escadrilles de bombardiers ; seul point positif, c'était le Kami-Un, en vol au nord de leur position, qui se chargeait de les classer et les mettre de côté.

« Contact au un-zéro-un, quatre cents kilomètres, annonça dans l'interphone un capitaine opérant derrière l'une des consoles. Altitude trois mille mètres… en descente. Vitesse, cinq cents nœuds.

— Encore un albatros ? demanda, vachard, le colonel commandant la mission.

— Pas ce coup-ci… le contact se renforce. »

Un autre aviateur, colonel lui aussi, poussa le manche pour faire descendre son bombardier. Le pilote automatique était désormais coupé. *Entrer et sortir*, se dit-il en scrutant le ciel devant lui.

« Voilà notre ami, annonça un des opérateurs de veille. Relèvement deux-huit-un. »

Avec un bel ensemble, pilote et copilote tournèrent la tête à droite. Évidemment, sans rien voir. Le copilote reporta son attention sur le tableau. La nuit, il fallait toujours garder un œil sur les instruments. Le manque de références extérieures fiables accroissait les risques de vertige et de désorientation tant redoutés de tous les aviateurs. Il semblait qu'ils se rapprochaient d'une couche de stratus. Le copilote vérifia la température extérieure. Plus deux. Bien. Deux ou trois degrés de moins et on courait le risque de givrage, or le B-1, comme la majorité des appareils militaires, n'était pas équipé de dégivreurs. Enfin, la mission était électronique, pas visuelle, et les nuages n'avaient guère d'incidence sur la transmission des signaux radar.

Mais qui dit nuages dit humidité, et le copilote se laissa aller à oublier que la sonde de température était placée dans le nez de l'appareil, alors que sa queue était située nettement plus haut. La température à cet endroit n'était plus que de -1 °C, et de la glace avait déjà commencé de se former sur la dérive du bombardier. Pas encore assez pour vraiment dégrader ses caractéristiques de manœuvrabilité. Mais suffisante pour modifier subtilement la silhouette de l'appareil dont la surface équivalente radar jouait sur des écarts chiffrés en millimètres.

« Contact confirmé », annonça le capitaine à bord du Kami-Deux. Il pianota sur ses commandes pour verrouiller l'acquisition, puis bascula le contact sur l'écran de contrôle du colonel. « Peut-être même un second...

— Je l'ai. » Le contact, il le voyait maintenant, arrondissait pour voler en palier et filait droit sur Tokyo. Ce ne pouvait pas être un avion de ligne. Pas de répéteur de bord. Le plan de vol ne collait pas. L'altitude ne collait pas. La vitesse de pénétration ne collait pas. Ce devait être un ennemi. Obligé. Sachant cela, il ordonna à ses deux chasseurs de foncer dessus.

« Je pense que je peux maintenant réinterroger...

— Non », coupa le colonel, dans l'interphone.

Les deux F-15J venaient de ravitailler en vol et ils étaient idéalement placés pour l'interception. Les symboles alphanumériques sur les écrans du Kami montraient qu'ils se rapprochaient et, à bord des chasseurs, les pilotes avaient sous les yeux le même écran, ce qui leur évitait d'allumer leur propre radar d'acquisition de tir. Avec leurs cinq cents nœuds, et la cible venant en sens inverse à la même vitesse, ce ne serait pas long.

Au même instant, une liaison avait été établie avec le QG régional de la défense aérienne et, bientôt, de nombreux témoins assistaient en direct au drame électronique. Trois appareils en approche s'inscrivaient maintenant sur les écrans, espacés comme en formation d'attaque. Si c'étaient des bombardiers B-1, chacun savait qu'ils pouvaient emporter de vraies bombes ou des missiles de croisière, et ils se trouvaient désormais à bonne distance de lancement de ces derniers. Cela soulevait un problème pour le commandant de la défense aérienne, et l'heure tardive n'améliorait pas la situation. Ses ordres précis ne l'étaient pas encore assez, et il n'avait aucun supérieur à qui référer en ce moment même à Tokyo. Cela dit, les intrus étaient nettement à l'intérieur de la Zone d'identification de la défense aérienne, c'étaient sans doute des bombardiers et — *et quoi ?* se demanda le général. En attendant, il ordonna à ses chasseurs de rompre pour se diriger chacun sur une cible. Tout se passait trop vite. Il aurait dû prévoir, mais on ne pouvait pas tout prévoir, et c'étaient des bombardiers, et ils étaient trop près, et ils approchaient très vite.

« A-t-on d'autres échos ? » demanda le commandant de bord. Il ne comptait pas s'approcher à moins de cent nautiques du radar aéroporté et il avait déjà en tête la procédure de dégagement.

« Négatif, monsieur. Je relève un balayage toutes les six secondes, mais toujours pas de faisceau électronique braqué sur nous.

— Je ne crois pas qu'ils puissent nous détecter ainsi, dit le pilote, réfléchissant tout haut.

— Sinon, on aurait intérêt à dégager en vitesse. » Son copilote fit jouer ses phalanges avec nervosité ; il espérait que cette confiance n'était pas déplacée.

Il n'y aurait pas à crier taïaut. Les chasseurs étaient au-dessus du plafond nuageux. Dans les circonstances actuelles, traverser la couche de nuages serait risqué. Les ordres arrivèrent un peu comme une douche froide après toutes ces heures d'entraînement et d'exercices, et une longue et morne nuit de patrouille. Kami-Deux changea de fréquence de travail et se mit à focaliser électroniquement son faisceau sur les trois contacts en approche.

« Ils nous ont accrochés ! signala aussitôt l'officier d'alerte. Changement de fréquence, pulses violents en bande Ku.

— Sans doute viennent-ils juste de nous découvrir. » Logique, non ? Une fois qu'ils avaient repéré un écho en approche, ils devaient chercher à confirmer le contact. Ça leur laissait un petit répit. Le colonel estima qu'ils pouvaient encore continuer deux ou trois minutes, et voir venir.

« Il ne vire pas », dit le capitaine. Il aurait dû, immédiatement, non ? Tout le monde à bord s'interrogea. Il ne pouvait y avoir qu'une seule raison de n'en rien faire, et l'ordre consécutif était évident. Kami-Deux changea de nouveau de fréquence pour passer en mode conduite de tir, et l'un des Eagle largua deux missiles à guidage radar. Plus au nord, un autre Eagle était encore hors de portée de la cible qu'on venait de lui assigner. Son pilote enclencha la post-combustion pour y remédier.

260

« Verrouillage ! Quelqu'un s'est verrouillé sur nous !

— Dégagement à gauche ! » Le colonel bascula le manche et poussa les gaz pour plonger vers le sommet des vagues. Une série de fusées éclairantes accompagnées d'un nuage de paillettes jaillit de la queue du bombardier. Les leurres ralentirent presque aussitôt dans l'air glacial pour flotter, presque immobiles. Le radar perfectionné embarqué sur le E-767 identifia aussitôt les nuages de paillettes métalliques et, automatiquement, il les ignora pour guider son faisceau mince comme un crayon sur le bombardier qui progressait toujours. Le missile n'avait qu'à le suivre. Toutes ces années d'élaboration portaient enfin leurs fruits, et les contrôleurs à bord de l'avion-radar commentaient mentalement ce revirement de situation inattendu. Le système avait été conçu pour les protéger des Russes, pas des Américains. Remarquable, non ?

« Impossible de décrocher ! » L'officier d'alerte avancée avait bien essayé d'enclencher le brouillage actif, mais l'étroit pinceau qui martelait la cellule d'aluminium de leur Lancer avait une puissance de deux millions de watts : ses brouilleurs n'avaient pas la moindre de chance de le contrer. L'appareil décrivit de brusques écarts. Ils ne savaient pas où se trouvaient les missiles et ils ne pouvaient que suivre les consignes du manuel, mais le manuel, ils s'en rendaient compte un peu tard, n'avait pas prévu ce genre d'adversaire. Quand le premier missile explosa au contact de l'aile droite, ils étaient trop bas pour que les sièges éjectables leur soient d'une utilité quelconque.

Le second B-1 eut un peu plus de chance. Il encaissa un coup au but qui détruisit deux réacteurs ; pourtant, même avec une puissance réduite de moitié, il réussit à dégager trop vite pour être rattrapé par le chasseur japonais, mais l'équipage se demandait s'ils parviendraient à rallier Shemya avant qu'une autre pièce essentielle se détache de leur zinc à cent millions de dollars pièce. Le reste de l'escadrille battit également en retraite, et chaque homme espérait que quelqu'un serait fichu de leur expliquer ce qui avait pu clocher.

A ce moment crucial, un autre acte d'hostilité venait d'être commis, quatre hommes de plus avaient perdu la vie : désormais, l'un et l'autre camp auraient de plus en plus de mal à faire machine arrière dans cette guerre qui n'avait pas vraiment de règles discernables.

36

Considération

CE n'était pas vraiment une surprise, se dit Ryan, mais ce serait une piètre consolation pour les familles des quatre officiers de l'Air Force. Il aurait dû s'agir d'une mission simple, sans problème, et le seul — et bien sinistre — point positif est qu'elle avait à coup sûr été riche d'enseignements. Le Japon disposait de la meilleure escadrille de défense aérienne au monde. Il faudrait l'anéantir s'ils voulaient réussir à éliminer leurs missiles intercontinentaux — or, ils devaient obligatoirement les éliminer. Une pile considérable de documents était posée sur son bureau. Rapports de la NASA sur le SS-19 japonais. Comptes rendus des observations de tirs d'essai des engins. Evaluations des capacités des missiles. Estimations de leur charge utile. Car il ne s'agissait toujours que d'estimations, en fait. Il lui fallait plus, mais telle était la nature des informations fournies par le Renseignement. On n'en avait jamais suffisamment pour prendre une décision circonstanciée, et donc il fallait se résoudre à prendre une décision non circonstanciée en espérant avoir eu des intuitions justes. La sonnerie du STU-6 fut un soulagement, car elle le distrayait du souci de savoir ce qu'il allait pouvoir dire au Président sur ce qu'il ne savait pas.

« Salut, MP. Du nouveau ?

— Koga veut rencontrer des gens de chez nous, répondit aussitôt Mme Foley. A première vue, il n'est pas ravi du tour pris par la situation. Mais c'est un risque », ajouta-t-elle.

Ce serait tellement plus facile si je ne connaissais pas ces deux-là, songea Ryan. « Approuvé, répondit-il. On aura besoin du maximum d'informations disponibles. Il faut qu'on sache qui prend réellement les décisions là-bas.

— Ce n'est pas le gouvernement. Pas vraiment. Toutes les données convergent. C'est la seule raison pour laquelle le Renseignement russe n'a rien vu venir. Donc, la question évidente est...

— Et la réponse à cette question est *oui*, Mary Pat.

— Il faudra que quelqu'un en assume la responsabilité, Jack, nota d'un ton égal le sous-directeur des opérations.

— Et quelqu'un l'assumera », promit le chef du Conseil national de sécurité.

Il était sous-attaché commercial adjoint. Jeune diplomate de vingt-cinq ans à peine, il était rarement invité à des manifestations importantes, et quand il l'était, il traînait ses basques comme un page d'une ère révolue, toujours aux petits soins pour ses supérieurs, allant leur chercher à boire, bref passant tout à fait inaperçu. Mais il était aussi officier de renseignements, bien sûr, domaine où il faisait également ses premières armes. Lorsqu'il rejoignait son poste à l'ambassade, sa tâche était de récupérer les messages dans les boîtes aux lettres chaque fois qu'il repérait les signaux convenus, comme justement ce dimanche matin à Tokyo. Cette tâche était un défi à sa créativité car il devait donner au planifié les apparences de l'aléatoire, et procéder d'une manière différente à chaque fois, mais pas au point d'éveiller la curiosité. C'était sa deuxième année d'agent sur le terrain, mais il en était déjà à se demander comment ces diables d'hommes arrivaient à faire carrière sans finir complètement cinglés.

Là, il y était : une boîte de soda — un bidon rouge de Coca, en l'occurrence — oubliée dans le caniveau entre la roue arrière gauche d'une berline Nissan et le trottoir, vingt mètres devant lui, à l'endroit convenu. Elle ne devait pas y être depuis bien longtemps. Sinon, quelqu'un l'aurait ramassée pour la jeter dans la première poubelle. Il admirait la propreté de Tokyo et le civisme qu'il représentait. En fait, il admirait quasiment tout chez ce peuple poli et industrieux, mais cela ne faisait que renforcer ses inquiétudes sur l'intelligence et l'efficacité de leurs services de contre-espionnage. Certes, il avait sa couverture de diplomate, et n'avait rien de plus à redouter qu'une tache dans une carrière qu'il pourrait toujours réorienter — ses activités parallèles lui avaient enseigné pas mal de choses sur la finance et les affaires, si jamais il devait quitter la fonction publique, se répétait-il sans cesse. Avançant sur le trottoir encombré par la foule matinale, il se pencha et ramassa la boîte de soda. Le fond en était serti en retrait pour faciliter l'empilage, et d'une main preste, il détacha le sachet qu'on y avait scotché, puis jeta tranquillement la boîte dans la corbeille au coin de la rue avant de tourner à gauche pour rejoindre l'ambassade. Encore une mission importante d'accomplie, même si elle s'était réduite, en apparence, à ramasser un détritus dans une rue de cette cité d'une propreté méticuleuse. Deux ans d'instruction, se dit-il, pour jouer les éboueurs. Peut-être que d'ici quelques années il commencerait à recruter lui-même son réseau. Au moins, comme ça, on gardait les mains propres.

Sitôt entré dans l'ambassade, il se dirigea vers le bureau du commandant Cherenko et déposa le paquet récupéré avant de rejoindre son bureau personnel et sa brève matinée de travail.

Boris Cherenko, quant à lui, avait autant de boulot qu'il aurait pu l'espérer. Son poste était censé être une sinécure : une banale mission d'espionnage commercial, afin de recueillir les techniques industrielles susceptibles d'être aisément dupliquées par son pays. Bref, plus une tâche d'homme d'affaires que d'espion pur et dur. La perte du réseau CHARDON d'Oleg Lyaline avait été une catastrophe professionnelle qu'il s'était pendant un certain temps efforcé de réparer sans grand succès. Ce traître de Lyaline s'était révélé maître dans l'art de s'insinuer dans les opérations commerciales. Pour sa part, il s'était efforcé de réussir une pénétration plus classique des organes du pouvoir nippon, et ses tentatives pour rééditer les succès de son prédécesseur commençaient tout juste à porter leurs fruits quand on lui avait de nouveau assigné une mission complètement différente. Sans aucun doute était-elle aussi surprenante pour lui que l'était la situation actuelle pour les Américains, si durement touchés par leurs alliés de naguère. Encore un truisme qu'ils s'étaient permis d'oublier : ne jamais se fier à personne.

Le colis qu'on venait de déposer sur son bureau était en tout cas facile à traiter : deux images extraites d'une pellicule trente-cinq millimètres, en noir et blanc, déjà développées sous forme de négatif. Il suffisait d'en détacher le ruban gris et de dérouler le film, une tâche qui lui prit quelques minutes. Si perfectionnée que soit son agence, le travail concret d'espionnage était souvent aussi fastidieux que le montage des cadeaux d'anniversaire d'un enfant. Dans ce cas précis, il dut allumer une lampe puissante et se servir d'un canif pour détacher le film, et il manqua se couper dans l'opération. Puis il plaça les deux négatifs dans des caches en carton qu'il glissa tour à tour dans une visionneuse. La phase suivante était de retranscrire les données sur un calepin — encore un autre pensum. Mais cela valait le coup, il s'en rendit compte aussitôt. Les données devraient être confirmées par d'autres sources, mais c'était une bonne nouvelle.

« Les voilà, vos deux wagons », annonça l'ingénieur de l'AMTRAK. L'emplacement était tellement évident qu'il leur avait fallu une journée pour avoir l'idée d'aller chercher de ce côté. Deux longs wagons surbaissés étaient garés sur le faisceau de voies de la base de lancement de Yoshinobu, avec à côté, trois conteneurs de transports pour le missile SS-19/H-11, en attente sur le quai de chargement. « Et peut-être même un autre, qui dépasse, là, du bâtiment.

— Ils en ont sûrement plus de deux, non ? remarqua Chris Scott.

— J'imagine, répondit Betsy Fleming. Mais ce pourrait être simplement une voie de garage pour les wagons. C'est un emplacement logique.

— Ici, ou à l'usine de montage », admit Scott en hochant la tête.

Ce qu'ils attendaient surtout, à présent, c'étaient des données autres que visuelles. Le seul satellite KH-12 en orbite approchait du Japon et on l'avait déjà programmé pour observer un tronçon de vallée bien précis. L'information visuelle leur avait fourni un indice fort utile. Cinquante mètres supplémentaires d'embranchement avaient disparu entre deux passages successifs d'un KH-11. Les photos montraient les pylônes de caténaires d'une ligne électrifiée, mais aucun fil de contact n'était tendu entre eux. On les avait peut-être installés pour donner un aspect normal à l'embranchement aux yeux des voyageurs qui passaient sur la ligne à grande vitesse, encore une façon de masquer l'évidence.

« Vous savez, s'ils n'y avaient pas touché..., observa le gars de l'AMTRAK, en contemplant de nouveau les vues aériennes.

— Oui mais, ils l'ont fait », répondit Betsy en consultant l'horloge. Quelqu'un était en train de déployer un filet de camouflage sur les poteaux de caténaires, juste après le premier coude de la vallée. Les voyageurs sur la ligne principale ne remarqueraient rien et, avec une meilleure synchronisation, eux trois non plus n'auraient rien vu. « Si vous étiez à leur place, que feriez-vous à présent ?

— Pour ne pas que vous le remarquiez ? Facile, répondit l'ingénieur. J'y garerais des wagons de service. Comme ça, l'embranchement aurait l'air tout ce qu'il y a d'ordinaire, et ce n'est pas la place qui leur manque. C'est même ce qu'ils auraient dû faire dès le début. Vous commettez tout le temps ce genre d'erreur ?

— Ce ne serait pas la première, observa Scott.

— Et maintenant, qu'est-ce que vous attendez ?

— Vous verrez bien. »

Largué huit ans plus tôt par la navette spatiale Atlantis, le satellite KH-12 construit par TRW avait en fait largement dépassé sa durée de vie nominale, mais comme avec bon nombre de produits fabriqués par cette entreprise — à l'Air Force, on l'appelait la « TR-Wonderful » — il continuait de tourner comme une horloge. Le satellite de reconnaissance radar avait toutefois entièrement épuisé ses réserves d'ergols pour les manœuvres, ce qui voulait dire qu'il fallait attendre qu'il ait atteint la position qu'on recherchait, avec l'espoir qu'il se trouverait alors à l'altitude requise pour la mission prescrite.

C'était un gros vaisseau cylindrique, long de près de dix mètres et doté d'« ailes » immenses : les panneaux solaires alimentant son radar en bande Ku. Les cellules photoréceptrices s'étaient dégradées avec les années dans ce milieu soumis à des radiations intenses, n'autorisant que quelques minutes de fonctionnement par orbite. Les contrôleurs au sol avaient, semblait-il, dû attendre longtemps que se présente cette occasion favorable. L'orientation de l'orbite était nord-ouest/sud-est et passait à moins de six degrés de la verticale du site, assez près pour voir jusqu'au fond de la vallée. Ils en savaient déjà pas mal. Le passé géologique de la zone était clair.

266

Une rivière aujourd'hui barrée par une retenue hydro-électrique avait profondément creusé cette gorge. C'était plus un canyon qu'une vallée à cet endroit, et ses flancs escarpés avaient été le facteur décisif pour y installer les lanceurs. Ces derniers pouvaient être lancés à la verticale, alors que des missiles hostiles seraient bloqués par les montagnes de chaque côté. Peu importait leur provenance. La configuration du site aurait le même effet sur les véhicules de rentrée, qu'ils soient russes ou américains. L'ultime trait de génie avait été que la vallée soit creusée dans la roche dure. Chaque silo avait ainsi une armure naturelle. Toutes raisons pour lesquelles Scott et Fleming avaient misé leur réputation professionnelle sur la mission dévolue au KH-12.

« C'est à peu près l'heure, Betsy, annonça Scott en consultant la pendule murale.

— Qu'allez-vous voir au juste ?

— S'ils sont là-bas, on le saura. Vous suivez la technologie spatiale ? demanda Fleming.

— Vous parlez à un authentique fan de Star Trek.

— Au début des années quatre-vingt, la NASA a lancé un satellite d'observation photographique et le premier cliché qu'il retransmit était une vue du delta du Nil, révélant les nappes aquifères alimentées par la Méditerranée. On en a fait le relevé.

— C'est le même satellite qui a repéré au Mexique le tracé des anciens canaux d'irrigation creusés par les Mayas, je crois. Que cherchez-vous à me dire ? demanda le responsable de l'AMTRAK.

— Que c'était une mission à nous, pas un projet de la NASA. Le moyen de signaler aux Russes qu'ils ne pouvaient plus cacher leurs silos à nos satellites. Ils ont bien reçu le message », expliqua Mme Fleming. A peu près au même moment, le fax à ligne cryptée se mit à crépiter. Le signal transmis par le KH-11 avait été transmis à un satellite géostationnaire en orbite au-dessus de l'océan Indien, et de là renvoyé vers le continent américain. Ces premiers signaux n'étaient pas traités mais ils espéraient qu'ils seraient suffisamment lisibles pour permettre une analyse rapide. Scott sortit la première image de la machine et la posa sur la table sous une lampe puissante, juste à côté d'une carte du même endroit.

« Dites-moi ce que vous voyez.

— Bon, voilà la ligne principale... oh... ce truc arrive à détecter les traverses. Les rails sont trop étroits, c'est ça ?

— Correct. » Betsy repéra l'embranchement. Les traverses en béton, larges de quinze centimètres, engendraient un écho radar parfaitement net traduit sur l'image par une ligne tiretée.

« Elle remonte assez haut dans la vallée, non ? » Le nez sur la feuille de papier, le gars de l'AMTRAK suivait le tracé au crayon. « Une courbe... une autre... C'est quoi, ça ? » dit-il en indiquant de la pointe une série de cercles blancs.

Scott plaça sur la feuille un double décimètre. « Betsy ?

— Et bien regroupés, en plus. Bigre, c'est-y pas astucieux, tout ça... Ça a dû leur coûter une fortune.

— Beau travail », murmura Scott. L'embranchement ferroviaire décrivait une série de courbes et de contre-courbes, et tous les deux cents mètres se trouvait un silo, à trois mètres à peine du bord des traverses. « Il a vraiment fallu qu'ils se creusent la cervelle.

— Là, je suis largué.

— Le regroupement, expliqua Mad. Fleming. Ça veut dire que si vous tentez de frapper le site de missiles, votre première charge va projeter dans les airs une telle quantité de débris qu'ils vont cribler les suivantes.

— Cela signifie qu'on ne peut pas recourir à l'arme nucléaire pour éliminer ces joujoux — ça complique leur emploi, en tout cas, poursuivit Scott. Faites-moi un récapitulatif général, ordonna-t-il.

— On a une ligne ferroviaire sans aucune justification commerciale. N'allant nulle part, elle ne sert à rien du point de vue rentabilité. Ce n'est pas non plus une voie de service : trop longue. Elle est à écartement normal, sans doute à cause des dimensions de la charge à transporter.

— Et ils déploient au-dessus des filets de camouflage », enchaîna Betsy pour conclure l'évaluation ; elle tenait déjà les grandes lignes du rapport sur la sécurité nationale qu'ils auraient à pondre ce soir. « Chris, c'est notre site.

— Mais je ne compte que dix silos. Il y en a encore dix à trouver. »

Ce n'était pas facile d'y voir un avantage, mais la réduction de taille de la marine avait dégagé des surplus de personnel, de sorte qu'il n'avait pas été bien sorcier de trouver trente-sept hommes de plus. Cela portait l'effectif du *Tennessee* à cent vingt, trente-sept de moins que la taille normale de l'équipage d'un classe Ohio, un chiffre que Dutch Claggett estimait acceptable. Il n'avait pas besoin des techniciens de missiles, après tout.

Son équipage aurait une forte proportion d'officiers mariniers, encore un fardeau qu'il supportait sans trop de mal, estima-t-il en regardant, depuis le kiosque, ses hommes charger les provisions à la lueur des projecteurs. Le réacteur était allumé et en chauffe. En ce moment même, son chef mécanicien exécutait un exercice. Tout à l'avant, le cylindre vert d'une torpille ADCAP Mark 48 glissait dans l'écoutille de chargement des munitions sous l'œil attentif d'un maître torpilleur. Il n'en restait que seize de ce modèle en stock mais il n'escomptait pas avoir besoin d'autant pour sa mission. L'*Asheville*, le *Charlotte*. Il avait connu des hommes à bord des deux bateaux, et si jamais Washington venait à dire « pouce », peut-être alors devrait-il aviser...

Une voiture s'immobilisa sur l'appontement, un premier maître en descendit, portant une mallette métallique. Il monta à bord, évitant les matelots chargés de cartons, puis descendit par une écoutille.

« C'est la mise à jour du logiciel pour les systèmes sonar, expliqua le second. Celui qui leur sert à traquer les baleines.

— Combien de temps pour l'installer ?

— Normalement, quelques minutes.

— Je veux qu'on ait appareillé avant l'aube.

— Sans problème. Première escale, Pearl ? »

Claggett acquiesça, en indiquant les autres classe Ohio, eux aussi en cours de chargement. « Et je ne veux pas voir un de ceux-là venir nous battre sur le fil. »

La vision n'avait rien de rassurant mais elle était spectaculaire. Le *Johnnie Reb* reposait sur des rangées de billes de bois, dominant le fond de la cale sèche comme un gigantesque immeuble. Le capitaine Sanchez avait décidé de venir y jeter un œil et il se retrouvait aux côtés du commandant du bâtiment. Devant eux, un pont roulant était en train de retirer les restes de l'hélice numéro trois. Ouvriers et ingénieurs coiffés de leurs casques protecteurs multicolores s'étaient écartés et convergeaient maintenant vers le talon de la quille pour évaluer l'étendue des dégâts. Une autre grue mobile s'avança pour procéder à l'extraction de l'arbre de sortie numéro quatre. Il allait falloir l'extraire longitudinalement ; à l'intérieur, le cardan de raccordement côté moteur avait été déjà démonté.

« Les salauds, murmura le skipper.

— Tout cela est réparable, observa tranquillement Sanchez.

— Quatre mois. Si on a de la chance », ajouta le capitaine. Ils manquaient tout simplement de pièces pour aller plus vite. La pierre d'achoppement était le train réducteur. Rien d'étonnant : il allait falloir usiner six jeux complets d'engrenages et cela prenait du temps. La transmission de l'*Enterprise* avait été entièrement détruite et les efforts pour rapatrier au plus vite le bateau vers des eaux plus tranquilles avaient achevé l'unique train réducteur qui aurait encore pu être réparable. Six mois pour ce deuxième bâtiment, et encore, à condition qu'on arrive à presser le fournisseur et le convaincre de faire les trois-huit pour tenir les délais. Le reste des réparations ne posaient aucun problème.

« Quel délai pour remettre en service l'hélice numéro un ? » demanda Sanchez.

Le capitaine haussa les épaules. « Deux ou trois jours. Pour ce que ça nous avancera... »

Sanchez hésita avant de poser la question suivante. Il aurait dû savoir la réponse et il avait peur de passer pour un bel idiot — oh, et puis merde ! Il fallait de toute façon qu'il retourne à Barbers Point. Et les seules questions idiotes, n'arrêtait-il pas de répéter depuis des années, étaient celles qu'on s'abstenait de poser.

« Commandant, je ne voudrais pas paraître idiot, mais quelle vitesse peut-il atteindre rien qu'avec deux hélices ? »

Ryan se surprit à regretter que la Société de la Terre plate [1] n'ait pas raison. Dans ce cas, le monde n'aurait connu qu'un seul fuseau

---

1. Groupe de doux (?) dingues, convaincus que, depuis Galilée, un sombre complot maçonnique veut nous persuader de la rotondité de la Terre. D'après eux, les vols spatiaux seraient depuis le début une vaste entreprise d'intoxication et les photos satellitaires de grossiers trucages *(NdT)*.

horaire — quand les Mariannes avaient quinze heures de décalage avec le continent, le Japon quatorze et Moscou huit. Les principales places financières d'Europe occidentale avaient cinq ou six heures d'avance, selon les pays. Hawaï, cinq de retard. Il avait des contacts dans ces différents endroits, qui bien évidemment travaillaient en se conformant à l'heure locale, et les écarts étaient tels que l'essentiel de ses pensées était occupé à calculer qui dormait sûrement et qui était sans doute endormi. Il grommelait tout seul dans son lit, en se remémorant la confusion dont il souffrait toujours lors des vols intercontinentaux. Même à cette heure-ci, des gens travaillaient encore dans certains de ces endroits, et il ne pouvait rien y faire ; et il savait pourtant qu'il devait dormir s'il voulait être en état d'agir quand le soleil reviendrait éclairer la ville où il vivait et travaillait. Mais le sommeil ne voulait pas venir et il restait là à contempler la frisette de pin qui recouvrait le plafond de sa chambre.

« A quoi tu penses ? » demanda Cathy.

Jack grommela. « Je regrette d'avoir quitté la banque.

— Et dans ce cas, qui réglerait les problèmes ? »

Long soupir. « Un autre.

— Pas aussi bien, Jack, suggéra son épouse.

— Exact, admit-il en fixant le plafond.

— Comment vont réagir les gens, à ton avis ?

— Je n'en sais rien. Je ne sais pas trop moi-même comment je réagis, admit Jack. Rien ne se passe vraiment comme prévu. Nous sommes en guerre, mais une guerre qui n'a aucun sens. On vient de se débarrasser, il y a dix jours à peine, des derniers missiles nucléaires, et on les retrouve braqués sur nous, sans aucun moyen de riposter, et si l'on n'y met pas rapidement le holà... franchement, je n'en sais rien, Cathy.

— Ne pas dormir n'améliorera pas les choses.

— Dieu merci, j'ai épousé un toubib. » Il réussit à sourire. « Eh bien, chérie, tu nous as déjà permis de régler un problème.

— Comment cela ?

— En étant futée. » En faisant constamment travailler ton cerveau, poursuivit-il mentalement. Sa femme ne faisait jamais rien sans y avoir d'abord réfléchi à fond. Elle travaillait avec une relative lenteur selon les critères de sa profession. C'était peut-être une attitude normale pour qui reculait les limites, passait son temps à peser, évaluer et planifier — comme un bon agent de renseignements, en fait — et puis, une fois que tout avait été prévu et calculé, *chlak !* un coup de laser. Ouais, c'était une bonne façon d'opérer, non ?

« Eh bien, je pense que nous avons appris une leçon », dit Yamata. Un appareil de sauvetage avait récupéré les corps et quelques débris du bombardier américain flottant à la surface. Les corps seraient traités avec dignité, avait-il été décidé. On avait déjà transmis par télex les noms à Washington, via l'ambassade, et en temps opportun les dépouilles seraient rapatriées. Il convenait de faire preuve de miséricorde, et ce pour bien des raisons. Un jour, l'Amérique et le Japon se réconcilieraient, et il ne voulait pas gâcher cette possibilité. C'était également mauvais pour les affaires.

« L'ambassadeur signale qu'ils ne nous proposent toujours rien, répondit Goto au bout d'un moment.

— Ils n'ont pas encore procédé à l'évaluation de leur position et de la nôtre.

— Vont-ils réussir à réparer leur système financier ? »

Yamata fronça les sourcils. « Peut-être. Mais ils connaissent encore de grosses difficultés. Ils ont toujours besoin de nous comme fournisseurs et comme clients — et ils sont incapables de nous frapper efficacement comme quatre de leurs aviateurs, et peut-être même huit, l'ont appris à leurs dépens. » Les choses ne s'étaient pas vraiment déroulées selon ses plans, mais bon, l'avaient-elles jamais fait ? « Ce qu'il faut maintenant, c'est leur montrer que les gens de Saipan préfèrent notre autorité à la leur. Dès lors, l'opinion internationale penchera en notre faveur, ce qui contribuera grandement à désamorcer la crise. »

Et d'ici là, pensait Yamata, tout se déroulait au mieux. Les Américains ne seraient pas de sitôt en mesure d'espionner le territoire de son pays. Ils n'avaient pas les moyens matériels de reconquérir les îles, et lorsqu'ils les auraient, eh bien le Japon aurait un nouvel allié, voire une nouvelle direction politique, qui sait...

« Non, je ne suis pas surveillé, lui assura Koga.

— En tant que reporter... non, vous n'êtes pas dupe, n'est-ce pas ? demanda Clark.

« — Je sais que vous êtes officier de renseignements. Je sais que notre ami Kimura a été en contact avec vous. » Ils se trouvaient dans une maison de thé confortable, près des rives de l'Ara. Non loin de là, il y avait le plan d'eau olympique aménagé pour les Jeux de 1964. L'endroit avait également l'avantage d'être situé à proximité d'un commissariat de police, se remémora John. Pourquoi, se demandait-il, avait-il toujours redouté la curiosité de la police ? Dans les circonstances actuelles, le mieux pour lui était semblait-il d'admettre les faits.

« Dans ce cas, Koga-san, je suis à votre merci.

— Je présume que votre gouvernement sait désormais ce qui se passe. Tout ce qui se passe, poursuivit Koga avec dédain. J'ai également parlé avec mes contacts personnels.

— La Sibérie, dit simplement Clark.

— Oui. C'est un des volets du plan. La haine de l'Amérique que nourrit Yamata-san en est un autre, mais en résumé, c'est de la folie pure.

— La réaction des Américains n'est pas vraiment mon souci immédiat, mais je puis vous garantir que mon pays ne se soumettra pas docilement à une invasion de notre sol, dit calmement John.

— Même si la Chine est impliquée ? intervint Kimura.

— Surtout si la Chine est impliquée, dit Chavez, histoire de rappeler sa présence. Je présume que vous aussi, vous avez étudié l'histoire.

— J'ai peur pour mon pays. Le temps est révolu pour de telles aventures, mais les individus qui... est-ce que vous connaissez réellement le mécanisme des décisions politiques chez nous ? La volonté du peuple n'a aucun poids. J'ai essayé de changer cet état de fait. J'ai essayé de mettre un terme à la corruption. »

Clark réfléchissait à toute vitesse, cherchant à décider si l'homme était ou non sincère. « Nous sommes confrontés à des problèmes analogues, comme vous l'avez sans doute appris. La question reste : que faisons-nous maintenant ? »

Le tourment se lisait sur les traits de son interlocuteur. « Je n'en sais rien. J'ai voulu cette rencontre avec l'espoir de faire comprendre à votre gouvernement que tout le monde ici n'est pas devenu fou.

— Vous ne devez pas vous considérer comme un traître,

Koga-san, dit Clark après quelques instants de réflexion. Sincèrement, vous ne l'êtes pas. Que doit faire un homme quand il sent que son gouvernement prend des décisions erronées ? Et vous avez raison d'estimer que les conséquences de la politique actuellement suivie pourraient être extrêmement graves. Mon pays n'a ni temps ni énergie à perdre dans un conflit, mais si l'on nous y contraint, eh bien, nous serons bien forcés de réagir. Cela dit, je dois vous poser une question.

— Je sais laquelle. » Koga baissa les yeux vers la table. Il aurait bien saisi son verre, mais il redoutait que sa main ne tremble.

« Seriez-vous prêt à travailler avec nous pour empêcher une telle éventualité ? » *Ce n'est pas à un sous-fifre comme moi de poser une telle question*, se dit John, mais c'est lui qui était là, pas les grands pontes.

« Comment ?

— Je n'ai pas autorité pour vous donner des directives précises, mais je peux vous répercuter les requêtes de mon gouvernement. A tout le moins, nous vous demanderons de nous fournir des informations, et peut-être de faire jouer votre influence. On vous respecte toujours dans les cercles gouvernementaux. Vous avez encore des amis et des alliés à la Diète. Nous ne vous demanderons pas de compromettre ces éléments. Ils sont trop précieux pour qu'on les gâche.

— Je peux me prononcer contre cette folie. Je peux...

— Vous pouvez faire bien des choses, Koga-san, mais je vous en conjure, pour l'amour de votre pays et du mien, ne prenez aucune initiative sans avoir au préalable pesé les effets possibles de votre action. » *Ma prochaine reconversion*, songea Clark. *Conseiller politique*. « Nous sommes bien d'accord, n'est-ce pas, sur le fait que l'objectif essentiel est d'éviter un conflit majeur ?

— *Hai*.

— N'importe quel imbécile peut déclencher une guerre, annonça Chavez, remerciant la providence pour ses cours de maîtrise. Il faut avoir une autre envergure pour l'empêcher, et cela exige d'y réfléchir avec soin.

— J'écouterai votre conseil. Je ne vous promets pas que je le suivrai. Mais je vais l'écouter. »

Clark hocha la tête. « C'est tout ce que nous pouvons demander. » Le reste de la réunion s'attacha aux formalités. Un autre rendez-vous analogue eût été trop dangereux. Kimura se charge-rait dorénavant de transmettre des messages. Clark et Chavez partirent les premiers, regagnant leur hôtel à pied. C'était une tout autre affaire que d'enlever Mohammed Abdul Corp. Koga était un homme respectable, intelligent, et qui voulait agir pour le bien public, même au prix d'une trahison. Mais John se rendit compte que les paroles qu'il avait adressées à cet homme n'avaient été qu'un élément du rituel de séduction. A partir d'un certain échelon, la raison d'État devenait une affaire de cons-cience, et il était reconnaissant à cet homme d'en avoir apparem-ment une.

« Écoutilles fermées », annonça le maître principal depuis son poste à l'angle bâbord avant du centre d'opérations tactiques. Comme toujours, le plus élevé en grade des officiers mariniers était l'officier de plongée. Toutes les ouvertures dans la coque du bateau avaient été hermétiquement fermées et les cercles rouges sur le tableau de plongée étaient à présent remplacés par des barres horizontales rouges. « Pressurisation de la coque.

— Tous les systèmes calibrés et vérifiés. La compensation est entrée. Parés à plonger, annonça l'ODP.

— Parfait. Descendons. En plongée ! Profondeur cent pieds. » Claggett parcourut des yeux le compartiment, vérifiant d'abord les cadrans, puis inspectant du regard ses hommes. Le *Tennessee* n'avait plus navigué en immersion depuis plus d'un an. Aucun de ces hommes non plus, et il guettait les signes de malaises nerveux, tandis que l'officier de pont donnait les ordres pour la manœuvre. Il était normal que certains, parmi les plus jeunes, hochent la tête en se répétant qu'ils étaient après tout des sous-mariniers, censés avoir l'habitude. Le bruit de l'air qui s'échap-pait ne laissait aucun doute. L'avant du *Tennessee* s'inclina douce-ment de cinq degrés vers le bas. Les prochaines minutes allaient être occupées à contrôler son assiette pour voir si le bateau était convenablement équilibré et vérifier si tous les systèmes de bord fonctionnaient normalement, comme tous les tests et inspections préalables avaient déjà permis de s'en assurer. L'ensemble du pro-cessus prit une demi-heure. Claggett aurait volontiers accéléré la manœuvre, et la prochaine fois, il ne s'en priverait pas, mais pour le moment, il s'agissait surtout de remettre tout le monde dans le bain.

« Monsieur Shaw, barre à gauche au nouveau cap deux-un-zéro.

— Entendu, passerelle, gouvernail à gauche dix degrés, nouveau cap deux-zéro-dix, répondit scrupuleusement le timonier, amenant le sous-marin sur son nouveau cap.

— En avant toute, ordonna Claggett.

— En avant toute, oui. » A plein régime, le *Tennessee* pouvait filer vingt-six nœuds. Ils avaient même encore une marge de quatre nœuds supplémentaires en surrégime. Le fait était méconnu, mais une erreur de conception touchait les submersibles de la classe Ohio, prévus à l'origine pour une vitesse limite d'un peu plus de vingt-six nœuds. Or, dès ses premiers essais à pleine puissance, le prototype de la série avait allégrement dépassé les vingt-neuf et les modèles suivants s'étaient même révélés un poil plus rapides. Enfin, songea Claggett avec un sourire, la marine américaine n'avait jamais été particulièrement intéressée par les bâtiments lents ; ils avaient moins de chances de se sortir à temps du danger.

« Jusqu'ici, tout baigne », observa Claggett pour son officier de plongée.

L'enseigne de vaisseau Shaw acquiesça. A deux doigts lui aussi d'être démobilisé, il avait été assigné au poste de navigateur, et ayant déjà eu l'occasion de servir sous les ordres de Dutch Claggett, il n'avait pas vu d'objection à remettre ça pour un tour. « On monte gentiment en vitesse, cap'taine.

— On a eu le temps d'économiser des neutrons, ces temps derniers.

— Quelle est la mission ?

— Pas encore définie avec certitude, mais je veux être pendu si nous ne sommes pas le plus rapide des sous-marins d'attaque jamais construits, observa Claggett.

— Il est temps de déployer.

— Eh bien, faites, monsieur Shaw. »

Une minute plus tard, le long câble du sonar de traîne était déployé à l'arrière, guidé dans le sillage du submersible via la barre de plongée tribord. Même aux allures rapides, le mince réseau formé par les hydrophones fixés au câble livra aussitôt un

276

flot de données aux opérateurs situés à l'avant au centre tactique. Le *Tennessee* filait à présent à pleine vitesse, s'enfonçant un peu plus, jusqu'à huit cents pieds. L'accroissement de la pression hydrostatique éliminait tout risque de cavitation due aux hélices au profil complexe. Le réacteur à circulation naturelle n'émettait aucun bruit de pompe. Les lignes profilées de la coque n'engendraient aucun bruit de turbulence. A l'intérieur, les hommes portaient des chaussures à semelles caoutchoutées. Et les turbines étaient montées sur des platines reliées à la coque par des ressorts pour les isoler et supprimer tout couplage acoustique avec le bruit des moteurs. Conçu pour n'émettre aucun bruit et connus dans la communauté des sous-marins d'attaque sous le nom de « trou noir », le classe Ohio était sans aucun doute l'engin le plus silencieux que l'homme ait jamais fait naviguer. Avec leurs dimensions imposantes, et malgré leur vitesse et leur manœuvrabilité bien inférieures à celles des sous-marins d'attaque de taille plus réduite, le *Tennessee* et ses semblables gardaient une confortable avance dans le domaine de performances le plus important. Même des baleines auraient eu du mal à entendre un.

A égalité de force, se répéta Robby Jackson. Si ce n'était pas possible, alors quoi ? « Ma foi, si l'on ne peut pas jouer ça comme un match de championnat, on n'a qu'à le jouer comme une partie de cartes », se dit-il, seul dans son bureau. Il leva les yeux, surpris, et se rendit compte qu'il venait de s'entendre parler tout haut.

Pas très professionnel de se mettre en colère, mais le contre-amiral Jackson se permit momentanément cet écart. L'ennemi — c'était désormais le terme qu'il employait — assumait que lui et ses collègues du commandement intégré ne seraient pas capables d'élaborer une réponse efficace à leurs actions. Pour eux, c'était une question d'espace, de temps et de force. L'espace se mesurait en milliers de milles. Le temps s'évaluait en mois et en années. La force, en divisions et en flottes.

Et s'ils se trompaient ? se demanda Jackson.

De Shemya à Tokyo, il y avait deux mille milles. D'Elmendorf à Tokyo, mille de plus. Mais l'espace en fait était le temps. Le temps, pour eux, était le nombre de mois et d'années nécessaires pour rebâtir une marine capable de rééditer ses prouesses de 1944 ; or ça, ce n'était pas dans les cartes, donc le problème était ailleurs. Et la force n'était pas tout. La force était ce qu'on réussissait à déployer à l'endroit précis où il fallait frapper. Tout le reste n'était que vaine dépense d'énergie.

Le plus important toutefois restait la perception. Ses adversaires *percevaient* que leurs propres facteurs limitatifs s'appliquaient également aux autres. Ils définissaient la compétition selon leurs propres critères, et si l'Amérique choisissait de jouer ainsi, alors l'Amérique allait perdre. Donc, estima l'amiral Jackson, sa tâche primordiale était d'élaborer sa propre règle du jeu. Et c'est bien ce qu'il comptait faire. C'est par là qu'il commença, sur une feuille vierge de papier blanc non réglé, en consultant fréquemment la carte du monde au mur de son bureau.

Quel que soit celui qui avait élaboré les tours de veille à la CIA, c'était un homme intelligent, songea Ryan. En tout cas, assez intelligent pour savoir qu'une information reçue à trois heures du matin pouvait bien attendre six heures, ce qui trahissait un degré de jugement fort rare dans le milieu du Renseignement, et dont il lui savait gré. Les Russes avaient transmis la dépêche à la *rezidentura* de Washington, et de là, ils étaient venus la remettre en main propre à la CIA. Jack se demanda ce que les gardes en uniforme de la maison avaient pensé en laissant les barbouzes russes passer la grille. Ensuite, le rapport avait été répercuté sur la Maison Blanche, et l'estafette attendait dans l'antichambre quand Ryan se présenta à son bureau.

« Les sources rapportent un total de neuf (9) fusées type H-11 à Yoshinobu. Un autre missile est à l'usine de montage et sert de banc d'essai au sol pour un projet d'amélioration structurelle. Cela laisse dix (10) ou onze (11) fusées non comptabilisées, plus probablement le premier chiffre, établies sur un site non encore défini. Bonne nouvelle, Ivan Emmetovitch. Je présume que vos spécialistes de l'observation par satellite sont pas mal occupés. Les nôtres aussi. Golovko. »

« Ça oui, ils le sont, Serguei Nikolaïevitch, murmura Ryan en ouvrant la seconde chemise apportée par l'estafette, ça ne fait aucun doute. »

On est là à tourner en rond, se disait Sanchez.

L'AirPac, le commandant de l'aéronavale pour la zone Pacifique, était un vice-amiral, et il était d'une humeur aussi massacrante que le reste des officiers présents sur la base aéronavale de Pearl Harbor. Responsable de tous les appareils et tous les ponts d'envol à l'ouest du Nevada, son PC aurait dû être le GQG d'une guerre qui n'avait débuté que depuis quelques jours ; or, non seulement il était incapable de dire ce qu'il voulait à ses deux seuls porte-avions en opérations dans l'océan Indien, mais il avait sous les yeux ses deux autres unités, bord à bord, en cale sèche. Et qui risquaient fort d'y rester plusieurs mois, comme les équipes de CNN l'expliquaient à l'envi aux téléspectateurs de la planète entière.

« Bon, alors, c'est quoi encore ? demanda-t-il à ses visiteurs.

— Avons-nous des plans pour visiter le WestPac ? demanda Sanchez.

— Pas dans l'immédiat.

— Je peux être prêt à appareiller dans moins de dix jours, annonça le commandant du *Johnnie Reb*.

— Sûr ? demanda aigrement l'AirPac.

— L'arbre numéro un est OK. Si on répare le quatre, je peux filer vingt-neuf, trente nœuds. Sans doute plus. Les essais effectués sur deux moteurs avaient été réalisés avec les quatre hélices posées. En gagnant sur la traînée des hélices démontées, on doit pouvoir arriver à trente-deux.

— Continuez...

— Donc, la première mission doit être d'éliminer leurs avions, d'accord ? Pour ça, je peux me passer des Hoover et des Intruder. Le *Johnnie Reb* peut se contenter de quatre escadrilles de Tom, quatre autres de Plastic Bugs, avec un détachement de Robber pour le brouillage, et quelques Hummer en réserve. Et devinez quoi ? »

L'AirPac hocha la tête et termina pour lui : « C'est en gros l'équivalent de la force aérienne qu'ils ont basée sur Guam et Saipan. » C'était gonflé. Un seul porte-avions contre deux bases insulaires importantes, ce n'était pas précisément... oui mais, voilà, les deux îles étaient très espacées. Le Japon avait d'autres bâtiments qui croisaient dans les parages, plus des sous-marins, et c'était ce qu'il redoutait le plus. « C'est un début, peut-être...

— Il nous faudrait un certain nombre d'autres éléments, reconnut Sanchez. Est-ce qu'on risque d'essuyer un refus si on les demande ?

— Pas pour ça », promit l'amiral après quelques instants de réflexion.

La journaliste de CNN avait effectué son premier direct depuis le bord de la cale sèche ; on y voyait en arrière-plan les deux porte-avions à propulsion nucléaire posés sur leurs cales, tels deux bébés jumeaux dans leurs berceaux côte à côte. Un des responsables du CINCPAC avait dû entre-temps se faire remonter les bretelles pour l'avoir laissée entrer, car le deuxième reportage était émis de bien plus loin : les porte-avions étaient à peine discernables dans le port, derrière son dos, alors qu'elle répétait en gros la même chose, ajoutant simplement qu'elle tenait (de source bien informée) qu'il faudrait peut-être six mois avant que le *Stennis* et l'*Enterprise* puissent reprendre la mer.

« Si c'est pas magnifique », grommela Jack dans sa barbe. L'estimation de la journaliste était aussi bonne que celle posée sur son bureau dans une chemise barrée du tampon *Secret Défense* en grosses lettres rouges. Voire meilleure, même, car sa source était sans doute un ouvrier du chantier naval qui devait avoir l'habitude de cet atelier de carrosserie géant. Suivit le commentaire d'un spécialiste — ce coup-ci, un amiral en retraite reconverti dans une boîte de conseil à Washington — qui expliqua que la reconquête des Mariannes serait une tâche extrêmement difficile, dans le meilleur des cas.

Le problème d'une presse libre, c'est qu'elle divulguait l'information à tout le monde ; or, depuis une vingtaine d'années, elle était devenue une si bonne source d'informations que les services de renseignements de son propre pays y avaient bien souvent recours sitôt que le facteur temps était critique. En outre, le public se montrant de plus en plus exigeant et cultivé, les grands réseaux avaient réagi en renforçant à la fois l'éventail des informations et leur analyse. Évidemment, la presse avait ses faiblesses. Pour l'obtention de tuyaux sérieux, elle dépendait trop des fuites et pas assez des *milieux bien informés*, surtout à Washington, et pour ce qui était de l'analyse, elle choisissait bien souvent des individus moins motivés par la réalité des faits que par des visées personnelles. En revanche, lorsqu'il s'agissait de données concrètes et manifestes, la presse travaillait souvent mieux que les pros du Renseignement payés par le contribuable.

Le camp adverse comptait dessus également, songea Jack. Tout comme lui dans son bureau, d'autres aussi regardaient la télé, sur toute la planète...

« Tu m'as l'air occupé, nota l'amiral Jackson, sur le pas de la porte.

— J'essaie de patienter aussi vite que possible. » Ryan l'invita à s'asseoir. « CNN vient de passer un reportage sur les porte-avions.

— Bien, dit Robby.

— Bien ?

— On devrait pouvoir faire appareiller le *Stennis* d'ici huit à dix jours. Un de mes vieux potes, Bud Sanchez, est son chef d'escadre aérienne, et il a un certain nombre d'idées qui me plaisent bien. Idem pour l'AirPac.

— Une semaine ? Attends voir une minute. » Un autre effet des informations télévisées était que les gens les confondaient souvent avec les communiqués officiels, même si en l'occurrence, les données confidentielles corroboraient celles-ci...

Il en restait trois dans le Connecticut, et les trois autres subissaient des essais dans le Nevada. Tout ce qui les concernait sortait de la norme. L'atelier de montage, par exemple, ressemblait plus à une boutique de tailleur qu'à une usine d'aviation. La matière première des cellules arrivait par bobines dévidées sur une longue table étroite pour que des lasers pilotés par ordinateur les découpent selon des patrons. Les feuilles ainsi découpées étaient ensuite plaquées et cuites au four jusqu'à ce que la couche de fibre de carbone forme un sandwich plus solide que l'acier mais bien plus léger — et, au contraire de l'acier, transparent aux rayonnements électromagnétiques. C'était la somme de près de vingt années de recherche technologique, et le mince recueil de stipulations techniques initiales avait fini par grossir pour atteindre la taille d'une encyclopédie en plusieurs volumes. Typique de tous les programme du Pentagone, celui-ci avait duré trop longtemps et coûté trop d'argent, mais le produit fini, même s'il ne répondait pas exactement à une aussi longue attente, valait néanmoins largement le coup, même à vingt millions de dollars pièce, ou, pour reprendre la formule de ses équipages, à dix millions de dollars la place.

Les trois appareils basés dans le Connecticut étaient garés dans un hangar ouvert quand arrivèrent les employés de chez Sikorsky. Les systèmes embarqués étaient parfaitement opérationnels et ils avaient été pris en main juste assez longtemps par les pilotes d'essai de la société pour qu'on puisse en garantir les qualités de vol. Tous les équipements avaient subi avec succès le diagnostic de l'ordinateur de contrôle embarqué, lequel, bien évidemment, avait au préalable effectué son autodiagnostic. Le plein fait, les trois appareils furent roulés à l'extérieur et décollèrent à la nuit tombée vers le nord, direction la base de Westover, dans l'ouest du Massachusetts, d'où ils seraient chargés à bord d'un cargo Galaxy du 327e escadron de transport militaire, pour gagner un site au nord-est de Las Vegas qui n'était consigné sur aucune carte officielle, même si son existence était un secret de polichinelle. A leur point de départ, dans le Connecticut, trois répliques en bois des appareils furent installées dans le hangar dont le côté ouvert était visible depuis la zone pavillonnaire et la route nationale passant trois cents mètres plus haut. On pourrait même voir des ouvriers travailler dessus toute la semaine.

Même si vous ne connaissiez pas encore vraiment le but de la mission, les procédures restaient en gros toujours les mêmes. Parvenu à cinq cents nautiques de la côte, le *Tennessee* réduisit sa vitesse à vingt nœuds.

« La chambre des machines confirme tous les moteurs en avant deux tiers, commandant.

— Parfait, répondit le capitaine Claggett. Barre à gauche vingt degrés, nouveau cap zéro-trois-zéro. » Le timonier répéta l'ordre et l'instruction suivante de Claggett fut : « Paré à faire ultrasilence. »

Il avait beau connaître les caractéristiques physiques de sa manœuvre, il se dirigea malgré tout vers la table des cartes, à l'arrière, pour vérifier une nouvelle fois le mouvement tournant du bateau. D'ailleurs, le commandant devait toujours tout vérifier. Partout à bord, on éteignit tous les appareils inutiles, et les matelots qui n'étaient pas de quart s'allongèrent sur leur couchette alors que leur bâtiment virait de bord. L'équipage, nota Claggett, avait déjà pris le pli.

Filant à l'arrière du *Tennessee*, au bout d'un filin de mille mètres, le sonar de traîne, lui-même long de mille mètres, était entièrement déployé. Au bout d'une minute, le sous-marin se retrouva, tel un chien qui court après sa queue, quelques centaines de mètres derrière l'extrémité du sonar, filant toujours ses vingt nœuds, tandis que les opérateurs écoutaient attentivement pour détecter les bruits éventuels émis par leur propre navire. L'arrêt suivant de Claggett fut à la chambre du sonar, afin d'observer *de visu* les écrans de contrôle. Cela relevait en quelque sorte de l'inceste électronique : le meilleur appareillage sonar jamais fabriqué cherchant à localiser le bateau le plus silencieux jamais construit.

« C'est nous, là, commandant. » Le chef sonar marqua son écran au crayon gras. Le capitaine chercha à masquer sa légère déception. Le *Tennessee* filait vingt nœuds et le réseau d'hydrophones n'était qu'à mille mètres de distance durant les quelques secondes nécessaires pour effectuer la détection.

« Personne n'est à ce point invisible, commandant, observa l'enseigne Shaw.

— Reprenez notre course d'origine. On refera un essai à quinze nœuds. » Puis, pour le chef sonar : « Mettez un de vos meilleurs gars sur l'analyse des bandes. On va bien finir par le localiser, ce cliquetis à l'arrière, non ? » Dix minutes plus tard, le *Tennessee* entamait un nouvel autodiagnostic de bruit.

« Tout cela est réglé comme du papier à musique, Jack. Au moment où je lis ces lignes, le temps travaille pour eux, pas pour nous. » Ce n'était pas ce qui plaisait le plus à l'amiral Jackson. Mais il ne semblait pas y avoir d'autre solution, et cette guerre s'annonçait de plus en plus comme livrée à l'improvisation effrénée, en dehors de toutes règles.

« Tu pourrais bien avoir raison pour ce qui est de l'aspect politique. Ils veulent organiser les élections au plus vite, et ils me semblent bougrement sûrs d'eux...

« — Tu n'es pas au courant ? Ils amènent des civils par charters entiers, lui dit Jackson. Et pourquoi, à ton avis ? Je pense qu'ils vont être illico bombardés résidents, et tous ces braves pékins s'en vont voter *Ja* à l'*Anschluss*. Nos amis à l'autre bout du fil ont une vue imprenable sur l'aéroport. Les rotations ont certes un peu ralenti mais vise plutôt les chiffres. Il doit bien y avoir désormais quinze mille soldats sur l'île. Et tous ont le droit de vote. Ajoutes-y les touristes japonais déjà présents, plus ceux qu'ils ont ramenés par avion, et le résultat est couru d'avance. »

Grimace du chef du Conseil national de sécurité. « Bête comme chou, non ?

— Je me rappelle encore quand la loi sur les droits civiques est passée. Eh bien, d'un coup, ça a fait une sacrée différence dans le Mississippi, quand j'étais gosse. Tu trouves pas ça chouette, cette façon qu'ont les gens de tourner la loi à leur avantage ?

— Pas de doute, c'est une guerre civilisée. » *Personne n'a dit qu'ils seraient idiots*, se rappela Jack. Les résultats de l'élection seraient bidon, mais tout ce qu'il leur fallait, c'était réussir à brouiller les cartes. Le recours à la force exigeait d'avoir une cause clairement définie. Donc, les négociations faisaient partie des manœuvres dilatoires. C'était toujours l'autre camp qui décidait des règles du jeu. L'Amérique n'avait pas encore défini de stratégie d'action.

« C'est cela qu'il faut changer.

— Comment ? »

Jackson lui tendit une chemise. « Voilà l'information dont j'ai besoin. »

Le *Mutsu* avait des capacités de communication par satellite, y compris une liaison vidéo qui pouvait être retransmise depuis le quartier général de la flotte à Yokohama. L'amiral Sato appréciait particulièrement le spectacle, et il savait gré à CNN d'avoir la bonté de le lui offrir. L'*Enterprise* : trois hélices détruites et la quatrième manifestement en triste état. Le *John Stennis* : deux arbres de transmission déjà démontés et un troisième visiblement irréparable ; le quatrième, hélas, semblait intact. Ce qui restait invisible, c'étaient les dégâts internes. Alors qu'il regardait la retransmission, on était en train de hisser avec une grue l'une des énormes hélices en bronze-manganèse du second bâtiment, tandis qu'un autre engin de levage approchait, sans doute, observa le chef mécanicien du destroyer, pour extraire un tronçon de l'arbre de transmission tribord.

« Cinq mois », diagnostiqua-t-il, juste avant que la journaliste annonce un délai d'immobilisation probable de six mois, chiffre qu'elle devait tenir d'un ouvrier du chantier naval en mal de confidences.

« C'est l'estimation du QG.

— Ils ne peuvent pas nous vaincre rien qu'avec des destroyers et des croiseurs, observa le commandant du *Mutsu*. Mais vont-ils rapatrier leurs deux autres porte-avions de l'océan Indien ?

— Pas si nos amis continuent à maintenir sur eux la pression. Du reste, poursuivit tranquillement Sato, deux porte-avions, ce n'est pas suffisant, pas contre cent avions de chasse basés à Guam et Saipan — et plus encore si je le demande, comme je vais le faire sans doute. C'est vraiment un exercice de stratégie politique, désormais.

— Et leurs sous-marins ? » insista le commandant du destroyer, passablement nerveux.

« Alors, pourquoi ne peut-on pas ? demanda Jones.

— La guerre totale est exclue, répondit le SubPac.

— Ça nous a déjà réussi.

— Ils n'avaient pas l'arme nucléaire, à l'époque, observa le capitaine Chambers.

— Oh. C'était vrai, dut admettre Jones. Est-ce qu'on a déjà un plan de prévu ?

— Pour l'instant, il s'agit de les tenir à distance », dit Mancuso. Ce n'était pas précisément une mission à faire frémir un Chester Nimitz, mais enfin, il fallait bien un début à tout. « Qu'est-ce que vous m'avez trouvé ?

— J'ai deux échos de submersibles en immersion périscopique, à l'est des îles. Pas suffisamment affirmés pour déclencher une chasse, mais de toute façon, je ne pense pas qu'on va y envoyer des P-3. Cela dit, les hommes du SOSUS sont sur le pied de guerre. Rien ne pourra passer entre nos mailles. » Il marqua un temps. « Encore une chose... j'ai eu un contact » — un contact était moins ferme qu'un écho — « avec un objet au large des côtes de l'Oregon.

— Le *Tennessee*, fit Chambers. C'est Dutch Claggett. Il doit arriver ici à deux heures zéro zéro vendredi. »

Jones était impressionné par leur performance. « Bigre, un écho sur un Ohio. Combien d'autres ?

— Quatre, le dernier appareille d'ici une heure environ. » Mancuso indiqua sa carte murale. J'ai dit à chacun d'eux de passer au-dessus de ce réseau d'hydrophones du SOSUS pour un test de bruit. Je savais bien que vous traîneriez dans le coin à renifler leur trace. Ne triomphez pas trop. Ils foncent sur Pearl de toute la puissance de leurs machines. »

Jones acquiesça, tourna la tête. « Bien joué, patron.

— Nous n'avons pas encore entièrement perdu la partie, Dr Jones. »

« Bon Dieu de merde, chef ! jura le commandant Claggett.

— C'est de ma faute, monsieur. Entièrement. » Il ne se défila pas. C'était une caisse à outils. On l'avait trouvée coincée entre une conduite d'eau de mer et la coque, et les infimes vibrations du pont suspendu sur ressorts avaient mis en branle les clés rangées à l'intérieur, juste assez pour que le sonar de traîne ait détecté le bruit. « Ce n'est pas une à nous, sans doute un ouvrier du chantier qui l'aura oubliée à bord. »

Trois autres maîtres principaux étaient là pour profiter de la leçon. Cela aurait pu arriver à n'importe qui. Ils savaient également ce qui les attendait. Leur capitaine inspira un grand coup avant de poursuivre. Un bon coup de sang, il n'y avait que ça de vrai, même avec ses officiers mariniers.

« Le moindre centimètre de cette coque, de l'étrave à l'axe d'hélice. Le moindre écrou en vadrouille, le moindre boulon, le moindre tournevis. Tout ce qui traîne par terre, vous me le ramassez. Tout ce qui a du jeu, vous me le resserrez. Et pas question d'arrêter tant que ce sera pas fini. Je veux que ce rafiot soit si silencieux que je puisse entendre vos blagues idiotes quand vous pensez à moi.

— Ce sera fait, amiral », dit le maître d'équipage. *Autant s'habituer tout de suite à ne plus fermer l'œil*, ajouta-t-il, sans le dire.

« Vous avez tout compris, chef. Et pas question de fermer l'œil tant que cette coquille de noix ne sera pas plus silencieuse qu'une tombe. » Réflexion faite, Claggett se dit qu'il aurait peut-être pu choisir une autre métaphore.

Le commandant regagna l'avant et se promit de remercier personnellement son chef sonar d'avoir su isoler la source du bruit. Mieux valait l'avoir trouvée dès le premier jour de navigation, et il fallait qu'il en fasse tout un bataclan. C'était la règle. Il avait du mal à ne pas sourire. Après tout, le commandant était censé se comporter en salopard inflexible — enfin, quand il trouvait un truc qui clochait, et d'ici quelques minutes, les sous-offs s'empresseraient de répercuter son ire aux matelots, tout en gardant pour eux des sentiments analogues.

Les choses avaient déjà pas mal changé, nota-t-il en passant devant la chambre des machines. Comme des chirurgiens en salle d'opération, les mécaniciens de quart se tenaient à leur poste ; la plupart se contentaient d'observer, en prenant des notes aux moments opportuns. On était en mer depuis moins d'une journée, et il y avait déjà des photocopies marquées *Pensez en silence !* scotchées des deux côtés de toutes les portes étanches. Les quelques matelots qu'il croisa dans les coursives s'effacèrent sur son passage, souvent avec un bref signe de tête plein d'orgueil. *Ouais, on est des pros, nous aussi, commandant.* Deux hommes jogguaient dans la chambre des missiles, long compartiment désormais inutilisé, et Claggett, comme le requérait l'étiquette de service, s'effaça à son tour, et faillit encore une fois laisser échapper un sourire.

« Une boîte à outils, hein ? demanda le second, quand le patron eut réintégré le poste de commandement. La même chose m'est arrivée sur le *Hampton,* après notre première refonte.

— Ouais, opina Claggett. Au prochain quart, on se tape une inspection de fond en comble.

— Ça aurait pu être pire, commandant. Un jour, après une révision, j'en connais qui ont dû retourner en cale sèche. Ils avaient trouvé rien de moins qu'une putain d'échelle télescopique dans le réservoir de ballast avant. » C'était le genre d'histoires qui faisaient frémir tous les sous-mariniers.

« Une caisse à outils ? » s'enquit le chef sonar.

Cette fois, il pouvait sourire. Claggett s'appuya contre l'encadrement de la porte et, tout en opinant, il sortit de sa poche un billet de cinq dollars. « Bien vu, chef.

— Ce n'était pas bien sorcier. » Mais le maître principal empocha malgré tout le billet. A bord du *Tennessee*, comme à bord de quantité d'autres submersibles, tous les outils qu'on embarquait subissaient un traitement préalable : on trempait leur poignée dans le vinyle liquide, ce qui leur donnait à la fois une meilleure prise, surtout avec une main moite, tout en réduisant fortement les risques de cliquetis. « Encore un connard du chantier, je parie, ajouta-t-il avec un clin d'œil.

— Je ne paie qu'une fois, observa Claggett. De nouveaux contacts ?

— Un bâtiment de surface, diesel lent, une seule hélice, relèvement trois-quatre-un, très loin. C'est un signal CZ, désignation du contact Sierra-Trente. Les gars sont en train de calculer sa route, monsieur. » Il marqua une pause, puis reprit, sur un tout autre ton. « Commandant ?

— Quoi donc, chef ?

— L'*Asheville* et le *Charlotte*... c'est vrai ? »

Le capitaine Claggett opina de nouveau. « C'est effectivement ce qu'on m'a dit.

— On égalisera la marque, commandant. »

Roger Durling saisit la feuille. Elle était manuscrite, ce qui n'était pas fréquent. « C'est plutôt mince, amiral.

— Monsieur le président, vous n'allez pas autoriser une attaque systématique sur leur pays, n'est-ce pas ? » demanda Jackson.

Durling hocha la tête. « Non, je n'en demande pas tant. La mission est de récupérer les Mariannes et de les empêcher de mener à bien la deuxième phase de leur plan. »

Robby prit une ample inspiration. C'était ce à quoi il s'était préparé.

« Il y a une phase trois, également », annonça Jackson.

Les deux autres hommes se figèrent.

« Comment ça, Rob ? demanda Ryan, après quelques instants.

— On vient tout juste de le découvrir, Jack. Le commandant de l'escadre indienne, vous savez ? Ce Chandraskatta... Eh bien, il est passé par Newport, dans le temps. Et devinez qui était avec lui dans sa promotion ? » Il marqua un temps d'arrêt. « Un certain amiral japonais du nom de Sato. »

Ryan ferma les yeux. Pourquoi personne n'avait-il découvert ça plus tôt ? « Résumons : trois pays aux ambitions impérialistes...

— Effectivement, ça m'en a tout l'air, Jack. Tu te souviens de la "Sphère de coprospérité du grand Est asiatique" ? Les bonnes idées reviennent toujours. Il faut qu'on y mette le holà, dit avec vigueur l'amiral Jackson. J'ai passé une bonne vingtaine d'années à m'entraîner pour une guerre que personne ne voulait faire — contre les Russes. J'aimerais mieux m'entraîner au maintien de la paix. Et cela veut dire arrêter ces gars-là tout de suite.

— Est-ce que ça va marcher ? demanda le Président.

— Aucune garantie, monsieur. Jack me dit que l'ensemble de l'opération suit un calendrier politique et diplomatique bien précis. Ce n'est pas l'Irak. Si l'on obtient un consensus international, ce ne sera jamais qu'avec les Européens, et ils ne vont pas nous suivre éternellement.

— Jack ?

— S'il faut en passer par là, monsieur le président, c'est probablement la méthode.

— Risqué.

— Monsieur le président, oui, c'est risqué, confirma Robby Jackson. Si vous pensez que la diplomatie nous permettra de récupérer les Mariannes, à la bonne heure. Je n'ai pas spécialement envie de tuer qui que ce soit. Mais si j'étais à leur place, je ne restituerais pas ces îles. Ils en ont besoin pour leur phase deux, et si jamais ça se produit, et même si les Russes échappent au feu nucléaire... »

Un grand pas... en arrière, songea Ryan. Un nouvel Axe, en quelque sorte, qui s'étendrait du cercle arctique à l'Australie. Trois puissances nucléaires, un immense gisement de ressources, des économies solides, et la volonté politique de recourir à la violence pour parvenir à leurs fins. Retour au XIXᵉ siècle, mais sur une plus vaste échelle. La compétition économique soutenue par la force, formule classique pour une guerre interminable.

« Jack ? » insista le Président.

Ryan hocha lentement la tête. « Je crois qu'on y est bien obligés. Vous avez le choix des motifs. Le résultat sera le même.

— Approuvé. »

37

En plongée

« Normalité » était le mot qui revenait constamment à la bouche des commentateurs, en général assorti d'épithètes comme « inquiétante » et/ou « rassurante », pour décrire le déroulement de cette semaine. A gauche, on se félicitait de voir le gouvernement recourir à la diplomatie pour résoudre la crise, tandis qu'à droite, on pestait de voir la Maison Blanche décidée à jouer en mineur. En vérité, c'était l'absence de direction et l'absence de véritables déclarations politiques qui révélèrent à tout le monde que Roger Durling était un président de politique intérieure qui ne savait pas trop comment gérer les crises internationales. La critique finit par rejaillir sur le chef du Conseil national de sécurité, John P. Ryan, qui, même s'il était censé avoir fait ses armes dans le Renseignement, n'avait jamais réellement eu l'occasion de révéler ses talents en matière de sécurité nationale *stricto sensu,* et dont on ne pouvait pas non plus dire qu'il adoptait une attitude ferme. D'autres, en revanche, admiraient sa circonspection. La réduction de l'arsenal américain, observaient les spécialistes, compliquait, pour le moins, une riposte efficace, et même si l'on voyait des fenêtres illuminées toutes les nuits au Pentagone, on n'avait manifestement trouvé aucun moyen de régler la crise des Mariannes. En conséquence, d'autres observateurs s'empressaient, dès qu'ils voyaient tourner une caméra, d'expliquer que le gouvernement faisait son possible pour se montrer ferme et calme tout en continuant à agir au mieux des intérêts du pays. D'où cette illusion de normalité pour dissimuler la faiblesse inhérente de la position américaine.

« Vous ne nous demandez rien ? demanda Golovko, exaspéré.

— Ce combat est le nôtre. Si vous bougez trop vite, ça alertera la Chine, et donc le Japon. » *Du reste*, mais ça, Ryan ne pouvait pas le dire, *que pouvez-vous donc faire ?* L'armée russe était dans une situation bien pire que celle des États-Unis. Ils pouvaient bien sûr transférer des renforts aériens en Sibérie orientale. Mais déplacer des fantassins pour soutenir les garnisons légères de gardes-frontières risquait de déclencher une réaction des Chinois. « Vos satellites vous disent la même chose que les nôtres, Sergueï. La Chine ne mobilise pas.

— Pas encore. » La remarque était acerbe.

« Exact. Pas encore. Et si nous jouons bien notre carte, cela n'arrivera pas. » Ryan marqua une pause. « D'autres informations sur les missiles ?

— Nous avons plusieurs sites sous surveillance, rapporta Golovko. Nous avons pu confirmer que les fusées de Yoshinobu sont utilisées à des fins civiles. C'est sans doute une couverture pour des essais militaires, mais rien de plus. Mes techniciens m'en ont donné l'assurance.

— Ne comptez pas trop non plus sur leurs certitudes, observa Ryan.

— Que comptez-vous faire, à présent, Jack ? demanda sans ambages le directeur du Renseignement russe.

— A l'heure où je vous parle, Sergueï Nikolaïtch, nous sommes en train de leur dire que l'occupation des îles est inacceptable. » Jack marqua une pause pour reprendre son souffle et se rappeler que, qu'il le veuille ou non, il devait continuer de faire confiance à cet homme. « Et que s'ils ne les quittent pas de leur plein gré, nous trouverons le moyen de les en chasser de force.

— Mais enfin comment ? insista l'homme, tout en consultant les estimations préparées par ses experts militaires du ministère de la Défense tout proche.

— Il y a dix ou quinze ans, avez-vous dit à vos maîtres au Kremlin qu'ils avaient raison de nous craindre ?

— Comme vous l'avez fait à notre égard, confirma Golovko.

— Nous avons plus de chance aujourd'hui. Nous ne leur faisons pas peur. Ils croient qu'ils ont déjà gagné. Je ne peux pas en dire plus pour le moment. D'ici demain, peut-être ». Jack réfléchit. « Pour l'instant, des instructions vont vous parvenir, à retransmettre à nos hommes.

— Ce sera fait », promit Serguëi.

« Mon gouvernement honorera les souhaits de la population sur toutes les îles », répéta l'ambassadeur, puis il ajouta un autre préalable. « Nous pourrions également envisager de discuter de la différence de statut entre Guam et le reste des îles de l'archipel des Mariannes. Les intérêts américains y remontent à moins d'un siècle », fit-il remarquer ; c'était une première.

Adler accepta la déclaration sans broncher, comme l'exigeait le protocole diplomatique. « Monsieur l'ambassadeur, les habitants de ces îles sont des citoyens américains. Ils le sont de leur propre choix.

— Et ils auront de nouveau l'occasion de l'exprimer. Est-ce la position de votre gouvernement de n'ouvrir droit à l'autodétermination qu'une seule et unique fois ? demanda-t-il en guise de réponse. Voilà qui paraît bien étrange pour un pays habitué de longue date à l'immigration mais aussi à l'émigration. Comme je l'ai déclaré plus tôt, nous accepterons volontiers la double nationalité pour les autochtones qui préféreront garder leur passeport américain. Nous les dédommagerons de leur propriété si jamais ils décidaient de partir et... » Le reste de la déclaration était identique.

Adler nota que, comme souvent dans le cadre des négociations auxquelles il avait assisté ou participé, le dialogue diplomatique combinait les pires aspects de l'explication de texte pour débile mental et du bavardage avec belle-maman : morne. Lassant. Exaspérant. Et nécessaire. Un instant plus tôt, le Japon avait concédé quelque chose. Cela n'avait pas été vraiment une surprise. Cook avait réussi à tirer l'information de Nagumo la semaine précédente, mais à présent elle était sur la table. C'était l'avantage. L'inconvénient était qu'on attendait désormais de lui qu'il offre quelque chose en échange. Les règles de la négociation diplomatique se fondaient sur le compromis. Vous n'obteniez jamais tout ce que vous désiriez, et vous n'offriez jamais à l'autre tout ce qu'il vous demandait. Le problème était que la diplomatie faisait l'hypothèse qu'aucun des deux camps n'en viendrait à devoir céder un quelconque élément d'un intérêt vital pour lui — et que l'une et l'autre parties savaient discerner ces intérêts. Mais bien souvent ce n'était pas le cas, et la diplomatie dès lors était vouée à l'échec, au grand dam de tous ceux qui s'imaginent à tort que les guerres sont toujours causées par des diplomates ineptes. Alors que, bien plus souvent, elles sont la conséquence d'intérêts nationaux si incompatibles que tout compromis s'avère simplement impossible. Et c'est pourquoi l'ambassadeur espérait voir Adler lui céder un minimum de terrain.

« Parlant en mon nom propre, je suis heureux que vous reconnaissiez les droits inaliénables des habitants de Guam à rester des citoyens américains. Je suis par ailleurs ravi de noter que votre pays laisse le peuple des Mariannes du Nord libre de choisir son destin. M'assurez-vous que votre pays se pliera aux résultats de l'élection ?

— Je pense l'avoir exprimé clairement, répondit l'ambassadeur qui se demandait s'il venait ou non de remporter un point.

— Et les élections seront ouvertes à...

— Tous les résidents de l'île, bien entendu. Mon pays croit au suffrage universel, comme le vôtre. En fait, ajouta-t-il, nous allons faire une concession supplémentaire. Au Japon, la majorité électorale est à vingt ans, mais dans le cadre de cette consultation, nous l'abaisserons à dix-huit. Nous ne voulons pas qu'on vienne dire que ce plébiscite est biaisé d'une manière quelconque. »

Habile, mon salaud, songea Adler. Et si logique, d'ailleurs. Tous les soldats occupants pourraient désormais voter, alors que votre initiative aurait l'allure d'une concession pour les observateurs internationaux. Le secrétaire d'État aux Affaires étrangères hocha la tête, comme s'il était surpris, et nota quelque chose sur son calepin. De l'autre côté de la table, l'ambassadeur se dit quant à lui qu'il venait enfin de marquer un point. Pas trop tôt.

« C'est vraiment tout simple, dit le chef du Conseil national de sécurité. Voulez-vous nous aider ? »

Les règles de la réunion n'avaient pas été prévues pour ravir qui que ce soit. Elle avait débuté par l'exposé d'une avocate du ministère de la Justice, qui leur expliqua comment la loi sur l'espionnage, titre 10 du Code civil des États-Unis, section 793E, s'appliquait à tous les citoyens américains, et pourquoi la liberté d'expression comme la liberté de la presse n'allaient pas jusqu'à permettre la violation de ce statut.

« Bref, vous nous demandez de vous aider à mentir, objecta l'un des journalistes les plus en vue.

— Tout à fait exact, répondit Ryan.

— Nous avons une obligation professionnelle...

— Vous êtes citoyens américains, leur rappela Jack. Tout comme les habitants de ces îles. Mon boulot n'est pas d'exercer les droits auxquels vous songez en ce moment. Mon boulot est de *garantir* ces droits, pour vous comme pour tout le monde dans ce pays. Soit vous nous aidez, soit vous refusez. Si vous acceptez, alors nous pourrons plus aisément accomplir notre tâche, à moindre coût, avec le minimum d'effusions de sang. Sinon, eh bien, ce sera sans doute encore un certain nombre d'hommes qui devront en payer le prix.

— Je doute que Madison et les autres aient jamais envisagé que la presse américaine aide un ennemi en temps de guerre, observa la représentante de la Chancellerie.

— Jamais nous ne ferions une chose pareille, protesta le représentant de la chaîne NBC. Mais agir en sens inverse...

— Mesdames et messieurs, je n'ai pas le temps de vous faire un exposé de droit constitutionnel. Il s'agit ici, au sens propre, d'une question de vie ou de mort. Votre gouvernement vous demande votre aide. Si vous nous la refusez, nous aurons tôt ou tard à en expliquer les raisons au peuple américain. » Jack se demanda si quelqu'un avait déjà osé les menacer de telle façon. Il supposait qu'une volte-face n'aurait rien d'une déchéance, même s'il n'escomptait pas les voir envisager les choses sous le même jour. Le moment était venu de leur tendre un rameau d'olivier. « C'est moi qui en assumerai l'entière responsabilité. Si vous nous aidez à nous en sortir, je resterai muet comme une tombe.

— A d'autres ! Ça finira par s'ébruiter, protesta CNN.

— Alors, il faudra que vous expliquiez au peuple américain que vous avez agi en patriotes.

— Ce n'est pas ce que je voulais dire, Dr Ryan !

— Moi, si, rétorqua Jack, tout sourire. Réfléchissez-y. Quel tort cela vous fera-t-il ? Du reste, comment l'affaire sortirait-elle ? Qui d'autre que vous pourrait en parler ? »

Les journalistes étaient assez cyniques — c'était presque une obligation dans ce métier — pour voir l'humour de la remarque, mais c'était la déclaration précédente de Ryan qui avait fait mouche. Ils se trouvaient pris dans un cruel dilemme professionnel, et la réaction naturelle était de l'esquiver en pensant selon d'autres critères. En l'espèce, la rentabilité commerciale. Refuser de soutenir leur pays, quelles que soient leurs pétitions de principe et de déontologie... même si on pouvait le regretter, le problème était que ces critères ronflants n'impressionnaient pas vraiment le téléspectateur moyen. En outre, Ryan ne leur demandait quand même pas un si gros sacrifice. Juste un truc, et s'ils s'y prenaient bien, il y avait de bonnes chances que jamais personne ne s'en aperçoive.

Les responsables de chaînes auraient préféré quitter la salle pour discuter entre eux de sa requête, mais personne ne le leur proposa, et aucun n'eut le culot de le demander. Ils s'entre-regardèrent donc, et tous finirent par acquiescer.

Toi, tu nous le payeras un de ces quatre, lui disaient leurs regards. C'était toutefois un défi qu'il était prêt à relever.

« Merci. » Quand ils furent sortis, Ryan se dirigea vers le Bureau Ovale.

« On y est arrivés, dit-il au Président.

— Désolé de ne pas avoir pu vous apporter mon soutien.

— C'est une année électorale », reconnut Jack. Les primaires de l'Iowa étaient dans quinze jours, puis ce serait le New Hampshire, et même si Durling n'avait pas d'opposition au sein de son parti, il aurait dans l'ensemble préféré être ailleurs. Il ne pouvait pas se permettre de braquer les médias. Mais c'était bien pour ça qu'il avait un chef du Conseil national de sécurité. Les hauts fonctionnaires, on pouvait toujours les remplacer.

« Quand tout ceci sera fini...

— Vous reprendrez le golf ? Moi aussi, je manque d'entraînement. »

Encore un truc qu'il aimait bien chez Ryan : Il ne dédaignait pas sortir une blague de temps en temps, même quand il avait comme lui des valises sous les yeux. Durling y trouvait une raison supplémentaire de remercier Bob Fowler pour son refus, et peut-être aussi de regretter le choix de couleur politique fait par Ryan.

« Il désire nous aider, dit Kimura.

— La meilleure façon pour lui, répondit Clark, c'est de se comporter normalement. C'est un homme respecté. Votre pays a besoin d'entendre la voix de la modération. » Ce n'était pas exactement les instructions qu'il avait escomptées, et il se prit à espérer qu'à Washington ils savaient ce qu'ils étaient en train de faire. Les ordres émanaient du bureau de Ryan, ce qui était plus ou moins une consolation. En tout cas, son agent sur le terrain était soulagé.

« Merci. Je n'ai pas envie de mettre sa vie en danger.

— Il a trop de valeur pour qu'on risque une chose pareille. Peut-être que l'Amérique et le Japon parviendront à aboutir à une solution négociée. » Clark n'y croyait pas trop, mais c'était une formule qui réconfortait toujours les diplomates. « En ce cas, le gouvernement de Goto tombera, et Koga-san a une chance de retrouver son portefeuille.

— Mais d'après ce que j'ai entendu, Goto refusera de céder.

— Je l'ai entendu moi aussi, mais ça peut changer. En tout cas, telle est notre requête pour Koga. Un nouveau contact direct serait risqué, poursuivit "Klerk". Merci pour votre assistance. Si nous avons de nouveau besoin de vous, nous vous contacterons par les canaux habituels. »

De gratitude, Kimura régla la note avant de sortir.

« Alors c'est tout, hein ? demanda Ding.

— C'est ce qu'on a décidé en haut lieu, et puis, on a d'autres trucs à faire. »

Et c'est reparti pour un tour, se dit Chavez. Mais au moins avaient-ils à présent des ordres, si incompréhensibles soient-ils. Il était dix heures du matin, heure locale, et ils se séparèrent avant de rejoindre la rue ; puis ils consacrèrent les heures suivantes à l'achat de téléphones cellulaires, trois exemplaires chacun du tout dernier modèle numérique, avant de se retrouver. Les appareils étaient si compacts qu'ils tenaient dans une poche de chemise. Même dans leur emballage, ils étaient tout petits, et aucun des deux agents n'eut le moindre mal à les dissimuler.

Chet Nomuri avait déjà fait la même chose de son côté, en donnant comme adresse personnelle un appartement à Hana-

296

matsu — une couverture préparée à l'avance, assortie d'une carte de crédit et d'un permis de conduire. Quelle que soit la tournure que prendraient les événements, il avait moins de trente jours sur place pour parvenir à ses fins. Sa tâche suivante était de retourner une dernière fois aux bains avant de disparaître de la surface de la terre.

« Une question », dit Ryan d'une voix calme. Son regard mit Trent et Fellows mal à l'aise.

« Vas-tu nous contraindre à attendre jusque-là ? demanda Sam.

— Vous connaissez l'un et l'autre les limitations auxquelles nous sommes confrontés dans le Pacifique. »

Trent se dandina sur son siège. « Si vous voulez dire que nous n'avons pas les moyens pour...

— Tout dépend de ceux qu'on décidera d'employer », rétorqua Jack. Les deux initiés soupesèrent la remarque.

« Sans y mettre de gants ? » demanda Al Trent.

Ryan confirma d'un signe de tête. « Absolument. Vous allez nous coller aux basques avec ça ?

— Tout dépend de ce que tu entends par là. Explique », ordonna Fellows. Ryan s'exécuta.

« Vous êtes réellement prêts à brandir le bâton aussi loin ? demanda Trent.

— Nous n'avons pas le choix. Je suppose qu'il serait réconfortant de régler tout ça une bonne fois pour toutes à coups de charges de cavalerie sur le champ d'honneur et tout le bataclan, mais on manque de chevaux, au cas où vous auriez oublié... Le Président a besoin de savoir si le Congrès est prêt à nous soutenir. Vous seuls serez au courant de l'envers du décor. Si vous nous soutenez, le reste des parlementaires suivra le mouvement.

— Et si ça ne marche pas ? demanda Fellows.

— Alors, c'est la pendaison à la grande vergue pour tout le monde. Vous compris, ajouta Ryan.

— On va déjà mettre au pas le comité, promit Trent. Vous savez que vous jouez gros, mon ami...

— Tout à fait », reconnut Jack qui songeait aux vies en jeu. Il savait également qu'Al Trent n'évoquait là que l'aspect politique des choses, mais Ryan s'était obligé à mettre de côté ces réflexions. Il ne pouvait pas le dire, évidemment. Trent y aurait vu une faiblesse. Le nombre de leurs points de désaccord était vraiment remarquable. L'important, toutefois, c'est qu'on pouvait compter sur la parole de Trent.

« Vous nous tenez au courant ?

— En conformité avec la loi », répondit avec un sourire le chef du Conseil national de sécurité. La loi exigeait que le Congrès soit informé des opérations « noires » *après* leur exécution.

« Et l'ordonnance Ford ? » Un décret-loi remontant au gouvernement Ford interdisait aux organismes de renseignements d'État de recourir à la pratique de l'assassinat.

« On a trouvé une Conclusion, rétorqua Ryan. Le texte ne s'applique pas en cas de guerre. » La procédure de Conclusion se ramenait à un décret présidentiel privilégiant l'interprétation présidentielle du texte. En bref, tout ce que Ryan venait de proposer avait désormais, juridiquement parlant, force de loi, aussi longtemps que le Congrès l'approuvait. C'était une façon plutôt tortueuse de mener la barque de l'État, mais c'était le lot de toutes les démocraties.

« Bon, je vois que vous avez mis les points sur les i », observa Trent. Fellows l'approuva d'un signe de tête. Les deux parlementaires virent leur hôte décrocher un téléphone et composer un numéro mis en mémoire.

« C'est Ryan. Allez-y. »

La phase initiale était électronique. Malgré les protestations outrées du CINCPAC, trois équipes de télévision installèrent leurs caméras de part et d'autre de la cale sèche qui accueillait désormais l'*Enterprise* et le *John Stennis*.

« Nous ne sommes pas autorisés à vous montrer les dégâts subis à la quille des deux bateaux, mais selon des sources bien informées, ce serait encore pire que les apparences », indiquèrent tous les journalistes, à quelques nuances près. Une fois transmis les reportages en direct, on déplaça les caméras pour montrer les porte-avions sous un autre angle, et pour avoir une vue du port, depuis l'autre côté. Il s'agissait surtout d'enregistrer des fonds, comme pour des images d'archives, avec uniquement les deux navires et le chantier naval, sans aucun journaliste au premier plan. Ces bandes furent transmises à une autre équipe et numérisées en vue d'un réemploi ultérieur.

« Ils les ont sacrément arrangés », observa Oreza, laconique. Chacun d'eux représentait plus que le tonnage réuni de toute la flotte de garde-côtes de la marine américaine, et les gars de la Navy avaient beau être malins, ils avaient quand même réussi à s'en prendre plein le cul. Le major en retraite sentit monter sa tension.

« Faudra combien de temps pour les retaper ? demanda Burroughs.

— Des mois. Ce sera long. Six peut-être... Ça nous amène en pleine saison des typhons », réalisa Portagee avec un malaise accru. Qui ne fit qu'empirer lorsqu'il envisagea d'autres considérations : il goûtait modérément la perspective de se retrouver sur une île assiégée par des Marines. Quand sa maison était située sur une éminence, à portée de vue de batteries de missiles sol-air qui ne manqueraient pas d'attirer le feu des assaillants. Peut-être que la leur fourguer pour un million de dollars n'était pas une si mauvaise idée, somme toute. Ça lui permettrait de s'acheter un autre bateau, une autre maison, et d'aller pratiquer la pêche au large des îles de Floride. « Vous savez, vous pouvez toujours filer d'ici par le premier avion, si vous voulez.

— Oh, rien ne presse, non ? »

Les affiches électorales étaient déjà imprimées et collées. Le canal d'informations publiques du réseau câblé de l'île diffusait à heure fixe des bulletins expliquant les derniers plans pour Saipan. Le climat semblait toujours plus détendu. Les touristes nippons étaient d'une politesse inaccoutumée, et la majorité des soldats étaient à présent désarmés. On avait réquisitionné les véhicules militaires pour les chantiers de voirie. Des soldats effectuaient des visites amicales dans les écoles. L'occupant avait créé deux nouveaux terrains de base-ball, quasiment du jour au lendemain, et organisé un nouveau championnat. On évoquait la possibilité que deux équipes japonaises de division nationale commencent leur entraînement de début de saison à Saipan ; il faudrait à cet effet construire un stade, et l'on murmurait déjà que Saipan aurait peut-être bientôt sa propre équipe. Ce qui était logique en fin de compte, supposa Oreza. Saipan était plus près de Tokyo que Kansas City l'était de New York. Pour autant, les résidents n'étaient pas ravis de cette occupation. Mais n'y voyant d'autre alternative, comme souvent en pareil cas, ils apprenaient à vivre avec. Les Japonais se décarcassaient vraiment pour adoucir au mieux le processus de transition.

La première semaine, on vit des protestations quotidiennes. Mais le commandant des forces nippones, le général Arima, avait fait l'effort de rencontrer chacun de ces groupes sous l'œil complaisant des caméras, et d'inviter les meneurs à discuter dans son bureau, pour un entretien souvent télévisé en direct. Puis ce furent des réponses plus élaborées. Au cours d'une interminable conférence de presse, hommes d'affaires et fonctionnaires gouvernementaux vinrent justifier en détail les sommes d'argent qu'ils avaient investies dans l'île, présentant sous forme graphique les avantages induits pour l'économie locale, et promettant de faire encore mieux. Il s'agissait moins d'éliminer le ressentiment que de l'accepter avec tolérance, et de promettre à tout bout de champ de se conformer aux résultats des élections imminentes. *Nous aussi, nous vivons ici*, ne cessaient-ils de dire. *Nous aussi.*

Il fallait entretenir l'espoir. *Quinze jours demain*, se dit Oreza, et la seule chose dont ils entendaient parler, c'était de ces putains de négociations. Depuis quand l'Amérique se mettait-elle à négocier ce genre de choses ? Justement, peut-être : ce signe évident de faiblesse était peut-être la cause de ce désespoir. Personne ne résistait. Assurez-nous que le gouvernement fait quand même quelque chose, avait-il envie de dire à l'amiral à l'autre bout de la liaison téléphonique par satellite...

« Oh, et puis merde. » Oreza retourna dans le séjour, replaça les piles dans le téléphone, inséra l'antenne par le fond du saladier en inox et composa le numéro.

« L'amiral Jackson, entendit-il.

— Oreza.

— Du nouveau ?

— Ouais, amiral. Concernant le déroulement des élections.

— Je ne saisis pas, major.

— Je vois CNN nous raconter que nous avons deux porte-avions désemparés et des gens qui nous répètent qu'on ne peut rien y faire, monsieur. Bon Dieu, amiral, même quand les Argentins ont piqué les Falkland, les Angliches ont dit qu'ils les reprendraient. Je n'ai rien entendu de tel. Qu'est-ce que vous voulez qu'on en pense, merde ? »

Jackson prit son temps pour peser sa réponse. « Je n'ai pas besoin de vous rappeler les règles concernant la divulgation du détail des opérations. Votre boulot est de me fournir des renseignements, vous vous souvenez ?

— Tout ce dont on entend parler, c'est de l'organisation des élections, d'accord ? Le site de missiles à l'est d'ici est maintenant camouflé...

— Je le sais. Et le radar installé au sommet du mont Takpochao est en service, et il y a une quarantaine de chasseurs basés à l'aéroport et à Kobler. Nous en comptons soixante de plus à Andersen, sur Guam. Il y a huit bâtiments qui croisent au large sur la côte est, et un groupe de pétroliers qui s'en approche pour les ravitailler. Vous voulez savoir autre chose ? » Même si Oreza était « compromis », euphémisme pour dire *arrêté*, ce dont doutait Jackson, il n'y avait là aucun secret. Tout le monde savait que l'Amérique avait des satellites de reconnaissance. En revanche, Oreza avait besoin de savoir que Jackson était au fait de la situation et, plus important encore, qu'il ne s'en désintéressait pas. L'amiral eut un peu honte de ce qu'il dut ajouter ensuite. « Major, j'espérais mieux d'un type comme vous. » La réponse qu'il reçut, toutefois, le rasséréna.

« C'est ce que j'avais besoin d'entendre, amiral.

— Si vous avez du nouveau, prévenez-nous.

— A vos ordres, monsieur. »

Jackson coupa, puis saisit le rapport sur le *Johnnie Reb* qui venait de lui parvenir.

« Bientôt, major », murmura-t-il. Puis ce fut le moment de rencontrer les gens de la base de MacDill qui, détail pervers, portaient tous l'uniforme vert de l'armée. Il ignorait encore qu'ils allaient lui remettre en mémoire un détail vu quelques mois plus tôt.

Tous les hommes devaient être hispanophones et paraître espagnols. Par chance, ce n'était pas bien difficile. Un expert ès documents se rendit par avion de Langley à Fort Stewart, Geor-

301

gie, muni de tout le matériel nécessaire, dont dix passeports vierges. Pour simplifier, ils utiliseraient leurs vrais noms. Le sergent-chef Julio Vega s'assit devant l'appareil photo, vêtu de son plus beau costume.

« Ne souriez pas, lui dit le technicien de la CIA. Les Européens ne sourient pas sur les passeports.

— Bien, monsieur. » Son surnom dans le service était Oso, « Ours », mais seuls ses pairs l'appelaient ainsi maintenant. Pour le reste des Rangers de la compagnie Renard, 2e bataillon, 175e régiment, son seul nom était « sergent-chef », et il avait la réputation d'un sous-officier d'expérience, apte à soutenir son capitaine dans le cadre de la mission pour laquelle il venait de se porter volontaire.

« Faudra également être habillé mieux que ça.

— Qui va payer ? » demanda Vega, souriant maintenant, même si le cliché révélerait le visage dur qu'il réservait à ceux de ses hommes qu'il estimait ne pas être à la hauteur. Ce ne serait pas le cas ici, jugea-t-il. Huit parachutistes confirmés (comme l'étaient tous les Rangers), qui tous avaient vu le combat ici ou là — et, détail inhabituel pour des membres du 175e, aucun ne s'était rasé le crâne à la mode des Indiens Mohawks. Vega se remémora un autre groupe analogue, et son sourire se figea. Tous n'avaient pas réussi à sortir de Colombie[1].

Hispanophones, songea-t-il en quittant la pièce. On parlait sans doute espagnol aux Mariannes. Comme la plupart des sous-officiers de métier dans l'armée de terre, il avait décroché sa licence en suivant les cours du soir. Il avait pris comme spécialité l'histoire militaire — ça semblait un choix logique vu sa profession ; d'ailleurs, c'était l'armée qui payait ses études. Si l'espagnol était la langue en usage sur ces cailloux, alors cela lui donnait une raison supplémentaire d'envisager la mission avec optimisme. Le nom de l'opération, qu'il avait surpris lors d'une brève conversation avec le capitaine Diego Checa, semblait également révélateur. On l'avait baptisée ZORRO, ce qui avait suffisamment amusé le capitaine pour qu'il en fasse la confidence à son sergent-chef. Le « vrai » Zorro s'appelait Don Diego, après tout, non ? Il avait oublié le nom de famille du bandit masqué, mais pas son sous-

---

1. Voir *Danger immédiat*, Albin Michel, 1989 *(NdT)*.

officier. Quand on s'appelait Vega, comment pouvait-on refuser une telle mission ?

C'était une chance qu'il soit en forme, estima Nomuri. Simplement respirer était déjà bien assez difficile. La plupart des visiteurs occidentaux au Japon résidaient dans les grandes villes et n'avaient jamais l'occasion de s'apercevoir que le pays était aussi montagneux que le Colorado. Tochimoto était une petite bourgade de piémont qui se languissait l'hiver et s'animait l'été, quand les citadins las de la monotonie surpeuplée des villes quittaient celles-ci pour aller explorer la campagne. Dans le hameau, situé à l'extrémité de la nationale 140, tout était pratiquement fermé en cette saison, mais Chet réussit néanmoins à trouver un endroit où louer un *quad*, un petit quadricycle tout-terrain, et il prévint le gérant qu'il n'avait besoin que de quelques heures d'évasion. En lui remettant les clés, l'homme lui avait conseillé, avec politesse mais insistance, de ne jamais quitter la piste et de rester prudent ; après l'avoir remercié, Chet s'en était allé pour gagner la montagne en remontant la rivière Taki — plus un torrent qu'une rivière, en fait. Au bout d'une heure et d'une douzaine de kilomètres, d'après son estimation, il coupa le moteur, ôta ses protège-tympans et s'arrêta pour tendre l'oreille.

Rien. Il n'avait pas vu la moindre trace sur le sentier boueux et caillouteux qui longeait le torrent, pas le moindre signe de vie dans les quelques cabanons dépassés depuis le départ, et maintenant, il avait beau tendre l'oreille, il n'entendait que le vent. Sa carte indiquait un gué, trois kilomètres plus haut, qui se révéla effectivement balisé et praticable, et lui permit de poursuivre sa route vers l'est et le Shiraishi-*san*. Comme la plupart des montagnes, le temps et l'érosion avaient creusé les flancs du mont Shiraishi d'innombrables vallées en cul-de-sac, dont une, particulièrement pittoresque, encore vierge de tout chalet ou habitation. Peut-être que des Scouts venaient ici camper l'été pour communier avec la nature que le reste de leur pays avait consciencieusement œuvré à détruire. Plus probablement, le site était dépourvu de ressources minières justifiant l'existence d'une route ou d'une voie ferrée. La vallée était également située à cent cinquante kilomètres de Tokyo à vol d'oiseau, mais en définitive, elle aurait aussi bien pu être située en Antarctique.

Nomuri obliqua au sud, puis grimpa, par sa partie la plus accessible, la pente menant à la crête sud. Il avait envie de faire une nouvelle halte au sommet pour observer les alentours, guetter de nouveau les bruits, et s'il repéra une seule bâtisse en construction quelques kilomètres en contrebas, il ne vit aucune colonne de fumée montant d'un tas de bois, aucun panache de vapeur trahissant un bain chaud, et il ne décela aucun bruit qui ne fût d'origine naturelle. Nomuri passa une demi-heure à scruter le secteur à l'aide d'une paire de jumelles compactes, en prenant son temps pour lever tous ses doutes, puis il pivota vers le nord-ouest où il releva la même absence remarquable de toute présence humaine. Finalement satisfait, il rejoignit le torrent et reprit le sentier pour retourner en ville.

« On ne voit plus personne, en cette saison », lui confia le loueur, quand Nomuri eut ramené l'engin à l'agence, juste après le coucher du soleil. « Puis-je vous offrir une tasse de thé ?

— *Dozo* », dit l'agent de la CIA. Il accepta le thé d'un signe de tête amical. « Votre région est magnifique.

— Vous faites bien de venir à cette période de l'année. » Plus que tout, l'homme voulait faire la causette. « L'été, les arbres épanouis sont superbes, mais le bruit de ces engins (il indiqua les rangées de motos) gâche la paix de ces montagnes. Mais enfin, ça m'aide à vivre, admit-il.

— Il faudra que je revienne. Il y a une telle pression, au bureau. Ah, venir ici et goûter le silence !

— Vous pourriez peut-être en parler à des amis », suggéra l'homme. Manifestement, il avait besoin d'argent pour tenir à la saison creuse.

« Oui, très certainement », lui assura Nomuri. Il s'éclipsa après un salut courtois, puis reprit sa voiture pour regagner Tokyo. Trois heures de route, en se demandant toujours pourquoi l'Agence lui avait confié une tâche destinée à lui faire envisager sa mission sous un jour favorable.

« Franchement, les gars, ça vous pose pas de problème ? » demanda Jackson en s'adressant aux hommes réunis au Centre de contrôle des opérations par satellite.

« Drôle de moment pour avoir des scrupules, Robby, observa l'officier général. S'ils sont assez cons pour laisser des civils américains musarder à travers leur pays, eh bien profitons-en.

— Cette opération me tracasse malgré tout », nota le représentant de l'armée de l'air, dont le regard passait des cartes de navigation aérienne aux photos satellite. « Nous avons un bon point d'insertion — bigre, les références de navigation sont excellentes — mais pour que ça marche, il faudra d'abord que quelqu'un se charge de ces AWACS.

— C'est prévu, lui garantit le colonel du PC de combat. On va leur illuminer le ciel, et vous, il faudra que vous profitiez de cette faille. » Il pointa sa règle sur la troisième carte.

« Les équipages des hélicos ? demanda Robby.

— Ils sont en train de répéter sur leurs simulateurs. S'ils ont de la veine, ils pourront voler les yeux fermés. »

Le simulateur de mission était réaliste au point de tromper l'oreille interne de Sandy Richter. La machine était à mi-chemin entre le nouveau système à réalité virtuelle Nintendo de son petit dernier, et un simulateur de vol classique ; son casque surdimensionné était identique à celui qu'il utilisait aux commandes de son Comanche, mais infiniment plus complexe. Ce qui n'était au début qu'un affichage monoculaire sur le AH-64 Apache ressemblait à présent à une représentation du monde en cinéma total digne d'une salle I-MAX qu'on se trimbalerait sur la tête. Il y avait encore des progrès à faire, mais cela lui permettait déjà d'avoir une vue du terrain en image de synthèse, sur laquelle se superposaient toutes ses données de vol, tandis que, les mains sur le manche et la manette des gaz d'un autre hélicoptère virtuel, il s'approchait des falaises en survolant la mer en rase-mottes, approchant du *point d'insertion.*

« On arrive au PI », dit-il à son mitrailleur, assis non pas derrière mais à côté de lui, car le simulateur pouvait se passer de ce genre de fidélité. Dans cet univers artificiel, ce qu'ils voyaient était indépendant de leur position réelle dans l'espace, même si son compagnon avait en fait deux instruments de plus devant les yeux.

Ce qu'ils contemplaient était le résultat de six heures de calcul de super-ordinateur. Un ensemble de photos satellite prises au cours des trois derniers jours avaient été analysées, fusionnées, modélisées et triturées pour composer une image tridimensionnelle à l'aspect de vidéo légèrement granuleuse.

« Centre urbain sur la gauche.

— Roger, je le vois. » Ce qu'il voyait, c'était une tache bleu fluorescent, qui en réalité aurait brillé du jaune orangé des lampes à quartz, et pour en tenir compte, il accrut l'altitude de cinquante pieds qu'il avait suivie depuis deux heures. Il bascula imperceptiblement le manche, et dans la pénombre de la salle, ceux qui observaient les pilotes furent frappés de voir les deux corps s'incliner pour compenser l'accélération centrifuge d'un virage qui n'existait que dans la mémoire de l'ordinateur gérant la simulation. Ils auraient pu en rire, hormis que Sandy Richter n'était pas le genre d'homme dont on riait.

Il venait d'aborder la côte virtuelle et grimpa vers une crête qu'il se mit à longer. L'idée était de lui. Il y avait des routes et des habitations dans les vallées fluviales qui débouchaient sur la mer du Japon. Et le pilote avait estimé qu'il valait mieux rester le plus longtemps possible silencieux et de courir le risque de s'en remettre à ses capacités de visée vers le bas. S'il y avait eu une justice en ce bas monde, il aurait dû pouvoir traiter cette menace lors du trajet aller, mais la justice n'était pas vraiment de ce monde.

« Chasseurs au-dessus, avertit une voix féminine, exactement comme lors de la mission réelle.

— Je redescends d'un poil, répondit Richter à la voix de l'ordinateur, en se glissant sous la ligne de crête à droite. Si tu me trouves cinquante pieds de décalage par rapport au sol, je suis foutu, ma poule.

— J'espère que ce bidule furtif est vraiment efficace. » Les premiers rapports d'analyse sur le radar équipant les F-15 japonais étaient alarmants. Il leur avait quand même permis d'abattre un B-1 et d'endommager gravement un autre, et personne ne savait au juste comment c'était arrivé.

« On va pas tarder à le savoir. » Que pouvait dire d'autre le pilote ? Dans ce cas précis, l'ordinateur décida que oui, leur bidule furtif était vraiment efficace. La dernière heure de vol virtuel se résuma à une séance de rase-mottes, routinière mais suffisamment stressante pour que, lorsqu'il eut posé son Comanche, Richter éprouve le besoin de prendre une douche — douche dont il devrait sûrement se passer à leur destination. Une paire de skis, en revanche, risquait de leur être utile.

« Et si jamais les autres...

— Eh bien, je suppose qu'on apprendra à aimer le riz. » On ne pouvait pas s'en faire pour tout. La lumière se ralluma, on ôta les casques, et Richter se retrouva assis dans une pièce de dimensions moyennes.

« Insertion réussie, décida le commandant qui notait l'exercice. Alors, messieurs, prêts pour un petit voyage ? »

Richter alla chercher un verre d'eau glacé sur la table au fond de la pièce. « Vous savez, je ne pensais pas que je pourrais pousser un serpent aussi loin.

— Et pour le reste du matos ? désirait savoir son mitrailleur.

— Il sera chargé à votre arrivée sur zone.

— Et comment on ressort ? » demanda Richter. Il aurait préféré qu'on le mette déjà au courant.

« Vous aurez le choix entre deux options. Peut-être trois. Nous n'avons pas encore décidé. On examine la question », lui assura l'officier responsable du PC.

L'avantage, c'est qu'apparemment tous logeaient dans des appartements en terrasse. Prévisible, estima Ding Chavez. Les mecs friqués comme ces salauds pouvaient se payer tout le dernier étage de n'importe quel immeuble. Sans doute que ces gens-là, ça les aidait à se sentir importants, de pouvoir ainsi regarder tout le monde de haut — comme les habitants des tours de Los Angeles regardaient les barrios de son enfance. Aucun n'avait été soldat, toutefois. Jamais un soldat n'aurait voulu s'exposer ainsi. Mieux valait se planquer au ras du sol, avec les souris et les péons. Enfin, chacun avait ses limites.

Tout le problème, donc, était de trouver un endroit situé en hauteur. Pas difficile. Encore une fois, le caractère paisible de la cité joua en leur faveur. Il leur suffit de choisir l'immeuble convenable, d'y entrer, de monter en ascenseur au dernier étage et, de là, d'emprunter l'escalier d'accès au toit. Chavez posa son appareil sur un trépied, choisit son plus gros téléobjectif et commença à mitrailler. Même opérer ainsi en plein jour ne devait pas soulever de difficulté, leur avait-on indiqué, et les dieux de la météo étaient avec eux, avec cet après-midi au ciel gris et couvert. Ding prit dix vues de chaque immeuble, rembobina et éjecta les pellicules qui réintégrèrent leurs boîtes pour être étiquetées. L'ensemble de l'opération prit une demi-heure.

« Vous avez fini par faire confiance à ce mec ? demanda Chavez, une fois transmis le matériel.

— Ding, j'ai bien fini par te faire confiance », répondit tranquillement Clark, ce qui détendit l'atmosphère.

38

Le Rubicon

« A LORS ? »
Ryan prit son temps pour soupeser la réponse. Adler
méritait de savoir quelque chose. L'honneur faisait normalement
partie des négociations. On ne disait jamais totalement la vérité,
mais on n'était pas non plus censé mentir.

« Alors, continuez comme avant, dit le chef du Conseil national de sécurité.

— On est en train de mijoter quelque chose. Ce n'était pas
une question.

— Nous ne restons pas les bras ballants, Scott. Ils ne vont
pas camper sur leurs positions, n'est-ce pas ? »

Adler fit non de la tête. « Sans doute pas.

— Encouragez-les à réviser leur point de vue », suggéra Jack.
Ça ne les avançait guère, mais c'était toujours ça.

« Cook estime que des forces politiques sont à l'œuvre là-bas
pour calmer le jeu. Son homologue dans le camp d'en face lui
fournit des informations encourageantes.

— Scott, nous avons deux agents de la CIA qui opèrent là-
bas, en se faisant passer pour des journalistes russes. Ils ont pris
contact avec Koga. Il n'est pas ravi de l'évolution de la situation.
Nous leur avons dit de se comporter normalement. Il serait idiot
de toucher au bonhomme, mais si jamais... Le mieux encore, ce
serait que vous demandiez à Cook de sonder le gars, qu'il nous
dise au juste quels sont les éléments d'opposition dans leur gouvernement, et quel pouvoir réel ils pourraient avoir. Il ne doit
surtout pas révéler avec qui nous sommes en contact.

— D'accord. Je transmettrai. Sinon, on garde la même ligne générale ? demanda Adler.

— Ne leur cédez rien d'important. Vous pouvez tergiverser un peu ?

— Je pense, oui. » Adler consulta sa montre. « Ça se passe chez nous, aujourd'hui. Il faut que je voie Brett avant qu'on commence.

— Tenez-moi au courant.

— Sans problème », promit Adler.

Le soleil n'était pas encore levé au-dessus de Groom Lake. Deux cargos C-5B roulèrent jusqu'en début de piste puis décollèrent. Ils n'étaient que modérément chargés — juste trois hélicoptères chacun avec leur équipement, une paille pour des appareils conçus pour transporter deux chars d'assaut. Mais le vol serait long pour l'un des deux — plus de huit mille kilomètres — et les vents contraires exigeraient deux ravitaillements en vol, euxmêmes nécessitant un équipage de relève complet pour chacun des cargos. Le dédoublement de l'équipage avait relégué les passagers dans l'espace situé en arrière de l'emplanture des ailes, où les places étaient moins confortables.

Richter ôta les accoudoirs du siège à trois places et mit ses boules Quiès. Sitôt que l'appareil eut décollé, il porta machinalement la main à la poche de sa combinaison de vol où il mettait toujours ses cigarettes — enfin, jusqu'à ce qu'il arrête de fumer, quelques mois plus tôt. Merde. Comment vouliez-vous aller vous battre sans une clope ? se demanda-t-il, puis il se cala contre un oreiller et glissa bientôt dans le sommeil. Il ne sentit même pas les turbulences, alors que le Lockheed gagnait l'altitude du courant-jet au-dessus des montagnes du Nevada.

Dans le poste de pilotage, on avait mis le cap au nord. Le ciel était noir et le resterait durant presque tout le vol. Leur tâche la plus importante serait de se tenir réveillés et en alerte. Les équipements automatiques allaient se charger de la navigation et, vu l'heure, les vols de nuit intercontinentaux avaient déjà libéré le ciel, tandis que les vols intérieurs de jour venaient tout juste de reprendre. Le ciel leur appartenait entièrement, avec ses nuages effilochés, le froid mordant de l'air par-delà la mince peau d'aluminium de leur appareil, et ils filaient vers la plus fichue saloperie de destination que l'équipage de réserve ait jamais imaginée. Les hommes du second Galaxy étaient plus chanceux : leur appareil vira au sud-ouest, et en moins d'une heure il survolait le Pacifique pour rejoindre une destination plus proche : la base d'Hickam.

L'USS *Tennessee* entra dans Pearl Harbor avec une heure d'avance et se dirigea de lui-même vers un mouillage extérieur, se passant du pilote du port et n'ayant recours qu'à un seul remorqueur de la marine pour la manœuvre. Il n'y avait aucun éclairage, et celle-ci se déroula à la seule lueur des autres quais éclairés. Le seul détail vraiment surprenant était la présence sur le quai d'un gros camion-citerne. La voiture officielle et l'amiral debout à côté étaient en revanche attendus, estima le capitaine de frégate Claggett. La passerelle fut rapidement arrimée et le ComSubPac monta à bord avant même que l'enseigne ait eu le temps de la fixer à l'arrière du kiosque. Il se retourna malgré tout pour saluer.

« Bienvenue à bord, amiral », dit le commandant, depuis son poste de contrôle, puis il descendit l'échelle pour conduire l'amiral à sa cabine personnelle.

« Dutch, je suis heureux que vous ayez réussi à faire bouger la belle, dit Mancuso avec un sourire toutefois tempéré par la gravité de la situation.

— Et moi donc, croyez que suis ravi d'avoir enfin pu l'inviter à danser... », répondit Claggett sur le même ton, avant d'ajouter, plus sérieux : « J'ai tout ce qu'il faut, côté mazout, monsieur.

— On va devoir vidanger une de vos soutes. » Vu sa taille, le *Tennessee* disposait de plusieurs soutes pour son moteur diesel auxiliaire.

« Pour quoi faire, amiral ?

— Pour y mettre du JP-5... » Mancuso ouvrit sa mallette et sortit l'ordre de mission. L'encre était à peine sèche. « Commandant, vous allez faire vos débuts dans les opérations spéciales. » Le premier réflexe de Claggett fut de demander *Pourquoi moi ?* mais il se contint. Au lieu de cela, il tourna rapidement la page de couverture et vérifia l'itinéraire qu'on lui avait assigné.

311

« Je risque d'avoir du pain sur la planche, là-bas, amiral.

— L'idée est de rester discret, mais cela dit, la règle courante continue de s'appliquer. » La règle courante était que Claggett aurait toujours la faculté d'exercer sa liberté de jugement.

« Attention, attention, annonça l'interphone à tout l'équipage. Le voyant *Autorisation de fumer* est éteint dans tous les compartiments. Le voyant *Autorisation de fumer* est éteint dans tous les compartiments. »

« Vous laissez les hommes fumer à bord ? » s'étonna le Com-SubPac. Une bonne partie de ses officiers de commandement l'interdisaient.

« La liberté de jugement, souvenez-vous... »

A dix mètres de là, dans la salle de sonar, Ron Jones sortit de sa poche une disquette.

« On a déjà reçu la mise à jour, lui indiqua le maître principal.

— Celle-ci est la toute dernière. » Le fournisseur civil la glissa dans la fente du lecteur de l'ordinateur de secours. « J'ai accroché votre écho dès votre premier soir en mer, alors que vous passiez au-dessus du réseau SOSUS d'Oregon. Vous aviez un truc qui se baladait à bord ?

— Une caisse à outils. C'est réglé. On en a doublé encore deux autres ensuite, fit remarquer l'officier marinier.

— Rapidement ?

— La seconde, on est passés juste à la verticale et on s'est amusés à zigzaguer au-dessus.

— J'ai capté un vague tressaillement, sans plus, et encore, c'était avec la version du logiciel que je viens de vous charger. Vous avez un bateau sacrément silencieux, chef. Vous vous êtes fait sonner les cloches ?

— Ouais. Le patron a déchiré quelques épaulettes, mais ce coup-ci, y a plus rien qui se balade à bord... à moins que vous comptiez l'extrémité des rouleaux de PQ. »

Jones s'installa dans un des sièges et contempla l'espace de travail encombré. Il se sentait chez lui. Il n'avait qu'une vague idée de leur ordre de mission — Mancuso lui avait demandé son avis sur les conditions hydrologiques et il avait manifesté ses craintes que les Japonais se soient emparés de la station SOSUS de la marine américaine installée à Honshu. En fait, il ne lui avait pas fallu plus pour deviner qu'il allait y avoir du grabuge et que leur sous-marin était bien le premier de la flotte du Pacifique à se jeter dans la mêlée. *Bon Dieu, et un nucléaire, en plus*, songea-t-il. *Gros et lent*. Une main se tendit et effleura le coffret de la station de travail.

« Je sais qui vous êtes, Dr Jones, dit l'officier marinier, lisant dans ses pensées. Et je connais aussi mon boulot, d'accord ?

— Les autres, quand ils remontent renifler...

— On mate la ligne des mille hertz. On a le programme de suivi version 5 avec toutes les mises à jour. Y compris la vôtre, je suppose. » Le chef prit sa tasse de café, puis se ravisant, en servit une également à son visiteur.

« Merci.

— L'*Asheville* et le *Charlotte* ? »

Jones hocha la tête, le nez dans sa tasse. « Vous connaissez Frenchy Laval ?

— C'était un de mes instructeurs à l'École navale... ça fait un bail.

— Frenchy était mon chef sur le *Dallas*, sous les ordres de l'amiral Mancuso. Son fils était à bord de l'*Asheville*. Je le connaissais. J'en fais une affaire personnelle.

— Pigé. » Le maître principal n'avait rien à ajouter.

« Les États-Unis d'Amérique jugent la situation actuelle intolérable, monsieur l'ambassadeur. Je pensais m'être bien fait comprendre », conclut Adler à l'issue de deux heures de séance. En fait, il s'était fait comprendre au moins huit fois par jour depuis le début des négociations.

« Monsieur Adler, à moins que votre pays ne désire poursuivre cette guerre, ce qui ne profitera à personne, vous n'avez qu'une chose à faire, c'est entériner les élections que nous comptons organiser — sous le contrôle d'observateurs internationaux. »

Quelque part en Californie, se souvint Adler, une station de radio s'était amusée dans le temps à diffuser, pendant plusieurs semaines, toutes les versions répertoriées de *Louie Louie*. Peut-être que le ministère des Affaires étrangères aurait dû faire pareil dans le bâtiment en guise de musique d'ambiance. Ça leur aurait fait un entraînement parfait pour ce genre de séance. L'ambassadeur nippon attendait une réponse américaine au geste de son pays : restituer Guam — comme s'ils ne l'avaient pas d'abord prise de force — et il manifestait à présent son exaspération de voir Adler ne rien lui concéder en échange de ce geste amical. Avait-il une autre carte à jouer ? Si oui, il ne l'abattrait pas avant qu'Adler lui ait montré quelque chose.

« Bien entendu, nous nous félicitons que votre pays accepte un contrôle international des élections, et nous notons avec satisfaction votre promesse solennelle de vous conformer à ses résultats, mais cela ne change rien au fait que nous sommes en train de parler d'un territoire national souverain dont la population a *déjà* librement choisi un statut d'association avec les États-Unis. Et malheureusement, notre capacité à prendre cette promesse pour argent comptant se trouve sérieusement entachée par la situation même qui y a conduit. »

L'ambassadeur éleva les mains, désemparé par cette façon diplomatique de se faire traiter de menteur. « Comment pourrions-nous être plus explicites ?

— En évacuant immédiatement les îles, bien sûr », répondit Adler. Mais d'une certaine manière, il avait déjà fait une concession : en avouant que l'Amérique n'était pas franchement mécontente de la promesse japonaise d'organiser des élections, il avait fourni à l'ambassadeur un début de réponse. Ce n'était pas grand-chose, et certainement pas autant que ce qu'il voulait — accepter l'idée que les élections déterminent le destin des îles — mais c'était déjà ça. L'une et l'autre partie reformulèrent leurs positions avant que la suspension de séance matinale offre à chacun l'occasion de se dérouiller les membres.

Un vent froid balayait la terrasse, et comme chaque fois, Adler et l'ambassadeur nippon se retirèrent aux angles opposés de la galerie qui servait l'été aux dîners en plein air, tandis que les membres de leurs équipes se réunissaient pour explorer les options que leurs chefs de délégation respectifs ne pouvaient se permettre d'évoquer directement.

« Pas terrible, comme concession, observa Nagumo en sirotant son thé.

— Estimez-vous déjà heureux, mais enfin, nous savons que l'action que vous avez entreprise est loin de recueillir l'unanimité au sein de votre gouvernement.

— Certes, répondit Seiji. C'est moi qui vous l'ai dit. »

314

Chris Cook se retint de chercher autour de lui la présence d'oreilles indiscrètes. C'eût été par trop mélodramatique. Il se contenta de boire une gorgée de thé en regardant au loin, vers le sud-ouest, le Kennedy Center. « Il y a eu des contacts officieux...

— Avec qui ?

— Koga », dit placidement Cook. Si Adler n'était pas fichu de jouer convenablement le jeu, il pouvait du moins s'en charger, lui.

« Ah. Oui, bien sûr, c'est l'interlocuteur logique.

— Seiji, si on s'y prend bien tous les deux, on pourrait ressortir de cette histoire en héros. » Ce qui serait la solution idéale pour tout le monde, non ?

« Quel genre de contacts ? insista Nagumo.

— Tout ce que j'en sais, c'est que c'est très irrégulier. A présent, je dois savoir, Seiji : est-ce Koga qui dirige l'opposition à laquelle vous rendez compte ?

— Il en fait partie, bien sûr », répondit Nagumo. C'était en fait pour lui l'élément d'information idéal. Les Américains concédaient fort peu, et pour une raison désormais évidente : ils espéraient que la fragile coalition parlementaire de Goto finirait par s'effondrer, minée à la fois par le temps et l'incertitude. Tout ce qu'il avait à faire, c'était briser l'enthousiasme des Américains et ainsi renforcer la position de son pays... oui, c'était élégant. Et la prédiction de Chris sur une fin de partie héroïque se vérifierait somme toute à moitié, non ?

« Y en a-t-il d'autres ? » demanda Cook. La réponse était prévisible et fut automatique.

« Évidemment qu'il y en a d'autres, mais je n'ose pas vous révéler leurs noms. » Nagumo était déjà en train d'élaborer le scénario. Si les Américains soutenaient la subversion politique dans son pays, cela trahissait la faiblesse de leurs options militaires. Quelle splendide nouvelle, assurément !

Le premier ravitailleur KC-10 décolla d'Elmendorf et rejoignit le C-5A juste à l'est de Nome. Il fallut quelques minutes pour trouver une couche d'air suffisamment stable permettant la manœuvre et, même ainsi, cela restait toujours une acrobatie risquée que d'accomplir l'acte le moins naturel qui soit : faire se rencontrer dans les airs deux monstres de plusieurs centaines de tonnes pour qu'ils s'accouplent comme des phalènes. C'était d'autant plus dangereux que le pilote du C-5A ne voyait guère plus que le nez du ravitailleur placé au-dessus de lui et qu'ils devaient maintenir ce vol en formation serrée durant vingt-cinq minutes. Pis encore, avec ses trois réacteurs montés sur la queue, les tuyères de sortie du KC-10 expédiaient leur air chaud directement sur la dérive arrière en T du Galaxy, créant un puissant flux de turbulence qui exigeait de constantes corrections d'assiette. *C'est sans doute pour ça qu'on nous paie autant,* se dit le pilote, en nage dans sa combinaison de vol. Finalement, le plein effectué, les deux avions se séparèrent, le Galaxy plongeant légèrement tandis que le ravitailleur virait sur la droite. A bord de l'avion-cargo, les gorges se dénouèrent tandis qu'ils reprenaient leur cap vers l'ouest pour franchir le détroit de Béring. Un second ravitailleur allait bientôt décoller de Shemya et pénétrer à son tour dans l'espace aérien russe. A leur insu, un autre appareil avait déjà fait de même, ouvrant leur procession secrète jusqu'à un site identifié sur les cartes de navigation aérienne américaine sous le nom de Verino, une ville créée sur la ligne du Transsibérien au début du siècle.

Le nouvel arbre de sortie était enfin installé, à l'issue d'un travail de réparation parmi les plus longs et les plus assommants qu'on ait connus de mémoire de capitaine. A l'intérieur de la coque, on avait rééquipé les paliers de roulements neufs et refait les joints tout au long de l'arbre. Cent ouvriers des deux sexes se consacraient à cette seule tâche. Les mécaniciens avaient travaillé vingt-quatre heures sur vingt-quatre, à peine plus que ce qu'on avait exigé — et obtenu — des ouvriers civils du chantier qui conduisaient les énormes engins de levage évoluant autour de l'énorme caisson bétonné. On allait bientôt entamer la dernière phase de la réparation. Déjà, l'immense pont roulant venait mettre en place une hélice neuve à l'extrémité de l'arbre. D'ici deux heures, cette pièce de fonderie resplendissante d'un diamètre de neuf mètres, équilibrée avec précision, se retrouverait fixée à ce qui n'allait pas tarder à devenir le navire à deux hélices le plus cher du monde.

Le reportage de CNN coïncidait avec l'aube sur place. Ryan nota que la vue était prise de l'autre côté du port, avec la journaliste au premier plan, le micro en main, et une mention *Live* inscrite à l'angle inférieur droit de l'écran. Il n'y avait rien de nouveau à Pearl Harbor, expliquait-elle.

« Comme vous pouvez le constater derrière moi, l'USS *Enterprise* et l'USS *John Stennis* sont toujours en cale sèche. Deux des bâtiments de guerre les plus coûteux jamais construits sont désormais tributaires d'une armada d'ouvriers pour retrouver leur état d'origine, un effort qui va exiger...

— Plusieurs mois, intervint Ryan, terminant la phrase. Continue de leur raconter ça. »

Les journaux des autres chaînes ne tarderaient pas à reprendre la même information, mais c'était sur CNN qu'il comptait. L'informateur de toute la planète.

Le *Tennessee* venait de passer en plongée, après avoir doublé la balise flottante quelques minutes plus tôt. Deux hélicos de lutte anti-sous-marine volaient sur ses traces, et un destroyer classe Spruance était également visible ; à bord de ce dernier, on s'agitait avec frénésie, réclamant par signaux lumineux au sous-marin qu'il vienne les longer pour un bref exercice de repérage.

Cinq hommes de l'armée de terre étaient montés à bord juste avant l'appareillage. On leur avait attribué des couchettes en fonction de leur rang. L'officier, qui avait le grade de lieutenant, eut droit à une couchette qui aurait dû revenir à un officier de missiles si le submersible en avait été doté. Le plus haut gradé des sous-officiers ayant le rang E-7 avait les attributions d'un maître principal, ce qui lui donnait droit à une place au placard des officiers mariniers. Les trois autres étaient logés avec les hommes d'équipage. La première tâche fut de leur donner des chaussures neuves à semelles de caoutchouc, assorties d'instructions sur l'importance primordiale de garder le silence.

« Mais pourquoi ? Pourquoi en faire tout un plat ? » demanda le sous-off, qui considérait sa couchette dans le quartier des officiers mariniers en se demandant si un cercueil ne serait pas plus confortable, pour peu qu'il vive assez longtemps pour en avoir un.

317

Ba-Wouah !

« Voilà pourquoi », répondit un quartier-maître électricien. Il ne frissonna pas mais ajouta : « Je n'ai jamais réussi à me faire à ce bruit.

— Bon Dieu ! Mais qu'est-ce que c'était ?

— Ça, c'est un sonar SQS-53 qui se réverbère sur une coque. Et si vous l'entendez aussi fort, c'est qu'ils savent qu'on est ici. Les Japs ont les mêmes, sergent.

— Faites comme si de rien n'était », dit le chef sonar à son poste à l'avant. Debout derrière un nouvel opérateur, il surveillait l'écran par-dessus son épaule. Aucun doute, la nouvelle version du programme rendait le système Prairie/Masker beaucoup plus facile à analyser, surtout quand vous saviez qu'il y avait un grand ciel bleu au-dessus de vous et aucune raison d'imaginer qu'une averse criblait la surface.

« Il nous a chopés vite fait, chef.

— Uniquement parce que le capiston leur a dit qu'ils pouvaient s'exercer sur nous un petit moment. Mais à présent, les cadeaux, c'est fini. »

Verino n'était jamais qu'une ancienne base de MiG avec suffisamment de terrain pour en garer des douzaines. Ce que les Russes avaient précisément toujours redouté était en train d'arriver. Depuis cette base, songea le pilote, ils auraient pu frapper le Japon ou la Chine, ou se défendre contre une attaque venue d'un côté ou de l'autre, en fonction du niveau de paranoïa ou d'exaspération de l'un ou l'autre camp à un moment politique précis. Il n'avait encore jamais fréquenté ces parages, et même avec les changements des relations entre les deux pays, il n'avait espéré, au mieux, qu'une éventuelle visite amicale en Russie d'Europe, comme en faisait périodiquement l'US Air Force. A présent, il y avait un intercepteur Sukhoi-27 à mille mètres de lui à deux heures, avec de vrais missiles accrochés sous ses ailes, et sans doute quelques idées tordues dans l'esprit de son pilote. *Bon sang, quelle belle cible !* Les deux appareils disparates s'étaient retrouvés une heure auparavant, parce qu'on n'avait pas eu le temps de dénicher un officier russophone pour la mission et qu'on ne voulait pas prendre le risque de dialoguer en anglais sur les fréquences aviation. C'est pourquoi le cargo suivait le chasseur, comme un gros chien de berger filant docilement un fox-terrier.

« Piste en vue », annonça le pilote d'une voix lasse. Il y avait les turbulences de basse altitude habituelles, encore accrues avec la descente des volets et du train qui perturbaient l'écoulement de l'air. Sinon, l'atterrissage fut de routine, jusqu'au moment où, juste avant de toucher, le pilote nota deux C-17 garés en bout de piste. Donc, ils n'étaient pas le premier appareil américain à visiter les lieux. Peut-être que les deux autres équipages pourraient lui indiquer un bon coin pour récupérer.

Le JAL-747 décolla, sans un siège vide, et mit le cap à l'ouest, dans les vents dominants, pour traverser le Pacifique, laissant le Canada derrière lui. Le commandant Sato ne savait trop que penser. Certes, il était ravi, comme toujours, de ramener au pays un si grand nombre de compatriotes, mais il avait également quelque part le sentiment qu'ils fuyaient l'Amérique, et il n'était pas sûr d'apprécier. Son fils lui avait parlé des B-1 abattus, et si son pays était capable d'endommager deux porte-avions américains, détruire deux de leurs sous-marins prétendument invincibles, avant de descendre un, sinon deux de leurs bombardiers stratégiques tant vantés, qu'avaient-ils donc à craindre de ces gens-là ? La seule chose à faire était de se montrer patient avec eux, estima-t-il. A sa droite, il devina la silhouette d'un autre 747, celui-ci arborant la livrée de Northwest/KLM, de retour du Japon, sans nul doute bourré d'hommes d'affaires américains en fuite, eux. Même s'ils n'avaient aucune raison d'avoir peur. Honte, peut-être. L'idée lui plaisait et le fit sourire. Le reste du trajet était de la routine. Quatre mille six cents milles nautiques, une durée de vol de neuf heures trente s'il avait bien lu les prévisions météo, et les trois cent soixante-six passagers sous sa responsabilité retrouveraient une patrie ressuscitée, gardée par son frère et son fils. Ils retourneraient en Amérique du Nord, l'heure venue, le dos plus droit, l'allure plus fière, comme, à ses yeux, il se devait pour des représentants de sa nation. Il regrettait d'avoir quitté cette armée qui était aujourd'hui à l'origine de ce regain d'orgueil, mais l'erreur datait de trop longtemps pour être rectifiée. Il devrait donc se contenter de jouer son petit rôle dans le grand bouleversement historique, en conduisant de son mieux son autobus.

La nouvelle parvint à Yamata en début de matinée, le jour même où il avait prévu de retourner à Saipan afin d'entamer sa campagne pour briguer le poste de gouverneur de l'île. Lui et ses collègues avaient réussi à l'apprendre via les services du gouvernement. Désormais, tout ce qui parvenait à Goto et à son ministre des Affaires étrangères leur parvenait également. Ce n'était pas bien sorcier. Le pays changeait, et il était temps que ceux qui exerçaient réellement le pouvoir soient traités conformément à leur valeur réelle. L'heure venue, ce serait bien plus évident pour M. Tout-le-Monde, et à ce moment-là, chacun saurait reconnaître qui jouait un rôle essentiel dans le pays, à l'instar de ces bureaucrates qui en faisaient, en ce moment même, un peu tardivement, la découverte.

Koga, espèce de traître, se dit l'industriel. Ce n'était pas vraiment une surprise. L'ancien Premier ministre entretenait ce genre d'idées imbéciles sur la pureté des mécanismes gouvernementaux, et l'obligation de quémander l'approbation des masses ouvrières — pas étonnant qu'il ressente quelque stupide nostalgie pour une notion qui n'avait en fait jamais eu d'existence réelle. *Évidemment* que les personnalités politiques avaient besoin d'être guidées et soutenues par les gens comme lui. *Évidemment* qu'il était normal pour eux de manifester une obéissance digne et convenue envers leurs maîtres. Que faisaient-ils, en vérité, sinon s'évertuer à préserver la prospérité que d'autres, comme Yamata et ses pairs, s'étaient échinés à apporter à leur pays ? Si le Japon avait dû compter sur son gouvernement pour s'occuper des petites gens, où en serait-on aujourd'hui ? Mais les Koga et consorts n'avaient que des idéaux qui menaient nulle part. Les petites gens — que savaient-ils vraiment, eux ? Que faisaient-ils, en vérité ? Ils *savaient* et ils *faisaient* ce que leur disaient leurs supérieurs. Et parce qu'ils avaient admis implicitement leur position sociale en accomplissant la tâche qui leur était assignée, ils avaient amélioré leur existence et celle de leur pays. Ce n'était pas plus compliqué.

Ce n'était pas comme si l'on était encore à la période classique, quand le pays était dirigé par une noblesse héréditaire. Ce système de gouvernement avait pu convenir pendant deux millénaires, mais il n'était plus adapté à l'ère industrielle. Les lignées nobles s'étiolaient sous le poids accumulé de leur arrogance. Non, le groupe de ses pairs était formé d'hommes qui avaient acquis leur position et leur puissance, d'abord en servant les autres à des postes subalternes, puis, grâce à leur travail et leur intelligence — grâce à la chance, aussi, dut-il bien admettre —, ils avaient réussi à s'élever pour exercer un pouvoir acquis au mérite. C'étaient eux qui avaient fait du Japon ce qu'il était aujourd'hui. Eux qui avaient fait renaître de ses cendres et des ruines un petit archipel pour l'amener au premier rang des nations industrielles. Eux qui avaient humilié l'une des « grandes » puissances internationales, et qui allaient bientôt en humilier une autre, et porter ainsi leur pays à la tête de l'ordre mondial, bref, accomplissant tout ce dont s'étaient montrés incapables ces abrutis de militaires comme Tojo.

Manifestement, Koga n'avait d'autre choix que se retirer ou obéir, comme Goto avait appris à le faire. Mais il ne faisait ni l'un ni l'autre. Or voilà qu'il complotait à dénier à son pays l'occasion historique d'accéder à la vraie grandeur. Et pourquoi ? Parce que cela ne convenait pas à son esthétique imbécile du bien et du mal — ou parce que c'était dangereux, comme si les réussites authentiques n'allaient pas sans un minimum de danger.

Eh bien, il n'allait pas les laisser faire, se dit Yamata en décrochant son téléphone pour appeler Kameda. Même Goto serait bien obligé de céder. Mieux valait régler cette affaire en famille. Autant qu'il commence à s'habituer à l'exercice du pouvoir personnel.

A l'usine Northrop, l'appareil avait été surnommé le « tatou ». Même si sa ligne élancée aurait pu être donnée par la nature à quelque grand oiseau de mer, il ne fallait pas entièrement se fier aux apparences. Les matériaux composites gris ardoise qui formaient la surface visible de la cellule du B-2A n'étaient qu'un des éléments de la technologie furtive intégrée à l'appareil. La structure métallique interne était irrégulière et segmentée comme l'œil d'un insecte, pour mieux disperser l'énergie des ondes du radar qu'il espérait déjouer. Les courbes gracieuses de l'enveloppe extérieure visaient avant tout à réduire la traînée aérodynamique, et accroître ainsi l'autonomie en réduisant la consommation. Avec une parfaite efficacité.

A la base aérienne de Whiteman, dans le Missouri, le 509ᵉ groupe de bombardiers menait depuis des années une existence bien tranquille, ponctuée de missions d'entraînement effectuées sans fanfare. Initialement conçus pour pénétrer les défenses aériennes soviétiques et repérer les missiles intercontinentaux montés sur plates-formes mobiles, en vue de leur destruction sélective — toutes tâches irréalistes, comme le savaient les équipages —, ces bombardiers avaient en revanche bel et bien la capacité de traverser sans être vus quasiment toutes les défenses. C'est du moins, jusqu'à une période récente, ce que tout le monde avait cru.

« Il est gros, puissant, et il nous a descendu un B-1, expliqua un officier au chef d'opérations. On a finalement réussi à trouver : c'est un radar à rideau de phase, agile en fréquence, et capable d'opérer en mode contrôle de tir. Quant au zinc qui a réussi tant bien que mal à regagner Shemya » — où il était toujours, ornement de l'unique piste de l'île, tandis que des techniciens s'employaient à le remettre suffisamment en état pour lui faire regagner les côtes d'Alaska —, « le missile qui l'a touché provenait d'une direction, mais les impulsions radar d'une autre.

— Astucieux », observa le colonel Mike Zacharias. Ce fut aussitôt limpide : les Japonais avaient piqué aux Russes une idée en la menant une étape technologique plus loin. Là où les Soviétiques avaient conçu un chasseur contrôlé en fait par des stations au sol, le Japon avait mis au point une technique permettant aux chasseurs de rester toujours planqués, même lorsqu'ils lançaient leurs missiles. C'était un problème, même pour le B-2, dont la furtivité visait à déjouer les radars de détection travaillant en ondes longues, comme les radars embarqués de poursuite et de guidage de tir. La furtivité était une technologie ; elle n'était pas magique. Un radar embarqué d'une telle puissance et qui serait agile en fréquence pouvait fort bien obtenir un écho suffisant d'un B-2 pour que la mission projetée devienne suicidaire. Le B-2 avait beau être maniable et fuselé, il restait un bombardier, pas

322

un chasseur, et une cible énorme pour n'importe quel intercepteur moderne. « Bien, alors qu'est-ce que vous nous apportez comme bonne nouvelle ? demanda Zacharias.

— On va s'amuser un peu avec eux, histoire de mieux cerner leurs capacités.

— Mon vieux avait l'habitude de faire ça avec les SAM vietnamiens. Ça a fini par lui valoir un séjour au prolongé au Nord [1].

— Enfin, eux aussi, ils doivent travailler sur un plan de rechange », nota l'agent de renseignements.

« Ah, c'est chouette, dit Chavez.

— C'est pas toi qui détestes jouer les espions ? demanda Clark, en refermant son portable après avoir effacé l'ordre de mission. Je croyais que tu voulais rempiler dans les commandos.

— Moi et ma grande gueule. » Ding se tortilla sur leur banc public.

« Excusez-moi », intervint une troisième voix. Les deux agents de la CIA levèrent la tête pour découvrir un agent de police, le pistolet réglementaire rangé dans son étui de ceinture.

« Salut, dit John avec un sourire. Belle matinée, n'est-ce pas ?

— Oui, effectivement, répondit le policier. Est-ce que Tokyo est très différent de l'Amérique ?

— Il est surtout très différent de Moscou à cette époque de l'année.

— De Moscou ? »

Clark glissa la main dans sa poche et sortit son passeport. « Nous sommes des journalistes russes. »

Le flic examina le livret avant de le rendre. « Il fait bien plus froid à Moscou en cette saison ?

— Bien plus », confirma Clark avec un signe de tête. L'agent s'éloigna, ayant assouvi sa poussée de curiosité quotidienne.

« Pas si sûr, Ivan Sergueïevitch, observa Ding après son départ. Ça peut sacrément pincer, ici aussi.

— Je suppose que tu pourras toujours décrocher un autre boulot.

— Et rater le plus amusant ? » Les deux hommes se levèrent

---

1. Voir *Sans aucun remords*, Albin Michel, 1994 *(NdT)*.

pour rejoindre leur voiture garée au bord du trottoir. Il y avait une carte dans la boîte à gants.

Le personnel de l'armée de l'air russe à Verino avait une curiosité bien naturelle mais les Américains ne lui facilitaient pas la tâche. Il y avait à présent plus de cent Américains sur leur base, casernés dans les quartiers les plus confortables. On avait roulé les trois hélicos et les deux semi-remorques sous les hangars construits à l'origine pour des chasseurs MiG-25. Les avions-cargos étaient bien sûr trop encombrants pour ça et on les avait introduits tant bien que mal avec la queue dépassant à l'extérieur, mais on aurait tout aussi bien pu les confondre avec des Il-86 qui faisaient épisodiquement escale ici. Les militaires russes établirent un périmètre de sécurité qui interdisait tout contact physique entre les deux groupes d'aviateurs, au grand dépit des Russes.

Les deux remorques garées dans le hangar situé le plus à l'est étaient reliées électroniquement par un gros câble coaxial noir. Un autre câble filait dehors jusqu'à une antenne satellite portable, tout aussi bien gardée.

« Bien, faisons-la pivoter », dit un sergent. Un officier russe observait — le protocole exigeait que les Américains admettent un de leurs hôtes ; celui-ci devait être un agent de renseignements —, tandis que l'image fil de fer sur l'écran d'ordinateur se mettait à pivoter comme sur un plateau de tourne-disque. Puis l'image se déplaça selon un axe vertical, pour glisser au-dessus de l'image précédente figée. « On le tient », observa le sergent, qui referma la fenêtre à l'écran et cliqua sur CHARGEMENT pour transmettre les données aux trois hélicoptères.

« Qu'est-ce que vous venez de faire, si vous permettez ? s'enquit le Russe.

— Monsieur, nous venons d'apprendre aux ordinateurs ce qu'ils devaient chercher. » Pour le Russe, c'était de l'hébreu, même si c'était l'exacte vérité.

L'activité dans le second camion était plus explicite. Les photos haute définition de plusieurs immeubles de grande hauteur étaient passées au scanner et numérisées, leur position programmée avec une tolérance de quelques mètres à peine, puis comparée à d'autres clichés pris sous un angle très élevé trahissant des vues prises depuis un satellite d'observation. L'officier russe se pencha pour mieux apprécier le piqué des images, ce qui eut le don d'irriter le responsable américain, qui avait toutefois reçu l'ordre de ne faire aucun geste susceptible de braquer leurs hôtes.

« On dirait un immeuble d'habitation, non ? nota le Russe avec une curiosité sincère.

— Oui, effectivement », répondit l'officier américain, qui commençait à s'énerver malgré l'hospitalité dont tous avaient bénéficié depuis leur arrivée ici. Ordres ou pas, c'était un crime fédéral majeur de montrer ce genre d'élément à quiconque n'avait pas l'accréditation adéquate, même un Américain.

« Qui est-ce qui y loge ?

— Je n'en sais rien. » *Ce mec pourrait pas se tirer, une bonne fois pour toutes ?*

Le soir venu, le reste des Américains étaient debout et en action. Avec leur tignasse incroyable, pas du tout une dégaine de soldats, ils se mirent à courir en longeant le périmètre de la piste principale. Quelques Russes se joignirent à eux, et une course informelle s'instaura entre les deux pelotons. La rivalité amicale du début se mua bientôt en compétition acharnée. Il apparut bientôt manifeste que les Américains étaient des soldats d'élite qui n'avaient pas l'habitude de se faire dominer, alors que les Russes avaient l'avantage du terrain et d'une meilleure acclimatation. *Spetznats*[1], les Russes s'entre-regardaient en haletant, et parce que les distractions manquaient dans cette base et que leur commandant était une vieille ganache, ils étaient en assez bonne forme physique pour arriver à tenir le rythme même au bout de dix kilomètres. Par la suite, les deux groupes se mêlèrent suffisamment pour se rendre compte que la barrière de la langue entravait passablement les efforts de dialogue, même si la tension visible chez les visiteurs n'avait pas besoin de mots pour s'exprimer.

« Drôles de trucs, observa Chavez.

— Encore heureux pour nous qu'ils aient choisi cet endroit. »

---

1. Membres des commandos de choc de l'armée russe *(NdT)*.

Toujours les mêmes raisons de sécurité, songea John, celles qui, à Pearl Harbor, avaient amené à regrouper tous les chasseurs et bombardiers, pour les protéger du sabotage ou autres balivernes, suite à une erreur d'évaluation du contre-espionnage. Un autre facteur aurait pu être que le regroupement sur un seul site facilitait les opérations d'entretien mécanique, mais ils n'avaient pas été assignés d'origine à cette base, aussi les hangars étaient-ils trop petits. C'est pourquoi l'on voyait six E-767 garés à ciel ouvert, à trois kilomètres de là, facilement reconnaissables à leur silhouette si caractéristique. Mieux encore, le pays était trop densément peuplé pour que la base soit réellement isolée. Les mêmes facteurs qui avaient conduit à l'urbanisation des plaines avaient conduit à installer au même endroit les aérodromes, mais les villes s'étaient développées d'abord. On voyait des ateliers d'industrie légère tout autour, et le terrain grossièrement rectangulaire de la base aérienne était longé de tous côtés par des routes. Leur tâche suivante fut d'examiner les arbres pour relever la direction du vent. Nord-ouest. Les avions se présenteraient donc à l'atterrissage par le sud-est. Cela réglé, il leur fallait à présent se trouver un perchoir.

On avait désormais mobilisé tous les moyens. Les satellites espions en orbite basse recueillaient également des signaux, déterminaient les cycles de patrouille des avions-radars d'alerte avancée, peut-être pas aussi finement que les avions de surveillance électronique, mais avec bien moins de risques. L'étape suivante serait d'engager les sous-marins, mais cela risquait de prendre du temps, leur avait-on expliqué. On n'en avait plus tant que ça, et ceux qui restaient avaient déjà du boulot. Pas vraiment une révélation. L'ordre de bataille électronique s'organisait, et même si ce que découvraient les techniciens du Renseignement électronique n'avait rien de bien réjouissant, au moins ces données allaient-elles permettre aux spécialistes des opérations de formuler un plan. Pour l'heure, on avait déjà réussi à définir avec certitude le tracé des circuits décrits par les trois E-767. Ils semblaient se reproduire à peu près à l'identique d'un jour sur l'autre. Les infimes variations quotidiennes provenaient sans doute des vents locaux plus que d'autres choses, ce qui les obligeait à retransmettre les données à leurs postes de contrôle au sol. Et cela aussi, c'était une bonne nouvelle pour les Américains.

L'hôtel cossu était un peu au-dessus de leurs moyens habituels, mais en dehors de ça, il était situé pile dans l'axe de l'itinéraire d'approche vers la piste 32 gauche de la base aérienne voisine. Peut-être que le bruit était si normal pour les gens d'ici qu'ils le filtraient machinalement, se dit Chavez qui se remémorait le vacarme incessant de la rue durant leur séjour hôtelier à Tokyo. L'arrière bien sûr était plus calme, leur assura le réceptionniste, mais la mieux qu'il pouvait leur offrir, c'était une chambre d'angle. Le bruit le plus insupportable venait en fait de devant : la piste se terminait à cinq cents mètres seulement du porche de l'hôtel. C'étaient surtout les décollages qui étaient décoiffants. On arrivait encore à dormir avec les atterrissages.

« Je suis pas trop sûr d'apprécier, observa Ding en entrant dans la chambre.

— Qui a dit qu'on était censés aimer ça ? » John approcha une chaise de la fenêtre et prit le premier quart.

« C'est du meurtre, John.

— Ouais, je suppose. » Le pire, c'est que Ding avait raison, mais un autre avait dit que non et c'était ce qui comptait. Plus ou moins.

« Pas d'autres options ? s'enquit le Président Durling.

— Non, monsieur, pas que je sache. » C'était une première pour Ryan. Il avait réussi à stopper une guerre, quasiment. Il avait mis fin à une opération « noire » qui aurait sans doute causé un grand tort politique à son pays. Et voilà qu'il s'apprêtait à en déclencher une autre — enfin, non, pas exactement, se corrigea-t-il. Ce n'était pas lui qui l'avait déclenchée, mais si justes qu'en soient les raisons, il n'appréciait pas particulièrement ce qu'il s'apprêtait à faire. « Ils ne céderont pas.

— A aucun moment, nous ne l'avons vu venir, observa tranquillement Durling, sachant qu'il était trop tard pour ce genre de réflexion.

— Et c'est peut-être de ma faute », répondit Ryan, sentant

qu'il était de son devoir d'en assumer la responsabilité. Après tout, la sécurité nationale était son boulot. Des gens allaient mourir par suite de décisions erronées de sa part, mais d'autres également à la suite de décisions peut-être justes. Peu importait l'étendue du pouvoir exercé depuis cette pièce, ils n'avaient pas vraiment le choix, en définitive.

« Est-ce que ça va marcher ?

— Ça, monsieur, on ne pourra le voir que sur le terrain. »

Cela s'avéra plus facile que prévu. Trois des biréacteurs patauds se dirigèrent à la file vers le bout de la piste ; tour à tour ils virèrent pour se présenter face au vent du nord-est, firent un point fixe, réacteurs à fond, réduisant ensuite pour vérifier que les moteurs ne s'étouffaient pas, et satisfaits du résultat, ils remirent les gaz, cette fois en relâchant les freins, accélérant pour le roulage de départ. Clark consulta sa montre et déplia une carte routière de Honshu.

Il suffisait d'un simple coup de fil. Le groupe commercial de la compagnie Boeing émit une directive urgente de navigabilité baptisée E-AD, d'après ses initiales anglaises — *Emergency Airworthiness Directive* —, concernant le système d'atterrissage automatique équipant ses 767 civils. Une défaillance d'origine inconnue avait affecté l'approche d'un appareil de la TWA en finale sur Saint Louis, et jusqu'à ce qu'on ait déterminé la nature de la défaillance, il était vivement conseillé aux opérateurs de désactiver jusqu'à nouvel ordre ce dispositif de contrôle de vol. La directive fut transmise par courrier électronique, télex, fax et courrier recommandé à tous les opérateurs de 767.

39

Les yeux d'abord

LA fermeture des consulats nippons d'Honolulu, San Francisco, New York et Seattle ne fut pas réellement une surprise. Des agents du FBI s'y présentèrent simultanément en expliquant aux personnels qu'ils devaient vider les lieux sur-le-champ. Après quelques protestations de principe, écoutées avec une attention polie mais impassible, le personnel diplomatique ferma le bâtiment et, sous bonne escorte — surtout pour le protéger des menées éventuelles d'agitateurs, de toute façon surveillés par la police locale —, monta dans des bus, direction l'aéroport le plus proche pour gagner en avion Vancouver, Colombie Britannique. Dans le cas spécifique d'Honolulu, la route passait si près de la base navale de Pearl Harbor que les fonctionnaires purent jeter un dernier regard sur les porte-avions dans leur cale de radoub, et le consul ne manqua pas d'immortaliser la scène depuis sa place avec son appareil photo. Aucun des agents du FBI assis à l'avant du car ne réagit pour l'en empêcher, ce qui ne l'étonna pas. Après tout, les médias américains diffusaient absolument tout, comme on pouvait s'y attendre. Tous les passagers notèrent toutefois que la procédure d'évacuation était menée avec une minutie toute professionnelle. On radiographia leurs sacs à la recherche d'armes et d'explosifs — personne n'aurait commis une telle bêtise, bien sûr — mais sans les ouvrir, car il s'agissait de personnel diplomatique bénéficiant d'une immunité garantie par traité. Les États-Unis leur avaient affrété un avion, un 737 d'United, qui sitôt qu'il eut décollé, s'arrangea une fois encore pour survoler la base navale, permettant au diplomate japonais de prendre encore cinq photos derrière la double vitre du hublot, depuis une altitude de quinze cents mètres. Le consul se félicita d'avoir eu la présence d'esprit de garder son appareil à portée de main. Puis il s'assoupit et dormit presque sans interruption durant les cinq heures de vol pour rallier le Canada.

« La un et la quatre sont comme neuves, cap'taine, annonça le chef mécano au commandant du *Johnnie Reb*. On peut vous assurer à tout moment trente, peut-être trente-deux nœuds. »

On avait démonté les arbres deux et trois, situés le plus à l'intérieur, puis soudé leurs passages dans la coque, et avec leur disparition, le *John Stennis* avait perdu les quinze nœuds supplémentaires de vitesse maximale, mais la dépose des hélices avait également diminué la traînée, d'où ces performances somme toute honorables. De toute façon, il faudrait s'en contenter. La phase la plus délicate avait été de remonter le train propulseur numéro quatre, dont chaque élément — réducteur, arbre et hélice — devait être équilibré encore plus précisément qu'une roue de Formule 1, sous peine d'exploser au régime de rotation maximal. Le test s'était déroulé de la manière habituelle, en faisant tourner les hélices et en vérifiant chacun des roulements de cet arbre de transmission d'une longueur interminable. Les essais étaient à présent achevés et la cale sèche pourrait être remise en eau dès ce soir. Le commandant gravit d'un pas lourd les marches de l'escalier de béton menant au sommet de l'immense canyon creusé de main d'homme, et de là, il regagna le bord. C'était une belle grimpette pour rejoindre sa cabine juste derrière la passerelle, d'où il passa un coup de téléphone.

Pile à l'heure, ou presque. Clark regardait vers le sud-est, par la fenêtre à l'arrière de leur chambre. L'air froid était clair et sec, avec au loin quelques légers nuages blancs, encore illuminés par le soleil alors qu'au sol la nuit tombait déjà.

« Prêt ?

— Un peu, oui. » Par terre, la mallette de reporter métallique de Ding était ouverte. Son contenu avait passé les douanes sans encombre quelques semaines plus tôt, et n'avait apparemment rien de remarquable : c'était l'attirail classique de tout photographe de presse, quelque peu allégé tout au plus. L'intérieur garni de mousse était creusé d'alvéoles pour recevoir trois boîtiers et un assortiment d'objectifs ; des emplacements supplémentaires étaient réservés aux flashes, torches et autres accessoires d'aspect, là aussi, tout à fait ordinaire, mais il ne fallait pas se fier aux apparences. Les seules armes en leur possession ne ressemblaient en rien à des armes, une technique qui leur avait plutôt réussi en Afrique orientale. Chavez saisit l'un de ces appareils, vérifia le niveau de son accu et décida de le brancher sur la prise murale. Il bascula l'interrupteur sur la position veille et entendit aussitôt le sifflement électronique aigu des condensateurs de charge.

« Cette fois, c'est parti », dit tranquillement John quand il vit les lumières qui approchaient ; il n'appréciait pas plus ce boulot que son partenaire. Mais on ne leur demandait pas de l'apprécier, pas vrai ?

Le E-767 en approche avait allumé ses feux de position en passant sous le niveau des dix mille pieds, et il venait de sortir le train. Le « marker » de la balise d'atterrissage extérieure venait de s'allumer au tableau. A cinq milles de l'entrée de piste et deux mille pieds au-dessus de la zone industrielle entourant la base, le pilote aperçut les feux de piste et se força à rester concentré après les longues heures d'ennui du vol de patrouille.

« Volets vingt-cinq degrés.

— Volets vingt-cinq degrés », confirma le copilote, en basculant la manette qui déployait les volets hypersustentateurs situés au bord de fuite des ailes, et les becs de bord d'attaque situés à l'avant, qui servaient à accroître portance et manœuvrabilité aux basses vitesses.

« Kami-Trois en finale, piste en vue », annonça dans son micro le pilote, pour le contrôleur d'approche qui l'avait guidé, sans grande nécessité, jusqu'ici. La tour accusa réception et le pilote empoigna un peu plus fermement ses commandes, agissant presque imperceptiblement sur celles-ci pour compenser les vents de basse altitude, tout en guettant dans l'espace aérien proche la présence toujours possible d'un appareil non signalé. Il savait que la majorité des accidents d'avion se produisaient à l'atterrissage, raison pour laquelle l'équipage devait redoubler de vigilance.

« Je l'ai », dit Chavez, d'une voix totalement dénuée d'émotion. Il avait fait taire ses scrupules. Son pays était en guerre. Les occupants de cet avion portaient l'uniforme, ce qui en faisait de plein droit des cibles. Point final. Simplement, c'était trop bougrement facile, même s'il n'avait toujours pas oublié la première fois qu'il avait tué : rétrospectivement, là aussi, cela lui avait paru si facile que cela relevait du meurtre. Sur le coup, il en avait même éprouvé du soulagement, se souvint-il avec une bouffée de honte.

« J'ai envie d'un bain brûlant et d'un massage », dit le copilote, se permettant une pensée personnelle, tout en continuant de scruter le ciel, à deux milles du seuil de piste. « Rien à droite. Piste dégagée. »

Le pilote acquiesça et, de la main droite, ramena légèrement la manette des gaz, laissant le frottement de l'air ralentir un peu plus l'appareil pour parvenir à leur vitesse d'atterrissage de cent quarante-cinq nœuds, une vitesse relativement élevée, due au poids des réserves de carburant supplémentaires que le Kami devait toujours emporter. Ils volaient toujours presque à pleine charge.

« Deux kilomètres, tout est normal », dit le copilote.

« Maintenant », murmura Chavez. Il avait calé le canon prolongateur de sa torche sur son épaule, braqué presque comme un fusil, ou plus exactement comme un lance-roquettes antichar, droit sur le nez de l'appareil en approche. Puis son index s'approcha du bouton.

La « magie » qu'ils avaient déjà fait opérer en Afrique n'était jamais qu'un flash survitaminé, mais celui-ci était équipé d'une lampe à arc au xénon d'une intensité lumineuse de trois millions de candelas. La partie la plus coûteuse du montage était le réflecteur, une pièce en alliage d'acier usinée avec précision qui confi-

332

nait le faisceau lumineux dans un diamètre d'une douzaine de mètres à une distance d'un kilomètre et demi. On pouvait sans peine lire son journal sous l'éclairage fourni à cette distance, mais regardé directement, même d'aussi loin, l'éclat aveuglait instantanément. L'arme étant conçue et fabriquée pour être non létale, on avait pourvu son ampoule d'un filtre ultraviolet, ces rayons pouvant provoquer des dégâts irrémédiables à la rétine. Cette réflexion traversa fugitivement l'esprit de Ding Chavez au moment où il pressait le déclencheur. *Non létale. Mon œil.*

L'intensité de l'arc blanc bleuté brûla les yeux du pilote. C'était comme s'il avait fixé le soleil, mais en pire : la douleur lui fit lâcher les commandes pour porter les mains à son visage, et il hurla dans le micro de son casque. Le copilote regardait à cet instant sur le côté, mais l'œil humain est attiré par la lumière, surtout dans le noir, et son esprit n'eut pas le temps de le prévenir contre cette réaction parfaitement normale. Les deux aviateurs étaient aveuglés et souffraient le martyre, alors que leur appareil n'était qu'à deux cent cinquante mètres du sol et quinze cents mètres des feux de seuil de piste. Tous deux étaient des pilotes superentraînés, parfaitement expérimentés. Les yeux toujours fermés de douleur, le pilote tâtonna pour retrouver le manche et tenter de stabiliser leur appareil. Le copilote fit exactement la même chose, mais leurs mouvements n'étaient pas coordonnés, et en un instant, ils luttaient l'un contre l'autre plutôt que contre l'avion. En outre, tous deux manquaient de repères visuels, et cette désorientation instantanée provoquait chez eux des phénomènes de vertige aux effets nécessairement divergents. L'un des aviateurs croyait que leur appareil déviait dans une direction, son collègue essayait de ramener les commandes pour corriger un mouvement inverse, et avec seulement deux cent cinquante mètres d'air au-dessous d'eux, il n'était plus temps de décider qui des deux avait raison : le seul résultat de cette lutte pour la maîtrise du manche étant que lorsque le plus fort prendrait le dessus, ce serait pour les perdre tous. Le E-767 bascula de quatre-vingt-dix degrés sur la droite, vira au nord, droit sur des bâtiments industriels vides, tout en perdant rapidement de l'altitude. Les contrôleurs de la tour hurlèrent dans la radio, mais les aviateurs n'entendirent même pas leurs avertissements. Le dernier geste du pilote fut de chercher à pousser à fond la manette des gaz dans une tentative désespérée pour faire regagner à son zinc la sécurité du ciel. Sa main l'avait à peine trouvée quand ses sens lui dirent, avec une seconde d'avance, que sa vie s'achevait. Son ultime pensée consciente fut qu'une bombe nucléaire venait une fois encore d'éclater au-dessus de son pays.

« *Jesucristo* », murmura Chavez. Rien qu'une seconde, même pas. Le nez de l'appareil s'était illuminé dans le ciel, comme sous l'effet d'une espèce d'explosion, et puis tout de suite après, il avait dévié vers le nord, tel un grand oiseau blessé. Ding se força à détourner les yeux de la zone d'impact. Il ne voulait ni voir ni savoir où il allait toucher. Non pas que cela eût de l'importance. La boule de feu qui s'éleva du point d'impact illumina toute la zone comme une décharge de foudre. Ce fut pour Ding comme un direct à l'estomac lorsqu'il réalisa ce qu'il venait de faire, puis lui vint aussitôt une envie de vomir.

Kami-Cinq aperçut l'éclair, dix milles derrière, la répugnante boule de feu jaune au niveau du sol, juste à droite de la piste, et qui ne pouvait signifier qu'une chose. Les aviateurs sont gens disciplinés. Pour le pilote et le copilote du E-767 suivant, il y eut aussi un brusque vide au creux de l'estomac, une contraction de tous les muscles. Déjà ils se demandaient lesquels de leurs copains d'escadrille venaient de se viander au sol, quelles familles recevraient bientôt des visiteurs indésirables, quels visages ils ne reverraient plus, quelles voix ils cesseraient d'entendre, et ils se reprochèrent de n'avoir pas prêté plus attention à la radio, comme si cela aurait pu changer quoi que ce soit. Instinctivement, les deux hommes vérifièrent leurs instruments pour déceler une irrégularité quelconque. Moteurs : *okay*. Électronique : *okay*. Hydraulique : *okay*. Quel qu'ait été l'incident qui avait frappé l'autre appareil, le leur marchait impec.

« Tour pour cinq, que s'est-il passé ? A vous.

— Cinq, la tour. Le trois vient d'aller au tapis. On ne sait pas pourquoi. La piste est dégagée.

— Ici cinq, roger, poursuivons l'approche, piste en vue. » Le pilote ôta le doigt du bouton de la radio avant de pouvoir ajouter quoi que ce soit. Les deux hommes échangèrent un regard. Kami-Trois. Des potes. Disparus. Une attaque ennemie aurait été plus facile à accepter qu'un truc aussi banal qu'un crash à l'atterrissage, quelle qu'en soit la cause. Mais bien vite, ils reportèrent leur attention sur leur trajectoire. Ils avaient une mission à finir, et vingt-cinq hommes d'équipage derrière eux à ramener au sol en toute sécurité en dépit de leur chagrin.

« Tu veux que je te relaie ? demanda John.

— C'est mon boulot, mec. » Ding vérifia une nouvelle fois la charge des condensateurs, puis il s'épongea le visage. Il serrait le poing pour empêcher le léger tremblement qu'il venait de noter, avec un mélange de honte et de soulagement. Les feux d'atterrissage largement espacés lui indiquaient l'arrivée d'une autre cible, et il était au service de son pays, comme ils étaient au service du leur, point final. Mais il aurait mieux valu le faire avec une arme convenable. Il se prit à songer que les fins bretteurs avaient sans doute ressenti la même chose à l'avènement du mousquet. Chavez secoua la tête une dernière fois pour s'éclaircir les idées, puis il braqua sa torche par la fenêtre ouverte, en s'écartant de l'ouverture en même temps qu'il alignait le biréacteur en approche. Les redents de la façade évitaient à d'éventuels témoins extérieurs de voir l'éclair, mais il préférait ne pas prendre plus de risques que nécessaire...

... il y était presque...

... maintenant...

Il pressa de nouveau le bouton, et de nouveau, la peau d'aluminium entourant la cabine de l'avion s'illumina fugitivement, durant une seconde ou deux. Loin sur la gauche, il distinguait les ululements stridents des voitures de pompiers, se ruant sans aucun doute vers les lieux du premier crash. Une pensée déplacée lui traversa l'esprit : *Pas les mêmes sirènes que chez nous.* Le E-767 ne bougea pas, au début, et il se demanda pendant une seconde s'il avait bien visé. Puis l'appareil piqua légèrement du nez, mais sans virer du tout. Son taux de descente s'accentua simplement. Peut-être allait-il les percuter dans leur chambre d'hôtel. Il était trop tard pour fuir, et c'était peut-être Dieu qui les châtiait ainsi pour avoir tué cinquante personnes. Il hocha la tête et entreprit de démonter la torche — l'attente était facilitée par la concentration sur une tâche mécanique.

Clark l'avait vu, lui aussi, comme il savait qu'il était inutile de sortir de la chambre en courant. L'avion aurait dû maintenant reprendre de l'altitude... peut-être que le pilote s'en rendit compte à son tour. Le nez se releva et le Boeing vrombissant frôla le toit de l'hôtel avec une marge de dix mètres peut-être. John se précipita vers les fenêtres latérales pour voir juste passer le bout d'aile, qui déjà pivotait vers le haut. L'appareil se mit à grimper, du moins il essaya, sans doute pour recommencer une approche, mais il n'avait plus assez de puissance et s'abattit, en perte de vitesse, à mi-piste, alors qu'il était peut-être à cent cinquante mètres d'altitude : décrochant brutalement de l'aile gauche, il amorça une spirale et s'écrasa dans une nouvelle boule de feu. Ni lui ni Ding ne remercièrent Dieu pour une délivrance que, de toute façon, ils risquaient fort de pas avoir méritée.

« Remballe la torche et sors ton appareil photo, ordonna Clark.

— Pourquoi ?

— On est des reporters, tu te souviens ? » dit-il, cette fois en russe.

Ding avait les mains qui tremblaient tellement qu'il eut du mal à démonter la torche. John ne fit pas un geste pour l'aider. Il fallait du temps pour absorber un choc pareil. Ils n'avaient pas tué des êtres nuisibles méritant la mort, après tout. Ils avaient annihilé la vie de gens guère différents d'eux, simplement maudits pour avoir juré fidélité à un homme indigne de leur loyauté. Finalement, Chavez sortit un boîtier Nikon F5, choisit un objectif 100 mm et suivit son chef à l'extérieur. La foule avait envahi le hall exigu de l'hôtel, une foule presque exclusivement composée de Japonais. « Klerk » et « Chekov » fendirent la cohue, sortirent et traversèrent au pas de course la route nationale pour s'approcher du grillage entourant la base. Aussitôt Ding se mit à prendre des photos. La situation était tellement confuse qu'il s'écoula dix bonnes minutes avant l'arrivée d'un agent de police.

« Que faites-vous ? » Moins une question qu'une accusation.

« Nous sommes reporters, répondit "Klerk" en exhibant sa carte.

336

— Cessez immédiatement ! ordonna aussitôt le flic.

— Avons-nous enfreint la loi ? Nous étions à l'hôtel de l'autre côté de la route quand ça s'est produit. » Ivan Sergueïevitch se retourna, toisa le policier. Il marqua une pause. « Oh ! Les Américains vous auraient-ils attaqués ? Voulez-vous notre film ?

— Oui ! » dit l'agent, réalisant soudain. Il tendit la main, ravi de les voir coopérer au premier signe d'autorité officielle.

« Evgueni, remets tout de suite ton film à cet homme. »

« Chekov » rembobina la pellicule, l'éjecta, la remit.

« Regagnez votre hôtel, s'il vous plaît. On vous contactera si nécessaire. »

Je veux, mon neveu. « Chambre quatre cent seize, lui indiqua Clark. C'est une catastrophe. Y a-t-il des survivants ?

— Je n'en sais rien. Circulez, s'il vous plaît, dit le policier en leur faisant signe de retraverser la route.

— Dieu ait pitié d'eux », dit Chavez en anglais. Et il le pensait.

Deux heures plus tard, un satellite KH-11 survolait la zone et ses caméras infrarouges balayèrent toute la région de Tokyo, entre autres. Les experts en reconnaissance photographique américains notèrent aussitôt les deux incendies qui faisaient rage, ainsi que les débris d'avion jonchant les alentours. Deux E-767 avaient mordu la poussière, se dirent-ils non sans plaisir. Presque tous appartenaient à l'armée de l'air, et quand on était comme eux loin des lieux du carnage, tout ce qu'on y voyait c'étaient deux cibles au tapis. L'ensemble de ces images étaient retransmises en direct à plusieurs autres destinations. Au Pentagone, les responsables du J-3 décidèrent que la première phase de l'opération ZORRO s'était déroulée selon leurs plans. Ils auraient pu dire selon leurs *espoirs*, mais cela aurait risqué de leur porter la guigne. Eh bien, se dirent-ils, la CIA n'était pas totalement inutile.

Il faisait nuit à Pearl Harbor. Le remplissage de la cale sèche avait pris dix heures, ce qui avait quelque peu bousculé l'horaire et les normes de sécurité prévues pour ce genre d'opération, mais en temps de guerre, on appliquait d'autres règles. Une fois ouvertes les portes de la cale, le *John Stennis* en sortit, tiré par deux gros remorqueurs, laissant derrière lui l'*Enterprise*. Le pilote réussit à sortir le bâtiment du port en un temps record, avant d'être ramené à terre par hélicoptère. Avant minuit, le *Johnnie Reb* était en haute mer, loin des routes commerciales habituelles, et mettait le cap à l'ouest.

L'équipe d'enquêteurs débarqua presque aussitôt de son quartier général de Tokyo. Groupe mixte formé de personnels civils et militaires, c'étaient ces derniers qui avaient le plus de compétence car il s'agissait en l'occurrence d'un appareil civil modifié pour un usage militaire. La « boîte noire » — en vérité peinte en orange fluo — de l'enregistreur de vol du Kami-Cinq fut récupérée au bout de quelques minutes, même si celle du Kami-Trois s'avéra plus difficile à retrouver. On les rapatria à Tokyo pour les analyser en laboratoire. Le problème auquel étaient confrontés les militaires japonais était un peu plus difficile. Deux de leurs dix précieux E-767 venaient de disparaître, et un autre était dans son hangar de service pour révision et remise à niveau de ses systèmes radar. Il en restait donc sept, trop peu pour en maintenir trois en service permanent. C'était de la simple arithmétique : chaque avion devait passer en entretien et les équipages devaient se reposer. Même avec neuf appareils opérationnels, en maintenir trois en vol, avec trois autres en révision et trois autres prêts à décoller, se révélait terriblement destructeur pour les hommes et le matériel. Il y avait en outre une question de sécurité aérienne. Un des enquêteurs avait découvert la directive de navigabilité émise pour le 767 et estimé qu'elle s'appliquait au modèle que les Japonais avaient converti en avion-radar. Immédiatement, on décida de neutraliser les systèmes d'atterrissage automatique, et la première conclusion naturelle des enquêteurs civils fut que les équipages, sans doute épuisés au terme d'un long vol de patrouille, l'avaient mis en service pour effectuer leur approche. L'officier le plus gradé fut tenté d'accepter l'hypothèse, à un détail près : les aviateurs n'aimaient pas trop les systèmes d'atterrissage automatique, et les pilotes militaires étaient les moins disposés a confier leur appareil et leur existence à un dispositif qui reposait sur des puces électroniques et des logiciels. Cela dit, on avait effectivement retrouvé le corps du pilote du numéro trois, la main posée sur la manette des gaz. Cela ne tenait pas debout, mais les soupçons se confirmaient. Un conflit au niveau du programme, peut-être, une bogue quelque part dans le système — une cause stupide, rageante, qui avait entraîné la perte de deux avions hors de prix, même si ce n'était pas sans précédent à l'ère du vol contrôlé par ordinateur. Pour l'heure, la réalité des faits était qu'ils ne pouvaient plus maintenir que deux appareils en patrouille constante, quoique avec un troisième toujours prêt à décoller à la première alerte.

Les satellites de reconnaissance électronique survolant le Japon notèrent que les patrouilles de trois E-767 se poursuivaient toujours, et certains techniciens des services de renseignements de l'Air Force et de la NSA, l'Agence pour la sécurité nationale, se demandèrent, inquiets, si l'armée de l'air nippone n'allait pas tenter d'enfreindre toutes les règles de la sécurité aérienne. Ils consultèrent leur montre et comprirent qu'il leur faudrait attendre encore six heures pour avoir la réponse, tandis que les satellites continuaient, à chaque passage, de détecter et d'enregistrer les émissions électroniques.

Pour l'heure, Jackson s'occupait d'un autre type d'informations satellitaires. On estimait à quarante-huit le nombre de chasseurs basés à Saipan, plus soixante-quatre autres à Guam, sur l'ancienne BA d'Andersen, qui, grâce à ses deux pistes de grande largeur et ses importantes réserves de kérosène stockées dans de vastes réservoirs enterrés, avait pu sans problème accueillir tous ces appareils. Les deux îles étaient séparées d'environ deux cent trente kilomètres. Il devait également prendre en compte les installations de rabattement que le SAC avait essaimées dans toute la région pendant la guerre froide. Le terrain, aujourd'hui fermé, de Guam Nord-Ouest possédait deux pistes parallèles, toutes deux utilisables, et il y avait également l'aéroport international d'Agana, situé au milieu de l'île. On comptait en outre un aérodrome commercial sur Rota, une autre base abandonnée sur Tinian, et la base de Kobler sur Saipan, en sus de l'aéroport commercial en service. Curieusement, les Japonais avaient négligé toutes ces installations secondaires en dehors du terrain de Kobler. En fait, les données satellite révélaient que Tinian n'étaient absolument pas occupée — du moins les photos aériennes ne révélaient-elles la présence d'aucun véhicule militaire lourd. Il devait logiquement y avoir toutefois un minimum de forces légères, sans doute avec un soutien logistique par hélicoptère depuis Saipan — les deux îles n'étant séparées que par un étroit chenal.

Mais c'étaient ces cent vingt chasseurs qui restaient le souci premier de l'amiral Jackson. Il fallait y rajouter le soutien d'avions E-2 d'alerte radar, plus la flotte habituelle d'hélicoptères que toutes les armées du monde amenaient où qu'elle aillent. Des F-15 et des F-3, soutenus à leur tour par des missiles SAM et de l'artillerie anti-aérienne. C'était une sacrée tâche pour un seul porte-avions, même avec l'idée de Bud Sanchez pour le rendre plus formidable encore. L'idée-force, toutefois, était de ne pas affronter l'ennemi au niveau des armes. Mais à celui du moral, une constante dans toutes les guerres, que les gens toutefois passaient leur temps à oublier et redécouvrir de siècle en siècle. Il espérait ne pas s'être trompé. Malgré tout, ce fut un autre événement qui survint en premier.

La police ne se manifesta pas, ce qui étonna un peu Clark. Peut-être avaient-ils trouvé leurs photos utiles, mais il en doutait. En tout cas, ils ne s'attardèrent pas pour en savoir plus. Ils montaient dans leur voiture de location et jetaient un ultime regard sur l'épave carbonisée en bout de piste quand le premier des trois avions d'alerte avancée se posa sur la base, sans encombre, au soulagement général. Une heure auparavant, il avait noté que deux E-767 avaient décollé au lieu des trois habituels, signe — espérait-il — que leur sordide mission avait en quelque sorte porté ses fruits. Le fait avait déjà reçu confirmation par satellite, donnant le feu vert pour une autre mission dont aucun des deux agents de la CIA n'avait la moindre idée.

Le plus difficile était encore d'y croire. Le journal en anglais qu'ils avaient acheté dans le hall de l'hôtel au petit déjeuner faisait sa une avec des titres pas foncièrement différents de ceux

340

qu'ils avaient pu lire à leur arrivée au Japon. Il y avait deux articles sur les Mariannes et deux dépêches de Washington mais le reste de la une était consacré surtout aux informations économiques, ainsi qu'à un éditorial sur la nécessité de rétablir des relations normales avec l'Amérique, même au prix de concessions raisonnables autour de la table des négociations. Peut-être la réalité de la situation était-elle trop bizarre pour que les gens l'acceptent, même si un élément essentiel de cette réalité était un contrôle étroit de la presse. Il n'y avait pas un mot, par exemple, sur les missiles nucléaires planqués quelque part dans le pays. Quelqu'un se montrait soit très malin soit parfaitement insensé — voire les deux à la fois, selon la tournure que prendrait la situation. John et Ding en revinrent à la proposition que rien de tout ceci ne tenait debout, mais que ce serait une piètre consolation pour les familles des victimes dans chaque camp. Même lors d'un conflit passionné comme la guerre des Malouines, on avait déjà connu des délires de rhétorique enflammée pour exciter les masses, mais dans le cas présent, c'était comme si l'on avait récrit Clausewitz pour lui faire dire que la guerre était un prolongement de l'économie plutôt que de la politique ; et la finance, même si elle était le terrain de luttes acharnées, restait une forme d'activité plus civilisée que celle qui s'exerçait sur la scène politique. Or, la preuve de la folie était sous ses yeux. Les routes étaient encombrées de gens vaquant à leurs occupations quotidiennes, avec tout au plus un vague regard pour les épaves en feu sur la base aérienne, et face à un monde qui semblait marcher sur la tête, le citoyen moyen se raccrochait au peu de réalité qu'il appréhendait, reléguant la gestion de ce qu'il ignorait à d'autres, étonnés quant à eux d'être les seuls à avoir remarqué quelque chose.

Clark s'étonna de sa position paradoxale : espion étranger, sous couvert de l'identité d'un pays tiers, commettant des actes en contravention avec les accords de Genève sur la guerre civilisée. Il avait contribué à tuer cinquante personnes moins de douze heures plus tôt, et pourtant, il retournait dans la capitale ennemie au volant d'une voiture de location, et son seul souci immédiat était de ne pas oublier de bien tenir sa gauche pour ne pas entrer en collision avec tous ces banlieusards pour qui laisser plus de trois mètres d'écart avec l'automobiliste précédent révélait une incapacité à suivre le flot.

Tout cela changea à trois rues de leur hôtel à Tokyo, quand Ding repéra une voiture garée du mauvais côté de la chaussée. Le pare-soleil côté passager était baissé : c'était le signe que Kimura avait besoin de les voir toutes affaires cessantes. L'urgence même du signal semblait confirmer que tout cela n'était pas un rêve tordu. Le danger était revenu. Enfin, ils touchaient de nouveau le réel.

Les opérations aériennes avaient commencé juste après le lever du soleil. Quatre escadrilles complètes de F-14 Tomcat et quatre autres de F/A-18 Hornet étaient maintenant à bord, accompagnées de quatre E-2C Hawkeye. Les escadrilles de soutien étaient pour le moment toujours basées à Midway, et l'escadre réduite à un unique porte-avions allait utiliser les îles du Pacifique comme bases de soutien logistique annexe pour la phase initiale de son mouvement vers l'ouest. La tâche première était de s'entraîner au ravitaillement en vol avec les appareils de l'Air Force qui allaient également accompagner la flotte. Sitôt dépassé Midway, on instaura une patrouille de quatre appareils en rotation, quoique sans le soutien habituel par les Hawkeye. Le E-2C émettait un bruit électronique important, or le souci premier de ce semblant d'escadre était la discrétion, même si dans le cas du *Johnnie Reb*, cela exigeait de rendre invisible un objet de la taille d'une petite île.

Sanchez était descendu au PC d'opérations aériennes. Sa mission était, à partir d'un combat en apparence parfaitement équilibré, de le faire tourner à leur avantage exclusif. La notion de combat équitable lui était étrangère comme à tous ses collègues en uniforme. Il n'y avait qu'à regarder autour de soi pour le comprendre. Il connaissait personnellement les hommes qui travaillaient avec lui. Il ne connaissait pas ces aviateurs, là-bas sur les îles, et ce n'était pas son problème. Ils pouvaient bien être des êtres humains. Ils pouvaient bien avoir femme et enfants, posséder maison, voiture, et tous les autres trucs que possédaient ses petits gars de la marine, peu importait pour le chef d'escadre. Jamais Sanchez n'ordonnerait ou laisserait faire des stupidités hollywoodiennes comme gâcher des balles sur des parachutistes — c'étaient de toute façon des cibles trop difficiles —, mieux valait descendre directement leurs avions, et à l'ère des missiles, cela voulait dire que le pilote n'aurait sans doute même pas le temps de s'éjecter. Par chance, il était passablement difficile, en cette ère moderne, de voir sa cible autrement que sous l'aspect d'un point à cerner dans l'affichage tête haute du système de conduite de tir. Cela facilitait bougrement les choses, et si un parachute émergeait des débris de l'appareil, eh bien, il ne voyait pas d'inconvénient à mobiliser l'hélico de sauvetage pour récupérer un collègue aviateur, une fois ce dernier devenu incapable de nuire à l'un des siens.

« Koga a disparu, leur annonça Kimura, la voix pressante et le visage blême.

— Arrêté ? demanda Clark.

— Je n'en sais rien. Avons-nous un homme infiltré dans votre organisation ? »

John se raidit. « Vous savez ce qu'on fait aux traîtres ? » Tout le monde le savait. « Mon pays compte sur cet homme, également. Nous allons étudier la question. Et maintenant, filez. »

Chavez attendit qu'il se soit éloigné pour remarquer : « Une fuite ?

— Possible. Comme il est possible que les gars qui mènent le jeu n'aient pas envie de voir des dirigeants de l'opposition venir foutre le bordel en ce moment. » *Voilà que je me prends pour un analyste politique*, se dit John. Après tout, il était journaliste accrédité de l'agence de presse Interfax. « Que dirais-tu d'aller rendre visite à notre ambassade, Evgueni ? »

Cherenko s'apprêtait à sortir pour se rendre lui aussi à un rendez-vous quand deux individus se présentèrent à la porte de son bureau. N'était-ce pas inhabituel, songea-t-il fugitivement, de voir ainsi deux agents de la CIA pénétrer dans l'ambassade russe pour une réunion d'affaires avec leurs homologues du RVS ? Puis il se demanda ce qui pouvait les y amener.

« Que se passe-t-il ? » fit-il et John Clark lui fournit la réponse : « Koga a disparu. »

Le commandant Cherenko se rassit, et convia ses visiteurs à faire de même. Il n'eut pas à leur demander de refermer la porte.

« Est-ce que cela aurait pu se produire tout seul, demanda Clark, ou bien y a-t-il eu une fuite ?

— Je ne crois pas que la DESP ait pu faire une chose pareille. Même sur ordre de Goto. C'est une décision trop politique sans la moindre preuve manifeste. La situation politique de ce pays est... qu'en savez-vous au juste ?

— Mettez-nous au fait, dit Clark.

— Le gouvernement est extrêmement perplexe. Goto tient les rênes du pouvoir mais il ne partage pas l'information avec grand monde. Sa coalition reste fragile. Koga est trop respecté pour subir l'affront d'une arrestation publique. » *Enfin, je crois,* évita d'ajouter Cherenko. Ce qui aurait pu être affirmé avec confiance quinze jours plus tôt relevait désormais beaucoup plus de la spéculation.

C'était en vérité logique pour les Américains. Clark réfléchit une seconde avant de parler. « Vous feriez mieux de secouer le cocotier, Boris Ilitch. Vous comme nous, nous avons besoin de cet homme.

— L'avez-vous compromis ? demanda le Russe.

— Non, absolument pas. Nous lui avons dit de se comporter le plus naturellement possible — du reste, il nous croit russes. Je n'ai pas d'autres ordres que de le sonder ; chercher à diriger un bonhomme de cette envergure est par trop risqué. Il pourrait tout aussi bien virer sa cuti patriotique et nous envoyer promener. Ce genre de personnage, mieux vaut lui laisser la bride sur le cou. » Cherenko put une nouvelle fois constater l'exactitude de la fiche signalétique sur son interlocuteur au central de Moscou. Clark avait toutes les qualités d'instinct pour faire un bon agent opérationnel. Il acquiesça et lui fit signe de poursuivre. « Si vous contrôlez la DESP, nous devons savoir immédiatement s'ils détiennent cet homme.

— Et si c'est le cas ? »

Clark haussa les épaules. « Alors, c'est à vous de décider si vous pouvez le laisser sortir. Cette phase du plan vous regarde. Je ne peux pas prendre cette responsabilité pour vous. Mais s'il a été enlevé par quelqu'un d'autre, alors on devrait pouvoir agir.

— Il faut que j'en avise Moscou.

— On s'en doute bien. Simplement, rappelez-vous : Koga est notre meilleure chance de résoudre politiquement ce merdier. Dans la foulée, prévenez Washington.

— Ce sera fait, promit Cherenko. J'ai une question à vous poser... les deux appareils qui se sont écrasés hier soir ? »

Clark et Chavez étaient déjà presque à la porte. Ce fut le cadet qui répondit sans se retourner. « Un tragique accident, n'est-ce pas ? »

« Vous êtes fou, dit Mogataru Koga.

— Je suis un patriote, rétorqua Raizo Yamata. Je vais donner à notre pays une véritable indépendance. Je vais rendre au Japon sa grandeur. » Leurs regards se croisèrent ; chacun était installé à un bout de la grande table, dans l'appartement en terrasse de Yamata. Les gorilles de l'homme d'affaires étaient en faction à la porte. Cet échange ne regardait que les deux hommes et eux seuls.

« Vous avez rejeté notre principal allié et partenaire commercial. Vous êtes en train de nous conduire à la ruine économique. Vous avez fait tuer des hommes. Vous avez suborné le gouvernement du pays et son armée. »

Yamata hocha la tête, comme pour valider l'acquisition d'un bien. « *Hai*, je l'ai fait, ce n'était pas bien difficile. Dites-moi, Koga, est-ce vraiment si compliqué de pousser un politicien à faire tout ce qu'on veut ?

— Et vos amis, Matsuda et toute la bande ?

— Tout le monde a besoin d'être guidé, de temps en temps. » *Presque tout le monde*, s'abstint d'ajouter Yamata. « A l'issue de cette opération, nous aurons une économie entièrement intégrée, deux alliés fermes et puissants, et en temps opportun, nous reprendrons nos échanges, parce que le reste du monde a besoin de nous. » Ce politicien ne le voyait-il donc pas ? Était-il incapable de comprendre ?

« Comprenez-vous donc si mal l'Amérique ? Nos difficultés actuelles ont débuté simplement à cause d'une malheureuse famille brûlée vive. Ils ne sont pas comme nous. Ils pensent autrement. Leur religion est différente. Ils ont la culture la plus violente du monde, pourtant ils révèrent la justice. Ils vénèrent la réussite financière, mais plongent leurs racines dans les idéaux. Vous n'arrivez donc pas à saisir ça ? Jamais, au grand jamais, ils ne toléreront ce que vous avez fait ! » Koga marqua une pause.

« Et votre plan pour la Russie — est-ce que vous croyez réellement que...

— Avec la Chine pour nous épauler ? » Yamata sourit. « A nous deux, nous pouvons nous charger de la Russie.

— Et la Chine restera notre alliée ? Nous avons tué vingt millions de Chinois durant la Seconde Guerre mondiale, et leurs dirigeants politiques ne l'ont pas oublié.

— Ils ont besoin de nous, et ils en sont conscients. Et ensemble...

— Yamata-san, l'interrompit Koga d'une voix douce, polie, parce que c'était sa nature, vous ne comprenez pas la politique aussi bien que les affaires. Ce sera votre perte.

— Et la trahison sera la vôtre, répondit Yamata sur le même ton. Je sais que vous avez des contacts avec les Américains.

— Ce n'est pas le cas. Je n'ai pas échangé un mot avec un ressortissant américain depuis des semaines. » Une réponse indignée n'aurait pas eu la force de cette repartie énoncée d'un ton neutre.

« Eh bien, quoi qu'il en soit, vous allez rester mon hôte ici jusqu'à nouvel ordre, lui dit Raizo. Nous verrons si je suis aussi ignare en matière politique. D'ici deux ans, je serai Premier ministre, Koga-san. D'ici deux ans, nous serons une superpuissance. » Yamata se leva. Son appartement occupait tout le quarantième et dernier étage de l'immeuble, et ce panorama olympien le ravissait. L'industriel se leva et gagna les hautes baies vitrées pour contempler la cité qui serait bientôt *sa* capitale. Quelle pitié que Koga ne saisisse pas le mécanisme des choses. Mais pour l'heure, il devait retourner à Saipan, pour entamer son ascension politique. Il se retourna.

« Vous verrez... D'ici là, vous êtes mon hôte. Tenez-vous bien, et vous serez bien traité. Tentez de vous échapper, et on retrouvera votre corps en pièces détachées au bord d'une voie ferrée, accompagné d'un billet pour regretter vos échecs politiques.

— Je ne vous laisserai pas ce plaisir », répondit, glacial, l'ancien Premier ministre.

40

Chiens et renards

CHERENKO avait prévu de se charger personnellement de la rencontre, mais une affaire urgente l'en avait empêché. Cela se révéla une chance, en définitive. Le message, délivré sous forme de disquette, émanait de son principal agent infiltré, qui n'était autre que le sous-directeur de la DESP. Quelles que soient ses manies personnelles, l'homme était un fin observateur politique, malgré une certaine tendance au verbiage dans ses rapports et ses évaluations. Les militaires japonais, disait-il, étaient loin d'être mécontents de leurs perspectives immédiates. Frustrés depuis des années d'être étiquetés « force d'autodéfense », relégués dans la conscience populaire au rang d'empêcheurs de tourner en rond pour Godzilla ou autres monstres improbables (en général pour le malheur de ces derniers), ils se considéraient toujours comme les gardiens d'une fière tradition guerrière, et avec une direction politique enfin digne de leur ardeur, leur état-major se délectait à la perspective de faire ses preuves. Presque tous issus d'une formation par des instructeurs américains, les officiers généraux avaient évalué la situation et annoncé à qui voulait l'entendre qu'ils pouvaient remporter et remporteraient sans aucun doute cette confrontation limitée — et, poursuivit le directeur de la DESP, ils estimaient excellentes leurs chances de conquérir la Sibérie.

Cette évaluation, ainsi que le rapport des deux agents de la CIA furent aussitôt répercutés à Moscou. Donc il y avait du tirage au sein du gouvernement japonais, et une de ses branches au moins semblait avoir un minimum de prise sur la réalité.

C'était réconfortant pour le Russe, mais il n'oubliait pas qu'un chef du Renseignement allemand du nom de Canaris avait réussi à peu près la même chose en 1939, mais sans pour autant aboutir à des résultats concrets. Un modèle historique qu'il entendait bien démentir. L'essentiel, avec les conflits, c'était d'empêcher leur extension. Cherenko ne faisait pas sienne la thèse selon laquelle la diplomatie pouvait empêcher leur déclenchement, mais il était en revanche convaincu que de bons renseignements et des mesures fermes pouvaient les empêcher d'aller trop loin — à condition d'avoir la volonté politique d'agir en conséquence. Ce qui le chagrinait, toutefois, c'était que cette volonté eût été manifestée d'abord par des Américains.

« Le nom de l'opération est ZORRO, monsieur le président », dit Robby Jackson en dépliant le premier graphique. Les ministres des Affaires étrangères et de la Défense étaient réunis dans la salle d'état-major, de même que Ryan et Arnie van Damm. Les deux ministres semblaient plutôt mal à l'aise, mais le chef-adjoint de la défense intégrée ne paraissait guère plus détendu. Ryan lui fit signe de poursuivre.

« La mission est de briser la chaîne de commandement du camp adverse en ciblant très précisément les individus qui...

— Vous voulez dire les assassiner ? » demanda Brett Hanson. Il regarda le ministre de la Défense, qui ne broncha pas.

« Monsieur le ministre, nous ne voulons pas toucher leur population civile. Cela veut dire que nous ne pouvons pas attaquer leur économie. Nous ne pouvons pas faire sauter les ponts de leurs villes. Leurs installations militaires sont trop décentralisées pour...

— Nous ne pouvons pas faire une chose pareille, l'interrompit de nouveau Hanson.

— Monsieur le ministre, intervint Ryan, froidement, pouvons-nous au moins entendre en quoi consiste le plan avant de décider de ce que nous avons ou non le droit de faire ? »

Hanson acquiesça en maugréant, et Jackson poursuivit son exposé. « L'essentiel des éléments, conclut-il, est maintenant en place. Nous avons éliminé deux de leurs équipements de surveillance aéroportée...

« — Quand cela s'est-il produit ? Comment a-t-on fait ?

— Cela s'est produit hier soir, répondit Ryan. Quant à la méthode employée, cela ne vous regarde pas, monsieur.

— Qui a donné l'ordre ? » La question venait du Président Durling.

« Moi, monsieur. Le secret était bien gardé et l'opération s'est déroulée sans anicroche. » Du regard, Durling fit encore une fois comprendre à Ryan qu'il le poussait à bout.

« Combien de personnes ont trouvé la mort ? demanda le ministre des Affaires étrangères.

— Une cinquantaine, et cela fait toujours deux cents de moins que ceux des nôtres qu'ils ont tués, monsieur le ministre.

— Écoutez, nous pouvons les convaincre d'abandonner les îles à condition d'y mettre le temps », dit le ministre des Affaires étrangères, et cette fois, l'argument était devenu bilatéral, les autres étant là pour compter les points.

« Ce n'est pas l'opinion d'Adler.

— Chris Cook le pense, et il a un gars au sein de leur délégation. »

Durling observait, impassible, laissant une fois encore ses collaborateurs — c'est ainsi qu'il les considérait — régler cette discussion. Il avait d'autres soucis en tête. La politique politicienne allait encore une fois montrer son masque hideux. S'il ne réussissait pas à résoudre la crise, alors il était *fini*. Un autre que lui serait président, un autre se retrouverait, dans un an, confronté, dans le meilleur des cas, à une crise encore plus vaste. Et pire, même, si les estimations du Renseignement russe étaient correctes : que le Japon et la Chine s'attaquent à la Sibérie dès l'automne, et une autre crise, bien plus grave, allait éclater en pleine campagne électorale aux États-Unis, ce qui entraverait sérieusement la capacité de son pays à réagir ; tout deviendrait débat politique, alors que leur économie chercherait encore à se remettre d'un déficit de cent milliards de dollars de sa balance commerciale.

« Si nous n'agissons pas maintenant, monsieur le ministre, nul ne peut dire jusqu'où l'on pourrait aller, était en train d'expliquer Ryan.

— On peut régler cela par la voie diplomatique, insista Hanson.

— Et sinon ? insista Durling.

— Eh bien, en temps opportun, nous pourrions envisager une réponse militaire limitée. » La confiance du ministre des Affaires étrangères n'était pas partagée par son collègue de la Défense.

« Vous avez quelque chose à ajouter ? lui demanda le Président.

— Il faudra un certain temps... plusieurs années... avant que nous puissions réunir les forces nécessaires à...

— Nous n'avons pas des années, coupa sèchement Ryan.

— Non, certes, observa Durling. Amiral, est-ce que ça va marcher ?

— Je le pense, monsieur. Nous avons besoin de réaliser quelques avancées pour progresser, mais nous avons accompli la plus importante la nuit dernière.

— Nous ne disposons pas des forces nécessaires pour garantir le succès, protesta le ministre de la Défense. Le commandant de l'escadre vient de transmettre ses estimations et...

— Je les ai vues, coupa Jackson, qui avait du mal à dissimuler sa gêne face aux vérités énoncées dans ce rapport. Mais je connais bien le commandant d'escadre aérienne, le capitaine Bud Sanchez. Je le connais depuis des années, lui dit que c'est faisable, et je le crois. Monsieur le président, ne vous laissez pas obnubiler par les chiffres. On n'en est plus là. Il s'agit désormais de faire la guerre, et nous avons plus d'expérience qu'eux en ce domaine. Il s'agit de faire preuve de psychologie, et de faire jouer nos atouts plutôt que les leurs. La guerre n'est plus ce qu'elle était. Dans le temps, on avait besoin de forces gigantesques pour neutraliser la capacité de combat de l'ennemi, et sa capacité à coordonner et commander ses troupes. Certes, il y a cinquante ans, il fallait mobiliser d'énormes moyens pour y parvenir, mais de nos jours, la taille des cibles à frapper est extrêmement réduite, et si l'on réussit à les atteindre, on parvient au même résultat aujourd'hui qu'avec un million d'hommes auparavant.

— C'est du meurtre de sang-froid, aboya Hanson. Voilà ce que c'est. »

Debout au pupitre, Jackson se retourna. « Oui, monsieur, c'est exactement à cela que se réduit la guerre, mais en procédant ainsi, on évite de tuer le pauvre couillon de dix-neuf ans qui s'est engagé parce qu'il aimait l'uniforme. On va tuer plutôt le salo-

350

pard qui l'a envoyé au casse-pipe sans même savoir son nom. Sauf votre respect, monsieur, j'ai tué des gens, et je sais parfaitement quel effet ça fait. Une fois, rien qu'une fois, j'aimerais mettre la main sur les types qui donnent les ordres, au lieu de frapper les pauvres bougres qui se trouvent obligés de les exécuter. »

Durling faillit sourire à cette remarque, en se souvenant de tous les fantasmes analogues, et même d'une publicité télévisée, où l'on voyait la différence que cela ferait si les présidents, Premiers ministres et autres hauts responsables qui expédiaient les gens sur les champs de bataille se rencontraient pour en découdre personnellement.

« Vous allez quand même devoir tuer un tas de gosses », dit le Président. L'amiral Jackson ravala sa colère avant de répondre.

« Je le sais, monsieur, mais avec de la chance, beaucoup moins.

— Quand devez-vous savoir ?

— Les éléments sont déjà presque tous en place maintenant. Nous pouvons déclencher l'opération dans moins de cinq heures. Après, nous sommes limités par la venue du jour. Ensuite, ce seront des fenêtres de vingt-quatre heures.

— Merci, amiral Jackson. Pouvez-vous tous m'excuser quelques minutes ? » Les hommes sortaient à la file quand Durling se ravisa. « Jack ? Pouvez-vous rester une minute ? » Ryan se retourna et se rassit.

« Il fallait le faire, monsieur. D'une manière ou de l'autre, si nous voulons éliminer ces ogives nucléaires...

— Je sais. » Le Président baissa les yeux vers son bureau. Tous les documents, cartes et graphiques y étaient étalés. Toutes les consignes de bataille. Au moins lui avait-on épargné les estimations de pertes, sans doute à la demande de Ryan. Après une seconde, ils entendirent la porte se refermer.

Ryan prit le premier la parole. « Monsieur, il y a encore un point. L'ancien Premier ministre Koga a été arrêté — excusez-moi, nous savons juste qu'il aurait, apparemment, disparu.

— Qu'est-ce que ça veut dire ? Pourquoi ne pas en avoir parlé tout à l'heure ?

— L'arrestation s'est produite moins de vingt-quatre heures après que j'ai prévenu Scott Adler que Koga avait été contacté. Je ne lui ai même pas révélé avec qui il avait été en contact. Cela dit, il pourrait s'agir d'une coïncidence. Goto et son maître pourraient désirer éviter tout remous politique, le temps de mener à bien leurs plans. Cela pourrait révéler aussi qu'il existe une fuite quelque part.

— Chez nous, qui est au courant ?

— Ed et Mary Pat à la CIA. Moi. Vous. Scott Adler et ce type dont Scott a parlé.

— Mais nous ne savons pas avec certitude s'il y a une fuite.

— Non, monsieur, effectivement. Mais c'est extrêmement probable.

— Laissons ça de côté pour l'instant. Supposons que nous ne fassions rien ?

— Nous sommes obligés, monsieur. Sinon, dans un avenir plus ou moins proche, nous pouvons nous attendre à une guerre entre la Russie d'un côté, le Japon et la Chine de l'autre, avec nous ne sachant trop quoi faire entre les deux. La CIA en est encore au stade des estimations, mais je ne vois pas comment la situation pourrait manquer de dégénérer en guerre nucléaire. ZORRO n'est peut-être pas ce qu'on aura tenté de plus joli-joli, mais c'est notre meilleure chance. Les risques diplomatiques sont secondaires, poursuivit Ryan. Les enjeux sont bien plus considérables désormais. Mais si nous arrivons à tuer les types qui ont déclenché ce merdier, alors nous pouvons entraîner la chute du gouvernement de Goto. Dès lors, il serait possible de reprendre plus ou moins le contrôle de la situation. »

Le plus étrange, réalisa Durling, c'était ce marchandage pour savoir de quel côté il fallait faire jouer telle ou telle forme de modération. Hanson et le ministre de la Défense adoptaient la ligne diplomatique classique — ils voulaient prendre le temps de s'assurer de l'impossibilité de résoudre la crise par des moyens pacifiques, mais si la diplomatie échouait, la porte s'ouvrait dès lors pour un conflit bien plus large et sanglant. Ryan et Jackson penchaient pour un recours immédiat à la violence dans l'espoir d'éviter une violence plus grande par la suite. Le pire était que l'un et l'autre partis pouvaient avoir raison ou tort, et que le seul moyen de les départager serait de consulter les livres d'histoire dans vingt ans.

« Si le plan ne marche pas...

— Alors, nous aurons fait tuer pour rien un certain nombre de nos compatriotes, avoua honnêtement Jack. Vous-même aurez à en payer chèrement le prix, monsieur.

— Et le commandant de la flotte... enfin, je veux dire le gars qui commande l'escadre. Qu'est-ce qu'il vaut ?

— S'il coince, toute l'opération tombe à l'eau.

— Remplacez-le. La mission est approuvée », conclut le Président. Il restait encore un point à discuter. Ryan en informa également Durling, avant de quitter la pièce et de donner ses coups de téléphone.

La mission aérienne idéale, se plaisaient à dire les aviateurs, était dirigée par un simple capitaine. Celle-ci était commandée sur place par un colonel des opérations spéciales, mais au moins était-il récemment passé à côté d'une promotion ; un fait qui lui attirait la sympathie de ses subordonnés, qui savaient pourquoi on lui avait refusé les galons de général. C'est que les gars des opérations spé n'entraient pas dans le moule service-service des officiers d'état-major. Ils étaient par trop... excentriques.

Les ultimes consignes concernant la mission dérivaient d'informations transmises par liaison télématique directe entre Fort Meade, Maryland, et Verino, et les Américains avaient toujours une certaine réticence à voir les Russes apprendre toutes sortes de détails sur leurs méthodes de collecte et d'analyse de données électroniques transmises par satellite ou d'autres moyens — après tout, ces capacités avaient été mises au point pour être utilisées contre eux. Les positions exactes des deux E-767 en activité étaient relevées avec précision. L'analyse des photos satellite avait permis de compter les avions de chasse — du moins ceux qui n'étaient pas abrités sous des hangars — et lors de sa dernière passe, le KH-12 avait compté et localisé les appareils en vol. Le colonel commandant le détachement étudia l'itinéraire de pénétration qu'il avait personnellement élaboré avec les équipages, et même s'il demeurait certaines inquiétudes, les deux jeunes capitaines qui piloteraient le cargo C-17 finirent par approuver d'un signe de tête après avoir mastiqué songeusement leur chewing-gum. L'un d'eux remarqua même qu'il était temps qu'une « benne à ordures » mérite enfin un peu de respect.

Les Russes avaient leur rôle à jouer, eux aussi. A Ioujno-Sakhalinsk, près de la pointe sud de la péninsule du Kamtchatka, huit intercepteurs MiG-31 décollèrent pour un exercice de défense, accompagnés par un Ilyouchine-86 Mainstay d'alerte avancée à grande distance. Quatre chasseurs Sukhoï décollaient de Sokol dix minutes plus tard pour tenir le rôle d'agresseurs. Les Sukhoï équipés de réservoirs supplémentaires mirent le cap au sud-est, en se maintenant à bonne distance de l'espace aérien japonais. Les contrôleurs à bord des deux E-767 nippons n'eurent aucune difficulté à reconnaître là un exercice aérien russe parfaitement caractéristique. Il impliquait toutefois des appareils militaires, et cela méritait toute leur attention, d'autant plus qu'il se déroulait le long de l'itinéraire d'approche le plus logique pour les appareils américains comme ces B-1 qui avaient si récemment « titillé » leurs défenses aériennes. L'effet fut de dévier légèrement vers le nord et l'est les deux E-767 et, avec eux, leurs chasseurs d'escorte. L'AWACS de réserve faillit recevoir l'ordre de décoller, mais le commandant au sol de la défense aérienne eut le bon sens de se contenter d'augmenter d'un cran son niveau d'alerte.

Le C-17A Globemaster-III était le plus récent et le plus cher des avions de transport qui aient réussi à franchir le barrage de l'appel d'offres du Pentagone. Quiconque avait eu à connaître ce cauchemar bureaucratique aurait préféré affronter la DCA, car au moins les missions de bombardement étaient-elles établies pour réussir, tandis que la procédure de soumission semblait le plus souvent promise à l'échec. Que ce ne fût pas toujours le cas était tout à l'honneur de l'ingéniosité de ceux qui se consacraient à vaincre ce barrage. On n'avait pas regardé à la dépense, on en avait même engagé d'inédites, mais le résultat était une « benne à ordures » (le terme le plus souvent utilisé par les pilotes de chasse) qui avait des velléités de grande aventure.

L'appareil avait décollé juste après minuit, heure locale, cap sud/sud-ouest, comme un banal vol civil pour Vladivostok. Juste avant cette ville, il se ravitailla auprès d'un KC-135 — le système russe de ravitaillement en vol n'était pas compatible avec le matériel américain — et s'éloigna du continent asiatique pour se diriger vers le sud, en longeant exactement le 138ᵉ méridien.

Le Globemaster-III était le tout premier avion-cargo conçu dès l'origine dans l'optique d'opérations spéciales. L'équipage normal, pilote et copilote, était complété par deux postes d'« observateurs » équipés de blocs d'instruments modulaires. En l'occurrence, il s'agissait de deux opérateurs électroniciens qui étaient en train d'effectuer le relevé des innombrables sites de radar de défense aérienne essaimés sur les côtes russe, chinoise, coréenne et nippone, pour permettre aux pilotes de se faufiler au mieux entre les zones de couverture. Ce qui exigea bientôt une descente rapide et un virage à l'est.

« C'est-y pas super ? » lança le sergent-chef Vega à l'adresse de son commandant. Les paras étaient juchés sur des strapontins installés dans le compartiment réservé au fret. Ils portaient leur tenue de combat, d'où leur démarche de canard quand ils avaient embarqué une heure plus tôt, sous l'œil attentif de leur chef de saut. Il était de notoriété publique chez les paras de l'armée que l'Air Force filait des primes à ses équipages s'ils arrivaient à faire gerber leurs passagers, mais dans ce cas précis, il n'y aurait aucune plainte. La phase la plus dangereuse de la mission débutait maintenant, malgré leur parachute — accessoire, détail significatif, dont les aviateurs ne voyaient pas l'intérêt de s'encombrer. Du reste, il serait d'une piètre utilité si jamais un chasseur en goguette se ramenait au-dessus du cargo à peu près à l'instant prévu pour leur saut.

Le capitaine Checa se contenta de hocher la tête, en regrettant de ne plus être au sol, qui était la place du fantassin, au lieu de se retrouver ballotté, impuissant comme un fœtus dans le ventre d'une mère fan de disco.

Dans le compartiment avant, les écrans de surveillance avaient pris des couleurs. Le tube cathodique rectangulaire affichait une image informatisée indiquant toutes les installations radar connues sur les côtes ouest du Japon. L'information n'avait pas été difficile à recueillir, vu qu'ils avaient été, en majorité, installés par les Américains une ou deux générations plus tôt, au temps où le Japon était une gigantesque base insulaire dirigée contre l'Union soviétique, et donc sujette à une éventuelle attaque russe. Les Japonais avaient amélioré les radars dans l'intervalle, mais toute barrière protectrice avait ses failles, dont la plupart étaient déjà connues des Américains, qui avaient eu l'occasion, grâce à leurs satellites-espions, de réévaluer la situation au cours de la semaine écoulée. Le Globemaster se dirigeait à présent vers le sud-est, en palier à deux cents pieds au-dessus des flots, tout en se traînant à trois cent cinquante nœuds, sa vitesse de croisière minimale. Résultat, tout le monde était secoué à bord, ce qui ne gênait pas outre mesure l'équipage mais certainement le reste des passagers. Le pilote, qui portait des lunettes à amplificateur de lumière, scrutait le ciel alentour, tandis que sa copilote se concentrait sur ses instruments. Celle-ci disposait également d'un affichage tête haute analogue à celui d'un chasseur. Il lui indiquait le cap, l'altitude, le vent relatif, et, symbolisé par un mince trait vert, l'horizon, qu'ils apercevaient de temps à autre, au gré des caprices de la lune et des nuages.

« J'ai des feux à éclats très haut à dix heures », signala le pilote. Il devait s'agir de vols civils suivant une route commerciale régulière. « Rien d'autre. »

La copilote jeta un nouveau coup d'œil à son écran. Le spot radar se trouvait exactement à l'endroit programmé, leur vol suivant un très mince corridor noir entre les cercles rouges et jaunes indiquant les zones de couverture des radars de défense et de contrôle aérien. Plus ils volaient bas, plus s'élargissait la zone noire à l'abri des radars, mais ils étaient déjà à l'altitude minimale permise par la sécurité.

« Cinquante milles de la côte.

— Roger, dit le pilote. Tu tiens le coup ? » demanda-t-il une seconde plus tard. Les pénétrations à basse altitude étaient toujours stressantes pour tout le monde, même quand un pilote automatique guidé par ordinateur se chargeait de tenir le manche.

« Sans problème », répondit-elle. Ce n'était pas la stricte vérité, mais c'était ce qu'elle était censée dire. La phase la plus dangereuse arrivait, au franchissement du site radar surélevé d'Aikawa. Le point le plus faible du périmètre de défense à basse altitude japonais était ce passage entre une île et une péninsule[1]. Les radars situés de part et d'autre couvraient presque l'intervalle de cent trente kilomètres, mais ils commençaient à dater — ils remontaient aux années soixante-dix — et l'on n'avait pas jugé utile de les remettre à niveau, avec la chute du régime commu-

---

1. Respectivement, Sado-Shima (l'île où se trouve la ville d'Aikawa), et Noto-Hanto, péninsule saillant au milieu de la côte nord-ouest de l'île de Honshu (NdT).

niste en Corée du Nord. « On redescend d'un poil », ajouta-t-elle en rajustant à soixante-dix pieds le seuil d'altitude du pilote automatique. En théorie, ils pouvaient voler sans risque jusqu'à cinquante pieds, une quinzaine de mètres, au-dessus d'une surface étale, mais leur appareil volait à pleine charge et sa main était revenue se poser sur le mini-manche latéral, autre élément propice à entretenir l'illusion de tenir les commandes d'un avion de chasse. Qu'elle entrevoie simplement un bateau de pêche, et elle devrait remonter brutalement par crainte de heurter le sommet d'un mât.

« Côte dans cinq milles, annonça l'un des radaristes à l'arrière. Suggère déport à droite au cent soixante-cinq.

— Déport à droite. » L'appareil s'inclina légèrement.

Il n'y avait que quelques hublots dans le compartiment fret. Le sergent-chef Vega en avait un, et jetant un œil au-dehors, il vit le bout de l'aile s'incliner vers une surface noire à peine visible parsemée de quelques moutons blancs. La vision le força à détourner le regard. Il n'y pouvait rien de toute façon, et s'ils touchaient et cabriolaient dans la flotte, il n'aurait pas le temps de comprendre ce qui se passait. Enfin, c'est ce qu'on lui avait dit un jour.

« J'ai la côte », dit le pilote, apercevant la lueur de l'éclairage grâce à ses lunettes amplificatrices. Il était temps de les couper et de participer à son tour au pilotage. « Je reprends la main.

— Appareil au pilote », confirma la copilote, fléchissant les doigts et prenant enfin une profonde inspiration.

Ils touchèrent la côte entre Omi et Ichifuri. Dès que la terre fut visible, le pilote reprit de l'altitude. Le système automatique d'évitement de terrain avait trois réglages possibles. Il sélectionna la position DUR, qui mettait à mal la cellule, et plus encore les passagers, mais était en définitive la plus sûre pour tout le monde. « Des nouvelles de leurs AWACS ? demanda-t-il aux opérateurs radar.

— Je détecte des émissions sur un des deux, à neuf heures, très faibles. Si on continue à raser les pâquerettes, il devrait pas y avoir de problème.

— Pouvez sortir les sacs plastique, les enfants. » Puis au chef de saut à l'arrière : « Dix minutes.

— Dix minutes », annonça le sergent de l'Air Force. Pile à

357

cet instant, l'appareil remonta brutalement en virant à droite, pour contourner la première chaîne côtière. Puis il redescendit rapidement, comme dans un manège particulièrement désagréable, et Julio Vega se souvint de s'être juré dans le temps qu'on ne le reprendrait plus à s'embarquer dans ce genre de galère. C'était une promesse qu'il avait enfreinte bien souvent, mais là, de nouveau, il y avait des types en bas avec des fusils. Et ce n'étaient pas des trafiquants de drogue colombiens ce coup-ci, mais une armée de métier parfaitement entraînée.

« Bon Dieu, j'espère qu'ils nous laisseront deux minutes de vol un peu tranquille avant qu'on saute, dit-il entre deux haut-le-cœur.

— Compte là-dessus », railla le capitaine Checa, juste avant de plonger la tête dans son sac. Cela déclencha une réaction contagieuse chez les autres paras.

Le truc était de maintenir constamment la crête des montagnes entre eux et les émetteurs radar. Cela obligeait à suivre le fond des vallées. Le Globemaster avait encore ralenti, à peine deux cent trente nœuds de vent relatif, et même avec tous les volets et becquets sortis, et même avec un système de pilotage assisté par ordinateur, cela donnait un vol heurté qui vous ballottait et vous secouait en permanence, avec des changements d'assiette d'une seconde à l'autre. L'affichage tête haute présentait maintenant le couloir montagneux qu'ils survolaient, avec, superposés en rouge, des messages d'alerte indiquant à intervalles réguliers que le pilote automatique maîtrisait parfaitement la situation, merci, mais sans pour autant rassurer entièrement les deux aviateurs cloués sur leur siège. C'est que les aviateurs ne se fiaient jamais à la machine, et tous deux avaient maintenant la main posée sur le manche, prêts à reprendre le contrôle à l'ordinateur, dans une espèce de variante élaborée de jeu du froussard, la machine cherchant à prendre le dessus sur des pilotes entraînés, réduits à se fier aux puces électroniques pour réagir à une vitesse avec laquelle leurs réflexes étaient incapables de rivaliser. Ils contemplaient une succession de lignes vertes déchiquetées qui représentaient de vraies montagnes, par rangées successives, floues sur les bords à cause des arbres garnissant la plupart des sommets, et la majorité de ces lignes étaient situées largement au-dessus de leur ligne de vol jusqu'à la dernière seconde, où le nez de l'appareil pointait brusquement vers le haut, où leurs estomacs tâchaient de suivre le mouvement, avant de replonger presque aussitôt.

« Point d'insertion en vue, annonça le pilote pour l'arrière.

— *Debout !*» cria le chef de saut à ses passagers. L'avion recommençait à piquer du nez, et l'un des paras faillit décoller du sol au moment où il se leva. Tous les hommes se dirigèrent vers la porte arrière gauche qui était maintenant ouverte. Alors qu'ils accrochaient leur mousqueton au rail de largage, la porte arrière de soute se rabattit, et deux soldats de l'Air Force ôtèrent les goupilles de sécurité des palettes qui occupaient le milieu de la soute de vingt mètres. Le Globemaster se remit en palier une dernière fois et, par la porte ouverte, Checa et Vega aperçurent la vallée plongée dans l'ombre qui défilait sous le fuselage, et le flanc de la montagne qui les surplombait sur leur gauche.

« Cinq cents pieds, annonça le pilote dans l'interphone. Allons-y.

— Les vents paraissent bons, annonça le copilote, en examinant l'ordinateur de contrôle des largages. Moins une. »

La lampe verte s'alluma au-dessus de la porte des passagers. Harnais de sécurité bouclé à la taille, le chef de saut se tenait près de la porte, bloquant le passage des paras. Il leur jeta un regard de biais.

« Vous tâcherez de faire gaffe, en bas, les mecs, vu ?

— Désolé pour le bordel », dit Checa. Sourire du chef de saut.

« J'ai déjà nettoyé pire. » De toute façon, il avait un troufion pour se taper la corvée. Il contrôla une dernière fois la zone de largage. Les paras étaient sagement alignés et personne ne se trouvait sur le trajet de roulage du conteneur. Le premier largage serait commandé de l'avant. « Voie libre à l'arrière », transmit-il par l'interphone. Puis il s'écarta de la porte, laissant sa place à Checa qui se posta, une main de chaque côté, le pied gauche juste sur le rebord.

« Dix secondes, dit la copilote.

— Roger, dix secondes. » Le pilote tendit la main vers la manette de largage, bascula le couvercle de sécurité et posa le pouce sur le bouton.

« Cinq.

— Cinq.

— Trois... deux... un... *maintenant* !

— Cargaison larguée. » Le pilote avait déjà pressé la touche au moment voulu.

A l'arrière, les paras virent les palettes glisser une par une, happées par la porte caverneuse. La queue de l'appareil plongea fortement avant de se redresser à l'horizontale. Une seconde après, la lampe verte au-dessus de la porte se remit à clignoter.

« Go go go ! » cria le chef de saut pour couvrir le vacarme.

Le capitaine Diego Checa, des Rangers, commandos parachutistes de l'armée des États-Unis, fut le premier Américain à envahir le territoire japonais quand il franchit la porte et plongea dans le noir. Une seconde après, la ligne de sécurité ouvrit son parachute et la corolle de nylon noir s'épanouit à cent mètres à peine au-dessus du sol. Le choc brutal et, comme souvent, douloureux de l'ouverture vint comme un immense soulagement. Quand on sautait de cinq cents pieds, le recours à un parachute ventral relevait de l'extravagance inutile. Checa regarda aussitôt vers le haut sur sa droite pour constater que les autres avaient sauté et que leurs parachutes s'ouvraient normalement comme le sien. Étape suivante, regarder en dessous et aux alentours. Il avisa la clairière et jugea qu'il l'atteindrait sans problème, même s'il tira sur une suspente pour évacuer l'air, dans l'espoir de toucher en plein milieu et d'accroître ainsi une marge de sécurité qui était plus théorique que réelle lors d'un saut de nuit. En dernier lieu, il lâcha son paquetage, qui dégringola cinq mètres sous lui, jusqu'au bout de la ligne de sécurité. Les vingt kilos de barda toucheraient le sol en premier, réduisant d'autant la dureté du contact, pour autant qu'il évite d'atterrir sur le foutu bordel en se cassant quelque chose. Sinon, il eut à peine le temps de réfléchir plus avant que déjà le sol de la vallée surgissait de l'obscurité pour l'accueillir. Garder les pieds joints, les genoux fléchis, le dos droit, rouler au moment du contact, le choc brutal qui vous vide les poumons, et soudain, il se retrouva le nez par terre, à recompter ses os. Quelques secondes plus tard, il entendit les impacts assourdis suivis des *ouf !* du reste du détachement qui atterrissait à son tour. Checa s'accorda trois bonnes secondes pour décider s'il était plus ou moins en un seul morceau avant de se lever, déboucler son harnais et courir pour aplatir sa toile de parachute. Cette tâche accomplie, il revint, chaussa ses lunettes amplificatrices et rassembla ses hommes.

« Tout le monde est *okay* ?

— Bon saut, chef. » Vega se pointa le premier, avec deux hommes à sa suite. Les autres approchaient eux aussi, traînant leurs parachutes noirs.

« Rangers, au boulot. »

Le Globemaster poursuivit sa route presque plein sud, pour se « retremper les pieds » juste à l'ouest de Nomazu. Rasant de nouveau la surface des flots, il maintint le plus longtemps possible l'écran d'une péninsule montagneuse entre lui et les lointains E-767, puis vira au sud-ouest pour mettre encore plus de distance jusqu'à ce que, parvenu à deux cents milles des côtes nippones, il puisse sans risque reprendre son altitude de croisière en s'insérant dans la route aérienne commerciale G-223. La seule question pendante était de savoir si le ravitailleur KC-10 censé les retrouver se présenterait au rendez-vous pour leur permettre d'achever leur vol jusqu'à Kwajalein. Ce n'est qu'à ce moment qu'ils pourraient rompre le silence radio.

Les Rangers purent le faire un peu plus tôt. Le sergent des transmissions déploya un émetteur satellite, l'orienta convenablement, transmit une salve de cinq lettres et attendit l'accusé de réception.

« Ils sont bien arrivés », annonça à Jackson un commandant de l'armée. L'amiral était à son bureau au commandement militaire national.

Le vrai problème, ça va être d'arriver à les faire ressortir, s'avisa l'amiral. *Mais chaque chose en son temps.* Il décrocha son téléphone pour appeler la Maison Blanche.

« Jack, les paras sont sur zone.

— Bon point, Rob, dit Ryan. J'aurais besoin de te voir.

— Pour quoi faire ? Je suis occupé ici, et...

— Immédiatement, Robby. » On raccrocha.

Dans l'immédiat, il s'agissait de déplacer la cargaison. Elle avait atterri à moins de deux cents mètres de la position prévue, et le plan avait autorisé une marge largement supérieure. Deux par deux, les paras se débattirent avec les bâches à carburant vides pour les remonter jusqu'au couvert des arbres qui longeaient la crête et délimitaient une espèce de prairie d'altitude. La tâche accomplie, ils déployèrent un tuyau et dix tonnes de JP-5 furent transvasées d'un gros réservoir de caoutchouc dans six autres vessies, plus petites, disposées par paires à des emplacements définis à l'avance. Cette opération prit une heure ; pendant ce temps, quatre des hommes patrouillaient aux alentours sans détecter de présence humaine, hormis les traces d'un *quad*, ce qui était prévu. Les opérations de pompage achevées, la bâche vide fut pliée et planquée dans un trou qu'on recouvrit soigneusement d'humus. Ensuite, il fallait manutentionner le reste de la cargaison, la mettre en place et la camoufler sous un filet. Cela requit deux nouvelles heures, poussant les Rangers à leurs limites, avec ce mélange de travail de force et de stress croissant. Le soleil allait bientôt se lever et il ne fallait pas laisser la moindre trace d'une présence humaine. Le sergent-chef Vega supervisa l'opération de camouflage. Quand tout fut terminé, les paras qui se trouvaient encore à découvert remontèrent en file indienne sous le couvert des arbres, le dernier de la file balayant l'herbe pour effacer le mieux possible les traces de leur passage. Ce n'était pas parfait mais il faudrait faire avec. A l'aube, à l'issue de ce qui avait été pour eux une journée de vingt heures aussi désagréable qu'il se puisse imaginer, ils se retrouvaient en place, hôtes indésirables sur un sol étranger, frissonnant dans le vent glacial, sans possibilité d'allumer un feu pour se réchauffer, et réduits à se nourrir de rations de survie froides.

« Jack, j'ai du boulot là-bas, bordel, dit Robby, en franchissant la porte.

— Plus maintenant. Le Président et moi, on en a discuté hier soir.

— Que veux-tu dire ?

— Fais ton barda. Tu files rejoindre l'escadre du *Stennis*. » Ryan avait envie de sourire à son ami, mais il ne put tout à fait s'y résoudre. Pas quand il l'envoyait au cœur du danger. L'annonce figea l'amiral sur place.

« T'es sûr ?

— C'est décidé. Le Président a signé l'ordre. Le CINCPAC est au courant. L'amiral Seaton... »

Hochement de tête de Robby. « Ouais. J'ai déjà bossé pour lui.

— Tu as deux heures. Il y a un Gulfstream qui t'attend à Andrews. On a besoin de quelqu'un qui sache la limite politique à ne pas dépasser dans le cadre de cette mission. Fonce, Rob, mais sans la franchir. Pour s'en sortir, il va falloir jouer serré.

— Compris. »

Ryan se leva, s'approcha de son ami. « Je ne suis pas sûr d'apprécier ce que je t'ordonne là...

— C'est mon boulot, Jack. »

Le *Tennessee* parvint à son poste au large des côtes japonaises et reprit enfin sa vitesse normale de patrouille à cinq nœuds. Le capitaine Claggett prit son temps pour repérer un amer sur un surplomb rocheux que les marins appelaient la Femme de Loth, puis il replongea sous la thermocline, à six cents pieds. Le sonar restait muet pour l'instant, ce qui était curieux pour ces parages normalement sillonnés de routes maritimes, mais après quatre jours et demi de course à une vitesse dangereusement élevée, c'était un soulagement considérable pour tous les hommes à bord. Le personnel de l'armée s'était suffisamment acclimaté pour se joindre aux matelots lors de leurs exercices dans la chambre des missiles. Pour le moment, leur mission ne différait guère de celle assignée normalement à leur submersible : rester indétecté, avec la tâche additionnelle de recueillir un maximum d'informations sur les mouvements ennemis dans les parages. Une mission qui était loin d'être excitante, et dont seul pour l'heure Claggett savait l'importance.

La liaison satellite avertit Sandy Richter et ses collègues que la mission avait sans doute reçu le feu vert. Cela signifiait pour eux de nouvelles séances de simulateur, tandis que les équipes au sol préparaient les hélicos. Avec, hélas, à la clé, la fixation d'équipements tout sauf furtifs sous les ailerons latéraux de chaque appareil, en sus des réservoirs supplémentaires, mais cela, il le savait depuis le début, et personne n'avait pris la peine de lui demander son avis. Trois scénarios étaient à présent chargés dans le simulateur, et chacun des équipages les parcourut successivement, le corps ballotté en tous sens, inconscients de ce qu'ils faisaient dans le monde réel tandis que leurs mains et leur esprit jouaient dans l'univers virtuel.

« Merde, et comment est-ce qu'on s'y prend ? » grommela Chavez.

Jamais des *Russes* n'auraient discuté les ordres de la sorte, s'avisa Cherenko. « Je ne fais que relayer les instructions de votre propre agence, remarqua-t-il. Je sais en outre que la disparition de Koga n'est pas l'œuvre d'une quelconque officine gouvernementale.

— De Yamata, selon vous ? » demanda Clark. Cet élément d'information réduisait quelque peu les possibilités. Et rendait l'impossible simplement dangereux.

« C'est fort probable. Vous savez dans quel immeuble il habite, n'est-ce pas ?

— On l'a déjà repéré de loin, confirma Chavez.

— Ah oui... vos photos. » Le commandant aurait adoré savoir le fin mot de l'histoire, mais il eût été stupide de poser la question, et du reste, il n'était pas sûr que les Américains auraient pu lui fournir la réponse. « Si vous avez d'autres agents sur le terrain, je vous suggère de les activer. C'est ce que nous faisons de notre côté. Koga est sans doute la solution politique à cette crise.

— S'il y en a une », nota Ding.

« Quel plaisir de voler de nouveau avec vous, capitaine Sato », dit aimablement Yamata, ravi qu'on l'ait invité dans le poste de pilotage. Le pilote était visiblement un patriote, un homme fier, talentueux, qui comprenait vraiment ce qui se passait. Quel dommage qu'il ait choisi pour sa vie une voie aussi humble.

Sato retira son casque et se détendit dans son siège de commandant de bord. « Ça change agréablement des vols vers le Canada.

364

— Comment évolue la situation ?

— J'ai pu parler avec des responsables qui rentraient au pays. D'après eux, les Américains paraissent surtout perplexes.

— Oui, sourit Yamata. Ils sont vite embarrassés.

— Peut-on espérer un règlement diplomatique à cette affaire, Yamata-san ?

— Je le crois. Ils n'ont pas les moyens matériels de nous attaquer.

— Mon père commandait un destroyer pendant la guerre. Mon frère...

— Oui, je le connais bien, capitaine. » Cette remarque, nota-t-il, illumina d'une lueur d'orgueil le regard du pilote.

« Et mon fils est pilote de chasse. Sur Eagle.

— Eh bien, ils ont fait des étincelles, jusqu'ici. Vous savez qu'ils ont récemment abattu deux bombardiers américains ? Ils voulaient tester nos défenses aériennes, expliqua l'industriel. Eh bien, le test a échoué pour eux. »

41

CTF-77

« Vous êtes revenu ! » s'exclama non sans plaisir le loueur de 4x4.

Nomuri acquiesça avec un sourire. « Oui. J'ai eu une journée particulièrement bonne hier au bureau. Je n'ai pas besoin de vous dire à quel point une "bonne" journée peut être éprouvante, n'est-ce pas ? »

L'homme opina en grommelant. « L'été, mes meilleures journées sont celles où je n'ai pas le temps de dormir. Excusez mon apparence », ajouta-t-il. Il faisait de la mécanique sur une partie de ses engins depuis le début de la matinée, qui pour lui avait commencé dès cinq heures. Pareil pour Nomuri, mais pour d'autres raisons.

« Je comprends. Moi aussi, je suis propriétaire de mon affaire, et qui travaille plus dur qu'un homme à son compte, hein ?

— Vous croyez que les *zaibatsus* comprennent ça ?

— Pas ceux que j'ai rencontrés. Malgré tout, vous avez quand même de la chance de vivre dans un endroit aussi paisible.

— Il ne faut pas se fier aux apparences. L'aviation a dû jouer à la petite guerre, l'autre nuit. Un jet est passé tout près d'ici en rase-mottes. Même que ça m'a réveillé et que je n'ai jamais réussi à me rendormir. » Il s'essuya les mains, puis versa deux tasses de thé, en offrant une à son hôte.

« *Dozo*, dit courtoisement Nomuri. Je crois surtout qu'ils sont en train de jouer un jeu très dangereux, poursuivit-il, en se demandant quelle réaction il allait obtenir.

— C'est de la folie, mais qui s'intéresse à mon opinion ? Pas le gouvernement, ça c'est sûr. Les seuls qu'ils écoutent, ce sont les "gros". » Le propriétaire but une gorgée de thé en embrassant du regard sa boutique.

« Oui, je me fais du souci, moi aussi. J'espère que Goto pourra trouver un moyen de nous tirer de là avant que la situation échappe à tout contrôle. » Nomuri s'était retourné pour regarder dehors. Le temps devenait gris et menaçant. Il entendit derrière lui un grognement de colère manifeste.

« Goto ? Encore un qui ne vaut pas mieux que le reste de la bande. Il se laisse mener par le bout du nez... ou peut-être par une autre partie de son individu, si les rumeurs le concernant sont exactes. »

Nomuri rigola. « Oui, je les ai entendues, moi aussi. C'est qu'il est encore vigoureux, le bonhomme, non ? » Il marqua une pause. « Donc, je peux encore vous louer un *quad*, aujourd'hui ?

— Prenez donc le six. » L'homme lui indiqua la machine. « Je viens de finir de la réviser. Mais faites attention à la météo... Ils prévoient de la neige ce soir. »

Nomuri brandit son sac à dos. « J'ai envie de prendre des photos des sommets dans les nuages, pour mon album. Il règne ici une paix merveilleuse, si propice à la réflexion.

— Seulement l'hiver », nota le commerçant en retournant à ses travaux de mécanique.

Nomuri connaissait le chemin, à présent, et il remonta le cours de la Taki en suivant une piste recouverte d'une croûte de givre. Il se serait senti plus à l'aise si ce satané engin avait été pourvu d'un silencieux d'échappement plus efficace. Au moins, la densité de l'air froid devait contribuer à étouffer le bruit, enfin c'est ce qu'il espérait, alors qu'il reprenait l'itinéraire emprunté quelques jours auparavant. Il parvint enfin à un point surmontant une prairie d'altitude, et ne remarquant rien de spécial, il se demanda si... Toutes sortes d'éventualité lui traversèrent l'esprit. Et si les soldats étaient tombés dans une embuscade ? *Dans ce cas, je suis grillé.* Mais il n'était plus question de faire demi-tour. Il se jucha de nouveau sur le 4x4 et redescendit le flanc de la colline pour s'arrêter comme convenu au milieu de la clairière. Il rabattit la capuche de son anorak rouge. Un examen plus attentif lui permit de remarquer une zone de terre retournée, et comme une vague trace qui rejoignait les bois. C'est à cet instant qu'une silhouette apparut, lui faisant signe de monter. L'agent de la CIA redémarra et se dirigea dans cette direction.

Les deux soldats devant lui ne pointaient aucune arme. C'était inutile. Leur visage maquillé et leur uniforme camouflé lui disaient tout ce qu'il avait besoin de savoir.

« Je suis Nomuri, se présenta-t-il. Le mot de passe est Renard.

— Capitaine Checa, répondit l'officier en tendant la main. Nous avons déjà travaillé avec l'Agence. C'est vous qui avez choisi cet endroit ?

— Non, mais je suis venu l'inspecter avant-hier.

— Chouette coin pour construire un refuge, observa Checa. On a même aperçu plusieurs chevreuils, des petits. J'espère qu'on n'est pas en période de chasse. » La remarque prit de court Nomuri. Il n'avait pas envisagé l'éventualité, et d'ailleurs ignorait tout de la chasse au Japon. « Alors, qu'est-ce que vous nous avez apporté ?

— Ceci. » Nomuri récupéra son sac à dos et en sortit les téléphones cellulaires.

« C'est une blague ?

— Les militaires japonais ont un excellent matériel pour intercepter les communications militaires. Merde, c'est quand même eux qui ont inventé une bonne partie de la technologie que nous utilisons. Mais ces trucs... (Nomuri sourit) tout le monde en a, ils sont à codage numérique et leur réseau couvre tout le pays. Même ici. Il y a une tour relais au sommet de cette montagne. Bref, c'est un moyen plus sûr que votre équipement habituel. L'abonnement est souscrit jusqu'à la fin du mois, ajouta-t-il.

— Ça serait sympa d'appeler la maison pour dire à ma femme que tout baigne, songea Checa, tout haut.

— A votre place, je m'abstiendrais. Voici la liste des numéros que vous pouvez appeler. » Nomuri lui tendit une feuille. « Celui-ci est le mien. Cet autre est celui d'un certain Clark. Et celui-là, d'un autre agent du nom de Chavez...

— Ding est ici ? » C'était le sergent-chef Vega.

« Vous les connaissez ?

— On a fait un truc en Afrique l'automne dernier, répondit Checa. On se tape pas mal de missions "spéciales". Eh, vous êtes sûr que pouvez nous donner comme ça leurs noms ?

368

— Ils ont une couverture. Vous aurez sans doute intérêt à dialoguer en espagnol. Il n'y a pas grand monde qui parle la langue dans ce pays. Je n'ai pas besoin de vous conseiller de réduire vos communications à l'essentiel », ajouta Nomuri. Il n'avait pas besoin. Checa acquiesça avant de poser la question essentielle.

« Et pour l'évacuation ? »

Nomuri se retourna pour désigner un détail du relief environnant, mais le détail en question était noyé sous les nuages. « Il y a une passe, là-bas. Vous l'emprunterez, puis vous redescendrez en direction d'une ville appelée Hirose. Là, je vous y récupère, je vous mets dans un train pour Nagoya, et vous filez en avion vers Taiwan ou la Corée.

— Tout simplement. » C'était une remarque, pas une question, mais le ton dubitatif était éloquent malgré tout.

« Il y a bien là-bas deux cent mille hommes d'affaires étrangers. Vous êtes onze Espagnols qui essaient de vendre du vin, d'accord ?

— Je cracherais pas sur une petite sangria, là. » Checa était soulagé d'apprendre que son contact à la CIA avait été affecté à la même mission. Ce n'était pas toujours le cas. « Et maintenant ?

— Vous attendez l'arrivée du reste des effectifs. Si jamais il y a un truc qui cloche, vous m'appelez et vous filez. Si je suis inaccessible, vous appelez aux autres numéros. Si tout foire, vous trouvez un autre moyen de déguerpir. Vous devriez avoir des passeports, des vêtements, et...

— On les a.

— Bien. » Nomuri sortit son appareil du sac à dos et se mit à photographier les montagnes drapées de nuages.

« Vous regardez CNN, en direct de Pearl Harbor », conclut le reporter, avant la coupure publicitaire. L'analyste du renseignement rembobina la bande pour la visionner à nouveau. C'était à la fois incroyable et parfaitement banal qu'il ait réussi à recueillir avec une telle facilité des informations aussi vitales. Au fil des ans, il avait appris qu'aux États-Unis, c'étaient vraiment les médias qui dirigeaient le pays, et c'était sans doute fort regrettable. Leur façon de monter en épingle le malheureux incident du sous-main avait précipité tout le pays dans une action irréfléchie, puis poussé son propre pays à l'imiter, et la seule bonne nouvelle était ce qu'il voyait maintenant sur l'écran de télé : deux porte-avions de la flotte américaine toujours en cale sèche, deux autres toujours dans l'océan Indien, d'après les dernières dépêches en provenance de cette partie du monde, et les deux derniers de la flotte du Pacifique étaient à Long Beach, également en cale sèche et donc indisponibles — et cela résumait l'essentiel de la situation, en tout cas pour ce qui concernait les Mariannes. Il devait coucher ses estimations sur quelques feuillets, mais en deux mots, si l'Amérique pouvait peut-être égratigner son pays, sa capacité à projeter une force appréciable n'était plus qu'un souvenir. Ce qui excluait la probabilité d'un affrontement sérieux dans un avenir proche.

Jackson ne voyait pas d'inconvénient à être le seul passager du C-20B. On avait vite fait de s'habituer à ce genre de traitement, et il devait admettre que les zincs officiels de l'Air Force étaient supérieurs à ceux de la Navy — à vrai dire, la marine n'en avait pas beaucoup, et il s'agissait presque exclusivement de P-3 Orion modifiés, qui avec leurs turbopropulseurs ne pouvaient guère dépasser la moitié de la vitesse du biréacteur d'affaires. Après une unique brève escale-ravitaillement à la base de Travis, près de San Francisco, il avait rejoint Hawaï en moins de neuf heures, ce qui était en soi réconfortant, jusqu'au moment où l'approche finale sur Hickam lui offrit un panorama sur la base navale, avec l'*Enterprise* toujours en cale de radoub. Le premier des porte-avions nucléaires, qui arborait fièrement le nom le plus fameux de la marine américaine, allait être hors jeu pour ce coup-ci. C'était déjà pénible du seul point de vue esthétique. Plus précisément, il aurait mieux valu disposer de deux ponts d'envol au lieu d'un seul.

« Tu l'as, ton escadre, mon gars », se murmura Robby. Et c'était celle que convoitait tout officier de l'aéronavale. La *Task Force 77*, sur le papier la première force aéronavale de la flotte du Pacifique, était désormais à lui, et prête à se jeter dans la bataille. Peut-être qu'il y a cinquante ans encore, il aurait éprouvé une certaine fièvre. Peut-être qu'il y a cinquante ans, quand l'élite de la flotte voguait sous les ordres de Ray Spruance ou de Bill Halsey, les officiers auraient attendu ce moment avec impatience. Enfin, c'est ce que racontaient les films de guerre, ainsi que les journaux de bord, mais dans quelle mesure cela relevait-il de l'affectation, Jackson se le demandait, alors qu'il allait assumer ce commandement à son tour. Est-ce que Spruance et Halsey perdaient le sommeil à l'idée d'envoyer à la mort de jeunes gars, ou le monde était-il simplement différent à l'époque, quand la guerre était considérée comme un événement aussi naturel qu'une épidémie de polio — autre malédiction, elle aussi reléguée dans les souvenirs du passé. Commander la Task Force 77 était l'ambition de sa vie, mais jamais il n'avait réellement voulu faire la guerre — oh, certes, il l'admettait, quand il était enseigne de vaisseau de seconde (et même de première) classe, il avait rêvé de duels aériens, sachant que l'aviation navale américaine était la meilleure du monde, parfaitement entraînée, superbement équipée et brûlant de le prouver un jour. Mais avec le temps, il avait vu trop de copains mourir dans des accidents. Il avait réussi à abattre un zinc lors de la guerre du Golfe, et quatre autres au-dessus de la Méditerranée, par une belle nuit étoilée, mais ces quatre-là avaient été un accident. Il avait tué des hommes sans aucune raison valable, et même s'il n'en avait jamais parlé à personne, pas même à sa femme, cela le rongeait d'avoir été amené par la ruse à tuer ses semblables. Il n'y était pour rien, ce n'avait jamais été qu'une erreur nécessaire. Mais c'était cela, la guerre pour la majorité des combattants : rien qu'une immense erreur, et voilà qu'il devait contribuer à rééditer une erreur analogue, au lieu d'utiliser la TF-77 conformément à sa mission d'origine, à savoir éviter le déclenchement des guerres par sa seule existence. Sa seule consolation, pour l'heure, c'était qu'une fois encore, l'erreur, l'accident n'était pas de son fait.

Avec des si, on mettrait Paris en bouteille..., se dit-il alors que l'avion terminait son roulage à l'arrivée. Le steward ouvrit la porte et confia l'unique bagage de Jackson à un autre sergent de l'Air Force, qui conduisit l'amiral vers l'hélicoptère qui devait l'amener auprès du CINCPAC, le commandant en chef de la flotte du Pacifique, l'amiral Dave Seaton. Il était temps pour lui de revêtir son masque professionnel. Abusé ou non, Robby Jackson était un guerrier sur le point d'assumer un commandement.

Maintenant qu'il avait récapitulé ses doutes et ses interrogations, il était temps de les mettre de côté.

« On va leur devoir une fière chandelle », nota Durling en éteignant le poste avec sa télécommande.

Si incroyable que cela puisse paraître, la technologie avait été mise au point pour les publicités lors des matches de base-ball. Adaptation de la technique de l'écran bleu utilisée en trucage vidéo, les super-ordinateurs avaient permis de l'employer en temps réel, pour que le panneau situé derrière le frappeur sur le marbre donne l'impression d'afficher une publicité pour une banque locale ou un concessionnaire automobile quand il était banalement peint en vert comme sur tous les stades. Dans ce cas précis, un journaliste pouvait faire son reportage en direct de Pearl Harbor — devant la base navale, bien entendu — et l'arrière-plan montrait deux porte-avions, sur fond de mouettes et, pas plus grosses que des fourmis, les silhouettes des ouvriers du chantier naval évoluant dans le lointain ; l'image paraissait aussi véridique que le reste de ce qu'affichait l'écran du téléviseur, qui n'était jamais qu'une collection de points lumineux multicolores.

« Ce sont des Américains », nota Jack. Et par ailleurs, c'était lui qui s'était chargé de les en convaincre, réussissant une fois encore à épargner au Président cette tâche politiquement risquée. « Ils sont censés être dans notre camp. Il a suffi de le leur rappeler, c'est tout.

— Vous croyez que ça va marcher ? » C'était la question la plus épineuse.

« Pas éternellement, mais le temps suffisant, peut-être. C'est un bon plan qu'on a réussi à mettre en place. Il faut qu'on arrive à prendre l'avantage, et de ce côté, on a déjà marqué deux points. L'important, c'est de leur montrer ce à quoi ils s'attendent : à savoir, les deux porte-avions en rade là-bas, et les médias en train de le clamer à tous les vents. Les agents de renseignements ne sont pas différents du commun des mortels, monsieur. Comme tout le monde, ils ont des préjugés, et quand ils les voient matérialisés, ça ne fait que les convaincre de la justesse insigne de leur raisonnement.

— Combien de personnes allons-nous devoir tuer ?

— Le nombre nécessaire. Impossible encore à chiffrer, et nous allons tout faire pour qu'il reste le plus bas possible... mais, monsieur le président, la mission est de...

— Je sais. Je suis au courant des missions, savez-vous ? » Durling ferma les yeux ; lui revenait le souvenir de l'École navale, à Fort Benning, Georgie, une demi-existence plus tôt. La mission passe d'abord. C'était la seule façon de penser pour un jeune lieutenant d'infanterie, et voilà que pour la première fois, il réalisait qu'un président devait penser de même. Il y avait là quelque chose d'injuste.

Ils ne voyaient guère le soleil à cette latitude en cette période de l'année, et cela convenait au colonel Zacharias. Le vol de Whiteman à Elmendorf n'avait pris que cinq heures, intégralement de nuit parce que le B-2A ne volait de jour que pour se montrer, ce qui n'avait jamais été sa destination première. Il volait fort bien, d'ailleurs, preuve a posteriori de l'exactitude des conceptions de Jack Northrop dans les années trente : un appareil qui se réduisait à une aile volante était la forme aérodynamique la plus efficace. Le seul problème était que les systèmes de contrôle de vol nécessaires au fonctionnement d'un tel appareil exigeaient des commandes informatisées pour assurer une stabilité convenable à l'engin, dispositifs qui étaient restés une impossibilité technique jusque peu avant la disparition de l'ingénieur aéronautique. Faute de contempler l'engin réel, au moins avait-il pu en admirer la maquette.

Presque tout dans cet appareil respirait l'efficacité. La forme de la cellule facilitait l'entreposage — on pouvait en garer trois dans un hangar conçu pour un avion classique. Il grimpait quasiment comme un ascenseur et, pouvant voler à haute altitude, il consommait le kérosène par tasses plutôt que par barils, du moins s'il fallait en croire le chef d'escadrille.

Le B-1B mitraillé était prêt à s'envoler pour rallier Elmendorf. Il devrait voler sur trois réacteurs, ce qui n'était pas un gros problème pour un appareil qui n'aurait à emporter que le carburant nécessaire et son équipage. D'autres avions étaient désormais basés à Shemya. Deux E-3B AWACS dépêchés de la base de Tinker dans l'Oklahoma assuraient partiellement des patrouilles d'alerte aérienne, bien que l'île disposât de ses propres radars de détection — le plus puissant étant le système de détection de missiles Cobra Dane mis en service dans les années soixante-dix. Il restait la possibilité théorique que les Japonais parviennent, en recourant à des ravitailleurs, à venir frapper l'île, rééditant le record de distance établi par les aviateurs israéliens lors d'un raid contre le quartier général de l'OLP en Afrique du Nord, et même improbable, l'éventualité devait être envisagée.

La seule parade était le petit groupe de quatre F-22A Rapier de l'Air Force, les premiers authentiques chasseurs furtifs réalisés au monde. On les avait soustraits à leurs essais avancés à la base de Nellis pour les expédier, avec quatre pilotes chevronnés et leurs équipes de mécanos, jusqu'à cette base située au fin fond de l'univers connu. Mais le Rapier — connu de ses pilotes sous le nom que son constructeur, Lockheed, lui avait attribué à l'origine, le Lightning-II [1] — n'avait pas été conçu pour la défense, et maintenant que le soleil s'était recouché après une brève et timide apparition, il était temps qu'il retrouve sa fonction originelle. Comme toujours, le ravitailleur décolla le premier, avant même que les pilotes de chasse ne sortent de la cabane de briefing pour gagner les hangars et entamer leur mission de nuit.

« S'il a pris l'avion hier, pourquoi y a-t-il toujours de la lumière ? demanda Chavez, en levant les yeux vers l'appartement en terrasse.

— Un minuteur pour déjouer les cambrioleurs ? demanda John, distraitement.

— On n'est pas à Los Angeles, mec.

— Alors, je suppose qu'il y a du monde là-haut, Evgueni Pavlovitch. » Il tourna dans une autre rue pour garer la voiture.

Parfait, donc on sait que Koga n'a pas été arrêté par la police locale. On sait que Yamata est le maître du jeu. On sait que son

---

1. En hommage à son illustrissime devancier, le bimoteur bipoutre P-38 Lightning ; cet « Éclair » fut l'avion américain qui abattit le plus d'appareils japonais pendant la Seconde Guerre mondiale *(NdT)*.

chef de la sécurité, Kaneda, a sans douté tué Kimberly Norton. On sait que Yamata a quitté la capitale. Et on sait qu'il y a de la lumière chez lui...

Clark trouva une place pour garer la voiture. Puis Chavez et lui continuèrent à pied. Avant toute chose, faire le tour du pâté de maisons, pour repérer les habitudes, les détails marquants, suivant un processus appelé reconnaissance, qui commençait dès le rez-de-chaussée et paraissait toujours plus fastidieux qu'il ne l'était réellement.

« On est dans le brouillard sur pas mal de points, chef, souffla Chavez.

— Je croyais que tu voulais regarder un type au fond des yeux, Domingo », rappela John à son partenaire.

Il avait des yeux singulièrement inexpressifs, songea Koga, et qui n'avaient rien d'humain. Sombres et larges, mais comme secs, et ils étaient fixés sur lui — ou peut-être restaient-ils simplement braqués dans sa direction, pour ne plus bouger, se dit l'ancien Premier ministre. Quels qu'ils soient, ils ne révélaient aucun indice sur ce qui se cachait derrière. Il avait certes entendu parler de Kiyoshi Kaneda, et le terme le plus souvent employé pour le décrire était *ronin*, référence historique à ces guerriers samouraïs qui avaient perdu leur maître sans pouvoir en trouver un autre, ce qui passait pour un grand déshonneur à l'époque. Ils étaient devenus des bandits, ou pis, et ils avaient perdu contact avec le code *bushido* qui depuis mille ans dictait leur conduite aux éléments de la population nippone en droit de porter et user des armes. Quand enfin ils retrouvaient un nouveau maître à servir, ces hommes devenaient des fanatiques, et ils redoutaient à tel point de retomber dans leur statut antérieur qu'ils étaient prêts à n'importe quelle extrémité pour éviter un tel sort.

C'était une rêverie stupide, il le savait, en contemplant le dos de l'homme assis devant la télé. L'ère des samouraïs était révolue, et avec elle celle des seigneurs féodaux qu'ils avaient servis, et pourtant cet homme était là, buvant son thé, l'œil rivé sur la télé qui diffusait une dramatique de la NHK sur les samouraïs. Il restait impassible, comme hypnotisé par le récit fortement stylisé, qui était en fait l'équivalent nippon des westerns américains des années cinquante, mélodrames simplistes mettant en scène la lutte du bien contre le mal, au détail près que la figure héroïque, toujours laconique, toujours invincible, toujours mystérieuse, se servait d'une épée au lieu d'un six-coups. Et cet imbécile de Kaneda adorait les histoires de ce genre, avait-il pu apprendre au cours des trente-six heures écoulées.

Koga se leva pour s'approcher de la bibliothèque, et cela suffit pour que l'homme se retourne et le regarde. *Chien de garde*, songea Koga sans même se retourner, tandis qu'il choisissait un autre livre. Et un chien de garde formidable, surtout avec ces quatre autres sbires, deux qui dormaient en ce moment, le troisième dans la cuisine et le dernier dehors, devant la porte. Il n'avait pas la moindre chance de s'échapper, c'était évident. Ce type était peut-être un imbécile, mais de ceux que la prudence incitait à redouter.

Qui était ce Kaneda, en définitive ? se demanda-t-il. Un ancien Yakuza, sans doute. Il n'arborait aucun des tatouages grotesques qu'affectionnaient les membres de cette subculture, histoire de se différencier radicalement dans un pays qui exigeait le conformisme — mais, dans le même temps, manifestation de leur conformisme dans cette société d'exclus. D'un autre côté, il portait un costume trois-pièces, avec pour seule concession au confort le veston déboutonné. Même assis, le *ronin* se tenait raide sur son siège, nota Koga en allant se rasseoir avec son livre, mais sans quitter des yeux son ravisseur. Il se savait battu d'avance s'il devait se battre — Koga n'avait jamais cherché à apprendre l'un ou l'autre des arts martiaux que son pays avait contribué à développer, et l'homme avait une force physique formidable. Et il n'était pas seul.

C'était bel et bien un chien de garde. Impassible en apparence, il évoquait plutôt un ressort bandé, prêt à se détendre pour frapper ; s'il était civilisé, c'était uniquement dans la mesure où les gens alentour ne faisaient pas mine de l'énerver, ce qu'il exprimait d'une manière si explicite qu'il eût fallu être fou pour prendre un tel risque. Koga avait honte de se laisser aussi aisément intimider, mais c'était pourtant le cas, car en homme intelligent et réfléchi, il ne voulait pas gâcher sa seule et unique chance, s'il pouvait la saisir, à cause d'un geste inconsidéré.

Bon nombre d'industriels avaient des hommes de main tel que

celui-ci. Certains portaient même une arme à feu, pratique presque impensable au Japon, mais il suffisait de connaître la personne adéquate qui se chargerait de la démarche adéquate auprès du fonctionnaire adéquat pour se voir délivrer un permis tout à fait exceptionnel, et cette possibilité effrayait moins Koga qu'elle ne le révoltait. Bien que détestable, le sabre du *ronin* n'eût été dans un tel contexte qu'un accessoire de théâtre, quand un pistolet représentait pour Koga le mal absolu, un objet étranger à sa culture, une arme de couard. Et c'était bien ce qu'il avait devant lui : Kaneda devait être un couard, incapable de gouverner sa propre existence, voire d'enfreindre la loi sinon sur l'ordre de tiers, mais une fois l'ordre reçu, il était prêt à tout. Terrible constat sur l'état de son pays ! Les individus de cet acabit étaient employés par leurs maîtres pour tabasser les syndicalistes et les concurrents. Des individus comme Kaneda agressaient des manifestants, parfois au vu de tous, et ils s'en sortaient toujours parce que la police regardait de l'autre côté ou réussissait à se trouver ailleurs, même si la presse, elle, était là pour saisir l'événement du jour. C'étaient ces gens-là et leurs maîtres qui empêchaient son pays d'être une authentique démocratie, et la prise de conscience était d'autant plus amère pour Koga qu'il connaissait cet état de fait depuis des années, qu'il avait voué sa vie à le changer, et qu'il avait échoué ; et il se retrouvait à présent dans l'appartement en terrasse de Yamata, sous bonne garde, attendant sans doute d'être rejeté dans l'oubli, comme l'incongruité politique qu'il était déjà ou n'allait pas tarder à devenir, et de voir, impuissant, son pays entièrement livré à une nouvelle race de maîtres — nouvelle ? Non, une race ancienne, plutôt. Et il ne pourrait rien y faire, et c'était pour cela qu'il était assis, un livre entre les mains, tandis que Kaneda, vissé devant la télé, regardait un acteur anonyme jouer un drame dont le début, le milieu et la fin avaient été déjà récrits mille fois, tout en faisant comme s'il était à la fois réel et nouveau, alors qu'il n'était ni l'un ni l'autre.

Les batailles analogues ne s'étaient jouées qu'en simulation, ou peut-être dans les cirques romains d'un passé depuis longtemps révolu. De part et d'autre, on trouvait les avions-radars d'alerte avancée, E-767 côté nippon, E-3B côté américain, si éloignés qu'aucun ne « voyait » réellement l'adversaire sur ses multiples écrans, même si chacun surveillait les signaux de son homologue grâce à sa batterie d'instruments. Entre eux, les gladiateurs, parce que, pour la troisième fois, les Américains testaient les défenses aériennes du Japon, et pour la troisième fois se voyaient mis en échec.

Les AWACS américains étaient à six cents milles au large de Hokkaido, tandis que les chasseurs F-22 étaient cent milles devant, pour « sonder » l'adversaire, comme disait le leader, et les F-15 japonais faisaient de même, en s'insinuant sous la couverture radar du réseau de surveillance américain, mais sans pour autant renoncer à leur propre couverture.

Au signal, les chasseurs américains rompirent en deux formations de deux appareils. L'élément de tête fonça plein sud, exploitant sa capacité à croiser à plus de seize cents kilomètres-heure, pour s'approcher en oblique du rideau d'appareils japonais.

« Ils sont rapides », observa un contrôleur nippon. Pas facile de maintenir le contact. Les appareils américains étaient apparemment furtifs, mais la taille et la puissance de l'antenne des Kami déjouait une fois encore la technologie de réduction d'image radar, et le contrôleur entreprit bientôt de dévier les Eagle vers le sud pour les guider sur le signal adverse. Et pour mieux faire sentir aux Américains qu'ils étaient repérés, il sélectionna avec soin fréquence et forme d'onde à l'aide de son pointeur électronique, puis régla le radar pour qu'il arrose la cible à intervalles de quelques secondes. Il fallait qu'ils sachent qu'ils étaient suivis en permanence, que leur prétendue technologie d'évasion n'était pas à la hauteur d'un matériel radicalement nouveau. Histoire de mettre un peu de sel, il bascula la fréquence de son émetteur en mode contrôle de tir. Ils étaient bien trop loin en fait pour être à portée de missile, malgré tout, ce serait un moyen supplémentaire de leur prouver qu'on pouvait les illuminer pour un tir même à une telle distance, et ça leur servirait déjà de leçon. Le signal faiblit légèrement au début, disparut presque entièrement, mais bientôt le logiciel réussit à l'extraire du bruit ambiant et renforcer l'écho, lorsque l'opérateur eut concentré son faisceau sur la position des deux chasseurs américains, puisqu'il ne pouvait s'agir que de chasseurs. Le B-1, quoique rapide, n'était pas aussi agile. Oui, c'était la meilleure carte que puissent jouer les Américains, et elle n'était pas suffisante, et peut-être que si la leçon portait, la diplomatie changerait une bonne fois pour toutes, et la paix reviendrait sur le Pacifique Nord.

« Regarde comment leurs Eagle évoluent pour se couvrir, observa le chef contrôleur américain devant son écran de super-vision.

— Ouais, comme s'ils étaient reliés aux "7" par un fil », nota son compagnon. C'était un pilote de chasse qui venait d'arriver de la base de Langley, QG du commandement aérien tactique, où sa tâche était de mettre au point les tactiques de combat aérien.

Un autre tableau d'affichage indiquait que trois des E-767 avaient pris l'air. Deux étaient en position avancée, tandis que le troisième tournait à proximité de sa base, juste au large de la côte de Honshu. Cela n'avait rien de surprenant. C'était même la tactique prévisible parce que la plus logique, et les trois appareils de surveillance avaient calé leurs instruments sur ce qui devait être leur puissance maximale, comme de juste pour détecter des avions furtifs.

« Maintenant, on sait pourquoi ils ont réussi à toucher nos deux Lancer, observa le pilote. Ils peuvent basculer en haute fréquence et assurer la conduite de tir des Eagle à leur place. Nos gars risquaient pas de se douter qu'ils étaient en train de se faire aligner. Pas con.

— Ce serait chouette d'avoir un de ces radars, reconnut le chef contrôleur.

— Ouais, mais à présent, on sait comment les déjouer. » L'officier venu de Langley croyait tenir la solution. Le contrôleur n'en était pas aussi certain.

« Ça, on le saura d'ici quelques heures. »

Sandy Richter volait encore plus bas qu'avait osé descendre le C-17. Il était également plus lent, cent cinquante nœuds, maxi, et déjà fatigué par ce curieux mélange de tension et d'ennui induit par le vol au ras des flots. La nuit précédente, leurs trois hélicos avaient fait escale à Petrovka Ouest, autre base de MiG mise au rancart près de Vladivostok. Ils y avaient connu sans doute leur dernière nuit de sommeil décent d'ici plusieurs jours, avant de redécoller à 22:00 heures pour se lancer à leur tour dans l'opération ZORRO. Chaque appareil était à présent équipé de pylônes d'ailes, portant chacun deux réservoirs supplémentaires. Même s'ils étaient rendus nécessaires par le rayon d'action exigé, ils restaient décidément bien peu furtifs, malgré leur construction en fibre de verre transparente aux ondes radar, histoire d'améliorer quelque peu la situation. Le pilote portait son équipement habituel, simplement complété d'un gilet de sauvetage. C'était plus une concession aux règlements de survol des étendues maritimes qu'une mesure réellement utile. L'eau qui défilait cinquante pieds au-dessous d'eux était bien trop froide pour qu'on y survive longtemps. Il fit de son mieux pour évacuer cette pensée, se cala dans son siège et se concentra plutôt sur le pilotage, pendant que le mitrailleur à l'arrière s'occupait des instruments.

« Toujours OK, Sandy. » L'écran détecteur de menaces restait toujours plus noir que la nuit environnante alors qu'ils mettaient le cap à l'est en direction de Honshu.

« Roger. » Derrière eux, espacés de dix milles, les deux autres Comanche suivaient le même cap.

Bien que de petite taille, et même si ce n'était jamais qu'un hélicoptère, le RAH-66A était par certains côtés l'appareil le plus perfectionné du monde. Sa coque en matériaux composites abritait les deux ordinateurs embarqués les plus puissants qu'on ait jamais conçus, et le second n'était là qu'en secours en cas de défaillance du premier. Leur tâche principale, pour le moment, était de délimiter la couverture radar qu'il leur faudrait pénétrer, de manière à pouvoir calculer la surface équivalente radar de leur fuselage en fonction des capacités connues ou estimées des yeux électroniques qui balayaient le secteur. Plus ils approchaient du territoire japonais, plus grandissaient les zones jaunes de détection possibles et celles, rouges, de détection certaine.

« Phase deux », annonça d'une voix calme l'officier tacticien à bord de l'AWACS.

Les F-22 étaient tous équipés de matériel de brouillage pour améliorer leurs capacités furtives, et au signal, ils furent mis en service.

« Pas malin », estima le contrôleur japonais. *Parfait. Ils doivent savoir qu'on est capables de les repérer.* Son écran fut soudain constellé de points, de taches et d'éclairs quand le bruit électronique généré par les chasseurs américains brouilla son image. Il avait deux moyens d'y pallier. Pour commencer, il augmenta la puissance ; cela annihilerait en grande partie les effets de la tentative adverse. Ensuite, il commanda au radar de se mettre à balayer les fréquences au hasard. Il constata que la première mesure était plus efficace que la seconde, car les brouilleurs américains étaient également agiles en fréquence. La mesure était imparfaite mais restait toutefois gênante. Le logiciel chargé de la poursuite se fondait sur un certain nombre de suppositions. Il partait de la position définie ou estimée des appareils américains, et connaissant leur gamme de performances, il recherchait des échos susceptibles de correspondre aux caractéristiques de cap et de vitesse calculées, une technique qui avait déjà réussi naguère avec les bombardiers qui avaient testé sa ligne de défense. Le problème était qu'avec cette puissance de sortie, il se remettait à détecter les oiseaux et les courants atmosphériques, et qu'en extraire les vrais échos était de plus en plus difficile, jusqu'au moment où il pressa un autre bouton qui déclenchait le suivi des émissions de brouillage dont le signal surpassait en intensité l'écho proprement dit. Grâce à cette vérification supplémentaire, il put rétablir un contact solide avec les deux couples de cibles. Cela n'avait pris que dix secondes, ce qui était relativement rapide. Et pour bien montrer aux Américains qu'il ne s'était pas laissé avoir, il poussa la puissance à fond, puis bascula fugitivement en mode contrôle de tir pour balayer les quatre chasseurs américains : le faisceau radar était d'une telle intensité qu'il avait toutes chances de cramer une partie de leur équipement s'il n'était pas convenablement durci. Ce serait une façon intéressante d'abattre l'adversaire, et il se souvint de l'accident de ces deux Tornado allemands détruits pour être passés trop près d'un émetteur de radio FM. A son grand dépit, les Américains infléchirent simplement leur trajectoire.

« Quelqu'un vient de nous balancer un signal de brouillage au nord-est.

— Parfait, juste à temps », répondit Richter. Un bref coup d'œil à l'écran de détection des menaces lui indiqua qu'ils étaient à quelques minutes de l'entrée dans une zone jaune. Il éprouva le besoin de se masser le visage, mais ses deux mains étaient prises. Une vérification des jauges de carburant révélait que ses réservoirs supplémentaires étaient presque vides. « Largage des bidons.

— Roger... ça aidera. »

Richter ôta le couvercle du bouton d'éjection. C'était un ajout récent au dessin de l'appareil, mais quelqu'un s'était finalement avisé que si l'hélico devait être furtif, il ne serait peut-être pas inutile qu'on puisse éliminer en vol tous les accessoires nuisant à cette furtivité. Richter réduisit légèrement les gaz et pressa le bouton qui déclenchait les boulons explosifs, larguant pylônes et réservoirs dans la mer du Japon.

« Séparation réussie », confirma le mitrailleur à l'arrière. L'écran de menaces se modifia, sitôt les réservoirs largués. L'ordinateur de bord tenait scrupuleusement compte des variations du niveau de furtivité de l'appareil. Le Comanche abaissa de nouveau le nez et l'hélicoptère accéléra pour retrouver sa vitesse de croisière initiale.

« Ils sont prévisibles, hein ? remarqua le contrôleur japonais à l'adresse de son principal subordonné.

— Je pense que la démonstration est faite. Mieux encore, tu viens de leur démontrer ce que nous pouvions faire. » Les deux officiers échangèrent un regard. Tous deux s'étaient inquiétés des capacités du chasseur américain Rapier, et tous deux savaient désormais qu'ils n'avaient plus de souci à se faire. Un appareil certes formidable, et que leurs pilotes d'Eagle devraient traiter avec respect, mais pas invisible.

« Réponse prévisible, dit le contrôleur américain. Et ils viennent de nous révéler un truc. Disons que ça fait dans les dix secondes ?

« — Serré, mais jouable. Ça marchera », estima le colonel venu de Langley en se penchant pour prendre une tasse de café. « A présent, on bosse sur cette idée. » Sur l'écran principal, les F-22 repartirent vers le nord, et en lisière du périmètre de détection des AWACS, les F-15J les imitèrent, calquant la manœuvre des Américains, comme des voiliers dans une régate au près, cherchant à rester interposés devant leurs inestimables E-767 que les accidents tragiques de quelques jours auparavant avaient rendus d'autant plus précieux.

Ils n'étaient pas mécontents de toucher de nouveau terre. Bien plus agile que le cargo la nuit précédente, le Comanche put choisir un site d'abordage absolument dépourvu d'habitations. Aussitôt, il entreprit de se faufiler à basse altitude dans les gorges montagneuses, abrité des lointains avions de surveillance par une épaisse couche de roche impénétrable même pour leurs radars surpuissants.

« On a les pieds au sec, dit avec soulagement le passager arrière de Richter. Reste quarante minutes de kérosène.

— Tu sais bien voler en agitant les bras ? » rigola le pilote, déjà un peu (un tout petit peu) plus décontracté de se retrouver au-dessus de la terre ferme. Si jamais il y avait un pépin, eh bien, bouffer du riz, ce n'était pas une catastrophe, non ? Son casque à vision infrarouge montrait le sol en ombres vertes, et on n'apercevait aucune lumière d'éclairage public, de phares de véhicules ou d'habitations, et la phase la plus délicate du vol était derrière eux. Quant à leur mission proprement dite, il était arrivé à la mettre de côté. Mieux valait sérier les problèmes. C'était le meilleur moyen de vivre plus longtemps.

La dernière crête apparut, pile selon le programme. Richter ralentit, décrivit un cercle pour estimer les vents tout en cherchant du regard le comité d'accueil prévu. Là. Quelqu'un agitait une barrette chimioluminescente dont la lueur verte, dans ses lunettes amplificatrices, brillait comme la pleine lune.

« ZORRO leader appelle ZORRO base, à vous.

— Leader, ici la base. Authentification Golf Mike Zulu, à vous », répondit la voix, donnant le code « OK » qui avait été convenu. Richter espérait simplement que son interlocuteur n'avait pas un pistolet braqué sur la tempe.

« Bien copié. Terminé. » Il décrivit une spirale rapide, et abattit son Comanche pour se poser sur un terrain presque horizontal, tout près de la ligne des arbres. A peine avait-il atterri que trois hommes sortaient de sous le couvert. Ils portaient l'uniforme de l'armée américaine, et Richter se permit de respirer un peu, tandis qu'il laissait refroidir les turbines avant de les couper. Le rotor n'avait pas encore achevé son ultime révolution qu'un tuyau était raccordé à la buse de ravitaillement de l'hélico.

« Bienvenue au Japon. Je suis le capitaine Checa.

— Sandy Richter, dit le pilote en descendant.

— Pas de problèmes pour entrer ?

— Plus maintenant. » *Merde, apparemment, j'y suis arrivé, non* ? avait-il envie de dire, encore sur les nerfs après ses trente-six heures de marathon pour envahir le pays. Envahir ? Onze paras et six aviateurs. *Hé, vous ! Vous êtes tous en état d'arrestation !*

« V'là le numéro deux..., observa Checa. Silencieux, nos bébés, pas vrai ?

— On aime mieux pas se faire remarquer, chef. » C'était peut-être l'aspect le plus surprenant du Comanche. Les ingénieurs de chez Sikorsky savaient depuis longtemps que l'essentiel du bruit émis par un hélicoptère provenait des battements de fréquence entre rotor de queue et rotor principal. Le rotor de queue du RAH-66 était sous carter, et son rotor principal était doté de cinq pales relativement épaisses en matériau composite. Le résultat était un engin dont la signature acoustique était inférieure au tiers de celle de toutes les autres machines à voilure tournante jamais construites. Et le coin facilitait bien les choses, nota Richter en contemplant les alentours. Tous ces arbres, la faible densité de l'air en altitude. L'endroit n'était pas si mal pour la mission, conclut-il alors que le deuxième Comanche se posait à cinquante mètres de là. Les hommes qui avaient ravitaillé sa machine étaient déjà en train de déployer au-dessus leur filet de camouflage, en se servant de piquets taillés dans des branches.

« Venez, on vous a préparé à manger.

— De la vraie bouffe ou des rations de survie ? demanda l'adjudant-chef.

— On ne peut pas tout avoir, monsieur Richter », lui dit Checa.

L'aviateur se rappela le temps où les rations C de l'armée comprenaient également des cigarettes. Terminé, avec leur nouvelle armée saine... et des paras, en plus. Inutile de vouloir les taper d'une clope. Putains d'athlètes.

Les Rapier firent demi-tour une heure plus tard. Les spécialistes de la défense aérienne japonaise étaient certains de les avoir convaincus de l'impénétrabilité de leur barrage conjoint Kami-Eagle pour garder les abords nord-est des îles. Même les meilleurs appareils américains dotés des meilleurs systèmes électroniques étaient incapables de percer leurs défenses, et c'était une excellente nouvelle. Ils virent les échos s'effacer de leurs écrans, et bientôt les émissions des E-3B disparaissaient à leur tour : l'ensemble de la formation regagnait Shemya pour rendre compte à ses maîtres de son échec.

Les Américains étaient réalistes. Courageux au combat, certes — les officiers à bord des E-767 ne commettraient pas l'erreur de leurs parents qui avaient cru les Américains dépourvus de l'ardeur indispensable aux véritables opérations militaires. Cette erreur avait coûté cher à son pays. Mais la guerre était un exercice technique, et ils avaient laissé leur force descendre à un niveau trop bas pour qu'il soit techniquement possible de la reconstituer. Et c'était fort regrettable pour eux.

Les Rapier devaient ravitailler sur le chemin du retour et ils s'abstinrent d'utiliser la post-combustion, car il était inutile de gâcher le carburant. Il faisait de nouveau un temps de chien sur Shemya, et les chasseurs eurent recours au contrôle au sol pour atterrir en toute sécurité, puis ils roulèrent vers leurs hangars, désormais bien encombrés après l'arrivée de quatre F-15E Strike Eagle venus de la base de Mountain Home dans l'Idaho. Eux aussi estimaient que leur mission avait été couronnée de succès.

42

Frappes éclairs

« VOUS êtes cinglés ? s'étonna Cherenko.

— Réfléchissez-y, dit Clark, de retour à l'ambassade russe. On cherche une solution politique à cette crise, non ? Eh bien, Koga reste notre meilleur atout. Vous nous dites que ce n'était pas le gouvernement qui l'a mis à l'ombre. Qui reste en lice ? Il y a toutes les chances qu'il soit là-bas. » Le hasard voulait que l'immeuble soit même visible depuis la fenêtre du bureau de Cherenko.

« Est-ce possible ? demanda le Russe, chagriné de voir les Américains venir lui demander une aide qu'il était bien incapable de leur fournir.

— Il y a un risque, mais il est peu probable qu'il ait mobilisé là-haut toute une armée. Il n'aurait pas planqué le gars chez lui s'il ne voulait pas rester discret. Comptez cinq ou six mecs maxi.

— Et vous êtes deux ! insista Cherenko.

— Comme il l'a dit, intervint Ding, sourire radieux, ce n'est pas une bien grande affaire. »

Ainsi donc le rapport de l'ex-KGB était exact. Clark n'était pas un véritable agent de renseignements mais un type des commandos, et il en allait de même pour son jeune partenaire si arrogant qui restait tranquillement planté là, à regarder par la fenêtre.

« Je ne peux rien vous offrir comme assistance.

— Et pour les armes ? demanda Clark. Vous n'allez pas me faire croire que vous n'avez rien ici pour nous ? Quel genre de *rezidentura* est-ce là ? » Clark savait que le Russe se sentait obligé de temporiser. Dommage que ces mecs n'aient pas l'habitude de prendre des initiatives.

« J'ai besoin d'une autorisation avant de pouvoir faire une chose pareille. »

Clark acquiesça, en se félicitant d'avoir deviné juste. Il ouvrit son ordinateur portatif. « Idem pour nous. Demandez la vôtre. Je demande la mienne. »

Jones écrasa sa cigarette dans le cendrier en alu typiquement Navy. Le paquet avait été planqué dans un tiroir du bureau, peut-être en prévision d'une occasion analogue. Quand une guerre commençait, les règles valables en temps de paix passaient à la trappe. Les vieilles habitudes, surtout les mauvaises, revenaient au galop — mais enfin, la guerre aussi en était une, non ? Il voyait bien que l'amiral Mancuso était lui aussi sur le point d'en griller une, aussi prit-il soin d'écraser soigneusement son mégot.

« Qu'est-ce que ça donne, Ron ?

— Suffit d'avoir la patience de faire marcher ce matos et on obtient des résultats. Le sonar et moi, on a passé toute la semaine à triturer ces données. On a commencé avec les bâtiments de surface. » Jones se dirigea vers la carte murale. « On est en train de repérer la position de tous les bâtiments de...

— Et tout ça en partant de..., coupa le capitaine Chambers, pour se faire interrompre à son tour.

— Du milieu du Pacifique, oui, tout à fait, monsieur. J'ai jonglé entre bande large et bande étroite, en comparant avec la météo, ce qui m'a permis de les localiser. » Jones indiqua les silhouettes épinglées sur la carte.

« C'est très bien Ron, mais on a des photos satellite pour ça, fit remarquer le ComSubPac.

— Je suis donc tombé juste ? demanda le civil.

— Quasiment », dut admettre Mancuso. Puis il désigna les autres formes épinglées au mur.

« Ouais, c'est vrai, Bart. Une fois trouvé le moyen de repérer les bâtiments de surface, on s'est mis à bosser sur les sous-marins. Et vous savez quoi ? Je peux encore les coincer, ces salauds, dès qu'ils remontent renifler en immersion périscopique. Tenez, voilà votre ligne de barrage. On les chope à peu près le tiers du temps, d'après mes estimations, et ils maintiennent en gros le même cap. »

La carte murale indiquait six contacts fermes. Les silhouettes étaient inscrites dans des cercles de vingt à trente milles de diamètre. Deux autres s'ornaient d'un point d'interrogation.

« Ça en laisse encore quelques-uns non repérés », nota Chambers.

Jones opina. « Exact. Mais j'en ai six de sûrs, huit peut-être. On ne peut pas avoir de bonnes coupes au large des côtes japonaises. Trop loin. J'arrive à détecter des cargos qui cabotent entre les îles, mais c'est tout, admit-il. J'ai également relevé l'écho d'un gros bâtiment à double hélice en train de faire route vers l'ouest en direction des Marshall, et il m'a bien semblé, en arrivant ce matin, qu'une cale sèche était vide...

— C'est un secret, fit remarquer Mancuso avec un sourire.

— Eh bien, si j'étais vous, je dirais au *Stennis* de faire gaffe à cette rangée de SSK, messieurs. Ça pourrait être une bonne idée d'envoyer nos subs en éclaireur, histoire de dégager le passage.

— C'est envisageable, mais ce sont surtout les autres qui m'inquiètent », admit Chambers.

« Passerelle, pour sonar.

— Ici passerelle, parlez. » C'était l'enseigne Ken Shaw qui était de quart.

« Contact sonar possible relèvement zéro-six-zéro... sans doute contact en immersion... très faible, commandant », rapporta le chef sonar.

La manœuvre était automatique, après tous les exercices pratiqués depuis le départ de Bremerton, puis de Pearl. L'équipe de suivi et de contrôle de tir calcula immédiatement une route. Un technicien-analyste reprit directement les données recueillies par les sonars pour essayer de calculer la distance probable de l'objectif. L'ordinateur ne mit qu'une seconde.

« C'est un signal direct, monsieur. Distance inférieure à vingt mille mètres. »

Dutch Claggett n'avait pas vraiment dormi. En bon capitaine, il s'était simplement allongé sur sa couchette, les yeux clos — il avait même eu un rêve absurde et confus de pêche au bord de la mer, où c'était le poisson qui s'approchait en rampant sur le sable derrière lui — quand avait retenti l'alerte sonar. Sans trop savoir comment, il s'était retrouvé, parfaitement éveillé, au centre de combat, nu-pieds, en petite tenue. Un rapide coup d'œil circulaire pour estimer profondeur et cap, et il fonçait au poste du sonar pour consulter lui-même les instruments.

« Dites-moi tout, chef.

— Pile ici, sur la bande des soixante hertz. » L'officier marinier tapota l'écran avec son crayon gras. Le signal allait et venait sans arrêt, mais il persistait, succession de points qui suintait du sommet de l'écran, tous calés sur la même bande de fréquence. Le relèvement dérivait lentement de droite à gauche.

Claggett réfléchit tout haut : « Ils sont en mer depuis plus de trois semaines...

— Ça fait long pour un diesel, admit le chef. Peut-être qu'ils rentrent ravitailler ? »

Claggett se pencha sur l'écran, comme si la proximité ferait une différence. « Possible. Ou alors, il change simplement de position. Il serait logique qu'ils établissent une ligne de patrouille au large. Tenez-moi au courant.

— Bien compris, commandant.

— Eh bien ? » Claggett s'était retourné vers le poste de détection.

« Première estimation de distance, quatorze mille mètres, orientation générale vers l'ouest, vitesse approximative six nœuds. »

Claggett nota que le contact était aisément à la portée de ses torpilles ADCAP. Mais la mission lui interdisait toute initiative de cet ordre. N'était-ce pas formidable ?

« Tenez-moi prêtes deux torpilles, dit le capitaine. Dès qu'on a parfaitement défini la route de notre ami, on s'esquive vers le sud. Si jamais il nous file le train, on essaie de le semer, et on ne tire que s'il ne nous laisse pas le choix ». Il n'eut pas besoin de regarder autour de lui pour savoir ce qu'en pensaient ses hommes. Il perçut le changement rien qu'à leur façon de respirer.

« Votre avis ? demanda Mary Pat Foley.

— Intéressant, commenta Jack après avoir contemplé quelques secondes le fax en provenance de Langley.

— C'est une occasion unique, intervint Ed Foley, au téléphone. Mais le pari est sacrément risqué.

— Ils ne sont même pas sûrs de sa présence », dit Ryan, en relisant le message. C'était du Clark tout craché : franc. Décidé. Positif. Le bonhomme savait penser concrètement, et il avait beau se trouver souvent au bout de la chaîne alimentaire, il réussissait à avoir une vision parfaitement claire de la situation. « Il faut que je monte là-haut avec ça, les enfants.

— Vous prenez pas les pieds dans les tapis », conseilla MP, sourire en coin. C'était encore une béotienne pour ce qui relevait des opérations extérieures. « Je recommanderais un feu vert pour cette mission.

— Et vous, Ed ?

— C'est un risque, Jack, mais on a parfois intérêt à suivre les conseils du gars sur le terrain. Si l'on veut trouver une solution politique à la crise, eh bien, il faut qu'on ait une personnalité politique sur qui compter. On a besoin de ce bonhomme, et ce pourrait bien être notre seul moyen de lui sauver la vie. » Le chef du Conseil national de sécurité pouvait presque l'entendre grincer des dents à l'autre bout de la ligne protégée. Les deux Foley se conformaient au règlement. Plus important, ils étaient du même avis.

« Je vous recontacte dans vingt minutes. » Ryan bascula sur son téléphone normal. « J'ai besoin de voir le patron, immédiatement », dit-il au secrétaire général de la présidence.

Le soleil se levait sur une nouvelle journée torride et sans vent. L'amiral Dubro s'aperçut qu'il perdait du poids. Son pantalon kaki commençait à flotter à la taille, et il dut resserrer sa ceinture d'un cran. Ses deux porte-avions étaient désormais en contact régulier avec les Indiens. Parfois, ils étaient assez proches pour être en visibilité directe, mais le plus souvent, un Harrier équipé d'un radar à balayage vers le bas se contentait de prendre un cliché depuis une cinquantaine de milles de distance. Pire encore, il avait ordre de ne rien faire pour se cacher. Enfin, merde, pourquoi ne faisait-il pas immédiatement route vers l'est et le détroit de Malacca ? Il y avait une vraie guerre à faire. Même s'il en était venu à considérer l'invasion possible du Sri Lanka par les Indiens comme une insulte personnelle, le Sri Lanka n'était pas un territoire américain, contrairement aux Mariannes, et ses porte-avions étaient les seuls bâtiments opérationnels à la disposition de Dave Seaton.

Bon, d'accord, l'approche ne serait pas franchement discrète. pour réintégrer l'océan Pacifique, il était obligé de franchir l'un de ces nombreux détroits, aussi encombrés que Times Square à midi. Il y avait même toujours le risque d'y croiser un sous-marin, mais il avait ses escorteurs ASW, et il pourrait malmener tout submersible qui voudrait lui bloquer le passage. Oui mais voilà, ses ordres étaient de rester dans l'océan Indien, et de tout faire pour que ça se sache.

La nouvelle s'était répandue parmi l'équipage, bien sûr. Il n'avait même pas fait d'effort symbolique pour l'empêcher de filtrer. Ça n'aurait pas marché de toute façon, et ses hommes avaient le droit de savoir ce qui se passait, à l'heure de se jeter dans la bagarre. Ils avaient besoin de savoir, de redresser le dos, de se remotiver pour passer d'une mentalité de temps de paix à celle de la guerre ouverte — mais une fois qu'on était prêt, il fallait y aller. Or ils n'y allaient pas...

Et le résultat était le même pour lui comme pour tout autre homme ou femme de l'escadre : une amère frustration, de la mauvaise humeur, et surtout une rage grandissante. La veille, l'un de ses pilotes de Tomcat avait réussi à s'infiltrer *entre* deux Harrier indiens, avec trois mètres d'écart maxi, juste pour leur montrer qui savait vraiment piloter ; la manœuvre avait peut-être flanqué une trouille bleue à leurs visiteurs, mais elle n'avait rien de franchement professionnel... même si Mike Dubro n'avait pas oublié le temps où il était enseigne de vaisseau de seconde classe et s'imaginait sans peine faisant la même chose. Cela ne lui avait pas facilité leur mise aux arrêts de rigueur. Mais il ne pouvait guère l'éviter, tout en sachant fort bien que l'équipage allait regagner ses quartiers en râlant après le vieux con sur la passerelle qui ne savait même pas quel effet ça faisait de tenir un manche, vu que les Spad sur lesquels il avait appris à voler devait décoller avec un moteur à élastique...

« Si c'est eux qui tirent les premiers, on risque de morfler, observa le capitaine de frégate Harrison, après avoir annoncé que leur patrouille matinale s'était pointée pile à l'heure, *elle*.

— S'ils s'avisent de nous balancer un Exocet, on n'aura qu'à gueuler "Accrochez-vous à vos bretelles", Ed. » C'était plutôt nul, comme blague, mais en fait Dubro ne se sentait pas vraiment d'humeur à rire.

« Pas s'ils ont du bol et tapent en plein dans un réservoir d'essence aviation. » Allons bon, voilà son officier tactique qui sombrait dans le pessimisme. *Mal barré*, songea le commandant du groupe de combat.

« Montrez-leur qu'on fait gaffe », ordonna Dubro.

Quelques instants après, les navires d'escorte allumèrent leurs radars de guidage de tir et les calèrent sur les intrus indiens. Dubro put constater à la jumelle que les rampes de lancement du croiseur Aegis le plus proche étaient armées de missiles blancs, puis les rampes pivotèrent pour se détourner, de même que les faisceaux d'illumination des radars. Le message était clair : *Dégagez.*

Il aurait pu expédier un nouveau télégramme rageur à Pearl Harbor, mais Dave Seaton avait suffisamment de pain sur la planche, et de toute façon, les vraies décisions étaient prises à Washington par des mecs qui n'entravaient rien à la situation.

« Ça vaut le coup ?

— Oui, monsieur », répondit Ryan, qui était parvenu à sa propre conclusion, le temps de rejoindre le bureau présidentiel. Cela voulait dire faire courir de nouveaux risques à deux amis, mais c'était leur boulot, et puis la responsabilité de la décision lui revenait — enfin, en partie. C'était toujours facile à dire, même si après, ça vous gâchait le sommeil, quand vous arriviez à dormir. « Les raisons sont évidentes.

— Et si ça rate ?

— Deux de nos hommes seront en grand danger, mais...

— Mais c'est à ça qu'ils servent ? » Le ton de Durling n'était pas vraiment amène.

« L'un et l'autre sont des amis, monsieur le président. Si vous croyez que ça m'enchante de...

— Calmez-vous, dit le Président. Quantité de nos gars sont exposés, et vous savez quoi ? Ne pas les connaître personnellement ne facilite pas la chose, bien au contraire. Je l'ai appris à mes dépens. » Roger Durling baissa les yeux sur son bureau, sur toute cette paperasse administrative et tous ces autres dossiers qui n'avaient pas le moindre rapport avec la crise du Pacifique, mais dont il fallait s'occuper malgré tout. Le gouvernement des États-Unis d'Amérique n'était pas une sinécure, et il ne pouvait en ignorer aucun détail, malgré l'importance soudain prise par certains domaines. Est-ce que Ryan pouvait le comprendre ?

Jack voyait l'amoncellement de papiers, lui aussi. Il n'avait pas besoin d'en connaître la teneur exacte. Aucun n'était revêtu du tampon *Secret défense*. Ce n'était que la paperasse habituelle, le train-train quotidien dont l'homme avait à s'occuper. Le patron devait cloisonner son cerveau pour gérer une telle masse de travail. Cela paraissait bien injuste, surtout vis-à-vis d'un homme qui n'avait pas particulièrement brigué la charge. Mais tel était son destin, et Durling avait accepté de plein gré le poste de Vice-président, car il avait un tempérament à rendre service au citoyen, à vrai dire un peu comme Ryan. Oui, ils étaient vraiment spéciaux, tous les deux, se dit Jack.

« Monsieur le président, je regrette d'avoir dit ça. J'ai pesé les risques mais oui, c'est vrai, c'est leur boulot. Qui plus est, c'est John lui-même qui le recommande. Enfin, qui le suggère. C'est un bon agent, conscient à la fois des risques et des avantages potentiels. Ed et Mary Pat partagent son évaluation et recommandent eux aussi le feu vert. La décision finale vous revient de droit, mais enfin, telles sont leurs recommandations.

— On n'est pas en train de se raccrocher à un fétu de paille ? » Durling hésitait toujours.

« Un fétu, non. Potentiellement, une branche bien solide.

— J'espère en tout cas qu'ils seront prudents. »

« Oh, c'est vraiment le bouquet », observa Chavez. Le PSM était un pistolet automatique russe de calibre .215, un poil plus petit en diamètre que la .22 long rifle avec laquelle les gamins américains (les gamins politiquement incorrects, en tout cas) apprenaient à tirer chez les Scouts. C'était également l'arme de service qui équipait militaires et policiers russes, ce qui expliquait peut-être le mépris de la pègre locale pour les flics du pays.

« Ma foi, on a toujours notre arme secrète dans la voiture », observa Clark en soupesant le pistolet. Au moins le silencieux en améliorait-il quelque peu l'équilibre. Cela le confortait dans l'opinion qu'il s'était faite depuis des années : les Européens n'y connaissaient rien en armes de poing.

« On va en avoir également besoin. » L'ambassade russe mettait un stand de tir à la disposition de ses agents de sécurité. Chavez accrocha une cible au râtelier et l'expédia tout au bout du stand.

« Ote le silencieux, conseilla John.

— Pourquoi ?

— Examine-le. » Chavez obéit et vit que la version russe de l'accessoire était garnie de laine d'acier. « Efficacité limitée à cinq ou six coups. »

Ils avaient quand même à leur disposition des casques protecteurs. Clark garnit un chargeur de huit balles à col étranglé, visa le fond du stand, tira trois coups. L'arme était plutôt bruyante, mais sa cartouche à forte puissance propulsait le minuscule projectile à une vitesse supraluminique. Il regrettait de ne pas avoir un .22 automatique à silencieux. En tout cas, le flingue était précis.

Cherenko les observait sans mot dire, furieux de constater le dégoût des Américains pour les armes maison, mais embarrassé en même temps parce qu'ils n'avaient peut-être pas tort. Il avait appris à tirer bien des années auparavant, et n'y avait pas montré de dispositions particulières. C'était un talent auquel avait rarement recours un agent de renseignements, quoi qu'on en pense à Hollywood. Mais ce n'était manifestement pas le cas des deux Américains qui alignaient les coups dans le mille, à cinq mètres de distance, avec une succession de coups doubles. La série terminée, Clark nettoya son arme, inséra un nouveau chargeur et en prit un second, qu'il regarnit avant de le glisser dans sa poche revolver. Chavez l'imita.

« Et si jamais vous venez à Washington, observa Ding, on vous montrera ce dont on se sert.

— Et cette fameuse "arme secrète" ?

— C'est un secret. » Clark se dirigea vers la porte, Chavez sur les talons. Ils avaient toute la journée pour guetter leur chance — façon de parler — et finir d'avoir les nerfs en pelote.

C'était une journée de tempête comme une autre au-dessus de Shemya. L'unique piste de la base était balayée par des rideaux de neige fondue que chassaient des rafales de vent à cinquante nœuds, et le bruit menaçait de troubler le sommeil des pilotes de chasse. Sous les hangars, on avait entassé les huit chasseurs pour les protéger de la furie des éléments. C'était particulièrement nécessaire pour les F-22, car personne n'avait encore estimé l'étendue des dégâts éventuels des intempéries sur leur revêtement lisse, et par conséquent sur leur surface équivalente radar. Il était un peu tard pour les expérimentations. Le gros de la dépression devait passer d'ici quelques heures, annonçaient les p'tits gars de la météo, même si le blizzard pouvait fort bien se prolonger encore un mois. A l'extérieur, les mécanos s'inquiétaient de la solidité des amarres des AWACS et du ravitailleur, et ils se démenaient dans leurs gros anoraks pour s'assurer que tout était bien fixé.

Le reste de la sécurité à la base était dévolu au Cobra Dane. Sous ses allures d'écran de drive-in des années cinquante, il s'agissait en fait d'une version géante du radar à rideau de phase utilisé par les E-767 japonais, et d'ailleurs aussi par les croiseurs et destroyers Aegis des deux marines adverses. Installé à l'origine pour surveiller les tests de missiles soviétiques, puis pour les recherches dans le cadre de l'IDS, sa puissance était suffisante pour lui donner une portée de détection de plusieurs milliers de kilomètres dans le vide de l'espace, et de plusieurs centaines dans l'atmosphère. Ses sondes électroniques fonctionnaient désormais en permanence, traquant les intrus mais ne repérant jusqu'ici que des appareils commerciaux — même si ces derniers étaient surveillés de très près. Un F-15E Strike Eagle armé de missiles air-air pouvait décoller en moins de dix minutes si l'un d'eux manifestait la moindre hostilité.

Cette morne routine se prolongea toute la journée. Pendant quelques brèves heures, la lumière grise qui réussit à traverser les nuages put faire croire à l'apparition du soleil, mais quand on réveilla les pilotes, les fenêtres de leurs quartiers auraient aussi bien pu être barbouillées de noir, car même les lumières de la piste étaient éteintes, afin qu'un éventuel intrus n'ait aucun repère visuel pour retrouver la base dans la pénombre.

« Des questions ? »

L'opération avait été vite montée, mais préparée avec soin : les quatre pilotes leaders avaient participé à sa conception, ils l'avaient testée la nuit précédente, et même s'il y avait encore des risques, eh bien, ils étaient inévitables.

« Et avec vos petits Eagle, vous pensez arriver à suivre le train ? » demanda le plus gradé des pilotes. Ses galons de lieutenant-colonel ne le protégèrent pas de la repartie.

« Vous en faites pas, chef, et puis vous avez un si joli petit cul à mater », lui répondit une femme commandant avant de lui envoyer un baiser.

Le lieutenant-colonel — en fait, un ingénieur pilote d'essai détaché d'un travail de mise au point en cours sur les F-22 de la 57e escadrille de chasse basée à Nellis — ne connaissait la « vieille » Air Force qu'à partir des films et des récits du temps où il n'était qu'un jeune blanc-bec, mais il prit la remarque avec l'esprit qu'elle sous-entendait. Les Strike Eagle n'étaient peut-être pas furtifs mais ils étaient sacrément vicieux. Ces pilotes étaient sur le point de se lancer dans une mission de combat, et les galons importaient moins que la compétence et la confiance.

« D'accord, la bande (dans le temps, il aurait dit *les gars)*, ce coup-ci, on joue contre le chrono. Alors, on traîne pas. »

Les équipages du ravitailleur rigolaient en coin de ce machisme des pilotes de chasse et de la facilité avec laquelle les gonzesses de l'Air Force avaient pris le pli. Malgré tout, estima l'un des hommes, ce commandant était un joli petit lot. Peut-être que quand elle serait grande, elle se rangerait à son tour pour convoler chez United [1], confia-t-il au capitaine qui allait être son ailier.

« On pourrait trouver pire chez un mec », observa le commandant de Southwest Airlines.

Les ravitailleurs devaient décoller dans vingt minutes, suivis de près par un des E-3B. Les chasseurs, comme de juste, partaient les derniers. Tous les équipages avaient revêtu des combinaisons de vol isolantes et suivi les procédures réglementaires concernant l'équipement de survie, une bonne blague en fait quand on survolait le Pacifique Nord à cette époque de l'année, mais le règlement c'est le

---

1. Fine allusion au célèbre détournement du slogan de la compagnie aérienne américaine à la fin des années soixante. Le *Fly United* — « Volez sur United », mais aussi « Volez réunis » — servait de légende à une affiche satirique éloquente qui montrait un couple de canards migrateurs volant en formation... serrée *(NdT)*.

règlement. En dernier venaient les combinaisons anti-G, toujours aussi inconfortables et contraignantes. En file indienne, les pilotes des Rapier se dirigèrent vers leurs zincs, et les équipages des Eagle, par couples. Le colonel qui dirigeait la mission déchira avec ostentation l'étiquette *Rapier* scratchée sur sa combinaison pour y substituer celle, officieuse, conçue par les employés de Lockheed : la silhouette du P-38 Lightning originel, sur laquelle se détachait le profil gracieux du nouvel étalon de la firme, le tout zébré d'un éclair blanc-jaune. *La tradition,* se dit le colonel, même s'il n'était pas né quand le dernier des légendaires bimoteurs avait été mis à la ferraille. Il se souvenait en revanche d'avoir construit des maquettes du premier chasseur à grand rayon d'action de l'aviation américaine, caractéristique qui n'avait été mise à profit qu'une seule fois, et qui avait valu à Tex Lamphier, son pilote, une certaine immortalité. Cette mission-ci n'allait pas être si différente de celle effectuée à l'époque au-dessus des îles Salomon.

Les chasseurs devaient être sortis au tracteur, et avant même que les moteurs soient allumés, chacun des hommes put sentir les rafales de vent secouer la cellule de son appareil. C'était l'instant des vérifications de dernière minute, quand on a des picotements au bout des doigts et qu'on se trémousse un peu sur son siège. Puis, l'un après l'autre, les appareils allumèrent leurs réacteurs et roulèrent jusqu'au bout de la piste. Alors on ralluma les feux de balisage, deux bandes parallèles bleues qui s'étiraient dans la pénombre, et les chasseurs décollèrent en rafale, à une minute d'écart, parce que décoller en duo dans de telles conditions météo était trop dangereux et qu'il valait mieux éviter les erreurs inutiles. Trois minutes plus tard, deux groupes de quatre se formaient au-dessus du plafond nuageux, où le ciel était limpide, révélant les étoiles scintillantes et, sur leur droite, le rideau multicolore d'une aurore boréale, draperie ondulante verte et pourpre née du bombardement de la haute atmosphère par les particules chargées du vent solaire. Pour les pilotes de Lightning, la beauté du spectacle avait quelque chose de symbolique.

La première heure se déroula sans histoire ; les deux quatuors se dirigeaient vers le sud-ouest, feux anticollision allumés par mesure de sécurité. On vérifia le bon fonctionnement des systèmes, le calibrage des instruments, et chacun se concentra à l'approche du point de ravitaillement en vol.

Les équipages des ravitailleurs étaient intégralement formés de réservistes, pilotes de ligne dans le civil. Ils avaient pris soin de repérer les zones de moindre turbulence, ce que les pilotes de chasse apprécièrent, même s'ils s'estimaient au-dessus du lot. Il fallut plus de quarante minutes pour faire le plein de tous les appareils, puis les ravitailleurs reprirent leur vol d'attente, sans doute pour que leurs équipages puissent se replonger peinardement dans leur *Wall Street Journal*, se dirent les pilotes de chasse, en remettant le cap au sud-ouest.

Plus question de rigoler maintenant. Il était temps de se mettre au boulot. Leur boulot.

Sandy Richter dirigeait la mission parce que cela avait été son idée depuis le début, des mois auparavant à la base aérienne de Nellis. Tout avait bien marché, là-bas, et tout ce qu'il lui restait à vérifier, c'était si ça allait marcher aussi bien ici. C'était sans doute son existence qu'il mettait en jeu.

Richter était dans le métier depuis ses dix-sept ans — il avait menti sur son âge, sa carrure le lui permettait. Dans l'intervalle, il avait rectifié son dossier militaire, mais ça lui faisait quand même vingt-neuf ans de service ; bientôt, ce serait la retraite et une vie plus tranquille. Et tout ce temps-là, il avait piloté des serpents et uniquement des serpents. Un hélicoptère sans armes n'avait aucun intérêt pour lui. Il avait débuté sur le AH-1 Huey-Cobra, puis avait pris du galon sur le AH-64 Apache, aux commandes duquel il avait participé à son second conflit, plus bref cette fois, au-dessus du golfe Persique. Ce modèle-ci était sans doute le dernier qu'il piloterait jamais ; il lança les turbines du Comanche et entama la 6751ᵉ heure de vol de l'appareil, s'il fallait en croire son carnet de bord.

Le double turbo démarra normalement et le rotor se mit à tourner. Les paras qui tenaient lieu d'équipe au sol couvraient le décollage avec l'unique extincteur à leur disposition. Tout juste assez gros pour éteindre une cigarette, maugréa Richter en poussant les gaz pour décoller. L'air raréfié des montagnes avait un effet négatif sur les performances, mais pas tant que ça, et du reste, il n'allait pas tarder à se retrouver au niveau de la mer. Comme à son habitude, il secoua la tête pour s'assurer de la bonne fixation de son casque, puis mit le cap à l'est, en remontant les pentes boisées du Shiraishi-*san*.

« Les voilà », se dit le leader de l'escadrille de F-22. Le premier signal de détection pépia dans son casque, aussitôt suivi d'informations sur son détecteur de menaces : RADAR DE DÉFENSE AÉRIENNE, AÉROPORTÉ, TYPE J, RELÈVEMENT 213. Suivaient les données retransmises par le E-3B, qui se trouvait sur zone depuis assez longtemps pour avoir pu calculer sa trajectoire. Cette nuit, le Sentry n'utilisait pas du tout son radar. Après tout, les Japonais leur avaient donné une leçon la veille, de celles qui demandent du temps pour en tirer tous les enseignements... DISTANCE À L'OBJECTIF : 1 456 MILLES. Encore largement sous l'horizon de l'appareil japonais, il lança son premier ordre en vocal de la mission.

« De Lightning Leader à l'escadrille. Éclatement de la formation. Top ! »

Instantanément, les deux groupes de quatre appareils se divisèrent chacun en deux paires, à deux mille mètres d'écart ; toujours avec le F-22 en tête, tandis que le F-15E le suivait dangereusement près pour masquer son image radar. Le colonel maintenait un cap aussi horizontal et rectiligne que lui permettait son entraînement et il sourit au souvenir de la remarque du commandant. Joli petit cul, hein ? Elle était la première femme à voler avec les Thunderbird. Les appareils éteignirent leurs feux anticollision, et il espéra qu'elle avait un équipement de vision infrarouge en bon état de marche. Ils étaient maintenant à quatre cents milles du E-767 situé le plus au nord. Les chasseurs croisaient à cinq cents nœuds, et trente-cinq mille pieds d'altitude pour réduire leur consommation.

Les horaires de travail propres aux cadres nippons leur permirent d'entrer plus discrètement que s'ils s'étaient trouvés en Amérique. Il y avait un homme dans le hall, mais il regardait la télé, et Clark et Chavez traversèrent d'un pas décidé, comme s'ils savaient où ils allaient ; de toute façon, la criminalité était un problème inconnu à Tokyo. Le souffle un peu plus court, ils entrèrent dans une cabine d'ascenseur, pressèrent un bouton, puis échangèrent un regard soulagé qui bien vite laissa de nouveau place à l'inquiétude. Ding avait sa mallette. Clark était les mains vides, et tous deux étaient tirés à quatre épingles : en complet, chemise blanche et cravate, ils ressemblaient à des hommes d'affaires se rendant à quelque réunion tardive. L'ascenseur s'arrêta cinq étages avant le sommet, un niveau qu'ils avaient choisi parce qu'ils n'y avaient vu aucune fenêtre éclairée. Clark passa la tête à l'extérieur, conscient que son geste lui donnait l'air louche, mais le couloir était désert.

Ils contournèrent d'un pas rapide et silencieux le noyau central de la tour, découvrirent l'escalier d'incendie, commencèrent à le gravir. Ils cherchaient des caméras de sécurité, et une fois encore, grâce à Dieu, il n'y en avait pas à ce niveau. Clark jeta un coup d'œil vers le haut, vers le bas. A part eux, personne dans la cage. Ils reprirent leur ascension, l'œil aux aguets, tendant l'oreille avant chaque mouvement.

« Nos amis sont de retour, annonça l'un des contrôleurs dans l'interphone de bord. Relèvement zéro-trois-trois, distance quatre cent vingt kilomètres. Un... non, deux contacts, formation serrée, appareils militaires en pénétration, vitesse cinq cents nœuds, conclut-il d'une voix rapide.

— Parfait », répondit le chef contrôleur d'une voix égale, tout en sélectionnant le mode d'affichage sur son écran, avant de basculer sur un autre canal de sa liaison d'ordres. « Aucune détection d'activité radar au nord-est ?

— Aucune, répondit aussitôt l'officier chargé des contre-mesures électroniques. Bien sûr, il pourrait être en planque quelque part à nous surveiller.

— *Wakarémas.* »

L'étape suivante était de libérer les deux chasseurs qui patrouillaient à l'est du Kami. Les deux F-15J étaient arrivés sur zone depuis peu, et leurs réservoirs étaient pratiquement pleins. Un autre appel ordonna le décollage de deux autres chasseurs de la base de Chitose. Il leur faudrait une quinzaine de minutes pour être en position, mais le chef contrôleur estima que ce n'était pas un problème : il avait le temps.

« Calez-vous sur eux », ordonna-t-il à l'opérateur.

400

— *Tu nous as déjà accrochés, hein ?* se demanda le colonel. *Parfait.* Il maintint cap et vitesse, pour leur permettre d'avoir une bonne estimation de sa position et de son mouvement. Le reste n'était qu'une question d'arithmétique. *Disons que les Eagle sont en ce moment dans les deux cents nautiques d'ici, en approche à une vitesse approximative de mille. Six minutes avant la séparation...* Il consulta son chronomètre et scruta le ciel à l'œil nu, y cherchant un objet un peu trop brillant pour être une étoile.

Il y avait une caméra tout en haut des marches. Donc, Yamata était un brin paranoïaque. Mais même les paranoïaques avaient des ennemis, songea Clark, en notant que le boîtier de la caméra semblait tourné vers le dernier palier. Dix marches jusqu'à celui-ci, et dix encore jusqu'au suivant, où se trouvait la porte. Il décida de prendre quelques secondes pour y réfléchir. Chavez tourna le bouton de la porte sur leur droite. Apparemment, elle n'était pas verrouillée. Sans doute une question de règlement de sécurité incendie. Clark enregistra l'information dans un coin de sa tête, mais sortit néanmoins son attirail de monte-en-l'air.

« Eh bien, qu'est-ce que tu dis de ça ?

— Je dis que j'aimerais mieux être ailleurs. » Ding avait la torche électrique à la main tandis que John sortait son pistolet pour visser le silencieux sur le canon. « On fonce ou on y va tranquille ? »

Il n'y avait pas vraiment le choix, en fait. Une approche lente, comme s'ils vaquaient tranquillement à leurs affaires, risquait de leur faire perdre pas loin de... non, pas ce coup-ci. Clark leva un doigt, inspira un grand coup, bondit en haut des marches. Quatre secondes après, il tournait la poignée de la porte du haut et l'ouvrait à la volée. Il plongea par terre, le pistolet brandi et braqué sur la cible. D'un bond, Ding passa devant lui, se redressa, braqua lui aussi son arme.

Le garde à la porte principale était en train de regarder de l'autre côté quand la porte de service s'ouvrit. Il se retourna, machinalement, et découvrit un type imposant, allongé de biais par terre et sans doute en train de braquer une arme sur lui. Cela l'amena à dégainer la sienne tout en cherchant des yeux d'autres cibles potentielles. Il y avait un deuxième homme qui tenait à la main une espèce de...

A cette distance, la lumière avait presque un impact physique. L'énergie de trois millions de candelas faisait de l'univers entier l'équivalent de la surface du soleil, et cette énergie satura le système nerveux central de l'homme en remontant le nerf trijumeau, dont l'une des branches joignait la rétine, par la base du cerveau, au circuit neuronal qui commande les mouvements volontaires. L'effet fut le même qu'avec les gardes en Afrique : l'homme s'effondra comme une poupée de chiffon, sa main droite encore agrippée au pistolet, prise de spasmes nerveux. La lumière était si éclatante que Chavez fut légèrement ébloui par son reflet sur les murs peints en blanc ; en revanche, Clark, qui n'avait pas oublié de fermer les yeux, se précipita vers la porte à deux battants qu'il ouvrit d'un coup d'épaule.

Il découvrit un homme qui venait de quitter son siège devant la télé, l'air inquiet et surpris de cette irruption. L'heure n'était plus à la miséricorde. Clark leva son arme à deux mains et pressa deux fois la détente ; les deux projectiles atteignirent l'homme en plein front. John sentit la main de Ding sur son épaule, l'incitant à se déplacer vers la droite ; courant presque, il parcourut un corridor, examinant chaque pièce. *La cuisine, on trouve toujours du monde à la...*

Effectivement. Celui-ci avait à peu près sa taille, et il avait presque dégainé son pistolet alors qu'il se précipitait vers le couloir tout en lançant un nom et une question, mais lui aussi avait été un peu trop lent : son arme n'était pas encore braquée que son adversaire était déjà prêt à tirer. Ce serait la dernière chose qu'il verrait jamais. Il fallut à Clark une trentaine de secondes encore pour terminer d'inspecter le reste du luxueux appartement, mais toutes les autres pièces étaient vides.

« Evgueni Pavlovitch ?

— Vania, par ici ! »

Clark revint sur ses pas, avec un bref regard sur les deux hommes qu'il avait tués — juste pour vérifier, en fait. Il savait qu'il se souviendrait de ces corps, comme de tous les autres, il savait qu'ils reviendraient le hanter, et qu'il aurait à tenter de justifier leurs morts, comme toutes les autres.

Koga était assis dans le salon, les traits remarquablement livides, tandis que Chavez/Chekov terminait d'inspecter la pièce. Le gars devant la télé n'avait pas réussi à sortir entièrement l'arme de son étui d'épaule — sans doute une idée qu'il avait piquée dans un film. Le problème est que ces accessoires étaient à peu près inutilisables quand il fallait dégainer précipitamment.

« Voie libre à gauche, dit Chavez, se souvenant de parler russe.

— Voie libre à droite. » Clark se força au calme, en contemplant l'homme affalé devant la télé tout en se demandant lequel de ces types avait été responsable de la mort de Kim Norton. En tout cas, sans doute pas celui dehors.

« Qui êtes-vous ? » demanda Koga d'une voix où se mêlaient étonnement et colère ; il semblait avoir oublié qu'ils s'étaient déjà vus. Clark prit une inspiration avant de répondre.

« Koga-san, nous sommes venus vous sauver.

— Vous les avez tués ! » Il pointait un doigt tremblant.

« On pourra en discuter plus tard, peut-être. Voulez-vous nous suivre, je vous prie ? Vous ne risquez rien avec nous, monsieur. »

Koga n'était pas inhumain. Clark admirait sa sollicitude pour les défunts, même si de toute évidence, il ne les avait pas comptés au nombre de ses amis. Mais il était plus que temps de le sortir d'ici vite fait.

« Lequel était Kaneda ? » demanda Chavez. L'ancien Premier ministre indiqua le cadavre dans la pièce. Ding s'avança pour y jeter un dernier coup d'œil et il réussit à ne rien dire avant de se tourner vers Clark, mais dans ses yeux se lisait une expression qu'eux seuls pouvaient comprendre.

« Vania, on dégage. »

Son détecteur de menaces commençait légèrement à déconner. L'écran était moucheté de rouge et de jaune, en même temps que la voix féminine lui disait qu'il avait été détecté, mais cette fois, Richter n'était pas dupe des indications de l'ordinateur ; ça faisait toujours plaisir de se rendre compte que le satané bidule ne savait pas toujours tout.

La partie pilotage était déjà assez difficile, et même si l'Apache aurait eu l'agilité nécessaire à la mission, il valait quand même mieux être aux commandes du RAH-66. Son corps ne trahissait aucune tension apparente. Rançon de longues années d'entraînement, il était assis confortablement dans son siège blindé, l'avant-bras droit calé dans la gouttière tandis que sa main manœuvrait le mini-manche latéral. Son regard scrutait régulièrement le ciel autour de lui, et ses yeux comparaient machinalement l'horizon réel à celui généré par le matériel de détection installé dans le nez de l'hélico. La ligne des toits de Tokyo était absolument parfaite pour lui. Tous ces bâtiments engendraient une flopée de signaux parasites pour l'avion-radar vers lequel il se dirigeait, et même les meilleurs ordinateurs n'auraient pu déjouer ce genre de brouillage. Mieux encore, il avait tout le temps devant lui pour faire ça bien.

Il n'avait qu'à suivre le cours du Tone pour que le fleuve le conduise presque au but ; longeant sa rive sud, il y avait une ligne de chemin de fer, et sur la ligne, un train en direction de Choshi. Le train roulait à cent soixante kilomètres-heure, et il vint se placer à sa verticale, surveillant d'un œil la progression du convoi, et de l'autre les évolutions de l'indicateur sur son détecteur de menaces. Il se maintenait à trente mètres au-dessus des poteaux supports de caténaire, alignant précisément sa vitesse sur celle du train, juste à la verticale de la dernière voiture de la rame.

« Tiens, c'est marrant... » L'opérateur de Kami-Deux nota un écho, amplifié par l'ordinateur, qui s'approchait de la position de son appareil. « Insertion possible à basse altitude », annonça-t-il en renforçant l'image du contact sur son écran à l'intention du commandant de bord.

« C'est un train », répondit l'homme aussitôt, comparant la position avec un relevé cartographique. C'était le problème avec ces satanés trucs quand on volait trop près du sol. Le logiciel de discrimination classique, à l'origine acheté aux Américains, avait été modifié, mais pas dans tous ses détails. Le radar aéroporté était capable de repérer tout ce qui bouge, mais tous les ordinateurs de la planète réunis n'auraient pas suffi à filtrer, classer et afficher tous les contacts engendrés par les voitures et les camions roulant sur les routes que survolait leur appareil. Pour désencombrer les écrans, le système de filtrage logiciel éliminait donc tout objet évoluant à moins de cent cinquante kilomètres-heure, mais même sur terre, ce n'était pas suffisant, pas au-dessus d'un pays possédant les trains parmi les meilleurs du monde. Pour plus de sûreté, le responsable surveilla l'écho durant plusieurs secondes. Effectivement, il suivait la ligne de Tokyo à Choshi. Un appareil à réaction était exclu. Un hélicoptère pouvait théoriquement accomplir ce genre d'acrobatie, mais vu la faiblesse de l'écho, il devait plus probablement correspondre à la diffraction du signal sur le toit métallique de la rame, ajouté à la réflexion par les poteaux supports de caténaire.

« Recalez votre seuil de discrimination à deux cents », ordonna-t-il à ses opérateurs. Il leur fallut trois secondes pour modifier le réglage, et effectivement, l'écho longeant la rive sud du fleuve disparut, en même temps que deux autres contacts au sol plus manifestes. Ils avaient des trucs plus intéressants à faire, vu que le Kami-Deux était chargé de corréler les données recueillies par le Quatre et le Six avant de les basculer sur le QG de la défense aérienne dans la banlieue de Tokyo. Les Américains sondaient encore une fois leurs défenses, et sans doute à nouveau avec leurs F-22 perfectionnés, pour voir s'ils étaient capables de déjouer les Kami. Eh bien, ce coup-ci, la réception ne serait pas aussi amicale. Huit intercepteurs F-15 Eagle avaient pris l'air, chaque E-767 en contrôlait quatre. Si les chasseurs américains s'approchaient encore, ils allaient le payer.

Il devait risquer une transmission vocale, et même en recourant à une salve cryptée, cela rendait nerveux le colonel, mais le boulot entraînait des risques même dans le meilleur des cas.

« De Lightning Leader à ailier. *Séparation* dans cinq — quatre — trois — deux — une — top ! Séparation ! »

Il tira sur le manche, remontant et s'éloignant d'un coup du Strike Eagle qui avait passé les trente dernières minutes dans son sillage. Au même instant, sa main droite coupa la balise radar qu'il avait allumée pour amplifier l'écho renvoyé à l'AEW japonais. Derrière lui et plus bas, le F-15E et son équipage féminin s'apprêtait à plonger légèrement en virant sur la gauche. Le Lightning monta en chandelle, perdant une partie de sa vélocité.

Le colonel alluma la post-combustion pour reprendre de la vitesse, et mit à profit la résistance centrifuge de la cellule pour entamer une manœuvre brutale dans la direction opposée, accélérant ainsi grandement leur séparation.

Il y avait une chance sur deux que le radar japonais ait capté un écho de son appareil, le colonel le savait, mais il savait également comment fonctionnait aujourd'hui un système radar : opérant à puissance élevée, il détectait toutes sortes de signaux transitoires que le logiciel d'analyse associé devait filtrer avant de les présenter aux contrôleurs. Sa tâche n'était pas foncièrement différente de celle d'opérateurs humains, sauf qu'il s'en acquittait plus vite et plus efficacement, mais il n'était pas infaillible, comme lui et les trois autres Lightning allaient s'employer à le démontrer.

« Ils virent au sud », annonça le contrôleur — commentaire inutile, puisque quatre personnes surveillaient désormais la progression des intrus. Ni lui ni ses camarades ne pouvaient savoir que l'ordinateur avait relevé quatre vagues échos retournant vers le nord, mais ceux-ci étaient encore plus faibles que d'autres signaux éliminés car n'évoluant pas assez vite. D'ailleurs, ils ne reproduisaient pas non plus la trajectoire habituelle d'un appareil aérien. Puis les choses se compliquèrent.

« Détection de signaux de brouillage. »

Le Lightning de tête grimpait maintenant presque à la verticale. La manœuvre était dangereuse, car ainsi, il offrait son profil le moins furtif aux radars du E-767, mais dans le même temps, la composante latérale de la trajectoire était quasiment immobile, de sorte qu'on pouvait la confondre avec un écho fantôme, surtout au milieu du bruit de fond électronique engendré par les puissants brouilleurs des Strike Eagle. Moins de trente secondes après, les Lightning reprenaient leur vol en palier à une altitude de cinquante-cinq mille pieds — seize mille cinq cents mètres. Le colonel prêtait désormais une attention extrême à ses détecteurs de menace. Si les Japonais le repéraient, ils le révéleraient en utilisant leur système de balayage électronique pour arroser son chasseur de salves de micro-ondes... mais ce n'était pas le cas. La furtivité de son appareil lui permettait de se fondre dans les échos parasites. Son système détectait à présent les lobes latéraux. Le E-767 avait basculé sur le mode haute fréquence de contrôle de tir, et le faisceau n'était pas braqué sur lui. Parfait. Il enclencha la post-combustion et le Lightning bondit à seize cents kilomètres-heure tandis que le pilote sélectionnait le mode contrôle de tir sur son affichage tête haute.

« A une heure, là, au-dessus. Je l'ai, Sandy, annonça le mitrailleur arrière. Il a même allumé ses feux. »

Le train avait fait halte à une gare de banlieue et le Comanche l'avait laissé derrière lui, pour foncer à cent vingt nœuds vers la ville côtière. Richter avait fléchi les doigts une dernière fois, levé les yeux, et découvert, très haut dans le ciel au-dessus de lui, les feux anti-collision de l'appareil japonais. Il était désormais presque à l'aplomb de celui-ci, et si perfectionné que soit leur radar, il était incapable de voir à travers l'épaisseur de la carlingue... effectivement, il y avait maintenant une tache noire au centre de son écran de menace.

« Et c'est parti », dit-il dans l'interphone. Sandy mit les gaz à fond, plaçant délibérément les moteurs en surrégime, tout en ramenant sèchement le manche vers lui. Le Comanche bondit vers le haut en décrivant une spirale. Le seul vrai souci était la température des moteurs. Ils étaient conçus pour être maltraités, mais là, il les poussait vraiment à leur extrême limite. Un témoin d'alerte s'alluma sur son affichage de casque, une barre verticale qui se mit à grimper en changeant de couleur presque aussi vite que le défilement de ses chiffres sur l'altimètre numérique.

« Waouh », souffla le mitrailleur, puis il baissa les yeux et sélectionna l'affichage des systèmes d'armes, pour gagner du temps, avant de se remettre à surveiller l'extérieur. « Trafic négatif. »

Logique, estima Richter. Ils n'avaient sûrement pas envie de voir l'air encombré autour d'un appareil aussi coûteux que cette cible. A la bonne heure. Il l'apercevait à son tour, tandis que son hélicoptère dépassait le palier des dix mille pieds, poursuivant son ascension, pareil à l'avion de chasse qu'il était en réalité, rotor ou pas.

Il le voyait maintenant sur son écran de visée, encore trop loin pour être atteint, mais il était bien là, tache lumineuse dans la petite fenêtre au centre de son affichage tête haute. Temps de faire un petit contrôle. Il activa ses systèmes d'illumination de missiles. Le F-22 était équipé d'un radar FPI — à faible probabilité d'interception par la cible. Cela s'annonçait bien.

« On vient d'accrocher un écho, annonça l'officier de contre-mesures. On vient d'accrocher un écho haute fréquence, relèvement indéfini », poursuivit-il, les yeux fixés sur ses instruments pour avoir des données complémentaires.

« Sans doute encore un de nos échos parasites », jugea le chef contrôleur, occupé pour l'instant à diriger ses chasseurs sur les contacts qui se rapprochaient toujours.

« Non, non, la fréquence ne correspond pas. » L'officier procéda à une nouvelle vérification de ses instruments, mais il ne trouva rien d'autre pour confirmer l'étrange pressentiment qui venait de lui glacer les membres.

« Alerte surchauffe moteur. Alerte surchauffe moteur », lui disait la voix, puisqu'il semblait ignorer si délibérément les signaux visuels, estima l'ordinateur de bord.

« Je sais, chou », répondit Richter.

Au-dessus du désert du Nevada, il avait réussi une montée éclair jusqu'à vingt et un mille pieds, si loin au-delà du domaine de vol normal d'un hélicoptère qu'il s'était réellement flanqué la trouille, mais, se souvint Richter, c'était dans un air relativement chaud, alors qu'ici, il était beaucoup plus froid. Il franchissait le seuil des vingt mille pieds, gardant toujours un taux de montée respectable, quand sa cible changea de cap, s'éloignant de lui. L'appareil semblait voler en cercles à une vitesse approximative de trois cents nœuds, sans doute propulsé par un seul réacteur, l'autre servant à faire tourner les générateurs électriques qui alimentaient son radar. Il n'avait pas eu d'informations techniques à ce sujet, mais la supposition paraissait logique. Le plus important, c'est qu'il devait encore patienter quelques secondes pour l'avoir à portée de tir, mais les deux énormes turboréacteurs de l'avion de ligne modifié étaient des cibles tentantes pour ses Stinger.

« Juste à portée, Sandy.

— Roger. » De la main gauche, il choisit les missiles sur le panneau de sélection d'armes. Les trappes latérales se déployèrent. Sous chacune étaient fixés trois missiles Stinger. En limite de manœuvrabilité, il vira en dérapage, souleva le volet de protection du bouton de mise à feu, pressa ce dernier à six reprises. Les six missiles glissèrent sur leurs rails de lancement et filèrent sur une trajectoire parabolique vers leur cible, à deux milles de là. Sitôt après, Richter réduisit les gaz et ramena doucement le manche, pour replonger vers le bas et refroidir ses turbines poussées à bout, fixant le sol devant lui, tandis que son mitrailleur suivait la progression des missiles.

Le premier Stinger fit long feu. Les cinq autres eurent plus de succès et même si deux connurent une extinction prématurée avant d'avoir atteint la cible, quatre missiles firent mouche, trois sur le moteur droit, et le dernier sur le gauche.

« Frappes, frappes multiples. »

Le E-767, à basse vitesse, n'avait guère de chance de s'en tirer. Les Stinger avaient des charges réduites, mais les réacteurs de l'appareil répondaient aux spécifications civiles et ils étaient peu armés pour résister aux dégâts. Les deux moteurs s'arrêtèrent aussitôt, et celui qui servait effectivement à la propulsion se désintégra le premier. Des fragments de pale des turbines explosèrent, traversant le carénage du réacteur, déchirant l'aile droite, sectionnant les commandes de vol, ruinant les performances aérodynamiques. L'avion de ligne modifié bascula instantanément sur la droite, entamant une chute irrécupérable : surpris par ce désastre imprévu, l'équipage était totalement incapable d'y faire face. La moitié de l'aile droite se sépara presque aussitôt du fuselage et, au sol, les contrôleurs du ciel virent sur leur écran alphanumérique la marque affichant la position du Kami-Deux basculer sur le code d'urgence 7711, puis disparaître purement et simplement.

« Appareil abattu, Sandy.

— Roger. » Le Comanche descendait à toute vitesse pour foncer vers l'abri de la côte. Les moteurs avaient retrouvé une température normale et Richter espérait ne pas avoir occasionné de dégâts irrémédiables. Pour le reste, ce n'était pas la première fois qu'il tuait des gens.

« Kami-Deux vient de disparaître des écrans, annonça l'officier de transmissions.

— Quoi ? demanda le chef contrôleur, distrait de sa mission d'interception.

— Un appel incompréhensible, comme une explosion, et puis plus aucun signal.

— Restez à l'écoute, j'ai mes Eagle à diriger. »

Le colonel savait que la tâche devait commencer à devenir épineuse pour les 15-Echo. Leur boulot pour l'instant était de servir d'appât, d'attirer les Eagle japonais loin au-dessus de l'eau, pendant que les Lightning suivaient derrière pour fondre sur leurs avions-radars de soutien et refermer le piège. La bonne nouvelle était que le troisième E-767 venait de disparaître des écrans. Donc, la seconde phase de la mission s'était déroulée comme prévu. Voilà qui changeait agréablement. Et donc, pour le reste...

« Deux... de Leader, exécution, top ! » Le colonel alluma ses radars d'illumination, à vingt milles de l'avion AEW en patrouille. Puis il ouvrit les volets de ses baies d'armements, pour donner à ses missiles AMRAAM une chance de flairer leur proie. Le Un et le Deux avaient déjà acquis leur cible : il les tira. « Fox-Deux, Fox-Deux sur le Zigue Nord, avec deux Slammer ! »

L'ouverture de la baie d'armements rendait les Lightning à peu près aussi furtifs qu'un immeuble. Des échos apparurent tout d'un coup sur cinq écrans différents, accompagnés d'indications complémentaires sur la vitesse et le cap du nouveau contact. Le message d'alerte qu'y ajouta l'officier de contre-mesures résonna comme un glas.

« On est illuminé à très courte portée, relèvement zéro-deux-sept !

— Hein ? Quoi ? Qui est-ce ? » Il avait ses problèmes de son côté, avec ses Eagle sur le point de lancer leurs missiles sur les Américains en approche. Kami-Six venait de passer en mode contrôle de tir, pour permettre aux intercepteurs de tirer en aveugle, comme ils l'avaient fait déjà avec les bombardiers B-1. Il ne pouvait plus interrompre la procédure.

L'ultime avertissement vint bien trop tard pour permettre une riposte. A huit kilomètres de la cible, les deux missiles passèrent sur leur propre radar de détection. Ils arrivaient à plus de Mach 3, propulsés par leurs moteurs à poudre vers une cible radar gigantesque. Le AIM-120 AMRAAM, connu de ses utilisateurs sous le nom de Slammer, faisait partie de cette nouvelle génération d'armes intelligentes. Enfin averti par le dialogue des opérateurs de contre-mesures, le pilote du 767 fit basculer son appareil sur la gauche, cherchant à déclencher un impossible plongeon en vrille, une manœuvre désespérée, comprit-il à la dernière seconde en apercevant la lueur jaune de la tuyère du missile.

« Dans le mille, murmura Lightning Leader. Escadrille Lightning, ici Leader. Zigue Nord abattu.

— Leader pour Trois. Zigue Sud abattu », entendit-il en guise de réponse.

Et maintenant, se dit le colonel, recourant à un euphémisme particulièrement cruel en usage dans l'armée de l'air, l'heure était venue d'aller tuer quelques bébés phoques. Les quatre Lightning se trouvaient entre la côte nippone et les huit intercepteurs F-15J Eagle. Pour les flanquer à la baille, les F-15E américains allaient revenir en arrière, radars coupés, avant de lâcher eux aussi leurs AMRAAM. Certains feraient mouche, et les chasseurs japonais survivants n'auraient plus qu'à filer sans demander leur reste, pour se jeter tout droit sur les quatre appareils de son escadrille.

Les radars de contrôle au sol ne pouvaient pas voir le combat aérien. Il se déroulait bien trop loin, sous leur horizon visuel. Ce qu'ils virent, c'est un avion qui fonçait vers leur côte — un des leurs, d'après son code transpondeur. Puis il s'immobilisa d'un coup et le signal du répéteur disparut. Au QG de la défense aérienne, les données transmises par les trois avions-radars abattus ne révélaient aucun indice, à un point près : la guerre déclenchée par leur pays était entrée dans une phase concrète, et elle avait pris un tour inattendu.

43

Et en avant la musique

« JE sais que vous n'êtes pas russes », dit Koga. Il était assis à l'arrière avec Chavez. Clark conduisait.

« Qu'est-ce qui vous fait penser ça ? demanda John, l'air innocent.

— Le fait que Yamata pense que j'ai eu des contacts avec des Américains. Or, vous êtes les deux seuls *gaijins* avec qui j'ai parlé depuis le commencement de cette folie. Mais enfin, qu'est-ce qui se passe ? demanda l'homme politique.

— Monsieur, ce qui se passe pour le moment, c'est que nous vous avons sorti des griffes d'individus qui préféraient vous voir mort.

— Yamata ne serait pas idiot à ce point, rétorqua Koga, qui ne s'était pas encore remis du choc d'avoir découvert la violence hors du cadre d'un écran de télé.

— Il a déclenché une guerre, Koga-san. Que pèse en face votre mort ? remarqua délicatement John.

— Donc, vous êtes bien des Américains. » Il insistait.

Oh, et puis merde, se dit Clark. « Oui, monsieur, c'est exact.

— Espions ?

— Agents de renseignements, rectifia Chavez. Celui qui vous gardait dans le salon...

— Celui que vous avez tué, voulez-vous dire ? Kaneda ?

— Lui-même. Il a assassiné une ressortissante américaine, une jeune femme du nom de Kimberly Norton et, à vrai dire, je ne suis pas mécontent de l'avoir abattu.

— Qui était-ce ?

412

— La maîtresse de Goto, expliqua Clark. Et quand elle est devenue une menace politique pour votre nouveau Premier ministre, Raizo Yamata a décidé de l'éliminer. Si nous sommes venus dans votre pays, c'était uniquement pour la récupérer », poursuivit Clark. C'était un semi-mensonge.

« Rien de tout cela n'était nécessaire, rétorqua Koga. Si votre Congrès m'avait seulement donné une chance de...

— Monsieur, répondit Chavez ; vous avez peut-être raison. Personnellement, je n'en sais rien. Mais ça n'a plus grande importance à présent, non ?

— Eh bien alors, dites-moi donc ce qui importe !

— C'est de mettre fin à cette putain de saloperie avant qu'elle ne fasse trop de victimes, suggéra Clark. J'ai combattu dans plusieurs guerres, et ce n'est jamais marrant. Des tas de petits gars se font rétamer avant d'avoir eu la chance de se marier et d'avoir des gosses, et ça, c'est moche, d'accord ? » Clark marqua une pause avant de poursuivre. « C'est moche pour mon pays, et ce qui est bougrement sûr, c'est que ça va être pire pour le vôtre.

— Yamata pense...

— Yamata est un homme d'affaires, intervint Chavez. Monsieur, vous feriez mieux de le comprendre. Il ne sait pas ce qu'il a déclenché.

— Oui, pour tuer, vous êtes des champions, vous autres Américains. J'ai encore pu le constater il y a un quart d'heure.

— Dans ce cas, monsieur Koga, vous aurez également constaté que nous avons laissé la vie sauve à l'un de ces hommes... »

La repartie furieuse de Clark provoqua un silence glacial de plusieurs secondes. Koga mit du temps à réaliser que c'était la vérité. L'homme étendu devant la porte était bien en vie quand ils avaient enjambé son corps : geignant, tremblant, comme secoué de décharges électriques, mais incontestablement en vie.

« Pourquoi n'avez-vous pas... ?

— Nous n'avions aucune raison de le tuer, expliqua Chavez. Je ne vais pas m'excuser pour ce salaud de Kaneda. Il n'a eu que ce qu'il mérite, et quand je suis entré dans la pièce, il s'apprêtait à dégainer son arme... et ce n'était pas un pistolet à bouchon. Mais on n'est pas au cinéma. On ne tue pas les gens pour le plaisir, et si on est venus vous sauver, c'est parce qu'il faut bien quelqu'un pour arrêter cette putain de guerre, d'accord ?

— Quand bien même ce serait vrai... ce qu'a fait votre Congrès... comment mon pays peut-il survivre économiquement à...

— Est-ce que ce sera mieux si la guerre continue ? demanda Clark. Si le Japon et la Chine s'en prennent à la Russie, qu'est-ce qui vous arrivera, à votre avis ? Qui, selon vous, va réellement payer le prix de cette erreur ? La Chine ? Je ne pense pas. »

Le premier message de Washington vint par satellite. Il se trouva qu'un des « auto-stoppeurs » de surveillance électronique de la NSA était bien placé en orbite pour enregistrer l'arrêt du signal — selon la terminologie de l'Agence pour la sécurité nationale — émanant de chacun des trois avions-radars japonais. D'autres postes d'écoute de l'Agence enregistrèrent des dialogues radio qui se poursuivirent encore plusieurs minutes avant de s'interrompre. Les analystes étaient en ce moment même en train de les dépouiller, annonçait le rapport que Ryan avait entre les mains.

Un seul coup au but, se dit le colonel. Enfin, il devrait faire avec. Son ailier avait descendu le dernier des 15J. L'élément sud en avait abattu trois, et les Strike Eagle avaient liquidé les quatre derniers, sitôt que leur soutien radar avait disparu, les laissant soudain vulnérables et désemparés. Il était probable que l'équipe ZORRO avait abattu le troisième E-767. Pas une mauvaise nuit, dans l'ensemble, mais bougrement longue, se dit-il en reformant son escadrille de quatre appareils en vue de leur rendez-vous avec le ravitailleur avant les trois heures de vol pour regagner Shemya. Le plus dur était l'obligation de maintenir le silence radio. Certains de ses gars devaient être surexcités, tout imbus de leur succès, en vrais pilotes de chasse heureux d'avoir accompli leur tâche et d'avoir survécu pour narrer leurs exploits, avec une seule envie : en parler. Mais ça changerait vite, estima-t-il, alors que le silence forcé l'obligeait à repenser au premier avion qu'il ait jamais abattu. Il y avait trente personnes à bord. Merde, il aurait dû en être fier, non ? Alors, pourquoi n'était-ce pas le cas ?

Il venait de se produire un truc intéressant, nota Dutch Claggett. Ils continuaient à détecter épisodiquement des échos du SSK évoluant dans leur secteur, mais quel que soit ce bâtiment, il avait viré au nord pour s'éloigner d'eux, permettant au *Tennessee* de demeurer sur place. Comme tout submersible en patrouille, il était remonté en immersion périscopique pour déployer son antenne de détection électronique afin de suivre les évolutions des avions-radars japonais ces deux derniers jours et recueillir ainsi le maximum de données susceptibles d'être transmises aux autres bâtiments de la flotte. La collecte de renseignements électroniques était déjà une des missions dévolues aux sous-marins, bien avant son entrée à Annapolis, et son équipage comprenait deux électroniciens manifestement doués pour ça. Or, deux des appareils surveillés avaient disparu d'un coup de leurs écrans. Volatilisés. Puis, ils avaient intercepté des conversations radio apparemment affolées, d'après leur ton, et puis ces voix s'étaient éteintes une par une, quelque part au nord de leur position.

« Vous pensez qu'on serait revenus à la marque, commandant ? demanda l'enseigne Shaw, comptant sur son supérieur pour être au courant, parce que les commandants étaient censés tout savoir, même si ce n'était pas le cas.

— On dirait bien.

— Passerelle pour sonar.

— Sonar, j'écoute.

— Notre copain est remonté renifler, relèvement zéro-zéro-neuf, contact probable, indiqua le chef sonar.

— Je trace sa trajectoire », répondit Shaw, en se dirigeant vers la table des cartes à l'arrière.

« Alors, que s'est-il passé ? demanda Durling.

— On a descendu trois de leurs avions-radars, et notre force d'intervention a anéanti leur escadrille de chasse. » L'heure, toutefois, n'était pas à pavoiser.

« C'est maintenant la phase la plus épineuse ?

— Oui, monsieur le président, acquiesça Ryan. Il faut qu'on entretienne la confusion encore un petit moment, mais dès à présent, ils se doutent qu'il se passe quelque chose. Ils savent...

— Ils savent qu'il pourrait bien s'agir d'une vraie guerre, après tout. Des nouvelles de Koga ?

— Pas encore. »

Il était quatre heures du matin et les trois hommes en portaient les marques. Koga avait surmonté, pour l'heure, la phase de stress, cherchant à utiliser sa tête plutôt que ses émotions, tandis que ses deux hôtes — c'était ainsi qu'il les considérait maintenant, non sans surprise — le guidaient toujours, tout en se demandant à présent s'ils n'avaient pas commis une erreur en laissant la vie sauve au garde posté à l'extérieur de l'appartement de Yamata. Il devait s'être remis à l'heure qu'il était. Allait-il prévenir les flics ? Ou d'autres ? Sur quoi allait déboucher l'aventure de cette nuit ?

« Qu'est-ce qui me prouve que je devrais vous faire confiance ? » demanda Koga après un silence prolongé.

Les mains de Clark serrèrent si fort la jante du volant qu'elles laissèrent des marques sur le Skaï. C'était la faute à la télé et au cinéma si les gens posaient ce genre de questions stupides. A la télé comme au cinéma, les espions faisaient toutes sortes de trucs fort compliqués dans l'espoir de déjouer des adversaires aussi intelligents qu'eux. La réalité était différente. Vous tâchiez toujours d'organiser les opérations avec le maximum de simplicité, parce que même les trucs les plus simples pouvaient vous péter à la gueule, et si le mec en face était vraiment si malin, il ne vous laisserait même pas l'occasion de deviner son identité ; par ailleurs, piéger les gens pour les amener à faire ce qu'on désirait ne pouvait marcher qu'à condition de ne leur laisser qu'une seule option, et même ainsi, il arrivait encore plus d'une fois qu'ils réagissent de manière inattendue.

« Monsieur, nous n'avons jamais fait que risquer notre vie pour vous, mais bon, d'accord, ne vous fiez pas à nous. Je n'aurai pas la stupidité de vous dicter la conduite à tenir. Je ne connais pas suffisamment la politique de votre pays. Ce que je vais vous dire est tout simple : Nous allons agir — de quelle manière, je n'en sais encore trop rien, donc je ne peux guère vous en dire plus. Nous voulons mettre fin à cette guerre avec le minimum de violence, mais la violence sera inévitable. Vous aussi, vous voulez y mettre fin, n'est-ce pas ?

— Évidemment que je veux y mettre fin, grommela Koga, que l'épuisement rendait peu courtois.

— Eh bien, monsieur, faites ce que vous dicte votre conscience, d'accord ? Voyez-vous, vous n'êtes pas obligé de nous faire confiance. Nous, en revanche, Nous devons compter sur vous pour agir au mieux des intérêts de votre pays et du nôtre. » Il s'avéra que la remarque de Clark, tout exaspérée qu'elle soit, avait touché un point sensible.

« Oh... » L'homme politique réfléchit. « Oui, bien sûr. Alors c'est donc vrai, hein ?

— Où peut-on vous déposer ?

— Chez Kimura, répondit aussitôt Koga.

— Parfait. » Clark dénicha l'adresse et tourna sur la nationale 122 pour s'y rendre. Puis il s'avisa qu'il avait appris un détail de la plus haute importance, cette nuit, et qu'après avoir conduit leur passager dans un endroit relativement sûr, il devait de toute urgence transmettre cette information à Washington. Les rues vides facilitaient la tâche, et même s'il aurait apprécié un café pour se tenir éveillé, il ne lui fallut qu'une petite quarantaine de minutes pour rallier le lotissement aux petites maisons entassées où vivait le fonctionnaire du MITI. Il y avait déjà de la lumière quand ils s'arrêtèrent devant la porte, et ils laissèrent Koga descendre et gagner le perron. Isamu Kimura ouvrit aussitôt et invita son hôte à entrer avec un sourire presque aussi large que la porte de sa demeure.

Qui a dit que ces gens ne manifestent aucune émotion ?

« D'où vient la fuite, à votre avis ? remarqua Ding, toujours assis sur la banquette arrière.

— Brave petit... t'as pigé, toi aussi.

— Hé, je suis le seul diplômé d'université dans cette voiture, monsieur C. » Ding ouvrit le portatif et se mit à taper sa dépêche pour Langley — comme toujours via Moscou.

« Ils ont fait *quoi* ? aboya Yamata au téléphone.

— C'est sérieux. » Son correspondant était le général Arima qui venait lui-même d'apprendre la nouvelle de Tokyo. « Ils ont pulvérisé nos défenses aériennes et ont pu repartir comme si de rien n'était.

— Mais comment ? » demanda l'industriel. Ne lui avaient-ils pas seriné que le Kami était un avion invincible ?

« On ne sait pas encore, mais je peux vous dire que c'est très sérieux. Ils ont désormais la possibilité de bombarder notre pays. »

Réfléchis, se dit Yamata, en secouant la tête pour s'éclaircir les idées. « Général, ils ne peuvent toujours pas débarquer sur nos îles, n'est-ce pas ? Ils peuvent nous harceler, mais pas vraiment nous blesser, aussi longtemps que nous détiendrons l'arme nucléaire...

— A moins qu'ils tentent autre chose. les Américains n'agissent pas comme nous avions été portés à l'envisager... »

Cette dernière remarque eut la vertu de piquer au vif le futur gouverneur de Saipan. C'est aujourd'hui qu'aurait dû commencer sa campagne. Oui, c'est vrai, il avait surestimé la portée de son action sur les marchés financiers américains, mais ils avaient quand même réussi à mutiler la flotte américaine, ils avaient quand même réussi à occuper les îles, et l'Amérique n'avait toujours pas les moyens matériels de récupérer ne fût-ce qu'une seule des Mariannes, l'Amérique n'avait pas la volonté politique de lancer une attaque nucléaire sur son pays. Par conséquent, ils gardaient toujours l'avantage. Ne devait-on pas s'attendre à voir les Américains riposter d'une manière ou de l'autre ? Bien sûr que si. Yamata saisit sa télécommande et alluma la télé, prenant le début d'une retransmission de CNN : la correspondante de la chaîne se tenait apparemment près d'une bordure de quai et, derrière elle, on voyait les deux porte-avions américains, toujours en cale sèche, toujours immobilisés.

« Que nous dit le Renseignement au sujet de l'océan Indien ? demanda-t-il au général.

— Les deux porte-avions américains sont toujours sur zone, lui assura Arima. On a pu confirmer leur présence hier, tant en visuel qu'au radar, à moins de quatre cents kilomètres des côtes du Sri Lanka.

— Donc, ils ne peuvent rien contre nous, n'est-ce pas ?

— Eh bien, non, certainement pas, admit le général. Mais nous devons prendre d'autres dispositions.

— Alors, je vous suggère instamment de les prendre, Arima-san », répondit Yamata d'une voix si polie qu'elle en était une insulte cuisante.

Le pire était d'ignorer ce qui s'était passé. Toutes les liaisons avec les trois Kami abattus s'étaient interrompues avec l'élimination du Deux. Le reste de leurs informations relevait plus de déductions que de connaissances précises. Les stations de suivi au sol avaient copié les émissions du Quatre et du Six, jusqu'au moment où celles-ci avaient brutalement cessé à la même minute. Il n'y avait eu aucun signe évident d'alerte de la part des trois avions-radars. Ils avaient simplement arrêté d'émettre, ne laissant pour seule trace que quelques débris épars à la surface de l'océan. Quant aux chasseurs, au moins détenaient-ils les enregistrements des conversations radio. Le drame s'était joué en moins de quatre minutes. D'abord les commentaires confiants, laconiques, des pilotes de chasse fondant sur leur cible, puis une série de *Quoi ?* suivis de cris pour demander instamment qu'on reconnecte leurs radars, puis d'autres cris en découvrant qu'ils étaient illuminés. Un des pilotes annonça un coup au but, avant de disparaître aussitôt des ondes — mais un coup au but par qui, par quoi ? Comment le même appareil qui avait abattu les Kami pouvait-il avoir simultanément descendu les chasseurs ? Les Américains n'avaient que quatre exemplaires de ce tout nouveau et si coûteux F-22. Or les Kami les suivaient au radar. Par quel tour de magie... ? C'était bien là le problème : ils n'en savaient rien.

Les spécialistes de la défense aérienne et les ingénieurs, qui avaient mis au point les systèmes de radar embarqués les meilleurs du monde, hochèrent la tête avec un bel ensemble et baissèrent les yeux ; tous éprouvaient une intense humiliation personnelle, mais sans savoir pourquoi. Sur dix avions, cinq étaient détruits, quatre seulement restaient opérationnels, et s'ils avaient une certitude, c'est qu'ils ne pouvaient plus prendre le risque de les engager au-dessus de l'océan. L'ordre fut émis également de déployer les E-2C de réserve mais ces derniers appareils, d'origine strictement américaine, étaient moins efficaces que les E-767 qui les avaient remplacés. Les officiers devaient se résoudre à la dure réalité des faits : d'une manière ou de l'autre, la défense aérienne de leur pays venait d'être sérieusement compromise.

419

Il était sept heures du soir, et Ryan s'apprêtait à rentrer chez lui quand le fax crypté se mit à bourdonner. Son téléphone sonnait avant même que la feuille imprimée ne commence à sortir.

« Vous n'êtes donc pas fichus de garder un secret ? demanda une voix furieuse au fort accent russe.

— Serguéï ? Quel est le problème ?

— Koga reste notre meilleure chance de mettre fin aux hostilités, et quelqu'un de chez vous est allé dire aux Japonais qu'il est en contact avec vous ! » Golovko criait presque. Il l'avait appelé depuis chez lui (où il était trois heures du matin). « Vous cherchez à le faire tuer ?

— Serguéï Nikolaïtch, bordel de merde, est-ce que vous allez vous calmer ? » Jack se rassit dans son fauteuil — entre-temps, sa page de fax avait fini d'arriver. Elle provenait directement des spécialistes des transmissions de l'ambassade à Moscou, sans aucun doute sur ordre de leurs homologues russes. « Oh, merde... D'accord, on a réussi à le tirer d'affaires, pas vrai ?

— Vous êtes infiltré à un très haut niveau, Ivan Emmetovitch...

— Ma foi, ce n'est pas à vous que j'apprendrai que ça n'a rien de sorcier.

— Nous ferons tout pour découvrir de qui il s'agit, je vous le garantis. » Il y avait encore de la colère dans sa voix.

Si c'est pas formidable, songea Ryan, fermant ses paupières douloureuses. *Le service de contre-espionnage russe appelé à témoigner devant la cour fédérale.*

« Peu de gens encore sont au courant... Je vous recontacte.

— Je suis ravi d'apprendre que vous restreignez la diffusion d'informations sensibles à des individus si dignes de confiance, Jack. » On raccrocha. Ryan bascula l'interrupteur et composa de mémoire un autre numéro.

« Murray.

— Ryan. Dan, j'aimerais vous voir, au plus vite. » Il appela ensuite Scott Adler. Puis il se rendit à nouveau chez le Président. Il avait l'impression que le point positif de son rapport serait que le camp adverse avait fait un usage maladroit d'informations de premier ordre. Une fois encore, il en était certain, Yamata se comportait en hommes d'affaires plus qu'en espion professionnel. Il n'avait même pas pris la peine de maquiller les renseignements en sa possession, au risque d'en révéler la source. L'homme n'avait pas conscience de ses limites. Tôt ou tard, cette faiblesse allait lui coûter cher.

Parmi les dernières instructions de Jackson avant son départ dans le Pacifique, il y avait l'ordre à douze bombardiers B-1B de la 384ᵉ escadre aérienne de décoller de leur base au sud du Kansas, de s'envoler vers l'est, via Lajes aux Açores, et de rallier Diego Garcia, dans l'océan Indien. Le vol de seize mille kilomètres prit plus d'une journée, et quand les appareils se posèrent enfin sur la plus lointaine de toutes les bases américaines, leurs équipages étaient complètement vannés. Les trois KC-10 acheminant les mécanos et la logistique atterrirent peu après, et bientôt tout ce petit monde était endormi.

« Qu'est-ce que tu me dis là ? » insista Yamata. L'idée le glaçait. Son propre domicile, violé... Mais par qui ?

« Ce que je vous dis, c'est que Koga a disparu et que Kaneda est mort. L'un de vos gardes est encore en vie, mais tout ce qu'il a vu, c'est deux ou trois *gaijins*. Ils l'ont maîtrisé, et il ne sait même pas comment.

— Quelles dispositions a-t-on prises ?

— L'affaire a été confiée à la police, dit à son patron Kazuo Taoka. Évidemment, je n'ai pas dit un mot au sujet de Koga.

— Il faut le retrouver, et vite. » Yamata regarda dehors. La chance lui souriait encore. Après tout, le coup de fil l'avait trouvé chez lui.

« Je ne sais pas...

— Moi, si. Merci du tuyau. » Yamata raccrocha sèchement, puis donna un autre coup de fil.

Murray franchit rapidement les contrôles de la Maison Blanche : il avait laissé dans la voiture son arme de service. Il n'avait pas vécu un mois plus facile que le reste du gouvernement. Il s'était loupé dans l'affaire Linders avec une erreur de débutant. *Du cognac mélangé à un médicament antigrippal,* se répéta-t-il pour la centième fois, en se demandant ce que Ryan et le Président pourraient bien trouver à lui dire. Le dossier criminel volait en éclats, et sa seule satisfaction était de ne pas avoir traîné un innocent devant les tribunaux, plongeant le Bureau dans l'embarras. Qu'Ed Kealty soit ou non réellement coupable de quoi que ce soit était une question secondaire pour le responsable du FBI. Si vous ne pouviez apporter de preuve à un jury, alors l'inculpé était innocent, point final. Et l'homme allait de toute façon bientôt quitter les responsabilités publiques. C'était déjà ça, se dit Murray tandis qu'un agent du Service secret le conduisait non pas vers le bureau de Ryan, mais vers celui situé dans l'angle opposé de l'aile ouest.

« Salut, Dan, dit Jack en se levant pour l'accueillir.

— Monsieur le président », dit aussitôt Murray. Il ne connaissait pas l'autre homme qui se trouvait dans la pièce.

« Bonjour, je suis Scott Adler.

— Enchanté. » Murray lui serra la main. Oh, réalisa-t-il, le type qui a mené les négociations avec les Japs.

On avait déjà pas mal avancé. Ryan n'arrivait pas à croire qu'Adler soit l'auteur de la fuite. Les seuls autres au courant à part lui étaient le Président, Brett Hanson, Ed et Mary Pat, peut-être quelques secrétaires. Et Christopher Cook.

« Ces diplomates japonais, sont-ils surveillés de près ? demanda Ryan.

— Ils ne vont nulle part sans quelqu'un pour les tenir à l'œil, lui assura Murray. Vous pensez à une affaire d'espionnage ?

— Probable. Il y a eu une fuite très importante.

— Ça doit être Cook, dit Adler. Ce ne peut être que lui.

— Bien. Mais d'abord, je dois vous apprendre un certain nombre de choses, indiqua le chef du Conseil national de sécurité. Il y a moins de trois heures, nous avons anéanti leurs défenses aériennes. On pense avoir abattu dix ou onze appareils. » Il aurait pu poursuivre mais s'en abstint. Il restait toujours la possibilité que la fuite vienne d'Adler, après tout, et la phase suivante de l'opération ZORRO devait être une surprise complète.

« Ça va les rendre nerveux, et ils ont toujours leurs armes nucléaires. Une combinaison dangereuse, Jack », remarqua le secrétaire d'État aux Affaires étrangères.

Nucléaires ? s'étonna Murray. *Bon Dieu.*

« Ont-ils changé d'attitude dans les négociations ? » demanda le Président.

Adler fit un signe de dénégation. « Pas le moins du monde, monsieur. Ils sont prêts à nous restituer Guam, mais ils veulent se garder le reste des Mariannes. Ils ne reculent pas d'un iota, et rien de ce que j'ai pu dire n'a réussi à les ébranler.

— Bien. » Ryan se retourna. « Dan, nous avons été en contact avec Mogataru Koga...

— C'est l'ex-Premier ministre, n'est-ce pas ? » demanda Dan, qui voulait être sûr de bien suivre le mouvement. Jack acquiesça.

« C'est exact. Nous avons infiltré deux agents de la CIA au Japon sous une fausse identité de Russes, et ils ont rencontré Koga sous cette couverture. Mais Koga s'est fait lui-même enlever par le type qui, d'après nous, semblerait mener la danse. Il aurait révélé à Koga qu'il était au courant de ses contacts avec des Américains.

— Ce doit être Cook, répéta Adler. Aucun autre membre de la délégation n'est au courant, et Chris se charge de mes contacts officieux avec leur numéro deux, Seiji Nagumo. » Le diplomate marqua un temps d'arrêt, puis laissa éclater sa colère. « C'est vraiment un comble, non ?

— On lance une enquête pour espionnage ? » demanda Murray. Détail significatif, nota-t-il, le Président laissa à Ryan le soin de donner la réponse.

« Vite fait bien fait, Dan.

— Et ensuite ? » Adler voulait savoir.

« Si c'est bien lui, on n'a qu'à le retourner, ce salaud. » Murray approuva d'un vigoureux signe de tête l'euphémisme en cours au FBI.

« Que voulez-vous dire, Jack ? demanda Durling.

— C'est l'occasion ou jamais. Ils pensent avoir une bonne source de renseignements et, à l'évidence, ils cherchent à les exploiter. A la bonne heure, poursuivit Jack. Nous pouvons en tirer avantage. On va leur refiler quelques informations bien juteuses, puis on n'aura plus qu'à les leur foutre dans le cul. »

Le plus urgent était d'étayer la défense aérienne des îles métro-politaines. Cette décision ne fut pas sans causer un certain émoi au QG de la défense nippone, et pour accentuer le malaise, elle se basait sur des informations partielles et non l'ensemble de données précises qui avait servi à préparer le plan stratégique global auquel le haut commandement militaire essayait de se tenir. Le meilleur système d'alerte radar que possédait leur pays était embarqué sur les quatre destroyers Aegis de classe Kongo qui patrouillaient au large des Mariannes du Nord. C'étaient de formidables bâtiments équipés de leur propre système de défense aérienne intégré. Sans être aussi mobiles que les E-767, ils étaient toutefois plus puissants et pouvaient fonctionner de manière autonome. Aussi, dès avant l'aube, l'escadre reçut-elle l'ordre de remonter à toute vapeur vers le nord pour établir un barrage radar à l'est des îles du Japon. Après tout, la marine américaine ne bougeait pas, et s'ils reconstituaient les défenses du pays, ils avaient encore une bonne chance d'aboutir à une solution diplomatique.

Dès que le signal parvint au *Mutsu*, l'amiral Sato en vit la logique, et ordonna aussitôt à ses bâtiments de faire route à leur vitesse maximale. Il restait malgré tout soucieux. Il savait que son système radar SPY était tout à fait capable de détecter des avions furtifs — les Américains l'avaient démontré avec leur propre version. Il savait également que ses bâtiments étaient suffisamment redoutables pour intimider l'adversaire. Ce qui le tracassait le plus, c'était que, pour la première fois, son pays n'avait pas l'initiative : il n'agissait pas, mais *réagissait* aux mouvements des Américains. Il osait espérer que c'était temporaire.

« Intéressant », observa aussitôt Jones. Les traces ne dataient que de quelques minutes, mais il y en avait deux, représentant sans doute plus de deux unités en formation serrée, bruyantes, et qui venaient d'opérer un léger changement de cap vers le nord.

« Bâtiments de surface, aucun doute, annonça l'opérateur sonar deuxième classe. On dirait un bruit de moteur... » Il se tut quand Jones entoura de rouge une autre trace.

« Et ça, c'est le battement de l'hélice. Au moins trente nœuds, ça veut dire des bâtiments de guerre rudement pressés. » Jones se dirigea vers le téléphone pour appeler le ComSubPac. « Bart ?

Ron ? On a quelque chose, ici. Cette escadre de destroyers qui opérait autour de Pagan...

— Oui, eh bien ? demanda Mancuso.

— Il semblerait qu'ils foncent vers le nord. On a quelqu'un là-haut pour les réceptionner ? » Puis Jones se souvint de plusieurs coups de sonde dans les eaux autour de Honshu. Mancuso ne leur disait pas tout, comme on pouvait s'y attendre pour des opérations tactiques. Sa façon d'esquiver la question serait une réponse en soi, estima le civil.

« Pouvez-vous me tracer une route ? »

Bingo. « Laissez-moi un petit peu de temps. Disons une heure, d'accord ? Les données sont encore un rien confuses, patron. »

La voix ne semblait pas outre mesure déçue par sa réponse, nota Jones. « A vos ordres, monsieur. On vous tiendra au courant.

— Bon travail, Jones. »

Il raccrocha, regarda autour de lui. « Chef ? On s'attelle à définir une route pour ces traces. » Quelque part au nord, songeait Jones, quelqu'un était en train d'attendre. Il se demanda qui ça pouvait être, et n'aboutit qu'à une seule réponse.

Le temps travaillait dorénavant contre eux. Hiroshi Goto ouvrit le conseil de cabinet à dix heures du matin, heure locale, soit minuit à Washington, où se trouvaient les négociateurs. Il était manifeste que les Américains tenaient à leur apporter la réplique, même si certains n'y voyaient qu'une ruse diplomatique, une démonstration de force obligée, pour mieux se faire entendre à la table des négociations. Certes, ils avaient sérieusement entamé leur défense aérienne, mais ça n'allait pas plus loin. L'Amérique était incapable, et sans doute peu désireuse de lancer une attaque systématique contre le Japon. Trop risqué. Le Japon détenait des missiles à tête nucléaire, pour commencer. En outre, il possédait toujours des défenses aériennes perfectionnées, malgré les événements de la nuit passée, et la situation se ramenait en définitive à un calcul tout simple. De combien de bombardiers disposait l'Amérique ? Combien étaient en état de frapper leur pays, à supposer même qu'ils n'aient rien pour les arrêter ? Combien de temps prendrait une telle campagne de bombardement ?

L'Amérique en avait-elle la volonté politique ? Toutes les réponses à toutes ces questions étaient favorables à leur pays, estimaient les ministres, l'œil toujours fixé sur le but ultime, qui scintillait, tentant, éclatant, devant eux. En outre, tous avaient plus ou moins un protecteur pour s'assurer qu'ils prendraient les bonnes décisions au bon moment. Sauf Goto, bien entendu, dont le protecteur, ils le savaient, était ailleurs en ce moment.

En attendant, leur ambassadeur à Washington devait marquer sa ferme opposition à l'attaque américaine contre le Japon, en faisant observer qu'une telle attitude n'arrangeait rien, et qu'il n'y aurait plus aucune concession tant qu'il n'y serait pas mis fin. On ferait également observer que toute attaque directe contre le territoire nippon serait considérée comme une affaire de la plus extrême gravité ; après tout, le Japon n'avait à aucun moment visé directement les intérêts vitaux de l'Amérique... jusqu'ici. Cette menace à peine voilée devrait sans aucun doute suffire à leur faire entendre raison.

Goto approuva de la tête les suggestions, regrettant l'absence de son protecteur personnel pour le soutenir, et sachant que Yamata l'avait déjà court-circuité en s'adressant directement à de hauts responsables de la Défense. Il faudrait qu'il s'en ouvre à Raizo.

« Et s'ils remettent ça ? demanda-t-il.

— Nous allons mettre nos défenses en alerte maximale dès ce soir, et une fois nos destroyers déployés, ils représenteront une menace toujours aussi formidable. D'accord, ils ont fait leur démonstration de force, mais jusqu'ici, ils n'ont même pas encore réussi à simplement survoler notre territoire.

— Il faut faire plus, dit Goto, qui se rappelait ses instructions. Nous pouvons accentuer la pression sur les Américains en dévoilant publiquement l'existence de notre arme ultime.

— Non ! dit aussitôt un ministre. C'est chez nous que cela risque de provoquer le chaos !

— Chez eux également », répondit Goto, mais sans grande conviction, estimèrent les ministres. Ils constataient une fois encore que c'étaient les idées d'un autre qui s'exprimaient par sa bouche. Et ils savaient qui. « Cela les forcera à changer de ton dans la négociation.

— Cela pourrait également les conduire à envisager une attaque d'envergure.

— Ils ont bien trop à y perdre, insista Goto.

— Et pas nous ? rétorqua le ministre, en se demandant jusqu'où allait sa loyauté envers son chef, et où commençait celle envers ses concitoyens. Et s'ils décident d'une frappe anticipée ?

— Impossible. Ils ne sont pas armés pour ça. Nos missiles ont été disposés avec un soin extrême.

— Oui, et notre système de défense aérienne est également invincible, railla un autre ministre.

— Le mieux serait peut-être une allusion de notre ambassadeur au fait que nous pourrions détenir des armes nucléaires, suggéra un troisième ministre. Peut-être que ce serait suffisant. » Il y eut quelques signes d'assentiment autour de la table, et Goto, malgré ses ordres, approuva la proposition.

Le plus dur était de ne pas se laisser gagner par le froid, malgré tout leur équipement polaire. Richter se blottit dans le duvet et céda à un vague accès de culpabilité en songeant aux paras obligés de faire le guet autour du terrain de fortune qu'ils avaient aménagé sur ce flanc de montagne glacial et désertique. Son principal souci était une défaillance technique sur l'un des trois hélicoptères. Malgré les redondances de tous les systèmes, il y avait plusieurs instruments qui seraient irréparables en cas de panne. Les paras savaient ravitailler les zincs en carburant, ils savaient recharger les munitions, mais leurs compétences s'arrêtaient à peu près là. Richter avait déjà décidé de leur confier la sécurité au sol. Il suffisait qu'un malheureux peloton se pointe sur cet alpage pour qu'ils soient tous foutus. Les paras pourraient tuer tous les intrus, alors qu'un seul appel radio suffirait à mobiliser un bataillon entier en l'espace de quelques heures, et ils n'auraient aucune chance de s'en sortir. Les opérations spéciales... C'était parfait tant que tout marchait, comme tout le reste de ce qu'on fait sous l'uniforme, mais la situation actuelle leur laissait une marge de manœuvre si mince qu'on pouvait voir au travers. Sans parler du problème de l'évacuation, se souvint le pilote. Il aurait mieux fait de s'engager dans la marine.

« Chouette baraque. »

Les règles étaient différentes en temps de guerre, se dit Murray. Les ordinateurs facilitaient les choses, un fait que le Bureau avait mis du temps à assimiler. Une fois réunie son équipe de jeunes agents, leur première tâche s'était réduite à une banale vérification de compte bancaire, qui leur fournit une adresse. La maison était plutôt haut de gamme, mais quand même (encore) dans les moyens d'un haut fonctionnaire fédéral qui aurait économisé sou par sou pendant des années. Apparemment, c'est ce qu'avait fait Cook. Il faisait toutes ses opérations bancaires à la First Virginia, et un des gars du FBI était capable d'éplucher ses comptes, assez en tout cas pour constater qu'à l'instar de la majorité des gens, Christopher Cook vivait d'une quinzaine sur l'autre avec le chèque de sa paie : il n'avait réussi qu'à économiser quatorze mille dollars en cours de route, sans doute en prévision de l'inscription de ses gosses à l'université, ce qui relevait de l'optimisme béat, estimait Murray, vu le coût des études supérieures en Amérique. Plus intéressant, une fois installé dans ses nouveaux murs, il n'avait plus touché à ses économies. Il avait un emprunt logement, mais d'un montant inférieur à deux cent mille dollars, et avec les cent quatre-vingts tirés de la vente de son ancienne maison, il restait un trou non négligeable que les relevés bancaires ne pouvaient expliquer. D'où tirait-il le reste de ses revenus ? Un coup de fil aux services du fisc, en prétextant une possibilité d'évasion fiscale, avait fourni d'autres archives informatiques qui avaient révélé qu'il n'avait pas d'autres revenus familiaux pour expliquer sa situation financière ; une vérification des antécédents révéla que les parents des deux époux Cook, tous décédés, n'avaient pas laissé de manne à leurs enfants. Une enquête complémentaire révéla que leurs voitures avaient été payées comptant, et que si la première accusait ses quatre ans d'âge, la seconde était une Buick dont la sellerie devait encore sentir le neuf, et qu'en outre elle avait été réglée en liquide. Ils se trouvaient donc en face d'un homme qui vivait largement au-dessus de ses moyens, et si le gouvernement avait souvent omis ce genre de détail dans les affaires d'espionnage, il avait depuis retenu la leçon.

« Eh bien ? demanda Murray en se tournant vers ses hommes.

— Il n'y a pas encore matière à poursuites, mais sûr qu'on n'en est pas loin, observa son adjoint sur l'enquête. Il faut qu'on

428

rende visite à d'autres banques, qu'on consulte d'autres dossiers. » Ce qui exigeait un mandat officiel, mais ils savaient déjà quel juge accepterait d'instruire l'affaire. Le FBI savait toujours quels juges étaient dociles, et lesquels ne l'étaient pas.

On avait bien sûr procédé à des vérifications similaires avec Scott Adler qui, découvrirent-ils, était divorcé, vivait seul dans un appartement de Georgetown, payait pension alimentaire et prestation compensatoire, et possédait une belle voiture, mais sinon, rien d'anormal. Quant au ministre Hanson, ses années d'exercice de la profession d'avocat lui permettaient de vivre dans l'aisance et de rester insensible aux tentatives de corruption. On réexamina leurs dossiers, les enquêtes fouillées préalables à leur entrée au gouvernement et à l'obtention de leur visa de sécurité : tout était normal, excepté, pour Cook, cet achat récent d'une maison et d'une voiture. En insistant, ils finiraient bien par tomber sur un chèque annulé servant de justificatif de domicile pour une demande de prêt immobilier. C'était l'avantage des banques. Elles archivaient tout, c'était toujours sur un papier quelconque, et cela laissait toujours une trace.

« Bien, on va donc faire comme si c'était notre gars. » Le sous-directeur adjoint embrassa du regard sa troupe de brillants éléments qui, tout comme lui, avaient oublié d'envisager la possibilité que Barbara Linders ait pris un médicament susceptible de réagir avec le cognac qu'à une certaine époque, Ed Kealty gardait toujours à portée de main. Leur embarras collectif valait bien le sien. Et ce n'était pas si mal, estimait Dan. On se démenait toujours pour rétablir sa crédibilité après une boulette.

Jackson sentit le choc violent de l'appontage, puis la brusque décélération du brin d'arrêt, qui l'écrasa contre le dossier de son siège installé à contresens. Encore une expérience détestable derrière lui. Il préférait de loin tenir lui-même les commandes pour se poser sur un porte-avions, et appréciait modérément de confier son existence à quelque enseigne de vaisseau boutonneux — en tout cas, c'est ainsi que les voyait tous l'amiral. Il sentit l'appareil virer sur la droite, rouler vers une portion inoccupée du pont d'envol, puis une porte s'ouvrit et il descendit en hâte. Un équipier de pont le salua et l'invita à gagner une porte ouverte au pied de l'îlot. Il avisa la cloche d'annonce et, sitôt qu'il fut entré, un Marine salua au garde-à-vous, tandis qu'un quartier-maître de deuxième classe actionnait le carillon, tout en annonçant dans l'interphone : « Le chef de l'escadre soixante-dix-sept sur le pont.

— Bienvenue à bord, amiral, dit Bud Sanchez, tout sourire, très chic dans sa combinaison de vol. Le commandant est sur la passerelle.

— Eh bien, dans ce cas, au boulot.

— Comment va la jambe, Robby ? demanda le CAG, à mi-hauteur de la troisième échelle.

Raide comme du bois, depuis le temps que je suis assis. » Ça avait pris un bout de temps. Le briefing à Pearl Harbor, l'avion de l'Air Force jusqu'à Eniwetok, où il avait attendu que le C-2A daigne bien venir le prendre pour le déposer sur son navire-amiral. Jackson ne ressentait même plus le décalage horaire, pressé qu'il était d'agir enfin — c'est qu'il ne devait pas être loin de midi, à voir la hauteur du soleil.

« Est-ce que notre bidonnage tient toujours ? s'inquiéta Sanchez.

— Impossible à dire, Bud. Tant qu'on ne sera pas sur zone. » Jackson laissa un Marine ouvrir la porte de la timonerie. C'est vrai qu'il avait la jambe raide, comme pour lui rappeler que les opérations aériennes étaient bel et bien finies pour lui.

« Bienvenue à bord, amiral », dit le commandant en levant les yeux d'une liasse de dépêches.

Des grondements de post-combustion trahissaient que le *Johnnie Reb* procédait à des opérations de catapultage : effectivement, un coup d'œil vers l'avant lui montra un Tomcat, propulsé vers le ciel par la catapulte bâbord. Le porte-avions se trouvait environ à mi-distance des Carolines et de Wake. Cette dernière île était plus près des Mariannes, raison pour laquelle on ne l'utilisait pas. Wake possédait un excellent aérodrome, toujours entretenu par l'Air Force. Eniwetok n'était en revanche qu'un terrain de dégagement, connu comme tel, et par conséquent plus apte à accueillir discrètement une escadrille, même s'il était bien moins pratique pour la maintenance.

« Bien, alors quoi de neuf depuis que j'ai quitté Pearl ? demanda Jackson.

430

« — De bonnes nouvelles. » Le commandant lui tendit l'une des dépêches.

« C'est parfaitement net, dit Jones, penché sur les relevés du sonar.

— Sûr qu'ils doivent être pressés », reconnut Mancuso, évaluant d'un coup d'œil la vitesse et la distance ; ce qu'il voyait ne lui plaisait pas du tout, ce qui confirma les expectations de Jones.

« Qui doit les attendre ?

— Ron, je n'ai pas le droit...

— Monsieur, je ne pourrai guère vous aider si je ne sais rien, argumenta Jones. Vous trouvez que je suis un risque pour la sécurité ou quoi ? »

Mancuso réfléchit plusieurs secondes avant de répondre. « Le *Tennessee* se trouve juste à la verticale de la dorsale méridionale de Honshu, en soutien logistique à une opération spéciale qui doit être lancée dans les prochaines vingt-quatre heures.

— Et le reste des Ohio ?

— Ils viennent de doubler l'atoll d'Ulithi, et poursuivent vers le nord, un peu moins vite à présent. La force de SSN ouvrira la route au porte-avions. Les Ohio ont pour mission de pénétrer en éclaireurs. » Ce qui se tenait, estima Jones. Les sous-marins nucléaires étaient trop lents pour opérer en parallèle avec un porte-avions et son escadre — qu'il avait également suivis grâce au réseau SOSUS —, en revanche, ils étaient parfaits pour s'insérer au milieu d'une ligne de patrouille de sous-marins d'attaque... à condition que leurs skippers sachent y faire. Un point qu'il fallait toujours prendre en considération.

« Les destroyers japonais arriveront sur le *Tennessee* à peu près au moment où...

— Je sais.

— Qu'est-ce que vous avez d'autre pour moi ? » demanda brusquement le ComSubPac.

Jones le conduisit devant la carte murale. Il y avait désormais sept silhouettes de SSK marquées d'un cercle sur le tableau, et une seule était assortie d'un « ? ». Celle-ci correspondait à une position dans le passage entre la plus septentrionale des Marian-

431

nes, qui était Maug, et l'archipel des Bonin, dont la plus célèbre était Iwo-Jima.

« Nous avons essayé de nous concentrer dessus, expliqua Jones. J'ai bien détecté quelques signaux faibles, mais rien de suffisamment concret pour définir une trajectoire. Si j'étais eux, je couvrirais ce secteur.

— Moi de même », confirma Chambers. Un mouvement possible pour les Américains serait de former un barrage de sous-marins en travers du détroit de Luçon, afin d'interdire tout trafic pétrolier vers les îles nippones. C'était toutefois une décision politique. La flotte du Pacifique n'avait pas encore reçu l'autorisation d'attaquer les navires de commerce japonais, et le Renseignement indiquait que, pour le moment, la majeure partie du trafic pétrolier était assurée par des navires battant pavillon de complaisance : les attaquer eût été risquer toutes sortes de complications politiques. *On peut pas se permettre d'offenser le Liberia, n'est-ce pas ?* songea Mancuso avec une grimace.

« Pourquoi ce retour précipité de leurs destroyers ? » demanda Jones. Cela ne paraissait pas très logique.

« On a bousillé leurs défenses aéroportées, hier soir.

— D'accord, ils filent à l'ouest des Bonin... ce qui veut dire que je ne vais pas tarder à les perdre. Quoi qu'il en soit, ils avancent à trente-deux nœuds, et même si leur route est encore mal définie, ils rentrent au bercail, pas de doute. » Jones marqua un temps. « On commence à bien leur prendre la tête, hein ? »

Pour une fois, Mancuso se permit un sourire. « Toujours. »

44

... Par qui connaît la musique...

« I L faut absolument en passer par là ? demanda Durling.
— On a rejoué la simulation à vingt reprises, dit Ryan,
parcourant une fois encore la liasse de données. C'est une certitude, monsieur le président. Il faut les éliminer, toutes. »

Le Président examina de nouveau les photos satellite. « On n'a
toujours pas de certitude à cent pour cent, n'est-ce pas ? »

Jack secoua la tête. « Cent pour cent, non, c'est toujours
impossible. Nos données paraissent de bonne qualité — les vues
aériennes, s'entend. Les Russes ont recueilli des informations
similaires, et ils n'ont pas plus envie que nous de se tromper.
Il y a bien dix missiles sur cet emplacement, enterrés à grande
profondeur. Le site a semble-t-il était choisi délibérément parce
qu'il est relativement protégé des attaques. Tous les indices convergent. Ce n'est pas une opération d'intox. La question maintenant est de s'assurer qu'on pourra les détruire. Et il faudra faire
vite.

— Pourquoi ?

— Parce qu'ils sont en train de rapatrier vers leurs côtes des
bâtiments capables, jusqu'à un certain point, de détecter les forces aériennes.

— Pas d'autre solution ?

— Non, monsieur le président. Si ça doit se faire, c'est cette
nuit. » Et, nota Ryan en consultant sa montre, la nuit était déjà
tombée à l'autre bout du monde.

« Nous protestons avec la plus extrême vigueur contre cette attaque américaine sur notre pays, commença l'ambassadeur. Nous nous sommes, depuis le début, toujours refusés à employer de tels moyens, et nous escomptions une courtoisie similaire de la part des États-Unis.

— Monsieur l'ambassadeur, je ne suis pas consulté pour les opérations militaires. Des forces américaines ont-elles frappé votre territoire ? demanda Adler, en guise de réponse.

— Vous le savez fort bien, et vous devez également savoir que c'est en prévision d'une attaque de grande envergure. Vous devez bien comprendre, poursuivit le diplomate, qu'une telle attaque pourrait entraîner les plus graves conséquences. » Il laissa sa phrase en suspens, tel un nuage de gaz toxique. Adler prit son temps pour répondre.

« Je vous rappellerai tout d'abord que ce n'est pas nous qui avons déclenché ce conflit. Je vous rappellerai également que c'est votre pays qui a mené une attaque délibérée pour paralyser notre économie...

— Comme vous l'avez fait vous-même ! rétorqua l'ambassadeur, dont la colère pouvait bien servir à masquer autre chose.

— Excusez-moi, monsieur l'ambassadeur, mais je crois que c'est à mon tour de parler. » Adler attendit patiemment que le diplomate ait retrouvé son calme ; à l'évidence, ni l'un ni l'autre n'avait eu son compte de sommeil, la nuit précédente. « Je vous rappellerai par ailleurs que votre pays a tué des soldats américains, et que si vous espériez nous voir nous abstenir d'une riposte correspondante, alors vous avez commis sans doute une méprise.

— Jamais nous n'avons attaqué d'intérêts vitaux américains.

— La liberté et la sécurité des citoyens américains, tel est en dernière analyse le seul et unique intérêt vital de mon pays, monsieur l'ambassadeur. »

Le changement brutal de climat était aussi manifeste que les raisons qui le justifiaient. L'Amérique s'apprêtait à avancer un pion, et ce mouvement n'aurait sans doute rien de subtil. La réunion se tenait une fois encore au dernier étage du ministère américain des Affaires étrangères, et les participants, assis de chaque côté de la table, semblaient figés comme des statues de pierre. Nul ne voulait révéler quoi que ce soit, pas même un battement de cils, lors des séances officielles. Quelques têtes se tournaient imperceptiblement quand les chefs de chaque délégation s'exprimaient tour à tour, mais sans plus. Cette absence de toute expression aurait fait l'orgueil de joueurs professionnels — mais c'était précisément le but de la partie en cours, même si elle se jouait sans dés ni cartes. Jusqu'à la première suspension de séance, les discussions continuèrent d'achopper sur le préalable de la restitution des Mariannes.

« Bon Dieu, Scott », dit Chris en passant la porte-fenêtre de la terrasse. A voir les cernes sous ses yeux, le chef de délégation avait dû veiller une partie de la nuit, sans doute à la Maison Blanche. Il fallait y voir la conséquence de l'entrée dans la saison des primaires. Les médias faisaient des gorges chaudes des deux bâtiments de guerre immobilisés à Pearl Harbor, et des reportages télévisés arrivaient maintenant de Saipan et de Guam, livrant les témoignages (visages masqués, voix maquillées) d'insulaires expliquant d'un côté leur profond désir de rester des citoyens américains, et de l'autre exprimant leurs craintes réelles à rester sur les îles en cas de contre-attaque. Cette ambivalence était de nature à entretenir la perplexité de l'opinion, et les sondages étaient partagés : même s'ils révélaient un fort pourcentage de gens scandalisés par les événements récents, une majorité presque aussi forte réclamait une solution négociée. Si possible. Et une forte minorité de quarante-six pour cent, d'après le sondage *Washington Post*/ABC publié le matin même, ne manifestait guère d'optimisme. Restait un joker, toutefois : la détention d'armes nucléaires par le Japon, qu'aucun des deux pays n'avait osé annoncer jusqu'ici, par peur de déclencher la panique dans sa population. Chacun, depuis le début des pourparlers, avait espéré un règlement pacifique, mais cet espoir venait quasiment de s'évaporer en l'espace d'à peine deux heures.

« L'affaire est désormais aux mains des politiques, expliqua Adler, détournant les yeux pour laisser échapper sa tension avec un grand soupir. On n'a pas le choix, Chris.

— Mais leurs bombes atomiques ? »

Le secrétaire d'État haussa les épaules, gêné. « On ne pense pas qu'ils sont fous à ce point.

— Vous ne *pensez* pas ? Et quel génie est parvenu à cette conclusion ?

— Ryan, qui d'autre ? » Adler marqua un temps. « C'est lui qui mène la danse. Il pense que la meilleure option désormais serait le blocus — tout du moins, l'instauration d'une zone d'exclusion maritime, comme les Anglais l'avaient fait aux Malouines. Pour leur couper le pétrole, expliqua Adler.

— 1941 bis, c'est ça ? Je croyais que cet abruti était historien ! C'est quand même ce qui a déclenché une guerre mondiale, au cas où tout le monde l'aurait oublié !

— La simple ménace... Si Koga a le cran de faire entendre sa voix, on pense que leur coalition gouvernementale pourrait éclater. Aussi, tâchez de voir ce que l'autre camp... enfin, quel est le poids réel de l'opposition chez eux.

— On est en train de jouer un jeu dangereux...

— Absolument », admit Adler en le fixant sans ciller.

Cook se détourna pour gagner l'autre bout de la terrasse. Jusqu'ici, Adler avait toujours estimé que cela faisait partie du processus normal de négociations sérieuses — non sans trouver stupide que les vraies discussions doivent se mener derrière une tasse de thé ou de café avec des petits fours, sous prétexte que les véritables négociateurs ne voulaient pas prendre le risque de déclarations susceptibles de... enfin, bon, c'était la règle. Et le camp d'en face en usait avec une adresse extrême. Il regarda discuter les deux hommes. L'ambassadeur nippon semblait bien plus mal à l'aise que son principal conseiller. *Que pensent-ils réellement ?* Adler aurait tué pour le savoir. Il était désormais facile de voir en cet homme un ennemi personnel, ce qui eût été une erreur. C'était un professionnel qui servait son pays comme il était payé et assermenté pour le faire. Leurs regards se croisèrent fugitivement — l'un et l'autre faisaient mine d'ignorer Nagumo et Cook —, et le mur de leur impassibilité professionnelle se brisa un bref, un très bref instant, comme si l'un et l'autre se rendaient compte soudain que le vrai sujet du débat concernait la guerre, la vie et la mort, et que la réponse à ces questions leur était imposée de l'extérieur. Ce fut un étrange moment de camaraderie que celui où ces deux hommes se demandèrent comment la situation avait pu dégénérer ainsi, et comment on pouvait gâcher ainsi leurs qualités professionnelles.

436

« Ce serait une initiative bien stupide, dit aimablement Nagumo, avec un sourire forcé.

— Si vous avez un moyen d'accéder à Koga, vous feriez bien d'en profiter.

— Je l'ai, mais il est encore trop tôt, Christopher. Il nous faut une *contrepartie*. Est-ce donc si difficile à comprendre ?

— Il est hors de question que Durling soit réélu s'il brade l'existence de quelque trente mille citoyens américains. Ce n'est pas plus compliqué. S'il faut pour cela tuer quelques milliers de vos compatriotes, il n'hésitera pas. Et sans doute estime-t-il qu'une menace directe sur votre économie est encore un moindre mal.

— Cela changerait si vos concitoyens savaient...

— Et comment réagiront les vôtres quand ils l'apprendront ? » Cook connaissait assez bien le Japon pour savoir que là-bas, l'homme de la rue considérait avec horrreur les armes nucléaires. Fait intéressant, les Américains étaient parvenus à la même opinion. Peut-être la logique allait-elle finir par triompher, estima le diplomate, mais pas assez vite, et pas dans ce contexte.

« Ils comprendront bien que ces armes sont vitales pour nos nouveaux intérêts, répondit rapidement Nagumo, surprenant son interlocuteur. Mais vous avez raison, il est également vital qu'elles ne soient jamais utilisées, aussi devons-nous prendre les devants pour contrer vos efforts visant à étrangler notre économie. Des gens mourront, sinon.

— Des gens meurent déjà, Seiji, d'après ce qu'a révélé votre patron, tout à l'heure. » Sur ces mots, chacun des hommes revint auprès de son supérieur.

« Eh bien ? demanda Adler.

— Il dit qu'il a été en contact avec Koga. »

Cette partie du plan était si évidente que le FBI n'y avait même pas pensé — ils avaient même failli piquer une crise quand il la leur avait suggérée — mais Adler connaissait bien Cook. Il aimait cette phase du processus diplomatique, il l'appréciait même un peu trop, il jouissait de l'importance qu'il avait acquise. Même maintenant, Cook ignorait ce qu'il venait de laisser échapper, tout simplement. La malveillance n'était pas encore nettement établie, mais cela suffisait à persuader Adler que Cook était sans doute à l'origine des fuites, or il venait justement de transmettre un nouvel élément d'information, même s'il s'agissait d'un artifice élaboré par Ryan. Adler se remémora les années passées, quand Ryan était un des consultants chargés d'évaluer les procédures de la CIA, et qu'il s'était fait remarquer des hautes sphères du pouvoir en inventant un piège analogue. Eh bien, le piège avait fonctionné de nouveau.

Le temps ce matin était si froid que les délégations réintégrèrent prématurément les salons pour reprendre la séance. Peut-être que celle-ci allait finalement aboutir, se dit Adler.

Le colonel Michael Zacharias se chargea des dernières instructions avant le vol. C'était une réunion de routine, même si les B-2 n'avaient jusqu'ici jamais été engagés au combat — plus exactement, n'avaient jamais largué de bombe — mais le principe était le même. Le 59ᵉ groupe de bombardement datait de 1944, formé à l'époque sous le commandement du colonel Paul Tibbets, de l'armée de l'air des États-Unis, et basé dans une ville de l'Utah — le colonel y avait vu un signe — d'où sa famille était originaire. Le commandant de l'escadre aérienne, un général de brigade, serait aux commandes de l'avion de tête. Le second piloterait le numéro deux. En tant que chef-adjoint des opérations, il prendrait le numéro trois. C'était la phase la plus déplaisante du boulot, mais elle était suffisamment importante pour qu'il ait pris la peine d'étudier les règles d'éthique en temps de guerre et décidé que les paramètres de la mission entraient dans le cadre défini par les juristes et les philosophes pour les combattants.

Il faisait un froid mordant à Elmendorf et c'est en camionnette qu'ils gagnèrent leurs bombardiers. Cette nuit, il y aurait trois hommes à bord de chaque appareil. Le B-2 avait été conçu pour être piloté à deux, mais on avait prévu la place d'un opérateur pour les systèmes de défense, même si le constructeur affirmait que le copilote pouvait tout à fait s'en charger. Mais en situation réelle de combat, on avait toujours besoin d'une marge de sécurité, et avant même que les Spirit n'aient quitté le Missouri, on leur avait ajouté cent cinquante kilos de matériel, en sus des quatre-vingts et quelques de l'opérateur de systèmes de guerre électronique.

Ce n'étaient pas les paradoxes qui manquaient avec cet appareil. Traditionnellement, les zincs de l'Air Force portaient un numéro sur la dérive de queue, mais le B-2 n'avait pas de dérive, aussi l'avait-on peint sur la trappe du train avant. C'était un bombardier de pénétration mais qui volait très haut, comme un avion de ligne, pour économiser le carburant — même si le contrat avait été modifié en cours de définition du prototype pour y rajouter des capacités de pénétration à basse altitude. C'était l'un des appareils les plus coûteux jamais construits, qui alliait l'envergure d'un DC-10 avec une invisibilité quasi parfaite. Bien que peint en gris ardoise pour se fondre dans le ciel nocturne, il brillait maintenant de l'espoir de mettre fin à une guerre. Et bien qu'il s'agisse d'un bombardier, chacun espérait que sa mission se déroulerait le plus paisiblement possible. Tout en se harnachant, Zacharias estimait malgré tout plus facile de l'envisager comme une véritable mission de bombardement.

Les quatre réacteurs General Electric s'allumèrent successivement, les jauges linéaires des compte-tours montèrent jusqu'au régime de ralenti haut — déjà l'appareil biberonnait allégrement le kérosène, au même rythme que s'il volait à peine puissance à son altitude de croisière. Dans le même temps, le copilote et l'opérateur de contre-mesures électroniques vérifiaient leurs systèmes embarqués, vérification qu'ils jugèrent positive. Et puis, en file indienne, les trois bombardiers se mirent à rouler pour gagner la piste d'envol.

« Ils nous facilitent la tâche », commenta Jackson, qui avait rejoint le PC de combat, sous le pont d'envol. Il avait certes envisagé une telle éventualité dans son plan de bataille général, mais sans se permettre de l'espérer. Son plus dangereux adversaire était l'escadre de quatre destroyers Aegis que les Japonais avaient expédiés pour protéger les Mariannes. La Navy n'avait pas encore appris à déjouer la combinaison radar-missiles, et il s'attendait à perdre des avions et des hommes, mais une chose restait sûre, l'Amérique avait désormais l'initiative. L'autre camp se portait au-devant de lui pour contrer ses actions éventuelles, et c'était à coup sûr jouer perdant.

Robby le sentait maintenant. Le *John Stennis* filait en avant toute à trente nœuds, cap au nord-ouest. Il consulta sa montre et se demanda si le reste des opérations qu'il avait préparées au Pentagone se déroulait comme prévu.

Cette fois, c'était un peu différent. Comme la nuit précédente, Richter lança les turbines de son Comanche, en se demandant s'il allait toujours s'en tirer aussi bien ; c'est qu'il n'oubliait pas cet axiome des opérations militaires : la même action réussissait rarement deux fois de suite. Dommage que le type qui avait concocté ce plan l'ait sans doute oublié, lui. Était-ce ce pilote de chasse de l'aéronavale qu'il avait rencontré à Nellis, plusieurs mois auparavant ? Sans doute pas, estima-t-il. Le mec était trop pro pour ça.

Encore une fois, les paras avaient préparé leurs petits extincteurs ridicules, et encore une fois, ceux-ci se révélèrent inutiles, car encore une fois, Richter décolla sans incident, pour remonter aussitôt le long des pentes du Shuraishi-*san*, à l'est de Tokyo, mais cette fois, deux autres appareils l'accompagnaient.

« Il veut voir Durling personnellement, expliqua Adler. Il l'a annoncé à l'issue de la session matinale.

— Quoi d'autre ? » demanda Ryan. Comme à son habitude, le diplomate avait d'abord rendu compte de l'affaire en cours.

« C'est bien Cook, notre bonhomme. Il m'a révélé que son contact était en liaison avec Koga.

— Lui avez-vous...

— Oui, je lui ai dit ce que vous vouliez. Et pour l'ambassadeur ? »

Ryan jeta un œil à sa montre. Le minutage était déjà serré, et il n'avait vraiment pas besoin de cette complication, mais il n'avait pas compté non plus sur une collaboration de l'adversaire. « Accordez-moi une heure et demie. Je règle ça avec le patron. »

L'opérateur de contre-mesures électroniques avait également la responsabilité de la vérification des systèmes d'armes. Bien que prévues pour quatre-vingts engins de deux cent cinquante kilos, les soutes à bombes ne pouvaient accueillir que huit exemplaires des pénétrateurs d'une tonne, et huit fois trois, ça faisait vingt-quatre. C'était une autre opération arithmétique qui rendait nécessaire la phase ultime de la mission, quand l'emport de charges nucléaires aurait pu définitivement régler le problème, mais les ordres d'en haut avaient formellement exclu cette éventualité, et le colonel Zacharias n'y voyait pas d'objection. Il voulait pouvoir vivre avec sa conscience.

« Tous les systèmes au vert, chef », annonça l'OCE. Pas vraiment une surprise, vu que toutes les armes avaient été vérifiées successivement par un sergent-chef fourrier ainsi que par un ingénieur civil du fournisseur, et qu'elles avaient subi chacune une bonne douzaine de simulations, avant d'être transportées avec un luxe de précautions jusque dans la soute à bombes. Il fallait bien, si l'on voulait bénéficier de la garantie de fiabilité à quatre-vingt-quinze pour cent du constructeur, même si ce n'était pas suffisant pour avoir une certitude absolue. Il leur aurait fallu davantage d'appareils pour cette mission, mais c'étaient les seuls disponibles, et guider trois Spirit en simultané n'était déjà pas une mince affaire.

« Je commence à détecter de la friture, au deux-deux-cinq », annonça l'OCE. Dix minutes plus tard, il était manifeste que tous les radars au sol du pays étaient allumés à pleine puissance. Enfin, c'était pour ça qu'ils avaient construit le réseau, après tout, se dirent les trois membres d'équipage.

« Parfait. Donne-moi un cap, ordonna Zacharias, tout en contrôlant son propre écran.

— Le un-neuf-zéro m'a l'air pas mal, pour l'instant. » Les instruments identifiaient tous les radars selon leur type, et le mieux était de tirer parti des plus anciens — par chance, ils étaient de conception américaine et leurs caractéristiques n'avaient aucun secret pour eux.

A l'avant des B-2, les Lightning ne chômaient pas non plus : cette fois, ils étaient seuls et discrets, approchant Hokkaido par l'est, tandis que les bombardiers derrière eux avaient choisi une route plus méridionale. L'exercice désormais était plus mental que physique. L'un des 767 japonais était en vol, cette fois nettement en retrait au-dessus des terres, et sans doute gardé de près par des chasseurs, tandis que les E-2C, moins puissants, patrouillaient juste au large des côtes. Sans doute allaient-ils faire travailler la chasse au maximum, et effectivement, son détecteur de menaces indiquait que des Eagle étaient en train de balayer le ciel avec leurs radars APG-70. Bon, il était temps de leur faire payer ça. Les deux appareils de sa formation obliquèrent légèrement sur la droite pour se porter au-devant des deux Eagle les plus proches.

Deux appareils étaient encore au sol, dont un avec un échafaudage entourant le radôme. Sans doute celui qui était en réparation, estima Richter qui approchait précautionneusement par l'ouest. Il y avait encore des collines pour lui fournir un abri, même si l'une d'elles était surmontée d'un énorme radar, élément du système de défense aérienne. Son ordinateur de bord lui calcula un couloir de sécurité et il descendit pour s'y insérer. Cela le fit déboucher à cinq kilomètres du site du radar, mais en contrebas ; désormais, c'était au Comanche de faire ce pour quoi on l'avait conçu.

Richter passa la dernière crête, son radar Longbow balayant la zone devant lui. Son logiciel d'analyse sélectionna les deux E-767 dans sa bibliothèque de formes hostiles et les illumina sur l'écran de guidage des armes. L'écran tactile placé contre le genou gauche de Richter les identifia en leur attribuant les icônes numéros un et deux. Le pilote sélectionna HELLFIRE dans sa brève liste de choix de munitions, les trappes à missiles s'ouvrirent et il pressa deux fois le bouton. Les Hellfire s'élancèrent sur leur rail en grondant, filant au ras de la colline vers la base aérienne, à huit kilomètres de là.

L'objectif numéro quatre correspondait à un appartement situé par chance au dernier étage. ZORRO-TROIS avait pénétré dans la ville par le sud et maintenant le pilote faisait progresser son hélico en crabe : il redoutait d'être repéré depuis le sol, mais tenait à découvrir une fenêtre avec la lumière allumée. Là. Non, pas une lampe, estima le pilote. Plutôt un poste de télé. Ce qui ne changeait rien. Il passa en guidage manuel pour verrouiller le tir sur la tache de lumière bleue.

Kozo Matsuda se demandait à présent pourquoi diantre il s'était fourré dans un tel pétrin, mais les réponses étaient toujours les mêmes. Il avait par assez développé son entreprise et s'était retrouvé contraint à une alliance avec Yamata — mais où était son ami, en ce moment ? A Saipan ? Pourquoi ? Ils avaient besoin de lui ici. Le cabinet devenait nerveux, et même si Matsuda y avait placé son homme pour répercuter ses instructions, il avait pu constater quelques heures plus tôt que les ministres pensaient désormais tout seuls comme des grands, et ça, c'était très mauvais signe — tout comme d'ailleurs les événements récents. Les Américains, fâcheuse surprise, avaient en partie réussi à percer les défenses de son pays. Ne comprenaient-ils donc pas qu'il fallait mettre fin à la guerre, garder définitivement la main sur les Mariannes et forcer l'Amérique à accepter ces changements ? Il semblait que la seule chose qu'ils sachent comprendre soit la force, mais si Matsuda et ses collègues s'étaient crus aptes à en faire usage, cela n'avait pas intimidé les Américains comme on l'avait prévu.

Et si... Et s'ils ne s'écrasaient pas ? Yamata-san leur avait assuré qu'ils seraient obligés de céder, mais il leur avait également assuré qu'il pourrait engendrer le chaos dans leur système financier, or ces salauds avaient réussi, d'une manière ou de l'autre, à déjouer l'attaque encore plus adroitement que Mushashi dans le duel au sabre du film de ce soir. Il n'y avait plus d'autre issue désormais. Ils devaient aller jusqu'au bout, sinon ils connaîtraient une ruine pire encore que celle que son... erreur de jugement avait déjà infligée à ses entreprises. Erreur de jugement ? Bon, peut-être, admit Matsuda, mais il l'avait tempérée en s'alliant avec Yamata, et si son collègue daignait simplement revenir à Tokyo pour l'aider à remettre au pas le gouvernement, alors peut-être que...

La télé changea de chaîne. Bizarre. Matsuda prit sa télécommande et remit le canal précédent. Mais il sauta de nouveau.

A quinze secondes de l'objectif, le pilote de ZORRO-TROIS activa le laser infrarouge pour guider le missile antichar en fin de trajectoire. Son Comanche était en vol autostable, ce qui lui permettait de guider manuellement le tir. Jamais il n'aurait pu imaginer que le faisceau infrarouge du laser travaillait sur la même fréquence que le boîtier dont se servaient ses gosses à la maison pour zapper de Nickelodeon à Disney Channel...

Putain de camelote ! Matsuda appuya une troisième fois sur le bouton, mais le téléviseur revint imperturbablement sur une chaîne d'infos. Dire qu'il n'avait plus revu ce film depuis des années, qu'est-ce qu'elle avait à déconner, cette saloperie de télé ? Même que c'était un modèle grand écran fabriqué par ses usines. L'industriel sortit du lit et s'approcha du poste, en braquant la télécommande droit sur la fenêtre du récepteur infrarouge. Mais la télé zappa de nouveau.

« *Bakayaro !* » grommela Matsuda et il s'agenouilla devant le poste pour changer de chaîne à la main. Rien à faire, il s'entêtait à revenir sur celle d'infos. Il n'y avait aucune lumière dans la chambre et, à la dernière seconde, Matsuda aperçut une lueur jaune sur la dalle de l'écran. Un reflet ? Mais de quoi ? Il se retourna et découvrit un demi-cercle de flammes qui approchait de sa fenêtre, une seconde peut-être avant que le missile Hellfire ne percute la poutrelle d'acier juste à côté de son lit.

ZORRO-TROIS nota l'explosion au dernier étage de l'immeuble d'habitations, vira sec sur la gauche et se dirigea vers l'objectif suivant. C'était vraiment quelque chose, se dit le pilote, encore mieux que son rôle mineur dans la force d'intervention NORMANDY, six ans plus tôt. Il n'avait jamais vraiment voulu être un bouffeur de serpent, et pourtant, il était en train de faire leur boulot... Le deuxième tir fut semblable au premier. Il dut plisser les paupières pour ne pas être ébloui, mais il était certain que dans un rayon de vingt mètres autour de l'impact, aucun témoin n'avait survécu.

Le premier Hellfire atteignit l'appareil entouré de mécanos. Miséricordieusement, il avait touché le E-767 en plein nez et

Richter estima que l'explosion devait en avoir épargné quelques-uns. Le second missile, lui aussi guidé exclusivement par ordinateur, pulvérisa la queue du deuxième appareil. Le Japon n'en avait plus que deux à présent, sans doute quelque part dans les airs, à l'heure qu'il était : ceux-là, il ne pouvait rien contre eux. Ils ne reviendraient sûrement pas se poser ici, mais pour plus de sûreté, Richter vira, sélectionna le canon et arrosa le site du radar de défense aérienne en repartant.

Binichi Murakami venait de quitter l'immeuble après avoir longuement bavardé avec Tanzan Itagake. Demain, il devait retrouver ses amis au conseil de cabinet et leur suggérer d'arrêter cette folie avant qu'il ne soit trop tard. Oui, son pays avait des missiles nucléaires mais on les avait fabriqués dans l'espoir que leur seule existence suffirait à en interdire l'usage. Le simple fait de révéler leur présence sur sa terre natale (terre qui se trouvait d'ailleurs être de la roche) menaçait de faire éclater la coalition politique mise en place par Goto, et il comprenait maintenant qu'on ne pouvait pas indéfiniment donner des ordres à des hommes politiques sans qu'ils s'avisent un jour qu'ils avaient également leur mot à dire.

Un mendiant dans la rue, telle était l'image qui ne cessait de le harceler. Sans elle, peut-être qu'il ne se serait pas laissé ébranler par les arguments de Yamata. Peut-être... c'est ce qu'il voulait croire. Puis le ciel devint tout blanc au-dessus de sa tête. Le garde du corps de Murakami était à côté de lui et il le coucha par terre près de leur voiture, tandis que le verre brisé pleuvait tout autour d'eux. Le bruit de l'explosion s'était à peine éteint qu'il entendit les échos d'une autre à quelques kilomètres de là.

« Qu'est-ce que c'était ? » voulut-il demander, mais quand il bougea, il sentit du liquide sur son visage : c'était le sang qui coulait du bras de son employé, tailladé par le verre. L'homme se mordait la lèvre et restait digne, mais il était sérieusement blessé. Murakami l'aida à monter en voiture, puis il ordonna au chauffeur de se rendre à l'hôpital le plus proche. Alors que ce dernier obtempérait avec un signe de tête, un troisième éclair apparut dans le ciel.

445

« Encore deux bébés phoques », murmura doucement le colonel. Il s'était approché à moins de huit kilomètres avant de leur expédier ses Slammer par l'arrière, et un seul des Eagle avait cherché à l'esquiver, mais trop tard, même si le pilote avait eu le temps d'actionner le siège éjectable — il voyait maintenant la corolle descendre vers le sol. Pour l'heure, c'était suffisant. Il fit virer son Lightning au nord-est et fila à Mach 1,5. Sa formation de quatre appareils avait transpercé les défenses de Hokkaido, et derrière eux, l'aviation japonaise allait être obligée de transférer des appareils pour combler la faille, ce qui avait été le but de sa mission de nuit. Depuis des années, le colonel le clamait à qui voulait l'entendre : le combat équitable était une chimère, et il avait rigolé du cruel euphémisme décrivant l'engagement d'un appareil furtif contre un appareil classique : *tuer des bébés phoques*. Mais ce n'étaient pas des bébés phoques, et l'acte était bien proche d'un meurtre, et l'officier enrageait d'y être contraint.

L'opérateur de contre-mesures électroniques les avait insérés entre deux radars de défense aérienne, et à moins de cent cinquante kilomètres d'un E-2C en survol. Il détectait toutes sortes d'échanges radio, tendus et excités, entre des stations au sol et des chasseurs, très loin au nord à présent. Ils avaient abordé le continent au-dessus d'une ville qui s'appelait Arai. A quarante-trois mille pieds d'altitude, le B-2A croisait sans incident à un peu moins de six cents nœuds. Sous la première couche de sa peau tissée de fibre, une résille de cuivre absorbait la majeure partie du rayonnement électromagnétique qui était en train de l'arroser. C'était une partie de la technologie furtive qu'on pouvait trouver dans n'importe quel manuel de physique de lycée. Les filaments de cuivre recueillaient l'essentiel de cette énergie, tout à fait comme une banale antenne de radio, et la convertissaient en chaleur qui se dissipait dans le froid de l'air nocturne. Le reste des signaux atteignait la structure interne qui le dispersait dans d'autres directions, enfin, c'était ce que tout le monde espérait.

Ryan accueillit l'ambassadeur et l'escorta dans l'aile ouest, encadré bientôt par cinq agents du Service secret. Il régnait ce qu'en termes diplomatiques on qualifiait un « climat de franchise ». Sans être ouvertement discourtoise, l'atmosphère était tendue, dépourvue des amabilités qui d'habitude émaillent ce genre de rencontres. On n'échangea aucune parole superflue, et lorsqu'ils pénétrèrent dans le Bureau Ovale, la préoccupation essentielle de Jack était la teneur de la menace qu'ils pourraient choisir d'émettre en ce moment particulièrement malvenu.

« Monsieur l'ambassadeur, veuillez prendre un siège, je vous prie, commença Durling.

— Merci, monsieur le président. »

Ryan choisit de s'asseoir entre le diplomate en visite et Roger Durling. C'était un geste machinal pour protéger son Président, mais sans réelle utilité : deux des agents étaient entrés avec eux et ne quitteraient pas la pièce. Le premier s'était posté devant la porte. L'autre se tenait juste derrière l'ambassadeur.

« J'ai cru comprendre que vous souhaitiez me dire quelque chose », observa Durling.

Le diplomate répondit à l'emporte-pièce : « Mon gouvernement désire vous informer que nous allons sous peu rendre publique notre détention d'armes stratégiques. Nous tenons à vous en prévenir honnêtement.

— Cela sera vu comme une menace délibérée contre notre pays, monsieur l'ambassadeur, intervint Ryan, jouant son rôle de bouclier pour éviter au Président la nécessité de parler directement.

— Ce n'est une menace que si vous le voulez bien.

— Vous avez bien conscience, nota Jack, que nous détenons nous aussi des armes nucléaires qui pourraient frapper votre pays.

— Comme vous l'avez déjà fait », répondit l'ambassadeur du tac au tac. Ryan acquiesça.

« Oui, dans le cadre d'une autre guerre, également déclenchée par votre pays.

— Nous n'arrêtons pas de vous le répéter, ce n'est une guerre que si vous le voulez bien.

— Monsieur, attaquer un territoire américain et tuer des soldats américains, c'est cela qui en fait une guerre. »

Durling observait cet échange sans autre réaction qu'une inclinaison de la tête ; lui aussi jouait son rôle, comme son chef du Conseil national de sécurité jouait le sien. Il connaissait suffisam-

447

ment son subordonné pour déceler les signes de tension chez lui : cette façon de croiser les pieds sous sa chaise, de tenir les mains croisées discrètement sur les genoux, de se forcer à garder un ton aimable et posé malgré la teneur de la conversation. Bob Fowler avait eu raison de bout en bout, encore plus même que ne l'avaient pressenti l'ancien et (d'ailleurs) l'actuel locataires de la Maison Blanche. *Un homme précieux dans la tempête*, se répéta Roger Durling, et même s'il avait son caractère, dans les moments de crise, Ryan retrouvait le calme d'un chirurgien en salle d'opération. Était-ce sa femme qui avait déteint sur lui ? Ou bien avait-il appris cette attitude à la rude école de ces dix ou douze dernières années dans la fonction publique puis dans le privé ? De la cervelle, des réflexes, savoir garder la tête froide quand il le fallait. Quel dommage qu'un tel homme ait fui la politique. Cette seule idée faillit faire sourire Durling, mais le lieu était mal choisi. Non, Ryan ne ferait pas un bon politique. Il était de ceux qui cherchent à aborder les problèmes directement. Même sa subtilité était acérée, et il était cruellement dépourvu de ce talent primordial qui est de savoir mentir efficacement, mais ce point mis à part, c'était l'homme idéal pour gérer une crise.

« Nous cherchons une issue pacifique à cette situation, disait maintenant l'ambassadeur. Nous sommes prêts à faire d'importantes concessions.

— Nous ne réclamons rien de plus que le retour au *statu quo ante* », répondit Ryan, prenant un risque qui le mettait mal à l'aise. Il avait horreur de devoir en arriver là, mais il était bien obligé de proposer les idées dont il avait discuté avec le Président, et si jamais l'affaire devait tourner mal, c'est sur lui, non sur Roger Durling qu'on ferait porter la responsabilité de la gaffe. « Et l'élimination de vos armes nucléaires sous contrôle international.

— Vous nous forcez à jouer un jeu très dangereux.

— Il est de votre fait, monsieur. » Ryan s'obligea à se relaxer. Sa main droite était venue se poser sur son poignet gauche. Il sentait le contact de sa montre mais n'osait pas baisser les yeux, de peur de révéler qu'une course contre la montre était engagée. « Vous violez déjà le traité de non-dissémination des armes nucléaires. Vous avez violé la charte des Nations unies, que votre gouvernement a pourtant signée. Vous violez également plusieurs accords diplomatiques avec les États-Unis d'Amérique, et vous avez déclenché une guerre d'agression. Croyez-vous vraiment que nous allons accepter tout cela, en plus de l'asservissement de citoyens américains ? Dites-moi, comment réagiront vos compatriotes en apprenant la nouvelle ? » Les événements survenus la nuit précédente au nord du Japon n'avaient pas encore été rendus publics. Leur contrôle sur les médias était d'une autre envergure que la manipulation opérée par Ryan avec les grandes chaînes de télévision américaines, mais ce genre d'attitude soulevait un problème : la vérité finissait toujours par émerger. Ce n'était pas une mauvaise chose quand elle jouait en votre faveur, ça pouvait devenir catastrophique dans le cas inverse.

« Vous devez nous offrir quelque chose ! » insistait l'ambassadeur, qui perdait visiblement sa contenance de diplomate. Derrière lui, l'agent du Service secret fit discrètement jouer ses doigts.

« Ce que nous vous offrons, c'est une chance de rétablir la paix dans des conditions honorables.

— Vétilles !

— C'est un sujet qui concerne plus le secrétaire Adler et sa délégation. Vous connaissez notre position, dit Ryan. Nous ne pouvons pas vous empêcher de rendre publique l'existence de vos armes nucléaires. Mais je vous préviens qu'il s'agirait d'une dangereuse escalade psychologique dont ni votre pays ni le nôtre n'ont besoin. »

L'ambassadeur s'était tourné vers Durling, dans l'espoir d'une réaction quelconque. Les primaires de l'Iowa et du New Hampshire étaient proches, et l'homme avait intérêt à prendre un bon départ... était-ce la raison de cette fermeté ? L'ambassadeur était perplexe. Les ordres venus de Tokyo lui dictaient d'obtenir un minimum de marge de manœuvre pour son pays, mais les Américains se refusaient à jouer le jeu, et le coupable devait en être Ryan.

« Est-ce que le Dr Ryan parle au nom des États-Unis ? » Son cœur cessa de battre quand il vit le Président hocher imperceptiblement la tête.

« Non, monsieur l'ambassadeur. En vérité, c'est moi qui parle au nom de mon pays. » Durling observa, cruel, un temps d'arrêt avant de poursuivre. « Mais le Dr Ryan, en l'occurrence, parle pour moi. Avez-vous autre chose à nous dire ?

— Non, monsieur le président.

— En ce cas, nous ne vous retiendrons pas plus longtemps. Nous espérons que votre gouvernement comprendra que nos propositions constituent le meilleur moyen pour lui de sortir d'une telle situation. Les autres hypothèses ne méritent pas l'examen. Monsieur, je vous salue. » Durling ne se leva pas, même si Ryan quitta son siège pour raccompagner dehors le diplomate. Il était de retour au bout de deux minutes.

« Quand ? demanda le Président.

— D'un instant à l'autre.

— Ça a intérêt à marcher. »

Le ciel était limpide en dessous d'eux, en dehors des filaments de quelques cirrus à cinquante mille pieds. Malgré tout, le PI — ou point d'insertion — était trop difficile à viser à l'œil nu. Et pour compliquer le tout, les deux autres appareils de leur formation restaient quasiment invisibles, alors qu'ils ne devaient être qu'à cinq et dix kilomètres devant lui, respectivement. Mike Zacharias pensait à son père, à toutes ses missions de pénétration dans les défenses les plus perfectionnées existant à son époque ; une fois, une seule, il avait échoué, et c'est par miracle qu'il avait survécu à un camp dont on était censé ne jamais revenir [1]. Celle-ci était plus facile, en un sens, mais également plus délicate, car le B-2 était à peu près incapable de manœuvrer, sinon pour d'infimes ajustements par rapport aux vents.

« Batteries de Patriot, droit devant à deux heures, annonça le capitaine chargé de la surveillance électronique. Elle vient de s'éteindre. »

Puis Zacharias comprit pourquoi. Il aperçut les premiers éclairs au sol, quelques kilomètres devant lui. *Donc les rapports du Renseignement étaient exacts.* Les Japonais n'avaient pas un si grand nombre de missiles Patriot, et ils ne s'amuseraient pas à les sortir par plaisir. Et puis, alors qu'il baissait les yeux, il avisa les lumières d'un train à l'entrée de la vallée qu'il s'apprêtait à attaquer.

---

1. Voir *Sans aucun remords*, Albin Michel, 1994 *(NdT)*.

« Interrogation un », ordonna le pilote. C'est maintenant que ça devenait dangereux.

Le radar LPI situé sous le nez de l'appareil se braqua automatiquement sur la partie du sol indiquée par son système de navigation par satellite, recalant aussitôt la position du bombardier en fonction d'une référence terrestre connue. L'appareil décrivit alors un virage sur la droite et deux minutes plus tard, la même procédure se répétait...

« Alerte lancement de missile ! Patriot en vol — attention, il y en a deux, avertit l'OCE.

— Deux, affirmatif. » *Ils ont dû nous choper avec les trappes ouvertes.* Le bombardier n'était plus furtif quand les soutes à bombes étaient ouvertes, mais cela n'avait pris que quelques secondes avant qu'elles ne...

Là. Il vit les Patriot surgir de derrière une crête, bien plus rapides que les SA-2 qu'avait esquivés son père : plus du tout comme des roquettes, mais bien plutôt comme des faisceaux d'énergie dirigés, si rapides que l'œil pouvait à peine les suivre, si rapides qu'il n'avait guère le temps de réfléchir. Mais les deux missiles, séparés de quelques centaines de mètres, ne dévièrent pas d'un pouce de leur trajectoire, filant vers un point de l'espace, loin au-dessus de son bombardier, pour aller exploser comme un feu d'artifice aux alentours de soixante mille pieds. *Parfait, ce bidule furtif marche effectivement contre les Patriot, comme l'affirmaient tous les tests.* Les servants au sol devaient être furieux, se dit Zacharias.

« Top pour la première passe », annonça-t-il.

Dix cibles avaient été définies — des silos de missiles, indiquaient les données du Renseignement, et ça ne déplaisait pas au colonel d'éliminer ces horreurs, même au prix de quelques vies. Ils n'étaient que trois, et son bombardier, comme les deux autres, n'emportait que huit armes. Vingt-quatre au total pour la mission : deux pour chaque silo, et les quatre dernières de Zacharias pour la dernière cible. Deux bombes par silo. Chaque bombe avait une probabilité de quatre-vingt-quinze pour cent d'atteindre l'objectif avec un écart circulaire probable de quatre mètres — des chiffres excellents en vérité, le seul problème étant que ce genre de mission ne tolérait aucune marge d'erreur. Même sur le papier, la probabilité d'un double échec était inférieure à un demi pour cent, mais multiplié par dix cibles, cela faisait cinq pour cent de chances qu'un missile survive, et c'était absolument hors de question.

L'appareil était désormais contrôlé par ordinateur — le pilote pouvait bien sûr reprendre la main, mais uniquement en cas de défaillance grave. Le colonel lâcha les commandes, évitant de les toucher de peur d'entraver le processus qui exigeait une précision bien supérieure à celle qu'il pourrait assumer.

« Systèmes ? demanda-t-il dans l'interphone.

— Nominaux », répondit l'OCE d'une voix tendue. Il avait les yeux rivés sur le système de navigation GPS, qui recueillait les signaux émis par quatre horloges atomiques en orbite et s'en servait pour définir précisément la position de l'appareil sur trois axes, en même temps que le cap, la vitesse au sol et le vent relatif étaient calculés par les systèmes embarqués du bombardier. L'information était répercutée sur les bombes, qu'on avait déjà programmées avec la position exacte de leur cible. Le premier bombardier était chargé des objectifs 1 à 8. Le second, des 3 à 10. Quant au sien, il s'occuperait de la deuxième passe sur les 1, 2, 9 et 10. Aucun appareil ne tirant par deux fois sur la même cible, on éliminait théoriquement le risque qu'une défaillance électronique permette la survie d'un des missiles dans son silo.

« Cette batterie de Patriot est toujours en recherche. Elle est apparemment installée à l'entrée de la vallée. »

Pas de veine pour eux, se dit Zacharias.

« Ouverture des soutes à bombes... top ! » annonça le copilote. La réaction du troisième équipier fut immédiate.

« Il nous a accrochés — le site de SAM nous tient », annonça l'opérateur à l'instant du largage de la première bombe. « Verrouillage, il nous a verrouillés... lancement lancement lancement !!!

— Faut quand même un petit bout de temps, n'oublie pas », répondit Zacharias, sur un ton faussement dégagé. La seconde bombe venait d'être larguée à son tour. Puis il lui vint une nouvelle idée — et si le chef de batterie faisait travailler ses neurones ? S'il avait appris la leçon de sa dernière tentative de tir contre un bombardier ? *Bon Dieu, toute la mission pourrait encore capoter, si jamais ils...*

Deux secondes plus tard, la quatrième bombe était larguée, les trappes de la soute se refermaient, et le B-2 Spirit replongea dans son invisibilité électronique.

« C'est un bombardier furtif... obligé, s'écria le contrôleur d'interception. Tenez ! »

L'écho intense et tentant qui était soudainement apparu à leur verticale venait de disparaître. Le gros radar d'acquisition à rideau de phase avait annoncé la présence de la cible à la fois visuellement et par un signal sonore, et voilà que l'écran était vide... non, pas entièrement. Quatre objets descendaient à présent, tout comme il y en avait eu huit, à peine une minute plus tôt. Des bombes. Dans son véhicule de lancement, le commandant de la batterie avait senti puis entendu les impacts en haut de la vallée. Le coup d'avant, il avait cherché à atteindre les bombardiers, gâchant ainsi deux précieux missiles ; et les deux qu'il venait de tirer allaient également se perdre... oui mais...

« Réarmez ! Tout de suite ! » hurla-t-il à ses hommes.

« Ils ne pointent pas sur nous », dit l'OCE, avec plus d'espoir que de conviction. Le radar de suivi était repassé en balayage, puis il se verrouilla, mais pas sur eux.

Pour réduire encore les risques, Zacharias fit tourner l'appareil, ce qui était de toute façon nécessaire pour la deuxième partie de la mission. Cela l'écarterait de la trajectoire programmée des missiles, en évitant le risque d'un contact toujours possible.

« Cause-moi ! ordonna le pilote.

— Ça y est, ils nous ont dépassés, maintenant... » Ce qui fut confirmé par deux éclairs éblouissants qui illuminèrent coup sur coup les nuages au-dessus de leurs têtes. La lumière fit tressaillir les trois hommes mais il n'y eut pas un bruit, pas même une secousse, tant les explosions avaient dû se produire loin derrière eux.

Très bien... j'espère que ça règle la question.

« Il est encore... signal de verrouillage ! hurla l'OCE. Mais...

— Sur nous ?

— Non, une autre cible... je ne sais pas...

— Les bombes ! Nom de Dieu, jura Zacharias. Il est en train d'aligner les bombes ! »

Il y en avait quatre, les plus intelligentes parmi les bombes intelligentes, en descente rapide, mais pas aussi rapide qu'un chasseur tactique en piqué. Chacune connaissait sa position dans l'espace et le temps, ainsi que sa destination prévue. Les données transmises par les systèmes de navigation embarqué des B-2 leur avaient dit où elles se trouvaient — coordonnées cartographiques, altitude, vitesse et cap de l'avion — et leurs propres ordinateurs les avaient corrélées avec les coordonnées de la cible programmée dans leur mémoire. Elles tombaient maintenant en reliant un à un cette série de points invisibles dans l'espace tridimensionnel, et il était quasiment impossible qu'elles manquent leur but. Mais les bombes n'étaient pas furtives, parce que personne n'avait songé à les construire ainsi, et en plus, elles constituaient des cibles de taille suffisante pour être accrochées.

La batterie de Patriot avait encore des missiles à tirer et un site à défendre, et même si le bombardier avait disparu, il restait malgré tout quatre objets sur l'écran : le radar les voyait sans peine. Automatiquement, les systèmes de guidage se verrouillèrent dessus, tandis que le chef de batterie pestait en se reprochant de ne pas y avoir pensé plus tôt. Son servant obtempéra avec un signe de tête et tourna la clé de mise à feu qui permettait aux systèmes d'opérer de manière autonome. Peu importait pour l'ordinateur de guidage que les cibles en approche ne soient pas des avions. Elles évoluaient dans les airs, elles étaient dans son volume de responsabilité, et les opérateurs humains avaient dit : *Tue.*

Le premier des quatre missiles jaillit de son conteneur parallélépipédique, convertissant le carburant solide de son propulseur en une traînée de vapeur blanche qui raya le ciel nocturne. Le système de guidage suivait la cible via le missile lui-même, et bien que complexe, il était également difficile à brouiller et d'une précision redoutable. Le premier engin fondit sur son objectif, relayant ses signaux au sol et recevant en retour les instructions de trajectoire calculées par les ordinateurs de la batterie. S'il avait été doté d'un cerveau, nul doute qu'il aurait éprouvé une intense satisfaction à se porter vers la cible en chute libre, choisir un point dans l'espace et le temps où tous deux allaient se croiser...

« *Tue !* » s'écria l'opérateur, et le jour emplit la nuit quand le second SAM fondit sur la bombe suivante.

Les lumières en dessous d'eux étaient révélatrices : Zacharias aperçut les éclairs stroboscopiques reflétés sur les contreforts rocheux, bien trop tôt pour des impacts au sol. Donc, quels que soient les auteurs des paramètres de mission, ils n'avaient pas été assez paranoïaques, en fin de compte.

« Voilà le PI deux, dit le copilote, ramenant le commandant à sa mission.

— Bonne visu au sol », indiqua l'OCE.

Zacharias voyait nettement l'objectif ce coup-ci, la large étendue plane de bleu intense, qui ressortait parmi les ombres déchiquetées de ce paysage montagneux, et le mur pâle qui la retenait. On distinguait même les lumières de la centrale.

« Ouverture des trappes. »

L'appareil remonta de quelques décimètres quand les six engins furent libérés. Les commandes de vol compensèrent, et le bombardier vira de nouveau sur la droite pour repartir vers l'est, tandis que le pilote se sentait déjà rasséréné sur le déroulement de sa mission.

Le chef de batterie claqua du plat de la main son tableau de commande en poussant un cri de satisfaction. Il en avait eu trois sur quatre, et la dernière explosion, bien qu'à côté de la cible, avait dû dévier la bombe, même s'il sentit trembler le sol au moment de son impact. Il décrocha son téléphone de campagne pour avoir l'abri du PC de tir des missiles.

« Tout va bien ? demanda-t-il, inquiet.

— Qu'est-ce qui nous a touchés, bordel ? » s'écria la voix lointaine de l'officier. Le chef de batterie ignora cette question idiote.

« Vos missiles ?

— Huit sont détruits.. mais je pense qu'il m'en reste deux. Il faut que j'appelle Tokyo pour avoir des instructions. » L'officier à l'autre bout du fil était abasourdi, et sa première pensée fut de rendre grâce à ceux qui avaient choisi le site. Ses silos étaient

455

creusés à même la roche, qui avait constitué un excellent blindage pour ses ICBM, en fin de compte. Quels ordres allait-il bien recevoir, maintenant que les Américains avaient tenté de les désarmer, lui et sa nation ?

J'espère qu'ils vont t'ordonner de les lancer, mais ça, le chef de batterie n'eut pas vraiment le courage de le dire tout haut.

Les quatre dernières bombes du troisième B-2 fondaient sur le barrage hydro-électrique à l'entrée de la vallée. Elles étaient programmées pour percuter de bas en haut la voûte de béton armé : le minutage et emplacement des impacts n'étaient pas moins cruciaux que ceux calculés pour les engins destinés aux silos de missiles. Invisibles et inaudibles, elles descendaient à la file, espacées d'une petite trentaine de mètres à peine.

Le barrage faisait cent trente mètres de haut, il était presque aussi épais à la base, mais la structure s'amincissait progressivement pour ne plus faire que dix mètres au niveau du déversoir. L'ouvrage robuste, afin de résister à la masse d'eau qu'il retenait comme aux nombreux séismes qui frappaient le Japon, produisait de l'électricité depuis plus de trente ans.

La première bombe le toucha soixante-dix mètres sous le déversoir. Arme lourde dotée d'une épaisse ogive d'acier cémenté, elle s'enfonça de quinze mètres dans la structure avant d'exploser, ouvrant d'abord une caverne miniature dans le béton, puis l'onde de choc se propagea dans toute l'épaisseur de l'immense voûte à l'instant même où le second projectile frappait, cinq mètres environ au-dessus du premier.

Un gardien était là, réveillé de sa somnolence par le bruit montant du bas de la vallée, mais il avait raté le spectacle et se demandait de quoi il s'agissait quand il avisa le premier éclair atténué qui semblait émaner de l'intérieur même du barrage. Il entendit l'impact de la deuxième bombe, puis au bout d'une seconde environ, le choc le souleva presque de terre.

« Bon Dieu, est-ce qu'on les a tous eus ? » demanda Ryan. En dépit de la croyance populaire, et maintenant en dépit de ses vœux les plus fervents, le Service national de reconnaissance n'avait jamais songé à raccorder la Maison Blanche à son réseau de communications en temps réel. Il devait compter sur d'autres sources, et c'est pourquoi il regardait la télévision dans un bureau du Pentagone.

« Pas certain, monsieur. Presque que des coups au but — presque, car apparemment certains impacts auraient été prématurés...

— Ce qui veut dire ?

— Il semble que les bombes auraient explosé en altitude... du moins, pour trois d'entre elles, toutes larguées par le dernier bombardier. Nous essayons d'isoler les renseignements sur chaque silo en particulier et...

— En reste-t-il d'intacts, oui ou non, merde ? » Leur pari avait-il échoué ?

« Un, peut-être deux. On n'a aucune certitude. On vous tient au courant, d'accord ? demanda l'analyste, sur un ton un rien plaintif. On doit avoir un nouveau survol d'ici quelques minutes. »

Le barrage aurait pu survivre à deux impacts, mais le troisième, à vingt mètres du déversoir, ouvrit une faille — plus précisément, il délogea un fragment de béton de forme triangulaire. Celui-ci avança avant de se bloquer, retenu par l'immense friction de cette roche conçue de main d'homme, et l'espace d'une seconde, le gardien se demanda si l'ouvrage n'allait pas résister en fin de compte. Mais le quatrième impact se produisit au centre même de cette section et la fit voler en éclats. Le temps que se dissipe le nuage de poussière, il avait été remplacé par un nuage de vapeur et de gouttelettes, tandis que l'eau commençait à s'engouffrer par la brèche de trente mètres creusée dans l'épaisseur du barrage. Cette brèche s'agrandit sous les yeux du gardien et c'est seulement à cet instant qu'il songea à décrocher son téléphone pour avertir les gars dans la vallée. Dans l'intervalle, une rivière ressuscitée après trois décennies de sommeil forcé se ruait à nouveau dans la gorge qu'elle avait creusée pendant des milliers de siècles.

« Eh bien ? demanda l'homme à Tokyo.

— Un missile semble parfaitement intact. C'est le numéro

neuf. Le deux... eh bien, il pourrait avoir subi quelques dégâts mineurs. J'ai envoyé mes hommes les vérifier tous. Quels sont mes ordres ?

— Préparez-vous pour un lancement possible et restez en attente.

— *Hai.* » On raccrocha.

Bon. Et qu'est-ce que je fais, moi, maintenant ? se demanda l'officier de quart. C'était un bleu dans ce domaine, parfaitement inédit pour lui, de la gestion de l'arme nucléaire ; un job qu'il n'avait pas cherché, mais personne ne lui avait demandé son avis. La procédure à suivre lui revint bien vite et il décrocha un téléphone (un bête combiné noir ; on n'avait pas eu le temps de faire du théâtral à l'américaine) pour contacter le Premier ministre.

« Oui, qu'est-ce que c'est ?

— Goto-san, c'est le ministère de la Défense. On a attaqué nos missiles.

— Quoi ? Quand ça ? demanda le Premier ministre. C'est grave ?

— Il reste un missile opérationnel, peut-être deux. Les autres pourraient être détruits. On est en train de les vérifier. » L'officier de quart au QG entendit pester à l'autre bout du fil.

« Combien de temps vous faut-il pour les préparer au lancement ?

— Plusieurs minutes. J'ai déjà donné l'ordre. » L'officier feuilletait en même temps un manuel d'instructions pour avoir le détail des procédures requises pour le lancement. On lui en avait donné un aperçu, bien sûr, mais là, dans le feu de l'action, il éprouvait le besoin de les voir noir sur blanc, tandis que ses collègues du QG opérationnel s'étaient tournés vers lui et le fixaient dans un silence sinistre.

« Je convoque aussitôt le cabinet ! » Et l'on raccrocha.

L'officier regarda autour de lui. Il sentit de la colère dans la salle, mais plus encore, de la peur. Ils venaient encore de subir une attaque systématique, et cette fois ils comprenaient l'importance des actions américaines précédentes. D'une manière ou de l'autre, ces derniers avaient réussi à localiser les missiles camouflés, et ils avaient recouru à des attaques graduées contre la défense aérienne nippone pour masquer leur véritable objectif. Alors, qu'allait-on leur ordonner de faire, à présent ? Lancer une attaque nucléaire ? C'eût été de la folie. Le général en était convaincu, et il voyait bien que les moins excités de ses collègues partageaient son sentiment.

C'était quasiment un miracle. Le silo du missile numéro neuf était presque intact. Une bombe avait explosé à moins de six mètres mais la roche alentour... non, nota l'officier, la bombe n'avait pas explosé. Il y avait bien un trou dans le socle rocheux de la vallée, mais en y braquant sa torche, il put voir au milieu des éclats un fragment de l'engin — un aileron, peut-être. Un raté... Une bombe intelligente avec un détonateur qui foire. Quelle dérision. Il ressortit à toute vitesse pour aller voir le numéro deux. C'est alors qu'il entendit résonner au loin un klaxon d'alarme. Il se demanda de quoi il s'agissait. Il courait, terrifié, dans cette vallée, en se demandant pourquoi les Américains n'avaient pas cherché à attaquer le bunker de contrôle. Sur les dix missiles, huit étaient détruits à coup sûr. Les vapeurs de carburant le faisaient suffoquer, même si l'essentiel s'en était déjà volatilisé dans une boule de feu, ne laissant que quelques gaz toxiques que la brise nocturne achevait de disperser. Réflexion faite, il attacha le masque qui lui recouvrit le visage et, fatalement, les oreilles.

Une seule bombe avait touché le silo deux — l'avait frôlé, plutôt. L'engin avait manqué le centre de la cible d'une douzaine de mètres, et même si l'explosion avait projeté des tonnes de roche et fissuré le coffrage en béton, il leur suffisait de déblayer les débris et dégager la trappe d'accès pour descendre à l'intérieur voir si le missile était intact.

Saloperies d'Amerloques ! Il saisit sa radio portative et appela le PC. Bizarrement, il n'y eut pas de réponse. Puis il remarqua que le sol vibrait, mais se demanda si ce n'était pas plutôt lui qui tremblait. Se forçant au calme, il respira à fond, mais le grondement n'avait pas cessé. Un séisme... et quel était ce mugissement, derrière son masque à gaz ? Quand il en découvrit l'origine, il était trop tard pour se précipiter vers le flanc de la vallée.

Les servants de la batterie de Patriot l'entendirent eux aussi,

mais ils l'ignorèrent. Installés à l'embranchement de la voie ferrée, ils étaient en train de fixer un nouveau conteneur de quatre
missiles quand la muraille blanche explosa au débouché de la
vallée. Personne n'entendit leurs hurlements, même si l'un d'eux
réussit à se mettre à l'abri avant que la vague de trente mètres
n'engloutisse le site.

Trois cent vingt kilomètres au-dessus de sa tête, un satellite
espion balayait la vallée du sud-ouest au nord-est, suivant de ses
neuf caméras la même déferlante.

45

Ligne de bataille

« LES voilà », dit Jones. Sur la liasse accordéon, les pointes traceuses montraient des marques à peu près identiques, les minces lignes sur la bande des 100 Hz révélaient que le système de brouillage Prairie-Masker était en service ; de même, de faibles signaux vers les basses fréquences dénotaient l'utilisation de diesels marins. Il y en avait sept et même si les relèvements n'indiquaient pas de changement notable, ça n'allait pas tarder à changer. Les submersibles japonais étaient tous remontés maintenant en immersion périscopique, mais le minutage ne correspondait pas. Ils respiraient en général à l'heure pile, typiquement après la première heure de quart, ce qui permettait aux officiers et aux hommes de se réaccoutumer au sortir d'une période de repos, ainsi que de faire un contrôle au sonar avant d'entamer une manœuvre plus risquée. Mais il était vingt-cinq, et tous s'étaient mis à respirer dans le même intervalle de cinq minutes, et c'était le signe d'évolutions imminentes. Jones décrocha le téléphone et composa le numéro du SubPac.

« Jones à l'appareil.

— Que se passe-t-il, Ron ?

— Je ne sais pas ce que vous leur avez lâché comme appât, monsieur, mais ils viennent de mordre. J'ai sept tracés. Qui est en embuscade ?

— Pas au téléphone, Ron, répondit Mancuso. Comment ça se passe, chez vous ?

— On maîtrise la situation », répondit Jones en regardant la brochette d'officiers mariniers autour de lui. C'étaient déjà des

hommes et femmes de valeur, et avec son complément d'instruction, ils étaient désormais pleinement opérationnels.

« Et si vous me portiez vos résultats en main propre ? Vous
l'avez bien mérité.

— J'arrive tout de suite. »

« On les a eus, dit Ryan.

— Vous êtes sûr ? demanda Durling.

— Voyez vous-même, monsieur. » Jack déposa sur le bureau
présidentiel trois photos qui venaient d'être transmises par le
SNR.

« Voilà à quoi ressemblait le site, hier. » Il n'y avait rien à voir,
en fait, en dehors de la batterie de missiles Patriot. Le second
cliché révélait plus, et même s'il s'agissait d'une image radar en
noir et blanc, elle avait été compositée par ordinateur avec une
image normale de la même région pour donner une vue plus
précise du site de missiles. « Bien, celle-ci date de soixante-dix
minutes, expliqua Ryan en désignant la troisième photo.

— C'est un lac. » Il leva les yeux, surpris même s'il avait été
prévenu.

« La région est sous trente mètres d'eau et va le rester encore
quelques heures, expliqua Jack. Ces missiles sont anéantis...

— Avec combien de personnes ? demanda Durling.

— Plus d'une centaine, déclara le chef du Conseil national
de sécurité, toute trace d'enthousiasme pour l'opération aussitôt
dissipée. Monsieur... il n'y avait pas d'autre moyen. »

Le Président acquiesça. « Je sais. Quelle certitude avons-nous
que les missiles ont bien été...

— Les photos préalables à l'inondation révélaient sept silos
touchés à coup sûr et détruits. Un huitième sans doute démoli ;
quant aux deux derniers, mystère, mais ils ont incontestablement
subi des dégâts. Les joints d'étanchéité des trappes de fermeture
sont incapables de résister à la pression d'une telle masse d'eau
et les ICBM sont des engins trop délicats pour subir pareil traitement. Ajoutez-y les débris charriés par l'inondation. Les missiles
sont aussi anéantis qu'il était possible de le faire en dehors d'une
frappe nucléaire directe, et nous avons pu mener à bien la mission sans avoir eu à y recourir. » Jack marqua un temps. « Tout

le mérite en revient à Robby Jackson. Merci de m'autoriser à l'en féliciter.

— Il est sur le porte-avions en ce moment ?

— Oui, monsieur.

— Eh bien, il semblerait que c'est l'homme de la situation, n'est-ce pas ? » La question du Président était toute rhétorique ; à l'évidence, il était soulagé par les nouvelles de la soirée. « Et maintenant ?

— Et maintenant, monsieur le président, on va essayer de régler toute cette affaire une bonne fois pour toutes. »

Le téléphone sonna sur ces entrefaites. Durling décrocha. « Oh. Oui, Tish ?

— Le gouvernement japonais vient d'annoncer qu'ils ont des armes nucléaires et ils espèrent...

— Non, ils n'en ont plus, dit Durling, coupant sa responsable de la communication. On aurait intérêt à faire nous aussi une annonce. »

« Ah, ouais, dit Jones en consultant la carte murale. Vous avez fait sacrément vite, Bart. »

La ligne passait à l'ouest des Mariannes. Le *Nevada* était le plus au nord. Suivait, à trente milles, le *West Virginia*. Trente milles encore, et c'était le *Pennsylvania*. Le *Maryland* était le plus au sud des anciens sous-marins lanceurs d'engin. La ligne de barrage s'étalait donc sur quatre-vingt-dix milles ; en fait, elle se prolongeait théoriquement encore sur trente — quinze au nord et quinze au sud des unités extrêmes, et l'ensemble de la formation se trouvait à deux cent milles à l'ouest des premiers éléments de la ligne de sous-marins d'attaque japonais. Ils venaient d'arriver sur place après avoir été prévenus par Washington que l'information avait d'une manière ou de l'autre filtré dans le camp adverse.

« On a déjà connu ça, non ? » demanda Jones, qui se souvenait que ces noms étaient ceux de bâtiments de guerre, et plus encore, les noms de bâtiments surpris à quai un matin de septembre, bien longtemps avant sa naissance. Les titulaires originels avaient été renfloués, puis expédiés pour récupérer les îles, transportant soldats et Marines sous le commandement de Jesse Oldendorf, et par une nuit sombre, dans le détroit de Surigao... mais l'heure n'était pas aux leçons d'histoire.

« Des nouvelles des destroyers ? demanda Chambers.

— On les a perdus quand ils sont passés derrière les Bonin, commandant. Vitesse et cap étaient en gros constants. Ils devraient dépasser le *Tennessee* autour de minuit, heure locale, mais à ce moment-là notre porte-avions...

— Vous avez deviné toute l'opération, observa Mancuso.

— Amiral, n'oubliez pas que j'ai passé pour vous tout l'océan au peigne fin. Vous vous attendiez à quoi ? »

« Mesdames et messieurs », commença le Président, dans la salle de presse de la Maison Blanche. Le chef de l'exécutif était en train d'improviser à partir de vagues notes griffonnées, remarqua Ryan, et ce n'était pas un exercice où l'homme était à l'aise. « Vous avez pu entendre ce soir une déclaration du gouvernement japonais annonçant que leur pays avait construit et déployé des missiles intercontinentaux à ogives nucléaires.

« Ce fait était connu de votre gouvernement depuis déjà plusieurs semaines et l'existence de ces armes justifie la prudence et la circonspection manifestées par le gouvernement pour gérer la crise du Pacifique. Comme vous l'imaginerez sans peine, une telle situation a pesé lourdement sur nous, affectant notre réponse à l'agression japonaise contre un territoire et des citoyens américains aux Mariannes.

« Je puis maintenant vous dire que ces missiles ont été détruits. Ils n'existent plus, conclut Durling en martelant les mots.

— La situation est désormais celle-ci : l'armée nippone tient toujours les îles Mariannes. Cet état de fait est intolérable pour les États-Unis d'Amérique. Les habitants de ces îles sont des citoyens américains, et les forces armées américaines feront tout ce qui sera nécessaire pour leur rendre leur liberté et leurs droits. Je le répète : nous ferons tout ce qui sera nécessaire pour rétablir la souveraineté américaine sur ces îles.

« Nous en appelons au Premier ministre Goto pour qu'il annonce dès ce soir sa volonté de retrait immédiat des forces japonaises des Mariannes. Faute de quoi, nous nous verrons contraints d'user de toutes les voies nécessaires pour les en chasser. C'est tout ce que j'ai à dire pour l'instant. Si vous avez des questions à poser sur les événements de la soirée, je vous remets entre les mains de mon chef du Conseil national de sécurité, le Dr John Ryan. »

Le Président quitta le pupitre pour se placer près de la porte, ignorant le concert de questions, tandis que des assistants disposaient des chevalets pour la présentation visuelle. Ryan se dirigea vers le pupitre, faisant patienter l'assistance, tout en se forçant à parler d'une voix lente et posée.

« Mesdames et messieurs, l'opération dont il s'agit avait été baptisée opération TIBBETS[1]. Tout d'abord, laissez-moi vous montrer quelles étaient les cibles. » Il dévoila la première photo et, pour la première fois, le peuple américain put voir ce dont étaient capables les satellites de reconnaissance de leur pays. Ryan prit sa règle et entreprit de décrire la scène en détail, en laissant tout le temps aux caméras de cadrer dessus.

« Nom de Dieu, s'exclama Manuel Oreza, je comprends maintenant pourquoi...

— Ça me paraît une assez bonne raison, en effet », observa Pete Burroughs. Puis l'image disparut.

« Veuillez nous excuser, mais par suite d'un problème technique, la liaison avec le faisceau satellite de CNN est temporairement interrompue, annonça une voix.

— Mon cul, oui ! riposta Portagee.

— Ils vont enfin débarquer, n'est-ce pas ?

— Pas trop tôt, merde ! grommela Oreza.

— Manny, et que fais-tu de ce lance-missiles, sur la colline à côté ? » s'inquiéta son épouse.

« Nous allons vous préparer des copies de toutes ces photos. Vous devriez les avoir d'ici une heure environ. Avec nos excuses pour ce retard, leur dit Jack, mais nous avons été assez occupés.

« Cela dit, la mission a été effectuée par des bombardiers B-2 basés à Whiteman AFB, Missouri...

---

1. Le capitaine Paul Tibbets était le commandant du B-29 « Enola Gay » qui largua la première bombe atomique sur Hiroshima, le 6 août 1945 (NdT).

— Et partis d'où ? demanda un reporter.

— Vous savez fort bien que nous n'allons pas en discuter, rétorqua Jack.

— Il s'agit d'un vecteur d'armes nucléaires, intervint une autre voix. Est-ce que nous avons...

— Non. La frappe a été réalisée à l'aide de munitions classiques guidées avec précision. » Ryan se tourna vers l'assistant : « Carte suivante, s'il vous plaît... Comme vous le constatez ici, la vallée est en grande partie intacte... » C'était plus facile qu'il l'avait cru, et peut-être valait-il mieux qu'il n'ait guère eu le temps de s'appesantir sur la question. Lui revint le souvenir de sa première conférence explicative à la Maison Blanche. Cela avait été bien plus difficile que ce coup-ci, malgré l'éclat des projecteurs de la télévision braqués en ce moment sur son visage.

« Vous avez détruit un barrage ?

— Oui, tout à fait. Il nous fallait être absolument certains que ces armes étaient détruites et...

— Quelles sont les pertes ?

— Tous nos appareils sont sur le chemin du retour... ils devraient même être déjà rentrés, mais je n'ai pas...

— Je parle des pertes du côté japonais, insista la reporter.

— Je n'en ai pas connaissance, répondit Jack, sans broncher.

— Ça vous est égal ? continua-t-elle, en se demandant quel genre de réponse elle allait obtenir.

— La mission, madame, était d'éliminer des armes nucléaires braquées sur les États-Unis par un pays qui avait déjà attaqué des forces américaines. Avons-nous tué des citoyens japonais lors de cette attaque ? Oui. Combien ? Je l'ignore. Notre préoccupation, dans ce cas précis, était les vies américaines qui étaient en jeu. J'aimerais que vous gardiez à l'esprit que ce n'est pas nous qui avons déclenché cette guerre. Mais le Japon. Quand vous déclenchez une guerre, vous prenez des risques. Ce risque, ils l'ont pris... et dans le cas présent, ils ont perdu. Je suis le chef du Conseil national de sécurité auprès du Président, et le titre même décrit que ma fonction est d'aider le Président Durling à protéger ce pays envers et contre tout. Est-ce clair ? » demanda Ryan. Il avait laissé passer un soupçon de colère dans sa réponse, et le regard indigné de la journaliste n'empêcha pas une bonne partie de ses confrères de marquer d'un signe de tête leur approbation.

« Et pourquoi avoir demandé à la presse de mentir afin de...

— Stop ! ordonna Ryan, soudain cramoisi. Voulez-vous mettre en jeu la vie de soldats américains ? Pourquoi faire une chose pareille ? Pourquoi bon Dieu feriez-vous une chose pareille ?

— Vous avez quand même contraint les chaînes de télévision à...

— Cette émission est retransmise dans le monde entier. J'espère que vous vous en rendez compte, n'est-ce pas ? » Il marqua un temps d'arrêt pour reprendre son souffle. « Mesdames et messieurs, j'aimerais vous rappeler que, pour la majorité d'entre vous, vous êtes des citoyens américains. Je parle maintenant en mon nom (il redoutait de se tourner vers l'endroit où se trouvait le chef de l'exécutif), vous êtes bien conscients que le Président est responsable, devant leurs parents, leurs conjoints et leurs enfants, de tous ceux qui ont revêtu l'uniforme de notre pays pour en assurer la sécurité. Ce sont des hommes en chair et en os qui risquent leur vie aujourd'hui, et j'aimerais que la presse y songe un peu plus de temps en temps.

— Seigneur, murmura Tish Brown, derrière Durling. Monsieur le président, il serait peut-être judicieux de...

— Non. Il secoua la tête. Laissons-le poursuivre. »

Un silence pesant envahit la salle de presse. Quelqu'un murmura une remarque peu amène à la journaliste qui était restée debout et s'assit finalement, cramoisie.

« Dr Ryan, Bob Holtzman du *Washington Post* (comme si on ne l'avait pas reconnu). Quelles sont les chances de mettre un terme au conflit sans violences supplémentaires ?

— Monsieur, cela reposera entièrement sur le gouvernement japonais. Les habitants des Mariannes sont, comme l'a souligné le Président, des citoyens américains, et notre pays n'autorise aucune autre nation à modifier cet état de fait. Si le Japon désire retirer ses forces, il pourra le faire pacifiquement. Sinon, d'autres opérations auront lieu.

— Merci, Dr Ryan », répondit Holtzman, d'une voix forte, ce qui mit un point final à la conférence de presse. Jack se précipita vers la porte, ignorant les autres questions.

« Beau boulot, commenta Durling. Et si vous rentriez chez vous dormir un peu ? »

« Et ça, qu'est-ce que c'est ? demanda le douanier.

— Mon matériel photo », répondit Chekov. Il ouvrit la mallette sans se faire prier. Il faisait chaud dans l'aérogare, le soleil tropical de midi frappait les baies vitrées et saturait temporairement la climatisation. Leurs dernières instructions avaient été faciles à mettre en œuvre. Les Japonais voulaient avoir des journalistes dans les îles, à la fois pour couvrir la campagne électorale et, par leur seule présence, pour leur servir de bouclier contre une attaque américaine.

Le douanier regarda les appareils photo, satisfait de voir qu'ils étaient tous de marque japonaise. « Et ceci ?

— Mon équipement d'éclairage être russe, expliqua Ding dans un anglais laborieux. Nous fabriquons torches excellentes. Peut-être qu'un jour nous les vendre à votre pays, ajouta-t-il avec un sourire.

— Oui, peut-être, dit le douanier, refermant la mallette et la marquant à la craie. Où comptez-vous descendre ?

— Nous n'avons pas eu le temps de réserver chambres, répondit "Klerk". On verra sur place. »

Eh bien, bonne chance, s'abstint de remarquer le douanier. L'idée avait été plus ou moins improvisée et toutes les chambres d'hôtel de Saipan, il en était sûr, devaient être déjà prises. Enfin, ce n'était pas son problème.

« Pouvons-nous louer une voiture ?

— Oui, par ici. » L'homme pointa le doigt. Le plus âgé des deux Russes lui paraissait nerveux.

« Vous êtes en retard.

— Eh bien, j'en suis désolé, répondit Oreza sèchement. Il ne se passe absolument rien de neuf. Enfin, peut-être un léger surcroît d'activité des chasseurs, mais rien de flagrant, et d'ailleurs, ils bougeaient déjà pas mal ces temps-ci...

— Vous n'allez pas tarder à avoir de la compagnie, lui annonça le Centre de commandement militaire national.

— Qui ça ?

— Deux reporters... Ils auront quelques questions à vous poser », entendit-il pour toute réponse, car on redoutait à nouveau qu'Oreza soit démasqué.

« Quand ?

— D'un moment à l'autre, sans doute aujourd'hui. Pas de problème de votre côté, chef ? »

Major, mec, se retint de dire Portagee. « Tout baigne. On a vu une partie de l'allocution présidentielle, et on est un peu préoccupés à cause de ce site de missile installé si près de la maison, et...

— On vous préviendra assez tôt. Avez-vous une cave, chez vous ?

— Non.

— Eh bien, c'est parfait. On vous tiendra au courant, d'accord ?

— D'accord, monsieur. Terminé. » *Avez-vous une cave chez vous ?* Non. *Eh bien, c'est parfait.* Si c'est parfait, pourquoi poser la question, bordel ? Oreza désactiva le téléphone après l'avoir retiré du saladier en inox, puis il s'approcha de la fenêtre. Deux Eagle étaient en train de décoller. C'était devenu de la routine. Quelque chose se préparait. Il ne savait pas quoi. Peut-être que les pilotes non plus, mais ce n'est pas en regardant leur avion qu'on pouvait deviner leurs pensées.

Shiro Sato fit décrire à son F-15J un virage à droite pour dégager le couloir réservé au trafic civil. Si les Américains attaquaient, ils procéderaient de la même manière que pour leur raid sur la métropole, à partir de bases éloignées dans les îles du Pacifique, avec ravitaillement en vol. Wake était une possibilité, ainsi que plusieurs autres îlots. Il devrait affronter des appareils pas foncièrement différents du sien. Les autres auraient un soutien radar, comme lui. Ce serait un combat égal, à moins que ces salauds ne se ramènent avec leurs avions furtifs. De belles saloperies ! Capables de déjouer les Kami ! Mais les Américains n'en avaient que quelques exemplaires, et s'ils attaquaient de jour, il était prêt à courir sa chance. Au moins n'y aurait-il pas vraiment de surprises. Il y avait un gros radar de la défense aérienne installé sur le plus haut sommet de l'île, et avec l'escadrille basée à Guam, ce serait un vrai combat aérien, se dit-il en grimpant pour gagner son altitude de patrouille.

« Bon, alors où est le problème ? demanda Chavez en tripotant la carte.

— Tu le croirais jamais si je te le disais.

— En attendant, moi, je crois qu'il faut que vous preniez la prochaine à gauche, après Lizama's Mobil. » Chavez quitta des yeux la carte. Le coin grouillait de soldats qui étaient tous en train de creuser des tranchées — ils auraient dû s'y prendre plus tôt, estima-t-il. « C'est pas une batterie de Patriot ?

— Ça m'en a tout l'air, en effet. » *Merde, et comment veulent-ils que je m'y prenne avec un truc pareil ?* se demanda Clark ; il tourna au dernier carrefour et s'engagea dans l'impasse. Le numéro était bien celui qu'il avait mémorisé. Il se gara dans l'allée, descendit et se dirigea vers la porte.

Oreza était dans la salle de bains ; il finissait de prendre une douche bien méritée, tandis que Burroughs tenait la comptabilité des avions sur la piste de Kobler, quand on sonna à la porte.

« Qui êtes-vous ?

— Ils vous ont pas prévenus ? » demanda Clark en regardant partout. Bon sang, qui était ce mec ?

« Les journalistes, c'est ça ?

— Ouais, c'est ça.

— OK. » Burroughs ouvrit entièrement la porte après avoir scruté la rue de bout en bout.

« Qui êtes-vous, au fait ? Je croyais que c'était la maison de...

— *Tu es mort !* » Oreza se tenait dans l'entrée, simplement vêtu d'un short kaki, le torse couvert d'une toison aussi épaisse que ce qui restait de jungle sur l'île. Les poils paraissaient d'autant plus noirs que la peau de l'homme était en train de virer au blanc livide. « Putain, mais tu es mort !

— Salut, Portagee, dit Klerk/Clark/Kelly avec un sourire. Ça fait un bail !

— Eh, mais je vous connais, vous, intervint Chavez. Vous étiez sur le bateau sur lequel s'est posé notre hélico. Qu'est-ce que c'est que cette histoire ? Vous êtes de l'Agence ? »

C'était presque trop pour Oreza. Il ne se souvenait plus du tout du petit mec, mais le grand, le vieux, son âge, enfin presque,

470

c'était... ça ne pouvait pas... et pourtant si. Mais ce n'était pas possible. Si ?

« *John ?* » demanda-t-il après encore quelques secondes d'incrédulité.

C'en était trop pour l'homme connu jadis sous le nom de John Kelly. Il posa son sac et se précipita pour étreindre cet homme, surpris de sentir qu'il avait les larmes aux yeux. « Ouais, Portagee... c'est bien moi. Comment ça va, vieille branche ?

— Mais comment...

— Lors des funérailles, est-ce qu'ils ont cité la phrase "avec le ferme espoir qu'un jour la mer rendra ses morts" ? » Il se tut, puis ne put s'empêcher de sourire. « Eh bien, c'est fait ! »

Oreza ferma les yeux, remontant plus de vingt ans en arrière. « Ces deux amiraux, hein ?

— Tout juste.

— Merde alors... mais où étais-tu donc passé ?

— La CIA, mec. Ils ont estimé qu'ils avaient besoin de quelqu'un capable de... eh bien...

— Ça, je me souviens[1]. » Il n'avait pas changé tant que ça. Plus âgé, mais les mêmes cheveux, les mêmes yeux, ce même regard franc et chaleureux, et caché en dessous toujours cette trace d'autre chose, comme un animal en cage, mais un animal capable de crocheter la serrure quand bon lui semble.

« Je me suis laissé dire que tu te débrouillais pas mal pour un vieux caboteur en retraite.

— Avec le grade de major, s'il vous plaît. » Portagee secoua la tête. Le passé pouvait attendre. « Qu'est-ce qui se passe ?

— Ma foi, on est resté hors circuit pendant quelques heures. T'as du neuf ?

— Le Président a fait une allocution télévisée. Ils l'ont coupée, mais...

— C'est vrai qu'ils avaient des bombes ? interrogea Burroughs.

— "Avaient" ? intervint Ding. On les a eues ?

— C'est ce qu'il a dit. Et qui vous êtes, vous, au fait ? voulut savoir Oreza.

---

1. Pour les lecteurs qui ne se souviendraient pas, toute cette scène fait bien sûr référence au passé des deux personnages narré dans *Sans aucun remords, op. cit. (NdT).*

— Domingo Chavez. » Le jeune homme tendit la main. « Je vois que monsieur C. et vous êtes de vieilles connaissances...

— Oui, je me fais appeler "Clark", à présent », expliqua John. C'est drôle comme ça lui faisait du bien de parler avec un homme qui connaissait sa véritable identité.

« Il est au courant ? »

John secoua la tête. « Peu de gens sont au courant. La plupart sont morts. Dont l'amiral Maxwell et l'amiral Greer. Trop moche... ils m'avaient sauvé la peau. »

Oreza se tourna vers son nouvel hôte. « S'en est fallu d'un cheveu, gamin. Une putain d'histoire de marins. T'aimes toujours la bière, John ?

— Surtout si on la lui offre », confirma Chavez.

« Vous ne voyez donc pas ? C'est fini, maintenant !

— Qui donc ont-ils eu ? demanda Yamata.

— Matsuda, Itagake — ils ont eu les protecteurs de tous les ministères, ils les ont eus tous, sauf vous et moi, dit Murakami, sans ajouter qu'ils avaient bien failli l'avoir, lui aussi. Raizo, il est temps d'arrêter tout ça. Appelez Goto, dites-lui de négocier la paix.

— Je refuse !

— Mais vous ne voyez donc pas ? Nos missiles sont détruits et...

— Et on peut en fabriquer d'autres. On a les moyens de fabriquer de nouvelles ogives nucléaires, et de toute façon, il reste encore des missiles à Yoshinobu.

— Si vous faites une chose pareille, vous savez très bien quelle sera la réaction des Américains, espèce d'imbécile !

— Ils n'oseraient pas.

— Vous nous aviez dit qu'ils seraient incapables de réparer les dégâts que vous aviez fait subir à leur système financier. Vous nous aviez dit que notre système de défense aérienne était invincible. Vous nous aviez dit qu'ils seraient incapables de riposter efficacement. » Murakami s'arrêta pour reprendre son souffle. « Vous nous aviez dit tout cela — et vous aviez tort. Je suis maintenant le dernier à qui vous puissiez encore vous adresser, et je ne vous écoute plus. Allez dire vous-même à Goto de faire la paix !

— Jamais ils ne reprendront ces îles ! Jamais ! Ils en sont incapables.

— Racontez ce que vous voulez, Raizo-chan. Pour ma part, c'est terminé.

— Eh bien, trouvez-vous un bon coin pour vous y planquer ! » Yamata lui aurait volontiers raccroché au nez, mais avec un portatif, c'était impossible. « Des assassins », grommela-t-il. Il lui avait fallu une bonne partie de la matinée pour rassembler toute l'information nécessaire. Quelque part, les Américains avaient réussi à frapper au cœur son conseil de *zaibatsus*. Comment ? Nul ne savait. Ils avaient pourtant réussi à pénétrer des défenses que tous les spécialistes lui avaient garanties invincibles, au point même de détruire leurs missiles intercontinentaux. « Comment ? demanda-t-il à haute voix.

— Il semblerait que nous ayons sous-estimé la qualité de ce qu'il leur reste d'aviation, répondit le général Arima avec un haussement d'épaules. Mais ce n'est pas la fin. Nous avons encore d'autres solutions.

— Oh ? » *Tout le monde n'a donc pas baissé les bras ?*

« Ils ne voudront pas réoccuper de force les îles. Leur capacité à effectuer un débarquement est sérieusement compromise par leur manque de navires amphibies, et même s'ils réussissaient à débarquer des troupes... Vous les imaginez se battant au milieu de leurs concitoyens ? Non. Arima secoua la tête. Ils ne prendront pas ce risque. Ils vont chercher une paix négociée. Il reste encore une chance... sinon d'un succès complet, du moins d'une paix négociée qui laisserait nos forces largement intactes. »

Yamata l'écouta, mais il n'en pensait pas moins, contemplant par la fenêtre cette île qu'il voulait faire sienne. Il était convaincu que les élections pouvaient encore être remportées. C'était la volonté politique des Américains qu'il fallait toucher, et cela, c'était encore dans ses moyens.

Il ne fallut pas longtemps pour retourner le 747, mais la plus grande surprise du capitaine Sato fut que son appareil était à moitié plein pour le vol de retour sur Narita. Trente minutes après le décollage, une hôtesse lui signala par interphone que sur onze passagers qu'elle avait interrogés, deux seulement lui avaient avoué que des affaires pressantes les appelaient en métropole. *De quelles affaires pressantes pouvait-il s'agir ?* se demanda-t-il, alors que le commerce international de son pays était pour l'essentiel réduit au cabotage entre la Chine et le Japon.

« Ça n'a pas l'air de trop bien tourner, observa son copilote au bout d'une heure de vol. Regardez là-dessous. »

Les navires étaient aisément repérables de trente mille pieds d'altitude, et ces derniers temps, ils avaient pris l'habitude d'emporter des jumelles pour identifier les bâtiments de surface. Sato prit sa paire et repéra les caractéristiques des destroyers Aegis qui continuaient à faire route vers le nord. Sur un coup de tête, il alluma sa radio pour la régler sur une autre fréquence réservée.

« AL 747 appelle *Mutsu*. À vous.

— Qui est là ? répondit instantanément une voix. Libérez de suite cette fréquence !

— Ici le capitaine Torajiro Sato. Allez me chercher le commandant de votre flotte ! » ordonna-t-il de sa voix la plus autoritaire. Cela ne prit qu'une minute.

« Petit frère, tu ne devrais pas faire ça », le gronda Yusuo. Le silence radio était une formalité mais surtout une réelle nécessité militaire. Il savait que les Américains avaient des satellites de reconnaissance, et du reste, tous les radars SPY de son groupe étaient en service et émettaient des ondes électromagnétiques. Si des avions-espions américains croisaient dans les parages, ils sauraient où se trouvait son escadre. Une semaine plus tôt, la chose ne l'aurait pas tracassé outre mesure, mais ce n'était plus le cas à présent.

« Je voulais juste exprimer notre confiance en toi et tes hommes. Vous n'avez qu'à nous prendre comme cible d'exercice », ajouta-t-il.

Au PC de combat du *Mutsu*, c'étaient précisément ce que faisaient les servants des missiles, mais il était inutile de le dire, l'amiral le savait. « Ça fait plaisir d'entendre ta voix. A présent, tu dois m'excuser, mais j'ai pas mal de travail ici.

— Bien compris, Yusuo. Terminé. » Sato ôta son doigt du

bouton de la radio. « Vous voyez, dit-il dans l'interphone. Ils font leur boulot et nous devons faire le nôtre. »

Le copilote n'était pas aussi convaincu, mais Sato était le commandant de bord du 747, et il ne répondit rien, se concentrant sur sa tâche de navigation. Comme la majorité des Japonais, toute son éducation lui avait appris à considérer la guerre comme un mal qu'il fallait fuir comme la peste. Il songea à ce conflit avec l'Amérique qui avait éclaté du jour au lendemain... même si pendant un jour ou deux, il avait pu paraître amusant de donner une bonne leçon à ces *gaijins* arrogants, tout cela relevait du discours fantasmatique, alors que cette guerre-ci était de plus en plus réelle. Puis l'annonce, coup sur coup, que son pays avait déployé des armes nucléaires — c'était déjà de la folie — et, d'après les Américains, que ces armes auraient été détruites... Après tout, leur appareil était américain, c'était un Boeing 747-400PIP, datant de cinq ans, mais en tout point ultra-moderne, fiable et sûr. On n'avait pas grand-chose à apprendre aux Américains en matière de construction aéronautique, et si cet appareil était aussi bon qu'il le soupçonnait, alors sa version militaire devait être proprement formidable. Or, les appareils dont était dotée l'armée de l'air de son pays étaient construits sous licence américaine — à l'exception du 767 AEW, dont il avait tellement entendu parler, d'abord pour vanter son invincibilité, et plus récemment, pour expliquer qu'il n'en restait plus que quelques exemplaires. Cette folie devait cesser. Est-ce que personne ne s'en était rendu compte ? Il devait bien y en avoir quelques-uns, sinon son avion ne serait pas à moitié rempli de gens qui n'avaient pas envie de rester à Saipan, malgré leur enthousiasme de naguère.

Mais son commandant semblait ne rien voir. Torajiro Sato restait figé, marmoréen, dans le siège de gauche, comme si tout cela était parfaitement normal alors qu'à l'évidence, il n'en était rien.

Il lui suffisait de baisser les yeux pour contempler, au soleil du crépuscule, le convoi de destroyers, et que faisaient-ils ? Ils protégeaient les côtes de son pays contre l'éventualité d'une attaque. Était-ce normal ?

« Passerelle pour sonar.
— Passerelle, j'écoute. » Claggett était de quart à la passerelle

pour l'après-midi. Il voulait que l'équipage le voie à l'œuvre et, plus que cela, il voulait garder le contact avec la navigation de son bateau.

« Possibilité de contacts multiples au sud, rapporta le chef sonar. Relèvement un-sept-un. On dirait des bâtiments de surface évoluant à grande vitesse, monsieur, j'ai des bruits de moteur et un battement d'hélice à fréquence très rapide. »

Ça correspondait à peu près, estima le capitaine de frégate, en retournant vers la chambre du sonar. Il s'apprêtait à demander qu'on relève une route, mais quand il se retourna pour le faire, il vit que deux maîtres de manœuvre étaient déjà au travail et que l'analyseur de trajectoire crachait déjà sur imprimante une première estimation de distance. Ses hommes étaient désormais parfaitement rodés, et tout tournait automatiquement, et même encore mieux. Il y avait de la réflexion en plus de l'action.

« A priori, ils ne sont pas tout près, mais regardez plutôt tout ça », dit le sonar. C'était effectivement un contact confirmé. Les données apparaissaient sur quatre bandes de fréquences. Puis le chef tendit ses écouteurs. « On dirait bien toute une flopée d'hélices — des tas de claquements, pas mal de cavitation, pour moi, ce sont plusieurs unités, naviguant en convoi.

— Et pour notre autre ami ? demanda Claggett.

— Le sub ? Il s'est fait discret de nouveau, sans doute qu'il continue sur accus à cinq nœuds maxi. » Ce dernier contact était à vingt bons milles, juste en limite de leur portée de détection habituelle.

« Commandant, le premier calcul de distance sur les nouveaux contacts est de cent mille, au moins, contact par zone de convergence, annonça un autre technicien.

— Relèvement constant. Pas la moindre déviation. Ils filent droit sur nous, ou presque. Ça cogne dur. Quelles sont les conditions en surface, commandant ?

— Houle de deux à trois mètres, chef. » Au moins cent mille yards. Plus de cinquante milles nautiques, songea Claggett. Ils poussaient leurs machines à fond. Droit sur lui, mais il n'était pas censé tirer. Bigre. Il fit les trois pas réglementaires pour regagner le poste de contrôle. « Barre à droite dix degrés, nouvelle route au deux-sept-zéro. »

Le *Tennessee* vira pour prendre une direction générale ouest, et permettre à ses opérateurs sonar de faire une triangulation sur les destroyers en approche. Les derniers renseignements que Claggett avait reçus avaient prédit l'événement et la précision de l'évaluation ne l'en rendait que plus fâcheux.

Dans un décor plus théâtral, face aux caméras, l'atmosphère aurait pu être différente, mais même si le décor avait un vague aspect dramatique, pour l'heure, il était surtout froid et misérable. Ces hommes avaient beau représenter la crème des troupes d'élite, il était toujours plus facile de se motiver pour lutter contre un individu que contre des conditions extérieures impitoyables. Vêtus de leur tenue camouflée presque entièrement blanche, les Rangers bougeaient le moins possible, et cette inactivité physique les rendait encore plus vulnérables au froid et à l'ennui, ennemi suprême du soldat. Malgré tout, le capitaine Checa estimait qu'ils n'avaient pas à se plaindre. Pour une malheureuse escouade isolée, perdue à six mille kilomètres de la base américaine la plus proche — et cette base était quand même Fort Wainwright, en Alaska —, il valait infiniment mieux s'emmerder qu'être stimulé par la perspective de se battre sans aucun espoir de soutien extérieur. Ou quelque chose d'équivalent. Checa affrontait le problème de tous les officiers : sujet au même inconfort, à la même détresse que ses hommes, il n'avait pas le droit de râler. De toute façon, il n'avait pas de supérieur auprès de qui se plaindre, et se plaindre devant ses hommes ne valait rien pour le moral, même s'ils auraient été les premiers à le comprendre.

« Ça sera chouette de retrouver Fort Stewart, mon capitaine, observa le sergent-chef Vega. Pouvoir lézarder au soleil et pêcher des raies sur la plage.

— Et se passer de cette neige superbe et de ce grésil, Oso ? » Au moins le ciel s'était-il dégagé depuis peu.

« Affirmat', mon capitaine. Mais j'en ai eu ma dose quand j'étais gosse à Chicago. » Il se tut, pour reprendre son guet, l'oreille tendue. Les autres paras observaient un silence parfait, et il fallait être extrêmement attentif pour repérer où se trouvaient les guetteurs.

« Prêt pour la balade, ce soir ?

— Faut espérer que notre copain nous attendra de l'autre côté de c'te colline.

— J'en suis persuadé, mentit Checa.

— Ouais, chef, moi aussi. » *Si tu veux raconter des bobards, on sera deux,* se dit Vega. « Est-ce que toute cette opération a réussi ? »

Les tueurs de leurs troupes dormaient dans leurs duvets, enfouis dans des trous barricadés de branches de pin et recouverts d'autres branches pour leur donner un peu plus de chaleur. Non seulement les Rangers devaient garder les pilotes, mais en plus ils devaient préserver leur santé, comme s'ils gardaient des bébés — drôle de mission pour des troupes d'élite, mais c'étaient les troupes d'élite qui écopaient des missions les plus bizarres.

« Il paraît, répondit Checa, qui consulta sa montre. Dans deux heures, on leur secoue les puces. »

Vega acquiesça, en espérant qu'il n'aurait pas les jambes trop raides pour leur randonnée vers le sud.

Le schéma de patrouille avait été défini lors de la préparation de mission. Chacun des quatre sous-marins nucléaires avait la responsabilité d'un secteur de trente milles, divisés chacun en trois segments de dix milles. Chaque bâtiment pouvait patrouiller dans la bande centrale, laissant les bandes nord et sud dégagées pour le recours aux armes. Les graphiques de patrouille étaient laissés à l'appréciation de chaque commandant mais tous opéraient selon le même schéma. Le *Pennsylvania* longeait la bande nord, en écoute sonar à cinq nœuds à peine, comme il le faisait du temps de la dissuasion quand il était armé de missiles Trident. Il était si discret qu'une baleine aurait pu venir le heurter si les cétacés avaient fréquenté en cette saison ces parages du Pacifique. Derrière, à l'extrémité d'un long filin, le sonar de traîne. Les évolutions du sous-marin selon un cycle nord-sud de deux heures, avec juste une dizaine de minutes de battement pour le demi-tour à chaque extrémité, permettaient d'optimiser les performances du sonar qui pouvait se déployer derrière lui selon une trajectoire parfaitement rectiligne.

Le *Pennsylvania* évoluait en plongée à six cents pieds, la profondeur idéale pour le sonar compte tenu des conditions hydrologiques du moment. Le soleil venait de se coucher en surface quand la première trace apparut sur les écrans. Ce fut d'abord une série de points, jaunes sur le moniteur vidéo, qui descendaient lentement, avec une légère dérive vers le sud, presque imperceptible. Le chef sonar estima que la cible devait avancer sur accus depuis déjà plusieurs heures, sinon il aurait détecté les signaux bien plus intenses des diesels utilisés pour les recharger, mais le contact était indubitable, comme prévu sur la bande des soixante hertz. Il transmit les données à l'équipe de contrôle de tir.

Quelle dérision, songea l'opérateur sonar. Il avait fait toute sa carrière sur des bâtiments lance-missiles, et plus d'une fois détecté des contacts que son unité s'évertuait à éviter, même si les sous-marins lanceurs d'engin se vantaient d'avoir les meilleurs servants de torpilles de toute la flotte. Le *Pennsylvania* en emportait quinze — il y avait pénurie de la dernière version de torpille ADCAP, à capacités améliorées — et on avait décidé de ne pas s'encombrer d'un modèle moins perfectionné, compte tenu des circonstances. Il était en outre équipé de trois autres engins analogues à des torpilles, baptisés LEMOSS — *Long-Endurance Mobile Submarine Simulator,* pour « Simulateur mobile de sous-marin à grande autonomie », bref, des leurres. Comme tout bon commandant de submersible, le capitaine avait informé son équipage de la méthode d'attaque prévue, et tout le monde à bord l'avait approuvée. Les Japonais seraient bien forcés de traverser leurs lignes. Et ils s'étaient déployés de telle manière que franchir sans être détectés leur *ligne de bataille,* comme avait fini par l'appeler le capitaine, était hautement improbable.

« Attention, attention », lança le capitaine dans l'interphone de bord — on avait baissé le volume au minimum, de sorte que le message ressembla à un murmure qui contraignit les hommes à tendre l'oreille. « Nous avons sans doute un contact immergé dans notre zone de frappe. Je vais lancer l'attaque exactement selon notre plan. Branle-bas de combat », conclut-il, de la voix du client d'un café demandant son petit déjeuner.

Ce furent alors des bruits si faibles que seul un opérateur sonar expérimenté réussit à les percevoir, et encore, parce qu'il était situé à l'avant du poste de combat. Le changement de quart venait de se produire, de sorte que seuls les hommes (plus une femme maintenant) les plus confirmés occupaient désormais les consoles de tir. Tous les bleus s'étaient répartis en équipes d'évaluation des dégâts. Des voix annoncèrent au récepteur du PC de combat que chacun était à son poste, puis le bateau devint aussi silencieux qu'un cimetière le jour d'Halloween.

« Le contact se confirme nettement, annonça le sonar à l'interphone. Déplacement vers l'ouest, pour nouveau gisement de la cible au zéro-sept-cinq. Détection d'un faible bruit d'hélice, vitesse du contact estimée à dix nœuds. »

C'était incontestablement un sous-marin, mais ce n'était pas vraiment une surprise. Le diesel japonais avait son propre sonar de traîne et procédait aux mêmes évolutions qu'eux, alternant marche en avant toute et progression au ralenti pour détecter tout ce que pourrait masquer l'accroissement des turbulences.

« Tubes un, trois et quatre en ADCAP, annonça un technicien d'armements. Tube deux en LEMOSS.

— Paré à me les inonder », dit le capitaine. La plupart de ses collègues préféraient dire « Mettez-les en chauffe », mais sinon, l'expression pouvait être considérée comme réglementaire.

« Distance estimée à vingt-deux mille yards », annonça le responsable de la détection.

L'opérateur sonar vit du nouveau sur son écran, puis rajusta son casque.

« Transitoires, transitoires, genre décompression de la coque sur Sierra-Dix... Le contact change de profondeur.

— Pour remonter, je parie », dit le capitaine, à deux mètres de là. *C'est à peu près sûr,* se dit le sonar avec un hochement de tête. « Paré à lancer le MOSS. Course initiale au zéro-zéro-zéro. Silence sur les dix mille premiers mètres, puis niveau d'émission normal.

— A vos ordres, commandant. » Le technicien tapa les paramètres de réglage sur son tableau de programmation, puis le servant vérifia les instructions et les déclara correctes.

« Paré pour le deux.

— Contact Sierra-Dix s'affaiblit légèrement, commandant. Il est sans doute repassé au-dessus de la couche.

— Trajectoire directe définie sur Sierra-Dix, annonça ensuite le calculateur de trajectoire. Contact confirmé, commandant.

— Tube deux inondé, confirma l'officier de tir.

480

— Tirez le deux, ordonna aussitôt le capitaine. Rechargez un autre MOSS. »

Le *Pennsylvania* vibra imperceptiblement quand le LEMOSS fut éjecté dans la mer. Le sonar le détecta aussitôt dès qu'il vira à gauche avant de partir en sens inverse, cap au nord à dix nœuds. Conçu à partir d'un corps de torpille Mark 48 déclassée, le LEMOSS se réduisait à un gros bidon rempli de kérosène OTTO utilisé pour ravitailler les « poissons » américains, muni d'un petit système de propulsion et d'un gros émetteur acoustique qui reproduisait le bruit des machines d'un submersible. Les fréquences émises correspondaient à celles d'un générateur nucléaire, mais le bruit était nettement plus intense que celui d'un classe Ohio. Personne apparemment n'y avait trouvé à redire. Les sous-marins d'attaque se faisaient piéger presque à chaque fois, même les américains qui auraient pourtant dû se méfier. La dernière version rebaptisée avait une autonomie supérieure à quinze heures, et il était vraiment dommage qu'on ne l'ait mise au point que quelques mois avant le désarmement complet de la flotte de sous-marins nucléaires.

Il n'y avait plus désormais qu'à prendre patience. Le submersible japonais avait même encore ralenti, sans aucun doute effectuait-il un dernier relevé au sonar avant de rallumer ses diesels pour filer en vitesse vers l'ouest. L'opérateur sonar repéra le LEMOSS au nord. Le signal était sur le point de disparaître complètement, avant la mise en route du générateur acoustique, après cinq milles de parcours. Deux milles plus loin, le leurre franchissait la thermocline — la zone de transition entre les eaux froides du fond et les eaux chaudes de surface : cette fois, la partie avait commencé pour de bon.

« Passerelle pour sonar, Sierra-Dix vient de changer de vitesse, changement de fréquence de rotation de l'hélice, il ralentit, monsieur.

— Il a un bon sonar », commenta le capitaine, posté juste derrière l'opérateur. Le *Pennsylvania* était légèrement remonté, pour faire passer le filin du sonar au-dessus de la couche limite, afin de mieux suivre le contact, tandis que la coque du submersible demeurait en dessous. Il se tourna et haussa légèrement la voix. « Les armes ?

— Un, trois et quatre parés au lancement, solutions définies sur les quatre tubes.

— Quatre paré pour un profil de poursuite, course initiale zéro-deux-zéro.

— Entendu. Réglages effectués, commandant. Tube quatre entièrement paré.

— Alignez le cap et tirez », ordonna le capitaine depuis la porte de la chambre des sonars, avant d'ajouter : « Rechargez une autre ADCAP. »

Le *Pennsylvania* vibra de nouveau, au moment où l'ultime évolution de la vénérable torpille Mark 48 entrait dans la mer et virait au nord-est, guidée par un fil isolé dévidé à partir de son aileron de queue.

Comme un exercice, se dit l'opérateur sonar, mais en plus facile.

« D'autres contacts ? demanda le capitaine, revenu se placer derrière lui.

— Négatif, commandant. » Le matelot indiqua ses écrans. On n'y relevait qu'un bruit aléatoire, tandis qu'un autre moniteur affichait toutes les dix minutes le résultat d'un diagnostic automatique indiquant que tous les systèmes fonctionnaient convenablement. Il y avait de quoi se bidonner : au bout de presque quarante ans d'opérations avec des bâtiments lance-missiles, et pas loin de cinquante avec des sous-marins nucléaires, le premier torpillage par un bâtiment américain depuis la Seconde Guerre mondiale allait être l'œuvre d'une unité censément désarmée et promise à la casse.

Progressant plus vite que le leurre, la torpille à capacités améliorées était déjà passée au-dessus de la thermocline, légèrement en arrière du contact. Aussitôt, elle mit en route son sonar actif et retransmit par câble l'image reçue au *Pennsylvania*.

« Contact ferme, distance trois milles, proche de la surface. C'est tout bon », dit le sonar. Le même diagnostic parvint du premier maître torpilleur, une femme, qui avait la même lecture.

« Bouffe de la merde et crève », murmura l'opérateur sonar en regardant les deux lignes de contact se rapprocher sur son écran. Sierra-Dix mit instantanément en avant toute, redescendant aussitôt sous la couche, mais le niveau de ses batteries devait être un peu faible et il ne filait pas plus de quinze nœuds, quand l'ADCAP fondait sur lui à plus de soixante. La chasse à sens unique n'avait en tout duré que trois minutes trente, pour se conclure sur une tache éblouissante à l'écran et un bruit dans

482

son casque qui lui vrilla les tympans. L'épilogue était classique, le crissement déchirant de l'acier broyé par la pression hydraulique.

« C'est un coup au but, monsieur. Je détecte un coup au but manifeste. » Deux minutes plus tard, un écho lointain à basse fréquence leur provenant du nord suggérait que le *West Virginia* avait abouti à un résultat identique.

« Christopher Cook ? demanda Murray.

— Lui-même. »

C'était effectivement une très chouette baraque, estima le sous-directeur adjoint en dépliant sa carte professionnelle. « FBI. Nous aimerions nous entretenir avec vous au sujet de vos conversations avec Seiji Nagumo. Pouvez-vous aller chercher un pardessus ? »

Le soleil en avait encore pour quelques heures quand les Lancer roulèrent en bout de piste. Rendus furieux par la perte récente de leurs camarades, les équipages avaient la nette impression de se trouver ni au bon endroit, ni dans les bonnes conditions opérationnelles, mais personne n'avait pris la peine de leur demander leur avis, et leur mission était écrite d'avance. Leurs soutes à bombes occupées par des réservoirs supplémentaires, les bombardiers décollèrent l'un après l'autre pour se regrouper à leur altitude de croisière de vingt mille pieds et mettre le cap au nord-est.

Encore une de ces fichues démonstrations, se dit Dubro, et il se demanda comment un type comme Robby Jackson avait pu concocter un truc pareil, mais lui aussi, il avait ses ordres, et les deux porte-avions, à cinquante milles d'écart, virèrent de bord de concert pour se placer face au vent et catapulter quarante appareils chacun. Bien que tous soient armés, il leur était formellement interdit de tirer, sauf provocation adverse.

46

Détachement

« **O**N part presque à vide, remarqua le copilote d'une voix impassible, en consultant le manifeste comme toujours avant le décollage.

— Mais enfin, quelle mouche les pique ? » grommela le capitaine Sato, regardant le plan de vol et consultant les prévisions météo. Ce fut vite fait. Le temps s'annonçait clair et froid sur tout le parcours, avec un énorme anticyclone dominant l'ensemble du Pacifique Ouest. Hormis quelques vents d'altitude à proximité des îles métropolitaines, le vol jusqu'à Saipan devait se dérouler sans encombre pour ses trente-quatre passagers. *Trente-quatre !* ragea-t-il. *Dans un avion prévu pour plus de trois cents !*

« Commandant, nous allons bientôt abandonner ces îles. Vous le savez. » On ne pouvait pas être plus clair, non ? L'homme de la rue était désormais moins perplexe que terrifié — était-ce même le terme adéquat ? Toujours est-il qu'il n'avait jamais rien vu de tel. Tous ces gens se sentaient pour ainsi dire trahis. On avait pu lire les premiers éditoriaux mettant ouvertement en doute la ligne politique choisie par leur pays, et même si les questions posées n'étaient pas bien méchantes, leur importance n'était pas à négliger. L'illusion se dissipait : la nation n'avait pas été plus préparée à une guerre psychologique qu'à une guerre physique, or la population était en train de prendre conscience de ce qui se passait réellement. Les rumeurs d'assassinat — il n'y avait pas d'autre mot — de plusieurs pontes du *zaibatsu* avaient provoqué le tumulte au sein du gouvernement. Le Premier ministre Goto ne faisait pas grand-chose ; il ne parlait plus, ne se montrait même plus, sans doute pour ne pas devoir affronter des questions auxquelles il ne saurait répondre. Mais le pilote voyait bien que la foi de son commandant n'était pas le moins du monde ébranlée.

« Non, nous ne les abandonnerons pas ! Comment peux-tu dire une chose pareille ? Ces îles nous appartiennent !

— Qui vivra verra », observa le copilote, qui reprit son travail sans poursuivre le débat. Il devait s'acquitter de sa tâche, vérifier une fois encore niveau du carburant, état des vents et autres paramètres techniques indispensables à la réussite du vol d'un avion de ligne, tous ces éléments qui étaient ignorés des passagers, convaincus que l'équipage montait à bord et faisait démarrer son engin comme un vulgaire taxi.

« Bien dormi ?

— Je veux, mon capitaine. J'ai rêvé d'une journée torride et d'une femme idem. » Richter se leva, et ses mouvements trahirent ce prétendu confort. *Je commence vraiment à me faire vieux pour ce putain de métier*, songea l'adjudant-chef. Ce n'était jamais que le destin et la chance — façon de parler — qui l'avaient conduit ici. Personne d'autre que ses camarades sous-officiers et lui n'avait autant d'heures de vol sur le Comanche, et quelqu'un avait décidé qu'ils avaient assez de cervelle pour mener cette mission, sans l'aide d'un putain de colonel pour venir foutre le merdier. Et voilà que s'offrait l'occasion de se tirer d'ici. Il leva les yeux et découvrit un ciel limpide. Enfin, on aurait pu rêver mieux. Pour entrer et sortir, mieux valait avoir des nuages.

« Le plein est fait.

— Je cracherais pas sur un petit café...

— Ya qu'à demander, m'sieur Richter. » C'était Vega, le sergent-chef. « Un bon café frappé, comme dans les palaces de Floride.

— Oh, super, merci, mec. » Richter prit le gobelet métallique en étouffant un rire. « Rien de spécial sur le chemin du retour ? »

Ça s'annonçait mal, songea Claggett. La colonne de destroyers Aegis s'était disloquée et voilà qu'il se retrouvait avec un de ces satanés rafiots à dix milles de lui. Plus grave, peu de temps auparavant, on avait relevé le passage d'un hélicoptère, grâce aux détecteurs électroniques dont il avait pris le risque de déployer brièvement le mât, malgré la proximité du meilleur radar de surveillance au monde. Mais trois hélicoptères de l'armée comptaient sur sa présence ici, et il n'allait pas chercher plus loin. Personne ne lui avait promis que le cœur du danger était un endroit de tout repos. Ni pour lui ni pour eux.

« Et notre copain ? » demanda-t-il à son chef sonar. Il reçut pour toute réponse un signe de dénégation. Bientôt confirmé par une phrase : « A nouveau disparu des écrans. »

Une brise de trente nœuds soufflait au ras des vagues en leur arrachant des paquets d'écume, ce qui altérait légèrement les performances du sonar. Il devenait même difficile de garder le cap du destroyer, maintenant qu'il avait ralenti à une vitesse de patrouille à peine supérieure à quinze nœuds. Le submersible détecté loin au nord s'était à nouveau évanoui. Peut-être pour de bon, mais il était dangereux de tabler là-dessus. Claggett consulta sa montre. Il avait moins d'une heure pour décider de la conduite à tenir.

Ils devraient se résoudre à y aller à l'aveuglette, mais c'était une nécessité embarrassante. D'habitude, ils recueillaient les renseignements par avion-espion, mais l'essentiel était de préserver l'effet de surprise, et il n'était pas question de le compromettre. Le groupe du porte-avions avait scrupuleusement évité les couloirs des lignes aériennes commerciales, s'était planqué sous les nuages, bref, avait fait de son mieux pour se faire oublier depuis plusieurs jours. Jackson était à peu près certain que leur présence n'avait toujours pas été détectée, mais maintenir le secret obligeait à se fier aux rapports fragmentaires des sous-marins sur l'activité électronique autour des îles, or tous ces rapports confirmaient que l'ennemi avait plusieurs E-2C en activité, plus un monstrueux radar de défense aérienne. La bataille se déroulerait dans les airs. Enfin, ils s'y préparaient depuis plusieurs semaines.

« OK, dernière vérification, entendit Oreza au téléphone. Kobler est exclusivement réservé au trafic militaire ?

— Affirmatif, amiral. Les deux premiers jours exceptés, je n'ai plus vu un seul zinc civil sur cette piste. » Il avait vraiment envie de lui demander à quoi rimaient toutes ces questions, mais il savait qu'il perdrait son temps. Enfin, peut-être, indirectement : « Vous voulez qu'on veille toute la nuit ?

— A vous de voir, major. A présent, pouvez-vous me passer vos hôtes ?

— John ? Téléphone ! lança Portagee, soudain frappé par l'absolue banalité de ce qu'il venait de dire.

— Clark, répondit Kelly en prenant l'appareil sans se démonter. Oui monsieur... Bien, monsieur. Ça ira... Autre chose ? Non ? Bon. Terminé. » Il pressa la touche de déconnexion. « Merde, qui a eu l'idée de cette putain de gamelle ?

— Moi, dit Burroughs en levant les yeux de la table de jeu. Ça marche, non ?

— Je veux, mon neveu, dit John qui revint à la partie, en rajoutant vingt-cinq cents dans le pot. Je vois.

— Brelan de dames, annonça l'ingénieur.

— Et une veine de cocu, en plus, dit Clark, en s'allongeant.

— Tu parles d'une veine ! Ces enculés m'ont gâché la partie de pêche de ma vie !

— John, tu veux que je nous fasse du café pour la nuit ?

— Faut bien dire qu'il fait le meilleur café que j'aie jamais bu », nota Burroughs en ramassant la mise. Il avait six dollars d'avance.

« Portagee, vieille branche, ça fait un bail. Sûr que tu peux. Du vrai café de marin, Pete. Une vieille tradition, expliqua Clark, qui goûtait lui aussi le plaisir de l'inactivité.

— John ? » C'était Ding.

« Plus tard, fiston. » Il prit les cartes et se mit à les battre en expert. Ça pourrait attendre.

« Z'êtes sûrs d'avoir assez de coco ? » demanda Checa. Parmi le matériel largué en même temps que le commando, il y avait des réservoirs auxiliaires, avec leurs pylônes de fixation, mais Richter hocha la tête.

« No problemo. On n'est qu'à deux heures du point de ravitaillement.

— Où ça ? » Le signal relayé par satellite n'avait rien indiqué de plus que RALLIER PRIMAIRE, quoi que cela ait pu signifier.

« A deux heures d'ici, à peu près, dit simplement l'adjudant-chef. La sécurité, mon capitaine, la sécurité.

— Vous réalisez qu'on vient d'écrire une petite page d'histoire ?

— Moi, tant que je peux survivre pour la raconter... » Richter monta la fermeture à glissière de sa combinaison de vol, noua son foulard, et grimpa à bord. « On dégage ! »

Les Rangers se mirent en position une dernière fois. Ils savaient que les extincteurs étaient inutiles, mais quelqu'un avait tenu à les en équiper. L'un après l'autre, les hélicos décollèrent, et leur silhouette verte s'évanouit bientôt dans les ténèbres. Sur quoi, les paras entreprirent d'enterrer le reste du matériel au fond des trous qu'ils avaient creusés dans la journée. Cela leur prit une heure, au bout de laquelle il ne leur restait plus qu'à rallier à pied Hirose. Checa sortit son téléphone cellulaire et composa le numéro qu'il avait mis en mémoire.

« Allô ? dit une voix en anglais.

— On se voit dans la matinée, j'espère ? » La question était posée en espagnol.

« J'y serai, *señor*.

— Montoya, ouvrez la marche », ordonna le capitaine. Ils tâcheraient de longer les arbres le plus longtemps possible. Les hommes empoignèrent leurs fusils jusqu'ici restés inutiles, en espérant bien que ça durerait.

« Je recommande deux armes, dit l'enseigne Shaw. Tir divergent d'une dizaine de degrés, puis convergence par le dessous de la couche pour le toucher simultanément devant et derrière.

— Ça me plaît bien. » Claggett se dirigea vers le graphique pour examiner une dernière fois la situation tactique. « Établissez la route.

— Alors, qu'est-ce que ça donne ? » demanda un des sergents de l'armée, passant la tête à l'entrée du PC tactique. Le problème avec ces putains de sous-marins, c'est qu'on ne pouvait pas rester peinard à attendre que ça se passe.

« Pour pouvoir ravitailler vos hélicos, faut d'abord qu'on fasse déguerpir ce rafiot, expliqua un officier marinier, du ton le plus dégagé possible.

— Et c'est difficile ?

— Je suppose qu'on aimerait mieux le voir ailleurs. Ça nous met en surface à la merci de... enfin, quelqu'un risque de se douter qu'il y a du monde dans le secteur.

— Vous êtes inquiet ?

— Non », mentit le marin. Puis les deux hommes entendirent la voix du capitaine.

« Monsieur Shaw, venez avec moi. Procédure de pointage. »

Les Tomcat décollèrent en premier, avec une trentaine de secondes d'écart, et bientôt une escadrille de douze était dans les airs. Suivaient quatre EA-6B de brouillage, sous le commandement de Roberta Peach. Ils se divisèrent en deux paires : chacune allait accompagner un groupe de six Tomcat envoyés en éclaireurs.

Le capitaine de vaisseau Bud Sanchez était le leader du premier groupe de quatre ; il n'aurait voulu laisser à personne d'autre la responsabilité de son groupe aérien pour l'attaque. Ils étaient à cinq cent milles de l'objectif, cap au sud-ouest. Par bien des côtés, l'attaque était la répétition d'une action menée au début de 1991, mais avec le désagrément supplémentaire des quelques aérodromes tombés aux mains de l'ennemi, et des résultats fournis par plusieurs semaines d'analyse détaillée des plans opérationnels : les Japonais organisaient leurs patrouilles avec une grande régularité. C'était la conséquence naturelle de l'extrême discipline de la vie militaire, et pour cette raison un piège dans lequel il était dangereux de tomber. Il se retourna pour jeter un dernier coup d'œil sur les sillages étincelants de la formation avant de se concentrer sur sa mission.

« Tubes un et trois, parés.

— Calez sur la route définie et tirez », dit calmement Claggett.

Le torpilleur tourna la manette à fond vers la gauche, avant de la ramener à droite, puis il répéta la manœuvre pour le second tube.

489

« Une et trois lancées, commandant.

— Une et trois en progression normale, annonça le sonar, un instant après.

— Parfait », répondit Claggett. Ce dialogue, il l'avait déjà vécu, lui, à bord d'un autre sous-marin, et ce tir avait manqué sa cible, grâce à quoi il en avait réchappé. Cette fois-ci, ils jouaient plus serré. L'estimation de la position du destroyer n'était pas aussi bonne qu'ils l'auraient voulu, mais ils devraient faire avec. Les deux ADCAP allaient filer relativement lentement sous la thermocline pendant les six premiers milles avant de prendre leur vitesse maximale, qui était de soixante et onze nœuds. Avec un peu de chance, leur cible n'aurait guère de moyen de deviner d'où venait le poisson. « Rechargez les tubes un et trois avec des ADCAP. »

Comme toujours, le minutage était crucial. Jackson quitta la passerelle de commandement après le catapultage des chasseurs, pour redescendre au PC de combat d'où il pourrait mieux coordonner une opération déjà calculée à la minute près. La phase suivante était dévolue à ses deux destroyers Spruance, actuellement à trente milles au sud de la flotte du porte-avions. Cela le rendait nerveux. Les Spruance étaient ses meilleurs navires ASM, et même si, d'après le SubPac, le barrage de sous-marins ennemis se retirait vers l'ouest et donc, fallait-il espérer, droit vers leur piège, ce qui l'inquiétait, c'était ce SSK solitaire qui pouvait être resté en arrière pour neutraliser l'ultime porte-avions de la flotte du Pacifique. Il y avait tant de raisons de s'inquiéter, songea-t-il en regardant courir l'aiguille de la pendule murale.

A 11:45:00 précises, heure locale, les destroyers *Cushing* et *Ingersoll* virèrent par le travers du vent pour commencer à lancer leurs Tomahawk, tout en signalant la manœuvre par une brève transmission satellite. C'est un total de quarante missiles de croisière qui se ruèrent vers le ciel, puis, une fois largué leur propulseur d'appoint à poudre, redescendirent pour raser la surface. A l'issue de cette procédure qui dura six minutes, les destroyers reprirent de la vitesse pour rejoindre le groupe de combat, en se demandant quelle prouesse allaient réaliser leurs missiles.

490

« Je me demande lequel c'est », murmura Sato. Ils en avaient déjà dépassé deux ; les destroyers Aegis étaient désormais tout juste repérables grâce à leur sillage, comme une pointe de flèche à peine visible à l'avant du V d'écume blanche.

« Vous les rappelez ?

— Ça va mettre en rogne mon frangin, mais on doit se sentir seul, là-dessous. » Une fois encore, Sato changea la fréquence radio, puis pressa la touche d'émission intégrée au volant du manche.

« JAL 747 appelle *Mutsu*. »

L'amiral Sato avait envie de bougonner, mais la voix était amicale. Il prit le casque des mains du sous-officier de transmissions et referma les doigts sur l'interrupteur. « Torajiro, si tu étais un ennemi, je t'aurais maintenant. »

Il vérifia sur l'écran radar — il n'y avait que des vols commerciaux sur les deux mètres carrés d'écran du moniteur de situation tactique. Le radar SPY-1D affichait absolument tout ce qui se trouvait dans un rayon de plus de cent milles, et l'essentiel dans un rayon de près de trois cents. L'hélicoptère SH-60J venait de ravitailler avant de repartir en patrouille ASM, et même si en temps de guerre, il devait garder le silence radio pendant les opérations, il pouvait quand même se permettre de plaisanter avec son frangin, qui volait là-haut dans sa grosse baignoire en alu, sans aucun doute remplie de compatriotes.

« C'est l'heure, commandant », indiqua Shaw en consultant son chronographe électronique. Le capitaine de frégate Claggett acquiesça.

« Torpilleur, faites-les remonter et passez en sonar actif. »

L'ordre fut transmis aux torpilles, qui se trouvaient à présent à près de deux milles de part et d'autre de l'objectif. La version ADCAP — à « capacités améliorées » — de la Mark 48 était dotée d'un robuste sonar entièrement électronique, intégré dans son nez de cinquante centimètres. L'unité lancée par le tube un

491

était légèrement plus proche de la cible, et son système d'imagerie perfectionné acquit la coque du destroyer dès le second balayage. Aussitôt, la torpille vira à droite pour lui fondre dessus, tout en relayant les images vers son point de lancement.

« Effets d'hydrophone, relèvement deux-trois-zéro ! Torpille ennemie par le deux-trois-zéro ! cria un officier sonar. Son chercheur est actif ! »

Sato tourna rapidement la tête vers la salle de sonar, et vit aussitôt un nouvel élément s'inscrire sur l'écran tactique. Bigre, et le *Kurushio* qui leur avait assuré que la zone était sûre. Le SSK n'était qu'à quelques milles de là.

« Contre-mesures ! » ordonna aussitôt le commandant du *Mutsu*. En quelques secondes, le destroyer largua par l'arrière une gerbe de leurres Nixie de conception américaine. « Faites décoller l'hélico, immédiatement ! »

« Écoute, frérot, je suis un peu occupé pour l'instant. Bon vol. Et à plus tard. » La communication radio fut coupée.

Au début, le captaine Sato mit la fin brutale de la conversation sur le compte des obligations bien réelles auxquelles était confronté son frère, et puis sous ses yeux, huit mille mètres en dessous, il vit le destroyer virer brusquement sur la gauche, dans une recrudescence de bouillonnements à la poupe, révélatrice d'une accélération soudaine.

« On dirait qu'il y a comme un pépin », souffla-t-il dans l'interphone.

« On l'a eu, commandant. Une ou deux, annonça le contrôleur de tir.

— La cible accélère et vire à tribord, rapporta le sonar. Les deux unités en acquisition se rapprochent. La cible n'a toujours pas réagi.

— Unité un, distance à la cible deux mille mètres. Unité trois, à deux mille deux. Les deux unités l'ont bien accrochée, commandant. » Le premier maître avait les yeux rivés sur l'écran du système d'armes, prêt à reprendre le contrôle manuel en cas d'erreur, toujours possible, du guidage automatique. A ce point de sa trajectoire, l'ADCAP n'était pas très différente d'un sous-marin miniature doté de son propre système d'imagerie sonar très précis, qui permettait au sous-officier torpilleur de jouer les kamikazes par procuration —— et dans ce cas précis, en se dédoublant, en plus ——, ce qui allait bien avec ses talents de joueur confirmé à la console Nintendo du mess. Mais la vraie bonne nouvelle pour Claggett était que l'adversaire ne tentait pas une contre-détection et cherchait plutôt à sauver à tout prix son bâtiment. Parfait, l'heure du jugement n'allait pas tarder à sonner.

« Il y en a encore une autre devant nous, relèvement un-qua-tre-zéro !

— Ils nous tiennent », dit le capitaine, en fixant l'écran. Les torpilles venaient sans doute de deux sous-marins. Il ordonna de mettre la barre à bâbord toute. Déporté par ses superstructures aussi massives que celles de ses cousins Aegis américains, le *Mutsu* oscilla violemment sur la droite. Sitôt le virage effectué, le capitaine ordonna de renverser la vapeur, en espérant que la torpille leur passerait par le travers avant.

Il n'y avait pas d'autre explication. Comme il allait perdre de vue la bataille, Sato coupa le pilote automatique et fit un virage serré sur la gauche, laissant à son copilote le soin d'allumer le signal *Attachez vos ceintures* pour leurs passagers. Toute la scène lui apparut à la lumière du quartier de lune. Le *Mutsu* avait complètement viré de bord, avant de repartir à nouveau sur le bord opposé. Il avisa des éclats de lumière à la poupe : l'hélicoptère ASM commençait à faire tourner son rotor, prêt à décoller pour traquer l'ennemi invisible... très certainement un sous-marin, se dit le capitaine Sato, un submersible fourbe et veule qui attaquait le fier et superbe destroyer de son frère. Il vit avec surprise le bâtiment ralentir — s'arrêter presque entièrement, retenu par la poussée inversée de son hélice réversible — et il se demanda la raison de cette manœuvre. N'était-ce pas comme dans l'aviation, dont la règle se résumait à ce simple axiome : *La vitesse, c'est la vie...* ?

« Bruits de cavitation intense, commandant, peut-être un arrêt d'urgence », dit le chef sonar. Le technicien de systèmes d'armes ne laissa pas à Claggett l'occasion de réagir.

« Peu importe. Je le tiens sur les deux, monsieur. Je règle la trois pour une explosion au contact... je détecte des interférences magnétiques... Je parie qu'ils utilisent notre Nixie, non ?

— Correct, matelot.

— Eh bien, on sait comment marche la bestiole. La une est à cinq cents de la cible, en approche rapide. » Le technicien coupa l'un des ombilicaux, laissant la torpille numéro un poursuivre seule sa route, remonter à trente pieds de profondeur, parfaitement autonome désormais, activer son propre champ magnétique, chercher la signature métallique de la cible, et une fois celle-ci trouvée, la laisser grossir, grossir, grossir...

L'hélico venait de décoller et s'éloignait, ses feux anticollision balayant le destroyer à présent immobile. Comme au ralenti, le bâtiment sembla vouloir virer de nouveau, quand un éclair d'un vert intense apparut sous les eaux de part et d'autre de la coque, juste à l'avant de la passerelle, à la verticale des trappes de lancement de ses missiles air-surface. La lueur découpa la silhouette acérée du navire dans un contre-jour sinistre et mortel. L'image n'avait duré qu'un quart de seconde, mais elle s'imprima dans l'esprit de Sato, puis l'un des SAM du destroyer explosa, suivi des quarante autres, et la moitié avant du *Mutsu* se désintégra. Trois secondes plus tard, une autre explosion se produisit et quand retomba l'immense gerbe d'écume, il ne restait plus en surface qu'une tache de mazout en feu. Comme pour son homonyme dans le port de Nagasaki en 1943...

« *Commandant* ! » Le copilote dut se battre pour reprendre les commandes avant que le Boeing ne se retrouve en perte de vitesse. « Commandant, nous avons des passagers à bord.

— C'était mon frère...

— Oui mais nous avons des passagers à bord, bordel ! » Sans

résistance, à présent, il ramena le 747 en palier, l'œil rivé sur le gyrocompas pour retrouver son cap. « Commandant ! »

Sato reporta son regard sur les instruments, et perdit de vue le tombeau de son frère alors que l'appareil reprenait son vol vers le sud.

« Je suis désolé, capitaine Sato, mais nous aussi, nous avons une tâche à accomplir. » Il remit le pilote automatique avant de poser la main sur le bras de son collègue. « Ça va, à présent ? »

Sato fixait le ciel vide droit devant lui. Puis il secoua la tête et se ressaisit. « Oui, ça va très bien. Merci. Je vais tout à fait bien, maintenant », répéta-t-il avec plus d'assurance, car les règles qu'on lui avait inculquées exigeaient que pour l'heure il mette de côté ses émotions. Leur père avait survécu au commandement de son destroyer, et s'était vu confier un croiseur, à bord duquel il était mort, au large de Samar, victime des destroyers américains et de leurs torpilles... et voilà que maintenant, de nouveau...

« Bon Dieu, qu'est-ce que c'était ? demanda le capitaine de frégate Ugaki à son chef sonar.

— Des torpilles. Deux. Venant du sud, répondit l'enseigne de vaisseau. Elles ont coulé le *Mutsu*.

— Mais enfin, tirées par qui ? insista le capitaine, furieux.

— Origine non détectée, commandant, lui répondit la voix, timide.

— Barre au sud, à huit nœuds.

— Cela va nous conduire en plein dans la perturbation de...

— Je le sais parfaitement. Exécution. »

« On l'a tué. Certain », annonça le sonar. La signature sur son écran ne laissait aucun doute. « Aucun bruit de moteurs depuis le gisement de la cible, mais des bruits de rupture, et celui-ci correspond à une violente explosion secondaire. On l'a eu, commandant. »

Richter repassa au-dessus de la même ville que le C-17 avait survolée quelques jours auparavant, mais même si l'on risquait de l'entendre, il s'en souciait moins à présent. Du reste, *la nuit, tous les hélicos sont gris*, et il y en avait pas mal dans le coin. Il prit une altitude de croisière de cinquante pieds et mit le cap plein sud, en se répétant tout du long que bien sûr, la Navy serait au rendez-vous, que bien sûr, il réussirait à apponter, que bien sûr, tout marcherait comme sur des roulettes. Il n'était pas mécontent d'avoir le vent pour lui, jusqu'au moment où, arrivant sur la mer, il vit les vagues qu'il soulevait. Et merde...

« Monsieur l'ambassadeur, la situation a changé, comme vous le savez », dit Adler d'une voix douce. Le salon n'avait jamais entendu résonner plus d'une voix à la fois, et pourtant, il semblait à présent encore plus silencieux.

Assis près de son supérieur, Seiji Nagumo remarqua que le siège voisin d'Adler était occupé par un inconnu, un autre spécialiste du Japon venu des services du troisième étage. Où était passé Chris Cook ? se demanda-t-il tandis que la négociation se poursuivait. Pourquoi n'était-il pas ici — et qu'est-ce que ça signifiait ?

« Au moment même où nous parlons, l'aviation américaine est en train d'attaquer les Mariannes. Au moment même où nous parlons, des unités de la flotte américaine engagent des unités de votre flotte. Je dois vous dire que nous avons de bonnes raisons de croire que nos opérations seront couronnées de succès et nous permettront d'isoler les Mariannes du reste du monde. La phase suivante de l'opération, si cela s'avère nécessaire, sera de déclarer une zone d'exclusion maritime autour de vos îles métropolitaines. Nous n'avons aucun désir d'attaquer directement votre pays, mais nous avons la capacité d'interrompre tout votre commerce maritime en l'affaire de quelques jours.

« Comme vous pouvez le constater », dit la journaliste de CNN depuis son perchoir à côté de l'USS *Enterprise* — la caméra panoramiqua sur la droite, révélant une cale vide — « l'USS *John Stennis* a quitté sa cale sèche. Nous avons appris que ce bâtiment était en ce moment même en train de lancer une frappe contre les Mariannes actuellement détenues par le Japon. On nous avait demandé de coopérer aux opérations d'intoxication lancées par le gouvernement, et après mûre réflexion, nous avons décidé que CNN était après tout un organe d'informations *américain...*

— Les salauds ! » souffla le général Arima, en contemplant le coffrage de béton vide, hormis quelques flaques d'eau et des cales en bois. Puis son téléphone se mit à sonner.

Dès qu'ils furent certains d'avoir été repérés par les E-2C japonais, deux AWACS de l'Air Force allumèrent leurs radars. Ils étaient partis de Hawaï, via Dyess, sur l'atoll de Kwajalein. En termes électroniques, le combat s'annonçait égal, mais les Américains avaient décidé d'avoir l'avantage en nombre, par mesure de garantie. Quatre Eagle japonais étaient en couverture, et leur premier mouvement instinctif fut de virer au nord-est pour se porter au devant des intrus, et donner ainsi le temps de décoller à leurs camarades en état d'alerte pour se joindre au combat aérien avant que l'adversaire n'ait l'occasion de les clouer au sol. Simultanément, la DCA était prévenue de l'arrivée d'appareils hostiles.

Sanchez alluma son radar de guidage quand il vit les chasseurs japonais à moins de cent milles de lui, arrivant sur eux pour lancer leurs missiles. Mais ils étaient armés d'AMRAAM, et lui de Phoenix, dont la portée était presque double. Cherchant un engagement à grande distance, il en lança aussitôt deux, imité par trois autres appareils de sa formation. Les huit missiles décrivirent une trajectoire balistique, grimpant jusqu'à cent mille pieds pour redescendre à Mach 5, leur altitude leur procurant la section radar maximale pour repérer leur cible. Les Eagle détectèrent l'attaque et cherchèrent à se dégager mais quelques secondes plus tard, deux des F-15J disparaissaient des cieux. La paire survivante s'entêta. La deuxième vague de Phoenix se chargea de régler leur sort.

« Allons bon, qu'est-ce que c'est que ça ? » s'étonna Oreza.

Le fracas de l'allumage d'un grand nombre de réacteurs interrompit la partie de cartes et les quatre hommes se précipitèrent aussitôt aux fenêtres. Clark eut la présence d'esprit d'éteindre toutes les lumières après s'être emparé de l'unique paire de jumelles. Le premier couple d'appareils décollait du terrain de Kobler juste comme il les portait à ses yeux. C'étaient des monoréacteurs, à en juger par la flamme de leur post-combustion.

« Qu'est-ce qui se passe, John ?

— Personne ne m'a rien dit, en fait, mais ça ne devrait pas être trop difficile de deviner. »

Tout l'aérodrome était éclairé. L'important était de faire décoller les chasseurs au plus vite. La même chose devait se produire sur Guam, mais Guam n'était pas à côté et les deux groupes de chasse allaient engager les Américains séparément, annulant l'avantage numérique des Japonais.

« C'est quoi, ça ? »

Le commandant Peach avait elle aussi mis en route ses brouilleurs. Le radar de détection était certes puissant, mais comme tous les appareils de cette catégorie, il émettait également en basse fréquence, et ces ondes étaient faciles à brouiller. L'avalanche de faux échos troublait à la fois leur appréhension des manœuvres en cours, en même temps qu'elle anéantissait leur capacité à détecter les missiles de croisière, de petite taille certes, mais en aucun cas furtifs. Les chasseurs qui auraient pu tenter de les engager les avaient en fait dépassés, leur laissant le champ libre pour atteindre leurs objectifs sur l'île. Le radar de détection installé au sommet du Takpochao les détecta à trente milles seulement, au lieu des cent escomptés, alors qu'il essayait en même temps de décompter les chasseurs en approche. Cela donnait aux trois hommes de service une tâche complexe, mais c'étaient des opérateurs chevronnés et tous se plièrent aux exigences du moment, l'un d'eux déclenchant la sirène pour prévenir les batteries de missiles Patriot installées sur l'île.

La première partie de l'opération se déroulait sans anicroche. Le groupe de chasse adverse avait été éliminé sans aucune perte de leur côté, nota Sanchez, en se demandant si c'était l'un de ses missiles qui avait fait mouche. Nul ne le saurait jamais. La tâche suivante était de neutraliser l'avion-radar japonais avant l'arrivée du reste des chasseurs. Pour ce faire, un groupe de quatre Tomcat mit la post-combustion pour filer au-devant d'eux, en lançant tout son stock de missiles.

Ils avaient simplement trop de bravoure pour en réchapper, remarqua Sanchez. Les Hawkeye japonais auraient dû se replier, et les Eagle qui les protégeaient auraient dû en faire de même, mais fidèles à l'éthique de pilote de chasse, ils étaient sortis affronter la première vague d'assaillants au lieu de rester en veille. Sans doute parce qu'ils pensaient qu'il s'agissait d'un véritable raid, et non d'un simple survol. La formation latérale de quatre appareils, baptisée « Poseurs d'œillères », remplit sa mission spécifique qui était de neutraliser les avions-radars d'alerte avancée, puis revint au *John Stennis* refaire le plein et se réarmer. Désormais, le seul radar aéroporté était américain. Les Japonais arrivaient, cherchant à émousser une attaque qui n'avait pas d'existence réelle, cherchant à engager des cibles dont le seul objectif avait été de détourner l'attention des intercepteurs.

Il apparut manifeste aux opérateurs radar que la majorité des missiles étaient pour eux et non pour l'aérodrome. Ils ne perdirent pas de temps à échanger des remarques à ce sujet. Ils assistèrent à la disparition des E-2, trop loin d'eux pour en deviner au juste la raison, mais l'ultime appareil AEW était encore sur la piste de Kobler, d'où les chasseurs décollaient en catastrophe — le premier approchait déjà de l'escadrille américaine qui, étrangement, ne semblait pas suivre la direction prévue. Guam était en fréquence, pour demander des informations tout en annonçant que leurs chasseurs décollaient eux aussi en alerte pour contrer l'attaque.

« Deux minutes pour les missiles de croisière, annonça l'un des opérateurs dans l'interphone.

— Dites à Kobler de faire décoller son E-2 aussitôt », ordonna de son PC mobile le commandant quand il vit que les deux autres appareils avaient disparu des écrans. Le camion était à cent mètres de l'antenne radar, mais on n'avait pas eu le temps de l'enterrer. C'était prévu pour la semaine suivante.

« Waouh ! » s'écria Chavez. Ils étaient dehors, à présent. Un petit malin avait coupé l'électricité dans leur partie de l'île, ce qui leur avait permis de sortir pour mieux profiter du feu d'artifice. A huit cents mètres à l'est de chez eux, le premier Patriot jaillit de son conteneur de lancement. Le missile ne s'éleva que sur deux ou trois cents mètres avant que ses contrôles de poussée vectorielle ne le fassent dévier aussi sèchement qu'une boule de billard contre une bande, pour filer droit sous l'horizon visible. Trois autres engins suivirent à quelques secondes d'écart.

« Des missiles de croisière arrivent. C'était Burroughs. Ils sont pour le nord de l'île, on dirait.

— Je parie que c'est pour le radar sur cette colline », estima Clark. Suivit une série d'éclairs qui découpèrent les crêtes à l'est. Le tonnerre des explosions leur parvint au bout de quelques secondes. De nouveaux Patriot jaillirent et les civils virent les servants de la batterie dresser un autre conteneur sur sa plate-forme motorisée. Ils virent également que la manœuvre prenait trop longtemps.

La première vague de vingt Tomahawk grimpait maintenant. C'est à trois mètres à peine au-dessus de la crête des vagues qu'ils s'étaient dirigés vers les falaises escarpées de la côte orientale de Saipan. Entièrement automatiques, les engins n'avaient pas la capacité d'éviter ou même de détecter le feu dirigé contre eux, et la première vague de douze missiles antimissiles Patriot réussit dix coups au but, mais les dix engins rescapés poursuivirent leur route, tous dirigés sur un seul et même objectif. Quatre autres furent touchés par des SAM et le cinquième tomba en panne et s'écrasa contre la falaise de Laolao Kattan. Les radars des Patriot les perdirent à ce moment-là et les commandants de batterie avertirent aussitôt la station radar, mais il était déjà bien trop tard : l'une après l'autre, cinq têtes chargées de cinq cents kilos d'explosifs détonèrent au sommet du mont Takpochao.

« Voilà qui règle la question », observa Clark quand le bruit se fut éteint. Puis il se tut pour tendre l'oreille. Ils n'étaient plus tout seuls dehors : des voisins de l'impasse étaient également sortis. Des sifflets de joie se joignirent en un chœur de vivats qui couvrit les cris des servants de la batterie de missiles installée sur la crête à l'est.

Les chasseurs continuaient de décoller du terrain de Kobler en contrebas, le plus souvent par paires, parfois isolément. Les flammes bleutées des tuyères en post-combustion tournaient dans le ciel avant de s'éteindre, traçant la trajectoire des appareils nippons se portant au-devant du raid américain. Enfin, Clark et les autres entendirent le bruit de ventilateur électrique de l'ultime Hawkeye survivant qui décollait bon dernier, malgré l'avertissement des opérateurs de la station radar à présent détruite.

Le silence retomba momentanément sur l'île, créant un vide étrange tandis que tout le monde reprenait son souffle dans l'attente du second acte de ce drame nocturne.

A cinquante milles au large, à peine, l'USS *Pasadena* et trois autres SNLE remontèrent en immersion périscopique et lancèrent six missiles chacun. Certains étaient destinés à Saipan. Quatre à Tinian. Deux à Rota. Le reste rasa la crête des vagues pour se diriger vers la BA d'Andersen, sur l'île de Guam.

« Périscope ! » ordonna Claggett. L'appareil jaillit dans le sifflement des vérins hydrauliques. « Stop ! » s'écria-t-il quand le sommet de l'instrument eut fendu la surface. Il le fit pivoter lentement, guettant des lumières dans le ciel. Rien.

« Parfait. L'antenne, maintenant. » Un nouveau sifflement annonça le déploiement de l'antenne-fouet UHF. Sans détacher son œil de l'oculaire, le capitaine agita la main droite. Il y avait de vagues signaux radar en provenance d'émetteurs lointains, mais rien de susceptible de détecter leur submersible.

« INDY CARS, ici les STANDS, à vous », lança au micro l'officier de transmissions.

« Dieu merci, s'exclama Richter en pressant la palette du micro. « Les STANDS pour INDY LEADER, authentifiez-vous, à vous.
— Foxtrot Whiskey.

501

— Charlie Tango, répondit Richter, en vérifiant les codes radio dans le calepin scratché sur son genou. On est à cinq milles de vous et on boirait bien un petit coup, à vous.

— Ne quittez pas », entendit-il.

« Émersion ! ordonna Claggett, et il décrocha le micro de l'interphone. Attention, attention, nous allons faire surface, restez aux postes de combat. Personnels de l'armée, tenez-vous prêts. »

Tout le matériel nécessaire avait été disposé près du sas d'évacuation central et de l'écoutille de plus grandes dimensions prévue pour la manutention de l'appareillage de guidage des missiles balistiques. L'une des équipes de mécanos du *Tennessee* se tenait prête à faire passer le matériel, tandis qu'un officier marinier se chargerait de fixer le raccord du tube d'approvisionnement roulé dans son coffrage au-dessus de la chambre des missiles.

« Qu'est-ce que c'est que ça ? demanda INDY-DEUX par radio. Leader pour Trois, hélico au nord. Je répète : hélico au nord, un gros.

— Descendez-le ! » ordonna aussitôt Richter. Il n'y avait pas d'hélico ami dans les parages. Il vira en montant un peu pour s'en assurer de visu. Le mec avait même ses feux anti-collision. « LES STANDS pour INDY LEADER, relevons trafic hélicoptère au nord. Qu'est-ce que ça veut dire ? A vous. »

Claggett n'entendit pas. Le kiosque du *Tennessee* venait de fendre la surface et il se tenait au pied de l'échelle de sortie. Shaw s'empara du micro.

« C'est sans doute un hélico ASM du destroyer que l'on vient de couler — abattez-le ! Abattez-le tout de suite !

— Radar aérien au nord ! lança un opérateur ESM une seconde après. Radar hélico à proximité ! »

Richter relaya l'ordre : « Deux, descends-le tout de suite !

— C'est parti, Leader », répondit le second Comanche, virant en piquant du nez pour prendre de la vitesse. Quel qu'il soit, ce ne serait pas son jour de chance. Le pilote sélectionna le canon. Sous la coque, le 20 mm émergea de son carénage en forme de canoë et pivota vers l'avant. La cible était à cinq milles et il n'avait pas vu arriver l'hélico d'attaque.

Le pilote du Deux reconnut un autre Sikorsky, peut-être assemblé dans la même usine du Connecticut que son Comanche ; c'était un SH-60 la version marine de l'UH-60, une cible de bonne taille. Il fonça droit dessus, en espérant avoir le temps de l'abattre avant qu'il ait pu lancer un message radio. Ce serait juste, et le pilote se maudit de ne pas avoir opté plutôt pour un Stinger, mais il était trop tard désormais pour revenir sur son choix. Son afficheur de casque se verrouilla sur la cible et il tira cinquante balles, dont la majorité alla se loger dans le nez de l'hélicoptère gris qui grossissait devant lui. Le résultat fut instantané.

« Abattu, annonça-t-il. Je l'ai eu, Leader.

— Roger, quel est ton niveau de carburant ?

— Trente minutes.

— Tourne en rond et garde l'œil ouvert.

— Roger, Leader. »

A peine était-il remonté à trois cents pieds que survint une autre mauvaise surprise. « Leader pour Deux, radar au nord, le système reconnaît un modèle de la Navy.

— Super », grommela Richter, qui cerclait à présent au-dessus du sous-marin. Il était assez large pour qu'on puisse se poser dessus, mais la tâche aurait été plus facile si le putain de rafiot ne roulait pas comme un tonneau de bière lors d'une veillée irlandaise. Richter se mit en vol stationnaire, approchant lentement dans l'axe arrière, et il sortit son train pour l'appontage.

« Barre à gauche au vent, dit Claggett à l'enseigne Shaw. Il faut qu'on coupe la houle pour qu'ils puissent se poser.

— Pigé, skipper. » Shaw transmit les ordres nécessaires, et le *Tennessee* s'orienta vers un cap nord-ouest

« Paré aux écoutilles de sortie ! » ordonna ensuite le commandant. Puis il vit l'hélico approcher lentement, avec précaution ; comme chaque fois, l'appontage d'un hélico sur un navire lui évoquait deux porcs-épics s'apprêtant à faire l'amour. Ce n'était pas la bonne volonté qui manquait ; mais simplement que la moindre erreur ne pardonnait pas.

Ils étaient alignés maintenant comme deux armées de chevaliers en armure, se dit Sanchez, avec les Japonais à deux cents milles au large de l'extrémité nord de Saipan, et les Américains cent milles plus loin. L'un et l'autre camp avaient déjà rejoué cette partie bien des fois, et à plusieurs reprises dans les mêmes centres d'entraînement. L'un et l'autre camp avaient mis en œuvre leurs radars de détection. L'un et l'autre camp étaient désormais en mesure de compter et situer les forces adverses. La seule question était de savoir qui allait faire le premier mouvement. Les Japonais étaient en situation d'infériorité et ils le savaient. Leur dernier E-2C n'était pas encore en position, et pire encore, ils n'étaient pas encore certains de l'identité de l'opposition. Sur l'ordre de Sanchez, les Tomcat décollèrent les premiers, allumant leur post-combustion pour grimper le plus vite possible et lancer leurs derniers missiles Phoenix. Ils tirèrent à une distance de cinquante milles, et c'est plus d'une centaine de ces armes perfectionnées qui formèrent un rideau de flammes jaunes qui monta encore plus haut dans le ciel avant de basculer tandis que les avions qui les avaient lancés faisaient demi-tour pour rentrer au bercail.

Ce fut le signal d'une mêlée générale. La situation tactique avait été claire jusqu'ici, mais elle le devint beaucoup moins quand les chasseurs japonais poussèrent également leurs moteurs à fond pour rattraper les Américains, en espérant s'insinuer sous les Phoenix et lancer leurs propres missiles autoguidés. C'était une action qui exigeait un minutage d'une extrême précision, ce qui était difficile à réaliser sans le soutien tactique d'un appareil de commandement et de contrôle, dont ils n'avaient pas attendu l'arrivée.

Il n'avait pas été possible d'entraîner les personnels de la Navy à effectuer rapidement la manœuvre, même si un groupe de matelots maintenait les ailes en position tandis que les mécanos expérimentés de l'armée de terre les fixaient sur les ancrages latéraux du premier Comanche. Puis on fixa les tuyaux aux buses de ravitaillement et les pompes du bateau furent mises à contribution pour remplir les réservoirs le plus vite possible. Un autre marin tendit à Richter un téléphone, bêtement relié à un fil.

« Comment ça s'est passé, la piétaille ? demanda Dutch Claggett.

— Assez bandant. Z'auriez pas du café chaud, par hasard ?

— C'est en route, soldat. » Claggett avait déjà prévenu la cambuse.

« D'où venait cet hélico ? demanda Richter, tout en surveillant les opérations de ravitaillement.

— On a dû couler un rafiot, il y une heure. Il nous barrait la route. Je suppose qu'il venait de là. Prêt à copier votre destination ?

— Ce n'est pas Wake ?

— Négatif. Un porte-avions vous attend à vingt-cinq nord, cent cinquante est. Répétez, deux-cinq nord, un-cinq-zéro est. »

L'adjudant répéta par deux fois les coordonnées, obtenant une nouvelle confirmation. *Tout un porte-avions rien que pour nous ? Bigre...*, se dit Richter. « Bien compris. Et merci, monsieur.

— Merci d'avoir descendu l'hélico, INDY. »

Un matelot s'avança pour frapper le flanc de l'appareil, avant de lever le pouce. Il tendit également une casquette frappée aux armes du *Tennessee*. Puis Richter avisa la bosse de sa poche de chemise. Fort impoliment, il tendit la main et subtilisa le demi-paquet de cigarettes. Le marin rigola et lui lança même son briquet.

« Écarte-toi ! » cria Richter pour couvrir le bruit. Le matelot recula mais un autre homme jaillit de l'écoutille avec une bouteille isotherme, qu'il lui passa. Sur quoi, la verrière redescendit et Richter remit ses moteurs. Moins d'une minute après, le Comanche décollait et se mettait à survoler le sous-marin, laissant la place au Deux pour ravitailler. Au bout d'une trentaine de secondes, le pilote sirota son café. Il était différent de celui de l'Armée, plus civilisé. Avec un doigt de cognac, c'eût été parfait.

« Sandy, gaffe au nord ! » lui dit son mitrailleur, alors que le Deux descendait se poser à son tour sur le pont du submersible.

La première salve de missiles avait abattu six des Eagle, les deux derniers, endommagés, battant en retraite, annoncèrent les contrôleurs de l'AWACS. Sanchez qui s'écartait de la trajectoire des chasseurs ennemis ne put voir les Tomcat céder la place aux Hornet. C'était en train de marcher. Venus de leurs îles à pleine puissance, Les Japonais s'étaient lancés à leur poursuite, croyant chasser les Américains. Son détecteur de menaces lui indiquait la présence de missiles ennemis, mais c'étaient des engins de conception américaine, et il en connaissait les performances.

« C'est quoi, ça ? » se demanda Oreza.

Au début, rien qu'une ombre. Pour une raison quelconque, les lumières du terrain étaient encore allumées, et ils virent un simple trait blanc traverser l'extrémité de la piste de Kobler. Il vira sèchement au-dessus du seuil de piste pour suivre celle-ci dans l'axe de la bande centrale. Puis l'engin changea de forme, le nez explosa et une averse de petits objets arrosa le béton. Certains explosèrent. Le reste des objets disparurent, trop petits pour être distingués quand ils étaient immobiles. Puis vint un autre missile, et d'autres encore, tous procédant de même, à une exception près qui se dirigea vers la tour et décapita celle-ci, rompant avec l'explosion toute liaison radio avec l'escadrille de chasse.

Plus loin vers le sud, le terrain civil était toujours illuminé, lui aussi, et l'on voyait quatre 747 à proximité du terminal ou sur les diverses voies d'accès. Aucun engin ne semblait menacer l'aéroport. A l'est, plusieurs autres lancements de missiles illuminèrent la batterie de Patriot, mais ils avaient déjà tiré leur première salve, et les servants devaient à présent ériger d'autres conteneurs de missiles, puis les raccorder au camion de commandement, et tout cela prenait du temps. Ils réussissaient des interceptions, mais pas en nombre suffisant.

« Ce ne sont pas les SAM qu'ils visent », nota Chavez, qui se disait qu'ils auraient quand même mieux fait de se mettre à l'abri... mais tout le monde était dehors pour profiter du spectacle, comme pour un feu d'artifice du 4 Juillet.

« Ils évitent les zones civiles, Ding, répondit Clark.

— Bien joué. Au fait, c'est quoi, cette histoire de Kelly ?

— C'est mon vrai nom, observa son supérieur.

— John, combien en as-tu descendu, de ces salauds ? tenait à savoir Oreza.

— Hein ? fit Chavez.

— Quand on était gosses, tous les deux, votre patron s'est lancé dans une petite traque personnelle... des trafiquants de drogue, si je me souviens bien.

— Il ne s'est jamais rien passé, Portagee. Parole. » John secoua la tête et sourit. « Enfin, rien qu'on puisse prouver, ajouta-t-il. Je suis vraiment mort, oublie pas.

— Dans ce cas, t'as trouvé le bon jeu d'initiales pour ton nouveau nom, mec. » Oreza marqua une pause. « Bon, et maintenant ?

— J'en sais foutre rien, mec. » Oreza n'était pas autorisé à connaître ses nouvelles instructions ; du reste, il ignorait si elles étaient réalisables. Quelques secondes plus tard, quelqu'un s'avisa de couper le courant dans les secteurs encore éclairés du sud de l'île.

L'hélicoptère du *Mutsu* avait annoncé la présence d'un sous-marin en surface, rien de plus. Cela avait amené le *Kongo* à faire décoller son Seahawk, qui arrivait maintenant par le sud. Deux P-3C Orion ASM approchaient également, mais l'hélicoptère, muni de ses deux torpilles, serait le premier sur place. L'appareil arrivait à deux cents pieds d'altitude, il n'avait pas allumé son radar à visée vers le bas, mais ses feux anti-collision, éblouissants dans la visière à amplification de lumière de Richter.

« Sûr qu'il y a de l'animation dans le coin », observa Richter. Il volait à cinq cents pieds, avec une nouvelle cible qui venait d'apparaître à l'horizon. « Les STANDS pour INDY LEAD, on a un nouvel hélico dans le secteur.

— Flanquez-le-moi à la baille !

— Bien copié. » Richter accéléra pour procéder à l'interception. Dans la marine, on n'avait aucun problème pour prendre des décisions. La vitesse de rapprochement garantissait une interception rapide. Richter sélectionna un STINGER et tira à huit kilomètres de distance. Qui que soit l'intrus, il n'escomptait pas un appareil hostile dans le secteur, et l'eau froide en dessous offrait un excellent contraste pour le missile à détection infrarouge. Le Seahawk s'était dérouté, ce qui porta Richter à se demander s'il pouvait y avoir des survivants. Mais il n'était pas en mesure d'effectuer un sauvetage, et ne changea pas de cap pour aller y voir.

Le Deux avait repris l'air, et se plaça en survol protecteur, permettant au leader de décrocher pour rejoindre le point de rendez-vous. Il fit une dernière passe à base altitude pour saluer le sous-marin, puis s'éloigna. Il n'avait ni kérosène ni temps à perdre.

« Vous vous rendez compte qu'on est un porte-aéronefs ? » demanda Ken Shaw, en regardant les équipes de pont terminer de ravitailler leur troisième et dernier visiteur. « Avec appareils ennemis abattus, et tout le bazar.

— Histoire de pouvoir survivre et reprendre notre existence de sous-marin », répondit Claggett d'une voix tendue. Il vit la verrière redescendre et les hommes commencer à déblayer le pont. Deux minutes plus tard, il était presque entièrement dégagé. Un de ses officiers mariniers balança par-dessus bord ce qui restait de matériel superflu, puis agita le bras en direction du kiosque, avant de redescendre par l'écoutille.

« Évacuez le pont ! » ordonna Claggett. Encore un coup d'œil pour vérifier avant de reprendre une dernière fois le micro. « Immersion.

— Le pont n'est pas tout à fait dégagé, objecta le chef mécanicien.

— Vous avez entendu le capiston ! » rétorqua l'officier de pont. Aussitôt, les trappes s'ouvrirent et les ballasts furent inondés. La trace de l'écoutille supérieure se réduisit d'un cercle à un point, et quelques secondes plus tard, Claggett apparut, refermant l'écoutille inférieure du pont, désormais entièrement dégagé.

« Paré à plonger. On se tire ! »

« C'est un sous-marin, dit l'enseigne de vaisseau. Il plonge... Il remplit les ballasts.

— Distance ?

— Il faut que je passe en actif, avertit l'opérateur sonar.

— Eh bien, faites ! » siffla Ugaki.

« C'est quoi, ces éclairs ? » demanda le copilote. Ils avaient jailli au ras de l'horizon, sur leur gauche, à une distance indéterminée, mais si lointains soient-ils, ils étaient brillants, et l'un d'eux se mua en comète qui plongea dans la mer. D'autres éclairs zébrèrent l'obscurité, des traits jaune-blanc qui allaient en majorité de droite à gauche. Cela expliquait tout. « Oh.

— Saipan approche, pour JAL sept-zéro-deux, à deux cent milles. Que se passe-t-il, à vous ? » Pas de réponse.

« On retourne à Narita ? demanda le copilote.

— Non ! Non, c'est hors de question ! » répondit Torajiro Sato.

Seul son professionnalisme lui évita d'être submergé par la rage. Jusqu'ici, il avait réussi à esquiver deux missiles, et le commandant Shiro Sato ne paniqua pas, malgré la malchance qui avait frappé son ailier. Son radar montrait plus de vingt cibles, toutes en limite de portée, et même si certains de ses compagnons d'escadrille avaient déjà tiré leurs AMRAAM, il préférait attendre d'avoir une meilleure chance. Il nota également les multiples signaux radars qui accrochaient son escadrille, mais on n'y pouvait rien. Il poussa son Eagle dans ses derniers retranchements, décrivant une succession de virages secs, post-combustion allumée, en encaissant un nombre respectable de g. Ce qui avait été au début une bataille organisée se transformait en mêlée furieuse, avec des chasseurs entièrement livrés à eux-mêmes, comme des samouraïs luttant dans la nuit. Il vira vers le nord et sélectionna les échos les plus proches. Le système d'identification ami/ennemi les interrogea automatiquement mais la réponse de l'IFF n'était pas celle escomptée. Sans hésiter, Sato tira ses missiles à guidage automatique, puis vira brutalement et repartit plein sud. Ce n'était pas ce qu'il avait espéré, pas ce duel chevaleresque, opposant deux talents dans un ciel limpide. C'était devenu un affrontement chaotique dans les ténèbres, dont il était incapable de déterminer l'issue. Il ne lui restait plus qu'à fuir. Le courage était une chose, mais les Américains les avaient attirés si loin qu'il lui restait tout juste assez de carburant pour regagner sa base. Il ne saurait jamais si ses missiles avaient fait mouche. Bigre.

Il remit une dernière fois la post-combustion, pour dégager au plus vite, virant sec pour s'écarter des chasseurs arrivant par le sud. Ce devaient être ceux de Guam. Il leur souhaitait bonne chance.

« DINDON, ici DINDON LEADER. Dégagez. Je répète, dégagez immédiatement ! » Sanchez était nettement en retrait de l'action, maintenant, regrettant de ne pas être aux commandes de son Hornet au lieu de cet encombrant Tomcat. Il reçut enfin des accusés de réception, et même s'il avait perdu plusieurs appareils, même si la bataille ne s'était pas entièrement déroulée à sa guise, il savait néanmoins que c'était un succès. Il mit le cap au nord pour évacuer la zone, en surveillant le niveau de sa jauge. C'est alors qu'il aperçut des feux anti-collision à dix heures et vira dans cette direction pour vérifier.

« Bon Dieu, Bud, c'est un civil, indiqua son radariste. Un avion de la JAL. » On reconnaissait nettement la grue rouge stylisée peinte sur la dérive.

« Mieux vaudrait le prévenir. » Sanchez alluma ses feux et se rapprocha par bâbord. « JAL 747, JAL 747 pour appareil de l'US Navy sur votre gauche.

— Qui êtes-vous ? demanda la voix sur la fréquence réservée.

— Nous sommes un appareil de l'US Navy. Attention, des combats se déroulent droit devant. Je vous suggère de rebrousser chemin et retourner à votre point de départ. A vous.

— Je n'ai plus assez de carburant.

— Dans ce cas, vous pouvez vous dérouter sur Iwo Jima. Il y a un terrain, mais gaffe au pylône radio, au sud-ouest de la piste, à vous.

— Merci, lui répondit-on sèchement. Je vais continuer selon mon plan de vol. Terminé.

— Connard », dit Sanchez après avoir coupé le micro, mais son équipier était parfaitement d'accord. Dans une vraie guerre, ils l'auraient purement et simplement abattu, mais ce n'était pas une vraie guerre, en tout cas, c'est ce que certains avaient décidé. Sanchez ne saurait jamais l'amplitude de son erreur.

« Commandant, c'est trop dangereux !

— Iwo Jima n'est pas éclairé. Nous approcherons par l'ouest

en restant sur nos gardes », répondit le capitaine Sato, guère ébranlé par ce qu'il avait entendu. Il obliqua vers l'ouest et son copilote ne broncha pas.

« Sonar actif à bâbord, relèvement zéro-un-zéro, basse fréquence, sans doute un sub. » Et ce n'était pas une bonne nouvelle.

« Solution ! » ordonna aussitôt Claggett. Il avait entraîné impitoyablement ses hommes à réaliser ce scénario, et les sous-marins nucléaires avaient les meilleurs torpilleurs de la flotte.

« Préparation tube quatre », répondit le premier maître torpilleur. A son signal, la torpille fut activée. « Ouverture quatre. Tube quatre inondé. L'arme est prête.

— Cap initial zéro-un-zéro », dit l'officier d'armes, en vérifiant la route, ce qui ne lui révéla pas grand-chose. « Coupez les fils, réglez pour passer en actif à mille mètres !

— Réglé !

— Alignez et tirez ! ordonna Claggett.

— Tube quatre, paré, feu ! Quatre tiré ! » Le matelot faillit en casser la poignée de largage.

« Distance quatre mille mètres, annonça l'officier de sonar. Aspect de la cible révèle un gros sous-marin. Transitoires... il vient de tirer !

— Nous aussi. Torpille un ! Torpille deux ! cria Ugaki. Barre à gauche, toute, ajouta-t-il dès que le deuxième tube fut vidé. Machines avant ! »

« Torpille à l'eau. Correction : deux, je dis bien : deux, torpilles à l'eau, gisement zéro-un-zéro. Cliquetis alterné, les torpilles sont en mode recherche ! annonça le sonar.

— Et merde... quand c'est fini, ça recommence », nota Shaw, se rappelant une pénible expérience à bord de l'USS *Maine*. L'officier de l'armée de terre et son sergent-chef venaient d'entrer dans le PC de combat pour remercier le capitaine pour son rôle dans la mission héliportée. Ils s'immobilisèrent, côté bâbord, regardant le compartiment, décelèrent la tension ambiante.

« Chambre du six pouces, largage de leurres, top !

— Largage, top ! » Il y eut un léger bruit une seconde plus tard, juste une secousse d'air comprimé.

« On a un MOSS déjà prêt ? demanda Claggett, même s'il avait déjà donné des ordres en ce sens.

— Tube deux, monsieur, répondit le technicien de systèmes d'armes.

— Faites chauffer.

— C'est fait, monsieur.

— Parfait. » Le capitaine de frégate Claggett respira un grand coup et se donna un peu de temps pour réfléchir. Il n'en avait pas des masses, mais quand même un peu. Que valait ce poisson japonais ? Était-ce une torpille intelligente ? Le *Tennessee* filait dix nœuds, sans changement de cap ou de vitesse depuis qu'il était passé en plongée, et il était à trois cents pieds de profondeur. Bien.

« Chambre du six pouces, parés à larguer trois bidons à mon signal.

— Parés, commandant.

— Armements, réglez le MOSS pour trois cents pieds, en virant au plus serré toujours à cette profondeur. Qu'il passe en actif dès sa sortie du tube.

— Réglage effectué. Tube inondé.

— Larguez.

— MOSS largué, commandant.

— Six pouces, larguez ! »

Le *Tennessee* vibra une fois encore, avec l'éjection de trois bidons de leurres en même temps que la fausse torpille. La vraie avait désormais une proie fort séduisante à traquer.

« Faites surface ! Émersion d'urgence !

— Émersion d'urgence, oui ! répéta le chef barreur, en tendant la main vers la vanne pneumatique. Barres de plongée à plus, toute !

— Barre à plus, toute, oui ! répéta le timonier, en ramenant vers lui la barre de commande.

— Passerelle, ici sonar, les torpilles arrivantes sont toujours

512

en émission-réception alternée. Notre unité émet en continu. Elle les a accrochées.

— Leur poisson m'a l'air d'être une 48, ancien modèle », dit Claggett. Son calme était feint, mais ses hommes n'étaient pas censés le savoir. « Souvenez-vous des trois règles de fonctionnement d'une Mark 48 : Il lui faut une cible valide, il faut qu'elle soit à plus de huit cents mètres, et qu'elle tienne un cap suivi. Timonier, stoppez les machines.

— Machines stoppées, oui. Monsieur, la salle de machines confirme l'arrêt.

— Très bien, on va la laisser remonter gentiment », dit le capitaine, histoire de dire quelque chose. Il se tourna vers les gars de l'armée et leur fit un clin d'œil. Ils avaient l'air plutôt livides. Bon, c'était l'avantage d'être noir, pas vrai ? se dit Claggett.

Le *Tennessee* remonta le nez à près de trente degrés, réduisant fortement sa vitesse, et renversant plusieurs personnes sur la passerelle, tant l'inclinaison avait été brutale. Claggett se rattrapa à la barre de contrôle rouge et blanc du périscope.

« Profondeur ?

— On vient de faire surface, monsieur ! » annonça le chef de barre. Une seconde plus tard, retentit le fracas du bruit extérieur, puis le bateau se rabattit en tanguant vertigineusement.

« Silence complet ! »

L'arbre d'hélice était immobilisé maintenant. Le *Tennessee* ballottait à la surface tandis que quatre-vingt-dix mètres sous sa coque, et huit cents mètres en arrière, le MOSS tournait en rond en traversant régulièrement le nuage de bulles des leurres. Il avait fait son maximum. Un matelot fouilla dans sa poche pour sortir une clope, puis se rendit compte qu'il avait perdu son paquet sur le pont.

« Notre unité est en acquisition ! » annonça le sonar.

« Droit sur nous ! » dit Ugaki, essayant d'être calme, et y parvenant. Mais la torpille américaine avait traversé le champ de leurres... tout juste comme la sienne, se rappela-t-il. Il parcourut du regard le poste de commandement. Tous les visages étaient tournés vers lui, exactement comme la fois précédente, mais ce coup-ci, l'adversaire avait tiré le premier, malgré son avantage, et il lui suffisait de consulter la table traçante pour voir qu'il ne saurait jamais si sa seconde attaque sous-marine avait été ou non couronnée de succès.

« Je suis désolé », dit-il à ses hommes, et quelques-uns eurent le temps de hocher la tête pour accepter ses ultimes et sincères excuses.

« Touché ! s'exclama le sonar.

— Merci, sonar, dit Claggett.

— Les poissons ennemis tournent en rond en dessous de nous, monsieur... on dirait que... ouais, ils foncent sur le leurre... on reçoit de la mitraille mais...

— Mais les anciens modèles de Mark 48 ne traquent pas les cibles immobiles en surface, chef », dit tranquillement Claggett. Les deux hommes devaient être les deux seuls à bord à oser encore respirer. Enfin, peut-être aussi Ken Shaw, debout devant le panneau d'armements. Le plus insupportable était que les fréquences ultrasonores d'un sonar de torpille soient inaudibles.

« Ces putains de bestioles sont inépuisables.

— Ouaip, admit Claggett ». Puis, se ravisant : « Sortez l'ESM. » Le mât détecteur jaillit aussitôt, et le bruit fit sursauter tout le monde.

« Euh, commandant... il y a un avion-radar au trois-cinq-zéro.

— Intensité du signal ?

— Faible mais il augmente. Sans doute un P-3, monsieur.

— Très bien. »

C'en était trop pour l'officier de l'armée. « Et on reste plantés là à ne rien faire ?

— Tout juste. »

Sato guida le 747 largement de mémoire. Il n'y avait plus d'éclairage de piste, mais il avait assez de lune pour voir ce qu'il faisait, et une fois de plus, son copilote admira le talent de l'homme en voyant les feux de leur appareil se refléter à la surface du sol. Sato s'était posé légèrement décalé à droite de l'axe de la piste ; il réussit toutefois à garder l'alignement jusqu'au bout, mais en s'abstenant ce coup-ci d'adresser un dernier regard à son

514

jeune collègue. Il prenait la piste de roulage quand un éclair jaillit au loin.

Le commandant Sato était le premier à ramener son Eagle à Kobler — en fait, il avait même doublé deux appareils endommagés sur le chemin du retour. Il y avait de l'activité au sol, mais les seules conversations radio étaient incohérentes. De toute façon, il n'avait guère le choix. Son chasseur ne marchait plus qu'avec des vapeurs de kérosène et des souvenirs, car toutes ses jauges étaient quasiment à zéro... Sans lumière, en plus. Le pilote choisit malgré tout le bon angle de descente et toucha la piste pile au bon endroit. Il ne vit pas la charge, pas plus grosse qu'une balle de base-ball, que toucha son train avant. Le nez de l'appareil s'affaissa et le F-15 partit en dérapage, quittant le bout de piste. Il restait juste assez de vapeur dans les réservoirs pour déclencher un incendie puis une explosion qui éparpilla les débris sur toute l'étendue du tarmac. Un second Eagle, huit cents mètres derrière celui de Sato, trouva une autre minibombe et explosa. Les vingt chasseurs survivants de l'escadrille dégagèrent, demandant des instructions par radio. Six se détournèrent vers des terrains commerciaux. Le reste tenta une approche sur les deux larges pistes parallèles de Tinian, sans savoir qu'elles aussi avaient été saupoudrées de charges en grappes larguées par une série de missiles Tomahawk. Une petite moitié réussit à survivre à l'atterrissage sans avoir touché quoi que ce soit.

Dans son poste de commandement, l'amiral Chandraskatta observait l'écran radar. Il allait bientôt devoir rappeler ses chasseurs. Il n'aimait pas trop risquer ses pilotes dans des opérations de nuit, mais les Américains avaient encore une fois décidé de faire une démonstration de force. Et certes, ils pouvaient sans doute attaquer et détruire sa flotte s'ils le désiraient, mais maintenant ? Avec cette guerre en cours contre les Japonais, l'Amérique choisirait-elle d'ouvrir un second front ? Non. Sa force amphibie avait appareillé, et d'ici deux jours, au coucher du soleil, son heure sonnerait.

Jamais les équipages des B-1 n'avaient volé aussi bas sur ces zincs. C'étaient des réservistes, pilotes de ligne en majorité, que dans sa grande munificence (et avec un petit coup de pouce de quelques membres influents du Congrès), le Pentagone avait gratifiés d'un véritable avion de combat, pour la première fois depuis des années. Pour s'entraîner aux missions de bombardement terrestre, ils devaient adopter une altitude de pénétration typique de deux cents pieds — soixante mètres — pas moins, mais c'était plus souvent trois cents, car même au Kansas, les fermes étaient équipées d'éoliennes et les gens avaient la manie d'ériger des pylônes radio dans les coins les plus incroyables — mais en mer, ils n'avaient pas ce problème : ici, ils étaient descendus à cinquante pieds, et ça fumait, remarqua un pilote, en s'en remettant — non sans un rien de nervosité — au système d'évitement de terrain. Son escadrille de huit appareils filait plein sud après avoir doublé le cap de Dondra. Les quatre autres se dirigeaient vers le nord-ouest après s'être calés sur diverses balises de navigation. Il détectait pas mal d'activité électronique droit devant, assez pour le rendre nerveux, même si aucune n'était dirigée sur lui jusqu'ici, et il se laissa aller à goûter ces moments de pur plaisir à voler ainsi à plus de Mach 1 en soulevant un sillage de vapeur original, plutôt similaire à celui d'un *off-shore*... et sans doute en cuisant quelques poissons au passage.

Là.

« Contacts à basse altitude venant du nord !

— Quoi ? » L'amiral leva les yeux. « Distance ?

— Moins de vingt kilomètres, ils arrivent très vite !

— Des missiles ?

— Indéfini, amiral ! »

Chandraskatta considéra sa table traçante. Ils étaient donc là, juste dans la direction opposée du porte-avions américain. Ses chasseurs n'étaient pas en position pour...

« Avions en visu ! lança bientôt une vigie.

— On engage ? demanda le capitaine Mehta.

— Tirer les premiers, sans ordres ? » Chandraskatta se rua

vers la porte, et émergea sur le pont juste à temps pour voir les traits blancs sur l'eau, avant même l'avion qui les provoquait.

« On remonte », dit le pilote, en se dirigeant droit dans l'axe du porte-avions. Il tira sur le manche, et quand il le vit disparaître sous son nez, il vérifia son altimètre.

« Redressez ! lui dit l'avertisseur vocal, de sa voix sexy habituelle.

— C'est déjà fait, Marilyn. » Pour le pilote de ligne, c'était une voix à la Marilyn. Puis il jeta un œil sur la vitesse. Presque neuf cents nœuds. *Waouh ! le putain de bruit qu'il devait faire...*

Le bang sonique provoqué par l'énorme appareil ressemblait plutôt à la détonation d'une bombe : il renversa l'amiral, pulvérisa les vitres de la timonerie, au-dessus de sa tête, et détruisit divers éléments sur le pont. Un second bombardier le suivait à quelques secondes, puis l'amiral en entendit d'autres vrombir au-dessus de sa flotte. Il se releva, légèrement désorienté, et alors qu'il reculait pour se mettre à l'abri, il constata que le pont d'envol était jonché d'éclats de verre. Quelque part, il savait que sa place était sur la passerelle.

« Deux radars H-S, entendit-il lui dire un maître principal. Le *Rajput* signale que ses SAM sont touchés.

— Amiral, intervint un officier de transmissions en lui tendant un bigophone.

— Qui est-ce ? » demanda Chandraskatta.

« C'est Mike Dubro. La prochaine fois, on ne jouera plus. Je suis autorisé à vous dire que l'ambassadeur des États-Unis est reçu en ce moment même par votre Premier ministre... »

« Il est dans l'intérêt de tous et de chacun que votre flotte mette un terme à ses opérations, dit l'ancien gouverneur de Pennsylvanie après les amabilités d'usage.

— Vous n'avez pas d'ordres à nous donner, vous le savez.

517

— Ce n'était pas un ordre, madame le Premier ministre. C'était une observation. Je suis également autorisé à vous dire que mon gouvernement a demandé une réunion d'urgence du Conseil de sécurité des Nations unies pour discuter de vos intentions apparentes d'envahir le Sri Lanka. Nous allons proposer au Conseil de sécurité de mettre notre marine à son service pour protéger la souveraineté de ce pays. Pardonnez-moi la brutalité de mes termes, mais nous n'avons aucune intention de voir qui que ce soit violer la souveraineté de ce pays. Comme je l'ai dit, il est dans l'intérêt de tous d'empêcher une confrontation armée.

— Nous n'avons jamais eu de telles intentions, répondit le Premier ministre, complètement interloquée par la franchise de ce message, quand elle avait ignoré le précédent.

— Alors, nous sommes d'accord, dit aimablement l'ambassadeur Williams. Et je vais de ce pas en informer mon gouvernement. »

Cela prit une éternité, ou presque — en l'occurrence, un petit peu plus d'une demi-heure, pour que la première, puis la seconde torpille cessent d'abord de tourner, puis leur sonar d'émettre. Aucune n'avait jugé le MOSS d'une taille méritant l'engagement, mais aucune n'avait trouvé d'autre cible à se mettre sous la dent.

« Intensité de ce radar de P-3 ? demanda Claggett.

— Bientôt au niveau de détection, monsieur.

— Ramenez-nous en plongée, monsieur Shaw. On repasse sous la couche et on s'éclipse.

— A vos ordres, cap'taine. » Shaw transmit les ordres nécessaires. Deux minutes plus tard, l'USS *Tennessee* replongeait, et cinq minutes encore, il était à six cents pieds de profondeur, et filait dix nœuds, cap au sud-est. Juste après, ils entendirent des impacts à l'arrière, sans doute des sonobouées, mais il fallait du temps à un P-3 pour recueillir suffisamment de données pour lancer une attaque, et le *Tennessee* n'avait pas l'intention de s'attarder.

47

Coups de torchon

« S ANS bruit, mais en douceur ? demanda le Président.
— En gros, c'est ça », dit Ryan en reposant le téléphone. L'imagerie satellite indiquait que, quelles qu'aient été les
pertes durant le combat aérien, les Japonais avaient encore perdu
quatorze appareils grâce aux grappes de bombes essaimées sur les
pistes. Leurs principaux radars de recherche étaient détruits, et ils
avaient tiré une quantité notable de missiles antimissiles. L'étape
suivante, évidente, était d'isoler entièrement les îles de tout trafic
aérien et maritime, ce qui pouvait être chose faite d'ici la fin de
la semaine. Le communiqué de presse était déjà prêt si la nécessité s'en faisait sentir.

« On a gagné, dit le chef du Conseil national de sécurité. Il
n'y a plus qu'à convaincre l'autre camp.

— Vous avez fait du bon boulot, Jack.

— Monsieur, si j'avais réussi à faire convenablement mon
boulot, cette affaire n'aurait pas commencé », nota Ryan après
une seconde de réflexion. Il se souvenait d'avoir tout mis en
branle... avec à peu près une semaine de retard. Merde.

« Eh bien, il semble que nous y ayons réussi avec l'Inde, à
en croire le câble que vient de transmettre Dave Williams. » Le
Président se tut un instant. « Et pour cette affaire-ci ?

— Notre préoccupation première est de mettre fin aux hostilités.

— Et ensuite ?

— On leur offre une issue honorable. » Réflexion faite, Jack
n'était pas mécontent de voir que le patron partageait son avis.

Il y aurait encore un détail, s'abstint d'ajouter Durling, mais il devait encore y réfléchir. L'essentiel pour l'heure était que l'Amérique donne l'impression d'avoir gagné cette guerre, cela lui permettrait d'emporter sa réélection en se présentant comme le sauveur de l'économie et le protecteur des droits de citoyens américains. Oui, ce mois avait été bien intéressant, se dit le Président en considérant son vis-à-vis. Il se demandait ce qu'il serait advenu sans lui. Après le départ de Ryan, il passa un coup de fil au Capitole.

Un autre avantage des avions-radars était qu'ils facilitaient le décompte des coups. Sans pouvoir à chaque fois définir quel missile avait abattu quel avion, ils indiquaient en revanche sans conteste leur disparition des écrans.

« Le *Port Royal* signale qu'il a récupéré tous les appareils.

— Merci », dit Jackson. Il espérait que les aviateurs de l'armée n'étaient pas trop déçus de s'être posés sur un croiseur plutôt que sur le *Johnnie Reb*, mais il avait besoin d'un pont dégagé.

« J'ai compté vingt-sept coups au but », dit Sanchez. Trois de ses chasseurs avaient été abattus, dont un seul pilote avait été récupéré. Les pertes étaient plus légères que prévu, même si cela ne facilitait pas la tâche d'un commandant de flotte quand il s'agissait d'écrire aux familles.

« Ma foi, ce n'est pas exactement du tir au pigeon, mais ça ne s'est pas trop mal passé. Ajoutons quatorze autres appareils détruits par les Tomahawk. Cela fait près de la moitié de leur chasse — presque tous leurs F-15 — et il ne leur reste qu'un seul Hummer. Désormais, ils sont au bout du rouleau. » Le commandant consulta le reste des données. Un destroyer coulé, et le reste de leurs bâtiments Aegis mal placés pour intervenir. Huit sous-marins détruits à coup sûr. L'idée maîtresse du plan d'opérations avait été de détacher les armes du corps principal de la force, comme lors de la guerre du Golfe, et il s'était révélé plus facile à mettre en œuvre sur mer que sur terre. « Bud, si vous commandiez le camp adverse, que tenteriez-vous maintenant ?

— On ne peut toujours pas débarquer. » Sanchez marqua un temps. « La partie est perdue pour eux, quel que soit le bout par laquelle vous la preniez, mais la dernière fois il a bien fallu en passer par là... » Il regarda son commandant.

« Nous y voilà. Bud, faites préparer un Tom, je monterai à l'arrière.

— A vos ordres, monsieur. » Sanchez ressortit.

« Vous pensez que je..., demanda le commandant du *Stennis*, en haussant le sourcil.

— Qu'avons-nous à perdre, Phil ?

— Un sacré bon amiral, Rob, répondit-il sans se démonter.

— Où planquez-vous vos radios sur ce rafiot ? » demanda Jackson avec un clin d'œil.

« Où étiez-vous passé ? demanda Goto surpris.

— En planque, après m'être fait enlever par votre patron. » Entré sans s'être fait annoncer, Koga s'assit sans y être invité, bref, montrait une absence totale de manières trahissant son regain de pouvoir. « Qu'avez-vous à dire pour votre défense ? lança l'ex-Premier ministre à son successeur.

— Vous ne pouvez pas me parler sur ce ton. » Mais même l'accent de cette remarque n'était guère convaincu.

« N'est-ce pas merveilleux ! Vous conduisez notre pays à la ruine mais vous tenez à être traité avec déférence par un homme que votre maître a failli tuer. Avec votre assentiment ? demanda Koga sur un ton léger.

— Certainement pas... et qui a assassiné...

— Qui a assassiné les criminels ? Pas moi, en tout cas. Il reste toutefois une question plus importante : qu'est-ce que vous comptez faire ?

— Eh bien, je n'ai pas encore décidé. » Cette manifestation d'assurance tomba largement à plat.

« Vous n'en avez pas encore parlé avec Yamata, vous voulez dire.

— Je n'ai pas encore personnellement pris ma décision.

— Excellent, eh bien, faites.

— Vous n'avez pas d'ordre à me donner.

— Et pourquoi pas ? J'aurai bientôt retrouvé ce siège. Vous avez le choix. Ou vous donnez votre démission ce matin, ou cet après-midi je prends la parole à la Diète pour demander un vote de confiance. Vous n'y survivrez pas. Dans l'une ou l'autre hypothèse, vous êtes fini. Koga se leva pour repartir. Je vous suggère de le faire honorablement. »

La foule se pressait aux guichets, faisant la queue pour prendre des billets de retour, nota le capitaine Sato, en traversant l'aérogare avec le militaire qui l'escortait. Ce n'était qu'un lieutenant parachutiste, visiblement pressé d'en découdre ; on ne pouvait pas en dire autant des autres soldats présents dans l'édifice. La jeep qui les attendait dehors démarra aussitôt pour rejoindre l'aérodrome militaire. Contrairement aux jours précédents, les autochtones étaient tous sortis, et ils brandissaient des pancartes réclamant le départ des « Japs ». Certains auraient mérité d'être fusillés pour leur insolence, estima Sato, qui n'avait pas encore surmonté son chagrin. Dix minutes plus tard, ils arrivaient devant un des hangars de Kobler. Il entendait des chasseurs survoler l'île, sans doute craignaient-ils de s'éloigner en mer.

« Par ici, je vous prie », dit le lieutenant.

Il pénétra dans l'édifice avec une dignité consommée, la casquette d'uniforme calée sous le bras gauche, le dos bien droit, le regard obstinément fixé sur le mur opposé, jusqu'à ce que le lieutenant s'arrête et retire le drap de plastique recouvrant le corps.

« Oui, c'est bien mon fils. » Il essaya de ne pas regarder ; miséricordieusement, le visage n'avait pas été par trop défiguré, sans doute protégé par le casque, alors que le reste du corps avait été carbonisé, pris au piège dans l'épave du chasseur. Mais quand il fermait les yeux, la seule chose qu'il voyait, c'était son fils unique se débattant dans l'habitacle, moins d'une heure après la noyade de son frère. Le destin pouvait-il être cruel à ce point ? Et comment se faisait-il que ceux qui avaient servi son pays devaient mourir, quand un vulgaire transport de civils était autorisé à franchir le barrage de la chasse américaine avec un souverain mépris ?

« Le chef d'escadrille pense qu'il a abattu un chasseur américain avant son retour », hasarda le lieutenant. Il venait de l'inventer, mais il fallait bien qu'il dise quelque chose, n'est-ce pas ?

« Merci, lieutenant. A présent, je dois regagner mon appareil. » Plus un mot ne fut échangé sur le chemin de retour à l'aéroport. L'officier de l'armée de terre le laissa avec sa peine et sa dignité.

Sato était dans sa cabine vingt minutes plus tard, le 747 avait déjà subi la préparation prévol et, il en était certain, il était bourré de concitoyens rentrant au pays, avec la promesse de libre passage offerte par les Américains. Le tracteur au sol fit reculer le Boeing sur la piste de roulage. Il était conduit par un autochtone, et le geste qu'il adressa à la cabine en se dételant n'était pas franchement amical. Mais l'insulte ultime vint alors qu'il attendait le signal de décollage. Un chasseur se présentait pour atterrir, non pas un Eagle bleu mais un appareil gris pâle avec la mention NAVY peinte sur les nacelles de réacteurs.

« Joliment manœuvré, Bud ! Comme sur du velours, dit Jackson alors que s'ouvrait la verrière.

— Toujours à votre service, amiral », répondit Sanchez, un rien nerveux. Alors qu'il roulait vers la droite, il nota que le comité d'accueil, ou ce qui en tenait lieu, était en treillis vert et armé de fusils. Dès que l'appareil se fut immobilisé, on posa une échelle en alu contre le fuselage. Jackson descendit le premier, et au pied de l'échelle, un sous-off lui fit un salut réglementaire.

« C'est un Tomcat, dit Oreza, en tendant les jumelles. Et cet officier n'est pas un Jap.

— Ça, c'est sûr », confirma Clark, en regardant l'officier noir monter dans la jeep. En quoi cela allait-il influer sur les ordres qu'on lui avait assignés ? Si séduisante que soit la perspective de mettre la main sur Raizo Yamata, voire de s'en approcher suffisamment pour envisager la possibilité, l'entreprise n'avait rien d'une sinécure. Il avait par ailleurs rendu compte de la situation sur Saipan, et son rapport était plutôt optimiste. Les troupes japonaises qu'il avait pu rencontrer dans la journée n'étaient pas d'humeur à fanfaronner, même si certains officiers, les plus jeunes surtout, semblaient s'enthousiasmer pour leur mission, quoi qu'elle puisse être désormais. Mais on ne pouvait guère attendre moins des lieutenants dans toutes les armées.

La maison du gouverneur, située sur la colline du Capitole locale, près du centre des congrès, semblait cossue. Jackson était maintenant en nage. Le soleil tropical était déjà torride et sa combinaison d'aviateur était franchement trop imperméable. A la porte, un colonel le salua et l'invita à entrer.

Robby connaissait de vue le général Arima — il se souvenait d'un dossier sur lui au service renseignements du Pentagone. Il constata qu'ils avaient à peu près la même taille et la même carrure. Le général salua. Jackson, qui était tête nue et en mission confidentielle, n'était pas tenu à rendre ce salut aux termes du règlement naval, et les circonstances du reste ne s'y prêtaient pas. Il se contenta de hocher poliment la tête.

« Général, pouvons-nous parler en privé ? »

Arima acquiesça et invita Jackson dans une pièce qui semblait tenir de l'antre et du bureau. Robby prit un siège et son hôte eut l'amabilité de lui servir un verre d'eau glacée.

« Votre fonction... ?

— Je suis commandant de l'escadre soixante-dix sept. Je suppose que vous êtes le commandant des forces japonaises à Saipan. » Robby vida le verre. Ça l'ennuyait beaucoup de transpirer ainsi, mais il n'y pouvait rien.

« C'est exact.

— En ce cas, monsieur, je suis ici pour vous demander votre reddition. » Il espérait que le général connaissait la différence sémantique entre « demander » et « exiger », verbe traditionnel en la circonstance.

« Je ne suis pas autorisé à faire une chose pareille.

— Général, ce que je vais vous exposer est la position de mon gouvernement. Vous pouvez quitter librement les îles. Vous pouvez remporter vos armes légères. Équipements lourds et appareils volants resteront sur place en attendant qu'on décide de leur statut. Pour le moment, nous demandons à tous les ressortissants japonais de quitter l'île, jusqu'au rétablissement de relations normales entre nos deux pays.

— Je ne suis pas autorisé à...

— Je dirai la même chose à Guam dans deux heures, et l'ambassadeur américain à Tokyo demande en ce moment même à être reçu par votre gouvernement.

— Vous n'êtes pas en mesure de reprendre cette seule île, et encore moins tout l'archipel.

— C'est vrai, concéda Jackson. Comme il est vrai que nous pouvons aisément interdire à tous les navires de rallier ou quitter les ports japonais pendant une durée indéterminée. Nous pouvons de même soumettre cet île à un blocus maritime et aérien.

— C'est une menace !

— Oui, monsieur. Tout à fait. A la longue, votre pays finira par mourir de faim. Son économie sera entièrement paralysée. Personne n'y trouvera intérêt. » Jackson marqua un temps d'arrêt. « Jusqu'ici, seuls des militaires ont pris des coups. On nous paie pour ça. Si cela continue, tout le monde va en souffrir, mais en particulier votre pays. Par ailleurs, cela va accroître les rancœurs de part et d'autre, quand nous devrions tout faire pour rétablir des relations normales aussi vite que le permettent les circonstances.

— Je ne suis pas autorisé à...

— Général, il y a cinquante ans, vous auriez pu dire ça, et c'était la tradition dans vos armées de vous battre jusqu'au dernier. Comme il était de tradition dans vos armées de traiter les habitants des pays occupés d'une manière que même vous aujourd'hui considérez comme barbare — je me permets de vous le dire parce que vous avez toujours eu un comportement en tout point honorable — si j'en crois du moins mes renseignements. Et je tiens ici, monsieur, à vous en remercier, poursuivit Jackson, sur un ton égal et poli. Nous ne sommes plus dans les années quarante. Je n'étais pas né quand cette guerre a pris fin, et vous-même n'étiez alors qu'un bébé. Ce genre de comportement est dépassé. Il n'a plus sa place dans le monde d'aujourd'hui.

— La conduite de mes troupes a été irréprochable, confirma Arima, ne sachant trop que dire en de telles circonstances.

— La vie humaine est un bien précieux, général Arima, bien trop précieux pour qu'on la gâche inutilement. Nous avons limité nos actions aux objectifs militaires importants. Nous n'avons pas encore fait souffrir de civils innocents, vous non plus. Mais si cette guerre devait se poursuivre, il en irait autrement, et c'est pour vous que les conséquences seraient les plus dures. Il n'y a nul honneur à en retirer pour aucun des deux camps. Quoi qu'il en soit, je dois maintenant m'envoler pour Guam. Vous savez comment me toucher par radio. » Jackson se leva.

« Je dois attendre les ordres de mon gouvernement.

— Je comprends », répondit Robby, reconnaissant de voir

qu'Arima se disait prêt à suivre ces ordres — pourvu qu'ils émanent de son *gouvernement*.

D'ordinaire, quand Al Trent se rendait à la Maison Blanche, c'était en compagnie de Sam Fellows, représentant de la minorité à la commission parlementaire, mais pas cette fois-ci, parce que Sam était dans l'autre parti. Un membre de la majorité sénatoriale était également présent. L'heure faisait de cette rencontre une réunion politique : la majeure partie du personnel administratif avait déserté les locaux, et le Président s'accordait une parenthèse à l'écart du stress de sa fonction.

« Monsieur le président, j'ai cru comprendre que tout s'était passé au mieux ? »

Durling acquiesça, sur ses gardes. « Le Premier ministre Goto n'est pas encore en mesure de recevoir notre ambassadeur. Nous ignorons pourquoi mais Whiting nous assure qu'il n'y a pas lieu de s'inquiéter. L'opinion là-bas est en train de revirer rapidement en notre faveur. »

Trent prit le verre proposé par l'ordonnance de la Navy qui servait au Bureau Ovale. Cette section du personnel de la Maison Blanche devait tenir à jour une liste des boissons favorites des personnages importants. Dans le cas d'Al, il s'agissait d'une vodka-tonic. De l'Absolut, une marque finlandaise ; il y avait pris goût quand il était étudiant à Tufts, dans les années cinquante.

« Jack n'a cessé de dire qu'ils ne savaient pas dans quel pétrin ils étaient en train de se fourrer.

— Un garçon intelligent, ce Ryan, admit le sénateur. Il vous a rendu un fier service, Roger. » Trent nota avec irritation que ce membre rassis de ce qu'il se plaisait à baptiser la « chambre haute » se sentait le droit d'appeler le Président par son prénom en petit comité. Typique d'un sénateur, estima le membre du Congrès.

« Bob Fowler aura également été de bon conseil », se permit d'intervenir Trent.

Le Président acquiesça. « Certes, et c'est vous, Al, qui lui aurez mis la puce à l'oreille, n'est-ce pas ?

— Je plaide coupable ! » La phrase s'accompagna d'un rire.

« Eh bien, j'ai une idée que j'aimerais vous soumettre à tous les deux... », dit Durling.

L'escouade de Rangers du capitaine Checa parvint au dernier rideau d'arbres un peu après midi, heure locale, au terme d'un parcours épique dans la neige et la boue. Une route à voie unique passait juste en dessous. Cette partie de la ville devait être une sorte de station estivale, estima le capitaine. Les parkings des hôtels étaient presque tous déserts, même s'il avisa un minibus garé sur une aire de stationnement. Le capitaine sortit de sa poche un téléphone cellulaire et composa le premier numéro mis en mémoire.

« Allô ?

— Señor Nomuri ?

— Ah, Diego ! Ça fait des heures que j'attendais. Comment s'est passée cette randonnée ? » demanda la voix avec un rire.

Checa formulait sa réponse quand le minibus fit deux appels de phares. Dix minutes plus tard, tous étaient dans la cabine, où ils trouvèrent des boissons chaudes et purent enfin se changer. Sur le trajet du retour, l'officier de la CIA écouta la radio et les soldats le virent se décrisper un peu. Il leur faudrait du temps avant de pouvoir faire de même.

Le capitaine Sato effectua un autre atterrissage impeccable à l'aéroport international de Narita, comme un véritable automate, sans même entendre les félicitations de son copilote lorsqu'il arriva en bout de piste. Parfaitement calme en apparence, Sato n'était plus qu'une coque vide, accomplissant sa tâche habituelle comme un robot. Le copilote n'intervint pas, estimant que la routine aiderait le capitaine à trouver l'apaisement ; il laissa donc Sato rouler jusqu'à la passerelle télescopique, immobilisant comme toujours son 747 avec une précision millimétrique. En moins d'une minute, les portes étaient ouvertes et les passagers descendaient. Derrière les baies de l'aérogare, ils avisèrent une foule compacte aux portes de débarquement, surtout les femmes et les enfants de tous ceux qui avaient pris l'avion pour Saipan afin de s'y installer comme... citoyens autorisés à voter dans cette nouvelle île métropolitaine. Mais ce n'était plus le cas aujourd'hui. Aujourd'hui, ils rentraient au pays, et ces familles les accueillaient comme des rescapés, enfin revenus en sûreté au bercail. Le copilote hocha la tête en songeant à l'absurdité de toute cette aventure ; il n'avait pas encore remarqué que Sato avait gardé un masque inflexible. Dix minutes plus tard, le personnel de bord descendait à son tour. Un équipage de relève allait se charger de ramener l'appareil à Saipan d'ici quelques heures pour poursuivre l'exode des vols spéciaux.

Dans l'aérogare, ils notèrent d'autres voyageurs qui attendaient aux portes, manifestement nerveux, à voir leur expression, même si bon nombre dévoraient les journaux du soir qu'on venait de livrer aux nombreux kiosques et boutiques de l'aéroport. CHUTE DE GOTO, disaient les titres : KOGA APPELÉ À FORMER LE NOUVEAU GOUVERNEMENT.

La zone d'embarquement internationale était plutôt moins encombrée que d'habitude. Des hommes d'affaires occidentaux y patientaient — manifestement, ils quittaient le pays, mais ils regardaient maintenant autour d'eux avec curiosité, et bon nombre avaient un petit sourire en contemplant ce spectacle, et surtout la noria d'appareils arrivant de Saipan. On ne pouvait guère se méprendre sur leurs réflexions, en particulier pour les voyageurs attendant des vols transpacifiques.

Sato l'avait vu, lui aussi. Il s'arrêta devant un distributeur de journaux, mais il lui suffit de lire le titre pour comprendre. Puis il contempla les étrangers aux portes d'embarquement et grommela : « *Gaijin...* » C'était la seule parole inutile qu'il ait prononcé en deux heures, et il n'ajouta plus un mot alors qu'il regagnait sa voiture. Peut-être que le sommeil lui ferait du bien, se dit le copilote, en partant de son côté.

« Est-ce que nous ne sommes pas censés ressortir et...

— Et quoi faire, Ding ? » demanda Clark, mettant dans sa poche les clés de la voiture après avoir passé une demi-heure à sillonner la moitié sud de l'île. « Parfois, il vaut mieux laisser les choses en l'état. Je crois que c'est le cas maintenant, fils.

— Vous pouvez répéter ? » C'était Burroughs.

« Ma foi, vous n'avez qu'à regarder autour de vous. »

Des chasseurs continuaient à survoler l'île. Des équipes de nettoyage venaient de finir de déblayer les abords du terrain de Kobler, mais les appareils militaires ne s'étaient pas rabattus sur l'aéroport international dont les pistes étaient accaparées par le trafic civil. A l'est du lotissement, les servants de la batterie de missiles Patriot restaient en état d'alerte, mais ceux qui n'étaient pas dans les camions de contrôle se tenaient par petits groupes et discutaient entre eux au lieu de se consacrer à leurs corvées habituelles. Les autochtones manifestaient à présent, certains avec bruit, en plusieurs points de l'île, et personne ne cherchait à les arrêter. Dans certains cas, des officiers aidés de soldats en armes demandaient poliment aux manifestants de se tenir à l'écart des troupes, et chacun se conforma prudemment à ces conseils. En cours de route, Clark et Chavez avaient assisté à une demi-douzaine d'incidents analogues, et chaque fois, c'était la même chose : les soldats étaient moins énervés qu'embarrassés. Ce n'était pas le signe d'une armée prête à se battre, estima John, mais ce qu'il nota surtout, c'est que les officiers tenaient fermement leurs hommes, preuve qu'en haut lieu, on leur avait demandé de calmer le jeu.

« Tu crois que c'est fini ? demanda Oreza.

— Si on a de la veine, Portagee. »

La première décision de Koga après qu'il eut formé son cabinet fut de convoquer l'ambassadeur Charles Whiting. L'homme, nommé pour des raisons politiques, venait de connaître quatre semaines éprouvantes, et la première chose qu'il nota fut que le détachement gardant l'ambassade avait été réduit de moitié. Des motards de la police escortèrent sa voiture jusqu'au bâtiment de la Diète. Des caméras étaient là pour enregistrer son arrivée à l'entrée d'honneur mais on repoussa la presse et deux ministres nouvellement désignés le conduisirent rapidement à l'intérieur.

« Merci d'être venu aussi vite, monsieur Whiting.

— Monsieur le Premier ministre, parlant à titre personnel, je suis tout à fait ravi de répondre à votre invitation. » Les deux hommes se serrèrent la main ; désormais, le plus dur était fait, l'un et l'autre le savaient, même si leur entretien allait devoir embrasser quantité de domaines.

« Vous êtes bien conscient, j'espère, que je n'ai rien eu à voir avec ces... »

Whiting leva simplement la main. « Excusez-moi, monsieur.

Oui, bien sûr, j'en suis conscient, et mon gouvernement en est parfaitement conscient lui aussi. Je vous en prie, nous n'avons aucun doute sur votre bonne volonté. Cette rencontre, ajouta l'ambassadeur, bon prince, en est d'ailleurs la preuve manifeste.

— Et la position de votre gouvernement... ? »

A neuf heures du matin précises, la voiture du Vice-président Edward Kealty pénétrait dans le garage souterrain de l'immeuble du Département d'État. Des agents du Service secret le guidèrent vers l'ascenseur réservé aux personnalités. Au sixième étage, un des collaborateurs personnels de Brett Hanson le conduisit au bureau du ministre des Affaires étrangères.

« Bonjour, Ed, dit Hanson en se levant pour accueillir l'homme qu'il connaissait depuis vingt ans, dans la vie politique comme en dehors de celle-ci.

— Salut, Brett. » Kealty n'était pas abattu. Les dernières semaines l'avaient amené à prendre son parti d'un certain nombre d'événements. Un peu plus tard dans la journée, il comptait faire une déclaration, pour présenter publiquement ses excuses à Barbara Linders ainsi qu'à plusieurs autres personnes, nominalement. Mais auparavant, il devait se plier aux exigences de la Constitution. Kealty sortit de sa poche de pardessus une enveloppe qu'il tendit au ministre. Hanson la prit et lut les deux brefs paragraphes annonçant que le Vice-président en titre démissionnait de ses fonctions. Il n'y avait pas un mot de plus. Les deux vieux amis se serrèrent la main et Kealty ressortit de l'immeuble. Il devait retourner à la Maison Blanche, où ses collaborateurs rassemblaient déjà ses affaires personnelles. Dès ce soir, le bureau serait prêt à recevoir un nouvel occupant.

« Jack, Chuck Whiting leur transmet nos conditions, et dans leurs grandes lignes, elles correspondent à vos suggestions d'hier soir.

— Politiquement, cela pourrait vous attirer certaines critiques », observa Ryan, soulagé intérieurement de voir le Président Durling prêt à courir le risque.

L'homme installé derrière le bureau décoré hocha la tête. « Je

530

ne crois pas, mais si tel était le cas, je saurai l'assumer. Je veux que l'on transmette à nos forces l'ordre de suspendre les opérations et de se cantonner à des actions défensives.

— Bien.

— Il faudra du temps pour que la situation redevienne normale.

— Effectivement, reconnut Jack. Mais on peut malgré tout procéder avec le maximum d'humanité. Leurs compatriotes n'ont jamais soutenu cette politique. La plupart des responsables sont déjà morts. Nous devons lever toute ambiguïté à ce propos. Voulez-vous que je m'en occupe ?

— Bonne idée. Parlons-en ce soir. Que diriez-vous de venir dîner avec votre épouse ? En toute intimité, pour changer, suggéra le Président avec un sourire.

— Je crois que ça ne déplaira pas à Cathy. »

Le professeur Caroline Ryan terminait une intervention. L'atmosphère en salle d'opérations n'était pas sans évoquer une usine d'électronique. Elle ne portait même pas de gants chirurgicaux, et les règles d'hygiène n'avaient aucun rapport avec celles en usage en chirurgie classique. Le patient n'avait reçu qu'un sédatif léger tandis que, penchée sur le viseur électronique de son laser, elle traquait le dernier petit vaisseau en mauvais état sur la rétine du vieillard. Elle aligna le réticule avec la précision d'un chasseur tirant un chamois à huit cents mètres, et pressa la détente. Il y eut un bref éclair de lumière verte et la veine fut cautérisée.

« C'est fini, monsieur Redding, dit-elle doucement en lui touchant la main.

— Merci, docteur », répondit l'homme, d'une voix légèrement pâteuse.

Cathy Ryan ferma l'interrupteur du laser, descendit de son tabouret et s'étira. Dans le coin de la salle, l'agent spécial Andrea Price, toujours déguisée en interne, avait assisté à toute la procédure. A la sortie, les deux femmes tombèrent sur le professeur Bernard Katz, l'œil pétillant au-dessus de ses moustaches à la Bismarck.

« Ouais, Bernie ? fit Cathy tout en prenant des notes pour son compte rendu opératoire.

— Vous avez un dessus de cheminée, Cath ? » Cette remarque lui fit lever les yeux. Katz lui tendait un télégramme, qui restait le mode de transmission traditionnel de ces nouvelles. « Tu viens de te ramasser un Lasker, ma choute. » Et Katz la prit dans ses bras avec un tel enthousiasme qu'Andrea Price faillit dégainer.

« Oh, Bernie !

— Vous l'avez mérité, docteur. Qui sait, cela vous ouvrira peut-être les portes du voyage en Suède... Dix ans de boulot. C'est une sacrée avancée clinique, Cathy. »

D'autres collègues se pressaient maintenant, applaudissant, lui serrant la main, et pour Caroline Muller Ryan, docteur en médecine, spécialiste en chirurgie oculaire, c'était un moment comparable à l'arrivée d'un bébé. *Enfin, presque*, se ravisa-t-elle.

L'agent spécial Price entendit retentir son bip ; elle se précipita vers le téléphone le plus proche, nota le message et revint à son poste.

« C'est vraiment si chouette que ça ? demanda-t-elle enfin.

— Ma foi, c'est sans doute la plus grande distinction médicale américaine », expliqua le chef de service, tandis qu'une Cathy aux anges continuait de recevoir les hommages respectueux de ses collègues. « Vous recevez une jolie statuette, une réplique de la *Victoire de Samothrace*, je crois, la déesse Niké. Puis de l'argent, aussi. Mais surtout, ce que vous recevez, c'est la certitude d'avoir établi une différence. Oui, c'est un grand toubib.

— Eh bien, ça ne pouvait pas tomber mieux. Il faut que je la ramène chez elle, pour qu'elle s'habille, confia Price.

— Pour quoi faire ?

— Aller dîner à la Maison Blanche, expliqua l'agent avec un clin d'œil. Son mari ne s'est pas mal débrouillé, non plus. » Les détails étaient un secret quasiment pour tout le monde, mais pas pour le Service, pour qui il n'y avait aucun secret.

« Ambassadeur Whiting, je tiens à présenter mes excuses à votre gouvernement et à votre peuple pour ce qui est arrivé. Je vous fais le serment que cela ne se reproduira plus. Et je vous jure aussi que les responsables en répondront devant nos tribunaux, dit Koga, avec une dignité quelque peu compassée.

« — Monsieur le Premier ministre, votre parole nous suffit. Nous ferons l'impossible pour rétablir des relations normales entre nos deux pays », promit l'ambassadeur, profondément ému par la sincérité de son hôte, et regrettant, comme d'autres avec lui, que l'Amérique ait choisi de lui rogner les ailes à peine un mois et demi plus tôt. « Je m'en vais de ce pas communiquer vos vœux à mon gouvernement. Je crois que vous accueillerez nos propositions de manière extrêmement favorable. »

« J'ai besoin de votre aide, dit Yamata, pressant.

— Quel genre d'aide ? » Il lui avait fallu presque toute la journée pour mettre la main sur Jang Han San et maintenant, la voix qu'il entendait était presque aussi froide que le nom de cet homme.

« Je peux faire venir mon avion personnel, et m'envoler directement à...

— On pourrait y voir un acte hostile contre nos deux pays. Non, je regrette, mais mon gouvernement ne peut accéder à cette demande. » *Imbécile*, s'abstint-il d'ajouter. *Ignores-tu le prix de ce genre d'échec ?*

« Mais vous... mais nous sommes alliés !

— Alliés en quoi ? » demanda Jang. Vous êtes un homme d'affaires. Je suis un fonctionnaire gouvernemental. »

Ce dialogue de sourds aurait pu se poursuivre mais la porte du bureau de Yamata s'ouvrit brusquement, livrant passage au général Tokichichi Arima, accompagné de deux officiers. Ils n'avaient même pas jugé utile de se faire annoncer par la secrétaire.

« J'ai à vous parler, Yamata-san, annonça le général, sur un ton cérémonieux.

— Je vous rappelle », dit l'industriel en raccrochant. Il ne savait pas qu'à l'autre bout du fil le fonctionnaire venait de demander qu'à l'avenir on ne lui passe plus ses communications. Peu importait d'ailleurs, désormais.

« Oui... de quoi s'agit-il ? » s'enquit Yamata. La réponse était tout aussi glaciale.

« J'ai ordre de vous mettre en état d'arrestation.

— L'ordre de qui ?

— Du Premier ministre Koga.

— Le motif ?

— Trahison. »

Yamata plissa les yeux, incrédule. Il regarda les autres hommes, venus se placer aux côtés du général. Il ne lut aucune sympathie dans leurs yeux. Et voilà. Ces automates sans cervelle avaient des ordres, mais pas l'intelligence de les comprendre. Mais peut-être avaient-ils un reste d'honneur.

« Avec votre permission, j'aimerais me retirer un moment. » Le sens de la requête était clair.

« Mes ordres, répondit Arima, sont de vous ramener à Tokyo vivant.

— Mais...

— Je suis désolé, Yamata-san, mais vous n'êtes pas autorisé à user de cette forme d'évasion. » Sur quoi, le général fit signe à l'un des officiers qui avança de trois pas et passa les menottes à l'homme d'affaires. Le froid de l'acier fit sursauter l'industriel.

« Tokichichi, vous ne pouvez pas...

— Je dois. » Cela peinait le général de ne pas pouvoir laisser son... ami ? — non, ils n'avaient pas été amis, pas vraiment —, de ne pas laisser Yamata mettre fin à ses jours en signe d'expiation, mais les ordres du Premier ministre à ce sujet avaient été explicites. Sans un mot de plus, il ressortit de l'immeuble avec l'homme, et se rendit, non loin du quartier général qu'il allait bientôt libérer, au poste de police où deux hommes seraient chargés de surveiller leur prisonnier pour prévenir toute tentative de suicide.

Quand le téléphone sonna, cela surprit tout le monde d'entendre le vrai, et non pas l'appareil de communications par satellite. C'est Isabel Oreza qui répondit, s'attendant à un coup de fil de l'hôpital ou d'un voisin. Mais elle se retourna et appela : « Monsieur Clark ?

— Merci. » Il prit le combiné. « Oui ?

— John ? Mary Pat. Votre mission est terminée. Rentrez.

— En maintenant la couverture ?

— Affirmatif. Bon boulot, John. Transmettez également à Ding. » On raccrocha. Le DAO avait déjà gravement enfreint les consignes de sécurité, mais la communication n'avait duré que

534

quelques secondes, et le recours à une ligne téléphonique civile lui procurait un sceau encore plus officiel que si elle avait transité par leur moyen de liaison discret.

« Que se passe-t-il ? demanda Portagee.

— On vient de recevoir l'ordre de rentrer au bercail.

— Merde, sans blague ? » C'était Ding. Clark lui tendit le téléphone.

« Appelle l'aéroport. Raconte-leur qu'on est des journalistes accrédités, et qu'à ce titre on devrait avoir un passe-droit. Clark se tourna vers son vieux compagnon. Portagee, pourrais-tu me rendre un dernier service en oubliant que tu m'as jamais vu ? »

Le signal était bienvenu, quoique surprenant. Le *Tennessee* mit aussitôt le cap à l'est en poussant les machines à quinze nœuds, sans quitter les eaux profondes. Au carré, les officiers continuaient de mettre en boîte leurs collègues de l'armée — et il en allait de même entre les hommes du rang.

« Faut qu'on trouve un balai, dit l'ingénieur mécanicien après mûre réflexion.

— Est-ce qu'on a un balai à bord ? demanda l'enseigne Shaw.

— Tout sous-marin se voit doter d'un balai, monsieur Shaw. Vous êtes avec nous depuis assez longtemps pour l'avoir constaté, observa le capitaine de frégate Claggett avec un clin d'œil.

— Qu'est-ce que vous êtes en train de me faire, là ? » demanda l'officier de l'armée. Est-ce qu'ils étaient encore en train de lui monter le coup ?

« On a tiré deux torpilles, et les deux fois, on a coulé la cible, expliqua l'ingénieur. Ça veut dire qu'on a su faire le ménage, et donc qu'on rentrera à Pearl avec un balai accroché au périscope principal. C'est la tradition.

— Vous faites vraiment des trucs pas communs, chez les calmars, observa l'homme au treillis vert.

— Est-ce qu'on compte aussi les hélicos ? demanda Shaw à son commandant.

— C'est nous qui les avons abattus, objecta le rampant.

— Ouais, mais ils ont décollé de notre pont ! remarqua l'enseigne de vaisseau.

— Bonté divine ! » Et tout ça au petit déjeuner. Qu'est-ce qu'ils allaient lui trouver pour midi ?

Le dîner était sans façons ; servi à l'étage des appartements particuliers de la Maison Blanche, il se voulait un buffet léger — sauf qu'il avait été préparé par un personnel propre à faire gagner une étoile à n'importe quel restaurant d'Amérique.

« Je pense que des congratulations sont de mise, dit Roger Durling.

— Hein ? » Le chef du Conseil national de sécurité n'avait pas encore été mis au courant.

« Jack, euh... j'ai obtenu le Lasker, dit Cathy, assise de l'autre côté de la table.

— Eh bien, ça en fait deux dans la famille qui dépassent du lot, observa Al Trent en levant son verre.

— Et ce toast-ci est pour vous, Jack, dit le Président, en levant son verre à son tour. Après tous les reproches que l'on a pu me faire en matière de politique étrangère, vous m'avez sauvé, mais vous avez sauvé bien plus. Bien joué, *monsieur* Ryan. »

Jack inclina la tête, mais cette fois, il avait compris. Il fréquentait Washington depuis assez longtemps pour avoir fini par voir arriver la tuile. Le problème était qu'il ne savait pas pourquoi elle était pour sa tête.

« Monsieur le président, ma seule satisfaction... eh bien, c'est simplement de servir, j'imagine. Merci de me faire confiance, et merci de m'avoir suivi quand je...

— Ma foi, Jack, sans des gens comme vous, où en serait notre pays ? » Durling se tourna vers l'épouse de Ryan : « Cathy, savez-vous tout ce qu'à fait Jack depuis des années ?

— Jack ? Me confier des secrets ? » Cela lui valut des rires.

« Al ?

— Eh bien, Cathy, il est temps pour vous d'apprendre, observa Trent, et Jack se sentit rapetisser.

— Il y a une chose qui m'a toujours turlupinée, embraya-t-elle aussitôt. Je veux dire... vous avez l'air si amis tous les deux, mais la première fois que vous vous êtes rencontrés, il y a bien des années, je...

— Vous parlez de ce dîner, avant que Jack s'envole pour

Moscou ? » Trent but une gorgée de chardonnay californien.
« C'est à ce moment qu'il a mis au point la défection du chef du
KGB.

— Quoi ?

— Racontez-lui, Al, on a tout notre temps », le pressa Durling. Anne, son épouse, pencha la tête, curieuse d'entendre, elle
aussi. Trent passa finalement vingt minutes à leur raconter bien
plus que des anecdotes du passé, malgré les regards de Jack.

« Voilà le genre de mari que vous avez », Dr Ryan, conclut le
Président Durling.

Jack fixait Trent, à présent, avec une certaine insistance. Où
voulaient-ils tous en venir ?

« Jack, votre pays a besoin de vous une dernière fois, et ensuite
nous vous rendrons votre liberté, dit le parlementaire.

— Qu'est-ce à dire ? » *S'il te plaît, pas un poste d'ambassadeur*,
le billet d'adieu traditionnel pour récompenser un haut fonctionnaire.

Durling reposa son verre. « Jack, ma tâche essentielle pour les
neuf mois à venir est d'assurer ma réélection. La campagne risque
d'être dure, et elle va me bouffer l'essentiel de mon temps, dans
le meilleur des cas. J'ai besoin de vous dans mon équipe.

— Monsieur, je suis déjà...

— Je vous veux comme vice-président », dit tranquillement
Durling. Un grand silence se fit. « Le poste est vacant à dater
d'aujourd'hui, comme vous le savez. Je n'ai pas encore définitivement arrêté mon choix pour mon second mandat, et tout ce que
je vous suggère, c'est d'assurer l'intérim pendant... quoi ? Guère
plus de onze mois. Comme l'a fait Rockefeller pour Gerry Ford.
Je veux un homme respecté par l'opinion, un homme capable de
tenir la boutique en mon absence. J'ai besoin de quelqu'un de
solide en matière de relations extérieures. De quelqu'un capable
de m'aider à former mon équipe de politique étrangère. Et,
ajouta-t-il, je sais que vous voulez vous retirer. Vous en avez fait
assez. Or, justement, il ne sera plus question par la suite de vous
rappeler à un poste permanent.

— Attendez une minute... Je ne suis même pas de votre parti,
réussit à dire Jack.

— Dans le projet initial de notre Constitution, le Vice-président était censé être le perdant de l'élection générale. James

Madison et les autres supposaient que le patriotisme saurait triompher des querelles partisanes. En fait, ils se trompaient. Mais dans le cas présent, Jack, je vous connais. Je ne vais pas vous exploiter de manière politicienne. Pas de discours, de bains de foule et de bébés à embrasser...

— Ne jamais prendre un bébé dans ses bras pour l'embrasser, intervint Trent. Ils réussissent toujours à vous chier dessus, et il y a toujours quelqu'un pour prendre une photo. Non, toujours embrasser un marmot dans les bras de sa mère. » Le judicieux conseil politique suffit à détendre un peu l'atmosphère.

« Votre tâche sera de veiller à l'organisation de la Maison Blanche, à gérer les affaires de sécurité nationale, à m'aider surtout à renforcer mon équipe de politique étrangère. Ensuite, je vous libérerai et jamais plus personne ne viendra vous rechercher. Vous serez un homme libre, Jack, promit Durling. Une bonne fois pour toutes.

— Mon Dieu, s'étonna Cathy.

— C'est ce que vous vouliez, également, n'est-ce pas ? »

Caroline acquiesça. « Certes. Mais... je n'y connais rien en politique. je...

— Bienheureuse femme, observa Anne Durling. Vous n'aurez pas besoin de vous y coller.

— J'ai mon métier et...

— Et vous continuerez à l'exercer. Vous bénéficierez d'une élégante résidence de fonction, poursuivit le Président. Et tout cela ne sera que temporaire. » Il tourna la tête : « Eh bien, Jack ?

— Qu'est-ce qui vous porte à croire que je pourrai être confirmé...

— Ça, c'est notre affaire, intervint Trent, sur un ton qui laissait clairement entendre que l'affaire avait été déjà réglée.

— Vous n'allez pas me demander...

— Vous avez ma parole. Vos obligations prendront fin en janvier prochain.

— Et si jamais... je veux dire, cela me fait président du Sénat, et dans le cas d'un débat serré...

— Je suppose que j'aurai à vous donner des consignes de vote, et je n'y manquerai pas, et j'espère que vous m'écouterez, mais je sais aussi que vous voterez en votre âme et conscience. Je saurai m'en accommoder. A vrai dire, si vous n'étiez pas comme ça, je ne vous aurais pas fait cette proposition.

— Du reste, rien dans l'actuelle session parlementaire ne laisse envisager cette hypothèse », lui garantit Trent. Ils avaient également évoqué ce problème la veille.

« Je crois que nous devrions porter plus d'attention aux affaires de défense, observa Jack.

— Présentez vos recommandations et je les inclurai dans le budget. Vous m'avez donné une leçon en la matière, et il se pourrait que j'aie besoin de vous pour m'aider à les faire passer au Congrès. Ce sera peut-être votre testament politique.

— Ils vous écouteront, Jack », lui assura Trent.

Bon Dieu, se dit Ryan, en regrettant de ne pas avoir eu la main plus légère sur le vin. Comme de juste, il jeta un coup d'œil à sa femme. Leurs regards se croisèrent, et elle hocha la tête. *Tu es sûre ?* demandèrent les yeux de Jack. Elle acquiesça de nouveau.

« Monsieur le président, dans les limites de votre offre, et uniquement jusqu'à la fin de votre mandat, oui, j'accepte. »

Roger Durling se dirigea vers un agent du Service secret et lui dit de prévenir Tish Brown qu'elle pouvait sortir le communiqué officiel à temps pour la parution des quotidiens matinaux.

Oreza s'autorisa à remonter sur son bateau pour la première fois depuis que Burroughs avait pêché son albacore. Ils larguèrent les amarres à l'aube, et au coucher du soleil, l'ingénieur pouvait conclure ses vacances de pêche avec une autre belle pièce, avant de sauter dans un vol Continental pour Honolulu. Il aurait mieux que des histoires de pêche à raconter à ses collègues de boulot, mais il s'abstiendrait d'évoquer l'attirail que le skipper avait jeté par-dessus bord dès que la terre eut disparu à l'horizon. C'était un vrai gâchis de bazarder tout ce matériel photographique coûteux, mais il devait certainement y avoir une bonne raison.

Toujours sous leur couverture de journalistes russes, Clark et Chavez réussirent, à l'arraché, à décrocher deux places dans un vol JAL pour Narita. En montant, ils remarquèrent un homme bien mis portant des menottes escorté par des militaires, et à cinq mètres de distance, alors que les soldats le faisaient monter dans la cabine de première, Ding Chavez croisa les yeux de l'homme qui avait commandité la mort de Kimberly Norton. Il regretta brièvement de ne pas avoir sa torche, son arme, ou même simplement un poignard, mais ce n'était pas au programme. Le vol jusqu'au Japon ne prit qu'un peu plus de deux heures, fort ennuyeuses, et les agents traversèrent bientôt l'aérogare internationale. Ils avaient des billets de première sur un autre vol JAL pour Vancouver, d'où ils rallieraient Washington sur une compagnie américaine.

« Bonsoir, dit le commandant de bord, d'abord en japonais, puis en anglais. Je suis le capitaine Sato. Nous espérons que vous aurez un vol agréable, et nous avons les vents avec nous. La chance aidant, nous devrions être à Vancouver aux environs de sept heures du matin, heure locale. » La voix paraissait encore plus mécanique que d'habitude dans les haut-parleurs bon marché encastrés au plafond. Mais les pilotes aimaient bien parler comme des robots.

« Dieu merci », observa tranquillement Chavez, en anglais. Il fit le calcul mental et estima qu'ils seraient en Virginie aux alentours de neuf ou dix heures du soir.

« Bien dit, observa Clark.

— Monsieur C., je veux épouser votre fille. Je compte évoquer la question dès notre retour. » Voilà, il avait finalement réussi à le dire. Le regard que lui valut cette remarque en passant lui donna envie de rentrer sous terre.

« Un de ces jours, tu apprendras l'effet que de telles paroles peuvent faire sur un homme, Ding. » *Mon petit bébé ?* Aussi vulnérable que n'importe quel homme, et plus encore, peut-être.

« Vous voulez pas d'un basané dans la famille ?

— Non, ce n'est pas du tout ça. C'est plutôt... oh, et puis merde, Ding. Si elle n'y voit pas d'inconvénient, je suppose que moi non plus. »

Pas plus difficile que ça ? « Je m'attendais à ce que vous m'arrachiez la tête. »

Clark se permit un petit rire. « Non. Pour ça, je préfère une arme à feu. Je croyais que tu le savais. »

« Le Président n'aurait pas pu faire de meilleur choix », dit Sam Fellows à l'émission *Good Morning, America*. « Je connais Jack Ryan depuis bientôt huit ans. C'est l'un des meilleurs hauts fonctionnaires du gouvernement. Je puis vous révéler à présent qu'il est l'un des responsables de la rapide conclusion des hostilités avec le Japon, sans oublier son rôle crucial dans le sauvetage des marchés financiers.

— On a dit qu'il aurait travaillé pour la CIA...

— Vous savez qu'il m'est interdit de dévoiler des informations confidentielles. » D'autres se chargeraient d'organiser ce genre de fuite, et des sénateurs influents de chaque parti seraient mis au courant eux aussi dans la matinée. « Je peux vous dire que le Dr Ryan a servi notre pays avec honneur. Je ne vois pas d'autre fonctionnaire du Renseignement plus digne de confiance et de respect que Jack Ryan.

— Mais il y a dix ans — cet incident avec les terroristes. Avons-nous jamais eu un vice-président qui ait...

— ... déjà tué ? » Fellows regarda la journaliste en hochant la tête. « Quantité de Présidents et de Vice-présidents ont été soldats. Jack défendait sa famille contre une attaque directe, vicieuse, comme l'aurait fait tout Américain. Je puis vous dire que dans ma région, en Arizona, personne ne lui en ferait reproche.

— Merci, Sam », dit Ryan qui regardait la télé dans son bureau. La première vague de reporters devait l'assaillir d'ici trente minutes, et il devait parcourir ses dossiers, plus une liste de directives émanant de Tish Brown. Ne pas parler trop vite. Éviter de répondre directement aux questions politiques directes.

« Je suis simplement heureux d'être ici, se répéta Ryan. Je joue chaque partie comme elle se présente. N'est-ce pas ce qu'on conseillait de dire aux joueurs débutants ? » se demanda-t-il tout haut.

Le 747 atterrit même encore plus tôt que l'avait promis le commandant de bord, ce qui était parfait mais pas nécessairement idéal pour la correspondance. En revanche, les passagers de première avaient l'avantage de descendre d'abord, et mieux encore, un représentant du consulat américain vint accueillir Clark et Chavez au débarquement, leur épargnant le passage à la douane. Les deux hommes avaient dormi pendant le vol, mais ils étaient encore décalés par rapport à l'heure locale. Un vieux L-1011 de Delta Airlines décolla deux heures plus tard, à destination de Dulles International.

Le capitaine Sato n'avait pas encore quitté son fauteuil de pilote. Le gros problème avec l'aviation civile internationale, c'est que tout se ressemblait partout. Cette aérogare aurait pu se situer n'importe où, mis à part le fait que les visages étaient *gaijins*. Il allait y avoir une longue escale avant le vol de retour, sans aucun doute à nouveau bourré de cadres japonais en fuite.

Et telle était la perspective pour le reste de son existence : transbahuter des gens qu'il ne connaissait pas, vers des endroits dont il n'avait rien à cirer. Si seulement il était resté au sein des Forces d'autodéfense — peut-être que cela aurait fait une différence. Il était le meilleur pilote de l'une des meilleures compagnies aériennes de la planète, et ces talents auraient pu être mieux employés si... mais le doute subsisterait toujours. Quelle importance, d'ailleurs, puisqu'il ne serait jamais qu'un commandant de bord parmi d'autres, au service, avec son avion, d'un pays qui avait renié son honneur. *Enfin...* Il quitta son fauteuil, récupéra ses cartes et son plan de vol, fourra le tout dans son sac de voyage et descendit de l'avion. Il n'y avait plus personne à l'accueil et il put librement déambuler dans le terminal bondé mais anonyme. Il avisa un numéro de *USA Today* dans un kiosque, le prit, parcourut la une, vit les photos. Ce soir, vingt et une heures ? Tout se rassembla d'un coup à cet instant, comme une équation liant vitesse et distance.

Sato jeta un nouveau regard alentour, puis se dirigea vers les services administratifs de l'aéroport. Il avait besoin d'une carte météo. Il avait déjà le minutage en tête.

« Il reste encore un point que j'aimerais régler, dit Jack, plus à l'aise que jamais dans le Bureau Ovale.

— Quoi donc ?

— Un agent de la CIA. Il a besoin d'une amnistie.

542

— Pour quel motif ? » Durling se demandait s'il n'avait pas non plus une tuile qui lui tombait dessus.

« Meurtre, répondit honnêtement Jack. Le hasard fait que mon père a étudié l'affaire à l'époque où j'étais encore à la fac. Les types qu'il a refroidis l'avaient bien cherché.

— Une optique discutable. Même si c'était le cas.

— C'était le cas. » Le futur Vice-président résuma brièvement l'histoire. Le terme magique était « drogue » et bientôt le Président marquait d'un signe de tête son approbation.

« Et depuis ?

— C'est l'un de nos meilleurs agents sur le terrain. C'est lui qui a intercepté Qati et Ghosn à Mexico [1].

— C'est ce type-là ?

— Oui, monsieur. Il mérite de retrouver son identité.

— D'accord. Je passe un coup de fil au ministre de la Justice, voir s'il peut régler ça discrètement. Vous avez d'autres faveurs à demander ? Vous savez, vous avez vite fait de piger les rouages de la politique, pour un amateur. Au fait, bravo pour votre prestation avec les médias, ce matin. »

Ryan hocha la tête à ce compliment. « L'amiral Jackson. Il a fait du bon boulot, lui aussi, mais je suppose que la marine saura voir ses mérites.

— Un minimum de sollicitude présidentielle n'a jamais nui à la carrière d'un officier. Je tiens à le voir, de toute façon. Mais vous avez raison. Sauter dans un avion pour aller les rencontrer dans les îles, c'est être fin politique. »

« Aucune perte », dit Chambers, et quantité de coups au but. Alors, pourquoi cette gêne ?

« Les sous-marins qui ont coulé le *Charlotte* et l'*Asheville* ? demanda Jones.

— On posera la question le moment venu, mais il y en a sans doute au moins un. » Le résultat était statistique mais probable.

« Bon travail, Ron », dit Mancuso.

Jones écrasa son mégot. Il allait falloir qu'il reperde l'habitude. En outre, il savait désormais ce qu'était la guerre, et il remerciait

---

1. Voir *La Somme de toutes les peurs*, op. cit. (NdT).

le ciel de n'avoir jamais eu à combattre vraiment. C'était peut-être un jeu de gamins attardés. Mais il avait joué son rôle, à présent il savait, et la chance aidant, il n'aurait plus à voir ça. Il restait toujours des baleines à pister.

« Merci, commandant. »

« Un de nos 747 a subi des avaries mécaniques, expliqua Sato. Il va rester indisponible huit jours. Il faut que j'aille à Heathrow assurer son remplacement. Un autre 747 remplacera le mien sur le vol transpacifique. » Et cela dit, il soumit son plan de vol.

Le responsable du contrôle aérien canadien parcourut le document. « *Pax*[1] ?

— Non, aucun passager, mais j'aurai besoin d'un plein complet.

— Je suppose que c'est votre compagnie qui paie le kérosène, commandant », observa le contrôleur avec un sourire. Il apposa son visa sur le plan de vol, en conserva une copie pour archives, rendit l'original au pilote. Il jeta un dernier coup d'œil sur le formulaire. « La route sud ? Ça rallonge le trajet de cinq cents milles.

— J'aime pas trop les prévisions de vent », mentit Sato. Pas tant que ça. Les contrôleurs mettaient rarement en doute les pressentiments des pilotes question météo. Celui-ci ne faillit pas à la règle.

« Eh bien merci. » Puis le fonctionnaire retourna à sa paperasse.

Une heure plus tard, Sato était sous son appareil que l'on avait garé dans un hangar de service d'Air Canada — son emplacement au terminal était à nouveau occupé par un autre long-courrier. Il prit tout son temps pour effectuer la préparation pré-vol, cherchant du regard une fuite hydraulique, un rivet desserré, un pneu détérioré, bref, tous ces « bobos de hangar », selon le terme consacré. Mais il ne vit rien d'anormal. Son copilote était déjà à bord, contrarié par ce vol imprévu, même s'il signifiait trois ou quatre jours à Londres, une escale appréciée par tous les

1. Acronyme pour *Passengers*, passagers, dans le vocabulaire du contrôle aérien (*NdT*).

544

équipages des lignes aériennes internationales. Sato acheva sa visite puis monta à bord, en faisant d'abord une halte à l'office de la cabine de première.

« Tout est prêt ?

— La liste de contrôle pré-vol est faite, parés pour la liste de contrôle pré-décollage », dit le copilote juste avant que le couteau à découper pénètre dans sa poitrine. Ses yeux s'agrandirent d'étonnement plus que de douleur.

« Je suis extrêmement désolé », lui dit Sato d'une voix douce. Puis il se harnacha tranquillement dans le fauteuil de gauche et entama la séquence de démarrage des réacteurs. L'équipe au sol était trop loin pour voir à l'intérieur de la cabine, et ne put deviner qu'un seul des deux hommes était en vie dans la cabine de pilotage.

« Tour de Vancouver, pour vol transit JAL cinq-zéro-zéro, demande autorisation de rouler.

— Cinq-zéro-zéro Heavy, Roger, vous êtes autorisé à rouler piste deux-sept gauche. Les vents sont de deux-huit-zéro au quinze.

— Merci Vancouver, cinq-zéro-zéro Heavy autorisé pour la deux-sept gauche. » Bientôt, l'appareil se mit à rouler. Il lui fallut dix minutes pour gagner le début de la piste de décollage. Sato dut attendre une minute supplémentaire parce que l'appareil devant lui était un autre 747 qui générait des turbulences dangereuses. Il s'apprêtait à enfreindre une règle cardinale, qui vous enjoint d'assurer un nombre égal de décollages et d'atterrissages, mais d'autres compatriotes l'avaient fait avant lui. Au signal de la tour, Sato poussa les gaz jusqu'à la puissance de décollage, et le Boeing, lesté seulement de son carburant, avala rapidement la piste, quitta le sol avant d'avoir parcouru six mille pieds, et vira aussitôt au nord pour dégager l'espace aérien contrôlé par l'aéroport. Avec sa faible charge, le long-courrier gagna comme une fusée son altitude de croisière de trente-neuf mille pieds, qui correspondait à sa consommation minimale. Son plan de vol allait l'amener à longer la frontière américano-canadienne, puis survoler le Labrador et quitter le continent juste au nord du port de pêche de Hopedale. Peu après, il sortirait de la zone de couverture des stations radar terrestres. Quatre heures, se dit Sato, en buvant son thé, tandis que l'avion poursuivait sa route en pilotage automatique. Il prononça une prière pour l'homme affalé sur le siège de droite, en espérant que l'âme du copilote serait aussi apaisée que la sienne.

Le vol sur Delta atterrit à Dulles avec une petite minute de retard. Clark et Chavez découvrirent qu'une Ford officielle les attendait. Ils montèrent et se dirigèrent vers l'Interstate 64, tandis que le chauffeur qui avait amené la voiture rentrait en taxi.

« Que va-t-il lui arriver, à votre avis ?

— Yamata ? La prison, peut-être pire. T'as acheté un journal ?

— Ouais. » Chavez le déplia, parcourut la une. « Nom de Dieu !

— Quoi ?

— On dirait que le Dr Ryan a eu de l'avancement... » Mais Chavez avait d'autres soucis en tête pendant la durée du trajet, par exemple, comment il allait s'y prendre pour poser à Patsy la grande question. Et si jamais elle répondait non ?

Une session conjointe du Congrès se déroule toujours à la Chambre des représentants : la salle est plus grande, et comme le faisaient remarquer les membres de la chambre dite basse, au Sénat, les sièges étaient attribués nominalement et il était hors de question qu'un de ces salauds puisse prêter *sa* place.

Les mesures de sécurité au Capitole sont en général excellentes ; le bâtiment disposait de sa propre force de police, qui, en la circonstance, travailla main dans la main avec le Service secret. On délimita les couloirs avec des cordons de velours et le peloton d'agents en uniforme était en alerte, mais sans plus.

Le Président devait gagner la Colline dans sa limousine officielle, lourdement blindée, accompagnée par plusieurs Chevrolet Suburban encore mieux protégés, tous bourrés d'agents armés comme s'ils devaient affronter une compagnie de Marines. Cela tenait un peu du cirque itinérant, d'ailleurs comme les gens de la balle, ils passaient leur temps à monter et démonter. C'est ainsi que quatre agents avaient installé sur le toit leurs conteneurs de missiles Stinger et vérifié la visibilité des points sensibles habituels en s'assurant que des arbres n'avaient pas trop poussé —

546

on les taillait d'ailleurs régulièrement. Les gars de la brigade anti-terroriste avaient également pris position sur le toit du Capitole et des bâtiments avoisinants. Tous ces tireurs d'élite, les meilleurs du pays, avaient sorti de leur étui garni de mousse le fusil 7 mm Magnum et scrutaient à la jumelle les toits qu'ils n'occupaient pas. Il n'y en avait pas beaucoup car d'autres membres du déta-chement avaient investi ascenseurs et escaliers pour occuper le sommet de tous les immeubles proches de celui que SAUTEUR allait visiter ce soir. Quand la nuit tomba, on sortit les équipe-ments infrarouges, et les boissons chaudes pour se tenir éveillé.

Sato remercia la providence pour l'horaire de l'événement et le recours au TCA-S. Même si les routes transatlantiques n'étaient jamais désertes, les horaires des vols entre l'Europe et l'Amérique étaient calculés pour coïncider au mieux avec les périodes de som-meil de la clientèle : à cette heure-ci, il y avait fort peu de vols vers l'ouest. Le TCA-S émettait des signaux réguliers pour l'avertir de la présence d'un appareil à proximité. Pour l'instant, tout était tranquille — l'écran affichait ABSENCE DE CONFLIT, signifiant qu'il n'y avait aucun trafic dans un rayon de quatre-vingts milles nauti-ques. Cela lui permit de s'insinuer sans peine dans une route aérienne est-ouest, en redescendant la côte, sur les trois cents der-niers milles. Le pilote vérifia sa progression par rapport au plan de vol qu'il avait mémorisé. Une fois encore, il avait bien estimé les vents dans les deux directions. Son minutage devait être précis parce que les Américains savaient se montrer fort ponctuels. A 20:30, il vira vers l'ouest. Il commençait à ressentir la fatigue, après presque vingt-quatre heures de vol ininterrompu. Il pleuvait sur la côte Est des États-Unis, et même si cela risquait de secouer un peu à basse altitude, ce n'était pas pour troubler un pilote expérimenté comme lui. Non, le seul problème était dû aux quantités de thé qu'il avait ingurgitées. Il avait vraiment envie d'aller pisser, mais il ne pouvait quitter la cabine, et puis il ne lui restait qu'une heure à supporter cet inconfort.

« Papa, qu'est-ce que ça veut dire ? Est-ce qu'on ira toujours à la même école ? » demanda Sally. La petite fille était assise sur le strapontin à contresens. Cathy se chargea de répondre. C'était une question pour les mamans.

« Oui, et tu auras même ton chauffeur personnel.

— Super ! » dit petit Jack.

Leur père commençait à avoir des doutes, comme toujours chez lui après une décision importante, et même s'il savait qu'il était un peu tard. Cathy le regarda, devina ses pensées, lui sourit.

« Jack, ce n'est que l'affaire de quelques mois, et ensuite...

— Ouais. » Il secoua la tête. « Je pourrai enfin travailler mon golf.

— Oui, et tu pourras enfin enseigner. C'est ce que t'as toujours voulu faire. C'est ce qu'il te faut.

— Fini, la banque ?

— Je suis même surprise que tu aies tenu si longtemps.

— Dis donc, t'es chirurgien, toi, pas psy.

— On en reparlera », dit le professeur Ryan, en rajustant la robe de Katie. C'était cette période limitée de onze mois qui la séduisait. Une fois terminée, on ne le rappellerait plus au service de l'État. Quel beau cadeau leur avait fait le Président Durling.

La voiture officielle s'immobilisa devant l'immeuble de bureaux de Longworth House. Il n'y avait pas foule, même si l'on voyait quelques fonctionnaires du Congrès sortir de l'édifice. Dix agents du Service secret étaient sur le qui-vive, tandis que quatre autres escortèrent les Ryan à l'intérieur. Al Trent se tenait à l'entrée latérale.

« Veux-tu m'accompagner ?

— Pourquoi...

— Une fois confirmée la nomination, on te fait entrer pour la prestation de serment, ensuite tu vas t'asseoir derrière le Président, à côté du Speaker de la Chambre, expliqua Sam Fellows. L'idée est de Tish Brown. Pas mal, je trouve.

— Dramaturgie d'année électorale, observa Jack, froidement.

— Et nous ? interrogea Cathy.

— Joli portrait de famille, estima Al.

— Merde, je sais pas pourquoi je suis excité à ce point, grommela Fellows avec sa jovialité coutumière. Ça risque de nous rendre le mois de novembre difficile. J'imagine que ça ne t'est jamais venu à l'esprit ?

548

— Désolé, Sam, mais non, répondit Jack avec un sourire matois.

— Cet antre fut mon premier bureau », répondit Trent en ouvrant la porte de la suite de pièces aménagées au rez-de-chaussée qui l'avait accueilli pendant dix trimestres. « Je le garde, comme porte-bonheur. Je t'en prie — assieds-toi, mets-toi à l'aise. » Un de ses collaborateurs entra avec des sodas et de la glace, sous l'œil vigilant de la garde protectrice de Ryan. Andrea Price se remit à jouer avec ses enfants. Cela ne faisait pas très pro mais ce n'était qu'une apparence : il fallait que les gosses se sentent à l'aise avec elle, et c'était plutôt bien parti.

La limousine présidentielle arriva sans encombre. On l'escorta jusqu'au bureau du speaker adjacent à la chambre, où le Président révisa une dernière fois son discours. JASMIN — Mme Durling — prit l'ascenseur avec sa propre escorte pour s'installer à la galerie officielle. Déjà, la salle était à moitié pleine. Le retard mondain n'était pas de mise en ces lieux — et pour cette occasion sans doute unique dans la vie d'un député. Ceux-ci avaient formé de petits groupes par affinité, avant de gagner leurs sièges, chacun selon son parti, la salle étant divisée par une ligne réelle quoique invisible. Le reste du gouvernement arriverait plus tard. Les neuf juges de la Cour suprême, tous les membres du cabinet présents dans la capitale (deux étaient en déplacement) et les chefs d'état-major interarmes avec leur uniforme bardé de médailles vinrent occuper le premier rang. Puis venaient les chefs des agences gouvernementales. Bill Shaw de la CIA. Le gouverneur de la Réserve fédérale. Enfin, sous l'œil nerveux des agents de sécurité et dans le brouhaha habituel du personnel d'encadrement, tout fut prêt, comme de juste, à l'heure dite.

Les sept chaînes nationales interrompirent leurs programmes. On annonça à l'antenne que l'allocution présidentielle allait commencer, en brodant suffisamment pour laisser le temps au téléspectateur de filer vers la cuisine préparer des sandwiches sans rien rater de vraiment important.

L'huissier de la Chambre, titulaire de l'une des charges les plus convoitées de ce pays — salaire rondelet et faibles responsabilités —, s'avança jusqu'au milieu de l'allée pour accomplir sa fonction en annonçant d'une voix de stentor : « Monsieur le président de la Chambre, le président des États-Unis. »

Roger Durling fit son entrée, la démarche décidée, s'arrêtant brièvement pour serrer des mains, son dossier de cuir rouge glissé sous le bras. Il avait toujours une copie papier de son discours, en cas de défaillance du *TelePrompter*. L'assistance applaudit à tout rompre. Même les membres de l'opposition reconnaissaient que Durling avait tenu son serment de préserver, protéger et défendre la Constitution des États-Unis, et quelle que soit la force de la politique politicienne, l'honneur et le patriotisme imprégnaient toujours ces lieux, surtout en des périodes telles que celle-ci. Durling arriva au pied de la tribune, puis il en gravit les marches et l'heure sonna pour le Speaker d'accomplir son cérémonial officiel : « Messieurs les députés, j'ai l'insigne privilège et le grand honneur de vous présenter le président des États-Unis. » Les applaudissements redoublèrent. Comme toujours entre les deux partis, ce fut à qui applaudirait le plus fort et le plus longtemps.

« Bon. Rappelle-toi la séquence des...

— OK, Al ! J'entre, le juge suprême me fait prêter serment, et je vais m'asseoir. Tout ce que j'ai à faire, c'est répéter la formule. » Ryan but son verre de Coca, essuya ses mains moites sur son pantalon. Un agent du Service secret alla lui chercher une serviette.

« Washington centre, ici KLM six-cinq-neuf. Nous avons une alerte à bord. » Le ton avait la sécheresse du jargon aviateur, ce ton qu'on emploie quand la catastrophe est imminente.

Le contrôleur aérien nota que l'icône alphanumérique venait de tripler de taille sur son scope, et il pressa la palette de son micro. L'écran affichait cap, vitesse et altitude. A première vue, l'appareil lui semblait en descente rapide.

« Six-cinq-neuf pour Washington centre. Déclarez vos intentions, monsieur.

— Centre pour six-cinq-neuf, le moteur numéro un a explosé, moteurs un et deux perdus. Intégrité structurelle en question. Idem pour les contrôles. Demande vecteur radar direct Baltimore. »

Le contrôleur appela d'un geste son superviseur qui arriva aussitôt.

« Attends une minute. Qui c'est, celui-là ? » Il interrogea l'ordinateur et ne trouva aucune fiche signalétique pour un vol KLM-659.

Le contrôleur prit le micro. « Six-cinq-neuf, identifiez-vous, je vous prie, à vous. » La réponse se fit plus pressante.

« Washington centre pour KLM six-cinq-neuf, sommes un 747 charter destination Orlando, trois cents *pax* à bord. Je répète : nous avons deux moteurs en rideau et des dégâts structurels à l'aile gauche et au fuselage. Je descends à dix mille pieds. Demande vecteur radar immédiat direct Baltimore, à vous !

— Bon, on va pas pinailler, décida le superviseur. Tu le prends. Guide-le.

— Très bien, monsieur. Six-cinq-neuf Heavy. Contact radar. Je vous copie quatorze mille en descente, et trois cents nœuds. Recommande virage à gauche au deux-neuf-zéro, continuez la descente et maintenez l'altitude à dix mille. »

« Six-cinq-neuf, en descente à dix mille, en virage à gauche au deux-neuf-zéro », répondit Sato. L'Anglais était la langue internationale du trafic aérien, et le sien était excellent. Jusqu'ici, pas de problème. Ses réservoirs étaient encore à moitié pleins, et il était à moins de cent milles du but, d'après son système de navigation par satellite.

A l'aéroport international de Baltimore-Washington, le poste de pompiers situé près de l'aérogare principale fut aussitôt placé en état d'alerte. Des employés de l'aéroport chargés d'habitude d'autres tâches s'y rendirent, au pas de course ou en voiture, tandis que les contrôleurs décidaient rapidement quels appareils continuer à faire atterrir, et lesquels mettre en attente d'ici l'arrivée du 747 blessé. La procédure d'urgence était rédigée à l'avance, comme dans tout aéroport important. La police et les autres services furent mis en alerte et ce furent des centaines de personnes qui furent arrachées à leur récepteur de télévision.

« Je veux vous raconter l'histoire d'un citoyen américain, le fils d'un agent de police, ancien officier de marine blessé à l'exercice, professeur d'histoire, membre de la communauté financière de ce pays, bon époux et bon père, patriote et serviteur de l'État, authentique héros de l'Amérique », dit le Président à la télé. Ryan était dans ses petits souliers, surtout après les applaudissements qui suivirent. Les caméras se braquèrent sur le ministre des Finances ; Fiedler avait dévoilé à un groupe de journalistes financiers le rôle joué par Jack dans la résolution de la crise de Wall Street. Même Brett Hanson applaudissait, beau joueur.

Trent se mit à rire : « C'est toujours embarrassant, Jack...

— Nombre d'entre vous le connaissent, nombre d'entre vous ont travaillé avec lui. Je me suis entretenu aujourd'hui avec des membres du Sénat. » Durling indiqua les leaders de la majorité et de l'opposition, qui tous deux sourirent avec un signe de tête pour les caméras de C-SPAN. « Et avec votre approbation, je désire à présent vous soumettre le nom de John Patrick Ryan pour occuper le poste de vice-président des États-Unis. Je demanderai par ailleurs aux membres du Sénat d'entériner dès ce soir cette nomination au vote par acclamation. »

« La procédure est tout à fait irrégulière, observa un commentateur tandis que deux sénateurs se levaient pour gagner la tribune.

— Le Président Durling a soigneusement étudié la question, répondit l'expert politique. Jack Ryan est sans doute la personnalité la plus consensuelle qu'on puisse trouver aujourd'hui, et d'autre part, la bipolarisation de... »

« Monsieur le président, monsieur le speaker, messieurs les sénateurs, amis et collègues de l'Assemblée, commença le dirigeant de la majorité présidentielle. C'est avec une grande satisfaction que le leader de l'opposition et moi-même... »

« Vous êtes sûrs que c'est bien légal ? demanda Jack.

— La Constitution stipule simplement que le Sénat doit approuver ta nomination. Elle ne précise pas en quels termes », répondit Sam Fellows.

« Baltimore approche, ici six-cinq-neuf. J'ai comme un problème.

— Six-cinq-neuf Heavy, quel est le problème, monsieur ? » demanda le contrôleur de la tour. Il en discernait déjà une partie sur son scope. Le 747 n'avait pas viré aussi sec qu'il l'aurait dû selon ses instructions données une minute plus tôt. Le contrôleur s'essuya les mains en se demandant s'il parviendrait à faire poser celui-ci.

« Mes commandes ne répondent pas bien... pas sûr de pouvoir... Baltimore, je vois les feux de la piste à une heure... Je ne connais pas bien ce secteur... débordé... perte de puissance... »

Le contrôle vérifia le vecteur direction sur son écran, le prolongea jusqu'à...

« Six-cinq-neuf Heavy, il s'agit de la base d'Andrews. Ils ont deux pistes excellentes. Pouvez-vous virer sur Andrews ?

— Six-cinq-neuf, je pense, oui, je pense.

— Restez à l'écoute. » Le contrôleur avait une ligne directe avec la base aérienne. « Andrews, est-ce que vous...

— Nous vous avons suivis, intervint le responsable de leur tour. Washington Centre nous a prévenus. Avez-vous besoin d'aide ?

— Pouvez-vous le prendre en charge ?

— Affirmatif.

— Six-cinq-neuf Heavy, Baltimore. Je vais vous confier à Andrews approche. Recommande virage à droite au trois-cinq-zéro... pouvez-vous le faire, monsieur ?

— Je pense pouvoir. Je pense pouvoir. L'incendie est maîtrisé, je crois, mais les circuits hydrauliques sont en train de me lâcher, je crois que le moteur a dû...

— KLM six-cinq-neuf Heavy, ici Andrews contrôle d'approche. Contact radar. Deux-cinq milles de la piste, relèvement trois-quatre-zéro, à quatre mille pieds en descente. La piste zéro-un gauche est libre et nos véhicules d'incendie sont déjà partis », dit le capitaine de l'Air Force. Il avait déjà pressé sur le bouton d'alerte, et ses hommes parfaitement entraînés réagirent avec promptitude. « Recommande virage à droite au zéro-un-zéro et poursuite de la descente. »

« Six-cinq-neuf », fut la seule réponse.

Sato ne connaîtrait jamais l'ironie de la situation. Bien que quantité de chasseurs soient basés à Andrews, à Langley, au centre d'essais en vol de l'aéronavale de Patuxent, et à Oceana National Airspace, tous situés dans un rayon de cent cinquante kilomètres autour de Washington, personne ne s'était avisé d'envoyer une escadrille survoler la capitale par une nuit comme celle-ci. Il aurait très bien pu s'épargner ses mensonges et manœuvres élaborés. Il décrivit son virage avec une lenteur extrême pour simuler un jumbo gravement endommagé, guidé pas à pas par un contrôleur américain très professionnel et très préoccupé. Et ça, franchement, c'était regrettable.

« Oui !

— Des voix contre ? » Il y eut un grand silence, suivi peu après d'un tonnerre d'applaudissements. Le Speaker se leva.

« L'huissier de la Chambre va introduire le Vice-président pour qu'il puisse prêter serment dans les formes.

— C'est pour toi. Allez, file », dit Trent, et il se dirigea vers la porte. Les agents du Service secret se déployèrent dans le corridor, ouvrant la procession jusqu'au tunnel reliant l'édifice au Capitole. A son entrée, Ryan leva les yeux pour contempler la voûte, peinte d'un affreux jaune délavé mais décorée, assez curieusement, de dessins d'écoliers.

« Je ne vois aucun problème apparent, ni feu ni fumée. » Le contrôleur de la tour surveillait à la jumelle l'appareil en approche. Il n'était plus qu'à un mille. « Pas de train, pas de train !

— Six-cinq-neuf, votre train est rentré, je répète, votre train est rentré ! »

Sato aurait pu répondre mais il choisit de s'en abstenir. Les dés étaient jetés. Il poussa la manette des gaz, accélérant à partir de sa vitesse d'approche de cent soixante nœuds, tout en maintenant son altitude de mille pieds. L'objectif était en vue maintenant : tout ce qui lui restait à faire était de virer à quarante degrés sur la gauche. Réflexion faite, il illumina son appareil, révélant la grue rouge peinte sur la dérive de queue.

« Bon Dieu, mais qu'est-ce qu'il fout ?
— Ce n'est pas un KLM ! Regardez ! » Le sous-officier tendit le doigt. Alors qu'il était juste à la verticale du terrain, le 747 s'inclina sur l'aile gauche, manifestement hors de contrôle, dans le gémissement de ses réacteurs poussés à fond. Puis les deux hommes se dévisagèrent, sachant exactement ce qui allait arriver, et sachant aussi qu'ils ne pouvaient rien y faire. Prévenir le commandant de la base n'était qu'une formalité qui n'aurait aucune influence sur les événements. Ils le firent néanmoins, puis alertèrent le 1er escadron d'hélicoptères. Cela fait, à court d'options, ils se tournèrent pour contempler le drame dont ils avaient déjà deviné l'issue. Il ne faudrait guère plus d'une minute.

Sato était souvent venu à Washington, et il avait plus d'une fois visité la capitale en touriste, y compris le Capitole. C'était un édifice à l'architecture grotesque, jugea-t-il une fois encore en le voyant grossir devant lui, tandis qu'il rectifiait le cap pour remonter en vrombissant dans l'axe de Pennsylvania Avenue, et traverser l'Anacostia.

Le spectacle était si incroyable qu'il paralysa l'agent du Service secret posté sur le toit de la Chambre des représentants, mais l'homme réagit aussitôt même si cette réaction était en fin de compte inutile. Il s'agenouilla précipitamment et bascula le couvercle du gros boîtier de plastique.

« Faites évacuer SAUTEUR ! Immédiatement ! hurla l'homme en sortant le Stinger.

— *On y va !* » s'écria un agent dans son micro, assez fort pour écorcher les oreilles des gorilles postés à l'intérieur de l'édifice. Une phrase toute simple, mais pour les agents du Service secret, elle impliquait d'évacuer le Président au plus vite, où qu'il se trouve. Instantanément, ces agents aussi bien entraînés que des arrières de football se mirent en branle alors même qu'ils ignoraient totalement la nature du danger. Dans la galerie surmontant l'hémicycle, les gardes de la première dame avaient moins de distance à parcourir, et même si l'une des femmes trébucha sur une marche, elle réussit à prendre Anne Durling par le bras pour la traîner dehors.

« Quoi ? » Andrea Price fut la seule à parler dans le tunnel. Tous les agents entourant la famille Ryan avaient instantanément dégainé leur pistolet — certains avaient même des pistolets-mitraillleurs. L'arme levée, ils scrutèrent le corridor, cherchant un danger, ne remarquant rien d'anormal.

« Dégagez !

— Dégagez !

— Dégagez ! »

En bas, six hommes se précipitèrent vers le podium, scrutant également la salle, l'arme levée, en une scène que des millions de téléspectateurs allaient se remémorer toute leur vie. Sincèrement intrigué, le Président Durling regarda le chef de ses agents et l'entendit juste lui hurler de fuir immédiatement.

Sur le toit, l'homme au Stinger avait réussi à épauler en un temps record et le bip-bip du système de guidage lui indiqua qu'il avait acquis la cible. Moins d'une seconde plus tard, il tira le missile, sachant déjà que cela ne servirait à rien.

Ding Chavez était assis sur le divan, tenant la main de Patsy — celle qui portait la bague, maintenant — jusqu'au moment où il vit les hommes en armes. Le soldat qu'il ne cesserait jamais d'être s'approcha du téléviseur pour discerner la nature du danger mais il ne vit rien, tout en sachant qu'il devait être là.

Le trait de lumière fit tressaillir Sato — moins de surprise que de peur —, puis il vit le missile se diriger droit sur son réacteur intérieur gauche. L'explosion fut assourdissante, et des signaux d'alarme lui indiquèrent que le moteur était totalement détruit, mais il n'était plus qu'à mille mètres à peine de l'édifice blanc. L'appareil piqua en tirant légèrement sur la gauche. Sato compensa machinalement, rajustant les gouvernes pour s'incliner vers l'angle sud du siège du gouvernement américain. C'est là qu'ils devaient tous être assemblés. Le Président, les parlementaires, toute la bande. S'ils pouvaient tuer sa famille et déshonorer son pays, alors il devait leur en faire payer le prix. Son dernier acte volontaire fut de choisir son point d'impact, avec la même délicatesse que s'il s'agissait d'un atterrissage de routine : aux deux tiers des degrés de pierre de la façade. Oui, ce serait absolument parfait...

Près de trois cents tonnes d'acier et de kérosène percutèrent la façade est du bâtiment à une vitesse de trois cents nœuds — cinq cent cinquante kilomètres-heure... L'appareil se désintégra sous le choc. Il était à peine moins fragile qu'un oiseau, mais sa masse conjuguée à sa vitesse avait déjà réussi à fragmenter les colonnes du portique extérieur. Bientôt, ce fut le tour du reste de l'édifice. Quand les ailes se détachèrent du fuselage, les réacteurs, qui étaient le seul élément vraiment solide de l'appareil, foncèrent comme des obus : l'un d'eux défonça le mur pour traverser de part en part la Chambre des représentants. Le Capitole n'avait aucune armature métallique, car on l'avait construit à une époque où l'on estimait qu'appareiller des pierres les unes sur les autres était la forme de construction la plus durable. Toute la façade orientale de la partie sud de l'édifice fut pulvérisée et chassée vers l'intérieur — mais la vraie catastrophe ne se déclencha qu'au bout d'une ou deux secondes, alors que la coupole commençait à peine à s'effondrer sur les neuf cents personnes de l'assistance : cent tonnes de kérosène aviation jaillirent des réservoirs déchiquetés, vaporisées par leur passage entre les moellons. Il suffit d'une étincelle pour qu'une seconde plus tard une immense boule de feu engloutisse tout ce qui se trouvait à l'intérieur comme à l'extérieur de l'édifice. Les flammes volcaniques se déployèrent, cherchant l'air, envahissant les couloirs qui le contenaient, provoquant une onde de pression qui parcourut tout le bâtiment, jusqu'aux sous-sols.

L'impact initial avait suffi à les jeter tous à terre, et maintenant les agents du Service secret étaient au bord de la panique. Le premier geste inconscient de Ryan fut de saisir sa petite fille, puis il poussa par terre le reste de la famille et se coucha sur eux pour les protéger. Quelque chose le poussa à se retourner vers l'entrée nord du tunnel. Le bruit venait de là et une seconde plus tard, il vit avancer un mur de flammes orange. Trop tard pour lancer un cri : il plaqua la tête de sa femme contre le sol, puis sentit deux autres corps choir sur lui pour le couvrir. Rien d'autre à faire que contempler l'avance de la muraille de flammes...

... au-dessus d'eux, la boule de feu avait déjà épuisé tout l'oxygène disponible. Le nuage en forme de champignon s'éleva rapidement, créant sa propre mini-tornade en aspirant l'air et les gaz hors de l'édifice dont les occupants avaient été déjà carbonisés par l'explosion...

... qui s'arrêta, à moins de trente mètres d'eux, pour s'éloigner aussi vite qu'elle avait progressé : instantanément, un ouragan se déversa dans le tunnel, repartant dans l'autre sens. Une porte arrachée de ses gonds glissa vers eux, les manquant de justesse. Sa petite Kate hurlait de terreur et de douleur, écrasée sous leur masse. Les yeux agrandis d'horreur, Cathy fixait son mari.

« On fonce ! » s'écria la première Andrea Price ; aussitôt, les agents relevèrent tous les membres de la famille, les tirant et les traînant pour les ramener à l'immeuble Longworth, laissant livrés à eux-mêmes les deux parlementaires. Cela prit moins d'une minute ; une fois encore, l'agent Price fut la première à réagir :

« Tout va bien, monsieur le président ?

— Bon Dieu, qu'est-ce que... » Ryan regarda autour de lui, se précipita vers ses gosses. Leurs vêtements étaient en désordre mais sinon, ils semblaient indemnes. « Cathy ?

— Tout va bien, Jack. » Puis elle examina ses enfants, comme elle l'avait déjà fait à Londres. « Pas de bobo, Jack. Et toi ? » Il y eut un grondement de tonnerre qui fit trembler le sol et Katie Ryan se remit à hurler.

« Walker pour Price, dit l'agent dans son micro. Walker pour Price... signalez-vous tous, immédiatement !

— Price, ici FUSIL-TROIS, tout est détruit, chef, et le dôme vient de finir de s'effondrer. Est-ce que FINE LAME est okay ?

— Qu'est-ce qui s'est passé, bordel ? » haleta Sam Fellows, agenouillé. Price n'eut même pas le temps d'entendre la question.

« Affirmatif, affirmatif, FINE LAME, CHIRURGIEN et — merde, on leur a pas encore trouvé de nom — enfin, les gosses, oui, tout le monde est *okay*, ici. » Même elle se rendait compte que le terme était excessif. L'air continuait de se ruer dans le tunnel pour alimenter les flammes de l'incendie du Capitole.

Les agents commençaient à peu près à se ressaisir. Ils avaient toujours l'arme à la main, au point que si un huissier s'était pointé dans le couloir, il aurait bien pu y laisser la vie, mais l'un après l'autre, les hommes inspirèrent profondément, se relaxèrent un tout petit peu, tout en essayant de retrouver les automatismes qu'on leur avait inculqués.

« Par ici ! » dit Price, prenant la tête, le pistolet tenu à deux mains. « FUSIL-TROIS, amenez une voiture à l'angle sud-est du Longworth — et fissa !

— Compris.

— Billy, Frank, faites le guet ! » Jack n'aurait jamais imaginé qu'elle était chef du détachement, mais les deux hommes, sans discuter, filèrent en éclaireurs au bout du couloir. Trent et Fellows regardaient passivement, puis ils firent signe aux autres de les suivre.

« La voie est libre ! dit le porteur de l'Uzi.

— Vous vous sentez bien, monsieur le président ?

— Attendez une minute, et le Président...

— SAUTEUR est mort », dit simplement Price. Les autres agents avaient entendu le même dialogue radio et ils avaient formé un cercle infranchissable autour de leur chef. Ryan n'était pas au courant et, toujours désorienté, il essayait de faire le point.

« On a un Suburban dehors, lança Frank. Allons-y !

— Parfait. Monsieur, nos instructions sont de vous évacuer au plus vite. Suivez-moi, je vous prie », dit Andrea Price, en rabaissant imperceptiblement son arme.

« Bon, attendez, attendez une minute. Qu'est-ce que vous me racontez ? Le Président, Helen...

— Fusil-Trois pour Price. Est-ce que quelqu'un s'en est sorti ?

— Pas une chance, Price. Pas une chance, répéta le tireur d'élite.

— Monsieur le président, il faut qu'on vous conduise en lieu sûr. Suivez-moi, je vous prie. »

Ils avaient finalement récupéré deux des gros breaks tout-terrain. Jack se retrouva de force séparé des siens et poussé à l'intérieur du premier.

« Et ma famille ? » demanda-t-il, découvrant dans le même temps le brasier orange qui était encore, quatre minutes plus tôt, la pièce maîtresse du gouvernement américain. « Oh, mon Dieu...

— On va les conduire à... à...

— Emmenez-les à la caserne à l'angle de la 8e Rue et de la Rue I. Pour le moment, je veux les savoir entourés de Marines, vu ? » Plus tard, Ryan devait se souvenir que son premier ordre présidentiel avait été marqué de l'héritage de son passé.

« Bien, monsieur. » Price parla dans le micro. « Chirurgien et les gosses filent à l'angle 8/I. Prévenez les Marines de leur arrivée ! »

Leur véhicule était en train de dévaler New Jersey Avenue, pour s'éloigner au plus vite de la Colline ; malgré leur entraînement sophistiqué, les agents de protection se contentaient d'évacuer le secteur au plus vite.

« Faites le tour par le nord, leur dit Jack.

— Monsieur, la Maison Blanche...

— Trouvez-moi un endroit avec des caméras de télé. Tout de suite. Et je pense qu'on aura également besoin d'un juge. » L'idée lui était venue d'un coup, sans raisonnement ni analyse.

Le Chevy Suburban fila vers l'ouest avant de remonter vers le nord en contournant la gare centrale. Les rues étaient à présent sillonnées de voitures de pompiers et de police. Des hélicoptères militaires venus d'Andrews tournaient dans le ciel, sans doute pour tenir à l'écart ceux de la télévision. Ryan descendit de voiture et, étroitement protégé par sa garde, il se dirigea d'un pas décidé vers l'entrée de l'immeuble de la chaîne CNN. Il se trouvait qu'il était le plus proche. D'autres agents venaient d'arriver, assez nombreux pour que Ryan se sente en sécurité, si futile que soit cette impression. On le conduisit à l'étage, dans une pièce annexe, tandis qu'un autre agent arrivait quelques minutes plus tard avec une autre personne.

« Je vous présente le juge Peter Johnson, de la cour fédérale du district de Columbia.

— Est-ce ce que je redoute ?

— J'en ai peur, monsieur. Je ne suis pas juriste. La procédure est-elle légale ? » demanda le Président.

A nouveau, ce fut l'agent Price qui intervint : « Le Président Coolidge a prêté serment devant son père, juge de paix de comté. Oui, c'est tout à fait légal », leur assura-t-elle.

Une caméra s'approcha. Ryan posa la main sur la Bible, et le juge récita de mémoire : « Moi — énoncez votre nom, je vous prie.

— Moi, John Patrick Ryan...

— Jure solennellement d'exercer fidèlement la fonction de Président des États-Unis... et de faire de mon mieux pour préserver, protéger et défendre la Constitution des États-Unis, en mon âme et conscience. » Jack termina le serment de mémoire. Il différait peu, en fait, de celui d'officier de marine, et le sens était le même.

« Vous n'aviez même pas besoin de moi, dit tranquillement Johnson. Mes félicitations, monsieur le président. » Cela paraissait un peu déplacé, mais Ryan accepta sa poignée de main. « Que Dieu vous garde. »

Jack regarda autour de lui. Par les fenêtres, il apercevait l'incendie sur la Colline. Il se tourna ensuite vers la caméra, car derrière il y avait des millions de gens, et que cela lui plaise ou non, ils le regardaient et comptaient sur lui. Ryan prit sa respiration, sans se rendre compte que sa cravate était de travers.

« Mesdames et messieurs, ce qui s'est passé ce soir était un attentat visant à détruire le gouvernement des États-Unis. Les terroristes ont tué le Président Durling et je suppose la majorité des membres du Congrès — il est encore trop tôt, je le crains, pour avoir la moindre certitude.

« Mais ce dont je suis certain, c'est que l'Amérique est bien plus difficile à détruire que des individus. Mon père était flic, comme vous le savez. Lui et ma mère ont perdu la vie dans un accident d'avion, mais il y a toujours des flics. Des tas de gens bien ont perdu la vie il y a quelques minutes, mais l'Amérique est toujours debout. Nous avons dû faire une autre guerre, et nous l'avons gagnée. Nous avons déjà survécu à une attaque visant notre économie, et nous survivrons à celle-ci.

« J'ai bien peur d'être trop neuf dans ce domaine pour m'exprimer convenablement, mais ce qu'on m'a appris à l'école, c'est que l'Amérique était un rêve, qu'elle est formée des idées que nous partageons tous, des notions auxquelles nous croyons tous, et surtout, de tout ce que nous accomplissons, et avec notre façon de l'accomplir. Cela, nul ne pourra jamais le détruire, quoi qu'il fasse. Parce que nous sommes ce que nous avons librement choisi d'être. Et cette idée que nous avons inventée, personne ne pourra la détruire.

« Je ne sais pas encore au juste ce que je vais faire dans l'immédiat, sinon m'assurer d'abord que ma femme et mes enfants sont en sécurité, mais maintenant, j'ai ce boulot, et je viens de promettre solennellement de l'accomplir de mon mieux. Pour l'heure, tout ce que vous demande, c'est vos prières et votre aide. Je vous reparlerai dès que j'en saurai un peu plus... Vous pouvez arrêter la caméra », conclut-il. Quand la lampe rouge s'éteignit, il se tourna vers l'agent spécial Price.

« Au travail. »

LEXIQUE

Le lecteur trouvera dans ce lexique la liste des principaux sigles et acronymes techniques, politiques, économiques, financiers ou militaires rencontrés dans le cours du récit. Ils sont accompagnés de leur traduction française, d'une courte définition et, le cas échéant, d'un bref descriptif technique, à moins qu'ils aient été déjà explicités par l'auteur... ou qu'ils désignent des engins ou systèmes nés de ses capacités d'extrapolation technologique à la date où ont été rédigées ces lignes.

Le traducteur

Le passionné pourra trouver d'autres renseignements, entre autres bibliographiques, en se reportant au glossaire du précédent roman de Tom Clancy, *Sans aucun remords*, Albin Michel, 1994. Progrès oblige, la bibliographie citée pourra désormais s'enrichir des références suivantes sur CD-ROM, disponibles pour ordinateur PC-Multimédia ou Macintosh :

TITRES GÉNÉRALISTES :

Encyclopédie Encarta (Microsoft PC/MAC)
The New Grolier Encyclopedia (Grolier/EuroCD PC/MAC)
Compton's Multimedia Encyclopedia (Compton's Newsmedia PC/MAC)

TITRES SPÉCIFIQUES :

Jets (Medio-Multimedia PC)
Warplanes I Modern Fighting Aircraft (Maris Multimedia)

Warplanes II The Cold War to Vietnam (Maris Multimedia PC/
MAC/PowerPC)
Sentimental Wings, by Fred Lloyd (Walnut Creek PC)
Aircraft Encyclopedia (Quanta Press PC)
L'année stratégique 1994/Les équilibres militaires (InfoTronique
MPC/MAC)
Dictionnaire de géopolitique (Flammarion PC)

RAPPEL DE QUELQUES NOTIONS UTILES

UNITÉS DE MESURE

En navigation maritime ou aérienne[1], on emploie toujours ces *unités
non métriques* :
1 mille (nautique) = 1852 mètres.
1 nœud (mesure de vitesse) = 1 mille nautique à l'heure.
1 pied (mesure d'altitude ou de profondeur) = 0,3048 cm. En gros,
   on multiplie par trois dixièmes pour avoir la mesure en mètres :
   30 000 pieds = 9 000 mètres.
1 pouce = 2,54 cm.
1 livre = 453,6 grammes.

DÉNOMINATIONS DES MATÉRIELS

Comme presque toutes les forces armées, les armées américaines
attribuent à leurs matériels une ou deux lettres préfixes indiquant la
catégorie de l'engin, suivie de chiffres précisant son type (les numéros
sont en général attribués dans l'ordre chronologique de réception par
les diverses armes), éventuellement complété d'une ou deux lettres-
indices pour distinguer les variantes ou évolutions dans la série du
type. En outre, ces appareils héritent traditionnellement d'un nom de
baptême : ainsi le F-105G est un chasseur (F = Fighter), type 105, dit
« Thunderchief », en l'occurrence du modèle biplace équipé pour les
contre-mesures électroniques (série G).
En voici, pour les matériels aériens, les principales catégories (éventuellement précédées d'une lettre-indice complémentaire précisant les
attributions de l'appareil : D (Drone) avion sans pilote téléguidé (ser-

---

1. En revanche, lorsqu'il s'agit des caractéristiques d'un appareil aérien (portée de
tir, autonomie...), les Américains ont encore souvent recours au mile — unité terrestre
qui vaut 1609 mètres...

vant d'engin-cible ou d'appareil de reconnaissance), W (Weather) avion de surveillance météo, K (Kerosene) avion-citerne de ravitaillement en vol, etc.

A [Attack]	appareils d'appui tactique
B [Bomber]	bombardier
C [Cargo]	avion ou hélicoptère de transport (matériel/personnel)
E [Eye = Œil]	[devenu : Electronic warfare = guerre électronique] appareil d'observation/avions-radar
F [Fighter]	chasseur
H [Helicopter]	hélicoptère (AH : attaque, CH : transport, etc.)
P [Pursuit]	ancien qualificatif des chasseurs et intercepteurs (exemple : le Lockheed P-38) abandonné après 1945.
R [Recon]	appareil de Reconnaissance
T [Training]	avion d'entraînement
V [vertical]	appareil à décollage vertical
X [eXperimental]	prototype expérimental (XB : bombardier prototype, FX : chasseur prototype, etc.)
Y	prototype d'évaluation (avion de pré-série) avec la même déclinaison :YB...

Pendant la guerre froide, l'OTAN a systématisé le procédé avec les appareils et engins soviétiques (dans l'attente de connaître leur désignation officielle), en leur attribuant un surnom dont l'initiale faisait référence à la classification américaine : chasseurs MiG-25 « Foxbat » ou Sukhoï Su-15 « Flagon », bombardiers Myasichtchev Mya-4 « Bison » ou Tupolev-22 « Backfire ».

Ce système de codification avec lettres-indices et numéros matricules s'applique également aux autres armes et matériels (véhicules de l'armée de terre, bâtiments de la marine, armes d'infanterie, radars, missiles, etc.) : ainsi les porte-avions sont-ils affectés des lettres-indices CV (Carrier Vessel) et CVN lorsqu'ils sont à propulsion nucléaire.

NOTA : Pour les divers engins, la définition est généralement indiquée à l'entrée correspondant au nom sous lequel ils apparaissent dans le corps du récit, mais des renvois permettent à chaque fois, quelle que soit la dénomination, d'établir les correspondances. Les entrées sont classées successivement par ordre numérique, puis alphabétique. Pour ce qui est des bâtiments de guerre, seules les unités les plus caractéristiques ont été référencées.

A-4 « Skyhawk »
Bombardier d'attaque léger à aile delta de l'aéronavale américaine, construit par McDonnell Douglas. Livré entre 1956 et 1972.

A-6 « Intruder »
Avion d'attaque subsonique tout-temps embarqué. Construit par Grumman et livré entre 1963 et 1975. Il a été utilisé jour et nuit au Viêt-nam pour ses qualités de pénétration et de bombardement précis grâce à ses équipements de navigation évolués.

A-6B « Prowler »
Évolution du précédent aux capacités ECM renforcées.

A6M3 « Zero » [code allié ZEKE]
Célèbre chasseur pour porte-avions construit à 10 449 exemplaires par Mitsubishi, entre 1939 et la fin de la guerre. Les derniers exemplaires furent modifiés pour les attaques suicides des kamikaze.

A-7A « Corsair »
Bombardier d'attaque monoplace monoréacteur embarqué, dérivé du Crusader. Construit par Vought et mis en service dès fin 1967, dans le golfe du Tonkin dans sa version A, fabriquée à 199 exemplaires.

AAA « Triple-A » [Anti-Aircraft Artillery]
Artillerie antiaérienne. Regroupe la DCA classique et les missiles surface-air.

ADAMS [classe Charles F. Adams]
Classe de 33 destroyers lance-engins (DDG) construits au début des années soixante, équipés de lanceurs balistiques Tartar et de tubes lance-missiles ASROC en sus de leurs canons de 127 mm. Mais il leur manque une plate-forme pour hélicoptère.

ADCAP [ADvanced CAPabilities]
= à capacités améliorées. Désigne en particulier les dernières versions de la torpille américaine Mark-48.

AEGIS [Airborne Early warning Ground environment Interface Segment]
Dispositif aussi contourné que le libellé de son sigle, le système AEGIS est un système de défense intégré américain couplant radars aéroportés d'alerte avancée et radars au sol (ou sur navire) chargés du guidage des missiles. Ce système a été également vendu aux forces armées d'autres pays.

AEW [Airborne Early Warning]
= Alerte aérienne avancée. Qualifie les radars aéroportés (voir AWACS).

AFB [Air Force Base]
    Voir BA.
AGI [Auxiliary General Intelligence]
    = Auxiliaire des services de renseignements.
AGILITÉ EN FRÉQUENCE
    Caractérise la faculté d'un radar à passer immédiatement d'un
    mode de travail à un autre (détection, acquisition et suivi de cible,
    par exemple). C'est devenu possible grâce à l'utilisation d'anten-
    nes entièrement électroniques capables de modifier quasi-instan-
    tanément de manière radicale leurs caractéristiques techniques
    (fréquences d'émission, vitesse de balayage, polarisation, etc.),
    alors qu'une antenne classique rotative est limitée à une fonction
    unique par ses caractéristiques matérielles (dimensions, tête
    d'émission, vitesse de rotation, etc.). Voir RIDEAU DE PHASE.
AH-1 « HueyCobra »
    Hélicoptère biplace d'attaque [=AH] construit par Bell et utilisé
    en grand nombre au Viêt-nam à partir de septembre 1967. Dérivé
    du célèbre hélicoptère de transport multi-tâches *Bell Huey Iro-
    quois*, il s'en distingue par une cellule affinée grâce à sa disposition
    biplace en tandem — mitrailleur à l'avant, pilote en retrait au-
    dessus — et par un armement puissant qui peut être extrêmement
    varié.
AIRGROUP
    Commandement aérien tactique (voir CAG).
AIRPAC
    Commandant des opérations aéronavales dans le Pacifique.
AK-47
    Fusil d'assaut soviétique de calibre 7,62 mm utilisé surtout au
    Viêt-nam (la fameuse *Kalachnikov*), et remplacé depuis par
    l'AKM et l'AKS-74.
AMEX [American Stock Exchange]
    Deuxième place boursière sur le marché de New York.
AMRAAM [Advanced Medium Range Air to Air Missile]
    Missile air-air à moyenne portée perfectionné.
AMTRAK [National Railroad Passenger Corporation]
    Compagnie ferroviaire créée en 1973 pour gérer l'ensemble du
    trafic voyageurs longue distance aux États-Unis, à la suite des
    faillites en cascade des compagnies classiques que les lois anti-
    trusts avaient poussées à se livrer à une concurrence suicidaire.
ASAP [As Soon As Possible]
    Jargon militaire : « Le plus vite possible ».
ASHEVILLE
    Sous-marin nucléaire d'attaque américain, classe 688.
    voir LOS ANGELES.

ASM [Air Surface Missile]

Missile air-surface.

ASM [Anti-sous-marins]

Caractérise les armes (avions, hélicoptères, bâtiments de guerre, missiles, etc.) engagées dans les opérations de lutte anti-sous-marine.

ASROC [Anti-Submarine Rocket]

Engin mer-mer ou air-mer anti-sous-marins.

ASW [Anti-Submarine Warfare]

Arme de lutte anti-sous-marins. Exemples : torpilles, mines, charges de fond, missiles ASROC...

ATLAS

Voir Convair « Atlas-Centaur ».

AUSTIN [classe]

Série de douze navires d'assaut amphibies de la marine américaine, construits à partir de 1964. Il s'agit d'une variante rallongée (coque de 183 m) des navires de transport d'assaut de la classe RALEIGH. Équipés de quatre tourelles doubles de 76 mm, ils emportent 6 hélicoptères Seaknight, et sont équipés d'un radier de 50 m (pouvant abriter jusqu'à vingt péniches de débarquement) recouvert d'un pont d'envol. Leur taille leur permet d'emporter, outre les barges, le matériel et les troupes.

AUTEC [Atlantic Undersea Test and Evaluation Center]

Centre d'essais et d'évaluation de sous-marins dans l'Atlantique. Centre de la marine américaine installé aux Bahamas.

AWACS [Airborne Warning and Control System]

Système de contrôle et d'alerte aérien, utilisant des avions-radar. Par extension, ces avions.

AWG-9

Radar à impulsion Doppler construit par Hugues, couplé à un système de contrôle de tir. Il équipe entre autres le F14A Tomcat.

B

B-1B

Bombardier stratégique américain, construit par Rockwell, théoriquement destiné à remplacer les B-52 arrivés en bout de course. Le projet initial (B1-A) à géométrie variable s'étant avéré trop coûteux, le Président Carter l'avait arrêté après la construction de quatre prototypes. Le Président Reagan le relança sous une version simplifiée à ailes fixes, mais ses caractéristiques étaient tellement dégradées que l'appareil n'avait quasiment plus aucun intérêt stratégique...

B-2 « Spirit »

Bombardier révolutionnaire américain construit par Northrop : ce quadriréacteur, longtemps resté secret, est un appareil qui reprend la conception de l'aile volante (sans fuselage ni queue), abandonnée depuis le prototype XB-35 de 1947. Mais les progrès de l'avionique (pilotage informatisé) ont permis de résoudre les problèmes de stabilité aérodynamique inhérents à ce dessin qui, couplé à l'utilisation de matériaux absorbants, permet par ailleurs d'avoir un engin extrêmement furtif malgré une taille pratiquement équivalente à celle de ses prédécesseurs : sa surface équivalente radar est en effet d'1 m^2 seulement contre 10 m^2 pour un B-1 et 100 m^2 pour un B-52 ! Autre caractéristique révolutionnaire, ce bombardier stratégique qui peut évoluer à très haute altitude n'a en revanche qu'une vitesse maximale de 750 km/h ! En 1994, le constructeur en avait livré 20 exemplaires.

B-52 « Stratofortress »

Bombardier stratégique octoréacteur construit par Boeing. Sans doute l'appareil le plus célèbre au monde. Tout, dans cet engin, dépasse les normes : son poids (229 tonnes dans sa version B-52H), son rayon d'action (plus de 20 000 km), sa capacité d'emport (grappes de plusieurs dizaines de missiles nucléaires dans sa version stratégique), le nombre d'exemplaires construits (744, dont la moitié est encore en service) et la longévité : l'avant-projet date de 1946, les prototypes XB et YB-52 ont volé en 52, la mise en service est intervenue en 55 et il est probable que, faute de remplaçant après les déboires du projet B-1, cet appareil volera encore en 2005...

Le « Buff » a été décliné en de nombreuses versions : bombardier stratégique nucléaire ou classique (les B-52D et F engagés au Viêtnam), plate-forme de contre-mesures électroniques, lanceur de missiles de croisière.

BA

Base Aérienne [aux États-Unis, AFB = Air Force Base].

« BACKFIRE »

Voir Tu-26.

« BADGER »

Voir Tu-16.

BELL AH-1 « HueyCobra »

Voir AH-1.

BIG BLUE

« Le Grand Bleu » : surnom donné à IBM, par référence à sa taille de géant de l'informatique et à la couleur de son sigle.

« BLACKHAWK »

Voir UH-60.

BOEING B-52 « Stratofortress »
    Voir B-52.
BOEING C-135 « Stratolifter »
    Voir C-135.
BOEING CH-46 « Seaknight »
    Voir CH-46.
BOEING E-3A AWACS « Sentry »
    Voir E-3A.
BOEING KC-10
    Voir KC-10.
BOEING KC-135 « Stratotanker »
    Voir KC-135.
BRITISH AEROSPACE « Harrier »
    Voir « Harrier ».
BST [Boat Surveillance and Tracking System]
    = Système de surveillance et de suivi de bateau. Balise de détresse
    automatique déclenchée en cas d'avarie. Équipe en particulier les
    submersibles.
BUFF [Big Ugly Fat Fucker]
    = « Gros salaud moche » : sobriquet des bombardiers B-52.

C

C-2A « Greyhound »
    Version avion de transport (39 passagers) du biturbopropulseur
    Grumman E-2 « Hawkeye », utilisé comme avion-radar d'alerte
    avancée par la marine américaine.
C-4 [Composition 4]
    Type de charge explosive.
C-5A « Galaxy »
    Quadriréacteur de transport stratégique construit par Lockheed
    de 1968 à 1973. Cet avion géant capable d'emporter 100 tonnes
    sur 6 000 km peut décoller de pistes sommairement aménagées
    grâce à son train d'atterrissage suspendu muni de 28 roues.
C-17A « Globemaster III »
    Quadriréacteur de transport stratégique à long rayon d'action
    construit par McDonnell Douglas à partir de 1991, et devenu
    opérationnel en 1994. Il devait être construit à 120 exemplaires.
    Les restrictions budgétaires ont conduit à réduire ce chiffre et
    réorienter l'affectation de l'avion vers une utilisation tactique et
    opérationnelle — avec possibilité d'utiliser des pistes sommaires.
    D'où un appareil polyvalent, qui a les dimensions d'un C-141
    Starlifter, les possibilités de décollage court d'un C-130 Hercules
    et la capacité d'emport d'un C-5A Galaxy — avec des possibilités

de largage par parachute de charges lourdes depuis la porte de soute arrière.

C-20A à C-20E
Version transport militaire du biréacteur d'affaires Gulfstream Aerospace « Gulfstream III » (C-20A,B,C pour l'US Air Force, C-20D à la Navy, et C-20E à l'Army).

C-135 « Stratolifter »
Version militaire du célèbre quadriréacteur civil Boeing 707, décliné en de nombreuses variantes, dont le C-135, transport de troupes et le KC-135, « Stratotanker », ravitailleur en vol.

C-141 « Starlifter »
Quadriréacteur de transport stratégique construit par Lockheed. C'est l'avion le plus utilisé par le MAC (Commandement du transport aérien militaire). Pendant la guerre du Viêt-nam, il effectuait des missions d'approvisionnement à l'aller et des rapatriements sanitaires au retour.

CAG [Commander Air Group]
Dans l'armée américaine, chef d'escadre aérienne.

CAR-15
CAR = carabine. 15 = nombre de balles par chargeur. Fusil automatique léger de l'armée américaine.

CHARLOTTE
Sous-marin nucléaire américain, classe 688. Voir LOS ANGELES.

CH-46 « Seaknight »
Hélicoptère birotor construit par Boeing-Vertol et affecté au transport d'assaut (25 hommes avec leur équipement), à la recherche/sauvetage et au dragage de mines ; utilisé par la Navy et le Corps des Marines.

CIA [Central Intelligence Agency]
Service central du Renseignement américain.

CIC [Combat Information (ou Intelligence) Centre]
= Poste d'information de combat. P.C. de combat à bord d'un bâtiment de guerre où sont centralisées toutes les informations radio, radar, sonar, télémétrie, etc.

CINCPAC [Commander IN Chief PACific]
= Commandant en chef des opérations dans le Pacifique.

CincPacFlt
Commandant en chef de la flotte du Pacifique.

CNO [Chief of Naval Operations]
= Chef des opérations navales.

CO = [Commanding Officer]
Dans la marine américaine, acronyme désignant le commandant d'un bâtiment ou d'une flotte.

COB [Commission des Opérations de Bourse]
Voir SEC.
« COMANCHE »
Voir Sikorsky « Comanche ».
COMINT [COMmunications INTelligence]
= renseignements obtenus par l'interception des communications.
COMPAC
= Commandant des forces dans le Pacifique.
COMSUBPAC
= Commandant des forces sous-marines dans le Pacifique.
CONSTELLATION (CV-64)
Porte-avions de la classe « Kitty Hawk », construits entre 1957 et 1961. Le « Connie » et ses sister-ships reprennent le plan des porte-avions de la classe « Forrestal » avec des améliorations, en particulier par déplacement des ascenseurs pour dégager le pont et accélérer les manœuvres de catapultage et d'appontage.
CONVAIR « Atlas Centaur »
Engin intercontinental équipé d'une tête nucléaire (similaire au Martin « Titan ») et d'une portée de 8 000 km, construit à partir de 1956 par les États-Unis pour répondre à la menace soviétique (en particulier lors de la crise de Suez).
C-SPAN [Congress-Senate PArliementary Network]
= Canal parlementaire. Chaîne de télévision américaine par câble et satellite retransmettant les informations officielles, les débats parlementaires, et les travaux des commissions du gouvernement américain.
CTF [Commander Task Force]
= Commandant de la Task Force.
CZ [Convergence Zone]
= Zone de convergence des signaux acoustiques : par le jeu favorable de réflexions successives, un écho sonar lointain peut se trouver renforcé en certains points particuliers. Un effet de loupe qui s'apparente aux courbes *caustiques* bien connues en optique. CZ Signal = signal obtenu par ce phénomène.

D

DANIEL WEBSTER [SSBN-626]
Sous-marin lanceur d'engins appartenant aux 31 bâtiments de la classe La Fayette construits dans les années soixante. Il s'en distingue par la disposition particulière de ses gouvernails de profondeur (sur le sonar de coque et non sur le kiosque). Long de 130 m

et jaugeant 8 250 tonnes en immersion, il est équipé de missiles Poseidon.

DC-130 « Hercules »

Version transport (indice C) et commandement d'engins-cibles (indice D pour Drone) d'un quadriturbopropulseur multirôle construit par Lockheed, décliné en quantité de variantes (transport d'assaut, contre-mesures électroniques, avion-citerne, surveillance météo, interdiction de nuit, etc.) et livré à plus de 1600 exemplaires à 30 armées de par le monde !

DDG [Guided Missile Destroyer]

Destroyer lance-missiles.

DFC [Distinguished Flying Cross]

= Croix de la valeur militaire. La plus haute distinction décernée aux aviateurs américains.

DIA [Defense Intelligence Agency]

Service du renseignement de la Défense.

DRONE

Engin-cible sans pilote utilisé pour l'entraînement des pilotes de chasse, la formation des servants de batteries de DCA ou de missiles sol-air, ainsi que pour l'espionnage et la reconnaissance photographique. Le qualificatif officiel est RPV [Remotely Piloted Vehicle : Engin piloté à distance].

DSCS [Defense Satellite Communications System]

= Système de communications par satellite de défense.

DTC [Depository Trust Company]

= Compagnie fiduciaire de dépôt. Équivalent américain de la Caisse des dépôts et consignations. Elle a succédé en 1973 au CCS [Central Certificate Service], service informatisé de répartition des actions, permettant leurs transferts sans mouvements de fonds ou échanges de certificats. Mis en service à partir de 1969 au traitement des actions, ce système a été étendu dès l'année suivante au marché obligataire.

E

E-AD [Emergency Airworthiness Directive]

= Directive urgente de navigabilité.

E-2C « Hawkeye » [Œil de faucon]

Premier appareil conçu dès l'origine comme plate-forme d'alerte avancée et de surveillance, ce bimoteur construit par Grumman entre 1960 (E-2A) et 1976 (E-2C) est équipé d'un radar monté sous un radôme de 7 m de diamètre. La version E-2C est dotée d'équipements électroniques permettant le traitement direct des données radar. 198 appareils de diverses variantes ont été livrés aux États-Unis. Le Japon en possède 13.

E-3A AWACS « Sentry » [Sentinelle]
Plate-forme d'alerte volante conçue par Boeing en 1972, sur la base du quadriréacteur 707. Reconnaissable à son énorme radôme tournant de 9 m, installé sur la partie supérieure du fuselage. Équipe depuis 1977 l'USAF, les forces de l'OTAN, et d'autres aviations occidentales.

EC-121 « Warning Star »
Quadrimoteur de transport tactique reconverti en appareil de surveillance électronique pour son engagement au Viêt-nam.

ECM [Electronic Counter Measures]
= Contre-mesures électroniques : dispositifs électroniques embarqués ou au sol, destinés à brouiller les moyens de repérage adverses — radars et systèmes de guidage.

EISENHOWER [CVN-69) [USS Dwight D. Eisenhower]
Porte-avions nucléaire américain de 81 600 tonnes (91 400 tonnes à pleine charge) [classe NIMITZ].

ELINT [ELectronic INTelligence]
= Renseignements électroniques : ensemble des dispositifs de collecte de renseignements par des moyens de surveillance électronique, équipant des engins terrestres, aériens ou maritimes spécialement équipés *(plates-formes de surveillance électronique).*

EMCON [EMission CONtrol]
= Contrôle d'émissions.

ENTERPRISE
Porte-avions américain de la classe ESSEX, construit pendant la Seconde Guerre mondiale, et engagé dans la flotte du Pacifique.

ENTERPRISE [CVN-65]
Premier porte-avions nucléaire américain (et dans le monde), mis en service en novembre 1961. Long de 326 m, il pèse 89600 tonnes en charge, possède huit moteurs nucléaires. Son équipage est de 5500 hommes. Il emporte 90 appareils (avions et hélicoptères) dont, depuis 1975, un certain nombre d'engins anti-sous-marins (ce qui l'a fait passer dans la catégorie CVN).

ESM [Electronic Support Measures]
= Mesures de soutien électroniques. Désigne l'ensemble des dispositifs radio et radar assurant le soutien logistique d'une mission.

EXOCET
Missile mer/mer de fabrication française, portée 150 km, vitesse Mach 1, charge 165 kg, utilisé par de nombreuses marines de par le monde (France, Argentine, Inde, Irak, etc.). C'est un missile

Exocet argentin qui a coulé le croiseur britannique *Sheffield* en 1982 durant la guerre des Malouines.

F

F-3 [désignation temporaire en 1994 : SX-3]

Version de production japonaise du Lockheed (ex-General Dynamics) F-16, choisie en 1987 dans le cadre de l'appel d'offres du programme FS-X [chasseur tactique expérimental], destiné à remplacer le Mitsubishi F-1, lui-même copie conforme du « Jaguar » franco-britannique.

Mitsubishi a été choisi en 1988 pour construire cet appareil qui est une variante du F-16C, bénéficiant de l'agilité du F-16A, grâce à une envergure augmentée de 25 % et l'utilisation de commandes de vol électroniques. L'appareil, partiellement construit en matériaux composites pour accroître sa furtivité, est en outre équipé d'une avionique Mitsubishi sophistiquée (radar à rideau de phase, guidage électronique des missiles — également construits par Mitsubishi — systèmes de contre-mesures électroniques, etc.)

Voir également F-16 « Fighting Falcon ».

F-4 « Phantom » II

Biréacteur construit par McDonnell Douglas à partir de 1961 et utilisé, entre autres, par l'aéronavale américaine comme intercepteur puis comme chasseur multirôle et avion de reconnaissance. Construit à plus de 5 000 exemplaires en 1977, cet appareil capable d'atteindre Mach 2,6 a équipé également les Marines et l'US Air Force ainsi que de nombreuses armées alliées.

F-5R « Harrier »

Version utilisée par la marine indienne du monoplace d'attaque tactique à décollage vertical construit par British Aerospace. Voir « HARRIER ».

F-14 « Tomcat »

Chasseur multirôle biplace embarqué, étudié par Grumman à partir de 1969. Les premiers exemplaires ont été embarqués sur l'*Enterprise* en 1974. Il a été construit à près de 500 exemplaires, malgré un coût de production bien plus élevé que prévu.

F-15 « Eagle » [Aigle]

Chasseur monoplace tout-temps de supériorité aérienne construit par McDonnell Douglas à partir de 1972. Hyper-maniable, hyper-équipé (radar Doppler, pod ECM...), hyper-armé (canon de 20mm multitubes, 4 engins *Sparrow* et 4 *Sidewinder)* et hyper-coûteux...

F-16 « Fighting Falcon »

Chasseur-bombardier monoplace [ou biplace d'entraînement TF-16A], armé d'un canon de 30 mm, construit par General Dynamics (aujourd'hui, Lockheed, depuis son rachat en 1992), et mis en service à partir de 1978. Bien que monoréacteur, ses performances (Mach 2, taux de montée 12 200 m/mn, plafond 18 000m) sont équivalentes à celles du F-15 biréacteur. Développé en de multiples variantes et vendu dans 18 pays, hors des États-Unis, il est construit sous licence au Japon (F-3), en Israël et dans plusieurs pays européens.

FA-18A « Hornet » [Frelon]

Chasseur multirôle embarqué, conçu par Northrop et construit par McDonnell à partir de 1979. Ce biréacteur est équipé d'un canon *Gatling* et de missiles *Sparrow* et *Sidewinder*. Existe en version F-18A (chasseur), A-18A (appui tactique), TF-18A (biplace d'entraînement). A noter que la FA 18 est le premier (et le seul) appareil américain à avoir mérité la double qualification F (Fighter) et A (Attack), pour ses aptitudes équivalentes de chasseur et d'avion d'attaque.

F-22A/B « Rapier »

Chasseur américain construit par Lockheed-Boeing [également surnommé Lightning II, en hommage à son illustre devancier], successeur du F-15. En réponse à l'appel d'offres sur un ATF [*chasseur tactique avancé*], deux groupes de constructeurs ont été invités à construire un prototype : Northrop/McDonnell Douglas avec le YF-23, et Lockheed/Boeing avec le YF-22. C'est ce dernier qui remporta le marché (qui se montait initialement à 659 appareils !).

Pour répondre aux exigences du programme (agilité, furtivité, large rayon d'action en supersonique, avionique évoluée pour faciliter la charge de travail du pilote), ce biréacteur se caractérise par une silhouette à la fois anguleuse et lisse pour diffracter l'énergie des signaux radar, de larges surfaces de contrôle et un système de poussée vectorielle qui lui procurent une grande agilité à toute vitesse. Ses systèmes électroniques intégrés par TRW, Inc. sont trois fois plus puissants et rapides que ceux équipant le F-15.

Le F-22A doit entrer en service opérationnel à la fin des années quatre-vingt-dix. Le F-22B est sa version biplace de combat et d'entraînement.

F-86 « Sabre »

Construit par North American en 1949, c'est le premier chasseur américain de série à ailes en flèche. Appareil remarquable, extrêmement maniable, il s'est illustré dans la guerre de Corée face aux MiG-15 soviétiques. Construit à près de 6000 exemplaires dans les années cinquante, il a équipé une trentaine d'armées de l'air, dont les Forces aériennes japonaises.

F-86H

Ultime évolution du F-86 « Sabre » en 1959.

F-89D « Scorpion »

Chasseur biplace, premier intercepteur tout-temps produit par Northrop jusqu'en 1956. Mais, avec sa voilure droite, il n'avait que des performances subsoniques.

F-104G « Starfighter »

Construit par Lockheed à partir de 1954 (et par la suite, sous licence, par Canadair, Fiat, Mitsubishi...), ce chasseur construit à plus de 2 000 exemplaires a été décliné en de multiples versions mono et biplace (chasseur-bombardier, appareil de reconnaissance ou d'entraînement), qui n'ont pas été, pour certaines, sans influer défavorablement sur ses qualités de vol initiales.

F-105 « Thunderchief » ou « Thud »

Chasseur-bombardier construit par Republic-Fairchild, décliné en de nombreuses versions mono et biplace. La version G « Wild Weasel » (Fouine enragée) est un biplace ECM (équipé de matériels de contre-mesures électroniques).

F-117A « Nighthawk »

Premier « chasseur furtif », issu d'un programme de recherche lancé en 1975. Mis en service en 83, son existence restera démentie jusqu'en novembre 88. Ce biréacteur monoplace en forme d'aile volante avec empennage papillon (longueur 20 m, envergure 13 m) a été étudié pour être le plus discret possible : dilution du flux de sortie des réacteurs, recours aux matériaux composites, systèmes de détection et de navigation passifs (infrarouge, laser, balises radio...) et surtout silhouette caractéristique « en pointe de diamant » pour réfléchir les ondes radar dans toutes les directions. Le revers de la médaille est que l'appareil est relativement lent (Mach 0,9 à l'altitude de croisière) et peu armé (les nacelles d'armement accroissent en effet la signature radar).

FBI [Federal Bureau of Investigation]

= Bureau fédéral d'enquêtes.

FFG [Guided Missile Frigate]

Frégates de patrouille de la marine américaine, armées de canons et de deux tubes lance-missiles ASM (surface-air).

« FIREBEE »

Variante de l'engin RPV 147SC construit par Teledyne Ryan et employé à l'origine comme engin-cible.

FOD [Foreign Object Damage]

Terme de vocabulaire aéronautique. Dégâts occasionnés par des corps étrangers (par introduction dans les tuyères d'entrée de réacteurs). Par extension, désigne une inspection effectuée sur le pont d'envol d'un porte-aéronefs ou autour d'une plate-forme d'atterrissage d'hélicoptère, visant à éliminer de tels corps suspects.

FS-X

Désignation du projet japonais de chasseur tactique expérimental destiné à remplacer le Mitsubishi F-1. L'appareil choisi est une variante du F-16C (voir F-3).

G

« GALAXY »

Voir C-5A.

GENERAL DYNAMICS F-16

Voir F-16.

GERTRUDE

Acronyme des hydrophones utilisés par la marine américaine pour les communications avec et entre submersibles.

GPS [Global Positioning Satellite System]

= Système de localisation global par satellite. Étudié par l'armée américaine et mis à la disposition du public (quoique avec une précision moindre), ce système permet à toute personne équipée d'un récepteur GPS (autonome, ou intégré à une carte connectée à un micro-ordinateur), qu'elle soit immobile ou en mouvement (jusqu'à 400 m/s), de connaître à quelques mètres près sa position en latitude, longitude et altitude, en se repérant par triangulation avec les signaux radio de quatre satellites sur un réseau de 24 placés en orbite défilante à 20 000 km d'altitude (on peut éventuellement y ajouter des balises à terre pour affiner la précision du relèvement).

GRU [Glavnoï Razvedyvatelnoï Upravlenyïe]

Service du renseignement militaire soviétique.

GRUMMAN C-2A

Voir C-2A « Greyhound ».

GRUMMAN G-123 E-2C

Voir E-2C « Hawkeye ».

GRUMMAN F-14

Voir F-14 « Tomcat ».

« GULFSTREAM III »

Biréacteur d'affaires américain à long rayon d'action (24 m d'envergure, 920 km/h, 19 passagers), construit par Grumman à partir de 1980 — puis par Gulfstream Aerospace. Les forces armées américaines en ont acheté 18 exemplaires (C-20A à C-20E) pour le transport rapide des personnalités officielles et des personnels d'état-major. Voir C-20.

H

H-2

Lanceur spatial japonais capable de satelliser des charges de quatre tonnes.

HARM [Texas instruments AGM-88A]

Engin anti-radiations à haute vitesse fabriqué par Texas Instruments et livré à la marine et à l'aviation américaines. C'est une évolution du missile anti-radar Strike.

HARPOON [Donnell McDouglas AGM/RGM-84A]

Missile tout-temps fabriqué par McDonnell Douglas, lancé d'avion (version air-air AGM), de navires de surface ou de sous-marins (version mer-mer RGM).

« HARRIER »

Construit par British Aerospace (et McDonnell Douglas pour la version AV-8B) depuis 1969, ce monoplace d'appui tactique est équipé de volets et tuyères rotatives déviant vers le bas la poussée de son réacteur, qui lui permettent d'utiliser des plates-formes rudimentaires (terrain court, navire de petites dimensions) pour décoller et atterrir (capacités ADAC/ADAV) et qui accroissent sa manœuvrabilité au combat. Il équipe de nombreuses marines (Grande-Bretagne, États-Unis, Inde, Australie, etc.)

HELLFIRE [Rockwell International Hellfire]

Missile antichar à autoguidage laser. Ce nom Hellfire (« Feu de l'enfer ») est en réalité l'acronyme de « HELicopter Launched FIRE and forget » : « On tire de l'hélico et on oublie » — sous-entendu, à l'engin de se débrouiller tout seul...

HF [High Frequency]

Gamme de fréquences entre 3 et 30 MHz, utilisées pour les communications radio civiles (CB, radio-amateurs) et militaires (radio-téléphonie, talkie-walkies, etc.)

HMMWV [Highly Mobile Multipurpose Wheeled Vehicle]

= Véhicule à roues multi-usages à grande mobilité (sic !). Le sigle a changé, l'aspect aussi, mais il s'agit du nouvel avatar de la Jeep [Rappelons que ce terme dérive de GP Vehicle = Véhicule à usage général], c'est-à-dire le véhicule léger tout-terrain multitâches des forces armées américaines. Le nouveau modèle, mis en service au milieu des années quatre-vingt, a forci en taille, en puissance et en vitesse de pointe, et se distingue par sa silhouette aplatie caractéristique due à sa grande largeur.

« HOOVER » [voir S-3 Viking].

Sobriquet donné à ces avions de surveillance et de lutte anti-sous-marine.

« HUEYCOBRA »
     Voir AH-1 (BELL AH-1).
HUGHES AIM-54
     Voir « PHOENIX ».
HUGHES AWG-9
     Voir AWG-9.
« HUMMER »
     Voir GRUMMAN E-2.

I

ICBM [InterContinental Ballistic Missile]
     Missile balistique intercontinental.
IDS = Initiative de Défense Stratégique.
     Programme de recherche dit de « Guerre des Étoiles », lancé par
     le Président Reagan en 1983 et quasiment abandonné à partir de
     1990.
IFF [Identification Friend or Foe]
     = Identification ami ou ennemi. Système de balise électronique
     permettant l'identification automatique d'une cible : lors de l'ac-
     quisition de celle-ci, l'IFF lui envoie un signal qui « interroge » sa
     balise. S'il s'agit d'un appareil ami, la réponse codée est validée
     par le système d'identification, interdisant alors le déverrouillage
     de l'arme ; dans le cas contraire, un signal d'alerte est émis. L'IFF
     peut équiper armes aériennes, navales ou terrestres, voire de sim-
     ples lance-missiles de fantassins (STINGER).
IL-86 « Mainstay »
     Version avion-radar d'alerte à grande distance du quadriréacteur
     civil russe Ilyouchine 86, développée au début des années quatre-
     vingt. Il en existe également une version ravitailleur en vol.
« INTRUDER »
     Voir A-6.

J

JOHN STENNIS [CVN-74]
     Porte-avions nucléaire américain : doit être lancé en 1996. Voir à
     NIMITZ.
JP [Jet Petroleum]
     = kérosène aviation. Carburant pour les moteurs à réaction.
     Classé en différentes catégories (JP-3, JP-5) en fonction de son
     indice d'octane.

K

KAMAN SH-2 « Seasprite »
  Voir SH-2.
KASHIN [Classe]
  Classe de destroyers soviétiques de grande taille assimilés à des croiseurs. Conçus pour accompagner les croiseurs lance-missiles, ils ont un équipement anti-aérien et anti-sous-marins et sont propulsés par des turbines à gaz.
KAWANISHI H8K2 « Emily »
  Gros hydravion quadrimoteur japonais, utilisé comme avion de reconnaissance mais également comme bombardier, construit à 167 exemplaires pendant la Seconde Guerre mondiale.
KAWASAKI P-2J
  Avion-radar japonais.
  Successeur du Lockheed P2V-7 « Neptune », construit sous licence.
KCIA [Korean Central Intelligence Agency]
  Service du Renseignement de la Corée du Sud.
KC-10
  Version ravitailleur en vol du triréacteur de transport civil Boeing 727.
KC-135 « Stratotanker »
  Évolution du Boeing C-135 destinée à servir à la fois de citerne volante de ravitaillement en vol pour le Strategic Air Command, et de transport logistique pour le commandement aérien. Cette dernière utilisation ne fut d'ailleurs qu'épisodique.
KGB [Komitet Gosudartsvennoy Bejopasnosti]
  = Comité pour la Sécurité de l'État : Service du renseignement soviétique.
KILO (Classe)
  Classe de sous-marins d'attaque soviétiques à propulsion diesel. Longueur 73 m, vitesse maxi 25 nœuds, équipés de six tubes lance-torpilles.
KITTY HAWK [CV-63]
  Porte-avions de 61000 tonnes (80 000 en charge) et 324 m de long. Construit à la fin des années cinquante, il reprend la disposition des bâtiments de la classe FORRESTAL mais avec des améliorations substantielles (déplacement des ascenseurs et de l'île latérale pour accélérer la rotation des appareils sur la piste d'envol et la piste oblique). Malgré des dimensions légèrement différentes, on range dans la même classe les porte-avions *Constellation*, *America* et *Kennedy* construits par la suite.

Ku [Bande Ku]

    Gamme de fréquences radio dans la bande SHF, situées entre 10 et 12,7 GHz, utilisées pour les transmissions par satellite, mais aussi par les radars d'acquisition et de conduite de tir.

L

L-1011 « Tristar »

    Triréacteur de 345 places, marquant le retour de Lockheed aux avions de ligne, en 1971. Il a équipé de nombreuses compagnies américaines intérieures et internationales.

LAMPE ALDIS

    Lampe de signalisation à volets basculants utilisés dans la marine pour la transmission optique des signaux Morse. Également appelée *lampe à éclats*.

LEMOSS [Long-Endurance Mobile Submarine Simulator]

    = Simulateur mobile de sous-marin à grande autonomie. Leurre formé d'une torpille désarmée équipée d'un générateur sonore pour simuler le bruit d'un sous-marin.

« LIGHTNING »

    Voir P-38E.

« LIGHTNING II »

    Voir F-22A/B.

LOCKHEED C-5A « Galaxy »

    Voir C-5A.

LOCKHEED C-141 « Starlifter »

    Voir C-141.

LOCKHEED C-130 « Hercules »

    Voir DC-130.

LOCKHEED F-16 « Fighting Falcon »

    Nouvelle désignation du F-16, depuis le rachat de General Dynamics par Lockheed en 1992. Voir F-16.

LOCKHEED F-104G « Starfighter »

    Voir F-104G.

LOCKHEED F-117A « Nighthawk »

    Voir F-117A.

LOCKHEED-BOEING F-22 « Rapier »

    Voir F-22A/B.

LOCKHEED L-1011 « Tristar »

    Voir L-1011.

LOCKHEED P-3 « Orion »

    Voir P-3C.

LOCKHEED P-38 « Lightning »

    Voir P-38E.

LOCKHEED S-3 « Viking »
    Voir S-3.
LOCKHEED SR-71 « Blackbird »
    Voir SR-71.
LOCKHEED UGM-93 Trident
    Voir Trident II.
LORAN [LOng RAnge Navigation]
    = Navigation à longue distance. Système d'aide à la navigation aérienne à l'aide d'un réseau de balises radio (LORAN-C).
LOS ANGELES [SSN-688]
    Premier sous-marin nucléaire d'attaque américain, construit en 1976. Long de 109 m, pour un poids de 6 900 tonnes en immersion, équipé de quatre tubes lance-torpilles. Ses deux turbines à gaz alimentées par un réacteur nucléaire lui permettent d'atteindre la vitesse de 35 nœuds en plongée. Son nom a été donné à la classe commandée sur son modèle et forte d'une trentaine d'unités.
LPI [Low Power Illuminator]
    = Illuminateur à faible puissance. Se dit d'un radar de guidage à puissance réduite pour minimiser les risques de détection.
LST [Landing Ship / Tank]
    Navire de débarquement de blindés. (Voir [classe] NEWPORT).

M

M-16A1
    Fusil automatique de 5,56 mm. Dérivé du fusil d'assaut AR-10, utilisé par l'aviation puis l'armée américaines au Viêt-nam, et devenu depuis l'arme standard des forces armées américaines.
M-60
    Mitrailleuse légère de calibre 7,62 mm, équipement standard de l'armée américaine depuis 1959.
M-79
    Lance-grenades de 40 mm utilisé par l'infanterie américaine. D'une portée maximale de 400 m et 150 m en tir précis.
MAC [Military Airlift Command]
    Commandement du transport aérien militaire américain.
MAD [Mutual Assured Destruction]
    = Stratégie de la *destruction mutuelle assurée*. Acronyme bien choisi (MAD, veut dire FOU, en anglais) puisqu'il désigne la stratégie de dissuasion dite de l'« équilibre de la terreur » dans laquelle on prend en otages les cités adverses pour rendre a priori la guerre impossible. A la seule condition, bien sûr, que l'adversaire joue le jeu.

La dissémination nucléaire, le développement des armes biologiques et chimiques, l'instabilité politique globale, sans parler des risques terroristes, ont progressivement fait renoncer à ce concept à la fin des années soixante-dix au profit de celui de « riposte graduée », avant que la détente, puis l'effondrement du bloc soviétique ne remettent entièrement en cause les stratégies globales de dissuasion.

MARK 48

Torpille américaine pour navires et sous-marins, construite par Gould. Longue de 5,80 m pour un poids de 1250 kg, et équipée d'une charge de 375 kg, cette torpille est filoguidée puis à autoguidage par sonar actif ou passif en fin de trajectoire. Équipant en standard l'US Navy, elle se caractérise par sa très longue portée (50 km) et sa capacité à plonger profondément.

MARKERS

Terme de navigation aérienne. Lors d'un atterrissage aux instruments, système de trois balises émettrices situées dans l'alignement d'une piste à des distances étalonnées (5 milles, 3500 pieds, seuil de piste) et permettant de contrôler l'approche ; lorsque l'appareil les survole, elles déclenchent un signal sonore et allument en succession trois voyants colorés au tableau de bord (marker extérieur : *bleu*, médian : *ambre*, intérieur : *blanc*).

McDONNELL DOUGLAS C-17A « Globemaster III »

Voir C-17A « Globemaster III ».

McDONNELL DOUGLAS F-4 « Phantom »

Voir F-4 « Phantom ».

McDONNELL DOUGLAS F-15 « Eagle »

Voir F-15 « Eagle ».

McDONNELL DOUGLAS/NORTHROP FA-18A « Hornet »

Voir FA-18A « Hornet ».

McDONNELL DOUGLAS AGM/RGM-84A HARPOON

Voir « HARPOON ».

MICHIGAN [SSBN-727]

Sous-marin nucléaire lanceur d'engins. Voir [classe] OHIO.

MiG

Avions militaires soviétiques issus des usines du constructeur Mikoyan-Gourevitch.

MiG-17 « Fresco »

Chasseur soviétique, construit à partir de 1954, évolution directe du MiG-15 et rival direct du F-86 américain.

MiG-25 « Foxbat »

Intercepteur soviétique. Il avait été mis en chantier au début des années soixante pour répondre à la menace du futur bombardier supersonique B-70 américain, destiné à succéder au B-52. Après l'abandon de ce projet, le MiG-25, armé de missiles AA-6 ou AA-7, n'a retrouvé un emploi possible que plusieurs années plus tard, comme appareil d'interception de missiles de croisière.

MiG-29 « Fulcrum »

Appareil soviétique de la nouvelle génération d'avions « agiles » à profil instable et commandes de vol électroniques leur procurant une maniabilité extrême même à basse vitesse (comme le Sukhoï SU-27 ou le F-22 américain).

MINUTEMAN

Missile balistique intercontinental américain construit par Boeing (LGM-30) et déployé en silos.

Poids : 31 800 kg, portée : 11 000 à 12 500 km selon les versions.

Armement : une à trois têtes nucléaires.

MIRV [Multiple Independently targetable Re-entry Vehicle]

= Véhicule de rentrée à ogives multiples guidables indépendamment vers leur objectif. D'où : « Missile mirvé ».

MISSISSIPPI

L'un des derniers cuirassés américains, en service jusqu'à la fin des années quarante. A ne pas confondre avec son homonyme, qui est un croiseur nucléaire mis en service en 1976.

MITI [Ministry of International Trade and Industry]

Ministère japonais du Commerce international et de l'Industrie.

MITSUBISHI A6M3 ZERO

Voir A6M3.

MITSUBISHI F-3

Voir F-3 / SX-3.

MLRS [Multiple Launch Rocket System]

= Système de missiles à lancement multiple : Lance-roquettes multitubes.

MOSS

Voir LEMOSS.

MX « Peacekeeper » [Pacificateur]

Projet de missile intercontinental étudié dans le cadre de l'IDS. Montés sur plates-formes mobiles sur voies ferrées, ils devaient être virtuellement invulnérables.

N

NASA [National Aeronautic & Space Administration]

Administration nationale de l'aéronautique et de l'espace.

NASDAQ [National Association of Securities Dealers Automatic Quotation]

Société boursière de cotation automatisée, dévolue en particulier le marché hors-cote, traité hors de la Bourse grâce aux transactions par téléphone et par ordinateur (correspond approximativement au système français COCA de Cotation en continu assistée par ordinateur). En 1988, le NASDAQ était devenu le second marché américain en volume, et le premier par la croissance, avec pour 31,1 milliards de dollars de transactions, soit 75 % de la Bourse de Wall Street.

NAUTILUS [SSN-571]

Premier navire à propulsion nucléaire jamais construit, ce sous-marin mis en service début 1955 était équipé d'une coque à dessin traditionnel, inspirée de celle des submersibles allemands de la Seconde Guerre mondiale. Avec le *Seawolf* [SSN-575], il servit de prototype aux sous-marins nucléaires employés par la suite par la marine américaine.

NCA [National Command Authority]

= Autorité nationale de commandement.

NEWPORT [Classe]

Navires de débarquement blindés de fort tonnage. Longs de 160 m, capables d'atteindre 20 nœuds, ils sont armés de plusieurs tourelles de 76 mm et peuvent emporter jusqu'à 500 tonnes de matériel.

NEWPORT NEWS

Croiseur de la classe BALTIMORE. Ces croiseurs de 13 700 tonnes furent les plus puissants croiseurs lourds jamais construits. Ils avaient été équipés de trois tourelles triples de 203 mm, six tourelles doubles de 127 mm et 48 tubes de 40, 22 et 20 mm. Une partie de ces bâtiments datant de la Seconde Guerre mondiale furent refondus dans les années cinquante (superstructure allégée, canons de gros calibre supprimés) pour être reconvertis en croiseurs lance-engins.

« NIGTHHAWK »

Voir F-117A.

NIMITZ [CVN-69]

Porte-avions nucléaire américain, évolution de l'*Enterprise*, mis en service en 1975. Plus grand et de plus grande capacité (81 600 tonnes, 333 m), il est équipé de deux réacteurs au lieu de huit, alimentant quatre turbines à gaz. La classe NIMITZ comprend deux autres bâtiments, dont le *Eisenhower* [CVN-69] et le *Carl Vinson* [CVN-70]. Le *John Stennis* [CVN-74], en service, et le *United States*, en cours de construction à l'époque du récit, appartiendraient à cette classe.

NMCC [National Military Command Center]

= Centre de commandement militaire national.

NOAA [National Oceanographic and Atmospheric Administration]

= Institut océanographique et météorologique national américain.

NORTH AMERICAN F-86 « Sabre »
    Voir F-86.

NORTH-AMERICAN ROCKWELL RA-5 « Vigilante »
    Voir RA-5 « Vigilante ».

NORTHROP B-2 « Spirit »
    Voir B-2.

NORTHROP F-89D « Scorpion »
    Voir F-89D.

NRO [National Reconnaissance Office]
    = Service national de reconnaissance.
    Organisme chapeautant la reconnaissance aérienne et satellitaire aux États-Unis.

NSA [National Security Agency]
    = Agence pour la sécurité nationale.

NSC [National Security Council]
    = Conseil national de sécurité.

NTSB [National Transport Safety Board]
    = Commission nationale sur la sécurité des transports.

NYSE [New York Stock Exchange]
    La principale place boursière de New York, c'est aussi la plus ancienne (elle a été créée en 1792). Elle regroupe à la fois des courtiers individuels (charges d'agent de change) et des sociétés de Bourse (les *firmes*).

O

OCS [Officer Candidate School]
    = École d'élèves officiers (équivalent américain des EOR français, *Élèves Officiers de Réserve*).

OGDEN
    Transport d'assaut amphibie de la classe AUSTIN. Voir [classe] AUSTIN.

OHIO [SSBN-726]
    Sous-marin nucléaire lanceur d'engins. Voir [classe] OHIO.

OHIO [Classe]
    Classe de sous-marins nucléaires lanceurs d'engin de 16000 tonnes et 170 m de long, équipés de 24 tubes lance-missiles verticaux disposés derrière le kiosque et de quatre tubes lance-torpilles. Le premier de la série (SSBN-726 *Ohio)* a été mis en chantier en 1976. Suivi par le *Michigan* (SSBN-727) et huit autres unités.

« ORION »
    Voir P-3C « Orion ».

OSS [Office of Strategic Services]

= Bureau des Services stratégiques : services du renseignement militaire américain pendant la Seconde Guerre mondiale. Remplacé en 1947 par la CIA.

OTC [Over The Counter]

Marché hors-cote dans le système boursier américain. C'est le marché qui traite tous les titres en dehors des places boursières (voir NASDAQ).

P

PAC-2 « Patriot »

Voir PATRIOT.

P-3C « Orion »

Quadrimoteur de reconnaissance et de lutte anti-sous-marins construit par Lockheed depuis 1958 à plus de 500 exemplaires. Dérivé de son quadrimoteur de ligne Electra. La version C est une évolution équipée de systèmes tactiques de détection et d'armements pilotés par ordinateur.

P-38E « Lightning »

Chasseur bimoteur construit par Lockheed à 9 923 unités de 1941 à 1945. Caractérisé par sa silhouette bipoutre et sa cellule étroite, cet appareil révolutionnaire pour l'époque est celui qui abattit le plus d'avions japonais durant la Seconde Guerre mondiale — entre autres, en avril 43, celui qui transportait l'amiral Yamamoto, responsable de l'attaque de Pearl Harbor.

A été décliné en appareil de reconnaissance [P-38F], chasseur-bombardier [P-38L], chasseur de nuit [P-38M].

PARQUET [Bourse]

Dans les principales places boursières, a remplacé la proverbiale *corbeille* ; ne s'y traitent plus que les valeurs hors-cote et les emprunts d'État ; les autres titres sont désormais négociés depuis des terminaux informatisés.

PATRIOT [RAYTHEON/MARTIN XMIM-104A/PAC-2 « Patriot »]

Missile antimissile américain à courte portée (50 km) pour la défense du champ de bataille. Tiré à partir d'une plate-forme mobile motorisée regroupant quatre engins similaires logés dans un conteneur fermé, il est couplé à un système radar de zone qui assure surveillance, acquisition de la cible, déclenchement du tir et guidage de l'engin. Cet ensemble (lanceur, boîtes-conteneurs, plates-formes de transport, radars d'acquisition et de guidage, ordinateurs et générateurs), en théorie particulièrement efficace car parfaitement autonome, a nécessité près de vingt ans de mise au point avant son déploiement au milieu des années quatre-vingt.

PHOENIX [Hughes AIM-54]

Engin air-air à très longue portée (plus de 210 km), étudié à l'origine pour le F-111B, puis adapté au F-14. Équipé du radar de guidage AWG-9 en vol et d'un autoguidage radar Doppler en phase terminale, il est armé d'une grosse charge conventionnelle.

POWER PC

Micro-processeur électronique né de la collaboration Apple-IBM-Motorola. Il s'agit d'un processeur RISC (à jeu d'instructions réduit, par opposition aux processeurs classiques, d'architecture plus complexe), permettant de fabriquer des ordinateurs compatibles avec les deux grandes familles de machines existant sur le marché micro-informatique : le Macintosh d'Apple et le PC d'IBM. Par extension, ces ordinateurs.

PPV Préparation Pré-Vol

Vérifications techniques avant le décollage d'un avion.

PUEBLO

Navire-espion américain arraisonné par les Nord-Coréens le 23 janvier 1968, ce qui provoqua une grave crise diplomatique. Les 82 marins ne furent libérés que onze mois plus tard.

PVO-Strany [Protivo Vojdouchnoï Oboronyi-Strany]

Forces de défense aérienne de l'URSS.

R

RA-5 « Vigilante »

Version reconnaissance (RA-5C) de l'avion d'attaque embarqué (A-5A ou B) construit par North American Aviation (aujour-d'hui, Rockwell International). Ce biréacteur révolutionnaire étudié dès 1956 pouvait emporter des charges nucléaires. Tous les appareils des séries initiales ont été reconvertis en RA-5C, suréquipés en matériel photo et électronique pour assurer la surveillance de la flotte et des autres forces armées.

RAM [Radar-Absorbing Material]

Matériau absorbant les ondes radar.

« RAPIER »

Voir F-22.

RAPPAHANNOCK

Pétrolier ravitailleur américain de 38 000 tonnes à pleine charge [classe WICHITA].

RAYTHEON/MARTIN XMIM-104A / PAC-2

Voir PATRIOT.

RCS [Radar Cross Section]

= Surface équivalente radar. Voir SER.

REMF [REserve Military Forces]

Réservistes de l'armée américaine.

REPUBLIC-FAIRCHILD F-105

Voir F-105.

RESCAP [RESCUE Air Patrol]

Patrouille héliportée spécialisée dans le sauvetage et la récupération des aviateurs abattus.

RIDEAU DE PHASE (Radar à —)

Type d'antenne radar plate formée par un dallage de mini-émetteurs/récepteurs couplés entre eux. Le déphasage programmé de chaque ligne ou colonne successive permet d'« orienter électroniquement » l'antenne, sans déplacement matériel. Dérivée des antennes radio utilisées pour les communications militaires, cette technologie a gagné aujourd'hui le marché civil, avec les antennes plates de réception de télévision par satellite.

ROCKEYE

Bombe à fragmentation utilisée en particulier par l'US Navy dans la lutte anti-sous-marine.

ROCKWELL B1-B

Voir B1-B.

RPV [Remotely Piloted Vehicle]

Engin piloté à distance, du sol ou généralement d'un autre appareil en vol (voir DRONE).

S

S-3 « Viking »

Biréacteur quadriplace embarqué de lutte anti-sous-marine construit à 184 exemplaires par Lockheed entre 1973 et 1980. Il est doté d'un équipement électronique de détection, de contre-mesures et d'analyse tactique qui dépasse largement le prix de l'appareil proprement dit.

SA

Désignation OTAN pour les missiles sol-air soviétiques.

SA-2 « Guideline »

Principal type de missile sol-air soviétique, déployé par batteries de 6, et guidé par radar.

SA-6 « Gainful »

Missile soviétique de théâtre d'opérations, également utilisé pour protéger les districts militaires.

SAC [Strategic Air Command]

Commandement aérien stratégique américain.

SAM ou SA [Surface to Air Missile]
Missiles sol-air.

SB2-C « Helldiver »
Bombardier en piqué monomoteur embarqué sur les porte-avions utilisé durant la guerre du Pacifique. Construit par Curtiss, à plus de 7000 exemplaires, de 1943 à 1950.

SCSI [Small Computer System Interface]
Norme d'interface pour micro-ordinateurs introduite à l'origine par Apple sur le Macintosh et permettant de raccorder aisément en série toutes sortes de périphériques, avec un débit élevé de transmission (imprimantes laser, fax, modem, CD-Rom, unités de sauvegarde extérieures, scanner, etc.)

SEALION [Classe]
[*Lion marin*] : classe de sous-marins de patrouille de la marine britannique, utilisés pour les manœuvres de l'Alliance atlantique, et caractérisés par leur très bas niveau sonore en manœuvre.

SEC [Securities and Exchange Commission]
= COB, *Commission des Opérations de Bourse*. Comme son équivalent français, cette commission est chargée de contrôler la validité des transactions boursières sur les divers marchés américains. Dès 1969, la Cour suprême l'a autorisée en particulier à bloquer les opérations de fusion et les OPA, lorsqu'elle soupçonnait un délit d'initié.

S & P 500 [Standard & Poor's 500]
Indice boursier américain introduit en 1941 et calculé sur 500 valeurs industrielles.

727 = B-727
Triréacteur civil construit par Boeing.

747 = B-747
Quadriréacteur civil gros porteur construit par Boeing, à partir de 1970.

767 = B-767
Biréacteur civil gros porteur construit par Boeing.

SER [Surface Équivalente Radar]
Indice de réflectivité des ondes-radar d'un appareil volant et caractérisant sa furtivité (le terme officiel français est *discrétion*). C'est ainsi que le bombardier américain B-2 a une SER équivalente à celle d'une mouette — malgré une taille équivalente à celle d'un B-52, lequel a en revanche la SER d'un autobus...

SH-2 « SeaSprite »
Hélicoptère multirôle embarqué construit par Kaman de 1959 à 1972. Utilisé d'abord pour le transport, l'observation, la recherche et le sauvetage, il a été progressivement modifié pour la défense anti-sous-marins et le lancement de missiles air-surface.

591

SH-60J

Hélicoptère monorotor biturbine de lutte anti-sous-marine construit par Sikorsky, sur la base de l'UH-60 « Black Hawk ». Il s'agit d'une évolution bourrée d'équipements électroniques et armée de deux torpilles Mk 46.

SHINKANSEN

(en japonais : *Nouveau train*). Train à grande vitesse japonais, mis pour la première fois en service en 1964, sur la ligne du *Tokaïdo*, Tokyo-Osaka. Le réseau du Shinkansen est à écartement normal (1,435 m), contrairement au reste du réseau nippon qui est à voie métrique (1,067 m). Depuis, d'autres lignes ont été ouvertes et la vitesse des rames de 16 voitures, dont 10 motrices, a été portée de 250 à 270 km/h.

« SIDEWINDER »

Missile air-air à courte distance autoguidé, mis au point par le centre de recherche de la Navy à China-Lake, et fabriqué en grande série par de nombreux constructeurs. Équipe l'USAF, l'US Navy et les Marines. [Nom de code AIM9-A à L, selon constructeur].

SIGINT [SIGnals INTelligence]

Branche du Renseignement chargée d'intercepter et décrypter les communications radio.

SIKORSKY « Comanche »

Hélicoptère d'attaque américain, successeur de l'AH-64 « Apache ». Doté de capacités furtives.

SIKORSKY SH-60J « Sea Hawk »

[Faucon des mers] voir SH-60J.

SIKORSKY UH-60 « Black Hawk »

[Faucon noir] voir SH-60J.

SIOP [Single Integrated Operational Plan]

= Plan opérationnel intégré unique. Ce plan, déclenché par le commandement national des États-Unis, organise à l'avance la chronologie et la coordination de l'ensemble des opérations militaires à partir de scénarios simulés sur ordinateur.

SKATE [Classe]

Classe de 4 sous-marins à propulsion nucléaire de l'US Navy, construits entre 1955 (SSN-578 *Skate)* et 1959 (SSN-584 *Seadragon)* et premiers submersibles opérationnels après le prototype *Nautilus.* Armés de six tubes lance-torpilles, ils étaient dotés d'une coque dessinée pour optimiser les performances en immersion.

SLBM [Submarine Launched Ballistic Missile]

= Missiles balistiques lancés à partir de sous-marins.

SM-2

Voir Standard SM-2.

SMA

Sous-marin d'attaque.

SOG [Special Operations Group]

Groupe d'Opérations Spéciales = commando.

SONOBOUÉE

Bouée équipée d'un émetteur-sonar, larguée par un avion ou un navire, ou descendue au bout d'un filin par un hélicoptère.

SOSUS [SOund SUrveillance System]

= Système de surveillance par hydrophones.

« SPIRIT »

Voir B-2.

SPRUANCE [USS-963]

Destroyer américain mis en service à la fin des années soixante-dix et spécialisé dans la lutte anti-sous-marine : rapide, silencieux, il est équipé d'une plate-forme pour deux hélicoptères, d'un sonar de proue et de 24 missiles ASROC.

SPRUANCE [Classe]

Navires escorteurs de flotte de porte-avions construits à 30 exemplaires sur le modèle de l'USS-963 *Spruance*.

SR-71 « Blackbird »

Appareil de reconnaissance américain construit par Lockheed. Il s'agit d'un biréacteur révolutionnaire dont la cellule est construite en titane. Capable de voler à 3 000 km/h à 30 000 m d'altitude.

SRS [Strategic Reconnaissance Squadron]

Escadron (armée de terre) ou Escadrille (aviation) de reconnaissance stratégique.

SS-6

Désignation OTAN de la première génération de missiles à moyenne portée soviétiques, utilisant des carburants liquides.

SS-19

Désignation OTAN du RS-18 [R = *Rakete*, fusée en russe], dernière génération des missiles stratégiques intercontinentaux, à deux étages, de 10 000 km de portée et d'une capacité de charge de 3 tonnes. Abandonné dans le cadre des accords de désarmement, il a été reconverti en lanceur civil (rebaptisé *Rokot)* par les usines du groupe Krounitchev. Le premier tir de ce lanceur léger capable de placer 1,8 tonne en orbite basse a été effectué du cosmodrome de Baïkonour le 26 décembre 1994.

SS-24

Missile balistique intercontinental soviétique, de 10 000 km de portée, porteur de charges nucléaires multiples (10 x 550kt).

SSK [SubSurface Kerosene powered]

Sous-marin d'attaque à propulsion classique (diesel/électrique).

SSN [SubSurface Nuclear powered]
Sous-marin nucléaire.

STANDARD SM-2 [General Dynamics RIM67A]
Système naval surface-air, opérationnel depuis 1982, intégré au système de défense aérienne AEGIS. Le missile d'une portée pouvant aller jusqu'à 100 km est guidé jusqu'à mi-course par le radar de son navire de lancement, puis il passe en autoguidage pour sa course terminale, tout en se protégeant par des contre-mesures électroniques.

START [STrategic Arms Reduction Talks]
Négociations sur la réduction des armements stratégiques, entamées en 1982 dans le prolongement des négociations SALT, qui ne visaient que leur limitation.

STINGER [General Dynamics XFIM-92]
Engin surface-air de faible portée (5 km) à autoguidage infrarouge passif. Il équipe, entre autres, les fantassins.

STU [Secure Telephone Unit]
= Ligne téléphonique protégée.

SU-27 « Flanker »
Chasseur-intercepteur soviétique construit par Sukhoï d'une maniabilité extrême au combat malgré ses 30 tonnes, grâce entre autres à ses commandes de vol électroniques : ce fut, avec le MiG-29, le premier appareil de cette classe à réussir en 1989 la figure spectaculaire du « cobra » — cabrage à incidence supérieure à 90 ° suivi d'une abattée pour reprendre de la vitesse.

SubPac Forces = Forces sous-marines du Pacifique.

SUKHOI SU-27 « Flanker »
Voir SU-27.

T

TASK FORCE
Escadre de la marine américaine, composée de plusieurs groupes (TASK GROUPS) réunissant forces navales et aériennes déployées de concert.

TCA-S [Threat and Collision ou Traffic Alert/Collision Avoidance System]
= Système de balises émettrices équipant les appareils civils et permettant un espacement automatique du trafic.

TEXAS INSTRUMENTS AGM-88A
Voir HARM.

TF-77 [Task Force = Escadre]
L'une des six escadres composant la VIIᵉ flotte de la marine améri-

caine (flotte du Pacifique Ouest, basée à Yokosuka au Japon) et constituée de 2 porte-avions et 19 bâtiments de surface.

« THUD »

Sobriquet affectueux (« Tonnerre sourd »), donné par les pilotes américains au chasseur-bombardier F-105 « Thunderchief », à cause de ses dimensions volumineuses et de sa capacité d'emport respectable (plus de 6 tonnes d'armes). Voir F-105.

TLAM-C [TOMAHAWK Land Attack Missile]

Voir TOMAHAWK.

TO & E [Table of Organization and Equipment]

= tableau d'affectation.

TOMAHAWK BGM-109

Missile de croisière construit par General Dynamics depuis 1976. La version pour sous-marins, lancée de tubes lance-torpilles, est armée d'une tête nucléaire (stratégique), ou d'une charge classique (tactique).

TRIDENT II [Lockheed UGM-93 Trident]

Engin balistique à trois étages lancé de sous-marin, équipé de têtes nucléaires multiples et qui a remplacé les missiles Poseidon à partir de 1979.

TRIPLE-A

Voir AAA.

TU-16 « Badger »

Construit par Tupolev, ce bombardier biréacteur est utilisé par l'aviation navale soviétique comme avion d'attaque tactique et comme bombardier stratégique ; mais dans ce rôle, handicapé par un rayon d'action trop faible, il a été remplacé par le Tu-26 « Backfire ».

U

UH-60 « BlackHawk »

Hélicoptère tactique multirôles construit par Sikorsky et utilisé par l'armée et la marine américaines depuis 1974.

UHF [Ultra High Frequency]

= Ultra-hautes fréquences : gamme de fréquences entre 3 et 30 MHz utilisées pour les transmissions civiles et militaires (radio, téléphonie) à moyenne portée — jusqu'à une centaine de kilomètres en FM, et plus en BLU.

USAF [United States Air Force]

Armée de l'Air des États-Unis.

USMC [United States Marines Corps]

Corps des Marines des États-Unis.

USN [United States Navy]
    Marine de guerre des États-Unis.
USS
    Préfixe d'identification d'un bâtiment de guerre américain [Voir
    à chaque nom].

V

VAL
    Désignation alliée du bombardier japonais AICHI D3AI. Bom-
    bardier en piqué sur porte-avions construit en 1941 qui s'illustra
    particulièrement lors de l'attaque de Pearl Harbor.
VHF [Very High Frequency]
    Très hautes fréquences : gamme de fréquences radio entre 30 et
    300 MHz, utilisées pour des transmissions civiles (TV, FM,
    radio-amateurs, radio-téléphones) et professionnelles ou militai-
    res, en particulier par l'aviation (bande de 108 à 136 MHz). Par
    extension, désigne toute communication ou appareil radio utili-
    sant cette bande de fréquences.
« VIGILANTE »
    Voir RA-5 « Vigilante ».
« VIKING »
    Voir S-3 « Viking ».

W

« WILD WEASEL »
    [Fouine enragée] nom générique des avions d'attaque tactique
    de l'armée américaine équipés de systèmes d'arme anti-radar, en
    particulier les F-4G et F-105G. Par extension, nom des aviateurs
    et spécialistes radar composant leur équipage (voir F-105G).

X Y Z

XO = Executive Officer
    Dans la marine américaine, acronyme désignant le second.

YF-17
    Prototype d'évaluation du F-18A « Hornet ».
YUKON
    Pétrolier ravitailleur américain de 38 000 tonnes [classe
    WICHITA].

ZA
    Zone d'Atterrissage d'hélicoptère [= LZ, Landing Zone].

REMERCIEMENTS

Carter et Wox pour les procédures,
Russ, à nouveau, pour la physique,
Tom, Paul et Bruce pour la meilleure cartographie au monde,
Keith pour le point de vue général de l'aviateur,
Tony pour la disposition d'esprit
Piola et ses amis à Saipan pour la couleur locale,
Et Sandy pour une fabuleuse virée à bord d'un Serpent.

La composition de cet ouvrage
a été réalisée par Nord Compo
l'impression et le brochage
ont été effectués sur presse CAMERON
dans les ateliers de B.C.I.,
à Saint-Amand-Montrond (Cher),
pour le compte des Éditions Albin Michel.

Achevé d'imprimer en septembre 1995
N° d'édition : 14684. N° d'impression : 4/712
Dépôt légal : octobre 1995